सोना और खून

भाग-2

आचार्य चतुरसेन

ट्रू साइन

प्रकाशक : ट्रू साइन पब्लिशिंग हाउस
पता : SY.N0.21/2 & 21/3, सोननहल्ली,
कृष्णराजपुरा, बेंगलुरु, कर्नाटक - 560049 भारत
ईमेल : truesignbooks@gmail.com
वेबसाइट : www.truesign.in

सोना और खून
भाग-2

लेखक: आचार्य चतुरसेन

ISBN: 978-93-5805-521-4

संस्करण: 2023

आचार्य चतुरसेन

हिन्दी साहित्य के संसार में जब भी ऐतिहासिक चरित्र या घटनाओं का उल्लेख होता है, तब 'सोमनाथ', 'वयं रक्षाम:' और 'वैशाली की नगरवधू' नाम सबसे पहले उभर कर आता है, इन्हीं नामों के साथ शुरू हो जाता है आचार्य चतुरसेन शास्त्री और उनकी लिखी कृतियों के वर्णन की सुंदर गाथा का। उपन्यास, कहानी, चिकित्सा शास्त्र, शिक्षा से लेकर धर्म, संस्कृति, नैतिक शिक्षा तक शायद ही ऐसी कोई विधा हो जो चतुरसेन शास्त्री से अछूती रही हो। शास्त्रीजी हिन्दी के उन साहित्यकारों में हैं जिनका लेखन-क्रम साहित्य की किसी एक विशिष्ट विधा में सीमित नहीं किया जा सकता। इनका लेखन मुख्यत: ऐतिहासिक घटनाओं पर आधारित है।

उत्तर प्रदेश के बुलन्दशहर जिले के चांदोख गांव में 26 अगस्त, 1891 को जन्मे चतुरसेन शास्त्री के बचपन का नाम चतुर्भुज था। प्राथमिक शिक्षा उनके गांव के ही नजदीक सिकन्दराबाद कस्बे में हुई थी। सिकंदराबाद के बाद उच्च शिक्षा के लिए उन्होंने राजस्थान का रुख किया और जयपुर के संस्कृत कॉलेज में दाखिला लिया। यहां से उन्होंने 1915 में आयुर्वेद में आयुर्वेदाचार्य तथा संस्कृत में शास्त्री की उपाधि प्राप्त की।

इसके बाद शास्त्रीजी बतौर आयुर्वेदिक चिकित्सक कार्य करने के लिए दिल्ली आ गए। दिल्ली में उन्होंने अपनी एक आयुर्वेदिक डिस्पेंसरी खोली लेकिन अनुभव की कमी के चलते डिस्पेंसरी नहीं चली और उसे बन्द करना पड़ा। इस घाटे के चलते उनकी आर्थिक स्थिति इतनी बिगड़ गई कि उन्हें अपनी पत्नी के जेवर तक बेचने पड़े। फिर उन्होंने 25 रुपये प्रति माह के वेतन पर एक धर्मार्थ औषधालय में नौकरी भी की। कुछ समय तक यहां काम करने के पश्चात आचार्य चतुरसेन शास्त्री 1917 में लाहौर के डीएवी कॉलेज में आयुर्वेद के वरिष्ठ प्रोफेसर के रूप में नियुक्त हुए। लेकिन कॉलेज प्रबन्धन के साथ उनका ताल-मेल नहीं बैठा और उन्होंने इस्तीफा दे दिया। इसके बाद वे अपने ससुर के कल्याण औषधालय में मदद करने के लिए अजमेर पहुंच गए।

अजमेर जाने के बाद से शास्त्रीजी के जीवन में परिवर्तन शुरू हुआ और उनकी आर्थिक स्थिति में भी सुधार आया। अजमेर में वे बड़े- बड़े सेठों के घरों में भी चिकित्सा के लिए जाने लगे। बाद में राजस्थान के कई राजघरानों तक उनकी पहुँच बन गई। एक चिकित्सक के रूप

में उनकी ख्याति दिन-प्रतिदिन बढ़ती ही गई। चिकित्सक के रूप में उनका संसर्ग और सम्पर्क भांति-भांति के लोगों से होने लगा। जिंदगी का जो विविध रूप उन्हें देखने को मिला, अपनी जिंदगी के संघर्षों से जिस तरह उन्हें जूझना पड़ा, उसने शास्त्रीजी को लेखनी थामने के लिए विवश कर दिया। यहीं से उन्होंने अपनी लेखन यात्रा की शुरुआत भी कर दी और शीघ्र ही एक आयुर्वेदिक चिकित्सक के साथ-साथ कहानीकार और उपन्यासकार के रूप में भी प्रसिद्ध होने लगे। उन्होंने आयुर्वेद से सम्बन्धित लगभग एक दर्जन ग्रंथ लिखे। शास्त्रीजी ने आरोग्य शास्त्र, स्त्रियों की चिकित्सा, आहार और जीवन, मातृकला और अविवाहित युवक-युवतियों के लिए भी उपयोगी पुस्तकें लिखीं। इनके अलावा उन्होंने प्रौढ़ शिक्षा, स्वास्थ्य, धर्म, इतिहास, संस्कृति और नैतिक शिक्षा पर कई महत्वपूर्ण पुस्तकें लिखीं।

हालांकि आचार्य चतुरसेन शास्त्रीजी ने किशोरावस्था से ही हिन्दी में कहानी और गीतिकाव्य लिखना प्रारम्भ कर दिया था। फिर धीरे-धीरे उन्होंने उपन्यास, नाटक, जीवनी, संस्मरण, इतिहास तथा धार्मिक विषयों पर भी अपनी पकड़ बना ली। उन्होंने लगभग साढ़े चार सौ कहानियां लिखीं। अपनी शैली के वे अनोखे लेखक थे, जो अपने कथा-साहित्य में भी इतिहास, राजनीति, धर्मशास्त्र, समाजशास्त्र और युगबोध से सम्पृक्त विविध विषयों को दृष्टि में रखकर लिखते थे।

कहानी, उपन्यास, नाटक, निबंध तथा साहित्येतर विषयों की करीब दो सौ पुस्तकों के रचयिता आचार्य चतुरसेन शास्त्री को भारतीय इतिहास और संस्कृति से गहरा लगाव था तथा उनका अध्ययन भी काफी प्रगाढ़ था। जिस किसी भी काल की कहानी हो, उस काल विशेष की सभ्यता, ग्रामीण और नगरीय जीवन, रीति-रिवाज, वेशभूषा, बोलचाल, स्थापत्यकला चित्रण, सैन्य संगठन, राजा प्रजा सम्बन्ध, युद्ध आदि का वर्णन जितना जीवंत और प्रामाणिक शास्त्रीजी की रचनाओं में हुआ है, अन्यत्र दुर्लभ है। समाज और मनुष्य के कल्याणार्थ लिखा गया उनका साहित्य सभी के लिए उपयोगी रहा है।

साथ ही समकालीन स्थितियों की विषमताओं और असंगतियों की ओर भी उनके उपन्यास बराबर हमारा ध्यान खींचते हैं और इतिहास की भूलों को हम फिर न दोहराएं इस तरह से सावधान करते हैं। यों तो शास्त्रीजी की चर्चा एक ऐतिहासिक उपन्यासकार के रूप में ही अधिक रही है, किन्तु उनकी कीर्ति को अक्षय रखने वाला उपन्यास 'वयं रक्षाम:' पौराणिक आख्यानों पर आधारित है। रामकथा को आधार बनाकर लिखा जाने वाला यह उपन्यास भारतीय संस्कृति का पूरा इतिहास है।

आचार्य चतुरसेन का पहला उपन्यास 'हृदय की परख' सन् 1981 में प्रकाशित हुआ। इसके बाद उन्होंने 1921 में सत्याग्रह और असहयोग आंदोलन को लेकर गांधीजी पर केन्द्रित आलोचनात्मक पुस्तक लिखीं, जो काफी चर्चित रही। शास्त्रीजी ने अपनी आत्मकथा 'यादों की परछाईं' में 'राम' को ईश्वर रूप में न बताकर मानव रूप में बताया। वयं रक्षाम: में भी उन्होंने राम के स्थान पर रावण को मुख्य पात्र के रूप में प्रस्तुत किया है। यह उनकी कालजयी रचना

है, जो प्रागैतिहासिक अतीत की कृति है, इसके कथानक के मूलाधार राक्षसराज रावण तथा महापुरुष राम हैं।

इस कृति के बारे में आचार्य चतुरसेन शास्त्री लिखते हैं, 'इस उपन्यास में प्राग्वेदकालीन नर, नाग, देव, दैत्य-दानव, आर्य, अनार्य आदि विविध नृवंशों के जीवन के वे विस्मृत-पुरातन रेखाचित्र हैं, जिन्हें धर्म के रंगीन शीशे में देखकर सारे संसार ने अन्तरिक्ष का देवता मान लिया था। मैं इस उपन्यास में उन्हें नर-रूप में आपके समक्ष उपस्थित करने का साहस कर रहा हूं। आज तक कभी मनुष्य की वाणी से न सुनी गयी बातें, मैं आपको सुनाने पर आमादा हूं। उपन्यास में मेरे अपने जीवन-भर के अध्ययन का सार है।'

'वयं रक्षाम:' के एक भाग रुद्र में उन्होंने भगवान शिव की वंशावली के बारे में वर्णन किया है। शिव की वंशावली को उन्होंने तत्कालीन समुदाय के रूप में पेश किया है। इतना ही नहीं उन्होंने पृथ्वी के अधिकांश हिस्से में हमारे पौराणिक पात्रों के आधिपत्य होने का उल्लेख किया है।

उनका सबसे चर्चित उपन्यास 'वैशाली की नगरवधू' है। इस उपन्यास के बारे में आचार्य चतुरसेन लिखा है कि उन्होंने इस उपन्यास की रचना के लिए दस वर्ष तक आर्य, बौद्ध, जैन और हिन्दुओं के साहित्य का सांस्कृतिक अध्ययन किया।

इस उपन्यास में दो जगहों का बुनियादी महत्व है- वैशाली और मगध। मगध आर्य जाति का प्रतीक है, साम्राज्य (वादी) है। उसमें राजतंत्र है, राजा की इच्छा ही वहां कानून है। उसमें प्राय: अधिकारों की बात की जाती है। दूसरी तरफ वैशाली है जो मिश्रित जातियों का प्रतिनिधित्व करती है। उसमें गणतंत्र है, चुनी हुई राज्य-परिषद का मत उसके लिए कानून है। उसमें अक्सर कर्त्तव्यों की बात की जाती है।

शास्त्रीजी ने वैशाली की नगरवधू के अतिरिक्त सोमनाथ, वयं रक्षाम:, गोली, सोना और खून (तीन खंड), रक्त की प्यास, हृदय की प्यास, अमर अभिलाषा, नरमेध, अपराजिता, धर्मपुत्र और देवांगना जैसे उपन्यास सृजन किया।

शास्त्रीजी की कहानियों में अक्षत, रजकण, वीर बालक, मेघनाद, सीताराम, सिंहगढ़ विजय, वीरगाथा, फंदा, लम्बग्रीव, दुखवा मैं कासों कहूँ सजनी, कैदी, आदर्श बालक, सोया हुआ शहर, कहानी खत्म हो गयी, धरती और आसमान और मेरी प्रिय कहानियां शामिल हैं।

उन्होंने अपना सम्पूर्ण जीवन लेखन को समर्पित कर दिया था या यों कहें कि जीवन को लेखन का पर्याय बना दिया था। सच्चे अर्थों में वे मसिजीवी थे और उनके हाथ से जीवन के अन्तिम क्षणों तक कलम नहीं छूटी। 2 फरवरी, 1960 को जब उनका देहावसान हुआ, उससे पूर्व वह 'सोना और खून' लिख रहे थे। इस उपन्यास को दस खण्डों में लिखने की उनकी योजना थी, जो पूरी न हो सकी। इस उपन्यास के चार खंड ही लिख पाए थे कि काल के क्रूर हाथों ने उन्हें हमसे छीन लिया, परन्तु इतना तय है कि कलम का ऐसा धनी व्यक्ति विरले ही जन्म लेता है।

अनुक्रम

चौथा खण्ड

1

चौधरियों का नामी घराना अब बरबाद हो चुका था। इस खानदान में अब केवल एक तरुण बचा था, जिसका नाम सांवलसिंह था। यह चौधरी के सबसे छोटे बेटे सुखपाल का बेटा था। बरसों तक इधर-उधर भटकते रहने के बाद अब यह मुक्तेसर में आ बसा था। मुक्तसर का गढ़ ढहा पड़ा था, बस्ती भी उजाड़ हो गयी थी। चौधरियों की पुरानी हवेली का कहीं नामोनिशान न रह गया था। पर चौधरी की यशोगाथा बड़े-बूढ़ों की ज़बान पर थी। इस समय उसकी उम्र पैंतीस बरस थी। वह लम्बा-तगड़ा और ग्रांडील धज का आदमी था। रंग उसका गोरा, चेहरा सुर्ख, आंखें बड़ी-बड़ी जो सदा लाल रहती थीं, नाक लम्बी और मुंह सुडौल था। उस पर घनी काली मूंछें उसे और भी रुआबदार बना रही थीं। गहरी घनी काली मूंछों के बीच झांकते हुए उसके सफ़ेद दांतों की बत्तीसी बड़ी शानदार थी। बाल उसके काले थे और सदा कटे, छोटे रहते थे। इधर-उधर एकाध बाल पक भी गया था। देखने में उसका चेहरा भारी था। वह जब बोलता था तो उसकी बोली में एक गूंज निकलती थी, जो दूसरों पर दहशत का असर पैदा करती थी। वह जब क्रोध में आता तो उसका सारा शरीर कांपने लगता था। मुक्तसर में उसने काफ़ी ज़मीन हथिया ली थी। परन्तु वह ज़मींदार को न लगान देता था, न ज़मींदार की यह शक्ति थी कि उससे लगान वसूल करे। वह कभी खेतों पर स्वयं काम नहीं करता था। गढ़ के खंडहरों के बीच जहां कभी चौधरी की हवेली थी और जहां वीरांगना मंगला ने फिरंगियों की तोप के आगे आकर प्राण दिए थे, उस स्थान पर उसने एक स्थान बनाया, जो शीघ्र ही सती का चबूतरा नाम से प्रसिद्ध हो गया था। वहीं उसने अपनी चौपाल बनाई थी। वहां वह दिन-भर चारपाई पर बैठा हुक्का गुड़गुड़ाता और रात को वहीं एक नीम की छांह में सो जाता।

कहते हैं कि उसकी बीवी बड़े घर की बेटी थी, पर वह, बहुत अरसा हुआ, एक बच्ची मालती को प्रसव करके जचगी में ही मर गयी थी। तब से सांवलसिंह का जीवन पूरा आवारागर्दी का जीवन बना हुआ था। गर्मी-सर्दी सदैव वह कमर में धोती, अंग पर खद्दर की मिरजई और पैरों में चमरौधा जूता पहनता था। बहुत कम वह बोलता था। चुपचाप घंटों वह हुक्का पीया करता या सोता रहता। उसकी खानदानी मर्यादा की धाक तो थी ही, उसके व्यक्तित्व का भी बड़ा दबदबा

था। आस-पास के गांवों में वह चौधरी के नाम से ही विख्यात था। केवल बड़े-बड़े ज़मींदार ही नहीं, नामी-गिरामी चोर-डाकू भी उसके नाम से कांपते थे। वह पढ़ा-लिखा कतई न था। वास्तव में वह चोरों-डाकुओं का सरदार और गुनहगारों का आश्रयदाता था। आस-पास के चोर-डाकू उसे सरदार कहते थे। कानून के शिकंजे से बचने के लिए अपराधी चाहे खूनी हो, चाहे अन्य अपराध का मुजरिम हो, जो उसकी शरण आ गया, उसे किसी बात का भय न था। दस-बीस लठैत हमेशा उसके साथ रहते थे। उसके इशारे से कोई भी गांव आनन-फानन लूटा या किसी भी ज़मींदार को पेड़ पर लटकाया जा सकता था। कम्पनी बहादुर के पुलिस थानेदार और बरकन्दाज़ों की क्या मज़ाल कि उसकी अमलदारी में दखल दें।

उसकी आमदनी भी बहुत थी। वह चाहे जिस ज़मींदार या महाजन पर रुक्का भेजकर, जब जितना चाहे, रुपया मांग लेता था। किसकी मज़ाल थी कि उसके हुक्म में दरेग करे। ऐसा करने पर या तो सांवलसिंह के लठियल उसका सिर फोड़ देते या गांव को लूटकर उसमें आग लगा देते। इसे सब जानते थे और उसके हुक्म की उदूली कोई नहीं कर सकता था। परन्तु बात केवल इतनी ही न थी सांवलसिंह आड़े वक्त पर उनके काम भी आता था। उसके लठियल जवान जब चाहे तभी ठीक मूल्य पाकर किसी भी ज़मींदार के दुश्मन को पामाल कर सकते थे।

चौपाल में उसका लंगर सबके लिए खुला था। वहां कौन आता है, कौन खाता है, इसकी देख-भाल सांवलसिंह नहीं करता था। न उसे इस बात से सरोकार था कि सब सामान खाने-पीने का कहां से आता है। यह सब काम तो चेले-चांटे करते थे। वह तो केवल उनके कामों पर सही करता था। परन्तु एक बात थी-कोई किसी गरीब, अनाथ, बेकसूर स्त्री-पुरुष, बालक पर अत्याचार नहीं कर सकता था। बहू-बेटियों को पर्दे में रखने और उनके शील-आचरण का वह बड़ा पक्षपाती था। उसका खर्च अंधाधुंध था पर हाथ रोकना और हिसाब-किताब देखने की जहमत उठाना उसे पसन्द न था।

2

पुतली एक नटनी थी। मुक्तेसर के सिवानों ही में नटों का टांडा था। पुतली वहीं अपने भाई-बिरादरों के साथ रहती थी। पुतली बड़े ठाट की नटनी थी। नाच-गाने, कलाबाज़ी में तो वह कमाल रखती ही थी। उसका छरहरा लम्बा शरीर, चपल भाव-भंगिमा, चुलबुली अदाएं और कटीली आंखें ऐसी थीं कि देखने वाला उसे देखता ही रह जाता था। वह मगरूर भी बहुत थी। आदमी की वह कोई हस्ती न समझती थी। उन दिनों नटनियों से वास्ता-नाता रखना रईसी शान समझा जाता था। सांवलसिंह से उसने कौल हारे थे और अब वह उसके ताबे में रहती थी। इससे उसका न केवल ठाट-बाट, मिज़ाज, रुआब ही बढ़ गया था बल्कि वह आस-पास के रईसों की, ज़मींदारों और चोर-डाकुओं, गुनहगारों की ढाल बन गयी थी। जिसे सांवलसिंह को प्रसन्न करना होता, उससे कोई काम कराना होता, वह पुतली की शरण में आता था। और पुतली ने जिसे अभयदान दे दिया, उसकी जैसे भगवान ने बांह थाम ली। पुतली जैसी सुन्दरी, चपल और

आकर्षक थी, वैसी बात की धनी, ईमानदार और मन की दृढ़ थी। कहने को वह नटनी थी, जो उन दिनों सस्ती वेश्यावृत्ति किया करती थीं, पर पुतली का पतिव्रत धर्म आस-पास के गांवों में विख्यात हो गया था। वह तन-मन से सांवलसिंह की एकनिष्ठ सेविका थी। बड़े-बड़े प्रलोभन और भय उसे दिए गए। ऐसे भी क्षण आए जब सांवलसिंह विपत्ति में पड़ा, तब भी पुतली का मन नहीं डिगा। उसने गाढ़े समय में और भी दृढ़ता से सांवलसिंह का नेह निभाया। इतना ही नहीं, वह वीरांगना भी थी। एक बार सांवलसिंह को पुलिस के बरकन्दाज़ पकड़ ले गए। कोई कत्ल का मामला था। सांवलसिंह को हवालात में बन्द कर दिया गया। तब पुतली अकेले ही घोड़े पर सवार हो, बन्दूक कंधे पर रख, सिपाहियों के पहरे से सांवलसिंह को निकाल लाई और अपने जेवर बेचकर उसे बेदाग छुड़ा लिया। ऐसी ही थी वह नटनी।

उसके दांत बड़े सुन्दर थे, उनसे भी सुन्दर था उसका हास्य। वह सवारी ही में बाहर निकलती थी। बहुधा पालकी में, और कभी घोड़े पर। जब घोड़े पर निकलती तो बन्दूक उसके हाथ में होती।

सांवलसिंह पर उसका पूर्ण अधिकार था। सांवलसिंह जब भारी गुस्से में होता, उस समय केवल पुतली ही उसके निकट जा सकती और उसके मिज़ाज को ठीक रख सकती थी।

सांवलसिंह का पुतली से नित्य मिलना नहीं होता था। वह न तो उसे गांव में चौपाल पर बुलाता था, न वह उसके घर नटों के टांडे में जाता था। जब वह उसे बुलाता तो बाग में डेरे-कनात खड़े किए जाते। बाकायदा पहरे-चौकी का इन्तज़ाम होता-दो-चार दिन नाच-रंग होता, शराब के दौर चलते। चुने हुए सांवलसिंह के दोस्त ही तब इन जलसों में सम्मिलित हो पाते थे। सांवलसिंह कभी-कभी बड़े-बड़े ज़मींदारों को, कभी-कभी कम्पनी बहादुर के अफ़सरों को भी इन जलसों की रौनक बढ़ाने बुला भेजता था। पर यह सब सांझ-शिरकत, नाच-रंग, खाने-पीने तक ही रहती। उसके बाद पुतली उसकी थी, केवल उसकी।

बहुत-से चोर-लफंगे, अफ़सर, थानेदार उसके चाबुक का सड़ाका सह चुके थे। चाबुक वह बहुधा अपने हाथ में रखती थी। दीन-दुखियों पर वह रानी की भाँति कृपा करती थी। पता लगने की देर थी कि उसे क्या दुःख है, सहायता उसके घर पहुंच जाती थी। कितने ही अनाथ, विधवाएं, ब्राह्मण, ब्राह्मणी, दरिद्र उसके द्वारा पलते थे। यों वह बड़ी खुशमिज़ाज और मिलनसार थी, पर गुस्सा आने पर वह बाघिन की भाँति भयंकर हो जाती थी। प्रसिद्ध था कि उसका बन्दूक का निशाना अचूक होता था। बहुधा जब वह सांवलसिंह के डेरों में होती, दिन-दिन भर दोनों शिकार करते रहते। इससे वह अच्छी शहसवार भी हो गयी थी।

3

मालती की उम्र इस वक्त चौदह साल की थी। पर सांवलसिंह को उससे कोई लगाव ही नहीं था। मां उसकी जवानी में ही मर गयी थी। एक दूर के रिश्ते की औरत ने उसे अपना दूध पिलाकर पाला था। पर वह जब सयानी हुई तब मीर साहब की गोद उसे मिल गयी। मीर साहब फकतदम

थे; दुनिया में कहीं कोई उनका सगा न था। बीवी उनकी बहुत दिन हुए मर चुकी थी। एक लड़का उसने छोड़ा था, वह दस-ग्यारह साल का होकर मर गया। बहुत सदमा हुआ मीर साहब को। दो-तीन साल तक दुनिया से किनाराकशी कर तस्बीह हाथ में लिए बैठे रहे। इसी बीच सांवलसिंह ने उन्हें रख लिया। उस वक्त मालती तीन-चार साल की थी। उस वक्त भी सांवलसिंह का उसकी ओर कोई लगाव न था। जब-तब उसे देख आता था। पर मीर साहब ने उसे अपनी छाती से लगाकर पाला। उसके लिए धाय लगाई। खुद मां की तरह उसको लाड़-प्यार किया। उनका सबसे प्रिय काम था मालती के साथ मीठी-मीठी बात करना, उसे पेट पर सुलाकर थपकियां देना। देखते-देखते ही मीर साहब की गोद में मालती बड़ी होने लगी। वह जब अपनी सुनहरी उंगलियों से उनकी गंगा-जमनी दाढ़ी के बाल गिनती और खींचती तो मीर साहब वही बहिश्त का-सा आनन्द पाते। मालती उन्हें शुरू से ताऊ कहती थी, तथा पिता को कक्का कहती थी। मीर साहब ने बड़ी होने पर उसे स्वयं पढ़ना-लिखना, सलीका सिखाया। फिर उन्होंने एक अंग्रेज़ मेम को उसे पढ़ाने पर नौकर रख दिया। एक देशी आया भी रख दी। उनके हाथों वह अब सब तरह की शिक्षा पा रही थी, जो उस ज़माने में सर्वथा नयी बात थी। यह सब हो रहा था पर सांवलसिंह को इन सब बातों से कोई सरोकार न था। जब मालती उसके सामने आती, तो वह उसे भगा देता। कभी हंसकर बात भी न करता। मालती भी पिता से डरती थी। उसके सामने, उससे बात करने में घबराती थी। ज्यों-ज्यों वह सयानी होती गयी वह और भी अपने पिता से भयभीत होती गयी।

4

जात के शेख थे। नाम था अल्ताफहुसेन। पर सब लोग उन्हें मीर साहब कहते थे। उम्र साठ को पहुंच चुकी थी परन्तु चुस्ती और फुर्ती कमाल की थी। अरबी-फारसी के आलिम मशहूर थे-कम-से-कम उस देहाती इलाके में शेर भी कह लेते थे। यों सैकड़ों कलाम उनकी ज़बान पर थे, जिन्हें वे बात-बात में जड़ते थे। बातचीत में शाइस्ता। व्यवहार में मुरौवत रखनेवाले। मिज़ाज के ठंडे। लेकिन दिमाग तेज़। ये थे सांवलसिंह के कारिन्दे या प्राइवेट सेक्रेटरी, या जो कुछ आप कहिए, समझिए।

कदीमी वाशिन्दे लखनऊ के थे। प्रसिद्ध था, बड़े गांव के बड़े मियां इनके दादाजान को लखनऊ से लाए थे। बड़े गांव में उन्होंने उनके लिए हवेली बनवाई थी और उन्हें छोटे मियां का उस्ताद करके रखा था। अब दिनों की गर्दिश में मीर साहब का खानदान सिफर रह गया। अकेले फकतदम। मिज़ाज के फक्कड़। बचपन से ही सांवलसिंह से प्रेम हो गया। और तभी से ये सांवलसिंह के साथ रहते थे। उन्हें सांवलसिंह की ओर से सब स्याह-सफ़ेद करने का अख्तियार था। कहना चाहिए, वे सांवलसिंह के दिमाग थे। मुंशी आदमी तो थे ही, जहांदीदा भी थे। दिल्ली भी रह चुके थे। लालकिले के दरबार में भी हाज़िरी दे चुके थे। लिखते बहुत खुशकत थे। इबारत भी माशाअल्लाह चुस्त होती थी। बड़े-बड़े ज़मींदार उन्हीं से दस्तावेज़, रुक्के लिखाते थे। कम्पनी बहादुर की खिदमत में अर्जी दर्खास्त भेजनी होती तो उन्हीं को लिखनी पड़ती थी।

अदालत-कचहरी के काम में भी मीर साहब चाक-चौबन्द थे। उलटे-सीधे सभी काम साध लेना उनके बाएं हाथ का खेल था। कचहरी में जब वे लतीफा या चुटकुला सुनाते तो सारा अमला बाग-बाग हो जाता। दूसरों का जो काम अमले की मुट्ठी गरम करने से होता था, मीर साहब एक चुटकी बजाते, बात की बात में करा लाते थे। अदालती अमलों के साथ ठसक से बात करते। किसी को 'बरखुरदार', किसी को 'भतीजा', किसी को 'बेटा' कहते। घर-गिरस्ती का हालचाल पूछते। हंसी-मज़ाक करते। जिसका जो शौक देखते उससे वैसी ही बातें करते। और इस तरह बातों ही बातों में अपना मतलब साध लाते थे। सांवलसिंह उन्हें चचा कहता था और उसी तरह उनकी इज़्ज़त करता था। मीर साहब के खिलाफ़ कोई शिकायत वह नहीं सुनता था।

तनख्वाह मीर साहब को मिलती थी दस रुपया माहवार। परन्तु सांवलसिंह की हज़ारों रुपये की आमदनी का जमा-खर्च मीर साहब के हाथ था, जिसका सांवलसिंह कभी हिसाब-किताब नहीं मांगता था। बस इतनी बात ज़रूर थी कि सांवलसिंह को जब, जिस कदर रुपया दरकार हो, मीर साहब फ़ौरन उसके सामने ला रखते। कहां से ? इस बात से उसे कोई सरोकार न था। दूसरी बात यह कि सांवलसिंह अच्छा बुरा, उलटा-सीधा जो कुछ करे, मीर साहब सबका समर्थन करते थे। जैसा कि हम कह चुके हैं कि सांवलसिंह के हुक्म में चोरों, डकैतों, गुनहगारों का एक अच्छा गिरोह रहता था। दस-बीस लठैत हमेशा उसकी खिदमत में रहते थे। किसी गांव को लूट लेना या डाका डलवा देना, या फ़ौजदारी कर डालना, यहां तक कि कत्ल भी कर डालना सांवलसिंह के लिए मामूली बात थी। मीर साहब शरीफ-मिज़ाज, खुदापरस्त, रोजा-नमाज के पाबन्द, पढ़े-लिखे, सभाशिष्ट सब कुछ थे। परन्तु सांवलसिंह के हर काम के समर्थक और आड़े वक्त में उसके सिर की ढाल थे। जान देकर भी सांवलसिंह पर आंच नहीं आने देते थे। यही उनमें अद्भुत गुण था। सबसे बड़ी बात यह कि वे कभी सांवलसिंह को नसीहत नहीं करते थे। न उसके सामने अपना मुंशीपन बघारते थे। हां, व्यवहार उनका बुजुर्गों जैसा था। पूछने पर वे अवश्य उसे नेक सलाह देते थे। और बहुधा सांवलसिंह उनकी बात रखता था। अब कभी-कदाच लोग मालती के सयानी होने और उसके ब्याह की याद उसे दिलाते थे। वह सुनकर कभी नाराज़ होकर उन्हें झिड़क देता था, कुछ बड़बड़ाने लगता था। एक दिन न जाने वह किस मूड में था, उसने मीर साहब से बातें छेड़ दीं।

'सुनते हो चचा, लोग मालती के ब्याह की चर्चा करते हैं।'

'सुनता रहता हूं।'

'तो कर क्यों नहीं देते उसका ब्याह ?'

'अभी उसकी तालीम के दिन हैं, ब्याह के नहीं।'

'कहीं लड़कियों की भी तालीम होती है ?'

'क्यों नहीं होती! क्या लड़कियां इन्सान नहीं हैं?'

'हमारे बाप-दादे लड़कियों को नहीं पढ़ाते थे।'

'वह ज़माना और था, यह ज़माना और है। फिरंगियों की मेमों को नहीं देखते। कितनी पढ़ी-लिखी होती हैं। वह डॉक्टर जो मेरठ में आई है, बिना पढ़े ही उस रुतबे पर पहुंच गयी?'

'वे फिरंगी हैं, हम हिन्दुस्तानी।'

'तो इससे क्या? हैं तो सभी इन्सान, फिर हमारी बिटिया क्या मामूली लड़की है! शहजादी है। मैं उसको वैसी ही तालीम दूंगा जैसी शहजादियों को दी जाती है। और तुम खबरदार रहो, मेरे काम में दखल न देना।'

'तो ये सुअर लोग क्यों मेरे पास आकर शादी की बात करते हैं?'

'यह तो तुम्हीं जानो।'

'उनसे कह दो चाचा कि अब किसी ने मेरे सामने लड़की की शादी की चर्चा की तो उसका मैं सिर फोड़ दूंगा।'

'कहने की क्या ज़रूरत है। एकाध का सिर फोड़ ही दो, जिससे उन सबको नसीहत हो जाए जो दूसरों के फटे में पैर डालते हैं।'

इस पर गुस्से से लाल होकर सांवलसिंह ने अपने लठियलों को ललकारा। 'शंभू, रोशन, फकीरा!' तीन-चार लठियन जवान सामने आ खड़े हुए। हाथों में कान तक लठ। एक ने कहा, 'सरकार का क्या हुक्म है?'

'देखो जी, जो बदमाश हमसे लड़की की शादी की बात कहे उसका सिर फोड़ दो।'

लठियल एक-दूसरे का मुंह ताकने लगे। दबी आंखों से उन्होंने मीर साहब की ओर देखा। मीर साहब ने मुस्कुराकर कुछ इशारा किया। तब लठियन जवानों ने कहा, 'बहुत अच्छा सरकार।'

5

फाल्कन साहब मेरठ के नये कलक्टर होकर आए थे। उम्र मुश्किल से बाईस बरस की थी। देखने में एक नाजुक-बदन लौंडे लगते थे। रंग सफ़ेद, सिर के बाल सुर्ख जो छोटे-छोटे छंटे रहते थे। नाक-नक्शा उम्दा। दांत सुन्दर, आंखें नीली, जिनसे शरारत टपकती थी। मिज़ाज के सख्त और जिद्दी। खालिस अंग्रेज़। टूटी-फूटी हिन्दुस्तानी मुश्किल से बोल सकते थे। हां समझ लेते थे। ऐसे ज़्यादा पढ़े-लिखे न थे। पहले फ़ौज में सार्जेंट होकर आए थे, पीछे कलकत्ता में इम्तिहान पास कर कलक्टर होकर आ गए। कलकत्ता में ही फ़ौज की नौकरी छोड़ दी थी। और रानी बाज़ार की कम्पनी बहादुर की चुंगी के अफ़सर बन गए थे। कर वसूल करने में सख्त थे

तथा घुड़सवारी उम्दा जानते थे, इन्हीं दो गुणों से उन्हें यहां कलक्टरी का ओहदा मिल गया था।

फाल्कन साहब दौरे पर चले तो मुकाम हुआ मुक्तेसर। बाग में छोलदारियां तन गयीं। मदी, कसाई, हज्जाम, चमार, भंगी गांव के तलब किए गए। साहब के लिए खस्सी, मुर्गी, अंडा, दूध, तरकारी, अगलम-बगलम सब बेगार में जुटाया जाने लगा। एक आता है, दूसरा जाता है। तहसीलदार की छोलदारी बगल में पड़ी। अचकन और चुस्त चूड़ीदार पायजामा पहने तहसीलदार आठ पहर चौंसठ घड़ी हाज़िर। मिडिल पास थे, उम्र कोई बीस-बाईस बरस की, घर के रईसज़ादे, दुबले-पतले, कोई ढाई माशे के आदमी। इर्द-गिर्द बहुत-से आदमी, ज़िलेदार, वासिल, वाकियानवीस, खजांची, सियाहनवीस, मुख्तार, मुहर्रिर, चोबदार, मशालची, सिपाही, बरकन्दाज़ और अमले मुस्तैदी से दौड़-धूप करते रहे। शाम हुई। दौड़-धूप कम हुई। साहब बहादुर अपनी छोलदारी के बाहर, सफ़री आरामकुर्सी पर पैर फैलाकर बैठे। बैरा ने टिफन लगाया तो तहसीलदार अर्दली में हाज़िर। साहब ने व्हिस्की के जाम पीना आरम्भ किया।

'वैल टैसीलडार, लाओ।'

'हुजूर, हाज़िर करता हूं।'

'फ्रैश, एकदम फ्रेश। ओल्ड स्टफ नेई।'

'हुजूर अर्ज़ करता हूं।'

'टुम क्या बोलना मांगटा, टैसीलडार। अम टुमकू डिसमिस करना मांगटा।'

'सरकार, माई-बाप, एकदम फ्रैश, बहुत बढ़िया।'

'लाओ, लाओ, टैसीलडार, अम टुमकू डिप्टी-कलक्टर बनाएगा।'

'हुजूर का बोलबाला। हुजूर माई-बाप।'

'जल्डी-जल्डी, टैसीलडार, लाओ, लाओ।'

'हुजूर को ज़रा चलना होगा।'

'यू ब्लडी टैसीलडार, अम नयी जाएगा।'

'हुजूर दूर नहीं है, एकदम फ्रेश, न्यू माल सर!'

'कां?'

'उस बाग में सर, पुतली, एकदम फ्रेश, हज़ारों में एक। ह्वाइट सर यंग। बहुत बढ़िया माल।'

'लाओ, लाओ, टैसीलडार, टुम अरामज़ादा अबी लाओ!'

'सरकार, सांवलसिंह के कब्जे में है।'

'ह्वाट सांवलसिंह? अम उसकू शूट करेगा।'

'बस हुजूर, ज़रा चले चलें, सांवलसिंह सरकश आदमी है सर, एकदम डाकू।'

'उसे गिरफ्तार करो, साला लोग। अम उसकू हैंग करेगा। एकडम फांसी।'

'हुजूर, पुतलीजान बहुत बढ़िया, यंग सर, पास ही में। सांवलसिंह बदमाश है सर!'

'लाओ, लाओ, वैल टैसीलडार, यू ब्लडी।'

'सरकार सांवलसिंह से मैं खौफ़ खाता हूं।'

'ओ कितना डूर?'

'वो सामने बाग में हुजूर।'

'वैल अर्दली, अमारा घोरा लाओ। अम जाना मांगटा।'

साहब ने आखिरी जाम चढ़ाया। घोड़े पर सवार हुए और चले। लगाम पकड़े हुए तहसीलदार रौनकहुसैन।

6

बाग में कनातें लगी थीं। भीतर छोलदारियों में हरे कमल रोशन, चांदनी बिछी, सांवलसिंह मसनद पर उढ़के हुए। पुतली उनके दोनों पैर गोद में लिए धीरे-धीरे दबा रही थी। सांवलसिंह की आंखों में नशे की खुमारी थी। दो लठियल छोलदारी के बाहर ऊंघ रहे थे। सन्नाटा था। यह सांवलसिंह का एकांत आरामगाह था। महीन तन्ज़ेब का कुर्ता, चूड़ीदार पायजामा, सिर पर दुपल्ल टोपी। पुतली भी सादा हल्के लिबास में। मलमल का कपासी रंगा हुआ दुपट्टा, मलमल ही की गुलाबी कुर्ती, बसंती पायजामा। ज़ेवर बहुत कम। फूलों से लदी हुई।

साफ़-सुथरी जगह, सूरज डूब चुका था। झिलमिलाते तारे यों ही छुट-पुट आसमान पर नज़र आते थे। बादल के लक्के, कोई सफ़ेद, कोई आवी, कोई नीलगू, ज़रा-ज़रा से, मगर एक-दूसरे से मिले हुए फैल रहे थे। जिनमें ग्यारस के चांद की अठखेलियां। आम, पीपल, बरगद के पत्ते जब हवा ज़ोर से चलती खड़खड़ा उठते थे। हवा में ज़रा-ज़रा खुनकी थी। सांवलसिंह अमल-पानी कर चुके थे। पुतली ने कहा, 'इस बार मेला खूब रहा, मुल सरकार ने हमें न नहलाया।'

'सिड़िन हो, भला गांव-देहात की जाटनियों के साथ क्या नहाना!'

'वाह, गंगा अस्नान। पर्व का दिन। पुण्य का काम। लाखों आदमी स्नान कर गए,' पुतली ने पैरों पर मुक्कियां चलाते हुए कहा।

'खैर, तू अब कर लेना। मीर साहब से कहना। परदा करा देंगे। ला, पान दे।' पुतली ने पान देकर कहा, 'सरकार भी साथ रहें तो सर्त है।'

'मैं पुन्न नहीं लूटता। ठंडा पानी दे।'

पुतली ने सुराही से पानी उंडेलकर ज़रा-सा केवड़ा मिलाकर दिया। पानी पीकर सांवलसिंह का मिज़ाज तर हो गया। पुतली का हाथ पकड़कर कहा, 'ज़रा पास आकर बैठ। मोगरे और बेले का यह दस्तबन्द तो खूब महक रहा है।'

'ज़रा बाहर निकलिए सरकार! कैसी निखरी हुई चांदनी रात है! बहार की रात है। चम्पे की खुशबू अलग मस्त कर रही है। फिर सरकार के चरनों की खिदमत। निहाल हो गयी हूं सरकार।'

'तेरी तनख्वाह तो महीनों से नहीं मिली।'

'ऐ है तो क्या हुआ! सरकार इस वक्त मेरे पास हैं तो हमको लाख-करोड़ रुपये मिल गए।'

सांवलसिंह का दिल बाग-बाग हो गया। खुश होकर कहा, 'ला पान दे।' पान खाकर उन्होंने पुतली की कमर में हाथ डालकर पास खींच लिया।

इसी समय कुछ खटका सुन पुतली की नज़र गयी दरवाज़े की ओर। देखती क्या है, बन्दर-सा लाल-लाल मुंह उसके बाद सफ़ेद-सी गर्दन। लाल-लाल सिर पर बाल।

पुतली की चीख निकल गयी, 'ए मुआ, यह हूश कौन आ घुसा!'

सांवलसिंह ने उधर मुंह फेरा। फाल्कन साहब सशरीर तम्बू में घुस आए। घुसते ही बोले, 'आई लव यू फ़ेयर लेडी।'

और आगे बढ़कर पुतली का हाथ पकड़ लिया। पुतली ने हाथ झटककर कहा, 'मर मुए हूश।' उसने इधर-उधर अपने चाबुक को देखा।

इसी बीच फाल्कन साहब ने दोनों हाथों में पुतली को लपेटते हुए कहा, 'कम ऑन, वाइल्ड हनी, कम ऑन।'

और अब सांवलसिंह तड़पकर उठ बैठे। एक लात कसकर उन्होंने साहब की पीठ पर जमाई। लात खाकर साहब औंधे मुंह गिरे और चिल्लाने लगे, 'हेल्प, हेल्प, मर्डर, मर्डर।'

पुतली ने कहा, 'जरा ठहरिए सरकार, इस मुए हुश्शू को मैं ही ठीक करती हूं।' उसने अपनी चमड़े की चाबुक संभाली और सपासप साहब की चमड़ी उधेड़नी शुरू की। साहब बहादुर हैं कि बचाव के लिए हाथ-पैर मार रहे हैं और पुतली सपासप चाबुक जमा रही है। सांवलसिंह डेरे का दरवाज़ा रोके खड़े हैं। शोर-शप्पा सुनकर दोनों लठैत भीतर घुस आए। सांवलसिंह ने कहा, 'ज़रूरत नहीं है, बाहर ही रहो।'

जब पुतली मारते-मारते थक गयी, हांफने लगी : सांवलसिंह ने कहा, 'बस, या और कुछ?'

'अभी ठहरिए सरकार, ज़रा सुस्ता लूं। मुए फिरंगी होते हैं सख्त जान। इतनी मार खाई, मुल मरे बैल के-से दीदे दिखा रहा है।'

पुतली ने फिर चाबुक संभाला। फाल्कन साहब बोले, 'माफ़ करो फ़ेयर लेडी, अमकू जान बख्श देना मांगो बाबा। अम भोट मारा।'

'अभी कहां, अभी तो नाक-कान भी काटूंगी, मूडी-काटे, यहां आया कैसे?' पुतली ने कसकर ठोकर जमाई। फाल्कन ने सांवलसिंह से कहा, 'बाबू अम टूमारा पनाह मांगटा। अम फाल्कन साहब, मेरठ का कलक्टर है। अमकू माफ़ करो।'

फाल्कन का नाम सुनते ही सांवलसिंह ने हंसी रोकते हुए कहा, 'यहां किसलिए आए थे, साहब बहादुर?'

'बडज़ात टैसीलडार लाया। अम उसकू डिसमिस करेगा।'

पुतली ने फिर चाबुक संभाला, उसे सहारे से रोककर सांवलसिंह ने कहा, 'साहब आप ज़िले के हाकिम हैं, आपको शर्म आनी चाहिए।'

'अमकू माफ़ करो बाबा।'

'उस औरत से माफ़ी मांगो साहब बहादुर।'

'फ़ेयर लेडी, एक्सयूज मी प्लीज़, प्लीज़।'

'बन्दर मुंहा कैसा सीधा बन गया अब!' पतली ने हंसकर कहा।

इसके बाद सांवलसिंह ने हाथ के सहारे से साहब को उठाया और एक लठैत को बुलाकर कहा, 'गुमानसिंह, साहब बहादुर को जाकर उनके डेरे पर छोड़ आओ।'

तहसीलदार तो यहां साहब की पूजा आरम्भ होते ही हवा हो गए थे। साहब का घोड़ा अलबत्ता खड़ा था। लेकिन साहब के अंजर-पंजर इस कदर ढीले हो रहे थे कि वे घोड़े पर सवार न हो सके। दोनों लठैतों ने किसी तरह उन्हें घोड़े पर लादा।

डेरे पर आकर साहब ने गुमानसिंह से कहा, 'वैल मैन, टुमने क्या डेका?'

'हुजूर की खूब पिटाई हुई, पुतलीजान ने हुजूर की चाबुक से अच्छी तरह खाल उधेड़ी।'

'ओ, नो, नो बाबा। टुमने कुच बी नहीं डेका। यह बकसीस लो,' साहब ने दस रुपये निकालकर लठियल की हथेली पर रखे। गुमानसिंह ने सलाम करके कहा, 'जी हां, हुजूर हमने कुछ भी नहीं देखा।'

'अच्छा, अब टुम जाव। टैसीलडार हरामजादा हाय। अम उसकू डिसमिस करेगा।'

'उधर अब कब आइएगा साहब?'

'ओ, नो, नो, नो, ह्वाट ए टैरिबल बिच।'

गुमानसिंह हंसता हुआ सलाम करके लौटा। साहब बहादुर गुस्से से बकते-झकते बैरा को पुकारने लगे, 'व्हिस्की, व्हिस्की। यू सूअर, व्हिस्की।'

और बैरा, 'जी हुजूर, अभी लाया खुदाबन्द,' कहकर जल्दी-जल्दी व्हिस्की गिलास में डालने लगा।

7

नवाब ज़बर्दस्तखां एक फ़ितरती ज़ालिम था। यह हापुड़ का नवाब था। जात का रुहेला पठान। ग्रांडील शक्ल-सूरत, स्याह रंग, चेचकरू, उम्र चालीस के लगभग। बहुत कम पढ़ा-लिखा था। हिन्दुओं का कट्टर विरोधी, पक्षपाती मुसलमान था। आए दिन फसादी मुल्ला और उलेमा उसके यहां जमातें करते और उसके कारिन्दे-गुमाश्ते हिन्दू रियाया पर मनमाने अत्याचार करते, जिनकी कहीं कोई सुनवाई न होती थी। कम्पनी बहादुर की सरकार केवल अपनी मालगुजारी लेने में चाक-चौबंद थी। इस काम में वह ऐसे शोरे-पुश्त नवाबों के भी कड़ाई से कान खींचती थी। पर जो ज़मींदार मालगुज़ारी ठीक समय पर अदा कर देते थे, उनके चरित्र और ज़ोर-जुल्म की ओर से वह आंख मींच लेती थी। कम्पनी बहादुर की सरकार के पास न इतने बरकंदाज़ थे, न थानेदार न तहसीलदार, कि वह मुल्क में अमन कायम करने की सिरदर्दी उठाए। उन्हें तो ऊपर से केवल यही हुक्म आता था, मालगुज़ारी ठीक समय पर वसूल करके रुपया भेजो। और यहीं पर उनका काम समाप्त हो जाता था। यदि कभी कोई शिकायत रियाया पर जुल्म की पहुंची भी तो ज़मींदार चट से जवाब देते थे कि हुजूर, बड़े शोरे-पुश्त आसामी हैं। लगान न निचोड़ा जाएगा तो हम मालगुजारी कहां से अदा करेंगे। इस बात का जवाब न थानेदार पर था, न तहसीलदार पर, न मजिस्ट्रेट-कलक्टर साहब बहादुर पर।

बस, नवाब ज़बर्दस्तखां जैसे ज़ालिम रईस दिनदहाड़े रियाया पर जुल्म करते और कभी-कभी तो कत्ल भी कर डालते थे।

एक नटनी गुलाबज़ान इनकी भी आशना थी। नटनी रखना उस ज़माने में रईसी शान तो था ही। नवाब ने उसे गुलावठी गाव दे दिया था, जहां उसका पूरा टांडा बस गया था। यों तो नट-कंजर खानाबदोश जात के लोग हैं, मंगते कहाते हैं, समाज में उनकी कोई इज़्ज़त नहीं है, पर नवाब ने जब गांव नटनी के नाम लिखकर उसे वहां का ज़मींदार बना दिया तो गांव के सभी निवासी उसकी रैयत हो गए। गांव में ठाकुर भी थे, ब्राह्मण भी थे, जाट भी थे। वे नटनी को ज़मींदार मानने में अपनी हतक समझते थे। हरामज़ादी नटनी पतुरिया बन गयी हमारी ज़मींदार; अब हम सरकार, माई-बाप करके करेंगे उसे सलाम। सब लोग खुल्लमखुल्ला यही कहते थे। भाग्य की बात यह कि वह भी नवाब की भाँति सख्त-दिल और बदमिज़ाज थी।

नटनी जैसी कमीनी और मुंहफट कौम दूसरी नहीं होती। गुलाब भी बड़ी मुंहफट और बिगड़ैल थी। अच्छों-अच्छों का वह पानी उतार देती थी। मज़ाक कभी-कभी उसका भोंडा हो जाता था, पर नवाब से उसका मेल सोने और सुहागे का मेल था।

नवाब से एक गांव की रियासत पाकर गुलाबजान अपने को एक रईस समझने लगी थी और डेरेदार रंडी की भाँति बहुधा हापुड़ में ही रहती थी। नवाब ने अपने यहां उसके लिए एक आरास्ता कोठा दे रखा था, जहां वह बड़ी शान से रहती थी। दो महरियां खिदमतगार नवाब ने उसे दे रखी थीं।

नवाब का यह दस्तूर था कि चन्द दोस्तों के साथ गुलाबजान के कोठे पर आते; वहां खुशगप्पियां लड़तीं, तबले पर थाप पड़ती और दुनिया भर की लनतरानियां होतीं।

गुलाब थी तो नवाब ज़बर्दस्तखां की ही पाबन्द, पर आशना उसके और भी थे। इनमें एक था खर्शीद। डोमनी का छोकरा। देखने में अच्छा। उम्र उसकी थी गुलाब के बराबर। आवाज़ अच्छी थी, गाने में लयदार। आंखों में पानी और जवानी का जोश। पूरा मसखरा। बोटी-बोटी फड़कती थी। कसरत करता था। मछलियां भुजदंडों पर उछलती थीं। गले में उस्तादी तावीज़। जब गुलाब गाने बैठती, वह बजाने लगता। कभी-कभी आवाज़ फेंकता तो सुननेवाले फड़क उठते। खुशामदी भी परले सिरे का था, और बेगैरत भी। गुलाब से कभी-कभी उनकी लप्पड़बाज़ी भी हो जाती थी। हर जलसे में वह मौजूद रहता। यों गुलाबजान के मिज़ाज में भी तमनकत थी। ठाठ भी माशाअल्ला उसके निराले थे। जब मसनद पर बैठती, एक मसहरी गुड़गुड़ी लिए हाज़िर, दूसरी पंखा झलती हुई। और मियां खुर्शीद हैं कि कभी पंखा दबा रहे हैं, कभी लतीफे सुना रहे हैं। डोमनी का यह छोकरा था बड़े ठाठ का। रंग तो सांवला था, पर नाक-नक्शा सुडौल, उस पर नमक, जामा-पोशी, शोखी-शरारत और बेहयाई। यही सब वे गुण हैं, जिनकी बदौलत उन दिनों नटनियों और डेरेदार रंडियों के डेरे ऐसे लोगों से आबाद थे।

डोमनियां गालियां गाने में बड़ी मश्शाक होती थीं। रईसों की महफ़िलों में नटनियां नाचतीं और डेरेदार वेश्याएं गातीं, मुज़रा करती थीं। पर ब्याह-शादी और दूसरे मौकों पर गालियां गाने को डोमनियां बुलाई जाती थीं। यह खुर्शीद का बच्चा भी गालियां गाने में एक ही था। यह गुण उसे विरासत में मां से मिला था। ब्याह-शादियों के मौके पर अक्सर औरतों में डोमनियां गाने को बुलाई जाती थीं और तब अच्छे-अच्छे शरीफ मर्द आदमी औरतों में घुसकर शौकिया गालियां सुनते थे। गालियां अक्सर फौशगंदी होती, उनमें मां-बहनें नापी जातीं और लोग सुन-सुनकर दांत निकालकर हंसते थे। बहुधा नवाब अपने चार दोस्तों के साथ जब आते, खुर्शीद से गालियां गवाकर बड़े शौक से सुनते थे। यह बेहया लौंडा खूब बता-बता करके गंदी गालियां गाता। इन्हीं सब बातों से खुर्शीद उस घर में गुड़ का चिंउटा हो रहा था।

परन्तु हकीकत यह थी कि ऐसे एक आदमी से इन खानगियों को बहुत लाभ रहता है। इसलिए वे एक न एक को बनाए रखती हैं। ये लोग सौदा सुलझाते हैं, गाहक पटाते हैं। यार के मिज़ाज को नापते-तौलते रहते हैं। बीमार पड़ने पर तीमारदारी करते हैं, पैर दबाते हैं। और जब कोई दूसरा पास नहीं होता तो दिल बहलाते हैं। तबियत में मनहूसियत और सूनापन नहीं आने देते। चुरकुट फंसाते हैं। ब्याह-शादी के मुजरे में इन्तज़ाम करते हैं, महफ़िल में बैठकर हावभाव जताकर

मुजरेवाली को वाहवाही दिलाते हैं। कसबी के खाने-पीने का, डेरे का उम्दा इन्तज़ाम करते हैं। दो रईसों को भिड़ाकर लुत्फे-रकाबत हासिल करते हैं, तमाशबीन इनसे दबते हैं, मुट्ठियां गर्म रखते हैं। झगड़ा-टंटा उठ खड़ा हुआ तो यह तकरार को मुस्तैद रहते हैं। शहर के लुच्चे-गुण्डों को जमाकर आफ़त खड़ी कर देते हैं। अच्छे रईसों की बेहुर्मती कर डालना उनके बायें हाथ का खेल होता है।

कभी-कभी तो वेश्याएं इन लोगों की मुहब्बत में मर ही मिटती हैं। मगर मियां खुर्शीद इतने खुशकिस्मत न थे। फिर गुलाबजान बड़ी चलतीपुर्जी नटनी थी। मतलब से मतलब रखती थी। वक्त पर तेवर बदल जाना और मुस्कुराकर तिरछी चितवनों से देखना कोई उससे सीख ले। इन्हीं सब कारणों से गुलाबजान की हापुड़ में धूम थी।

गुलाबजान के और भी आशना थे। एक थे लाला मुसद्दीलाल। गुड़ और गल्ले की आढ़त करते थे। उन दिनों भी आज की भाँति हापुड़ गुड़ और गल्ले की भारी मण्डी थी। खण्डसार भी पड़ती थी। लेन-देन भी होता था। रंग था आबनूस के कुन्दे के समान और उम्र थी पैंतालीस-पचास के बीच। कोई पौने तीन मन की लाश थी। मूंछे रोज़ कतरवाते और दाढ़ी भी रोज़ घुटवाते थे। अरसे तक गुलाबजान पर डोरे डालते खूब सुलगाया। बढ़-बढ़कर गुलाबजान के हुस्न की चर्चा की। पर जब-जब लाला ने मिलना चाहा, दांतों में ज़बान दबाकर कहा, 'ना बाबा, ना। नवाब सुनेगा तो तलवार से दो टुकड़े कर डालेगा या दन से पिस्तौल दाग देगा। कभी कहता, 'गुलाबजान भी तुमसे मुहब्बत करती है लाला। मुल लाचार हैं। नवाब का डर है।' लेकिन एक दिन वह कोठे पर ले ही गया। मुद्दत तक वियोगाग्नि में सुलग-सुलगकर लाला कबाब बन चुके थे। कोठे पर पहुंचे तो निहाल हो गए। टुकुर-टुकुर देर तक गुलाबजान की ओर देखते रहे। गुलाबजान ने पान पेश किया तो कानों पर हाथ धरकर कहा, 'हिन्दू धरम है हमारा। हर पूरनमासी गंगा-स्नान करते हैं। पान नहीं खा सकते।'

गुलाब ने तिनककर कहा, 'ऐ हैं, फिर मुई कसबी के घर क्यों आए साहब?'

'बस दो गाल हंस-बोल लेंगे।'

'बस इतना ही कि और कुछ?'

'अब जो कुछ तुम्हारी इनायत हो जाए। तुम्हारी सूरत पर लट्टू हूं। बड़ी खूबसूरत हो, तुम पर हमारा दिल आ गया है।'

'लेकिन साहब, मैं तो नवाब साहब की पाबन्द हूं, आपसे क्योंकर मिल सकती हूं। अब उनके आने का वक्त हो गया है। बस, आप रुखसत हूजिए।'

'तो फिर कल फिर आएंगे, इसी वक्त। अभी ये पांच रुपये तुम्हारी नज़र करते हैं। पान खाना। कल फिर खुश करेंगे।' इतना कहकर पांच रुपये टेंट से निकालकर लाला ने नटनी की हथेली में थमा दिए। रुपयों पर हिकारत की नज़र डालकर उन्हें लौटाते हुए गुलाबजान ने नखरे से कहा, 'इन रुपयों के गेहूं पिसाना लाला, साढ़े सात मन आएंगे। पन्द्रह दिन का घर खर्च चलेगा।'

रुपये टेंट में ठूंसते हुए लाला ने कहा, 'कोई बात नहीं बीबीजान हमारी-तुम्हारी मुहब्बत है तो जो कहो दे दें।'

'खैर, तो एक थान गुलबदन भेज देना। अरे हां, वे रुपये तो तुमने टेंट ही में रख लिए। बड़े कंजूस हो लाला!'

लाला ने वे पांच रुपये फिर निकालकर गुलाबजान के हाथों में रख दिए। गुलाब ने तिनककर कहा, 'ऐ है, फिर वही पांच रुपल्ली।'

'अजी, एक थान गुलबदन और पांच रुपयों पर क्या मुनहसिर है, तुम्हारे लिए जान हाज़िर है। मुल आज तो पहला ही दिन है।'

'तो पहल की बोहनी तो करो। देखूं वह अंगूठी, उसका नग तो खूब चमकता है।'

इतना कहकर उसने फुर्ती से अंगूठी लाला की उंगली से खींच ली और कहा 'अच्छा तो कल इसी वक्त आइए। बस, अब तो ठहर नहीं सकती।' इतना कहकर वह छमाछम करती कमरे से चल दी।

'लेकिन वह अंगूठी तो देती जाओ। सुनो, सुनो यह बात अच्छी नहीं।'

'तो मरे क्यों जाते हो लाला, अंगूठी कोई मैं कुछ खा न जाऊंगी।'

'दो सौ की है।'

'तो क्या चोरों से व्यौहार है, कल ले लेना। ज़रा मैं भी उंगली में डाल लूं।'

'पर अंगूठी मेरी नहीं है, रेहन का माल है। नहीं तो कुछ बात नहीं थी, तुम पर सौ अंगूठियां न्यौछावर।'

'लो और सुनो, लाला रंडी के कोठे पर आए हैं पराई अंगूठी पहनकर। शर्म नहीं आती।'

'तो कोई ज़बर्दस्ती है। लाओ, अंगूठी दो।'

अब तक मियां खुर्शीद मज़े से इस बातचीत का मज़ा ले रहे थे। अब गुलाबजान का इशारा पाकर उठे और लाला को गर्दनियां कर बोले, 'हां, हां, ज़बर्दस्ती है। चले लाला रंडी के कोठे पर। मर्दूद मक्खीचूस! ले, अब चुपके से खिसक जाइए, ठंडे-ठंडे। और सुबह एक थान गुलबदन दुकान पर मंगा रखिए, मैं ले आऊंगा।'

उसने धकेलकर लालाजी को जीने में दो-तीन सीढ़ी उतारकर सांकल भीतर से चढ़ा ली।

8

गुलाबजान के एक और चाहनेवाले थे, नवाब मुज़फ़्फ़रबेग, जो नवाब बल्लभगढ़ के नाम से मशहूर थे। बल्लभगढ़ मुक्तेसर की पूर्वी दिशा में अब एक छोटा-सा वीरान गांव है। उस ज़माने में

यहां बड़ी रौनक थी, जिसका सबूत नवाब की विशाल गढ़ी, हवेली और बारहदरी तथा कचहरी के खंडहर हैं, जिन पर अड़ूसे और धतूरे के पेड़ उग आए हैं। उन दिनों यहां धूम-धड़ाका रहता था। नवाब मुज़फ़्फ़रबेग ठस्से के रईस थे। रुपया नकद इनके पास बहुत था। इलाका भी छोटा न था। असल बात यह थी, उन दिनों आज के जैसे न तो बम्बई, कलकत्ता और दिल्ली जैसे विशाल नगर थे, जहां देश भर के पढ़े-लिखे लोग पेट के धंधे के फेर में फंसकर खटमल और मच्छरों की भाँति छोटे-छोटे दरबों में रहते हैं। जिन्हें सुबह नौ से दस बजे तक और शाम को पांच से छः बजे तक टिड्डीदल की भाँति दफ़्तर से आते-जाते आप देख सकते हैं। और न बड़े-बड़े मिल-कारखाने खुले थे, जहां लाखों मज़दूर एकसाथ मज़दूरी करके पेट पालते और मुर्गे-मुर्गियों की भाँति गंदे दरबों में रहते हैं। पापी पेट के लिए लाखों-करोड़ों स्त्री-पुरुष, गांव-देहात छोड़ अब इन शहरों में आ बसे हैं। उन दिनों ये सब देश में समान भाव से फैले हुए देहातों में रहते थे। खेती करते या घर पर अपने-अपने हज़ारों धंधे करते थे। शहर और कस्बे की बात तो दूर, छोटा-मोटा गांव भी उन दिनों अपनी हर ज़रूरत के लिए आत्मनिर्भर था। और हर एक आदमी बहुत कम खर्च में सीधे-सादे ढंग से मज़े में रहता था। अपना मालिक आप। तब न इतनी पुलिस थी, न इन्तज़ाम। ज़मींदारों की स्वेच्छाचारिता थी। कम्पनी बहादुर के अहलकारों की आपाधापी थी। चोरों, ठगों, सांखियों, कंजरों, डाकुओं का भय था। अराजकता थी। पर फिर भी लोग खुश थे। अपने में संपूर्ण, आत्मनिर्भर। परिश्रम, सादा जीवन और आत्मनिर्भरता उनके स्वभाव का अंग बन गए थे क्योंकि उनके बिना एक क्षण भी चलता न था। वह ज़माना ही ऐसा था।

लोग खुश थे, मस्त थे और उसका यह नतीजा था कि आमतौर पर रियाया में ऐयाशी एक हद तक फैली थी। आप इसे चरित्रहीनता कह सकते हैं। बाल-बच्चेदार रईस, नवाब रंडियां, नटनियां रखते, खुल्लमखुल्ला घरों पर नाच-मुजरे होते, छोटे-बड़े सभी उनमें भाग लेते, नशा-पानी होता। होली-दीवाली का हुरदंग होता। नटनियां, वेश्याएं, जो ताबे होती, रईसों के घरों पर आती-जातीं। घर के बच्चे उनसे वही रिश्ता रखते जो घर की स्त्रियों से होता है। कोई शर्म-झिझक न थी। चाची, मामी का रिश्ता और वही सुलूक। बड़े घर की अमीरजादियां खातिरख्वाह इन कसबियों को भीतर जनाने में बुलाती, खातिर करतीं, इनाम देतीं, पास बिठातीं। इस प्रकार ये नटनियां, कंजरियां, पतुरियां, डेरेवालियां, डोमनियां भी सभ्य समाज का एक अंग थीं। उनके बिना समाज सूना था, उदास था।

नवाब साहब की उम्र सत्तर के करीब थी। मुंह में एक दांत न था। कमर झुककर दुहरी हो गयी थी। सिर के और दाढ़ी के बाल रुई के गोले के समान सफ़ेद। मगर रहते थे नौरतन, बने-ठने। कैंचुली का अंगरखा, गुलबदन का पायजामा, जिसमें लाल रेशम का जालीदार नेफा। मसालेदार टोपी, बालों में कीमती चमेली का तेल। कपड़े इत्र-हिना या गुलाब से तर। अब कहिए इस उम्र में भी रंडी से आशनाई।।

मुंहलगे यार-दोस्त पूछते, 'हुजूर, अब इस उम्र में तो खुदा की बन्दगी और तस्बीह की सोहबत मुनासिब है।' तो तड़ाक से कहते, 'बेहूदा बकते हो। खुदा की बन्दगी और तस्बीह की क्या कोई

खास उम्र होती है। हम तो पैदाइशी बन्देखुदा हैं। हर वक्त वज्द में रहते हैं। तुम दो दिन के लौंडे क्या जानो। मगर हमारी सरकार में जहां शानशौकत के और सब सामान व फज़्ले-खुदा मुहैया हैं, वहां हमारी जानोमाल की सलामती बनाने के लिए जलूसियों में एक रंडी भी चाहिए।'

सौ रुपये मुशाहरा गुलाबजान को इस सरकार से मिलता था। इस पर नवाब ज़बर्दस्तखां को भी ऐतराज़ न था। बूढ़े की सनक पर वे भी हंसते थे, बल्कि अपनी महफिल में ब-ज़िद बुलाकर बिठा लेते और उनके चुटकुलों का और ज़िन्दादिली का मज़ा लेते थे। गाने और सितारसाज़ी में उस्ताद थे। दमखम और आवाज़ अब नहीं रही थी, मगर जब आलाप लेते तो तबलची-सारंगियों को पसीना आ जाता था। धुपद-धमार के धनी थे। बड़े-बड़े उस्तादों की आंखें देखे हुए। बड़ी-बड़ी नामी-गिरामी रंडियां और गवैये उनके सामने जूतियां सीधी करते और उन्हें औलिया कहते थे। आवाज़ में वह सोज़-लचक थी कि दिल तड़प जाता था।

ताज़ियादारी इनकी ठाठ की होती थी। दूर-दर की रंडियां मर्सिये गाने आतीं। लखनऊ, दिल्ली और बनारस के कलावन्त अपना करतब दिखाते। अशरा मुहर्रम में दस दिन रोज़ मजलिस होती थी। चेहलम तक हर जुमेरात को खास धूमधाम रहती थी। सैकड़ों मुहताज मोमिनीन लंगर खाते थे।

यही मामला होली पर होता था। पूरे हफ़्ते-भर होली का हरदंग रहता। वे भूल जाते कि मुसलमान हैं। रंग, अबीर, गुलाल में सराबोर। शराब, भंग की माजूम, बर्फियां और बादाम; केसर मलाई डाली हुई दूधिया छनती-शहर-भर की पहुनाई होती। नवाब घर-घर जाते, रंग डालते, अबीर लगवाते लोगों से गले मिलते थे, इस मौके पर बनारस और लखनऊ से मशहूर भांड बुलाए जाते थे, जो तरह-तरह की नकलें करते, लोगों के हंसते-हंसते पेट में बल पड़ जाते थे। क्या बहार थी, बस बल्लभगढ़ उन दिनों इन्द्र का अखाड़ा बन जाता था। ज़िन्दगी उमड़ी पड़ती थी।

नवाब की बेगम साहिबा कायम थीं। उम्र उनकी भी नवाब से कम न थी। दोनों में मुहब्बत ऐसी कि जवान भी लज्जित हों। नवाब साहब का बंधा दस्तूर था कि रात के नौ बजे और जनानखाने में दाखिल। लाख काम हो, बाहर नहीं आते थे। असल बात यह है कि नवाब बूढ़े ज़रूर थे पर थे प्यार करने के काबिल।

हापुड़ में नवाब साहब की पुख्ता हवेली थी। जब आते वहीं मुकाम करते थे। जितने दिन मुकाम रहता, रंग, बहार, मजलिस, महफ़िल, दावत, शिकार, अगलम-बगलम, हंसी-मज़ाक और सब कुछ। मगर निहायत सलीके से। शे'र भी कह लेते थे। सुनने के पक्के शौकीन, बस मुशायरों की भी एक-दो वारदातें हो जातीं। लुत्फ़ रहता।

दीवाली बीत चुकी थी। गुलाबी सर्दी पड़ने लगी थी। लोग लिहाफ़-रज़ाइयों से मुंह निकालकर सोने लगे थे-मौसम पुरलुत्फ था। आसमान में चांदनी चटखती तो रात जैसे खुलकर हंसती थी।

मुक्तसर में गंगा-स्नान में मेले की चढ़ाई थी। लख्खा आदमियों का हुजूम मुक्तेसर पर उमड़ा पड़ता था। आस-पास के देहातों से अमीर-गरीब, अपनी हैसियत के अनुसार बहलों, गाड़ियों, रथों, मंझोलियों में, घोड़ों पर, हाथी पर, पालकियों में आ रहे थे। सवारियों का तांता बंधा था। हापुड़ में भी आदमियों का भारी हुजूम था। एक मेला लगा था। दूर-दूर के बिसाती, दुकानदार दुकानें सजाए तरह-तरह की जिन्सें बेच रहे थे। हलवाइयों और मोदियों की चांदी थी।

नवाब का आम दस्तूर था कि इन दिनों वे हापुड़ में आ मुकीम होते थे। गंगा-स्नान के हफ़्ते-भर बाद तक डटे रहते। यात्रियों के लिए पौसाला लगाते थे। शर्बत पिलाते थे। मगर असल बात यह थी-जाटनियों के गीत सुनने का उन्हें शौक था, जो आस-पास के देहातों से सिमटकर झुंड के झुंड पैदल या बैलगाड़ियों में राह चलते गला मिलाकर गाती थीं। बस वह गाना बेमिसाल था। क्या गातीं खाक-धूल समझ नहीं पड़ता, परन्तु उनकी मिली-जुली हो-हो पर नवाब लट्टू थे। हवेली उनकी आम रास्ते पर थी। कोठी में आरामकुर्सी पर बैठे अम्बरी तमाखू खुशबू की मस्त महक का मज़ा लेते हुए चटख चांदनी रात में सामने सड़क पर गुज़रती हुई बैलगाड़ियों में हिचकोले खाती हुई जाटनियों के अजीब लहरी गानों का लुत्फ लेते रहते थे।

9

मेले की भीड़भाड़ जब घट गयी तो गुलाबजान ने एक ठाठ के जलसे की नवाब साहब को दावत दी। कोठे पर महफ़िल सजाई। कीमती शीशे आलात की रोशनी, साफ़ दूध-सी सफ़ेद चांदनी का फ़र्श, ईरानी कीमती कालीन, उस पर ज़रबफ्त की मसनदें और गुलगुले गावतकिए, रंग-बिरंगे मिरदंगे, हांड़ियां रोशन, इत्र-फुलेल, गुलाब, केवड़ा, हिना, चम्पा, जुही, मालती की गहगही खुशगवार खुशबू के साथ मिली-जुली लखनऊ के कीमती मश्की अम्बरी खसीरी तमाख की महक। तमाम कस्बे में महफ़िल की धूम मच गयी। मगर क्या मजाल कि पंछी पर मार जाए। सिर्फ चुनिंदा सोहबत। कस्बे की सब मशहूर नौचियां, कंचनी, डोमनी, डेरेदार, नटनियां एक से एक खूबसूरत, सब गहनों से गोदनी की तरह लदी हुई, इठलाती, बनी-ठनी तोलवां जोड़े पहने। गोरी, सांवली, ठिगनी, मझोली, लम्बी-सभी किस्म की बला। कोई मखमली धानी दुपट्टे से फूटी पड़ती है। किसी का ऊदी गिरंट का पायजामा संभाले नहीं संभलता। किसी की फंसी-फंसी कुर्ती गज़ब ढा रही है। किसी के हाथ-गले में हल्का ज़ेवर, किसी की नाक में हीरे की कील, कानों में सोने की आंतियों की बहार, किसी के हाथों में भारी-भारी सोने के कड़े, गले में मोतियों का कण्ठा, कोई चंचल, कोई तुनकमिज़ाज, कोई गोरी-चिट्टी, किसी का खुलता हुआ सांवला रंग, किताबी चेहरा, सतुवां नाक, बड़ी-बड़ी आंखें, स्याह पुतली, उस पर काजल की लकीर, किसी का काही दुपट्टा करेब का, बनात टंकी हुई, ज़र्द गिरंट का पायजामा। कोई गहनों से लदी-फदी, कोई फूलों के गजरों से आरास्ता, जैसे चौथी की दुलहिन। बात-बात में शोखी-शरारत। कोई आंखें लड़ा रही है, कोई मुंह बना रही है, गर्ज़ हुस्न का बाज़ार लगा था। चांदी की तश्तरी में गुलाब-केवड़े में बसी पानी की गिलौरियां, बसे हुए हुक्के। जल्से का वह रंग कि जिसका नाम।

नवाब मुज़फ़्फ़रबेग कारचोबी काम की मसनद पर उठंगे हुए गिलौरियां कचर रहे हैं। तनज़ेब का अंगरखा, ऊदी सदरी, नक्केदार टोपी, चुस्त घुटन्ना, बगल में नवाब ज़बर्दस्तखां, कीमती भारी अरकाट दुशाला, कोई दो हज़ार की कीमत का, कमर में लपेटे, दूसरा सर में बांधे, हाथ में हुक्के की नली, छत की ओर ताकते मुश्की धुएं का अम्बार बना रहे हैं।

दीवान परसादीलाल, सत्तर से भी ढले हुए। दुबले-पतले कोई साढ़े चार माशे के आदमी, ऐनक आंखों पर चढ़ाए। माथे पर बल, कान में कलम, मलमल का अंगा और ढीले पायचों का पायजामा। चांदनी का कोना दबाए सिकुड़े बैठे, कभी-कभी परी-पैकरों को देखते, कभी अपने मालिक नवाब ज़बर्दस्तखां के तेवरों को।

एक वकील, सादा घुटा सिर, सदली मंडील सिर पर, तराशी हुई मूंछे। पूरे खुर्राट। हरएक को घूरते और मुस्कुराते हुए।

दो चोबदार अदब से दीवारों में चिपके हुए। दरवाजे के पास एक मशालची खड़ा था। एक मुख्तार साहब और दो शरीफज़ादे कालीन पर बैठे थे।

बी गुलाबजान के ठस्से का क्या कहना, चांदी की गुड़गुड़ी मुंह से लगी है, सामने पानदान खुला हुआ है, एक-एक को पान लगाकर देती जाती हैं। नौचियां लपक-झपककर पानों की तश्तरी रईसों को पेश करती हैं, रईस हैं कि कलाबत्तू हुए जा रहे हैं। पान की गिलौरियां कचरते हैं, गंगा-जमनी काम के पेचवन में कश लेते हैं। दीदारबाज़ी और फिकरेबाज़ी चल रही है। कहकहे उड़ रहे हैं। चुहलें हो रही हैं। उधर वह उठी, इधर आवाज़ आई-ज़रा संभल के। ये चली हैं छमाछम, तो किसी की परवाह नहीं। यहां रईस हैं कि आंखें बिछा रहे हैं नज़रों के तीर-तमंचे चल रहे हैं, बिना मांगे लोग कलेजा निकालकर दे रहे हैं। कोई दिल हथेली पर रखे हुए है। मगर वे हैं कि कोई बात नज़र में ही नहीं समाती। गरूर का यह हाल कि बादशाह भी इनकी ठोकर पर हैं। नाज़ और अंदाज़ पर मरनेवाले मर रहे हैं, जो ज़िन्दा हैं, ठंडी सांसें भर रहे हैं। एक हैं कि रूठी बैठी हैं, लोग मना रहे हैं।

खिदमतगार सुनहरी काम का हुक्का तैयार करके हाज़िर हुआ। बी गुलाबजान ने इशारा किया, बड़े नवाब के सामने लगा दो। नवाब साहब ने गुड़गुड़ी नवाब ज़बर्दस्तखां के आगे सरकाकर कहा, 'शौक कीजिए।' नवाब ज़बर्दस्तखां ने तपाक से, ज़रा-सा मसनद से उकसकर तसलीम बजाई और कहा, 'किब्ला पहले आप।'

बूढ़े नवाब ने मुनाल मुंह लगाई। मज़े ले-लेकर हुक्का पीने लगे। बी गुलाबजान ने पानदान सरकाया। पान पर कत्था-चूना लगा, डलियों का चूरा चुटकीभर डाला, इलायची के दाने पानदान के ढकने पर कुचलकर गिलौरी बनाई और खुद उठकर बड़े नवाब को पेश की।

नवाब ने कहा, 'दांत कहां से लाऊं जो पान खाऊं?'

'हुज़ूर, खाइए तो, आप ही के लायक मैंने बनाया है।'

नवाब ज़बर्दस्तखां ने मुस्कराकर कहा, 'वल्लाह, बनाने में तो तुम एक ही हो।'

गुलाबजान ने तड़ाक से जवाब दिया, 'लेकिन हुजूर बनाती ही हूं, बिगाड़ती किसी को नहीं।'

बूढ़े नवाब ने धुएं के बादल बनाते हुए एक ठंडी सांस भरी और कहा, 'शुक्र है खुदा का।'

इस पर एक गहरा कहकहा पड़ा।

दीवान परसादीलाल ने दस्तबस्ता अर्ज़ की, 'हुजूर, यह क्या बात है; जिस पर सरकार की नज़र पड़ती है; उस पर लाखों नज़रें पड़ती हैं; रश्क के मारे लोग जले जाते हैं।'

नवाब ने संजीदगी से कहा, 'ये जान-बूझकर जलाती हैं।'

ज़बर्दस्तखां ने हंसकर कहा, 'साहब, पहले तो वही खुद मरती हैं।'

गुलाबजान ने झट दूसरा बीड़ा नवाब ज़बर्दस्तखां के मुंह में ठूसते हुए कहा, 'अय हुजूर, यह नया कलमा कहा। मरें हमारे दुश्मन।'

'मरें इनके दश्मन, ठीक तो है। न जाने कितने मर चुके। उनके घर में रोना-पीटना मचा है, ये बैठी यारों के साथ कहकहे लगा रही हैं। ज़रा उगालदान दीजिए।'

एक नौची ने आगे बढ़कर उगालदान नवाब के आगे किया। नौची नवेली, कमसिन, अल्हड़, पर रंग ऐसा कि उलटा तवा। चेचक के दाग, छोटी-छोटी आंखें, भद्दी-सी नाक, नीचे को बैठी हुई, बड़े-बड़े नथने। कद ठिगना, मोटे-मोटे होंठ। गले में सोने की चम्पाकली, नाक में पीतल का बुलाक। देहाती धज। नवाब भांप गए, मज़ाक का मसाला मिला। आहिस्ता से बोले-

'क्या नाम है तुम्हारा बीबीजान?'

'हुजूर, मुझे धनिया कहते हैं।'

'वाह, क्या मुफ़ीद नाम है!' दीवान साहब की तरफ़ मुखातिब होकर, 'दीवान साहब, धनिये की क्या तासीर है?'

दीवान साहब पूरे घाघ। खट से हाथ बांधे बोले, 'सरकार, दिल को ठंडक पहुंचाता है।'

कहकहा फ़र्माइशी पड़ा। धनिया झेंप गयी। उठकर जाने लगी तो बड़े नवाब ने कहा, 'ठहरो तो बीबी, यह बुलाक तुमने कहां बनवाया?'

नौची ने झेंपते हुए कहा, 'नखलऊ से मोल लिया था सरकार।'

'नखलऊ भी बड़ा गुलज़ार शहर है। दीवान साहब की ओर मुखातिब होकर बोले, 'क्या खयाल है दीवान साहब?'

दीवान साहब छाती पर हाथ धरकर बोले-

'क्या कहने हैं हुजूर नखलऊ के, एक से बढ़कर एक कारीगर बाकमाल आदमी बसते हैं वहां। मगर कुछ लोग उस शहर को लखनऊ कहते हैं।'

‘कहते होंगे, हमें तो नखलऊ ही प्यारा लगता है।’ नवाब ने एक बार नौची की ओर देखा। फिर कहा, ‘ज़रा देख सकता हूं मैं तुम्हारा यह ज़ेवर ?’

अब नौची गरीब क्या करे। दबी नज़र इधर-उधर देखा। मुआ पीतल का बुलाक, दो पैसे का। खूब फंसी। नीचा मुंह किया, नाक से निकाला, रूमाल से साफ़ किया और बड़े नवाब की हथेली पर रख दिया।

नवाब साहब बड़े गौर से देखते रहे। फिर गुड़गुड़ी में, एक कश खींचकर बोले, ‘निहायत नफ़ीस चीज़ है, इसे तुम बीबी, हमें दे सकती हो ? कीमत जो चाहे ले लो।’

गुलाब मज़ाक को समझ न रही थी, नौची शर्म से ज़मीन में धंसी जा रही थी, मगर पुराने खुसट दीवान मज़ा ले रहे थे। आहिस्ता से बोले, ‘इस अदद को खरीदकर क्या करेंगे हुजूर ?’

नवाब ने निहायत संजीदा होकर कहा, ‘क्या कहूं दीवानजी, हमारी एक कुतिया है, कुत्ते हरामज़ादे उसे बहुत दिक करते हैं सोचता हूं यह बुलाक...’

बात पूरी न हो पाई कि नौची भागी पत्तातोड़। सारी रंडियां मुंह पर दुपट्टा डालकर हंसने लगीं। कहकहा पड़ा कि खुदा की पनाह।

लेकिन नवाब हैं कि संजीदा बने बैठे हैं, हैरान हैं कि आखिर यह कहकहे किसलिए ? ‘मालूम होता है, आप लोग बहुत खुश हैं ?’

नवाब ज़बर्दस्तखां ने कहा, ‘जी हां, ये लोग हुजूर को मुबारकबाद देना चाहते हैं।’

‘आखिर किस सिलसिले में ?’

‘हजूर की कद्रदानी और गैहरशिनासी के सिले में। वाह, क्या दाना बीना है। बस बी धनिया की तो तकदीर खुल गयी।’

‘तो बी धनिया पर ही क्या मौसूफ है। हमारी तो तबियत ही ऐसी है, सुना गुलाबजान, ज़रा ध्यान रखना। कोई हसीन नया चेहरा नज़र आए, तो मैं ज़िन्दा होऊं तो उम्मीदवारों में मेरा नाम लिख लेना, और जो मर जाऊं तो कहना मेरे नाम पर फातिहा पढ़ ले।’

दीवान साहब खुशामदी लहज़े में बोल उठे, ‘खुदा न करे।’

मगर गुलाबजान ने तड़ाक से कहा, ‘और अगर कोई हसीन मर्द नज़र आए ?’

‘तब तो तुम उसकी उम्मीदवार बनोगी ही, मेरा नाम उसकी बहन के उम्मीदवारों में लिख लेना।’

इस हाज़िरजवाबी पर फिर एक फर्माइशी कहकहा मचा। आखिर दीवान साहब ने कहा, ‘हुज़ूर, ये खुशगप्पियां तो होती ही रहेंगी, अब ज़रा तानारीरी का भी लुत्फ़ उठाया जाए। उधर देखिए चौथ का चांद बादलों में क्या अठखेलियां कर रहा है ! हवा कैसी मीठी बह रही है ! तिलस्मात का आलम है, बस केदारे की एक चीज़ हो जाए हुजूर।’

'बड़े नवाब मसनद पर लुढ़क गए। हुक्के की नाल मुंह से लगाते हुए बोले, 'क्या मुज़ायका है, बशर्ते गुलाबजान को कोई एतराज न हो।'

गुलाबजान ने कहा, 'तो हुजूर हुक्म हो तो पहल धनिया करे।'

नवाब न जानते थे कि धनिया फने-मौसीकी में माहिर है। गला कयामत का कुदरत से पाया था, मालूमात बहुत अच्छी थी। रियाज़ कमाल का था। नवाब के होठों पर मुस्कान फैल गयी।

धनिया ने आकर नवाब को सलाम किया। करीने से बैठी, उस्ताद सारंगिए ने सफ बांधी। एक नौची ने तानपूरा संभाला।

धनिया ने नवाब से पूछा-

'हुजूर, क्या गाऊं?'

'गाना गाओ बीबी!'

'कौन राग?'

'राग? खैर, केदार ही सही।'

'क्या? अस्थायी ध्रुपद, तराना?'

नवाब मसनद पर से उठकर सीधे बैठे। नौची की आंख में आंख डालकर कहा, 'ध्रुपद गाओ।'

धनिया ने स्वर बांधा, धीरे-धीरे आलाप लेना शुरू किया। पर जब मूर्छना उसके गले से निकलने लगी तो तबलची बेहाल हो गया। नवाब ने झपटकर तबला अपनी रानों में दबाया। फिर तो उनकी पुरानी उंगलियां कमाल का जौहर दिखाने लगीं। घड़ी-भर ही में बेखुदी का आलम तारी हो गया। न किसी के मुंह से वाह निकलती है न आह। सब बुत बने बैठे हैं। और सुर हैं जो हवा में तैरते हुए धरती-आसमान को ज़र्रा-ज़र्रा कर रहे हैं। दून की बाढ़ आई और फिर तीन ग्राम में उंगलियां थर्राने लगीं। इसी बेखुदी के आलम में गुलाबजान नाचने उठ खड़ी हुई, फिर तो वह समा बंधा कि वाह! चार घड़ी सुर तड़पते रहे। राग, मूर्छना, स्वर, ताल, लय, आलाप उच्चार, सब कुछ ऐसा जो बड़े-बड़े कलावन्तों का भी न सुना था।

गाना बन्द कर धनिया ने नवाब को आदाब झुकाया। नवाब ने हाथों की अंगूठियां, जेब की घड़ी, गले का लॉकेट, जेब के रुपए, पैसे, अशरफी जो कुछ था धनिया के ऊपर बखेर दिया। कद्रदान आदमी थे, आंखों में आंसू भर लाए। उसके दोनों हाथों को आंखों से लगाकर बोले, 'जीती रहो, शर्मिन्दा हूं बीबी, मैंने तुम्हारे साथ मज़ाक किया। अब से तुम जहां रहो, वहीं पचास रुपया माहवार मुशाहरा तुम्हें जब तक मैं ज़िन्दा हूं, मिलता रहेगा। और तुम पर कोई पाबन्दी नहीं है।'

धनिया बार-बार सलामें झुकाती हट गयी। गुलाबजान ने कहा, 'अब?'

'अब तो धनिया से बेहतरीन कोई गा सके गाए, वरना जलसा बर्खास्त।'

देर तक सन्नाटा रहा। आखिर नवाब हुक्के की नली छोड़ उठ खड़े हुए। उन्होंने आहिस्ता से कहा :

'जलसा बर्खास्त।'

10

यह आदमी अंग्रेज़ था। इसका असल नाम कर्नल स्किनर था। पहले यह फ़ौज में कर्नल था। भरतपुर की लड़ाई में इसने बड़ी बहादुरी दिखाई। उसी में एक गोली लगने से इसकी एक टांग लंग खा गयी थी। फ़ौज की नौकरी छोड़कर कम्पनी बहादुर के हुक्म से यह अफ़सर-बन्दोबस्त होकर इधर आया था। बहुत दिन वह इस नौकरी पर बहाल रहा और खूब रुपया कमाया। बाद में नौकरी छोड़ कलकत्ता की एक अंग्रेज़ कम्पनी की शराकत में उसने डासना, पिलखुआ और बिलासपुर में नील की कोठी बना नील की खेती आरम्भ कर दी थी। पहले उसने पिलखुआ में, जो मुक्तेसर के निकट है, अपनी रियासत बनाई। बाद में सांवलसिंह के झगड़े-टंटों से आजिज़ आकर बिलासपुर में आ बसा। यहां उसने एक अमीर मुसलमान विधवा से शादी कर ली। एक बड़ा भारी बाग लगाया और कायम-मुकाम तरीके से बिलासपुर में ही बस गया। कोठी रही पिलखुआ में भी।

इस समय उसकी उम्र चालीस के लगभग होगी। शरीर का वह बहुत मज़बूत था, कद मझोला था। आंखें नीली और बाल लाल थे। भारतवर्ष की धूप और गर्मी में चालीस साल रहकर उसका रंग तांबे के समान हो गया था। उसकी पैदाइश बंगाल की थी। वहीं उसने बंगला और उर्दू सीखी थी। वह अच्छी उर्दू बोल लेता था। उसका बाप विलायत से फ़ौज में भर्ती होकर आया था और मरने तक फ़ौज में अफ़सर रहा। हुगली की लड़ाई में उसने बड़ी बहादुरी दिखाई थी। उसने एक अराकानी क्रिस्तान औरत से शादी की थी। उसी से यह स्किनर साहब उत्पन्न हुआ था। अब जब वह यहां बिलासपुर में बस गया और आस-पास छ:-सात नीलगोदामों का स्वामी हो गया तथा मुसलमान औरत से शादी कर ली, तब वह सिकन्दर साहब के नाम से प्रसिद्ध हो गया। पर उसका एक दूसरा नाम कड़ी साहब भी बहुत प्रसिद्ध था।

आदमी वह बड़ा मिठबोला और मिलनसार था। पर अपने मतलब का चाक-चौबन्द था। उन दिनों बहुत-से अंग्रेज़ फ़ौजी अफ़सर नौकरी छोड़-छोड़कर या पेंशन लेकर हिन्दुस्तान के गांव-देहातों में बसकर खेती, साहूकारा या कोई व्यापार करते और खूब मुनाफ़ा कमाते थे। रुआब उनका रियाया पर कम्पनी बहादुर के नौकरों जैसा ही रहता था। व्यापार-सम्बन्धी उन्हें बहुत सुविधाएं मिली थीं। उन्हें चुंगी बहुत कम देनी पड़ती थी। जिले के ऊंचे अंग्रेज़ अफ़सरों से उनका मेलजोल, खान-पान, दोस्ताना रहता था। इससे छोटे हिन्दुस्तानी अफ़सर उन्हें भी हुजूर ही कहकर पुकारते, मानते थे। यद्यपि उन दिनों रिश्वतों का बोलबाला था, रिश्वत दूधधोई कमाई

समझी जाती थी, परन्तु उन अंग्रेज़ व्यापारियों से भारतीय अफ़सर रिश्वत लेते डरते थे कि कहीं उनकी ऊपर शिकायत न हो जाए।

इन अंग्रेज़ व्यापारियों का इन सब कारणों से काफ़ी रुआब-दबदबा रहता था। पर ये कम्पनी बहादुर के अफ़सरों और अंग्रेज़ हाकिमों की तरह रियाया से दूर अकड़कर नहीं रहते थे। उन दिनों जिले के हाकिम कलक्टर का इतना रुआब दबदबा था कि उसके तनिक खांस उठने से तहसीलदारों और थानेदारों को तथा ज़मींदारों को कंपकंपी आ जाती थी। वे खुदाबन्द कहाते थे। ये अंग्रेज़ व्यापारी और किसान यद्यपि उनके साथ खाते-पीते और क्लबों में बराबरी के ढंग पर रहते थे, पर वे प्रायः रियाया में मिलजुलकर रहते, मीठा बोलते। इससे इनके बहुत काम निकलते थे और ये खूब रुपया खींचते थे। रुपया खींचने में सिकन्दर साहब बड़े तीसमारखां थे। मुस्तैद भी अपने काम पर खूब थे। आलस्य का नाम भी न था। आसामी से रुपया वसूल करने में वे बड़े तेज़ थे। नवाब और तहसीलदारों को मिलाए रहते थे। आसामी के कन्धे पर हाथ धरकर मुलायमी से कहते, 'देव, बाबा देव।'

उन दिनों सिकन्दराबाद कस्बा खूब आबाद था। वहां एक हज़ार जुलाहे पगड़ी का धन्धा करते थे, जिससे वे सब मालामाल हो गए थे। दूर-दूर तक सिकन्दराबाद की पगड़ियां मशहूर थीं। सिकन्दर साहब इन जुलाहों को पेशगी रुपया बांट देते थे और तमस्सुक लिखा लेते थे। फिर मनमाने भाव पर पगड़ियां बनवाते थे, जिसमें मुनाफे का बड़ा भाग उनके हिस्से में पड़ता था। नील की खेती उन दिनों बहुत अंग्रेज़ करते थे, जगह-जगह उनके नील के खेत थे। यह नील कलकत्ता की अंग्रेज़ कम्पनी को जाता था जो उसे विलायत भेजती थी।

सिकन्दर साहब नील के अलावा गन्ने की खेती भी करते तथा खण्डसार डालते थे। उनके सात गोदाम नील के और तीन खांड के थे तथा सिकन्दराबाद में पगड़ियों का डिपो था। इस प्रकार सिकन्दर साहब के ऊपर चारों ओर से रुपयों की बौछार होती थी।

घुड़सवारी और शिकार का उन्हें बेहद शौक था। उनके पास कई उम्दा घोड़े थे। नये अंग्रेज़ अफ़सरों और हाकिमों को वे अक्सर घुड़सवारी का शौक बढ़ाने तथा शिकार खिलाने का अवसर नहीं चूकते थे। इससे अफ़सर उनके झट दोस्त बन जाते थे।

इन सिकन्दर साहब की सारी दुनिया दोस्त थी, एक सांवलसिंह इनका दुश्मन था। सांवलसिंह की भाँति इन्हें भी लठियल जवान नौकर रखने पड़ते थे। आए दिन बात-बात में और बिना बात के भी दोनों ओर के लठियलों में बहुधा सिर-फुटव्वल हो जाती थी। और उस ज़माने के ज़मींदारों की इसके बिना चलती ही न थी।

11

नवाब मुज़फ़्फ़रबेग के भतीजे नवाब खुदादादखां हैदराबाद की सेना के बड़े अफ़सर थे। हैदराबाद की रियासत में उनका बड़ा नाम और दबदबा था। उन्होंने बहुत बार नवाब मुज़फ़्फ़रबेग

को हैदराबाद आने की दावत दी थी। परन्तु नवाब मुज़फ़्फ़रबेग जईफ़ी का बहाना करके टाल जाते थे। इस बार नवाब खुदादादखां के लड़के की शादी थी। उन्होंने बहुत-बहुत इसरार करके उन्हें बुलाया था। इसलिए इस बार नवाब मुज़फ़्फ़रबेग सपरिवार हैदराबाद गए थे और वहां तीन महीने रहकर अब लौट रहे थे। इन दिनों हैदराबाद से दिल्ली चार महीने की राह थी। फिर रास्ते में डाकुओं और ठगों का बहुत डर रहता था। इससे इक्का-दुक्का आदमी यात्रा नहीं करते थे। नवाब के पास पचास घुड़सवार और बहुत-से नौकर-चाकर, बांदियां थीं। जनानखाना भी साथ था। उस ज़माने में बिना रक्षा का पूरा प्रबन्ध किए यात्रा निरापद न थी। नवाब के साथ बहुत-सा रुपया-पैसा और ज़र-जवाहरात था। इसलिए वे पूरे प्रबन्ध के साथ ही सावधानी से यात्रा कर रहे थे।

उन दिनों दिल्ली और हैदराबाद का मार्ग भारत में सबसे सम्पन्न और प्रसिद्ध मार्ग था। औरंगज़ेब ही के काल से यह मार्ग प्रशस्त हुआ था, जबकि पच्चीस वर्ष इस बादशाह ने दक्षिण में घोड़े की पीठ पर व्यतीत किए थे। इसके बाद अंग्रेज़ों ने भी उत्तर भारत और दक्षिण के सम्बन्ध घनिष्ठ कर दिए थे। वे तो अब समूचे भारत पर एक साम्राज्य ही रच रहे थे, इसी से इस राह पर यात्रियों की भरमार रहती थी। इसी से ठगों के बड़े-बड़े गिरोह भी इस मार्ग पर चलते और अपनी साहसिक रोमांचकारी कार्रवाइयां करते थे। यों तो कन्या-कुमारी से कश्मीर तक इस समय ठगों का व्यापक जाल फैला हुआ था। इनके दल में कहीं सौ, कहीं अस्सी-नब्बे, कहीं पचास और कहीं-कहीं दस-पांच व्यक्ति होते थे। इनमें हिन्दू-मुसलमान दोनों ही होते तथा स्त्रियां भी इनके दलों में रहती थीं। आवश्यकता होने पर दो-चार दल यात्रियों पर हाथ साफ़ करते थे। इनके ढंग व्यवस्थित, भाषा सांकेतिक और संगठन प्रबल होता था।

उनका धर्म-विश्वास कुछ तांत्रिक ढंग पर था। सम्भवत: इनका आरम्भ ही तांत्रिकों से हुआ। वे काली को अपना इष्टदेव मानते थे और बिना ही रक्तपात के हत्या करते थे। हत्या करने का इनका ढंग निराला था। इनका शस्त्र एक रेशमी रूमाल होता था, जिसके एक छोर पर एक मंसूरी पैसा बंधा रहता था। उसे ये एक क्षण में ही ऐसी सफ़ाई से अपने शिकार के गले में डालते थे कि वह पैसा शिकार के टेंटुए में कस जाता था। और क्षण-भर ही में बलवान् से बलवान् आदमी की मृत्यु हो जाती थी। इनकी व्यवस्था ऐसी व्यवस्थित होती थी कि शिकार चाहे सौ-दो सौ की संख्या में हों, सबको संकेत होने पर एक ही क्षण में फांसी लग जाती थी।

ठगों के दल सैनिक पद्धति पर संगठित होते थे। उसमें भिन्न-भिन्न पदाधिकारी होते थे। उनके अधीन भिन्न-भिन्न दल होते थे, जिसके काम भी भिन्न-भिन्न होते थे। एक दल का 'सोथा' होता था। इसमें दस-बीस या पच्चीस व्यक्ति अत्यन्त भद्र वेश में भद्रपुरुष की भाँति यात्रा करते थे। इनका काम मुसाफिरों से हेल-मेल करके उन्हें फंसाने का होता था।

जो लोग गले में फांसी देते थे, वे 'भटोट' कहाते थे। नये रंगरूटों को 'कबूला' कहते थे। इनका काम मुर्दों को रफादफ़ा करना होता था। फांसी डालते समय जो व्यक्ति 'भटोट' की सहायता के लिए हाज़िर रहता था, उसे 'समासिया' कहते थे। एक दल का नाम 'लगाई' होता

था। इनका काम था कि ज्यों ही कोई स्थान शिकारों को फांसी लगाने का ठीक कर लिया जाए, ये लोग नदी किनारे या किसी आड़ की जगह में गड्ढे खोदकर तैयार रखें, जिससे फांसी पड़ते ही शिकार को तुरन्त दफ़न कर दिया जाए।

ठगों के समुदाय भी अनेक थे। एक प्रकार के ठग 'मेघपूना' कहाते थे, जो केवल बच्चों का अपहरण करते थे। ठगों के ये भिन्न-भिन्न दल पृथक-पृथक वेश और राह से आकर यात्रियों के दल में मिल जाते थे। यह नहीं ज्ञात होने पाता था कि ये सब मिले हुए ठग हैं। यात्रा में ठगों का सरदार हाथ में फरसा लेकर दल के आगे चलता था।

ठगों के दल में हिन्दू-मुसलमान दोनों ही होते थे। कभी-कभी तो पढ़े-लिखे और उच्च कुल के व्यक्ति भी इन दलों में मिले होते थे। ये लोग संन्यासी, व्यापारी, बंजारे, वैद्य, हकीम या दरवेश के वेश में घूमते रहते और अपना शिकार मारते थे।

मुज़फ़्फ़रबेग के दल के साथ बन्दूकें तथा दूसरे हथियार भी थे। ठगों ने हैदराबाद से ही उन्हें भांप लिया था तथा अवसर पाते ही उनका शिकार कर डालने का बन्दोबस्त कर लिया था।

ज्यों ही नवाब ने भुसोवल से दो पड़ाव आगे कालाडीह के जंगल में डेरा डाला, घोड़ों के सौदागरों का एक दल भी ठीक उसी समय उस स्थान पर आ पहुंचा। सौदागरों का सरदार बहुत-सी सौगात लेकर नवाब की सेवा में हाज़िर हुआ। उसने बताया कि हम लोग घोड़ों के सौदागर हैं। बुखारा के रहनेवाले हैं। हैदराबाद से लौट रहे हैं। चार सौ घोड़े लेकर हम आए थे। बहुत सस्ते दामों बिक्री करनी पड़ी। घाटे में ही रहे। क्या करें, वक्त खराब है। रास्ते में खतरा है। रकम हमारे पास है और सिर्फ़ बीस आदमी हैं। सौदागर लोग हैं। लड़ना-भिड़ना नहीं जानते। यहां आपसे मिलकर तसल्ली हुई। सुना है कि इस रास्ते डाकुओं और ठगों का बहुत खतरा है। आपके साथ हथियारबन्द सिपाही हैं, हर्बा-हथियार हैं। यदि आप हमें साथ-ही-साथ रहकर सफ़र करने की इजाज़त बख्शें तो बड़ी इनायत हो।

नवाब मुज़फ़्फ़रबेग खां उनकी मिलनसारी, शराफ़त, बातचीत, नज़रभेंट से प्रसन्न हो गए। उन्हें साथ-साथ सफ़र करने की इजाज़त दे दी।

एक ही दिन में घोड़ों के व्यापारी ने नवाब को दोस्त बना लिया। बहुत-से ताज़ा फल, उम्दा शीराज़ी शराब और कुछ उम्दा जानवर गोश्त के लिए नज़र किए। नवाब ने अगले पड़ाव में इन सौदागरों को एक दावत दी।

अभी यह खाना-पानी, हंसी-मज़ाक, गपशप हो ही रहा था कि साधुओं का एक दल उनसे आ मिला। दल में पचास-साठ आदमी थे। उन्होंने कहा, 'हम उदासी अखाड़े के साधु हैं। कंदौड़ के गुरुद्वारे से लौट रहे हैं। पंजाब जाना होगा। सौदागर उनसे मिलकर बहुत खुश हुए। उन्होंने कहा, बाबा, खूब साथ रहेगा। हमारे साथ ही चलो। नवाब भी साधु-सन्तों की सोहबत पसन्द करते थे। वे भी उन्हें साथ रखने में राजी हो गए।

तीसरे दिन दल भयानक सघन जंगल में पहुंचा। ठगों ने यही स्थान अपने काम के लिए उपयुक्त समझा। 'सोथा' प्रधान घोड़े पर नवाब के साथ चल रहा था। उसने कहा, 'नदी का किनारा है। आगे बीहड़ जंगल है, यहीं पड़ाव डाला जाए तो अच्छा।' नवाब ने स्वीकार किया और वहीं पड़ाव डाल दिया। 'लगाई' लोगों ने लकड़ी काटने के बहाने जाकर गड्ढे खोदकर तैयार कर लिए। तय हुआ कि हींगू सरदार झिलूम देगा। झिलूम का अर्थ था-संकेत।

संकेत शब्द निर्णय हुआ, 'पान लाओ।'

पड़ाव बाग में पड़ाव डाल दिया गया। पुरुषों से तनिक हटकर पेड़ों की आड़ में स्त्रियों के डेरे पड़े। नवाब ने बांदी को भंग लाने का हुक्म दिया। बांदी तैयार करने चली गयी। नवाब जाजम पर बैठकर सौदागर सरदार के साथ हुक्का पीने और बातें करने लगे। सिपाही-सेवक सब खाने-पीने और दूसरे कामों में जुट गए। कुछ लोग आराम करने लगे। बंधे हुए संकेत से ठगों के दो-दो आदमी नवाब के एक-एक आदमी के साथ बैठकर गप्पें हांकने लगे। अभी पहर दिन बाकी था। उसी समय ठगों के सरदार ने झिलूम दिया, 'पान लाओ।'

यह शब्द कहना था कि नवाब के साठ आदमियों के गले में रूमाल पड़ गए। भटोट फुर्ती से अपने शिकार की पीठ पर चढ़ गया। घुटनों में उसकी गर्दन दबोच ली और रूमाल में बंधा पैसा टेंटुए में फंसाकर फांसी कस दी। दूसरे आदमी ने शिकार के हाथ-पैर जकड़ लिए। एक-दो मिनट हाथ-पैर मारकर सब शिकार ठंडे हो गए। एक शब्द भी किसी के मुंह से नहीं निकला।

इसी समय बांदी पान लेकर वहां आई। उसने देखा नवाब औंधे मुंह पड़े हैं। उनकी जीभ बाहर निकल आई है। पहले तो वह कुछ भी नहीं समझी, फिर उसने देखा-नवाब के सभी साथी मरे पड़े हैं। बांदी की चीख निकल गयी। वह तश्तरी फेंक रोती हुई भागी। यह देख एक ठग ने तलवार से उसका सिर काट लिया। उसके बाद उन्होंने रोती-कलपती सब स्त्रियों को तलवार के घाट उतार दिया। सब लाशों को गड्ढे में डालकर मिट्टी दे दी गयी। ठगों की कार्रवाई का वहां कुछ भी नामोनिशान न रह गया। बच्चों को बांधकर उन्होंने साथ रख लिया और चल खड़े हुए।

12

अपनी जान में सबको मार-मारकर, सब निशान रफादफ़ा करके तथा नवाब का सब माल-मता लूट-पाटकर ठगों का यह गिरोह आगे बढ़ा। इस समय इस दल में डेढ़ सौ से अधिक आदमी थे। सबने छद्म वेश बदल डाले थे और प्रतिष्ठित व्यापारी की भाँति ठाठ से यात्रा कर रहे थे। उन्हें इस बात का गुमान भी न था कि एक चपल बालक उनकी नज़र बचाकर निकल भागा है। उसने उनके सब कृत्य देख लिए थे और वह छिपकर उनके साथ ही यात्रा कर रहा था। यह बालक नवाब का दौहित्र सखावतबेग था।

रास्ते में मुकाम करता हुआ यात्रियों का यह दल नागपुर की ओर मुड़ा और नगर के निकट डेरा डाला। वहां से उन्होंने राशन खरीदा। यहां उनके गुप्त एजेंट थे। उन्होंने बच्चे एजेंटों के सुपुर्द

कर दिए। जिन्होंने पांच रुपये से लेकर दो रुपये तक उन्हें बेच डाला! अब उन्होंने अपना लूट का माल भी इन एजेंटों द्वारा बेच डाला। बड़े-बड़े लखपति साहूकार-व्यापारी बड़े-बड़े शहरों में उन दिनों केवल ठगों ही के माल की खरीद-फरोख्त का धंधा करते थे। अब वे अगले शिकार की तलाश में कूच करने ही वाले थे कि उन पर गाज टूट पड़ी। वह बालक छिपता हुआ थाने में जा पहुंचा। थानेदार सब हाल सुनकर उसे ज़िले के हाकिम के पास ले गया। इस समय कम्पनी सरकार की ओर से कर्नल स्लीमैन की अध्यक्षता में ठगों का उन्मूलन करने को एक कमीशन बैठा था। स्लीमैन दैवयोग से यहीं दौरा कर रहे थे। जिले का हाकिम बालक को उनके पास ले गया। कर्नल स्लीमैन ने सब बातें सुनकर सेना और पुलिस की सहायता से सब ठगों और उनके एजेंटों को धर पकड़ा। तमाम माल और लाशें बरामद की गयीं और सबका चालान नागपुर की बड़ी अदालत में किया गया। अदालत में ठगों ने बड़े रोमांचकारी बयान दिए।

एक ने कहा, 'मैं जात का ब्राह्मण हूं। अवध का एक माफीदार था। मेरी ज़मीन-जायदाद कम्पनी सरकार ने छीन ली। लगान-वसूली के लिए मेरे दोनों बेटों को जेल में ठूंस दिया। कम्पनी के सिपाहियों के अत्याचार से बचने और अपनी इज़्ज़त बचाने के लिए मेरी दोनों पुत्रवधुएं कुएं में डूबकर मर गयीं। मेरे बेटों का पता नहीं कहां हैं, मरे हैं या जीते हैं। पहले मैं ज्योतिष का काम करता था। यजमानी वृत्ति थी। वह सब छोड़ मैंने ठगी का पेशा अख्तियार किया। बुलन्दशहर, मेरठ, अलीगढ़ के आस-पास मैंने पचासों आदमियों का खून किया। अब मुझे किसी को फांसी लगाकर मारने में कोई झिझक नहीं होती। यह हमारा पेशा है। देवी भवानी की आज्ञा से मैंने यह पेशा ग्रहण किया था।'

दूसरे ठग ने बयान दिया, 'पहले मैं लड़के-लड़कियों को उड़ाकर बेचने का धन्धा करता था। अब 'भटोट' का काम करता हूं। यह काम करते मुझे बीस बरस हो गए। जयपुर, जोधपुर, आबू में मेरा दल काम करता था। इस बार हैदराबाद से आ रहा था। मेरे दल में बीस आदमी हैं, जिनमें मेरी पत्नी, दो पुत्र और उनकी वधू भी हैं। हम मैनपुरी के ठाकुर हैं। हमारी जमीन कम्पनी की सरकार ने कुर्क कर ली। लाचार होकर हमें यह काम करना पड़ा।'

तीसरे ने कहा-'महाराज, मैं दीनाजपुर जिले का जुलाहा हूं। रेशम का वहां हमारा बहुत कारोबार था, कम्पनी के गुमाश्तों के अत्याचार से वह सब चौपट हो गया। एक दिन कचहरी में ले जाकर मेरे बाप को दादनी लेने से मना करने पर इतना पीटा कि वह मर गया। मुझे और मेरे तीन भाइयों को कलकत्ता की जेल में ठूंस दिया गया। मेरा एक भाई बीमार था, वह बिना दवा-पानी जेल में ही मर गया। दूसरे ने दु:ख से बेहाल होकर आत्मघात कर लिया। मैं किसी तरह भाग निकला। घर जाकर देखा तो ज्ञात हुआ कि मेरी स्त्री को कम्पनी के आदमी उठा ले गए। मेरी वृद्धा माता और बहन पोखर में डूब मरीं। जंगलों में मैं छिपता-भागता फिरता था कि ठगों से मुलाकात हुई। तब से मैंने यही पेशा स्वीकार कर लिया। अब मैं कब्र खोदने का काम करता हूं।'

चौथे ने कहा-'मैं रुहेला पठान हूं। अमरोहा में मेरे दादा की बहुत बड़ी ज़मींदारी थी। कम्पनी बहादुर ने जब रुहेलों को जलावतन किया तब मेरे दादा भी वहां से निकल आए। दिल्ली में आकर उन्होंने बिसाती की दुकान कर ली। पर वह भी कुछ चली नहीं। बचपन में मेरी कोई तालीम नहीं हुई। मेरा बाप एक कत्ल के मामले में फंस गया और उसे फांसी हुई। मैं घर से भाग कर ठगों की जमात में मिल गया। मैं भटोट का काम करता हूं। मेरी गिरफ्त में आकर सांड के बराबर की ताकतवाला आदमी भी एक झटके में आंख उलट देता है। अपने दल का मैं सरदार हूं। एक शिकार की जवान लड़की मेरे हाथ आ लगी थी उससे मैंने निकाह पढ़ा लिया। अब उससे मेरे दो बच्चे हैं। बीवी-बच्चों को भी मैंने यही काम सिखाया और मेरा अपना दल है, जिसमें बीस-पच्चीस आदमी हैं। मैं सबका सरदार हूं।'

इस प्रकार और भी बहुत-से बयान हुए। पर इन पुरानी बातों से यहां कुछ लाभ न हुआ। सभी को फांसी पर लटका दिया गया।

13

मेरठ नगर की बस्ती से एक मील दूर चण्डी का मन्दिर है। उन दिनों मेरठ 19 और आस-पास के देहातों में चण्डीदेवी की बड़ी मान्यता थी। लोग कहते थे, 'माता चण्डिका ने महिषासुर का वध करके यहीं विश्राम किया था।' चण्डीदेवी की पूजा के लिए नगर और समीपवर्ती ग्रामों से निरन्तर अनगिनत श्रद्धालु स्त्री-पुरुष आते ही रहते थे। होलिका-दहन की समाप्ति पर मन्दिर में एक मेला लगता था। उस दिन आस-पास के देहातों से बहुत स्त्री-पुरुष बहलों में, गाड़ियों में, रथों-फीनसों में आते थे। मन्दिर और बाहरवाले मैदान में दूर तक इन यात्रियों के डेरे-तम्बू लग जाते थे। रात्रि को ये यात्री विश्राम करते, चण्डी की पूजा करते और सुबह बसौड़ा खाकर अपने-अपने घर लौटते थे।

मुहम्मदशाह बादशाह के ज़माने में यहां मियां का मज़ार बन गया। मियां पहुंचे हुए औलिया थे। बादशाह उन्हें बहुत मानते थे। जब-तब मियां के नियाज़ हासिल करने को आते थे। तब बादशाह के साथ काफ़ी हुजूम इकट्ठा हो जाता था और वह धूम-धड़क्का एक मेले का ही रूप धारण कर लेता। मियां के मर जाने पर जब उनका मज़ार बना, और खुद बादशाह सलामत उसकी ज़ियारत को तशरीफ लाए तो वह मुसलमानों का एक पवित्र स्थल बन गया। बादशाह ने उस पर कुछ गांव जागीर लगा दिए थे। इससे दो-चार, दस-पांच मुजाविर वहां बने ही रहते थे। और कोई-न-कोई फ़क़ीर, दरवेश भी वहां आते रहते थे। धीरे-धीरे यह मज़ार भी बहुत प्रसिद्ध हो गया और लोग दूर-दूर से मन्नतें मनाने यहां आने लगे। हिन्दू श्रद्धालु तो होते ही हैं। उन दिनों हिन्दू-मुसलमान धर्म-सामंजस्य की भावना बहुत बढ़ गयी थी। अत: होली के बाद चण्डी का जब मेला लगता तो हिन्दू चण्डी-पूजा के साथ ही मियां के मज़ार पर भी शिरनी चढ़ाते। मुसलमान यहां उर्स करते, और धीरे-धीरे अब यह नौचन्दी का मेला हिन्दू-मुसलमानों का संयुक्त मेला बन गया था। आस-पास के दुकानदार यहां आकर बाज़ार लगाते। हलवाइयों और नानबाइयों की दुकानें सजतीं। खजले और तंदूरी रोटियां पकतीं। पंचमेल मिठाइयां दबादब बिकतीं। गाना-बजाना, रोशनी, हंसी-मज़ाक की अच्छी धूम रहती थी।

मालती ने ज़िद पकड़ी कि हम तो नौचन्दी देखेंगे। मीर साहब का पल्ला पकड़कर वह मचल गयी। मीर साहब ने दिलासा दिया और मालिक का रुख देखकर सांवलसिंह से स्वीकृति ले ली। सांवलसिंह ने मीर साहब को चेता दिया था कि फिज़ा अच्छी नहीं है। ज़रा होशियार रहना और जल्दी लौटना। साथ में आदमी काफ़ी ले लेना। मीर साहब ने उन्हें हर तरह इत्मीनान दिला दिया। मंगल को रंग खिला और सनीचर को मुक्तेसर से मालती की सवारी चली। मीर साहब ऊंची रास के कीमती घोड़े पर सवार। मालती और एक खवास रथ पर। रथ पर गंगा-जमनी काम, ऊपर सुर्ख बनात मढ़ी हुई, जिस पर सुनहरी कारचोबी। तीन कलश सोने के सूरज की धूप में चमकते हुए। नागौरी बैलों की जोड़ी, जिनके सींग चांदी के मढ़े हुए; हाथी के-से बच्चे, जिन पर ज़र्द छींट की झूल। भीतर हरी बनात का बनाव। नये पर्दे, दरी, कालीन, चांदनी और मसनद। चांदी की सुराही ठंडे जल से भरी हुई, उस पर चांदी का आबखोरा औंधा ढका हुआ। जालीकट चांदी का पानदान-वारिन गोद में रखे हुए। देसावरी पान गिलौरों में भरे हुए, गुलाब केवड़े में बसा हुआ कत्था, दही के तोर में छना हुआ चूना। कतरी हुई डलियां, इलायची सफ़ेद, लखनऊ का मुश्की ज़रदा, मुश्क की खुशबू से मुअत्तर पानदान में हाज़िर।

मालती कारचोबी का तुलवां जोड़ा पहने, काही करेब का दुपट्टा लापरवाही से कन्धों पर डाले, बनात टंकी हुई ज़र्द गिरंट की इज़ार पहने, कीमती जेवरों से सर से पांव तक लदी, पर्दे के झरोखों से झांकती हुई निहायत खुश।

रथ के साथ चार लठैत, जिनका ग़ज-भर चौड़ा सीना, तनज़ेब का ढीला कुर्ता, सिर पर भारी अम्मामा, कन्धे पर बड़ा-सा लठ, मरोड़ी हुई मूंछें। उनके पीछे चार पासी-सुर्कियां लिए हुए, मरने-मारने को मुस्तैद। पीछे छकड़ा राशन, छोलदारी और दूसरे सामानों से भरा हुआ। उस पर महरी, नाइन, महाराजिन धचकोले खाती हुई। छकड़े के संग दो महरे, एक नाई। खाने-पीने का सामान बहंगी पर-शकरपारे, नमकपारे, गिदौड़े, पूरियां, खस्ता, तरकारियां, अचार, चटनी, मुरब्बा, दही।

हवा तेज़ थी। अभी पहर रात बाकी थी कि सवारियां मुक्तसर से रवाना हो गयी थीं, जिससे दिन रहते मेरठ पहुंच जाएं। मंज़िल पूरी थी। अभी रात का अंधेरा था, इसलिए एक मशालची और दो हथियारबन्द सिपाही सवारी के साथ चले थे। दिन की निकासी पर वे लौट गए। मीर साहब के हाथ में बन्दूक और कन्धे पर बारूद का पलीता लटक रहा था। कमरफैट में कटार और पेटी में तलवार। गर्ज़े, हर तरह लैस और चाक-चौबन्द। सूरज की धूप चढ़ गयी। मीर साहब घोड़ी बढ़ाकर रथ के निकट ले गए। उन्होंने पूछा-

'बेटी मालती, क्या आराम में है?'

मालती ने पर्दे से झांककर कहा, 'नहीं दद्दा, कै बजे होंगे? धूप तो खूब फैल गयी है। बड़ा अच्छा मैदान है। हम ज़रा इधर का पर्दा उठा लें?'

'क्या हर्ज है। लेकिन हवा तेज़ और ठंडी है।'

'मेरा तो पर्दे में दम घुट गया, धूप तो खिल गयी है।'

'खुला मैदान है, जंगल का रास्ता, लेकिन डर कुछ नहीं है। घड़ी-दो के अर्से में तालाब पर पहुंचेंगे। बड़ी अच्छी जगह है। सिवाला भी है। बस्ती का किनारा है। वहीं सवारी रोककर ज़रा हाथ-मुंह धोकर कलेवा कर लेना। लेकिन पान हो तो हमें दो।'

वारिन ने पानदान से दो बीड़ा पान उठाकर मीर साहब को दिए। मालती ने पूछा, 'छकड़ा और बहंगी कहां हैं?'

'सब साथ हैं, फ़िक्र न करो,' मीर साहब आगे बढ़ गए।

मालती ने एक ओर का पर्दा उठा दिया और दूर-दूर तक हरे-हरे खेतों का मज़ा लेने लगी। कहीं किसान पानी दे रहे थे, कहीं हल-बैल ले खेत जोत रहे थे। कहीं किसानों की स्त्रियां घाघरे ऊपर को उठाए खेतों में पानी दे रही थीं।

एकाएक एक गोरा-चिट्टा आदमी फिरंगियों जैसे कपड़े पहने कन्धे पर बन्दूक रखे अकस्मात ही उधर आ निकला। क्षण-भर उसकी मालती से आंखें चार हुईं और मालती ने बिजली की तेज़ी से पर्दा गिरा दिया। वह पीपल के पत्ते की तरह कांपने लगी। उसने वारिन का हाथ पकड़कर कहा, 'कौन था यह हूश?'

'मुआ दाढ़ीज़ार, नज़र तो देखो उसकी, जैसे खा ही जाएगा। मुंह झोंसो उसका।'

इसी बीच मीर साहब ने करारे स्वर में पुकारकर कहा, 'कौन है सवारियों के पास?' और दूसरे क्षण में घोड़ा दौड़ाते वे आ पहुंचे। आगन्तुक से बातचीत होने लगी। आगन्तुक ने कहा-

'कहां की सवारियां हैं?'

'गढ़ मुक्तसर की। आप कौन हैं?'

'मैं बिलासपुर का सिकन्दर साहब हूं। इधर शिकार के लिए निकला था कि सवारियों पर नज़र पड़ी। अच्छा, तो चौधरी सांवलसिंह की सवारियां हैं?'

'जी हां।'

'हम नौचन्दी के मेले में जा रहे हैं।'

मीर साहब ने ज़रा सख्ती से कहा। जानते थे कि सिकन्दर साहब हमारा दुश्मन है। उन्होंने कहा, 'यह मुनासिब न था कि आप अकेले जनानी सवारियों के पास चले जाएं। बहू-बेटियां तो आपकी भी हैं!'

'मुझे बहुत अफ़सोस है, मीर साहब!' इतना कहकर मुस्कुराता हुआ सिकन्दर साहब लंबे डग भरता हुआ चला गया।

मीर साहब ने सवारियां आगे बढ़ाने का हुक्म दिया।

मालती ने कांपती आवाज़ से कहा, 'रघुबर, तेज़ चलो।'

रथवान ने बैलों को सनकारा। नागौरी बैल पूंछ उठाकर दौड़ चले।

14

थोड़ी ही देर में सवारी तालाब के किनारे पहुंच गयी। बड़ा ही मनोरम स्थान था। बहुत बड़ा तालाब था। उसमें बड़े-बड़े लाल कमल खिले थे। भाँति-भाँति के पक्षी चहक रहे थे। तालाब चारों ओर से वृक्ष के झुरमुट से ढका हुआ था। छाया इतनी घनी थी कि धूप भी नहीं छनती थी। सवारियां उतरीं, जाजम बिछ गयी। खाने की बहंगी जाजम के पास लगा दी गयी। मालती वारिन को लेकर तालाब पर हाथ-मुंह धोने गयी।

पर मीर साहब के मन में चोर बैठ गया था। राह में इस प्रकार अप्रत्याशित ढंग से आये अपने चिर शत्रु सिकन्दर साहब को देखकर मीर साहब अस्थिर हो गए। साथ में सुरक्षा का पूरा बन्दोबस्त था। चार लठैत, चार पासी हर तरह मुस्तैद साथ थे। उनके पास भी दुनाली बन्दूक और तमंचा था। रघुबर रथवान भी पहलवान था। फिर भी मीर साहब का मन चंचल हो गया। उन्हें खयाल ही न रहा था कि यहां पिलखुआ में सिकन्दर साहब की नील की कोठी है। वह कोठी यहां से कोई दो कोस के अन्तर पर ही थी। उन्होंने एक बार नज़र उठाकर चारों ओर देखा। पास कोई बस्ती न थी। खेतों में ज़रूर किसान स्त्री-पुरुष काम कर रहे थे।

वे नहीं चाहते थे कि सवारियां डर जाएं। उन्होंने सिर्फ रघुबर से बात की। उन्होंने कहा-

'रघुबर, यहां से जल्द ही टरक चलना ठीक होगा। दुश्मन का इलाका है।'

'तो हजूर, फिक्र क्या है। किसकी मां ने धोंसा खाया है कि नज़र उठाए! खातिर जमा रखिए।'

'यह तो ठीक है, पर ज़नानी सवारी का साथ है। सिकन्दर साहब अच्छा आदमी नहीं है। फिर वह हमारा दुश्मन है। यह उसी का इलाका है। यहां से हम उसे खदेड़ चुके थे। आशा न थी कि वह यहां मिलेगा। अब उसका यहां होना खतरे से खाली नहीं है। मुझे इस बात का खयाल ही न रहा कि यह उसी का इलाका है, वरना यहां ठहरते ही नहीं।'

'तो हुजूर, हम भी कोई नर्म निवाले नहीं हैं। एक-एक को ढेर कर देंगे। फिर बिटिया रानी खा-पीकर निपटें तो चलें।'

'बस, जल्दी ही चल दो।'

इतने में मालती भी आ गयी। मन में वह भी डर रही थी। उसने कहा, 'दद्दा, यहां से चल ही दो।'

'बस, तुम लोग खा-पीकर निपट लो तो चलें। जल्दी पहुंचना भी ज़रूरी है।'

जल्दी-जल्दी खा-पीकर सवारियां अभी चली ही थीं कि दस-बारह लठैतों ने उन्हें घेर लिया। एक फिरंगी घोड़े पर आगे था, उसका नाम ग्रे साहब था। उसने कड़ककर कहा, 'रथ मोड़ो!'

उसका यह कहना था कि मीर साहब ने गोली दाग दी। गोली ग्रे के घोड़े को लगी। घोड़ा उछला और उन्हें लेकर गिर पड़ा : मीर साहब ने अपने लठियलों को ललकारा। अब दोनों तरफ़ से लाठियां खिंच गयीं। पटापट बरसने लगीं। मीर साहब शेर की तरह दहाड़ने लगे। घोड़े से गिरने पर ग्रे के बाएं हाथ की हड्डी टूट गयी। पर उसने पड़े ही पड़े मीर साहब पर पिस्तौल चलाई, गोली मीर साहब की पसलियों में घुस गयी और वे चक्कर खाकर धरती पर गिर गए।

मीर साहब के गिरते ही लठैतों की हिम्मत टूट गयी, पर वे लाठियां खटाखट चला रहे थे। इसी समय एक पासी बायें हाथ में ढाल और दाहिने में बर्जा लिए लठियलों के गिरोह से आगे बढ़कर पैंतरा बदलने लगा। यह एक लम्बा-पतला छरहरे बदन का कम उम्र का नौजवान था। क्षण भर बाद वह जोश में आकर उछला और ग्रे साहब के बर्छे वालों ने उसे बर्छे पर उठा लिया। वह देखते ही देखते अपने ही खून में लथपथ छटपटाने लगा। यह भयानक दृश्य देखकर लठैत और पासी भाग खड़े हुए। अब केवल अकेला रघुबर ही लाठी फेंक रहा था। इतने में एक गोली उसकी जांघ में आ लगी। वह हाय कहकर गिर गया। हमलावरों का एक लठैत कूदकर रथ पर चढ़ बैठा। उसने बैलों को हांक दिया। जो पासी बर्छे से घायल हुआ था वह अभी मरा न था, पर ग्रे साहब ने आगे बढ़कर उसका सिर काट लिया। अब वह उस सिर को और मालती के रथ को लेकर चल दिया। मालती बेहोश थी और बेड़िन दहाड़ें मारकर रो रही थी। दिनदहाड़े भयानक मार-काट, खून और अपहरण की संगीन वारदात हो गयी। चारों ओर किसान अपने खेतों में काम कर रहे थे; सभी ने देखा पर किसी ने चूं न की। किसी ने मदद करने का खतरा न उठाया।

15

उन दिनों नवाब जहांगीराबाद का बड़ा दबदबा था। जहांगीराबाद बुलन्दशहर के जिले में अनूपशहर के पास एक कस्बा है। आजकल तो यह वीरान हो चुका है, उन दिनों यहां काफ़ी रौनक रहती थी। गल्ला, रुई, गुड़ की यहां बड़ी भारी मण्डी थी। यहां की सूती कपड़े की छपाई विलायत तक मशहूर थी। नवाब जहांगीराबाद पुश्तैनी रईस थे। उनकी बहुत भारी जमींदारी थी। बादशाह से उन्हें सनद प्राप्त थी। बाद में उन्होंने आस-पास के कई इलाके कम्पनी की सरकार से खरीद लिए थे। बड़े नवाब मिर्जा अलीबेग अस्सी की उम्र में जब मरे तो उनके साहबजादे मिर्जा अख्तरबेग की उम्र बीस ही बरस की थी। बड़ी मानता-मनौती मानने पर बड़े नवाब को बुढ़ौती में बेटे का मुंह देखना नसीब हुआ था। इसलिए उनकी परवरिश भी लाड़-प्यार में हुई थी। उन दिनों जहांगीराबाद की रियासत में ऐशो-इशरत की कमी न थी। सिर्फ़ इतना ही नहीं कि छोटे नवाब ऐशो-इशरत की गोद में पलकर किसी कदर आवारा हो गए, उनकी तालीम भी बहुत मामूली

हुई। इन सब कारणों से ज्यों ही बड़े नवाब मरे और इन्हें हाथ की छूट हुई तो बेहद फ़िज़ूलखर्ची करने लगे। बदइन्तज़ामी इतनी बढ़ी कि आमदनी आधी भी न रही।

इनकी ऐयाशी और फिजूलखर्ची बड़े नवाब के ही ज़माने में आरम्भ हो गयी थी। उन्होंने यह सोचकर कि शादी कर देने से वह खानादारी में फंसकर ठीक हो जाएगा, उनकी शादी चौदह साल की उम्र में ही कर दी थी। शुरू-शुरू में तो नये मियां-बीवी खूब मिल-जुलकर रहे। बीवी का मिज़ाज ज़रा तेज़ था। वह भी एक नवाब की बेटी थी। पर मियां की वह बहुत लल्लो-चप्पो करती रहती थी। उनकी हर बात का खयाल रखती। कोई उनके खिलाफ़ बोलता तो लड़ पड़ती थी, इसलिए वह कच्ची ही उम्र में आज़ाद तबियत हो गयी थी। परंतु धीरे-धीरे यह प्रेम का पौधा सूखने लगा और छोटे नवाब इधर-उधर फिर दिल का सौदा करने लगे। इससे बेगम तिनक गयी। और फिर आए दिन मान-मनौवल, फ़साद-झगड़े उठने लगे। इसी बीच बड़े नवाब का इन्तकाल हो गया और छोटे नवाब की पगड़ी बंधी। इसके एक साल बाद ही नवाब के लड़का पैदा हुआ। लड़का सुन्दर और स्वस्थ था। पहला बच्चा था, इसलिए हवेली में बाजे बजने लगे। बधाइयां गाई जाने लगीं। तवायफ़ों की महफ़िल हुई। लेकिन जब दाई ने छठवीं के दिन लड़के को लाकर नवाब की गोद में डाला और उम्मीद की कि कोई भारी इनाम मिलेगा, तो नवाब ने बिगड़कर कहा, 'इस लड़के की सूरत हमसे नहीं मिलती, चुनांचे यह हमारा लड़का है ही नहीं।'

नवाब साहब की इस बात से तहलका मच गया। हकीकत यह थी कि उनके आवारा दोस्तों ने कुछ ऐसी इशारेबाज़ियां पहले ही से कर रखी थीं, जिनसे नवाब का दिल वहम से भर गया था। वह अनपढ़ और बेवकूफ़ तो था ही, लड़के को देखते ही ऐसी बेहूदा बात कह बैठा।

बेगम ने सुना तो अपना सिर पीट लिया। रो-धोकर उसने सारा घर सिर पर उठा लिया। इस झगड़े से बेटे के पैदा होने की खुशी में मातम छा गया। सब नाच, रंग, जलसे मौकूफ कर दिए गए। अब मियां-बीवी दोनों ने दोनों पर जासूस बैठा दिए और उनकी मार्फत दोनों के चाल-चलन की खुफिया तहकीकात करने लगे। खुफिया लोग झूठी-सच्ची, उल्टी-सीधी बहुत-सी बातें नवाब और बेगम से आकर जड़ने और रकमें झांसने लगे। इसी दौरान बेगम को पता लगा कि नवाब ने तवायफ़ से आशनाई कर ली है। हाल ही में लखनऊ से आई है। उन्हें यह भी पता लगा कि यह आशनाई नवाब की बवालेजान बन गयी है और नवाब बेहद परेशान है।

तवायफ़ का नाम उमरावजान था। वह बड़ी चुलबुली और बेहद सुन्दरी थी। उम्र भी उसकी कम थी, परन्तु उसकी नायिका सात घाटों का पानी पी चुकी थी। जहांगीराबाद में आने के बाद उसकी पहल मौजा धतौली के ठाकुर मानवीरसिंह से हुई। ठाकुर मानवीरसिंह एक अधेड़ उम्र के बेतुके-से आदमी थे। मगर थे दिल फेंक और पैसेवाले। उन्होंने हज़ार रुपये देकर उसकी नथनी उतारी और अब सौ रुपये माहवार देते थे। परन्तु नवाब के गुर्गों ने उमरावजान की इस कदर तारीफ़ की कि नवाब सुलगने लगे और उन्होंने दो सौ रुपये माहवार पर उसे नौकर रख लिया। इसका नतीजा यह हुआ कि इधर तो नवाब साहब की धतौली के ठाकुरों से ठन गयी, उधर बेगम

ने हवेली सिर पर उठा ली। ठाकुर कभी नवाब के खेत जला देते, कभी उनकी तहवील की रकम लूट लेते, कभी उनकी आसामियों की पैरवी कर उन्हें परेशान करते। नवाब बेवकूफ़ और नातजुर्बेकार था, ठाकुर का कुछ भी बिगाड़ न पाता था। आए दिन की दुश्मनी से उसके नाको दम हो गया। उधर बेगम से एक दिन उसकी मुंह-दर-मुंह नोकझोंक हो गयी। नवाब ने कहा-

'बेगम, तुमने यह हक-नाहक का कैसा हंगामा खड़ा कर दिया है? बखुदा इससे बाज़ आओ, वरना हमसे बुरा न होगा।'

'क्या कर लोगे तुम?'

'कसम कलामे-पाक की, मैं तुम्हारी खाल खिंचवाकर भूसा भरवा दूंगा।'

'तो तुफ है तुम पर जो करनी में कसर करो।'

'नाहक एक खूने-नाहक का अजाब मेरे सिर होगा।'

'तुम्हें क्या डर है! करनी कर गुज़रो, ज़्यादा से ज़्यादा फांसी हो जाएगी।'

'फांसी क्यों हो जाएगी?'

'यह कम्पनी बहादुर की अमलदारो है। तुम्हारी खाला का राज नहीं।'

'बखुदा, बड़ी ही मुंहफट हो।'

'मगर अस्मतदार हूं।'

'चे खुश। अस्मतदार हो तो कहो यह लौंडा कहां से पेट में डाल लाईं।'

'शरम नहीं आती यह बेहूदा कलाम जुबान पर लाते!'

'हम तो लाखों में कहेंगे। कुछ डर है।'

'नकटा जिए बुरे हवाल, डर काहे का। डर तो उसे हो जिसे अपनी इज्जत का कुछ खयाल हो।'

'हम खानदानी रईस हैं। हमारी इज़्ज़त को तुम क्या जानो!'

'बड़े इज़्ज़त वाले आए। तभी तो मुई उस वेसवा का थूक चाटते हो।'

'तो इससे तुम्हें क्या! यह हमने कोई नयी बात नहीं की। हमारे हमकौम रईस-नवाब सभी कोई रखैल, रंडी रखते हैं। हमने रख ली तो तुम्हारा क्या नुकसान किया?'

'अच्छा, हमारा कोई नुकसान ही नहीं किया?'

'हमारा जो फ़र्ज़ ब्याहता के साथ करने का है, हर्गिज़ फ़रामोश न करेंगे। और अगर ज्यादा बावेला न मचाकर घर में खामोश बैठोगी तो हम तुम्हारी खातिरदारी मिस्ल साबिक बल्कि उससे भी ज़्यादा करेंगे। हालांकि तुम इस सलूक के काबिल नहीं।

'क्या कहने हैं! मियां होश की दवा करो। मेरा जो हक है मुंह पर झाड़ मारकर लूंगी। कोई हंसी-ठट्ठा है।'

'तुमने जब बेहयाई पर कमर कस ली है तो लाचारी है।'

'मैं बेहया लोगों के कहने पर बुरा नहीं मानती। अब्बाजान को मैंने सब हकीकत लिख दी है। वे आया ही चाहते हैं। उनसे तम निबटना। देखूंगी, कैसे तीसमारखां हो!'

'देखूंगा उन्हें, कितनी तोपें लेकर आते हैं!'

यह कहते और गुस्से से कांपते हुए नवाब बाहर चले गए।

16

बेटी का खत पाकर नवाब इकरामुल्ला आगबबूला हो गए। वे फौरन हाथी पर बैठकर जहांगीराबाद पहुंचे। दामाद को बहुत लानत-मलामत दी। बेटी से सलाह की और बेटी से एक लाख रुपयों के मेहर का दावा अदालत दीवानी में ठुकवा दिया। अदालत से बेगम को डिग्री मिल गयी, इस पर नवाब ने कलकत्ता के सुप्रीम कोर्ट में अपील की, पर नीचे का हुक्म वहां भी बहाल रहा। परन्तु इस खींचतान में तीन बरस लग गए। इस बीच नवाब और बेगम में खूब फुलझड़ियां छूटीं। बेगम को तंग करने के नवाब और उनके बेफिकरे दोस्तों ने नये-नये नुस्खे ईजाद किए। अब बेगम अलहदा मकान में जहांगीराबाद में ही रहती थीं। नवाब ने उनके पीछे गुंडे लगा दिए, जो उनकी हवेली के नीचे खड़े होकर अश्लील ग़ज़लें गाते और दूसरे प्रकार की बेजा हरकतें करते। कभी नंगी और फॉस तस्वीरें उनके दरवाज़ों पर चिपका देते। कभी डाक से बैरंग लिफ़ाफ़े में गालियां, ग़ज़लें, गंदी तस्वीरें भेजते। बेगम उन्हें ज़रूरी अदालती कागज़ात समझकर महसूल देकर ले लेती, और खोलने पर ये सब चीजें पाती। रात को उसके मकान पर ईंट-पत्थर बरसते। आखिर तंग आकर बेगम ने थानेदार की शरण ली। तब तक कांस्टेबल पुलिस का इन्तज़ाम नहीं हुआ था, बरकन्दाज़ी पुलिस थी। सिपाही को पांच रुपये और थानेदार को बीस रुपये तनख्वाह मिलती थी। थानेदार ने बेगम से सब हाल सुनकर उनकी हिफ़ाज़त का जिम्मा लिया और एक बरकन्दाज़ उसकी हवेली पर पहरे के लिए बिठा दिया। बेगम उसे सुबह-शाम खाना खिलाती और पांच रुपये माहवार नकद देती थी। यह सिलसिला कई महीने तक चलता रहा। पर कोई चोर नहीं पकड़ा गया। ढेलेबाज़ी और छेड़खानी उसी तरह चलती रही। असल बात यह थी कि बरकन्दाज़ अफीमची था। वह शाम को ही अफीम का गोला गटककर पीनक में अंटागफील हो जाता था। फिर भला उसे दीनो-दुनिया की क्या खबर रह सकती थी।

आखिर थानेदार पर बेगम का तकाज़ा हुआ कि हम खर्च भी करते हैं, मगर हमारा काम कुछ नहीं होता। थानेदार ने बरकन्दाज़ को हुक्म दिया कि यदि आज ही मुलज़िम न पकड़ा गया तो उसकी खैर नहीं है। अब आप ही कहिए कि जब तीन महीने तक मुलज़िम नहीं पकड़ा जा सकता तो भला एक दिन में कैसे पकड़ा जा सकता है। मगर थानेदार साहब का हुक्म भी बजा

लाना ज़रूरी था। फिर बेगम ने भी गुनहगार के पकड़े जाने पर इनाम देने का वादा किया था, बस किसी आसामी की खोज में उसने चक्कर लगाना शुरू किया। इतने ही में उसने एक आदमी को शराब के नशे में धुत कलवार की दुकान से आते हुए देखा और झट उसे ले जाकर थानेदार के हवाले कर दिया, और एक गहरा सलाम झुकाया। थानेदार ने बेगम को इत्तला दी कि एक आदमी ढेला फेंकता हुआ पकड़ा गया है, उसे छोड़ देने के लिए नवाब मुझे पचास रुपये घूस दे रहे थे, परन्तु मैं इस मर्दूद मूजी को हर्गिज बिना सज़ा दिलाए नहीं छोड़ूंगा, जिसने बेगम साहिबा को तंग करने की हिमाकत की है।

बेगम ने पचास रुपये बांदी के हाथों थानेदार के पास भिजवा दिए और कहा-उसे पूरी सज़ा दिलवाओगे तो और इनाम दूंगी। जंट साहब की कचहरी में उस पर इस आशय का मुकदमा चला दिया कि दो अंग्रेज़ लड़के एक खुली बग्घी में सवार चले जाते थे, यह शराबी नशे में धुत गली से खौफ़नाक तरीके से चीखता-चिल्लाता निकल पड़ा, जिससे बग्घी से टट्टू ऐसे भड़के कि बड़ी मुश्किल से बरकन्दाज़ ने रोके जो मौके पर हाज़िर था। अगर वह बरकन्दाज़ अपनी जान पर खेलकर उन्हें न रोक लेता तो बेशक दोनों लड़कों की जान जाने में ज़रा भी शक न था। लिहाज़ा फिदवी उम्मीदवार है कि इस शराबी को सख्त सज़ा हुजूरे वाला से फर्माई जाए। अभियुक्त ने जंट साहब के सामने शराब पीने का इकबाल किया और कहा कि उस वक्त मुझे तन-बदन की खबर न थी। इस पर पच्चीस रुपया जुर्माना कर दिया।

इस खुशखबरी को थानेदार ने बेगम के पास स्वयं हाज़िर होकर इस तरह पहुंचाया था कि हाकिम उस कम्बख्त गुनहगार को जेल या कालापानी भेजना चाहता था, मगर आपके हमसायों ने आपकी ओर से गवाही देने से इनकार कर दिया। उधर दुश्मनों ने बहुत ज़ोर बांधा, लाट साहब तक सिफ़ारिश पहुंचाई। अब मैं क्या कर सकता था! हकीकत यह है कि पुलिस के अलावा हर शख्स आपका दुश्मन है। सिर्फ़ पुलिस आपकी दोस्त है। बेगम ने खुश होकर थानेदार को और पचास रुपये नज़राने के दिए और दस रुपये बरकन्दाज़ को इनाम।

इन सब झगड़े-टंटों में नवाब का भी बहुत रुपया खर्च हुआ। उमरावजान ने भी उन्हें अच्छी तरह निचोड़ा। उनके लफ़गे यार-दोस्तों के खर्च भी कम न थे। रियासत का प्रबन्ध कुछ था ही नहीं। नतीजा यह निकला कि उनका हाथ तंग होने लगा और उन्होंने कर्जा लेना शुरू कर दिया। कर्जे की भी यह हालत थी कि पांच लेते थे और पचास लिख देते थे। उधर बेगम ने डिग्री को जारी कराया। नवाब साहब पर तबाही आ गयी। यार-दोस्त बहुत थे, मगर कोई धेला खर्च करने को राजी न था। अब नवाब साहब ने एक और हंगामा शुरू किया। उन्होंने यह शोर मचाया कि अदालत को मेहर दिलाने के मुकदमों में ज़मीन-जायदाद कुर्क करने का मजाज़ नहीं है। लेकिन यह सिर्फ ज़बानी जमा-खर्च था। एक दिन शाम को नवाब ने बहुत-से मुसलमानों और उल्माओं को अपने मकान पर इकट्ठा किया और उनसे शरई फतवा मांगा। थानेदार को भी मौका मिल गया। वे दलबल सहित उन पर टूटे और कहा-रात के वक्त ऐसा जमावड़ा कतई कानून

के खिलाफ़ है। हम आप सबका चालान साहब कलक्टर के इजलास में करेंगे। इतना कहकर उन्होंने ललकारकर कहा-तुम लोगों में से एक आदमी भी यहां से टरके नहीं। और उसने उनके नाम की फेहरिस्त बनानी आरम्भ कर दी। वे लोग डर गए

और अपने नाम फेहरिस्त में दर्ज न करने को आरजू-मिन्नत करने लगे। जिसने थानेदार की मुट्ठी गर्म की वह खिसका दिया गया। आखिर नवाब ने सौ रुपये देकर थानेदार की बला को टाला। उन दिनों थानेदारों की थानेदारी ऐसे ही चलती थी।

अब नवाब के यहां कोई फटकता भी न था। बेगम ने डिग्री में पूरा इलाका कुर्क करा लिया और बेचारे नवाब अपने एक चाचाज़ाद भाई के यहां जाकर रोटियां तोड़ने लगे?

17

मुज़फ़्फ़रनगर के नवाब इकरामुल्लाखां का नाम सुनकर उन दिनों अच्छे-अच्छों की पिंडली कांप जाती थी। नवाब की उम्र अब साठ को पार कर गयी थी, पर उनके दमखम अभी वैसे ही बने थे। वे बड़े डीलडौल के आदमी थे। रियासत-भर में उनकी सवारी के लायक कोई घोड़ा न था। इसलिए वे हाथी पर ही सवार होते थे। उनका चेहरा भी भयानक था और आंखें हमेशा सुर्ख रहती थीं। तन्दुरुस्ती निहायत अच्छी थी। जात के पठान रुहेले थे। हेस्टिंग्ज़ के ज़माने में जब रुहेलों पर तबाही आई तो इनकी सारी जागीर चौपट हो गयी। अब यहां मुज़फ़्फ़रनगर में इनकी छोटी-सी ज़मींदारी थी। मगर रुआब उनका दूर-दूर तक था। हकीकत तो यह थी कि वे अब डाके का धन्धा करते थे। सैकड़ों डाकू अलग-अलग गिरोहों में दूर-दूर तक डाके डालते और माल उनके कदमों पर ला डालते थे। यह ज़माना ही ऐसा था, 'जिसकी लाठी उसकी भैंस' वाली कहावत थी। यही नवाब बेगम के अब्बा थे।

नवाब अपनी कचहरी में बैठे थे। मुसाहिब लोग भी साथ थे। नवाब मोढ़े पर बैठे हुक्का गुड़गुड़ा रहे थे। एक शागिर्द ने आगे बढ़कर कहा, 'सरकार, सुरंग घोड़ी है बहुत नफ़ीस। इस गिर्दनवा में वैसी घोड़ी न होगी।

'कहां है?'

'हुज़ूर, एक लौंडा उस पर सवार है। वह सहारनपुर जा रहा है।'

'कौन है वह?'

'यह तो मालूम नहीं, सरकार, उसके साथ सिर्फ दो प्यादे हैं। बस, इत्तला देने को दौड़ा आ रहा हूं।'

नवाब एकदम गुस्से में गरज उठे। उन्होंने कहा, 'तो बदबख्त, तू सिर्फ़ हमें इत्तला देने को ही आया है, घोड़ी अभी तक गैर के ही ताबे में है?'

'हुज़ूर।'

नवाब फिर गरजे। उन्होंने कहा, 'हुजूर के बच्चे, आधे घंटे में घोड़ी हमारे हुजूर में हाज़िर ला।'

शागिर्द सलामें झुकाता हुआ चला गया और आधे घंटे के अन्दर ही घोड़ी नवाब साहब के अहाते में आ गयी।

घोड़ी को देखकर नवाब साहब खुश हो गए। यह उनका शौक था, घोड़ा, घोड़ी, बैल, रथ या कोई भी चीज़, जो उम्दा से उम्दा, जहां नज़र पड़े नवाब की होनी ही चाहिए। नवाब के आदमी जो शागिर्द कहाते थे और पेशा डकैती करते थे, नवाब की यह तबियत पहचानते थे। बस, जहां कोई उम्दा चीज़ नज़र आई कि वह नवाब की होकर रही। किसी की मजाल थी कि उनके इस शौक में हारिज हो!

घोड़ी अभी दाना-पानी खा ही रही थी कि उसका मालिक वह लड़का भी नवाब की ड्योढ़ी पर आ हाज़िर हुआ। उम्र उसकी कोई अठारह साल की होगी, सुन्दर और छरहरा बदन। इत्तला पाकर नवाब ने उसे बुलाया। उसने आकर नवाब को सलाम झुकाया।

नवाब ने कहा, 'कौन हो, साहबज़ादे?'

'क्या हुज़ूर ने पहचाना नहीं?'

'अफ़सोस साहबजादे, लेकिन आंखें बहुत कमज़ोर हो गयी हैं। ठीक तौर पर देख नहीं पाता। याद नहीं आता कि कहां देखा है तुमको?'

'हुज़ूर ने जन्नतनशीन नवाब मुज़फ़्फ़रबेग का नाम सुना होगा?'

'क्या नवाब बल्लभगढ़? हो-हो अमा वे तो मेरे मुरव्वी थे। वाह, क्या फरिश्ता आदमी थे! मगर हाय-हाय, क्या बेरहम मौत पाई। अल्ला-अल्ला।'

नवाब ने कान पकड़कर अपने मुंह पर दो तमाचे जड़े। फिर एक गहरी सांस लेकर बोले, 'नवाब मुज़फ़्फ़रबेग, हां तो फिर?'

'मैं हुज़ूर, उनका नवासा हूं। मेरा नाम युसूफ़ है।'

'अरे वाह, साहबजादे, इतनी देर से क्यों नहीं कहा! मैं भी कैसा अहमक हूं, तुम्हें इतनी देर खड़ा रखा। अल्ला-अल्ला। उन्होंने फिर कान पकड़े और फिर दो तमाचे मुंह पर जड़े। फिर मोढ़े से उठकर युवक को अंक में भर लिया।

'बैठो, बैठो साहबजादे, देखकर आंखें ठंडी हो गयीं। वाह, वही खसलत पाई है। खुदा ने चाहा तो तुम नवाब साहब का नाम रोशन कर लोगे। इसके बाद उन्होंने पुकारकर कहा, 'कोई है, साहबजादे के लिए नाश्ता लाओ।'

युवक ने कहा, 'एक अर्ज करने को हाज़िर हुआ था।'

'देखो साहबजादे, धांधली की सनद नहीं। पहले नाश्ता करो, फिर इत्मीनान से बातें होंगी।'

खिदमतगार एक गिलास दूध और परांठे दे गया। नौजवान ने नाश्ता किया। नवाब ने हुक्के पर नयी चिलम चढ़ाकर कश लिया। फिर बोले, 'क्या करते हो, साहबजादे?'

'हुजूर, फिरंगियों के स्कूल में पढ़ रहा हूं।'

'अच्छा करते हो। भई, सच तो यह है कि ये अंग्रेज़ हैं औलिया, देख लेना कुछ दिनों में हिन्दुस्तान की काया पलट कर देंगे। खैर, अब कहो, क्या काम है?'

'हुजूर, मैं सहारनपुर जा रहा था कि बदमाशों ने मेरा पीछा किया और मेरी घोड़ी छीन ली। मेरे आदमियों को भी जख्मी कर दिया।'

'अरे, कब, कब? बड़ी खराब बात है।'

'हुजूर, बस कोई एक घंटा हुआ। मैंने सोचा, आप के ही हुजूर में अर्ज करूं। अब और कहां फ़रियाद करता?'

'अच्छा किया, साहबजादे, तुम मेरे पास चले आए। आजकल शरीफों का राह-बाट में निकलना ही मुश्किल है। घोड़ी कैसी थी?'

'सुरंग थी, हुजूर।'

नवाब ने आवाज़ दी, 'कोई है?'

वही शागिर्द आ हाज़िर हुआ। लड़के ने डाकू को पहचान लिया। उसने आती बार घोड़ी को बंधे दाना खाते भी देख लिया था। पर उसने ऐसा भाव बनाया कि जैसे न वह घोड़ी को पहचानता है, न डाकू को।

नवाब ने शागिर्द से कहा, 'सुना तुमने, साहबज़ादे का किस्सा?'

'क्या हुआ, सरकार?'

'हुआ क्या, दिनदहाड़े डाका पड़ गया। मियां को अकेला जानकर बदमाश घोड़ी लेकर यह जा, वह जा।'

'बड़ी खराब बात है, हुजूर।'

'खराब? मैं कहता हूं जब तक दो-चार को गोली से न उड़ाया जाएगा, ये वारदातें बन्द नहीं होंगी। और फिर मेरे ही हलके में! कितनी बदनामी और शर्म की बात, तौबा-तौबा!' उन्होंने फिर दोनों कान पकड़कर गालों पर तमाचे जड़ दिए।

शागिर्द सिर झुकाए खड़ा रहा।

नवाब ने कहा, 'खड़े-खड़े क्या देखते हो, घोड़ी का पता लगाओ।'

'हुज़ूर...'

'बस-बस, मैं एक लफ़्ज़ नहीं सुनना चाहता। चाहे आसमान में उड़ जाओ, या धरती फोड़कर उसमें घुस जाओ। घोड़ी मिलनी ही चाहिए, जाओ।' इतना कहकर नवाब साहब ने यूसुफ़ मियां से कहा-'तब तक साहबज़ादे तुम आराम करो। घोड़ी मिल जाएगी। खातिर जमा रखो।'

'हुज़ूर का इकबाल ही ऐसा है।'

नवाब साहब ने मियां यूसुफ़ के ठहरने, आराम करने और शिकार-तफरीह का पूरा बन्दोबस्त कर दिया। यूसुफ़ मियां मज़े से चोरों के शहनशाह की मेहमाननवाज़ी का लुत्फ़ लेने लगे।

18

आपने गांव-देहातों में जहां-तहां नील के टूटे-फूटे हौज़ और उजाड़ गोदाम देखे होंगे। गांव के लोगों को इतनी याद तो अब भी है कि ये नील के गोदाम और हौज़ हैं। ये हौज़ अब तो गांव के ढोरों के बैठने के काम आते हैं और उनके चरवाहे नील-गोदाम की दीवारों पर बैठकर धूप में प्राय: खाना खाया करते हैं।

उन दिनों नील का कारोबार अंग्रेज़ों का बड़े मुनाफ़े का कारोबार था। इसका सम्बन्ध विदेशी व्यापार से था, इसलिए इस कारोबार को फिरंगी लोगों ने ही उठाया हुआ था। वे लाखों मन नील पैदा करके यूरोप और सुदूर पश्चिम के दूसरे देशों में भेजा करते थे, जहां उसकी बड़ी भारी मांग थी।

सिकन्दर साहब ने भी इस धन्धे में बहुत रुपया कमाया था। रुपये के ज़ोम में और अक्ल की तेज़ी में वह किसी को कुछ समझता ही न था। वह एक तौर पर नवाब ही था, जो आस-पास के इलाकों पर छा रहा था, और इलाके पर इलाके अपने नाम करता और अपनी ज़मींदारी बढ़ाता जा रहा था। वह और भी पैर बढ़ाता, यदि सांवलसिंह उसकी राह का रोड़ा बनकर न खड़ा होता। सिकन्दर साहब के डर से बहुत-से देशी ज़मींदार अपने इलाके छोड़कर भाग खड़े हुए, कइयों ने तो उससे दो-दो बरस तक मालगुज़ारी न वसूल की। पर जब सांवलसिंह ने उससे खुलेआम मोर्चा लिया तो वे सब उससे बदला लेने को इसके झंडे के नीचे खड़े हुए। अब एक तरफ़ सांवलसिंह का यह गिरोह था और दूसरी तरफ़ वह नीलवाला साहब। इन दोनों के बीच आए दिन फ़ौजदारियां होती रहतीं, जो कभी-कभी तो बड़ी संगीन हो जाती थीं। इन हंगामों में बहुधा सिकन्दर का ही पासा ऊंचा पड़ता था। इसके दो कारण थे, एक तो यह कि उसके पास काफ़ी रुपया था और वह खूब रिश्वत दे सकता था। दूसरे बड़े-बड़े हाकिमों-हुक्कामों से उसका मेल-जोल था। बहुधा नौसिखिए अधकचरे अंग्रेज़ लौंडे उन दिनों हाकिम, जंट, कलक्टर, मजिस्ट्रेट बनकर आते थे। उन्हें न तो अपने काम का ही कुछ तजुर्बा था, न मुल्क की बदअमनी का और

इन फ़सादों की ही तह तक वे पहुंचते ही नहीं थे। वे तो शानदार ढंग से शराब पीते और थानेदारों और तहसीलदारों पर सब कुछ छोड़ देते थे। सिकन्दर साहब ऐसे छोकरों को बड़ी आसानी से अपने हत्थों पर चढ़ा लेते थे। ज़रा साहब का घोड़ा बीमार हुआ कि झट सिकन्दर साहब आकर उसे दवा पिलाते। साहब के कुत्तों में दिलचस्पी लेते। मुर्गी-मुर्गा, बकरा, फल, शराब, साग-सब्जी उन्हें भेंट-नज़राना भेजते रहते, मेम साहबान को बड़े-बड़े तोहफ़े देते और इन हुक्कामों की बड़ी-बड़ी दावतें करते रहते थे। अपनी शराफ़त, रईसी और मिलनसारी का ऐसा रंग दिखाते कि साहब बहादुर, सिकन्दर साहब पर लटू हो जाते थे।

19

उन दिनों गढ़मुक्तेसर तक का पूरा इलाका मेरठ के थानेदार के ही मातहत था और अपने अमल में थानेदार का रुआब, दबदबा और अधिकार कलक्टर से कम न था, बल्कि यों कहना चाहिए कि रियाया पर थानेदार का रुआब कलक्टर से भी ज्यादा था।

इस समय मेरठ की थानेदारी की मसनद पर जो आदमी विराजमान था, उसकी उम्र अभी मुश्किल से बीस ही बरस की थी। उसका नाम नज़ीरअली था। यह आदमी एकदम अनपढ़ था और अपने दस्तखत तक नहीं कर सकता था। जात का भिश्ती था। थानेदारी की मसनद पर इसकी तैनाती में एक राज़ था। अब बिना उस राज़ को आपके सामने खोले काम नहीं चलेगा। हकीकत यह थी कि उसका बहनोई कलक्टर फाल्कन साहब का अर्दली था। उसका नाम फ़कीरा था। उम्र का वह अधेड़ था, मगर कलक्टर के अर्दली का इज़्ज़तदार ओहदा, उसका एक दबदबे का कारण था कि मियां नज़ीरअली के बूढ़े बाप ने अपनी चौदहसाला लड़की का निकाह उसके साथ कर दिया था। अब इस निकाह को तीन साल हो चुके थे और अब से दो साल पहले नज़ीरअली के बाप ने उसे उसके बहनोई के साथ इस मतलब से भेज दिया था कि वह इसे भी कहीं नौकरी पर लगा दे। यहां आकर उसने देखा कि उसकी बहन नाम के लिए ही फ़कीरा की बीवी है, वास्तव में वह सोलहों आना कलक्टर साहब बहादुर की मेम साहब थी। शुरू-शुरू में उसने इस विषय में दो-चार सवाल अपने बहनोई से किए भी, तो उसने उसे डांट दिया और कहा, 'अपने बाप की तरह बेवकूफ़ न बनो, काम से काम रखो, दुनिया के कज़िये मत चुकाओ। नज़ीरअली भी समझ गया और उसने बहनोई की तरह अपने कानों को बहरा और आंखों को अंधा कर लिया। शुरू में उसे चार रुपये माहवार पर कचहरी के चपरासी की नौकरी मिल गयी। पर उसका काम कचहरी के इर्द-गिर्द दिन-भर घूमना और जब साहब बहादुर और उसकी बहन मेम साहबा टेबल पर खाने बैठे तो मक्खियां उड़ाना था। साहब उससे बहुत खुश थे और बहन की सिफ़ारिशें लगातार जारी थीं। इसका नतीजा यह हुआ कि वह दो ही साल में थानेदारी की मसनद पर बहाल हो गया। परन्तु केवल यही बात नहीं कि वह कम उम्र छोकरा बिलकुल अनपढ़ था, उसे थानेदारी के काम का भी बिलकुल तजुर्बा न था। परन्तु उसका बहनोई आठों गांठ कुम्मैत और पूरा चलता-पुर्जा था। उसने उसे सब तरह की पट्टी पढ़ाकर पक्का दारोगा

बना दिया था और दस्तूर की सब बातें अमल में ला दी थीं, जिनमें अव्वल तो यह कि उसकी पूरी तनख्वाह साहब मजिस्ट्रेट के मुंहलगे अमलों को बांट दी जाती थी। इसके बदले में अमले आला कचहरी में हर वक्त दारोगा की मदद पर रहते थे। इसके अलावा सौ रुपये सालाना साहब के पेशकार, रिश्तेदार और नाज़िर को बतौर नज़राना बांध दिए गए थे ताकि वे उसकी गाड़ी के रोड़े न बनें, और कचहरी में उसके मददगार रहें। इसके अतिरिक्त उसने अपने दो विश्वस्त खुर्राट आदमी इस छोकरे थानेदार की सोहबत में रख दिए थे, जो उसके साथ ही खाते-पीते थे, मगर कमाई अपनी हिमाकत-अमली से करते थे। इनका काम रिश्वतें तय करना, सौदे पटाना और इस बात पर नज़र रखना था कि थानेदार की गैरहाज़िरी में थाने के किसी मातहत आदमी ने रिश्वत तो नहीं ले ली है।

गांव के चौकीदार और थाने के बरकन्दाज़ थानेदार की सारी आवश्यकताओं की पूर्ति करते रहते थे। उन दिनों थानेदार को बीस रुपये, बरकन्दाज़ को पांच रुपये और चौकीदार को तीन रुपये माहवार तनख्वाह मिलती थी। थानेदार जिन पर खुश रहता, उन्हें आमदनी कराता था। इसलिए सभी थानेदार की लल्लो-चप्पो में लगे रहते थे। चौकीदार दूध, दही, मुर्गा, खस्सी, मछली, सब्जी, तरकारी जहां मिलती, थानेदार साहब के लिए उठा लाते थे। उन्हें जिन्सों की कीमत देने की कोई आवश्यकता नहीं थी। यदि कोई रोकता या उज्र करता, तो वे घुड़ककर कहते, 'चुप, क्या तुम कम्पनी बहादुर का हुक्म नहीं मानते हो?' इस पर सभी लोग लाजवाब हो जाते थे।

थानेदार के बाद थाने में दो और महत्त्वपूर्ण आदमी थे-एक जमादार, दूसरा बख्शी। बख्शी एक बूढ़ा आदमी था। जात का कायस्थ था और उर्दू-फारसी पढ़ा था। वह एक चालाक आदमी था। तनख्वाह उसे आठ रुपये माहवार मिलती थी। रपट लिखने में वह उस्ताद था। वह ऐसी पेचीदा फारसीनुमा भाषा लिखता था कि रपट लिखाने वाले को पता ही न चलता था कि रपट उसके विरुद्ध लिखी गयी है या अनुकूल। इसके बाद अपना हक लेकर वह उसकी नकल अपने मुंशी से कराकर फ़रियादी को दे देता था। बख्शी इस थाने में थानेदार से कम न था। वह बतौर मुहर्रिर थाने की तमाम लिखा-पढ़ी का काम किया करता। थानेदार और उसके ये सुयोग्य अमले तरफ़ैन से रिश्वतें लेते और जिससे ज़्यादा मुट्ठी गर्म होती, उसी का साथ देते थे। जमादार को आठ ही रुपया माहवार मिलते थे। वह एक पक्का गजेड़ी और खूंखार आदमी था। आसामियों को सताने और जुर्म कबूल कराने तथा रिश्वतें वसूल करने में बेजोड़ था। नाम उसका शम्भू था। वह किस्से सुनाने और गप्पें हांकने में एक था। वह बड़ा भारी फिजूलखर्च था। जो मिलता, नशे-पानी में खर्च कर देता था। वैसे पक्का बदमाश आदमी था। कोई काम ऐसा न था जिसे वह बिना भले-बुरे का विचार किए कर न डालता हो। अपना काम वह बहुत खूबी से कर लेता था, खासकर जब उसे रिश्वत की अच्छी रकम मिलने की आशा होती थी। उसकी संगदिली का यह हाल था कि जिस कमरे में मुलज़िम पर हद दर्जे का जुल्म हो रहा हो वहाँ वह आराम से गहरी नींद सोता रहता था।

नज़ीरअली जब मेरठ थाने में पहली बार थानेदार बनकर आए, तो उनके ठाठ देखने के काबिल थे। कचहरी में तो वे यों ही मटरगश्ती लगाया करते थे, लेकिन थानेदार होने पर तो उन्हें थानेदारी की शान से ही थाने में आना लाज़िम था। बस्ती में घुसते ही उन्होंने एक पालकी किराये की की और उस पर खुद सवार हुए। उनके दोनों लफंगे दोस्त दो टट्टुओं पर सवार हुए, जो चार-चार आने में शाम तक के लिए किराये पर भटियारे से ले लिए गए थे। इसके अलावा पन्द्रह-बीस सिपाही उसने पहले ही कचहरी में जुटा लिए थे। इस ठाठ से जब वह थाने में दाखिल हुआ तो देखनेवाले हैरत में आकर कहने लगे, 'देखो, देखो, साहब मजिस्ट्रेट जा रहे हैं।' थाने में पहुंचते ही एक बरकन्दाज़ एक कुर्सी उठा लाया, जिसका एक बाजू टूटा हुआ था, और तीन-चार सिपाही उसकी धूल झाड़ने लगे। जब थानेदार साहब कुर्सी पर रौनक-अफरोज़ हो गए तो सबसे पहले थाने के जिस आदमी से उनका वास्ता पड़ा वह शम्भू था। उसने सामने आकर और 'हुजूर' कहकर उसे सलाम किया। यह पहला ही अवसर था जब नज़ीरअली ने अपने लिए हुजूर का शब्द इस्तेमाल होते हुए सुना था।

थानेदार खुशी से फूल उठे। उन्होंने कहा, 'तुम्हारा नाम क्या है, और तुम यहां किस ओहदे पर हो?'

'नाम तो खुदा का है, खुदाबन्द, मगर लोग मुझे शम्भू कहते हैं। और मैं यहां बीस साल से ज़मादार हूं।'

'तब तो काफ़ी तजुर्बेकार हो। क्या तुम डकैत पकड़ सकते हो?'

'हुजूर कहें तो शेर की आंखें निकाल लूं।'

'बहुत काबिल आदमी हो, उम्मीद है कम्पनी बहादुर का काम तुम उम्दा तौर पर अंजाम दोगे।'

'हुजूर, मैं उस ज़ालिम बुढ़िया को बखूबी जानता हूं। वह मुझ पर बहुत खुश है।'

'कौन ज़ालिम बुढ़िया?'

'यही कम्पनी, वह मेरी इस लाठी बराबर लम्बी है। ज़ालिम इतनी है जैसी आग। बस, बड़े लाट साहब को हुक्म देती रहती है कि मारो, काटो। उससे बड़े लाट भी कांपते हैं। मगर, हुजूर मुझ पर बुढ़िया मेहरबान है।' उसने कपड़ों से निकालकर एक सर्टिफिकेट पेश किया जो किसी डकैती का पता लगाने पर बड़े साहब ने उसे दिया था, जिसमें लिखा था कम्पनी की सरकार तुमसे खुश है।

मगर थानेदार साहब न उस सर्टिफिकेट को पढ़ सकते थे, न यही जानते थे कि कम्पनी कोई बुढ़िया है या कौन है। परन्तु वे अपनी अयोग्यता भी प्रकट नहीं कर सकते थे। उन्होंने सिर्फ इतना कहा, 'तब तो तुम बड़े काम के आदमी हो। क्या तुम "कानी-हौस" के जुर्माना की आमदनी खुद ही रख लेते हो?'

‘हुज़ूर, यह तो मेरा हक है। जब मैं उन जानवरों का गोश्त खा सकता हूं तो इस आमदनी में क्या हर्ज़ है?’

‘खैर, तो मैं तुमसे इस बारे में मशविरा करना चाहता हूं कि नये थानेदार के क्या-क्या हक होते हैं।’

‘यह तो हुज़ूर, मामूली बात है कि हर गांव के चौकीदार हुज़ूर के रूबरू पेश हों और एक-एक रुपया नज़र करें?’

‘सिर्फ एक-एक रुपया?’

‘हुज़ूर, इस पेश-आमदनी को हकीर न समझिए। थाना मेरठ में बारह सौ मौज़े हैं। हर मौज़े का एक चौकीदार है। हुज़ूर की यह अव्वलयाफ्त बारह सौ की थैली होगी।’

‘खैर, यह तो हुई अव्वलयाफ्त। इसके बाद?’

‘इसके बाद हुज़ूर, थाना है और हम-आप हैं। नित नये शिकार आते हैं। नित नये गुल खिलते हैं। बस, आप बिसमिल्लाह तो कीजिए।’

नील की कोठीवाले साहब लोग अपने हलके के थानेदार को पैदावार पर एक रुपया फी मन देते थे, यह बंधा हुआ दस्तूर था। दूसरे ज़मींदार दुर्गापूजा पर, दीवाली पर कोई सौ और कोई पचास रुपये देता था। यह रिश्वत इसलिए थी कि यदि दोनों फरीकों में फ़ौजदारी हो जाए तो, जैसा कि आए दिन होती ही रहती थी, और उसकी तहकीकात थानेदार करे तो उसके लिए उसे अलग रिश्वत न देनी पड़े। इसलिए ऐसे मामलों में थानेदार की कोई दिलचस्पी न होती थी। क्योंकि वहां आमदनी की कोई उम्मीद न होती थी, इसलिए वारदात छोटी हो या बड़ी, थानेदार वहां खुद आने का कष्ट करता ही न था, अपने बख्शी या जमादार को तैनात कर देता था, जो अपनी छोटी-मोटी रकमें अलग झाड़ लेते थे।

जमादार शम्भू ने यह बात थानेदार को समझा दी। और साथ ही यह भी कहा, ‘इस इलाके में दो आदमी खासतौर पर शोरेपुश्त हैं। एक चौधरी सांवलसिंह और दूसरा सिकन्दर साहब नीलवाला गोरा। ये दोनों एक-दूसरे के जानी दुश्मन हैं और दोनों के लठैत हर वक्त लड़ने-मरने को तैयार रहते हैं तथा दोनों ही थानेदार को खुश रखने में कोई कोर-कसर नहीं रखते। इसलिए इनका खास खयाल रखा जाए। ये दोनों मोटी मुर्गियां हमारी खास आसामी हैं।’

‘लेकिन उनसे वसूल भी तो ज्यादा होना चाहिए।’

‘जी हां, सिकन्दर साहब हर साल ढाई सौ देता है और सांवलसिंह भी इतने ही देता है। मगर वक्त पर हम और भी वसूल लेते हैं।’

‘लेकिन हम दोनों का फ़ायदा किस तरह कर सकते हैं?’

‘बहुत मामूली बात है। दोनों में महीना-बीस दिन में फसाद-फ़ौजदारी होती रहती है। हम लोग अब तक जैसा करते आए हैं वैसा ही अब भी करेंगे।’

‘वह क्या ?’

‘अव्वल तो यह कि जब तरफ़ैन में झगड़ा होता है हमारे साथ पेशतर ही बन्दोबस्त कर लिया जाता है। मगर कभी-कभी ऐसा नहीं भी होता तो हम तरफ़ैन को लपेटते हैं। और साहब मजिस्ट्रेट को इस बात की सही रिपोर्ट भेजते हैं कि तरफ़ैन ने वाहम दंगा किया। बस, दोनों को झक मारकर भारी-भारी रिश्वत देकर अपनी गुलू-खलासी करानी पड़ती है। जब तक मुकदमे की तहकीकात जारी रहती है, हमारा दस्तूर है कि खात्मे की रिपोर्ट हर्गिज़ नहीं देते और हमेशा ऐसी तरकीब लगाए रहते हैं कि जब चाहे जिसे छोड़ दें, और चाहे जिसे फंसा रखें। मुकदमे को हमेशा खुला रखते हैं कि फरीकन से रिश्वतें लेने और रिपोर्ट बनाने की गुंजाइश रहे। जब सब बातें खत्म हो गयीं तो हम नोट लिख देते हैं, और जिस फरीक ने हमारी मुट्ठी गर्म नहीं की होती, उसे मुज़रिम करार देते हैं। अगर तरफ़ैन से हमें खुशगवार भारी रकमें मिल गयीं तो हम लोग तहकीकात को लम्बी करके मुकदमे को अटका देते हैं, जिससे फरीक गवाहों को अच्छी तरह दुरुस्त और पक्का कर ले।’

‘बहुत उम्दा तरकीब है, लेकिन देखो भई, हमारे और तुम्हारे बीच रिश्वत के हिस्से का फ़ैसला हो जाना चाहिए।’

‘वह तो हुजूर, बंधा दस्तूर है। हमेशा पाँचवाँ हिस्सा हम सब दर्मियानियों को मिलता है।’

‘तो यही सही। मैं भी कोई छोटे दिल का थानेदार नहीं हूं।’

‘तो हुज़ूर के हाथ-पैर तो हमीं हैं। चैन की बंसी बजाइए और हमारी कारीगरी देखिए।’

‘खैर, तो तसल्ली हुई।’

दोनों अफ़सरों ने एक-दूसरे को आंखों से अच्छी तरह टटोला और इस तरह मियां नज़ीरअली की थानेदारी का आरम्भ हुआ।

20

ग्रे साहब सिकन्दर साहब का रिश्तेदार भी था और कारकुन भी। वह बड़ा शोरेपुश्त बदमाश और पक्का बदज़ात आदमी था। वह एक दोगला किरानी था। उसकी बहन से कुछ दिन सिकन्दर साहब की आशनाई रही थी। उसकी बहन तो कहीं भाग गयी, परन्तु ग्रे अभी तक सिकन्दर से नत्थी था। था वह बड़े काम का आदमी। अच्छा-बुरा कोई भी काम वह मज़े में कर सकता था। इसी से सिकन्दर उसे खूब मानता था।

यद्यपि उसने सिकन्दर के कहने से यह भयंकर काम किया था, पर इसका उसे कोई खौफ न था। वह फौरन सिकन्दर के पास जा पहुंचा, जो बेसब्री से उसी का इन्तज़ार कर रहा था। दोनों ने सलाह की और फिर वह घोड़े पर सवार हो सीधा मेरठ के थाने में पहुंचा और यह रपट लिखाई कि मैं सिकन्दर साहब की नील की कोठी के छह-सात खलासियों और अमीन के साथ

अपने नील के खेतों की ओर जा रहा था कि एकाएक सांवलसिंह के हथियारबन्द आदमियों ने हम लोगों पर हमला किया और हमारे एक नौकर को मार डाला। कइयों को संगीन चोटें लगी हैं। दुश्मन उसका सिर काट ले गए हैं।

नज़ीरअली के मेरठ थाने पर आने के एक हफ्ते बाद ही कत्ल की यह संगीन वारदात हुई। उसकी नयी थानेदारी में यह पहली ही संगीन वारदात थी। वह कुछ भी निर्णय न कर सका कि क्या किया जाए। रपट लिखानेवाला अंग्रेज़ साहब बहादुर था। उसका भी रुआब था। नज़ीरअली ने कनखियों से जमादार शम्भू की ओर देखा, जो इस वक्त नीचा सिर किए चुपचाप मुस्कुरा रहा था। उसने जमादार का अभिप्राय भांप लिया और यह हुक्म देकर कि जमादार साहब जाब्ते की कार्रवाई करें, वहां से ज़रूरी कारे-सरकार के लिए उठ गया।

थोड़ी देर बाद उसने शम्भू को अपने पास बुलाकर पूछा, 'अब इस मामले में क्या करना होगा?'

'हुज़ूर, तेल देखिए तेल की धार देखिए।'

'लेकिन कत्ल का मामला है।'

'कत्ल पर ही क्या मौकूफ़ है, डाका भी हो सकता है, और भी कुछ हो सकता है।'

'लेकिन तुमने यह कैसे जाना?'

'अब सब जान लिया जाएगा। दूसरे फरीक को भी तो आने दीजिए।'

'खैर, तो इस फिरंगी को तुम जानते हो?'

'बखूबी जानता हूं। पक्का बज्जात है।'

'क्या इसका मुकदमा सच्चा है?'

'बिलकुल झूठ।'

'तुमने कैसे जाना?'

'सुना नहीं आपने, वह कहता है कि जो आदमी मारा गया है, उसका सिर भी वे काट ले गए हैं।'

'हां, हां, यह तो उसने कहा था।'

'बस, इसी से मैं पूरी हकीकत समझ गया।'

'कैसी हकीकत?'

'कि रपट एकदम झूठ है।'

'मगर इसका सबूत है?'

'सबूत वही सिरकटी लाश। असल बात यह है कि इन लोगों का बंधा दस्तूर है कि जब ऐसी संगीन वारदात होती है और कोई खून हो जाता है, तो ये लोग उसका सिर काटकर गायब कर देते हैं। अब फ़कत धड़ से आदमी की यह शनाख्त होनी मुश्किल होती है कि मरा हुआ आदमी किस तरफ़ का है।'

'लेकिन खून तो हुआ?'

'ज़रूर हुआ?'

'तब?'

'हमारी पांचों घी में। अब दोनों फरीक कस्में खा-खाकर उसे अपना आदमी बताएंगे और हमें दोनों को अच्छी तरह निचोड़ने का मौका मिलेगा। लीजिए, तैयार हो जाइए, पहली बोहनी है।'

'क्या हमें अभी जाए-माज़रा पर जाना होगा?'

'अभी नहीं। फरीक दोयम को आने दीजिए।'

'और अगर वह नहीं आया?'

'ज़रूर आएगा, हुजूर, गालिबन आदमी उसी का मरा है।'

'और अगर फिर कोई फ़साद हुआ?'

'तो और भी अच्छा है। हमें और भी गहरा हाथ मारने का अवसर मिलेगा।'

'लेकिन इस मामले की अभी ताबड़तोड़ तफ़तीश की जाए तो कैसा?'

'हुजूर, कच्चा फोड़ा चीरने से कोई फायदा नहीं। उलटा नुकसान है।'

'लेकिन फ़साद को रोकना भी तो हमारा फ़र्ज़ है।'

'सरासर बेवकूफ़ी की बात है। अगर हम दंगे-फसादों की रोकथाम करें, राहज़नी, डकैतियों और इसी किस्म की बदज़ातियां न होने दें तो हम भूखों न मर जाएं। बस, लड़ाई खत्म होने के बाद ही हम लोगों के जाने और गहरा हाथ मारने का ठीक वक्त होता है। हमारे बड़े साहब बहादुर का भी यही रवैया है। जब उनके पास किसी हंगामे की रपट पहुंचती है तो वे हमेशा यही कहते हैं कि अच्छा, लड़ने दो, हम दोनों को सज़ा देगा।'

'खैर, तो तुम जानो।'

'आप इत्मीनान से आराम फर्माइए। अभी मैंने इस मूजी को टरका दिया है और सरसरी रपट दर्ज कर ली है। मैं फरीक दोयम की इन्तज़ारी कर रहा हूं। सुबह तक वह न आया तो हम चलेंगे।'

'अच्छी बात है।'

दारोगा साहब इत्मीनान से आराम फ़र्माने चले गए।

21

मालती के अपहरण की खबर मुक्तसर पहुंची। सांवलसिंह सुनकर सकते की हालत में रह गया। कुछ देर तक उसके मुंह से बात न फूटी। थोड़ी देर में मीर साहब बेहोशी की हालत में और वह सिरकटी लाश भी मुक्तसर पहुंच गयी। मीर साहब को अस्पताल भेज दिया गया। सांवलसिंह को इस वक्त मालती का सदमा था। आज से पहले वह नहीं जानता था कि उसे अपनी बेटी से इतना प्रेम है। वह आंखें फाड़-फाड़कर लोगों की उस बड़ी भीड़ को देख रहा था, जो उसके चारों ओर इकट्ठी हो रही थी। इस वक्त सभी का गुस्से और दु:ख से बुरा हाल हो रहा था। अभी पहर दिन ही चढ़ा था, और सांवलसिंह बिफरे हुए शेर की तरह इधर से उधर घूमता हुआ ठंडी सांसें ले रहा था कि थानेदार नज़ीरअली और जमादार शम्भू अपने पच्चीस नजीबों को बन्दूकों से लैस लेकर आ पहुंचे। अब तो सारा गांव वहीं उमड़ आया। सांवलसिंह ने भरे कंठ से कहा, 'देखते हैं, दारोगा साहब, सिकन्दर साहब ने क्या गज़ब ढाया है। मेरी लड़की को उड़ा ले गया और मेरे आदमी को जान से मार डाला। मीर साहब को जख्मी किया है। दिनदहाड़े राहजनी और खून हुआ है। जैसे मुल्क में कम्पनी बहादुर का इकबाल ही नहीं रहा।'

थानेदार ने जमादार की ओर देखा। शम्भू ने कहा, 'यह किस्सा तो मैं यहां पहली बार ही सुन रहा हूं। इस वारदात की कोई रपट तक थाने में दर्ज नहीं है। आप यों क्यों नहीं कहते कि आपके लठियलों ने राह चलते नीलवाले साहब के आदमियों पर हमला किया, और उनके एक आदमी को मार डाला।'

'क्या खूब, तो यह आदमी जो मरा है उनका आदमी है?'

'तो क्या इसकी शनाख्त हो गयी कि यह कौन है?'

'यह, साहब, मेरा आदमी है।'

'लेकिन इसका सबूत?'

'मीर साहब गवाह हैं।'

'वाह, मीर साहब तो इस फ़साद की जड़ ही हैं। हमला तो उन्होंने किया है। उनकी क्या गवाही।। 'तो क्या आपके पास कोई सबूत है कि यह उनका आदमी था?'

इतनी देर से जमादार बहस कर रहा था, अब थानेदार को भी साहस हुआ, उसने कहा, 'अजी साहब, इसका सिर कहां है, सिर?'

'यह मैं क्या जानूं?'

'तो लाश जब आपके कब्जे से बरामद हुई है, तब सिर भी आप ही ने छिपाया है, जिससे आप दूसरों पर इल्ज़ाम लगा सकें।'

'तो क्या मेरी लड़की पर डाका नहीं पड़ा? मेरी लड़की नीलवाले साहब ने नहीं उड़ाई?'

'कहा तो, इसकी तो कोई रपट पुलिस में नहीं है। यह नयी कहानी तो मैं इसी वक्त पहली बार आपके मुंह से सुन रहा हूं।'

'यह तो अजब अंधेर है!'

'अच्छा, तो आप कम्पनी बहादुर के नमकख्वार अफ़सरों पर तोहमत लगाते हैं, और कारे-सरकार में हारिज़ होते हैं?'

सांवलसिंह इस समय दु:ख से दबा जा रहा था। वह थानेदार की इन बातों को पी गया और आंखों में आंसू भरकर बोला, 'थानेदार साहब, मेरा दिल फट गया है। आप मेरी बेटी का पता लगाइए। बदमाशों को पकड़िए। मैं आपको खुश कर दूंगा।'

'लेकिन, साहब, मुकदमा तो सिर्फ कत्ल का और बदअमनी का है, जिसकी रपट थाने में दर्ज है।'

'मैं आपको खुश कर दूंगा, थानेदार साहब।'

'दूसरे फरीकों ने भी मुझसे यही कहा था।' पर मैंने इनकार कर दिया। 'तो आप मेरी मदद न करेंगे?'

'लाश आपके कब्जे से बरामद हुई है, यह आपके हक में बुरा हुआ। आपको अपना मुकदमा पक्का बनाना था तो आपको लाज़िम था कि लाश थाने में भेज देते और खातिरख्वाह रपट थाने में दर्ज कराते। लाश को अपने घर लाकर आपने अपने पैरों में कुल्हाड़ी मार ली। अब तो नीलवाले साहब ने आप पर खून का मुकदमा दर्ज किया है।'

'तो अब आप क्या चाहते हैं और यहां किस इरादे से तशरीफ लाए हैं?'

'आपको गिरफ्तार करने के लिए। बेहतर है कि आप चुपचाप हमारे ताबे हो जाएं और थाने चले चलें। दंगा-फसाद न करें।'

'और मेरी लड़की?'

'अब इस किस्से को छोड़िए।'

'अच्छा, यह बात है?' उसने जलती नज़र से थानेदार को देखा। उसका दु:ख-दर्द एकदम गायब हो गया और खून की एक-एक बूंद आग का अंगार बन गयी। उसने अपने पास खड़े लठियलों के सरदार तिलक की ओर देखकर कहा, 'तिलक, डंके पर चोट कर!'

और डंके पर चोट पड़ते ही बादल की-सी गरज दूर-दूर जंगलों, खेतों में गूंज उठी। सांवलसिंह लपककर दुनाली उठा लाया। तिलक ने लठियलों को ललकारा। डंके की आवाज़ सुनकर चारों ओर से लठियल लाठियां ले-लेकर घिर आए। नौजवान थानेदार के होश उड़ गए। पर शम्भू ने अपने बंदूकची नजीबों को ललकारा, पर उनके पास तोड़ेदार बंदूकें थीं। जब तक वे

संभले और बंदूकों में गज़ डालें, लठियलों ने उन्हें ऐसा गांस लिया कि बन्दूक चलाना असम्भव हो गया। उसी वक्त सांवलसिंह ने थानेदार की छाती पर बन्दूक की नाल रखकर कहा, 'अगर एक भी गोली चली तो तेरी जान की खैर नहीं है, थानेदार।'

थानेदार ने कहा, 'जमादार, गोली मत चलाना।' नज़ीर घबरा गए थे। इस वक्त लाठियां उन पर छा रही थीं।

सांवलसिंह ने कहा, 'सबकी बन्दूकें छीन लो और लात मारकर गांव से निकाल बाहर करो इन हरामज़ादों को।'

नवयुवक थानेदार बेंत से पिटे हुए कुत्ते की भाँति चुपचाप बंदूकें छिनवाकर अपने साथियों समेत वहां से भागा। उस पर सांवलसिंह का ऐसा रुआब गालिब हुआ कि उसने पीछे फिरकर भी न देखा। बस थाने में आकर ही सांस ली।

22

थानेदार ने थाने में लौटकर साहब कलक्टर के पास विस्तृत रिपोर्ट भेजी। वारदात बहुत संगीन थी। थानेदार और उसके सिपाहियों के हथियार छीन लिए गए थे। साहब कलक्टर ही उन दिनों मजिस्ट्रेट भी थे। ये वही फाल्कन साहब थे जिनकी, पुतली ने चाबुक से मरम्मत की थी। अब अपने पुराने दुश्मन से बदला लेने का सुयोग देख वे कुर्सी से उछल पड़े। वे घोड़े पर सवार हो थाने पर आ धमके

और थानेदार को हुक्म दिया-जिस कदर आदमी जमा किए जा सकते हों, जमा किए जाएं। तमाम दिन तैयारियां होती रहीं, और पहर रात गए मुक्तेसर पर कूच बोल दिया गया। मुक्तसर में भी मोर्चे की पूरी तैयारी थी। सरदार की जवान लड़की का अपहरण साधारण घटना न थी। साथ ही कत्ल और डाकेजनी। तिस पर तुर्रा यह कि उल्टा चोर कोतवाल को डांटे। मुक्तेसर में बड़ा जोश था और आस-पास गांव से कोई पांच सौ लठियल जवान हथियारों से लैस जमा हो गए थे, जिनमें से बहुतों के पास बन्दूकें और सुर्कियां भी थीं। इन लठैतों में जिले भर के डाकू, चोर और जेल से भागे हुए शोरेपुश्त बदमाश भी शरीक थे, जिन्होंने सांवलसिंह की शरण ली थी। उनमें से मुजरिम बहुत थे, जो यदि पकड़े जाते तो सात से बारह साल की जेल काटनी पड़ती।

कलक्टर साहब बहादुर को अपनी और दुश्मन की ताकत का सही अन्दाज़ा न था। उन दिनों मजिस्ट्रेट और कलक्टर का बहुत रुआब था। परन्तु इस वक्त लठियल 'रण-मुख' बने हुए थे और वे निहायत खतरनाक नज़र आते थे। इज़्ज़त का सवाल था। लठियलों के बीच उनके सरदार की लड़की भगा ली गयी थी और उनके साथियों को बेइज्जती के साथ भागना पड़ा था। दुर्भाग्य से साहब बहादुर, जैसे कमसिन और नातजुर्बेकार थे, उससे अधिक थानेदार था; वरना वे ऐसा जोखिम कभी न उठाते।

यहां आकर जब उन्होंने पांच सौ लठियलों का हथियारबन्द गिरोह देखा तो उनका कलेजा दहल गया। उनके साथ भीड़-भाड़ ज्यादा थी, जो रातोरात इकट्ठी कर ली गयी थी। उनके पास जंग लगी हुई तलवारें थीं, जिनका इस्तेमाल तक वे लोग नहीं जानते थे। पर चूंकि साहब बहादुर उनके साथ थे, थानेदार ने अपनी जवांमर्दी दिखाने का अच्छा मौका समझा, उसने आगे बढ़कर लठियलों को ललकारा और कहा, 'कम्पनी बहादुर के नाम पर खड़े रहो, आगे न बढ़ो।'

लठियलों पर भी कलक्टर साहब का रुआब गालिब था। कुछ उनमें से पीछे को भागे। इस पर जोश में आकर साहब बहादुर ने भी उनके पीछे घोड़ा फेंका। थानेदार और उसके साथी भी दौड़ चले। भागते-भागते लठियल गंगा की धार तक पहुंच गए। यहां घाट भी था तथा नदी में पानी कम था। नदी का पाट दो सौ गज़ से ज़्यादा न था। लठियल नदी में घुस गए और तैरकर पार होने लगे। उसी समय कलक्टर साहब भी घोड़ा दौड़ाते वहां पहुंच गए। घाट पर सिर्फ एक छोटी किश्ती थी। साहब ने घोड़े पर खड़े ही खड़े हुक्म दिया, किश्ती लेकर लठियलों का पीछा करो और उन्हें गिरफ्तार करो। पर यह हुक्म सरासर मूर्खतापूर्ण था, क्योंकि किश्ती में दस-बारह से ज़्यादा आदमी नहीं आ सकते थे। थानेदार दस-बारह बरकन्दाज़ों को लेकर, 'पकड़ो-पकड़ो' करता हुआ किश्ती में बैठकर चला। यह देख लठियल घूम कर खड़े हो गए और 'काट डालो सरऊ को' कहते हुए किश्ती पर टूट पड़े।

कम्पनी बहादुर का इकबाल क्षण-भर में जाता रहा। उन्होंने दारोगा को किश्ती में खींचकर पानी में डाल दिया। बरकन्दाज़ किश्ती लेकर गहरे पानी में ठेल ले गए, और उल्टे पैर भागे। पर लठियल दारोगा को उछाले में ले गए। जब दरोगा ने देखा कि वह अकेला रह गया, उसने पानी में से भागने की कोशिश की, पर डूबने के डर से कमर-कमर पानी में आकर खड़ा हो गया और थरथर कांपने लगा। लठियलों ने उसे चारों ओर से घेरकर बर्छियों से छेद डाला। वह दोनों हाथ उठाकर 'रहम-रहम' चिल्लाया, पर इसी समय एक दुहत्थड़ लठ उसके सिर पर ऐसा पड़ा कि उसका भेजा निकल पड़ा। अब बहुत-से लठियल उसे खींचकर उस पार पानी से बाहर घसीट ले गए। अभी उसकी जान बाकी थी, वह सिसक रहा था। इस पर और दो-चार चोटें उस पर पड़ीं। कलक्टर साहब बहादुर ने जो यह नज़ारा देखा तो पत्तातोड़ भाग खड़े हुए। लठियल दारोगा की लाश को घसीटते हुए खेतों में ले गए। वे सब मारे जोश के उछल-कुद रहे थे और साहब बहादुर को गालियां दे रहे थे। बहुत लोग थानेदार की लाश पर अब भी लात चला रहे थे।

अब उन सबने मिलकर सलाह की। इस गिरोह में बड़े-बड़े डकैत खूनी मुजरिम थे।

एक ने कहा, 'बड़ा संगीन जुर्म हो गया। साहब बहादुर की आंखों के सामने थानेदार का कत्ल हो गया।'

दूसरे ने कहा, 'तो क्या हुआ। कोई उसके इजलास में तो मुकदमा पेश होगा नहीं।'

'फिर भी ऐसा मुकदमा खड़ा किया जा सकता है, जिसमें साहब बहादुर ही मुद्दालेह हों,' तीसरा बोला।

चौथे ने कहा, 'ये हुज्जत तो पीछे होती रहेगी। पहले लाश को रफादफ़ा किया जाए, क्योंकि अगर लाश पेश हो जाएगी तो नतीजा खराब होगा। लाश का ही पता न लगा तो मुकदमा ही कमज़ोर हो जाएगा।'

'ठीक कहते हो। बस, तहकीकात के वक्त हुक्काम लाश न पेश कर सकें।'

इस पर दो-चार बोले, 'अजी, क्या परवाह है! ऐसी दिलेरी का काम किसी लठियल ने नहीं किया होगा। लाश को थाने में ले जाकर फेंक दो, जिससे पुलिसवालों के भी कान खड़े हो जाएं और वे ज़ोरो-जुल्म से बाज़ आएं।'

गरज, जितने मुंह उतनी ही बातें। आखिर वे लाश को खींचते हुए खेतों और पटरियों पर से ढाई कोस तक ले गए। इस वक्त गांव-देहात के लोग उन्हें देखते ही दूर भाग रहे थे। लठियलों का यह हाल था कि सामने जानदार या बेजान, जो चीज़ आती, बर्छियों से बींधते जाते थे। जंगल में आकर उन्होंने लाश के दो टुकड़े कर डाले। कुछ हिस्सा कुत्तों को खिला दिया, बाकी जला दिया। और वे सब भागकर इधर-उधर रूहपोश हो गए।

साहब बहादुर ने कई थानों की पुलिस थानेदार की लाश को बरामद करने और पता लगाने भेजी। इस काम में सबसे पहला हाथ मारा शम्भू जमादार ने, जो अब मेरठ की थानेदारी पर बहाल हो गया था। उसे थानेदार की लाश को तलाश करने से क्या वास्ता था। वह इस सिरदर्द में काहे को नाहक तकलीफ़ उठाता कि किसने थानेदार को मारा और लाश क्या हुई। उसका दृष्टिकोण तो रुपया वसूल करना था और उसने मुस्तैद आदमियों का एक गिरोह लेकर अपना काम सरगर्मी से करना शुरू किया। वह जानता था कि अब लठैत उसके हाथ में हर्गिज़ नहीं आएंगे, क्योंकि वे सब ज़मींदोज़ हो चुके थे। वह हर ऐसे मकान में जा धमका जहां से कुछ प्राप्त होने की आशा थी, और हर ऐसे आदमी की पकड़-धकड़ की, जिससे कुछ वसूल हो सकता था। उसने किसी शरीफ आदमी को नहीं छोड़ा और जब रुपयों की बारिश होने लगी, तो दोनों हाथों से उसने रुपया बटोरा। जब दूसरे दारोगा लोग पहुंचे तो उन्होंने गांवों को उजड़ा हुआ पाया। गांव में एक भी आदमी न था।

23

मेरठ के ज्वाइंट मजिस्ट्रेट मिस्टर पेस्टन आस-पास के हलके में 'जंट साहब' के नाम से प्रसिद्ध थे। अपने स्वीट होम में ये बैरिस्टर थे। बैरिस्टरी वहां चली नहीं तो आप स्वीट होम के बिरादर लोगों पर सख्त नाराज़ हो गए। उनका खयाल था कि वहां कद्रदान आदमी नहीं हैं। प्राय: जज लोग भी उनके खिलाफ़ ही मुकदमे का फ़ैसला किया करते थे, आपके खयाल में उनमें कानूनी ज्ञान की कमी थी। अब आप शौकिया ईस्ट इण्डिया कम्पनी की नौकरी में आ गए थे, और कुछ दिन कलकत्ता में रहकर मेरठ के 'जंट साहब' बन गए थे। हिन्दुस्तान में आए आपको दस बरस हो गए थे। इजलास में जब नेटिव वकील बहस करते थे तो आप आंख बन्द करके

बहस सुनते थे। आप साक्षात् न्यायमूर्ति थे और फांसी की सजा सुनाने में खास माहिर थे। आप लोगों से बहुत कम मिलते-जुलते थे। हिन्दुस्तान में आपने जितने आदमियों को फांसी की सज़ा दी थी, उनकी ठीक गिनती वे जानते थे और दोस्तों को बड़े फख्र से सुनाया करते थे। स्वीट होम जाने का अब आपका इरादा न था। जब कभी आपकी मेम साहब स्वीट होम की चर्चा करतीं तो आप उसे डांट देते थे, 'चुप रहो, डार्लिंग, उस सर्द मुल्क में रखा ही क्या है। यहां इज़्ज़त कितनी है। सब हमको हुजूर कहते हैं, वहां तो कोई पूछता भी न था।'

उन दिनों की अदालतें आज जैसी न थीं। रिश्वतखोरी एक आम बात थी। बिना रिश्वत कोई काम अदालत में होता ही न था। इस काम से मुश्किल से ज्वाइंट मजिस्ट्रेट को बरी किया जा सकता था। आमतौर पर सब लोग जानते थे कि बिना रिश्वत दिए अदालत में वे मुकदमा जीत ही नहीं सकते। उन दिनों मुकदमों के कानूनी तौर पर फ़ैसले नहीं होते थे। क्योंकि उन दिनों तक ताज़ी-रात हिन्द तो बनी ही न थी। बहुधा दौरे के मुकदमे में एक मौलवी कानूनी अफ़सर की तरह मुजरिम के कसूरवार होने का फतवा दिया करता था, जो हकीकत में खुशामदी, लालची और पक्का रिश्वतखोर होता था। जंट साहब अदालत के काम में बहुत कम दिलचस्पी लेते थे। काम उनके पास बहुत रहता था। मुकदमात में जंट साहब बहादुर की तबियत ही नहीं लगती थी। इसलिए वे उन्हें शुरू से आखिर तक देखते ही न थे।

मजिस्ट्रेट उन दिनों बहुत कम थे। कचहरी का तरीका यह होता था कि मुहर्रिर फरीकैन के इज़हार लिखा करते थे, जो अदालत के एक कोने में बैठे रहते थे। फी इज़हार, एक रुपया उनका हक था। इस रिश्वत को आम तौर पर हक माना जाता था। हक देने वाले को सहूलियत यह थी कि उसके गवाहों का इज़हार बिना किसी झंझट के ठीक उतर जाता और वे अपना झूठा-सच्चा किस्सा बखूबी बयान कर जाते थे। मुहर्रिर पहले ही मुकदमे को समझ लेता था। जब गवाह नाम, सकूनत और उम्र बयान कर जाता तो वह बैठा-बैठा भुनभुनाया करता। उसकी बकझक से मुहर्रिर को सरोकार न था। मुहरिर अपना हक पाकर अपने ढंग पर इज़हार पढ़कर सुनाता था। उस फारसी-मिश्रित अगलम-बगलम भाषा में लिखे इज़हार को न मजिस्ट्रेट साहब बहादुर समझते थे, न गवाह। लेकिन जब गवाह से पूछा जाता, यह तुम्हारा इज़हार है, तो वह कहता, हां, हुजूर। बस, छुट्टी हुई। उसके सिर हिलाने को स्वीकृति सूचक समझकर साहब बहादुर भी सन्तुष्ट हो जाता। गवाह यदि मुद्दई का हुआ तो मुद्दालेह उसे अदालत में देख भी न पाता था, न उसे जिरह करने का मौका मिलता था। जब पेशकार साहब बहादुर को बताता था कि अमुक मुकदमा सबूत है, तो साहब बहादुर मुद्दालेह के नाम समन या वारंट काट देते थे, जो अपना जवाब-तहरीर लगाकर गवाहों के नाम लिखा जाता था। और वे गवाह भी मुद्दई की गैरहाज़िरी में एक कोने में बैठकर अपने इज़हार लिख जाते थे, जो मुहर्रिर का हक देने के बाद ठीक उनके अनुकूल होते थे। बस इतने पर ही मुकदमा फ़ैसले के लिए तैयार समझा जाता था। अपने-अपने हिस्से का हक अदा करके तरफ़ैन के गवाह अपना-अपना इज़हार अपनी ज़रूरत के अनुसार दे आते थे, जिनसे जिरह होती ही न थी। इसके बाद मुकदमा अर्से तक फ़ैसले के लिए पड़ा रहता

था। पर मजिस्ट्रेट न तो यह जानता था कि मुकदमा क्या है, उसकी असलियत क्या है, न वह इज़हार और उसकी भाषा ही समझता था। यह सम्भव ही न था कि सारे इज़हार अनुवाद करके अंग्रेज़ी में उसे समझाए जाएं। इसके अतिरिक्त न मैजिस्ट्रेटों की इधर कुछ तबियत होती थी न दिलचस्पी। बस, पेस्टन साहब ने एक आसान रीति मुकदमात के फैसले की निकाली थी। वह यह कि जिस दिन उन्हें किसी मुकदमे का फ़ैसला करना होता, उस दिन वे बंगले से मिश्री की दो डली कागज़ में अलग-अलग लपेटकर जेब में डालकर इज़लास पर ले आते थे। एक कागज़ पर मुद्दई का नाम लिखा होता था, दूसरे पर मुद्दालेह का। ये दोनों डलियां मेज़ पर रख दी जाती थीं। मुकदमा पेश होता। पेशकार इज़हार पढ़ता, मुख्तार लोग बहस करते, तो साहब बहादुर बड़े गौर से दोनों डलियों पर नज़र रखते थे। बस, जिस डली पर पहले मक्खी बैठ गयी, उसी फरीक की जीत, बहस खत्म होते ही हो जाती थी। इसी तरह उन दिनों कम्पनी बहादुर की अदालतों में न्याय होता था। फिर भी लोगों को मुकदमेबाज़ी का अज़हद शौक था। अंग्रेज़ों का शौक जुआ, घुड़दौड़ और हिन्दुस्तानियों का शौक मुकदमा, जिसमें वे दिल खोलकर रिश्वतें देते, और जितना अधिक खर्च करते उतनी ही शान समझते थे। कम्पनी बहादुर की सरकार न रिश्वत की छानबीन करती थी और न मजिस्ट्रेटों पर तसबीह करती थी।

यह संगीन कत्ल का मुकदमा भी जंट साहब बहादुर मिस्टर पेस्टन के इजलास में पेश हुआ। इसके साथ दूसरे मुकदमे भी पेश हुए। सिकन्दर साहब ने राहजनी और कत्ल का जुल्म सांवलसिंह और उसके आदमियों पर लगाया। सांवलसिंह ने अपहरण, लूट और कत्ल के संगीन जुर्म सिकन्दर साहब पर लगाए। दोनों ओर से रुपयों की खूब लूट हुई। झूठी-सच्ची गवाहियां हुईं। और अन्त में जंट साहब ने सब मुलज़िमों का कलकत्ता के सुप्रीम कोर्ट में चालान कर दिया। सिकन्दर साहब ने कलकत्ता के मशहूर बैरिस्टर लांगवेलशर्क को मुकर्रर किया। सांवलसिंह ने दो बैरिस्टर खड़े किए। सिरकटी लाश शिनाख्त नहीं हो सकी। दोनों फरीक उसे अपना-अपना आदमी बयान करते रहे, मगर साबित न कर सके। इस तरह न थानेदार की लाश मिली, न कातिल के नाम का पता चला। सांवलसिंह और सिकन्दर साहब मौके-वारदात पर 'हाज़िर नहीं' साबित हुए। वे बरी हो गए। और सब मुलजिम भी बरी हो गए। किसी के भी खिलाफ़ मुकदमा साबित नहीं हुआ।

24

मुकदमे के झंझट में पूरा एक साल लग गया। सांवलसिंह और सिकन्दर साहब पूरा साल उसी में फंसे रहे। परन्तु मीर साहब ने अस्पताल से आते ही मालती के लिए धरती आसमान एक कर दिया। पर मालती का पता नहीं लगना था, नहीं लगा। मीर साहब ने केवल मालती को ही तलाश नहीं किया, उन्होंने दो बार तो सिकन्दर साहब की नील की कोठी में आग लगवा दी, चार बार उसके घर पर डाका डलवाया। तीन आदमियों को कत्ल करवा दिया। फिर भी उनका गुस्सा ठंडा नहीं हुआ। उन्होंने प्रतिज्ञा की कि सिकन्दर के घर की एक-एक औरत को तीन-तीन

कौड़ी में मालती की तलाश और सिकन्दर की बरबादी की नित नयी योजनाएं बनतीं, परन्तु मालती की तलाश की सारी ही कोशिशें बेकार हुईं। जितनी ही उन्हें असफलता होती थी, उतना ही उनका गुस्सा तेज़ होता जाता था। अब कलकत्ता से निबटकर सिकन्दर साहब भी आ गए और सांवलसिंह भी। सांवलसिंह मुकदमे की नाकामयाबी से भी तिलमिला रहा था। अब उसने सिकन्दर साहब का कत्ल कर देने का ही इरादा पुख्ता कर लिया। परन्तु सिकन्दर भी कच्ची गोली नहीं खेला था। वह भी सब तरह से चाक-चौबंद और हरबे-हथियार से लैस रहता था। मीर साहब का सबसे ज़्यादा गुस्सा ग्रे साहब पर था। पर ग्रे साहब का कहीं पता ही न लगता था। न जाने वह मालती को कहां उड़ा ले गया।

पिलखुआ वाली सिकन्दर की कोठी अब बर्बाद हो चुकी थी, और सिकन्दर यहां आकर खतरे में पड़ना नहीं चाहता था, क्योंकि वह इलाका सांवलसिंह के लठियलों ने घेर रखा था। हफ़्तों और महीनों तक उधर न तो सिकन्दर की ही सूरत देखी जाती थी, न उसका कोई कारिन्दा ही उधर आता था। कोठी वीरान पड़ी हुई थी। अब सब प्रकार निरुपाय हो मीर साहब ने मालती की तलाश का अन्तिम प्रयास किया। वे फ़कीर का बाना पहनकर घर से निकल खड़े हुए। सांवलसिंह ने बहुत समझाया, पर वे न माने, चल ही दिए।

फ़कीर के वेश में वे सिकन्दराबाद और बिलासपुर के चारों ओर चक्कर लगाने लगे। उनकी हालत एक पागल आदमी के समान हो रही थी और कुछ वे जानबूझकर भी विक्षिप्त बन गए थे। काफ़ी दिन तक वे बिलासपुर के इधर-उधर भटकते रहे। उन्हें इतना मालूम हो गया कि बीच-बीच में सिकन्दर साहब कहीं गायब हो जाता है। वह कहां जाता है, वे इसी जुस्तजू में रहने लगे। इसी समय अकस्मात् सिकन्दराबाद के बाज़ार में उन्होंने ग्रे साहब को देखा। ग्रे, मीर साहब को पहचानता न था और इस समय तो उनकी सूरत ही ऐसी हो रही थी कि सिकन्दर भी न पहचान पाता। ग्रे को देखते ही उनकी आंखों में खून उतर आया। परन्तु उन्होंने अपने मन को काबू किया। उन्हें यह देखकर आश्चर्य हुआ कि गर्मी के दिनों में ग्रे साहब गर्म कपड़े खरीद रहा है। उन्होंने चुपचाप ग्रे साहब का पीछा करने का इरादा कर लिया। ग्रे साहब एक-दो दिन बिलासपुर में ठहरा, फिर वह घोड़े पर सवार होकर रात के समय रवाना हुआ। उसके साथ एक खिदमतगार टट्टू पर था, जिस पर और भी बहुत-सा सामान लदा हुआ था।

इधर कई दिन से सिकन्दर भी नज़र नहीं आ रहा था। मीर साहब ने बहुत छानबीन की कि सिकन्दर कहां है, पर उसका कुछ भी पता न लगा। अन्तत: मीर साहब भी एक टट्टू पर सवार हो ग्रे साहब के पीछे चले। यह छोटा-सा काफ़िला जब मुरादाबाद पहुंचा तो एक ही सराय में दोनों ने मुकाम किया। इस बीच मीर साहब ने ग्रे साहब के नौकर से मेलजोल बढ़ा लिया और उससे इतना पता पाया कि ग्रे साहब पहाड़ पर जा रहे हैं।

पहाड़ के सम्बन्ध में बहुत-सी बातें उन दिनों प्रसिद्ध थीं। नेपाल के जो सिपाही अंग्रेज़ी सेना के साथ मिलकर लड़े थे, वे पहाड़ के सम्बन्ध में बहुत-सी बातें कहा करते थे। उन दिनों बहुत

कम आदमी पहाड़ पर जाते थे। अंग्रेज़ों ने अवश्य वहां अपनी बस्तियां बसानी आरम्भ कर दी थीं। ग्रे साहब पहाड़ पर क्यों जा रहा है, इस पर जितना ही मीर साहब विचार करते, वे इसी निर्णय पर पहुंचते कि हो न हो इन लोगों ने मालती को पहाड़ पर ही रख छोड़ा है। मुरादाबाद से उन्होंने दो कम्बल खरीदे। एक उम्दा तमंचा उनके साथ था। अब एक बढ़िया खंजर भी यहां से खरीद लिया। ऐसा प्रतीत होता था कि यहां ग्रे साहब किसी की प्रतीक्षा कर रहा है। परन्तु दो दिन ठहरने पर भी कोई नया आदमी उनके पास आता नज़र नहीं आया। हां, ग्रे साहब प्रतिदिन प्रात:काल ही घोड़े पर सवार होकर कहीं चला जाता था और शाम को लौटता था। दो दिन बाद उसने चलने की तैयारी की। उसने दो टट्टू यहां से भाड़े पर लिए। बहुत-सा राशन खरीदा और टट्टुओं पर लादकर पहर रात रहे चल दिए। मीर साहब भी उनके पीछे-पीछे चले। शाम को इन्होंने काशीपुर मुकाम किया और सुबह भोर ही चलकर वे हलद्वानी पहुंचे। यहां से पहाड़ पर चढ़ना आरम्भ हुआ। मीर साहब के लिए वह पहाड़ की चढ़ाई का पहला ही अवसर था। ज्यों-ज्यों ऊपर चढ़ते जाते थे, हवा ठंडी होती जाती थी। चारों ओर पहाड़, बीच में बहती हुई पहाड़ी नदी, बड़े-बड़े चीड़ के दरख्त और बीच में छोटे-छोटे गांव, जहां सीढ़ीनुमा खेतों पर खुशनुमा हरियाली। यदि मीर साहब को मालती की चिन्ता न होती तो वे बड़ी खुशी से इस पहाड़ी की हवा का आनन्द लेते। पर इधर तो उनका ध्यान ही न था। बीच में और एक मुकाम करने के बाद वे नैनीताल जा पहुंचे। उन दिनों का नैनीताल आज जैसा न था। ताल तो ऐसा ही था, पर उसके चारों ओर की पहाड़ियां सुनसान थीं। आज जहां नैनीताल की बस्ती है, वहां एक छोटी-सी बस्ती थी। बस्ती में किसान लोग रहते थे, जो प्राय: गरीब आदमी थे।

ग्रे साहब बस्ती में रात-भर रहा। फिर वह पहाड़ पर और ऊपर चढ़ गया। मीर साहब ने घोड़ा बस्ती में ही एक चट्टी पर छोड़ा, जहां उन्होंने रात काटी थी और पैदल ग्रे का पीछा किया।

नौकर से कोई खास बात मालूम नहीं हुई, क्योंकि वह पहली बार ही पहाड़ पर आया था। इसके अतिरिक्त वह कुछ मूर्ख भी था। मूर्ख होने से ही वह आगे मीर साहब के लिए कारगर आदमी प्रमाणित हुआ। कई मील निरन्तर चढ़ने के बाद घाटी का उतार आया। अब रास्ता एक पहाड़ी झरने के साथ-साथ चल रहा था। कहीं-कहीं तो रास्ता बहुत तंग और खतरनाक था। परन्तु ज्यों ही घाटी का उतार आया, रास्ता सरल हो गया। बीच में एकाध मैदान भी नज़र आता। नीचे झरने का पानी वेग से पत्थरों पर उछलता हुआ बहा जा रहा था। वह धीरे-धीरे निकट आ रहा था, अन्तत: एक मोड़ के मुड़ने के बाद ही मीर साहब की नज़र उस गांव पर पड़ी, जो इस पहाड़ी की तलहटी में नदी के किनारे बसा हुआ था। गांव छोटा था, कुल जमा पन्द्रह-बीस झोंपड़ियां किसानों की थीं। गांव के एक किनारे पर कुछ हटकर एक ऊंची पहाड़ी टेकरी पर एक छोटा-सा बंगला था। इस टेकरी के तीन ओर गहरा खड्ड था। एक पतली-सी टेढ़ी-मेढ़ी पगडंडी गांव से इस बंगले तक जाती थी। ग्रे साहब का काफ़िला उस बंगले की ओर चला। और मीर साहब गांव के बाहर एक बड़े-से पत्थर के ढोके पर बैठकर उस ओर देखने लगे।

बंगले में पहुंचकर सारा सामान उतारा गया। घोड़े और टट्टू बांधकर उन्हें घास डाली गयी। ग्रे साहब बंगले में घुस गया-फिर वह दिखाई नहीं दिया। नौकर एक पेड़ के नीचे बैठकर चिलम पीने लगा। बंगले में से एक और नौकर उसके पास आ बैठा।

अब दिन ढलने लगा था। धूप पीली पड़ गयी थी। और मीर साहब ने आज का काम यहीं खत्म करने का इरादा किया। वे नैनीताल लौट चले। जब वे अपनी चट्टी में बैठे तो बहुत थक गए थे। रात काफ़ी जा चुकी थी। वे बिना कुछ खाए-पीए वहां सो गए।

25

यों तो अरसे से मीर साहब ने फ़कीर का वेश बनाया हुआ था। पर इस बार उन्होंने अपने रूप को और भी संवारा। अब वे अच्छे-खासे साईं बाबा बन गए थे। यद्यपि वे मुसलमान थे-पर हिन्दू लोग मुस्लिम फ़कीरों को भी उन दिनों बहुत मानते थे। वे भोर ही में चल खड़े हुए। उन्होंने धीरे-धीरे गांव में प्रवेश किया और एक मोदी की दुकान पर बैठकर वे बड़े ध्यान से बंगले की गतिविधि देखने लगे। उन्होंने देखा-वही नौकर सामने से आ रहा है। आते ही उसने हंसकर हाथ उठाकर साईं बाबा को सलाम किया। मीर साहब ने कहा-'सूखा सलाम कैसा करता है-साईं बाबा को खाना भी दे।'

नौकर ने कहा-'चलो साईं, बंगले पर, खाना मिलेगा।'

'वहां खाना कौन देगा?'

'मेम साब हैं, साईं, बहुत अच्छी हैं। तुमको खाना देंगी।'

'साब लोग नहीं देगा?'

'साब लोग बंगले पर नहीं हैं। शिकार को गए हैं। शाम तक आएंगे।'

'शिकार पर कौन-कौन गया है?'

'बड़ा साब और छोटा साब, दोनों।'

'बड़ा साब कौन है?'

'सिकन्दर साब है।'

'कौन सिकन्दर?'

'बिलासपुर वाला बड़ा साब।'

'मेम साब कौन है?'

'साईं, मेम साब हिन्दू हैं। वह बड़े साब का छुआ नहीं खातीं।'

'अच्छा! तो फिर तू मेम साब कैसे कहता है?'

‘सब मेम साब कहते हैं। वे अपना खाना अलग पकाती हैं। बड़ा साब उनसे डरता है।’

‘डरता क्यों है रे ?’

‘मेम साब के पास तमंचा है। इससे बड़ा साब दूर-दूर रहता है।’

‘तुझसे मेम साब ने बात की ?’

‘नहीं, मैं तो नया आदमी हूं। मेम साब बहुत कम बोलती हैं। अपनी कोठरी में भीतर से सांकल चढ़ाकर बैठी रहती हैं।’

‘कोठरी में सांकल चढ़ाकर बैठती हैं तो खाना कैसे देंगी, बाबा ?’

‘आज बड़ा साब घर नहीं है। आज मेम साहब बाहर हैं।’

मीर साहब चलने को उठ खड़े हुए। नौकर ने कुछ सामग्री खरीदी, वह बंगले की ओर लौटा तो मीर साहब भी दबे पैर पीछे-पीछे चले। बंगले के पास जाकर वे वृक्ष के नीचे बैठ गए और कहा-‘ला बाबा, खाना भेज।’

नौकर भीतर गया और खाना ले आया। मीर साहब ने कहा-‘दूर-दूर, हम खाना मेम साब के हाथ से लेंगे। तेरे हाथ से नहीं।’

नौकर वापस चला गया। क्षण-भर बाद मालती भोजन का पात्र लेकर बाहर आई। मीर साहब को देखते ही भोजन का पात्र धम से उसके हाथ से छूट गया, और उसके मुंह से चीख निकल गयी। परन्तु इसी समय मीर साहब ने मुंह पर उंगली रखकर एक संकेत किया। मालती की चीख सुनकर एक दासी और नौकर लोग दौड़ आए। सौभाग्य से वे सभी वहीं के पहाड़ी आदमी थे। इस बीच मालती बहुत संभल चुकी थी। उसने डांटकर नौकर-चाकरों को दूर भगा दिया। और फिर वह स्वयं बंगले के भीतर जाकर दुबारा भोजन लेकर धीरे-धीरे मीर साहब के निकट आई। भोजन उनके सामने रखकर उसने कहा-‘इतने दिन में सुध ली, दद्दा ?’

मीर साहब की आंखों में आंसुओं की धार बह चली। उन्होंने कहा-‘खुदा गवाह है, एक दिन भी चैन नहीं लिया। धरती-आसमान एक कर दिया। शुक्र है, आज मेरी मेहनत कारगर हुई। तू मिल गयी। अब में इन हरामजादों से निबट लूंगा। तू फ़िक्र न कर।’

‘लेकिन आप अकेले हैं, वे तीन हैं। सिकन्दर और ग्रे साहब के अतिरिक्त एक गुर्खा भी है।’

‘और ये नौकर-चाकर ?’

‘इनकी चिंता नहीं।’

‘परन्तु गुर्खा कहां है ?’

‘वह भी उनके साथ ही शिकार पर है।’

‘तब तो यही अच्छा अवसर है। हम लोग चल दें। वे लोग शाम से पहले तो लौटेंगे नहीं।’

'और यदि राह में मिल गए?'

'तो मैं देख लूंगा।'

'नहीं, दद्दा वे तीन हैं। पक्के शैतान। हथियारबन्द। आप अकेले हैं, फिर इस समय चल देने से नौकर-चाकर आफत मचा देंगे, शोर करके। नाहक झंझट उठ खड़ा होगा।'

मीर साहब ने आंसू पोंछकर कहा-'मुसीबत ने तुझे इतना समझदार कर दिया, बेटी!'

'मैं अपनी रामकहानी तो आपको फुर्सत में सुनाऊंगी। पर अब मैं इन दुष्टों से बिलकुल भी नहीं डरती। वे मेरा कुछ भी नहीं बिगाड़ सकते।'

'तब तेरी समझ से हमें क्या करना चाहिए?'

'परसों मंगलवार है। मैं हर मंगल को व्रत रखती हूं और नैनादेवी के दर्शन को नैनीताल जाती हूं। मन्दिर तो तुमने देखा होगा?'

'नहीं, मैंने तो नहीं देखा।'

'नैनीताल के किनारे पर ही है। वहां से थोड़ी ही दूर दक्खिन की ओर टेकरी पर दो-तीन झोंपड़ियां हैं, उन झोंपड़ियों में ठाकुर गुमानसिंह पटेल रहते हैं। बूढ़े भले आदमी हैं। उनकी लड़की नूना मेरी सखी है। उसे मेरी सब बात ज्ञात है। बहुत करके नूना आपको मन्दिर में ही मिल जाएगी। वह वहां नित्य आती है, मन्दिर के पुजारी गोविन्द महाराज बहुत भले आदमी हैं। नूना वहां न होगी तो वे बुला देंगे। उससे मिलकर आप सब बातें ठीक कर लें। नूना का भाई मानसिंह बहादुर युवक है। नूना के पिता ठाकुर गुमानसिंह भी मुझे बेटी कहते हैं। आपकी वे सब सहायता करेंगे। आप उनसे मिलकर सब तैयारियां कर लें तथा गुमानसिंह के घर में छिपकर बैठें। मंगल को जब मैं आऊंगी तो नूना मन्दिर में मिलेगी। मैं उसके घर आ जाऊंगी, और हम लोग भाग चलेंगे।'

'क्या सरकारी आदमी मदद न करेंगे?'

'उनके भरोसे आप न रहें। वे सब इन लोगों के कुत्ते हैं। रिश्वतें खाए बैठे हैं। एक बार ठाकुर गुमानसिंह ने कोशिश की थी, पर बेकार हुई।'

'खैर, तो परसों मंगलवार को सही। तू चिंता न कर, मैं सब प्रबन्ध कर लूंगा, बेटी!'

दिखाने को मीर साहब भोजन करते जाते थे और बात भी। अब भोजन के बर्तन लेकर मालती वापस बंगले में चली गयी और मीर साहब तेज़ी से चलकर नैनीताल आए।

उन्होंने गुमानसिंह और उनके तरुण पुत्र मानसिंह से मिलकर सब योजना बना ली। गुमानसिंह हल्द्वानी की ओर रवाना हो गया। तय यह हुआ कि वह वहां एक भाड़े की घोड़ागाड़ी तैयार रखेगा। मानसिंह का एक तरुण मित्र खुखरी लेकर पहाड़ी राह पर हल्द्वानी तक साथ चलने को

तैयार हो गया। मानसिंह और नूना यथासम्भव साहब लोगों को अपने घर में अटका रखेंगे। और उन्हें अधिक-से-अधिक दूर निकल भागने का अवसर देंगे, यह तय हुआ। इस तरह सब काम बिना शोर-शराबे के शान्त भाव से हो जाएगा। घर के पिछवाड़े दो मज़बूत टट्टू तैयार रखे गए।

यथासमय मालती मन्दिर में आई। और नूना उसे हठपूर्वक अपने घर ले आई। सिकन्दर ने विरोध किया, पर ग्रे साहब ने कहा-हरज़ नहीं है, चली जाने दो। तब तक हम यहां मछलियों का शिकार करेंगे। नूना मालती को साथ लेकर हंसती हुई अपने घर की ओर चली। उनका गोरखा नौकर खाने-पीने की जुगत में इधर-उधर चला गया। सिकन्दर और ग्रे बंसी लेकर मछली का शिकार करने बैठ गए।

घर पहुंचते ही बिना एक क्षण का समय नष्ट किए मालती और मीर साहब टट्टू पर सवार हो तुरन्त पहाड़ी राह पर चल दिए। वह पहाड़ी तरुण हाथ में खुखरी लिए उनके पीछे-पीछे पैदल चला। थोड़ी ही देर में नूना और उसकी दो सहेलियां ढोलक बजाकर गीत गाने लगीं। ढोलक और गीत की ध्वनि पहाड़ों से टकराती हुई साहब लोगों का भी ध्यान आकर्षित करने लगी। वे मछली फंसाते जाते और बातें करते जाते थे। ग्रे ने कहा-

'लड़की यहां आकर बहुत खुश है।'

'लेकिन वह अभी तक मेरे हत्थे नहीं चढ़ी।'

'आपने यह कुछ अच्छा काम नहीं किया। मुकदमे में कितना रुपया बर्बाद हुआ। दुश्मनी बढ़ी। कोठी गारत हुई। और आगे अंदेशा ही अंदेशा है।'

'सबका बदला मैं इस लड़की को अपनी जोरू बनाकर चुकाऊंगा।'

'क्या आपको अभी उम्मीद है, मेरे साथ तो वह शेरनी की तरह पेश आती है? मैंने भी आपकी गैरहाज़िरी में महज़ उसकी हिफाज़त का ही ध्यान रखा। पर उसका मन बदला नहीं है। आपने उस दिन उससे बातें तो की थीं।'

'मैंने डराया-धमकाया। और मार डालने तक की धमकी दी। लेकिन वह तो कुछ जवाब ही नहीं देती। तमंचा भरा हुआ उसके पास है। इसके अलावा मैं ज़ोर-जुल्म को टालना ही चाहता हूं।'

'फजूल बात है। अब या तो इस पार या उस पार। आपको मामला पार करना चाहिए। देर से क्या फ़ायदा?'

'खैर, और दो-चार दिन देखता हूं। फिर मैंने एक बात सोची है।'

'वह क्या?'

'उसे नशा पिलाकर बेहोश कर दिया जाए और तब अपना मतलब हासिल किया जाए।'

'वह तो अपना ही बनाया खाना खाती है।'

'वह पहाड़ी नौकरानी हमारी मदद कर सकती है।'

'मेरा खयाल है वह भी उससे मिल गयी है।'

'तब तो उसे दूर कर देना ही बेहतर है।'

'इसमें खतरा भी है। वह इधर-उधर बककर झंझट भी खड़ा कर सकती है। उसके बाप तक भी पहुंच सकती है। इसी से मैं उस पर कड़ी नज़र रखता हूं।'

'और यह गोरखा?'

'यह नमकहलाल है।'

'क्या यह सब बात जानता है?'

'बस इतनी ही...कि...यह लड़की यहां ज़बर्दस्ती रखी जा रही है। और यह यहां रहने में खुश नहीं है।'

'आपने इस सम्बन्ध में उससे क्या कहा है?'

'इस मामले में उसने मुझसे बात ही नहीं की। पर हकीकत यह है कि उसे काम से काम है। भीतरी बातों में दिलचस्पी नहीं।'

'यह अच्छा है।'

'लेकिन अब दोपहर हो गयी। उसे वहां से बुलाना चाहिए।'

'ढोलक बज रही है। गाना-बजाना हो रहा है। क्या हरज है, ज़रा उसे खुश हो लेने दीजिए। लड़की है। उसके खुश होने से नतीजा अच्छा हो सकता है। तब तक गोरखा भी आ जाएगा।'

'खैर, मछलियां काफ़ी पकड़ ली गयी हैं। आओ, इन्हें भूनकर तला जाए। भूख भी जोरों पर है। नमक तो तुम्हारे साथ है?'

'है,' इतना कह ग्रे साहब इधर-उधर से थोड़ी सूखी लकड़ी और पत्ते उठा लाए। उन्होंने आग जलाकर मछलियां भूनी, खाईं और लम्बे पड़ रहे।

बहुत समय बीत गया। सूरज की धूप तिरछी हो गयी। ग्रे साहब ने उठकर कहा-'ओफ़! तीसरा पहर हो गया।' सिकन्दर भी उठ बैठा। देखा-गोरखा भी पास ही खर्राटे भर रहा है। उसने गोरखे को जगाकर कहा- 'जाकर मेम साब को उस घर से ले आओ।'

गोरखा गुमानसिंह के घर चला गया। मानसिंह ने हँसकर उसकी आवभगत की। तम्बाकू पिलाया और कहा-'आ यार, बैठ। कह, कैसी नौकरी है?'

'नौकरी तो मज़े की है, मगर साब हरामज़ादा है।'

'क्यों, क्या बात है?'

'शराब पीकर गाली बहुत बकता है। बदमिज़ाज आदमी है।'

'यार, हमारी भी नौकरी लगाओ।'

'साब लोगों से कहूंगा। साब एक नौकर चाहता भी है।'

'लगा दो उस पर, मुंह मीठा कराऊंगा। लो, तमाखू पियो।'

गोरखा तमाखू पीने लगा। मानसिंह ने बांसुरी निकालकर कहा-'सुनाऊं एक गीत?'

'भाई, देर हो रही है। साला साब बकझक करेगा। बस, मेम साब को भेज दो अब।'

'वाह, लड़की लोग मज़े में खाना-पीना कर रही हैं, तब तक बांसुरी की एक तान बजाता हूं।' इतना कहकर वह बांसुरी बजाने लगा।

परन्तु गोरखे ने थोड़ी देर बाद फिर चलने की जल्दी की। मानसिंह उठकर भीतर गया। फिर आकर कहा-'यार, नूना कहती है आज मेम साब हमारे घर पर ही रहेंगी।'

'नहीं, बाबा, साब लोग गुस्सा होगा।'

इसी समय नूना ने आकर कहा-'साब गुस्सा क्यों होगा? चलो, मैं चलती हूँ, तुम्हारे साथ, साब के पास।'

गोरखा नूना को लेकर नीचे आया। नूना का प्रस्ताव अस्वीकार कर सिकन्दर ने ज़रा रूखाई से कहा-'नहीं, ऐसा नहीं हो सकता। मेम साब को अभी भेज दो।'

'लेकिन साब, आज हमारी सहेली को हमारे घर रहने दो। मैं कल खुद उसे पहुंचा दूंगी।'

'नहीं, नहीं, यह नहीं होगा। जल्दी करो। देर हो रही है।'

नूना उदास मुंह घर लौट चली। गोरखा फिर साथ आया। नूना घर में घुस गयी और बड़ी देर बाद बाहर आकर उसने कहा-'मेम साब आज यहीं रहना चाहती हैं, जाना नहीं चाहतीं। जाओ, साब लोग से कह दो।'

'लेकिन साब लोग नाराज़ होगा।'

'तो मैं क्या करूं-वे आती ही नहीं, तुम साब लोग से कह दो।'

गोरखा फिर नीचे गया। सुनकर सिकन्दर आग-बबूला होकर गोरखा को गाली बकने लगा। गोरखे ने तेवर बदलकर कहा-'साब, गाली मत दो। हम क्या करें-मेम साब आना नहीं चाहतीं।'

हुज्जत में शाम हो रही थी। सिकन्दर के मन में संदेह बैठ रहा था। उसने ग्रे से कहा-'तुम जाओ, ग्रे।'

और ग्रे गुमानसिंह के घर पहुंचा। उसे देखते ही नूना ने कहा-

'मेम साब तो गयीं। अब तुम क्यों आए?'

'कहां गयीं? नीचे तो नहीं पहुंची।'

'यहां से तो देर हुई। पहुंच गयी होंगी।'

'लेकिन रास्ते में भी हमने नहीं देखा।'

'चलो, फिर देखें, कहां गयीं-मेम साहब।'

नूना फिर ग्रे साहब के साथ मेम साहब को पुकारते हुए नीचे आई। सब बात सुनकर सिकन्दर ने ग्रे से अंग्रेज़ी में कहा-'ग्रे, धोखा हुआ।' फिर उसने नूना से कहा, 'तुम झूठ बोलती हो। सच कहो मेम साब कहां हैं? वरना अच्छा न होगा।'

'मैं झूठ नहीं बोलती। और तुम मुझे धमकाते क्यों हो?' वह क्रोध करके जल्दी-जल्दी अपने घर को चली।

सिकन्दर ने कहा-'सुनो, जाती कहां हो।' उसने आगे बढ़कर उसकी राह रोक ली।

इस पर नूना ने पुकारा, 'गोविन्द महाराज, ज़रा यहां आना।'

पुजारी दौड़ा हुआ आया। और दो-तीन आदमी भी। सबने कहा-'क्या बात है, साब, लड़की को क्यों छेड़ा? क्या जान देना चाहते हो?'

'इस लड़की से कहो-मेम साहब को हाज़िर करे।'

नूना ने क्रोध से चिल्लाकर कहा-'मेम साब मेरे घर नहीं हैं।'

'तब कहां हैं?'

'मैं क्या जानूं।'

इस पर गोविन्द महाराज ने सारी बात मालूम करके कहा-'झगड़ने की ज़रूरत नहीं है-चलिए, हम भी चलते हैं। देखें, मेम साब को इन्होंने कहां छिपाया है।'

साब लोगों ने राई-रत्ती घर छान डाला। पर मालती वहां नहीं थी। अब सिकन्दर को विश्वास हो गया कि चिड़िया उड़ गयी। उसने ग्रे साहब को अभिप्राय समझा दिया। ग्रे ने भी सहमति प्रकट की। और अब वे हंगामे में समय नष्ट न कर घोड़ों पर सवार हो एकदम पहाड़ी राह पर दौड़ चले।

मानसिंह ने कहा-'बड़ी खराब बात है, नूना, तेरी सहेली आखिर चली कहां गयी! मैं भी साब लोगों के साथ जाता हूं।' इतना कहकर टट्टू पर सवार हो वह भी उनके साथ दौड़ चला। पर गोरखा को अभी गालियां हज़म नहीं हुई थीं। वह नीचे ही रह गया था। उसने साब लोगों को और उनके पीछे मानसिंह को जाते देखा। इसी समय गोविन्द महाराज ने कहा-'तुम भैया, यहां मन्दिर में आराम करो। तब तक साब लोग देखभाल कर आते हैं।'

गोरखा ने वहीं कमर ढीली कर दी। अब तो संक्षेप में इतना ही कहना यथेष्ट होगा कि मानसिंह ने साब लोगों को पहाड़ी की दुर्गम राह में भटका दिया। अब रात हो गयी थी। वे रात-भर पहाड़ियों में भटकते फिरे।

मीर साहब रात होते-होते हल्द्वानी पहुंच गए। वहां से घोड़ा-गाड़ी में बैठ रातोरात मुरादाबाद जा पहुंचे। अब वे घर के द्वार पर थे। दूसरे दिन जब सूर्य अस्त हो रहा था-सख्त और निर्मम रूखा-सूखा सांवलसिंह बहुत दिन से बिछुड़ी हुई बेटी को छाती से लगाकर ज़ार-ज़ार आंसू बहा रहा था।

पाँचवां खण्ड

1

सत्रहवीं शताब्दी में पहली बार भारत का ब्रिटेन से सम्पर्क हुआ। यह सम्पर्क दो परस्पर-विरोधी संस्कृतियों का परस्पर टकराना-मात्र था। उन दिनों समूचा ब्रिटेन अर्धसभ्य किसानों का उजाड़ देश था। उनकी झोपड़ियां नरसलों और सरकंडों की बनी होती थीं, जिनके ऊपर मिट्टी या गारा लगाया हुआ होता था। घास-फूस जलाकर घर में आग तैयार की जाती थी जिससे सारी झोंपड़ी में धुआं भर जाता था। धुएं को निकलने की कोई राह ही न होती थी। उनकी खुराक जौ, मटर, उड़द, कन्द और दरख्तों की छाल तथा मांस थी। उनके कपड़ों में जुएं भरी होती थीं। आबादी बहुत कम थी, जो महामारी और दरिद्रता के कारण आए दिन घटती जाती थी। शहरों की हालत गांवों से कुछ अच्छी न थी। शहरवालों का बिछौना भुस से भरा एक थैला होता था। तकिये की जगह लकड़ी का एक गोल टुकड़ा। शहरी लोग जो खुशहाल होते थे, चमड़े का कोट पहनते थे। गरीब लोग हाथ-पैरों पर पुआल लपेटकर सरदी से जान बचाते थे। न कोई कारखाना था, न कारीगर। न सफ़ाई का इन्तज़ाम, रोगी होने पर न चिकित्सा की व्यवस्था। सड़कों पर डाकू फिरते थे और नदियां तथा समुद्री मुहाने समुद्री डाकुओं से भरे रहते थे। उन दिनों दुराचार का तमाम यूरोप में बोलबाला था और आतशक-सिफलिस की बीमारी आम थी। विवाहित या अविवाहित, गृहस्थ, पादरी, यहां तक कि पोप, दसवें लुई तक भी इस रोग से बचे न थे। पादरियों का बोलबाला था। ये पादरी बड़े दुराचारी होते थे। प्रसिद्ध था कि इन पादरियों ने इंग्लैंड की एक लाख स्त्रियों को भ्रष्ट किया था। कोई पादरी बड़े से बड़ा अपराध करने पर भी केवल थोड़े-से जुर्माने की सज़ा पाता था। मनुष्य-हत्या करने पर भी केवल छह शिलिंग आठ पैंस-लगभग पांच रुपये-जुर्माना देना पड़ता था। ढोंग-पाखंड, जादू-टोना उनका व्यवसाय था।

सत्रहवीं शताब्दी के अंतिम चरण में लंदन नगर इतना गंदा था और वहां के मकान इस कदर भद्दे थे कि उसे मुश्किल से शहर कहा जा सकता था। सड़कों की हालत ऐसी थी कि पहियेदार गाड़ियों का चलना खतरे से खाली न था। लोग लद्दू टट्टुओं पर दायें-बायें पालनों में असबाब की भाँति लदकर यात्रा करते थे। उन दिनों तेज़ से तेज़ गाड़ी इंग्लैंड में तीस से पचास मील का सफ़र एक दिन में तय कर सकती थी।

अधनंगी स्त्रियां जंगली और भद्दे गीत गाती फिरती थीं और पुरुष कटार घुमा-घुमाकर लड़ाई के नाच नाचा करते थे। लिखना-पढ़ना बहुत कम लोग जानते थे। यहां तक कि बहुत से लॉर्ड अपने हस्ताक्षर भी नहीं कर सकते थे। बहुधा पति कोड़ों से स्त्रियों को पीटा करते थे। अपराधी को टिकटिकी से बांधकर पत्थर मार-मारकर मार डाला जाता था। औरतों की टांगों को सरेबाज़ार शिकंजों में कसकर छोड़ दिया जाता था। शाम होने के बाद लंदन की गलियां सूनी, डरावनी और अंधेरी हो जाती थीं। उस समय कोई जीवट का आदमी ही घर से बाहर निकलने का साहस कर सकता था। उसे लूटे जाने या गला काटे जाने का भय था। फिर उसके ऊपर खिड़की खोलकर कोई भी गंदा पानी तो फेंक ही सकता था। गलियों में लालटेनें थीं ही नहीं। लोगों को भयभीत करने के लिए टेम्स के पुराने पुल पर अपराधियों के सिर काटकर लटका दिए जाते थे। धार्मिक स्वतंत्रता न थी। बादशाह के सम्प्रदाय से भिन्न दूसरे किसी सम्प्रदाय के गिरजाघर में जाकर उपदेश सुनने की सज़ा मौत थी। ऐसे अपराधियों के घुटनों को शिकंजों में कसकर तोड़ दिया जाता था। स्त्रियों को लकड़ियों के शहतीरों से बांधकर समुद्र के किनारे पर छोड़ देते थे कि धीरे-धीरे बढ़ती हुई समुद्र की लहरें उन्हें निगल जाएं। बहुधा उनके गालों को लाल लोहे से दागकर अमेरिका निर्वासित कर दिया जाता था। उन दिनों इंग्लैंड की रानी भी गुलामों के व्यापार में लाभ का भाग लेती थी।

इंग्लैंड के किसान की अवस्था उस ऊदबिलाव के समान थी जो नदी के किनारे मांद बनाकर रहता हो। कोई ऐसा धंधा-रोज़गार न था कि जिससे वर्षा न होने की सूरत में किसान दुष्काल से बच सकें। उस समय समूचे इंग्लिस्तान की आबादी पचास लाख से अधिक न थी। जंगली जानवर हर जगह फिरते थे। सड़कों की हालत बहुत खराब थी। बरसात में तो सब रास्ते ही बंद हो जाते थे। देहात में प्राय: लोग रास्ता भूल जाते थे और रात-रात-भर ठंडी हवा में ठिठुरते फिरते थे। दुराचार का दौरदौरा था। राजनीतिक और धार्मिक अपराधों पर भयानक अमानुषिक सज़ाएं दी जाती थीं।

यह दशा केवल ब्रिटेन की ही न थी, समूचे यूरोप की थी। प्राय: सब देशों में वंश-क्रम से आए हुए एकतंत्र, स्वेच्छाचारी निरंकुश राजा राज्य करते थे। उनका शासन-सम्बन्धी मुख्य सिद्धांत था-हम पृथ्वी पर ईश्वर के प्रतिनिधि हैं, और हमारी इच्छा ही कानून है। जनता की दो श्रेणियां थीं। जो कुलीन थे वे ऊंचे समझे जाते थे; जो जन्म से नीच थे वे दलितवर्गी थे। ऐसा एक भी राजा न था जो प्रजा के सुख-दु:ख से सहानुभूति रखता हो। विलास और शान-शौकत ही में वे मस्त रहते थे। वे अपनी सब प्रजा के जानोमाल के स्वामी थे। राजा होना उनका जन्मसिद्ध अधिकार था। उनकी प्रजा को बिना सोचे-समझे उनकी आज्ञा का पालन करना ही चाहिए। फ्रांस का चौदहवां लुई ऐसा ही बादशाह था। यूरोप में वह सबसे अधिक काल तक तख्तनशीन रहा। वह औरंगज़ेब से बारह वर्ष पूर्व गद्दी पर बैठा और उसके मरने के आठ वर्ष बाद तक गद्दी पर बैठा रहा। पूरे बहत्तर वर्ष। वह सभ्य, बुद्धिमान और महत्वाकांक्षी था और चाहता था कि फ्रांस दुनिया का सबसे अधिक शक्ति-सम्पन्न राष्ट्र बन जाए। परंतु जब-जब वह फ्रांस की शक्ति और

उन्नति की बात सोचता था, तब-तब वह फ्रांस की जनता के सम्बन्ध में नहीं, केवल अपने और अपने सामंतों के सम्बन्ध में। वह अपने ही को राज्य कहता था और यह उसका तकिया-कलाम बन गया था। उसने अपनी दरबारी तड़क-भड़क से सारे संसार को चकित कर दिया था और फ्रांस सारे तत्कालीन सभ्य संसार में फ़ैशन के लिए प्रसिद्ध हो गया था। उसने प्रजा पर भारी-भारी टैक्स लगाए थे तथा गरीब प्रजा की गाढ़ी कमाई से बड़े-बड़े राजमहल बनाए थे। उसने वर्साई और पेरिस की वह शान बनाई कि जिसकी उपमा यूरोप में न थी। उसने अजेय सेना का संगठन किया था, जिसे यूरोप के सब राष्ट्रों ने मिलकर बड़ी ही कठिनाई से परास्त किया। सन् 1715 में जब वह मरा तो पेरिस अपनी शान, फ़ैशन, साहित्य, सौंदर्य और बड़े-बड़े महलों तथा फव्वारों से सुसज्जित था और फ्रांस यूरोप की प्रधान राजनीतिक और सैनिक शक्ति बन गया था। परंतु सारा देश भूखा और असंतुष्ट था।

उस काल में यूरोप में फ्रांस का मुख्य प्रतिद्वंद्वी ऑस्ट्रिया था जिसके राजा हाशबुर्ग राजवंश के थे। पवित्र रोमन साम्राज्य के सम्राट का गौरवपूर्ण पद इसी राजवंश को प्राप्त था। यद्यपि इस पद के कारण ऑस्ट्रिया के राजाओं की शक्ति में कोई वृद्धि नहीं हुई थी पर उनका सम्मान और प्रभाव तथा प्रभुत्व समूचे यूरोप पर था।

उस समय जर्मनी न कोई एक राष्ट्र था, न एक राज्य का नाम ही जर्मनी था। तब जर्मनी लगभग तीन सौ साठ छोटे-छोटे राज्यों में विभक्त था, जिनमें तनिक भी राजनीतिक एकता न थी। वे नाममात्र को ऑस्ट्रिया के धर्मसम्राट की अधीनता मानते थे।

यही दशा इटली की थी। इटली एक राष्ट्र है, यह कोई न जानता था। वहां भी अनेक छोटे-छोटे स्वतंत्र राज्य थे, जिनके राजा निरंकुश स्वेच्छाचारी थे। जनता को शासन में कहीं कोई अधिकार प्राप्त न था।

स्पेन इस काल में यूरोप का सबसे अधिक समर्थ राज्य था। पंद्रहवीं-सोलहवीं शताब्दी में ही उसने अमेरिका में उपनिवेश स्थापित करके अपनी अपार समृद्धि बढ़ा ली थी। स्पेन के राजा यूरोप के अनेक देशों के अधिपति थे।

पोलैंड सोलहवीं शताब्दी तक यूरोप का एक समर्थ राज्य था। सत्रहवीं शताब्दी में पीटर के अभियानों ने उसे जर्जर और अव्यवस्थित कर दिया था और फिर वहां किसी शक्तिशाली केन्द्रीय शासन का विकास नहीं हो पाया।

स्वीडन, डेनमार्क, नार्वे, हालैंड और स्विट्ज़रलैंड का विकास अभी हुआ ही न था। अभी ये देश पिछड़े हुए थे।

आज का सोवियत रूस संसार का सबसे बड़ा और समर्थ प्रजातंत्र है। आज उसका एक छोर बाल्टिक सागर से पैसिफिक सागर तक फैला हुआ है और दूसरा आर्कटिक सागर से भारत और चीन की सीमाओं को छू रहा है। परंतु उन दिनों वह एक छोटा-सा प्रदेश था, जो मास्को नगर

के आस-पास के इलाकों तक ही सीमित था और जिसका अधिकांश भाग जंगल था। समुद्र से उसका सम्बन्ध विच्छिन्न था। एक भी समुद्र-तट उसके पास न था। तब बाल्टिक सागर का सारा तट स्वीडन के बादशाह के अधीन था और काला सागर तथा कास्पियन सागर तट का सारा दक्षिणी भू-भाग तातारी और तुर्क राजाओं और सरदारों के अधिकार में था।

चौदहवीं शताब्दी के अंतिम चरण में पीटर ने ज़ार के सिंहासन पर बैठकर रूस की कायापलट करने का उपक्रम किया। उन दिनों रूस के लोग लम्बी-लम्बी दाढ़ियां रखते और ढीले-ढाले लबादे पहनते थे। एक दिन उसने अपने सब दरबारियों को अपने दरबार में बुलाया और सबकी दाढ़ी अपने हाथ से मूंड दी और चुस्त पोशाकें पहना दीं। उसने स्वीडन के बादशाह के हाथों से बाल्टिक तट छीन लिया और समुद्र-तट पर अपनी नयी राजधानी सेंट पीटर्सबर्ग बसाई जो आज लेनिनग्राड के नाम से विख्यात है।

परंतु यह महान सुधारक पीटर भी उन दोषों से मुक्त न था, जो उन दिनों संसार के बादशाहों में थे। वह स्वेच्छाचारी था, वह जो चाहता वही करता था। उसकी आज्ञा का पालन करने में किसे कितना कष्ट झेलना पड़ेगा, इसकी उसे परवाह न थी।

उन दिनों भारत मुगल-प्रताप से तप रहा था। संसार के सबसे बड़े और सबसे धनी बादशाह शाहजहां और औरंगज़ेब पचास-पचास साल सिंहासन पर विराजमान रह चुके थे। अकबर और जहांगीर के महान सांस्कृतिक प्रभाव भारत में पनप चुके थे। अकबर की उदारता, जहांगीर का न्यायशासन, शाहजहां की सुख-समृद्धि और तत्कालीन भारत के कला-कौशल ने भारत को इस युग में नया मोड़ दिया था। दिल्ली और आगरा के किले बन चुके थे। ताजमहल अपनी धवल छटा से चंद्र-ज्योत्स्ना को उज्ज्वल कर रहा था। कुतुब की लाट ऊंचा सिर उठाए गौरव-गाथा कह रही थी। फतेहपुर सीकरी का नगर यद्यपि सो रहा था, पर एक शान उसकी भी थी। आगरा और दिल्ली के बाद जयपुर, मथुरा, अजमेर, पटना, काशी आदि दर्जनों नगर बड़ी-बड़ी अट्टालिकाओं से सुसज्जित और आश्चर्यकारक धन-वैभव से परिपूर्ण बसे हुए थे।

जब औरंगज़ेब ने सिंहासन पर कदम रखा था, उस समय भारत में उत्तर से दक्षिण तक और पूर्व से पश्चिम तक चारों ओर अलौकिक सुख-समृद्धि व्याप रही थी। इस समय दादू, कबीर और नानक ने धर्मों के बीच महत्त्वपूर्ण समन्वय का वातावरण उत्पन्न कर दिया था। सूर और तुलसी, रहीम और रसखान, मीरा और ताज एक अविच्छिन्न साहित्य की रस-धार बहा रहे थे।

शाहजहां का स्वर्ण-रत्न-भंडार संसार-भर में अद्वितीय था। तीस करोड़ की सम्पदा तो उसे अकेले गोलकुंडा से ही प्राप्त हुई थी। उसके धनागार में दो गुप्त हौज़ थे, एक में सोने और दूसरे में चांदी का माल रखा जाता था। इन हौज़ों की लम्बाई सत्तर फीट

और गहराई तीस फीट थी। ये हौज़ चोरदरवाज़े से ही खुलते और बंद होते थे। उसने ठोस सोने की एक मोमबत्ती, जिसमें गोलकुंडा का सबसे बहुमूल्य हीरा जड़ा था और जिसका मूल्य

एक करोड़ रुपया था, मक्का में काबा की मस्जिद में भेंट की थी। दुनिया का कोई इतिहासज्ञ शाहजहां की धन-दौलत का अनुमान नहीं लगा सका है। लोग कहते थे, उसके पास इतना धन था कि फ्रांस और पर्शिया के दोनों महाराज्यों के कोष मिलाकर भी उसकी बराबरी नहीं कर सकते थे। सोने के ठोस पायों पर बने हुए तख्ते-ताऊस में दो मोर मोतियों और जवाहरात के बने थे। इसमें पचास हज़ार मिसकाल हीरे, मोती और दो लाख पच्चीस मिसकाल शुद्ध सोना लगा था, जिसकी कीमत सत्रहवीं शताब्दी में तिरेपन करोड़ रुपये आंकी गई थी। इससे पूर्व इसके पिता जहांगीर के खज़ाने में एक सौ छियानवे मन सोना तथा डेढ़ हज़ार मन चांदी, पचास हज़ार अस्सी पौंड बिना तराशे जवाहरात, एक सौ पौंड लालमणि, एक सौ पौंड पन्ना और छह सौ पौंड मोती थे। शाही फ़ौज के अफ़सरों की दो हज़ार तलवारों की मूठे रत्नजड़ित थीं। दीवाने-खास की एक सौ तीन कुर्सियां चांदी की तथा पांच सोने की थीं। तख्तेताऊस के अलावा तीन ठोस चांदी के तख्त और थे, जो प्रतिष्ठित राजवर्गी जनों के लिए थे। इनके अतिरिक्त सात रत्नजड़ित सोने के छोटे तख्त और थे। बादशाह के हमाम में जो टब सात फीट लम्बा और पांच फीट चौड़ा था, उसकी कीमत दस करोड़ रुपये थी। शाही महल में पच्चीस टन सोने की तश्तरियां और बर्तन थे तथा पचास टन चांदी के बर्तन थे। बर्नियर कहता है कि बेगमें और शाहज़ादियां तो हर वक्त जवाहरात से लदी रहती थीं। जवाहरात किश्तियों में भरकर लाए जाते थे। नारियल के बराबर बड़े-बड़े 'लाल' छेद करके वे गले में डाले रहती थीं। वे गले में रत्न, हीरे व मोतियों के हार, सिर में लाल व नीलमजड़ित मोतियों का गुच्छा, बांहों पर रत्नजड़ित बाजूबंद और दूसरे गहने नित्य पहने रहती थीं।

2

धर्म दुनिया का सबसे बड़ा झूठ है। वह कोरे मिथ्यावाद पर आधारित है। जादू-टोना, दैवी शक्तियां, मंत्र-तंत्र, चमत्कार, स्वप्न-भविष्यवाणियां और प्रकृति से परे की शक्तियों पर विश्वास धर्म का स्थूल और मुख्य रूप है। धर्म का यह मायामहल अंधविश्वास पर खड़ा किया गया है, उसकी दीवारें अंधी श्रद्धा से बनी हैं। उसकी छत है ही नहीं। यह 'धर्म' अज्ञान का पुत्र है और दुनिया के मनुष्यों को गुमराह करके उन्हें दुःख-दर्द पहुंचाना इसका पेशा है। संघर्ष, घृणा और खून-खराबा इसकी नीति है। हजारों वर्षों से इस धर्म ने मनुष्य को नाकों चने चबवाए हैं, करोड़ों मनुष्यों का खून पिया है, असंख्य स्त्री-पुरुषों को ज़िन्दा से मुर्दा बनाया है। धर्म ही के कारण युधिष्ठिर ने जुआ खेला, राजपाट हारा, भाइयों और स्त्री को जुए के दांव पर लगाकर गुलाम बनाया, फिर भी किसी माई के लाल ने उसकी ओर उंगली नहीं उठाई। वे धर्म के सगे बेटे जो ठहरे, जो करें सो ठीक। धर्म ही के कारण द्रौपदी ने पांच पति किए। अर्जुन, भीम जैसे बली पुरुषों की आंखों के सामने द्रौपदी पर अत्याचार किए गए, पर धर्म के कारण वे योद्धा मुर्दों की भाँति बैठे देखते रहे। धर्म ही के कारण अर्जुन ने भाइयों और सम्बन्धियों के खून से धरती को रंगा। भीष्म आजन्म कुंआरे रहे। कुरु-कुलवधुओं ने अन्य पुरुषों से सहवास कर संतान उत्पन्न

की। राम ने वनवास भोगा, सीता को त्यागा, शूद्र तपस्वी को मारा। धर्म के कारण हरिश्चंद्र ने राजपाट त्याग भंगी की दासता की, स्त्री को बाज़ार में बेचा। धर्म के कारण राजपूतनियां आग में भस्म हुईं। धर्म के कारण करोड़ों विधवाएं हमारे घरों में चुपचाप आंसू पीकर जीती रहीं। करोड़ों अछूत कीड़ों-मकोड़ों की भाँति रहते रहे। धर्म के कारण भद्दी, अश्लील पत्थर की मूर्तियां पूजनीय बनी रहीं। धर्म ही के कारण पत्थर को परमेश्वर कहने वाले पेशेवर गुनहगार पुजारी लाखों स्त्री-पुरुषों से पैर पुजाते रहे। धर्म ही के कारण भंगी प्रात:काल होते ही अपनी बहू-बेटियों सहित औरों का मल-मूत्र सिर पर ढोता रहा। धर्म ही के कारण हिन्दू, मुसलमान, ईसाई एक-दूसरे के शताब्दियों तक शतु बने रहे। धर्म के कारण रोमन कैथोलिकों और प्रोटेस्टेंटों के भीषण रोमांचकारी अत्याचार हुए। धर्म ही के लिए मुसलमानों ने पृथ्वी को रौंद डाला और मनुष्य के गर्म खून से तलवार रंगी। धर्म के कारण सिपाही युद्ध में नर-हत्या करता है, वेश्या अस्मत बेचती है। क्या आपने कभी यह विचार किया है कि हज़ारों वर्षों से पृथ्वी-भर में ऐसे उत्पात मचाने वाला यह धर्म आखिर है क्या बला? यह क्यों नहीं मनुष्यों को मनुष्य से मिलने देता? क्यों नहीं मनुष्य को आज़ाद रहने देता, इसने शैतान की तरह दिमाग को गुलाम बना दिया है। इस हत्यारे धर्म ने किस प्रकार जातियों को तबाह किया है, इसके ज्वलंत उदाहरण रोम और स्पेन हैं। दो हज़ार वर्षों तक परमेश्वर का यह एजेंट इटली में रहा। वहां के पोप और पादरी सारे यूरोप को बंदर की भाँति नचाते रहे। सारा देश मठों, गिरजों और साधु-साध्वियों से भर गया। सारे राष्ट्र का सोना इन मठों में समा गया। सभी सड़कें रोम की ओर जाती थीं। ये सभी सड़कें भेंट ले जाने वाले यात्रियों से भरी रहती थीं। अंत में इसी धर्म ने इटली का बेड़ा गर्क किया। उसका पतन होता गया और अंत में वह मर ही गया। मेज़िनी, गैरीबाल्डी और काबूर ने उसे बचाने के उद्योग किए, पर उनकी दरिद्रता और विपत्तियों का अंत न रहा; जिसके पूरे ज़िम्मेदार परमेश्वर के ये बेईमान और झूठे एजेंट पादरी लोग थे।

स्पेन की कभी आधी दुनिया में हुकूमत थी। सारे संसार का सोना-चांदी उसके अधिकार में था। यह वह ज़माना था जब संसार की सभी जातियों की गर्दनें धर्म के फौलादी पंजों में फंसी थीं और लोगों की आंखों पर धर्म का परदा पड़ा था। यूरोप की दूसरी जातियों ने सोचना-समझना शुरू किया, पर स्पेन धर्म से चिपटा ही रहा। दूसरे देशों में पोप की फांसी काट दी गई थी परंतु स्पेन में नहीं। यूरोप में विज्ञान का सूर्य चमका, पर स्पेन में नहीं; वह माला जपता रहा, प्रार्थनाएं करता रहा, आत्मा की रक्षा करता रहा। उसे चमत्कारों पर, अलौकिकता पर, ईश्वर के इन एजेंटों पर विश्वास था; ज्ञान पर नहीं। ज्ञान के प्रकाश से उसने आंखें बंद कर लीं। जिसने ज़रा भी सोचने-विचारने का प्रयत्न किया, उसी को उसने तलवार के घाट उतार दिया; आग में ज़िन्दा जला दिया। दूसरी जातियां यूरोप में महान होती गईं और स्पेन का ह्रास होता गया। एक-एक करके उसके उपनिवेश उसके हाथों से निकलते गए। पर उसने अपना मन धर्म के ठेकेदारों को और दिमाग मिथ्या विश्वास को सौंप दिया था। उसने उदीयमान प्रजातंत्र से युद्ध छेड़ दिया। बड़े-बड़े पादरियों ने उसकी सेना को आशीर्वाद दिया, मंत्रों से सेना को पवित्र किया; पवित्र जल

छिड़का, तावीज़ बांधे, पर अंत में उसकी दुर्गति ही हुई। उसके जहाज़ भस्म करके समुद्र-गर्भ में दफ़ना दिए गए। इस प्रकार स्पेन धर्म का शिकार हो गया। यही दशा पुर्तगाल, ऑस्ट्रिया और जर्मनी की हुई।

स्पेन में सन् 1481 से 1808 तक 32,482 स्त्री-पुरुष जीते जलाए गए थे, 17,960 पुतले जलाए गए थे और 2,91,450 आजन्म या चिरबंदी किए गए थे तथा उनकी सम्पूर्ण सम्पत्ति जब्त कर ली गई थी। पुर्तगाल में सत्रह साल में दस हज़ार व्यक्ति जीते जलाए गए और एक लाख कैद किए गए थे और उनकी सम्पत्ति ज़ब्त की गई थी।

3

उन दिनों यूरोप के प्रायः सभी देशों में यंत्रणागार बने हुए थे, जहां अभियुक्त को असह्य रोमांचकारी यातनाएं दी जाती थीं। बहुधा ये यातनाएं अपराधस्वीकृति के लिए दी जाती थीं और कूरता इनकी विशेषता थी। प्राणदंड भी इस तरीके से दिया जाता था कि पीड़ित को अधिक से अधिक कष्ट पहुंचे और अधिक से अधिक अपमान हो। ऐसे दंड धार्मिक मामलों में तो होते ही थे, साधारण अपराधों में भी उनका उपयोग किया जाता था।

इस प्रकार के दंडों का मतलब अपराधी का मान-मर्दन करना तथा दूसरों के सामने। विभीषिका का उदाहरण उपस्थित करना होता था। वह यंत्रणा कभी-कभी आजीवन चलती थी।

पानी इनमें अधिक प्रचलित लकड़ी का एक कठघरा था जिसके छिद्र में अपराधी के मस्तक तथा हाथ जकड़ दिए जाते थे। और दूसरी लकड़ी की एक धरन होती थी, जिसमें अपराधी के हाथ-पैर बांध दिए जाते थे। परंतु एक या दो अंगों को तपे लोहे से दागने अथवा अंग-भंग कर देने से भी दंड का अभिप्राय पूरा हो जाता था।

इंग्लैंड में अपराधियों के हाथ-पैर और नाक-कान काटने की आम सज़ा थी। उनके माथे भी गर्म लोहे से दाग दिए जाते थे। ऐसे माथे पर दगे हुए, हाथ-कटे, पैर-कटे, जीभ-कटे आदमी इंग्लैंड में बहुत घूमते थे, उनको देखकर सर्वसाधारण भयभीत हो जाते थे।

इस प्रकार की तिरस्कारपूर्ण सज़ाओं का सबसे खराब तरीका, जो लुई ग्यारहवें के शासनकाल में फ्रांस में अधिक प्रसिद्ध हुआ, 'पिंजरा' था।

यूरोप में सबसे प्रथम 1306 ई. में काउण्टेस बूकन, जो बूसकाण्ड में अधिक सक्रिय थी और जिसने उसके सिर पर ताज भी रखा था, किंग एडवर्ड की आज्ञा से बरविक दुर्ग के एक टॉवर में एक पिंजरे में बंद कर दी गई थी। यह जालीदार पिंजरा लोहे की सलाखों और छड़ों से बनाया गया था। पिंजरे के निर्माण में यह ध्यान रखा गया था कि काउण्टेस को इसमें कोई असुविधा न हो, न वह अरक्षित रहे। इस पिंजरे में बंद होने पर उसकी पूरी निगरानी की जाती थी कि वह निकल न भागे। बरविक की विश्वासी दो स्त्रियों को उस पर तैनात कर दिया गया था, जो उसे खाना-पीना दे दिया करती थीं तथा उसके और काम भी कर दिया करती थीं। उसकी

इतनी सख्ती से निगरानी होती थी कि वह उन दो स्त्री-सेविकाओं के अतिरिक्त स्कॉट जाति के अथवा अन्य किसी भी स्त्री-पुरुष से एक शब्द भी बोल नहीं सकती थी। ब्रूस की बहन मेरी ने भी एक्सबर्ग दुर्ग में यही दंड भुगता था।

केवल स्त्रियों को ही यह अपमानजनक दंड नहीं दिया जाता था औरों को भी दिया जाता था। मद्य पीनेवालों को 'शराबी लबादा' का दंड दिया जाता था। यह लकड़ी का बना बिना तली का पीपा होता था, जिसके ऊपरी सिरे में एक गोल छेद अपराधी के सिर के लिए होता था। अपराधी को सिर पर से यह पीपा ओढ़ाया जाता था जो कंधों पर टिक जाता था। इसमें अगल-बगल दो गोल छेद होते थे जिनमें अपराधी अपने हाथ रख सकता था। इस बोझ को उठाए-उठाए अपराधी को सारे शहर में घूमना पड़ता था। उन दिनों शराब और वेश्याओं का लंदन में बोलबाला था। वहां छह लाख की आबादी में पचास हज़ार वेश्याएं थीं। धनवालों के बड़े-बड़े जुआघर थे। हर मुहल्ले में जुए के अड्डे होते थे। प्रत्येक गली में खुले चबूतरे पर शराब बेची जाती थी। इन दुकानों पर एक साइन-बोर्ड लगा रहता था जिस पर लिखा होता था, 'साधारण शराब का मूल्य एक पैंस। बेहोश कर देने वाली शराब का दो पैंस। साफ़-सुथरी चटाई मुफ़्त।

कोड़े मारना या शिकंजे में कसा जाना-ये दो ऐसी यातनाएं थीं, जो पीड़ा पहुंचाने की नीयत से आम प्रचलित थीं। शिकंजा रोमन लोगों का प्राचीनकाल से ही पीड़ा देने वाला हथियार रहा है, जिसका व्यवहार बाद तक बना रहा। रोमन लोगों ने एक बार 'जुलेटा' नाम की एक स्त्री को शिकंजों की सज़ा दी थी। 'जुलेटा' तारसस से गिरफ़्तार करके गवर्नर अलेग्जेंडर के सामने लाई गई थी, जहां उसने अपना अपराध 'ईसाई होना' स्वीकार किया था। उसका शिश-पुत्र साइरिकस उससे छीन लिया गया। जुलेटा के शरीर को शिकंजे में कसकर उसके शरीर को खींच-खींचकर घोर यातनाएं देकर तोड़ डाला गया। उसका पुत्र अपनी माता के पास जाने को चिल्ला रहा था। उसके चिल्लाने से गवर्नर का ध्यान बच्चे की असाधारण सुंदरता की ओर गया। गवर्नर ने उसे अपने घुटने पर बिठाकर संतुष्ट कराना चाहा। परंतु वह नहीं बहला और उसने अपनी तोतली वाणी में अपनी माता के शब्दों का अनुकरण करते हुए कहा, 'मैं ईसाई हूँ। यह सुनते ही गवर्नर ने बच्चे को उसकी माता के सम्मुख ही सिर से ऊपर उठाकर फ़र्श पर पटक दिया। बच्चे का सिर फटकर बिखर गया। उसकी माता ने शिकंजे में खिंचते-खिंचते सारा दृश्य देखा। जुलेटा को और यंत्रणा देने के लिए उसके पैरों पर खौलती हुई राल डाली गई और उसके अगल-बगल कांटे लगा दिए गए। अंत में उसका सिर काट डाला गया।

शिकंजे की सज़ा का तात्पर्य अपराधी के शरीर को पीड़ा दे-देकर खींचना, फैलाना और तोड़ना होता था। यह लकड़ी का बना एक आयताकार फ्रेम होता था, जो ज़मीन पर पड़ा रहता था। इसका एक सिरा जाम होता था, जिसमें टाँगें बांध दी जाती थीं। दूसरा सिरा जाम नहीं होता था। इसमें ऊपर करके हाथ बांध दिए जाते थे। यह दूसरा सिरा गोल पहिएनुमा होता था, जिसके घुमाने से पीड़ित का शरीर खिंचता चला जाता था, यहां तक कि उस शरीर के जोड़ उखड़कर टूट जाते थे।

शिकंजे अनेक प्रकार के होते थे। इनमें 'आस्ट्रेलियन जीना' सबसे अधिक भयंकर होता था। इंग्लैंड में शिकंजे की सज़ा इस प्रकार दी जाती थी कि पीड़ित को ज़मीन पर शिकंजे के बीच में चित लिटाते थे। शिकंजे के एक सिरे पर टखने और दूसरे सिरे पर बाजू बांधकर घुमाते थे। ऐसा करने से पीड़ित का शरीर तनता-तनता ज़मीन से कुछ ऊपर उठ जाता था। तब उससे प्रश्न पूछे जाते थे। जब तक अभीष्ट संतोषप्रद उत्तर नहीं मिल जाता, यह यंत्रणा जारी रहती थी।

इंग्लैड में शिकंजे की सज़ा ड्यूक ऑफ़ एक्सेटर चतुर्थ ने 1447 ई. में प्रचलित की थी और जब इसे टॉवर ऑफ़ लंदन में लगाया गया तब इसे 'एक्सेटर की बेटी' की संज्ञा दी गई। जब पीड़ित को इसमें कसने की सज़ा दी जाती थी तब सब यही कहते थे कि उस भाग्यहीन का एक्सेटर की बेटी से ब्याह हो गया है। कुछ अभागे पीड़ित 'भंगी की बेटी' से भी ब्याहे जाते थे। यह और भी पीड़ादायक हथियार था।

'ड्यूक की बेटी' से पहला ब्याह हाकिंस ने किया और अंतिम ब्याह आर्चर ने, जो 1640 में मारा गया।

शिकंजे की सज़ाएं मेरी और जेम्स के शासनकाल में खूब प्रचलित रहीं। अस्क्यू को यही सज़ा हेनरी आठवें ने दी थी। बाद में उसे आग में जलाकर मार डाला गया था। सर थॉमस याट ने यह सज़ा मेरी के विरुद्ध विद्रोह करने के अपराध में टॉवर ऑफ़ लंदन में पाई थी। 1581 में एक फादर चेंपियन (छोटे पादरी) को, जो प्रोटेस्टेंट धर्म त्याग कर जेसुइट हो गया था, एलिज़ाबेथ की आज्ञा से यही सज़ा दी गई थी। बाद में टायबर्न नामक स्थान में उसका वध किया गया था। फादर ओल्डकार्न को पांच बार शिकजे में कसा गया। अंत में उसे वारसेस्टर में कत्ल कर दिया गया। कत्ल करने से पहले उसके पेट को चीरकर आंतों को बाहर खींचा गया, फिर उसे चार टुकड़ों में काट डाला गया। गुई फाक्स ने भी यही सज़ा पाई थी। फ्रांस में यह सज़ा खूब प्रचलित थी। वहां इसे 'बेंच-द-टॉर्चर' कहते थे। इस क्रूर यातना का एक उदाहरण हम यहां देते हैं :

दिसम्बर, 1765 ई. के दिन हम लोग डोमिनिक-द-सेडन, किंग्स कौंसलर, पैरे फ्रांकोइस, आर्योल डेस एंगिल्स, लेफ्टिनेंट मेजर ऑफ़ कावेलरी, रायल प्रासीक्यूटर आदि की प्रार्थना पर मोंटेवन कैसल ले की जेल में टार्चर चेम्बर (यातनागृह) में हाज़िर हुए। हमारे सामने एक कैदी लाया गया, जिस पर डाका डालकर एक घोड़ी चुराने का आरोप था। उसका नाम डिल्यू उर्फ टालू था। वह अपना अपराध स्वीकार नहीं करता था। अपराध स्वीकार कराने के लिए उसे यातनागृह में लाया गया था। यहां जल्लाद ने उसकी पीठ को कोड़े मार-मारकर छलनी कर दिया और फिर उसे शिकंजे में कस दिया गया। उसके टखने और हाथ खिंचने लगे। हमने जल्लाद से कहा कि शिकंजे के डंडों को ज़ोर से घुमाओ, जिससे उसके हाथ-पैर के जोड़ टूट जाएं। हमने जल्लाद को बताया कि शिकंजे के तीन दांते घुमाओ। तीन दांते घूमने पर पीड़ित से अपराध स्वीकार करने को कहा गया। किंतु उसने कहा, 'मैंने कभी डाके नहीं डाले।'

तब तीन और दांते घुमाए जाने पर उससे फिर स्वीकार करने को कहा गया। तब भी उसने स्वीकार नहीं किया।

तीसरी बार फिर तीन दांते घुमाए गए। तब भी उसने यही कहा कि मेरा किसी भी डकैती से सम्बन्ध नहीं है। अंत में और भी दांते कसने पर पीड़ित ने कहा कि मुझे खोल दो, मैं स्वीकार कर लूंगा।

इस पर हमारी आज्ञा से जल्लाद ने उसे शिकंजे से निकाला। अब उससे पूछा गया, 'क्या तुमने राऊसेट से घोड़ी चुराई और क्या उस घोड़ी को तुम या तुम्हारे साथी ब्राऊज़े को ले गए?'

उसने उत्तर दिया, 'मैं सत्य ही कहूँगा कि मैंने खुद या किसी दूसरे के साथ मिलकर ऐसा कोई अपराध नहीं किया।'

इस पर हमने जल्लाद को उसे फिर शिकंजे में उतने ही दांतों पर कसने के लिए कहा जितनों पर उसे छोड़ा गया था। तीन और दांते घूमने पर उसने कहा, 'मुझे शैतान ले जाएं जो मैंने डाका डाला हो।'

इस समय हमने डॉक्टर से, जो वहां उपस्थित था, कहा कि वह पीड़ित की परीक्षा करके बताए कि वह जल्द मर तो न जाएगा।

डॉक्टर ने परीक्षा करके कहा, 'इसकी सांस रुकने लगी है, और इसके मर जाने का भय है। अत: इसे कुछ देर के लिए छोड़ दिया जाए।'

डॉक्टर की इस रिपोर्ट पर पीड़ित को छोड़ दिया गया और ताकत की दवा देने पर सांस ठीक आने लगी।

उससे फिर प्रश्न किया गया। पर उसने वही उत्तर दिया कि मैं किसी भी डाके में शामिल नहीं हूँ।

इस पर उसे फिर शिकंजे में कस दिया गया। अब वेदना से तड़पकर उसने चीखना-चिल्लाना शुरू कर दिया। शिकंजा और खींचने पर भी उसने अपराध स्वीकार नहीं किया।

डॉक्टर से फिर पूछा गया। डॉक्टर ने परीक्षा करके कहा, 'शरीर के मध्य प्रदेश की नसों के खिंच जाने से वह निकम्मा हो गया है। अंगूठा उखड़ गया है। अब यदि उसे एकदम न छोड़ दिया जाएगा तो वह मर जाएगा।'

जल्लाद को हुक्म दिया गया कि उसे छोड़ दे।

उसे एक चारपाई पर डालकर आग के सामने लाया गया। यहां आकर उसे होश हुआ। ताकत की दवा भी दी गई। तब उससे फिर प्रश्न किया गया और उसने वही उत्तर दिया कि मेरा किसी भी डकैती से कोई सम्बन्ध नहीं है।

फ्रांस में कुछ शताब्दियों-भर क्रांति के अंतिम चरण तक फांसी की सज़ा एक आम सज़ा थी। उन दिनों प्रत्येक शहर, प्रत्येक गांव में एक स्थायी फांसीघर सरेआम होता था, जहां फांसी देने के बाद मनुष्य के शरीर को लटकता हुआ छोड़ दिया जाता था और वह वहीं टंगा-टंगा सड़-गलकर मिट्टी में मिल जाता था। ये फांसीघर कठिनाई से ही कभी बिना लाशों अथवा नर-कंकालों के रह पाते थे। साधारणतया ये फांसीघर ऐसे बने होते थे कि पत्थर के दो खम्भे बनाकर उनके ऊपरी सिरों पर लकड़ी का एक शहतीर रख दिया जाता था। इस पर अपराधी को रस्सों या जंजीर से बांधकर लटका देते थे। इन फांसीघरों की संख्या अधिकारियों की इच्छानुसार रहती थी। ये फांसीघर प्राय: अधिक चालू सड़कों के किनारों पर तथा खास महत्त्वपूर्ण स्थानों पर बनाए जाते थे। पेरिस नगर में ये फांसीघर, जो राजनीतिक एवं साधारण अपराधी दोनों ही के लिए काम में लाए जाते थे, नगर के उत्तर में एक ऊँचाई पर जर्मनी को जानेवाली चालू सड़क पर बने थे। माउंट फाकन की पहाड़ी तो फांसी के लिए ही प्रसिद्ध हो गई थी। इस प्रसिद्ध स्थान पर राजाओं ने रूखे पत्थरों की दस-दस, बारह-बारह तह जमाकर चालीस फीट लम्बा और पच्चीस-तीस फीट चौड़ा एक घेरा बनाया था। ऊपरी भाग में एक चबूतरा था जिस पर पत्थरों की सीढ़ियां चढ़कर पहुंचा जाता था। इसके दरवाज़े पर भारी लोहे के फाटक लगे थे। इस चबूतरे के तीन ओर तीस-तीस फीट ऊंचे चौकोर खंभे थे जो एक फीट मोटे पत्थर से बनाए गए थे। इन खम्भों पर दुहरे लकड़ी के शहतीर लगे हुए थे, जिनमें साढ़े तीन फीट लम्बी लोहे की जंजीर लटकी रहती थी। इसी में अभागे अपराधी झूलते थे। इनके और चबूतरों के बीच में लोहे की सलाखें जड़ी होती थीं। एक लम्बा और मज़बूत जीना खम्भों के सहारे बना होता था, जिस पर चढ़कर फांसी लगाने वाला, अपराधी या लाश को ऊपर ले जाकर जंजीर में लटका देता था। दोनों खम्भों के बीच में एक गहरा गड्ढा होता था, जिसमें अपराधी की लाश फेंक दी जाती थी। दर्शक सहज ही इस भयानक स्थान की भयंकर उदासी देखते ही थर्रा उठता, जहां सैकड़ों लाशों को कौए खाते रहते थे। यहां फांसी लगाने का व्यय इस फांसी स्थल के प्रबंध के व्यय से कई गुना अधिक होता था। माउंट फाकन की पहाड़ी केवल फांसी देने के ही उपयोग में नहीं आती थी, बल्कि वहां पर देश के विभिन्न भागों से फांसी दिए हुए शवों को लाकर और चीरकर फैला दिया जाता था। अपराधियों की अंग-भंग की हुई लाशें, जो उबाली जाती थीं या जिनका शिरच्छेद किया जाता था, चमड़े अथवा सींकों के बोरों में भरकर वहां लटका दी जाती थीं। वे वहां वर्षों लटकी रहतीं। पियरी-डेस-एसार्ट का 1413 ई. में सिर काटा गया था। पर उसकी लाश उसके परिवारवालों को धार्मिक रीति से दफ़नाने के लिए माउंट फाकन पर तीन वर्ष तक लटकी रहने के बाद दी गई थी।

जिस अपराधी को फांसी देनी होती थी वह फांसी की टिकटी पर पीठ के बल लटकाकर या बिठाकर, घोड़े पर रखे संदूक में बंद लाया जाता था। उसके साथ-साथ पादरी और पीछे-पीछे फांसी लगानेवाला जल्लाद चलता था। यहां आकर उसकी गर्दन में तीन रस्सियां बांधी जाती थीं। दो रस्सियां तो कनी उंगली के बराबर मोटी होती थीं जिन्हें 'टॉरच्यूअस' (सतानेवाली) कहते थे। इनमें झटकेदार फंदा होता था। और तीसरी रस्सी को 'जेट' कहते थे, जो मृतक को टिकटी

से नीचे खींचने के काम आती थी, जिससे उसका प्राणांत हो जाता था। वध-स्थल पर पहुंचने पर फांसी लगानेवाला जल्लाद पहले चढ़ता था और अपराधी को रस्सी के द्वारा खींचकर उसे अपने पीछे कदम से कदम मिलाकर ऊपर चढ़ने को मजबूर करता था। ऊपर पहुंचकर वह फुर्ती से दोनों टॉरच्यूअस रस्सियों को टिकटी से बांध देता था और घुटनों के धक्कों से अपराधी को टिकटी से धकेल देता था, जिससे वह झूल जाता था। अभी जेट रस्सी को जल्लाद थामे रहता था। इसके बाद वह अपराधी के बंधे हुए हाथों पर अपने पैर रखता और लगातार झटकों से उसका गला पूरी तौर से घोंट देता था।

4

इन्क्विज़िशन शब्द पूछताछ, जांच-पड़ताल के अर्थों पर आधारित है और इन अर्थों में आज के सब आधुनिक न्यायालय 'इन्क्विज़िशन' कहे जा सकते हैं। परंतु उन दिनों यूरोप में पवित्र इन्क्विज़िशन एक धार्मिक अदालत थी, जिसकी स्थापना चर्च ऑफ़ रोम ने केवल नास्तिकता के अभियोगों की छानबीन के अभिप्राय से की थी। बाद में इसका उपयोग जादूगरों, चुड़ैलों और दूसरे ऐसे अपराधों के लिए भी किया गया जिन्हें चर्च ऑफ़ रोम धर्म-विरुद्ध समझता था।

सबसे प्रथम पवित्र इन्क्विज़िशन की स्थापना स्पेन और उसकी दूसरी रियासतों में हुई, जो इतिहास में स्पेनिश इन्क्विज़िशन के नाम से विख्यात है। वहीं पर नाना प्रकार के रोमांचकारी यंत्रणादायक यंत्रों की सृष्टि भी की गई और यह उस काल में लगभग सभी पोपिश राज्यों में पृथक् और महत्त्वपूर्ण संस्था बन गई।

धर्म-विद्रोह के अपराधों के दंड-विधान की परम्परा यूरोप में बहुत पुरानी थी। प्राचीन काल में जो यहूदी अविश्वासी पाए जाते थे, उन्हें पत्थरों की मार से मार डाला जाता था। आरम्भिक तीन शताब्दियों तक निरंतर ईसाइयों को धर्म-विद्रोही के रूप में दंडित किया जाता रहा। उस काल में अनगिनत नर-नारियों का ईसाई होने के अपराध में निर्दयतापूर्वक वध किया गया। इसके बाद रोमन कैथोलिक पोपों ने भी ईसाई धर्म के अविश्वासियों को दंड देने आरम्भ किए। परंतु आरम्भ में वे दंड राजाज्ञा से ही होते थे। चर्च का उनमें हाथ न था। बाद में धर्म-दंड-विधान चर्च ने अपने हाथों में ले लिया। सबसे पूर्व पोप इनोसेंट प्रथम ने धर्म-दंड में हस्तक्षेप किया। उसने कुछ प्रदेशों के राजाओं को नास्तिकता के आरोप में अभियुक्त करार दिया और उसने यह भी घोषणा की कि नास्तिकता ईश्वर और चर्च दोनों के प्रति अपराध है और इसके बाद धर्म-दंड-विधान चर्च का एक अंग बन गया। नौवें ग्रेगरी ने इस विधान में और अभिवृद्धि की और पादरियों की एक अदालत की स्थापना की, जो केवल नास्तिकों के अपराध की जांच-पड़ताल के लिए थी। इसके बाद उसने साधुओं का एक जत्था यूरोप के रोमन कैथोलिक राज्यों में इस बात की जांच-पड़ताल के लिए भेजा कि वे देखें कि कहां कितने नास्तिक धर्म-विद्रोही हैं। पोप ने फ्रांस और अन्यत्र रहने वाले पादरी विशेषों को पत्र भी लिखे कि वे उस जत्थे के कार्य में सहयोग दें। इस प्रकार तेरहवीं शताब्दी में चर्च ऑफ़ रोम ने पवित्र इन्क्विज़िशन की स्थापना कर दी, जो शीघ्र ही समूचे यूरोप में फैल गया।

इंग्लैंड में तेरहवीं शताब्दी से पूर्व नास्तिकता के थोड़े ही मामले हुए थे। हेनरी द्वितीय ने बारहवीं शताब्दी में कुछ नास्तिकों को उनके माथे पर गर्म लोहे से चाभी का निशान दागकर उन्हें देश-निष्कासन दे दिया था। एडवर्ड द्वितीय के शासनकाल में चौदहवीं शताब्दी के आरम्भ ही में इंग्लैण्ड में इन्क्विज़िशन की स्थापन परंतु चार्ल्स द्वितीय ने इस प्रकार के दंड-विधानों पर कुछ रोकथाम लगा दी। पर स्कॉटलैंड में सत्रहवीं शताब्दी तक उसका आतंक चलता रहा। सत्रह साल के एक युवक को नास्तिकता के अपराध में वहां फांसी दे दी गई थी। पोप ने इंग्लैंड में ही सर्वप्रथम यंत्रणागृह स्थापित किया, बाद में यूरोप भर में वे फैल गए, परंतु स्पेन ने इस मामले में हद कर दी।

पवित्र इक्विज़िशन के मुकदमे भी मज़ेदार होते थे। वहां न्याय का तो केवल मज़ाक ही उड़ाया जाता था। अभियुक्त को गुप्त रीति से गिरफ्तार किया जाता था। मामले की सुनवाई इकतरफ़ा पंचायती ढंग पर होती थी, जो गुप्त रखी जाती थी। इस न्यायालय का उद्देश्य ही विभीषिका उत्पन्न करना और अभियुक्त को अपराधी घोषित करना होता था। अभियुक्त को गवाहों के नाम नहीं बताए जाते थे, न उसे जिरह करने का अधिकार होता था। उसे केवल अपना बयान देने का ही अधिकार होता था। बयान पक्ष से कोई शहादत नहीं ली जाती थी। अपराधी के विरुद्ध गवाही देने से कोई व्यक्ति इनकार नहीं कर सकता था। ऐसा करने पर वह भी अपराधी बन जाता था। जो गवाह अपने बयान से मुकर जाते थे, उन्हें झूठी गवाही के अपराध में दंडित किया जाता था, किंतु अभियुक्त के विरुद्ध उनकी गवाही प्रमाण मानी जाती थी। अभियुक्त को दबाव डालकर अपराध-स्वीकृति के लिए विवश किया जाता था। इसके लिए उसे यंत्रणागृहों में अनेक पीड़ादायक यंत्रों से अमानुषी कष्ट दिए जाते थे। पोप द्वितीय ने इन यंत्रणागृहों में और इज़ाफा किया था।

दंडाज्ञाएं रविवार के दिन चर्च में खुलेआम सुनाई जाती थीं। वे सजाएं भिन्न-भिन्न होती थीं, जैसे फांसी, जिंदा जलाया जाना, कोड़े मारना, जेल, प्रायश्चित्त, अपमानित करना, पतित घोषित करना, भारी जुर्माना। प्राणदंड पाए अपराधियों को दंड भुगतान के लिए राज्य सरकार के हाथों सौंप दिया जाता था, क्योंकि चर्च रक्त नहीं छूता था। अपराधियों को राज्य के सुपुर्द करती बार वह राज्य से उनके लिए दया की अपील करने का भी ढोंग रचता था, परंतु यदि सरकारी अफ़सर इस पर अमल करते तो उन्हें भी नास्तिकता का दंड भोगना पड़ता था।

अभियुक्तों को प्राय: आधी रात के समय गिरफ्तार किया जाता था। यदि गिरफ़्तारी के समय अभियुक्त कुछ गड़बड़ी करता या शोर मचाता, तो उसके मुंह में एक यंत्र ठूसकर उसका मुखरोध कर दिया जाता था। यह एक ऐसा यंत्र था जो मुंह में जाकर खुलता था और पीड़ित का मुंह खुला का खुला रह जाता था। इसके बाद उसे पवित्र ऑफ़िस में बंद कर दिया जाता था, फिर उसके इज़हार लिये जाते थे। आवश्यकता होने पर यंत्रणा द्वारा अपराध-स्वीकृति कराई जाती थी।

ओरेगां में नौवें ग्रेगरी ने 1237-38 में इन्क्विज़िशन की स्थापना की। परंतु जनता ने उसका घोर विरोध किया। स्पेन में उसका सफल प्रचार उस समय तक नहीं हुआ जब तक कि बादशाह

फर्डीनेंड और रानी इसाबेला ने उसे सन् 1480 में राष्ट्रीय आंदोलन का रूप नहीं दे दिया। बाद में उसमें और इज़ाफे किए गए, जो तब तक जारी रहे जब तक कि नेपोलियन ने 1808 में उन्हें समाप्त न कर दिया। परंतु फर्डीनेंड सातवें ने सन् 1814 में उसे फिर चलाना चाहा। अंत में 1835 में उसे सर्वथा खत्म कर दिया गया।

पेनिनसुला युद्ध के समय जब फ्रेंचों ने टोलेडो में प्रवेश किया तो जनरल लासल ने इन्क्विज़िशन के स्थानों को देखा। वहां यंत्रणागृह में बहुत से पीड़ादायक यंत्र रखे हुए थे, जो अंगों को खींचकर जोड़ों को उखाड़ने या दोषी को पीस डालने के काम आते थे। इनका उपयोग दोषी को मार डालने के लिए नहीं, अधिक से अधिक पीड़ा देने के लिए होता था। इनमें सबसे भयानक पीड़ादायक यंत्र गुप्त यंत्रणागृह में था जिसे तहखाने की एक ताक में फिट किया गया था। इसे 'कुमारी मेरी' कहा जाता था। यह पादरियों द्वारा बनाई एक लकड़ी की स्त्री-मूर्ति थी, जिसकी भयानकता को साधारण दर्शक कुछ भी नहीं समझ सकता था। परंतु उसके भीतर तेज़ धारवाले छुरे लगे होते थे, जो पीड़ित के शरीर में घुस जाते थे। एक यंत्र काठ का घोड़ा कहलाता था। जोड़ खींचने के, हड्डी तोड़ने के, खाल उतारने के विविध भयानक यंत्र थे। ऐसे यंत्र प्राय: यूरोप के सभी देशों में थे। अकेले स्पेन में 1481 से 1808 तक 32,392 आदमी जीते जलाए गए तथा एक लाख कैद किए गए। इन सभी की सम्पत्ति ज़ब्त करके चर्च में मिला ली गई।

5

कुमारी विवियाना एक खुशमिज़ाज भले घर की लड़की थी। वह शिक्षिता और बुद्धिमती थी। आयु उसकी अभी पच्चीस से भी कम थी और अभी वह कुमारी ही थी। वह सुंदर और हंसमुख थी। एक दिन अपनी सहेलियों में उसने हंसी ही में कहा, 'मैं नहीं जानती कि पोप मर्द है या औरत। उसके सम्बन्ध में मैंने अजीब-अजीब बातें सुनी हैं। रोज़-रोज़ सुनती हूँ। मैं समझती हूँ कि वह कोई अति दुर्लभ जीव है।'

ये वाक्य पवित्र इन्क्विज़िशन तक जा पहुंचे। उसे खतरनाक, धर्मविद्रोही और नास्तिक माना गया और गिरफ़्तार करके कैद में डाल दिया गया।

कुछ दिन बाद उसकी सुनवाई धर्म-न्यायालय में हुई। उस समय धर्म-न्यायालय के तमाम कर्मचारी, नगर का शेरिफ और सब दूसरे अफ़सर, सेक्रेटरी तथा तीन धर्मदंड-विधायक पादरी उपस्थित थे। अदालत का कमरा बिलकुल अंधेरा था। उसमें न कोई खिड़की थी, न रोशनदान; केवल एक द्वार था, उसी से वायु और प्रकाश जितना आ सकता था, आता था। हॉल के सामने के भाग में ईसा की एक मूर्ति क्रॉस पर लटकी हुई बनी थी, जिस पर काले मखमल का एक चंदोवा तना था। उसके सामने टेबल पर छह मोमबत्तियां आधारों में जल रही थीं। इसके एक ओर, एक मोमबत्ती डेस्क पर रखे, सेक्रेटरी अपराध का विवरण पढ़ने को बैठा था। तीन कुर्सियां बीच में तीनों धर्म-न्यायाधीशों के लिए रखी थीं। हॉल के चारों ओर दीवार के सहारे तमाशाइयों और दूसरों के बैठने के लिए कुर्सियां पड़ी थीं।

ज्यों ही धर्म-न्यायाधीशों ने प्रवेश किया, एक अफ़सर ने पुकारकर कहा, 'खामोश, खामोश, खामोश! पवित्र पिता पधार रहे हैं।' तत्काल सन्नाटा छा गया, जो अंत तक रहा। अदालत में भय, आतंक और उत्सुकता का वातावरण था। पवित्र पिता सिर पर हैट रखे हुए वेदी तक गए, घुटने टेककर प्रार्थना की, धर्म-संगीत गाया गया। तब पवित्र पिता अपने आसन पर बैठे, इसके बाद सब कोई आसन पर बैठे। तब सेक्रेटरी धर्म सिंहासन के निकट आ खड़ा हुआ। पवित्र पिता ने चांदी की घंटी बजाई। यह अपराधी के हाज़िर होने का संकेत था।

अपराधिनी उपस्थित की गई। दु:ख और क्षोभ से वह पीली पड़ गई थी। उसके सम्मुख उसका अपराध पढ़कर सुनाया गया। उस पर नास्तिकता, धर्म-विद्रोह और अपवित्रता के दोष लगाए गए थे। उसने कहा, 'मैं निरपराध हूँ, इससे अधिक मैं कुछ नहीं कहना चाहती।'

इस पर उसे धर्म-न्यायालय ने यह आज्ञा सुनाई-

'तुम्हें अभी जेल में रखा जाएगा। वहां तुम्हें एकांत कोठरी में रहना होगा। बिछाने को पुआल, फूंस या बिछौना नहीं मिलेगा। नंगी ज़मीन पर सोना होगा। तुम्हें रोशनी न मिलेगी। तुम्हारे हाथ बंधे रहेंगे और पैर नंगे। प्रथम दिन तुम्हें जौ की रोटी मिलेगी परंतु पानी नहीं। दूसरे दिन तुम तीन बार पानी पी सकती हो, पर खाना नहीं मिलेगा। और इसी प्रकार उस समय तक चलेगा जब तक तुम स्वीकार न करो या मर न जाओ या धर्म-न्यायालय की दूसरी आज्ञा न मिले।'

उन दिनों इंग्लैंड में तथा यूरोप में भी ऐसा कानून था कि अभियुक्त यदि अदालत में अपने बचाव में कुछ न कहे या दोष स्वीकार न करे तो जूरी यह निर्णय करते थे कि अभियुक्त कुदरती गूंगा है या कि मकर कर रहा है। और इसके निर्णय के लिए उसे यंत्रणागृह में भेज दिया जाता था। यहां उसे भाँति-भाँति की असह्य यंत्रणाएं दी जाती थीं। वह या तो अपराध स्वीकार कर लेता था या वहीं मर जाता था। परंतु ऐसे मामले बहुत ही कम होते थे कि अपराधी कुछ कहने से इनकार कर दे। क्योंकि इसका स्पष्ट यह अभिप्राय होता था कि उसकी मृत्यु विविध यंत्रणाएं भोगकर होगी। अपराध-स्वीकृति में यह लाभ था कि तत्काल फांसी मिल जाती थी और अभियुक्त असह्य पीड़ाओं से बच जाता था। अपराध की स्वीकृति के लिए उन अनेक पीड़ादायक यंत्रों से काम लिया जाता था। एक बार तो एक जन्म से गूंगे-बहरे को जान-बूझकर मकर करने वाला समझकर इतनी यंत्रणा दी गई कि वह मर गया। एडवर्ड तृतीय के राज्यकाल में एक व्यक्ति को अपराध-स्वीकृति के लिए चालीस दिन तक अनेक असह्य यंत्रणाएं दी गईं और अंत में निर्दोष प्रमाणित होने पर वह छोड़ दिया गया।

जिस बंदीगृह में कुमारी विवियाना को रखा गया था, वह एक संगीन तिमंज़िली इमारत थी। इमारत खूब बड़ी थी जिसमें अगणित गलियारे थे, जो भिन्न-भिन्न दिशाओं में जाते थे। इनके अगल-बगल भिन्न-भिन्न साइज़ की सात से आठ-नौ फीट तक की कोठरियां बनी थीं। प्रत्येक कोठरी में दो द्वार थे, भीतरी लोहे का और बाहरी लकड़ी का, जो मज़बूत थे। कोठरियों में खिड़कियां न थीं। कुछ पहली मंज़िल में थीं, कुछ दूसरी मंज़िल में। द्वार बंद होने पर उनमें घुप

अंधकार हो जाता था। प्रत्येक में एक धुआंकश-जैसा छेद होता था, जिसमें से आकाश एक बूंद के समान चमकता था, पर छेद वाली सुविधाजनक कोठरियों में केवल वे ही भाग्यवान कैदी रखे जाते थे जिनसे दोष-स्वीकृति की अधिक आशा होती थी। यह छेद एक इंच का होता था। प्रत्येक कोठरी तक पहुंचने का एक गुप्त मार्ग भी था। इस मार्ग में वे गुप्तचर गुप्त रूप से आते-जाते थे जो अपराधियों के चरित्र का निरीक्षण करते थे। वे ऐसे जूते पहनते थे कि निश्शंक आ-जा सकें। किसी-किसी कोठरी में दो कैदी रख लिये जाते थे और उनकी बातें छिपकर सुनने की चेष्टा इन छेदों द्वारा की जाती थी। कभी-कभी पवित्र पोप का कोई गुप्तचर ही कैदी बनाकर इन कोठरियों में रख दिया जाता था, जो कैदी के मन की बात जानने की कोशिश करता था। बाद में उसका उपयोग गवाह के रूप में होता था। कोठरियों में प्राय: मनुष्यों की हड्डियां बरसों से पड़ी थीं। बहुत कैदियों को तो इन कोठरियों में बंद करके दीवार चुन दी जाती थी और वहीं उनकी कब्र बन जाती थी। यह कैदियों को खत्म करने का आसान रास्ता था।

कुमारी विवियाना बड़ी ज़िद्दी और सख्तदिल लड़की थी। वह तीन सप्ताह इस मृत्यु-पिंजरे में पड़ी रही, किंतु उसने दोष स्वीकार नहीं किया। मरी भी नहीं। तब एक दिन जेलर उसकी कोठरी में आया।

6

'तुम क्या जेलर इमग्रेव हो?' विवियाना ने खड़े होते हुए कहा।

निस्संदेह, जेलर ने कहा, 'मैं तुम्हें लेफ्टिनेंट और कौंसिल के पास ले चलने के लिए आया हूँ। क्या तुम तैयार हो?'

विवियाना ने स्वीकृतिसूचक सिर हिलाया। जेलर बंदिनी को लेकर बाहर चला आया जहां दो अफ़सर शोकसूचक पोशाक पहने इस ढंग से खड़े थे कि नीचे के तहखाने को जाने वाला घुमावदार तंग जीने का रास्ता खुला रहे। जीने को खत्म करके जेलर एक लोहे के फाटक के निकट पहुंचा। उसे खोला, कैदी को आगे करके उसके भीतर किया, और वह अब उसके साथ एक चौकोर दालान में जा पहुंचा जिसकी छत भारी-भारी खम्भों पर आधारित थी तथा जिसकी दीवारों पर यंत्रणादायक यंत्र सजे हुए थे। बाईं ओर मेज़ पर लेफ्टिनेंट और उसके तीन सहायक बैठे थे। कमरे में कब्र का-सा सन्नाटा था। दालान के निचले सिरे पर एक मोटा काला परदा पड़ा हुआ था, जो एक दूसरे गुप्त तहखाने की ओट कर रहा था, जिसमें रोशनी हो रही थी, जो पर्दे की दरारों से छनकर इधर आ रही थी। साथ ही उस ओर से अस्पष्ट स्वर सुनाई दे रहा था, जिससे पता लगता था कि उधर भी कुछ लोग हैं। यह सब देखकर विवियाना के हृदय में चोर बैठ गया और वह ताड़ गई कि उसके साथ क्या होने वाला है।

परंतु उसे इन बातों पर विचार करने का अधिक अवसर न मिला। उसने देखा कि टेबल पर बैठे हुए व्यक्ति उसी के सम्बन्ध में बातचीत कर रहे हैं और बीच-बीच में दीवारों पर टंगे यंत्रणा-

यंत्रों की ओर देखकर भी कुछ सलाह कर रहे हैं। विवियाना ने उन व्यक्तियों पर इस आशा से नज़र डाली कि इनसे दया की कुछ आशा की जा सकती है या नहीं। परंतु उसने देखा कि वे सब उन दीवारों पर टंगे हुए यंत्रणा-यंत्रों से कम भयानक नहीं हैं।

विवियाना का मन हुआ कि धरती फट जाए और वह उसमें समा जाए। इससे उसका उन भेड़ियों से तो बचाव हो ही जाएगा। वह समझ गई कि उनकी दया की अपेक्षा तो कुछ भी अच्छा हो सकता है। इस भयानक और दुर्भाग्यपूर्ण क्षण में उसके मस्तिष्क में बीते हुए हंसी-खुशी के दिन याद आ रहे थे। वह इन सब बातों की चिंता में डूबी हुई थी कि एकाएक लेफ्टिनेंट की कर्कश आवाज़ सुनकर उसका ध्यान भंग हुआ। वह अपने कर्कश और निर्दयी लहजे में साथियों को निर्णय सुना रहा था।

पिछली अदालत में इससे प्रथम विवियाना ने किसी भी प्रश्न का उत्तर देने की अपेक्षा चुप्पी साध ली थी, केवल दोष अस्वीकार किया था; परंतु इस बार जब उससे प्रश्न किया गया तो वह बहुत उत्तेजित हो गई और उसकी ज़बान तालु से सट गई। उसके मुंह से बोल न निकला। परंतु थोड़ी देर में उसके होशहवास ठिकाने लगे, उसे साहस हुआ और उसने लेफ्टिनेंट की ओर वैसी ही तेज़ नज़र से देखा कि जैसे वह उसकी ओर देख रहा था।

उसने कहा, 'मेरे साथ और अधिक जिरह करना निरर्थक है। मुझे जो कहना था, वह मैं कह चुकी।'

इस पर सर विलियम वाड ने अपने साथी को सम्बोधित करके कहा, 'माई लार्ड, तब तो मामले को तूल देना ही व्यर्थ है।'

'बिलकुल व्यर्थ,' उसके साथी ने कहा, 'किंतु क्या वह यह जानती है कि आगे क्या होने वाला है?'

इस पर बिवियाना ने स्थिर आवाज़ में कहा, 'जानती हूँ, आपके कुछ भी कहने की आवश्यकता नहीं।'

तब सर विलियम वाड ने इमग्रेव को कुछ इशारा किया। इस पर वह झपटकर आगे बढ़ा और उसने विवियाना के बाजू पकड़ लिये।

लेफ्टिनेंट ने कहा, 'देखो, तुम्हें पर्दे के उस ओर चेम्बर में जाना होगा। वहीं अब तुमसे प्रश्न पूछे जाएंगे। परंतु हम लोग भी यहां तुम्हारी प्रतीक्षा में बैठे रहेंगे। तुम यदि सत्य को प्रकट करना चाहो और दोष स्वीकार कर लो तो एक बार चिल्लाना। यंत्रणा रोक दी जाएगी और मामला तय हो जाएगा।'

सारी बातें सुनकर विवियाना चुपचाप जेलर के साथ आहिस्ता से चल दी। पर्दे के उस ओर जाकर उसने देखा कि वहां दो पुरुष और एक औरत उपस्थित हैं। यह स्त्री जेलर की पत्नी थी। वह लपककर आगे बढ़ी और आग्रहपूर्वक विवियाना से कहने लगी, 'फ़िजूल तकलीफ़ उठाने से क्या फ़ायदा है। सब कुछ स्वीकार कर लो।'

'तुम अपना काम करो मैडम, इस लड़की को नंगा करो,' जेलर ने सख्त आवाज़ में कहा। वह यह कहकर अपने दोनों आदमियों सहित बाहर चला गया। उसकी स्त्री ने विवियाना के वस्त्र उतारकर एक रूमाल उसके कंधों पर बांध दिया और अपने पति को सूचना दे दी।

परदा दस फीट चौड़ा और बारह फीट ऊंचा था। वह लगभग छत को छू रहा था, जो महराबदार थी और उसके बीच में एक शहतीर पड़ा था, जिसके दोनों सिरों पर चर्खियां और रस्सियां लटक रही थीं। परंतु अभागिनी बंदिनी का ध्यान उन लोहे के दस्तानों पर जाकर अटक गया जो उनमें लगे हुए थे और जो उससे कोई एक गज़ के अंतर पर थे। शहतीर के ठीक नीचे फ़र्श पर जहां ये दस्ताने जड़े हुए थे, लकड़ी के तीन टुकड़े रखे हुए थे, जो कुछ इंच मोटे थे और एक-दूसरे के ऊपर रखे हुए थे।

'अब मैं क्या करूं ?' विवियाना ने कुछ अनिश्चित भाव से खोखली आवाज़ में औरत से कहा। - 'उन लकड़ी के टुकड़ों पर खड़ी हो जाओ।' बुढ़िया ने उधर संकेत करते हुए कहा।

विवियाना ने ऐसा ही किया। ज्यों ही वह उन लकड़ी के टुकड़ों पर जाकर खड़ी हुई कि जेलर ने एक जुड़वां स्टूल उसकी बगल में रखा और उस पर चढ़ते हुए कहा, 'अपना दाहिना हाथ इस दस्ताने में रखो।' उसके ऐसा करने पर जेलर ने पेच घुमाकर वह लोहे का दस्ताना उसके हाथ में इस कदर कस दिया कि उसके पेच मांस में घुस गए और असह्य वेदना होने लगी। तब उसने एक बार उससे पूछा कि क्या वह अब भी दोष स्वीकार करना चाहती है।

परंतु विवियाना ने कोई जवाब नहीं दिया। तब उसने उसका दूसरा हाथ भी उसी प्रकार लोहे के दस्ताने में कस दिया। अब उसकी उंगलियों पर इस प्रकार दबाव पड़ रहा था कि जैसे वे पिस रही हों। इतने पर भी विवियाना ने उफ़ तक न की। वह बड़ी सख्तदिल लड़की थी। कुछ ठहरकर इमग्रेव ने कहा, 'अच्छा हो कि यहीं तक रहे, अभी तक तो यह महज़ बच्चों का खेल है। अब और आगे की कार्रवाई करने के लिए हमें विवश न करो।'

परंतु विवियाना ने कोई जवाब नहीं दिया। तब जेलर के संकेत से उसके आदमी ने एक हथौड़े से चोट मार उसके पैर के नीचे से लकड़ी का एक तख्ता खिसका दिया। एक भयानक वेदना के साथ विवियाना की कलाइयां उखड़ गईं और उसका समूचा शरीर उन्हीं पर झूल गया। अभागिन पीड़िता ने अपने पैर के पंजे किसी तरह लकड़ी पर छुआ दिए। अब उसने देखा कि इस परिस्थिति में दूसरे लकड़ी के टुकड़े को भी हटा देना महात्रासदायक हो जाएगा, परंतु इतने पर भी वह विचलित न हुई।

जेलर ने पूछा, 'क्यों ? दोष स्वीकार करती हो ?' पर उसके जवाब न देने पर दूसरा लकड़ी का टुकड़ा भी सरका दिया गया और अब तो उसकी यंत्रणा का पारावार न था। उसका सारा शरीर उसकी उखड़ी हुई कलाइयों पर झूल रहा था। परंतु अब प्रकृति ने उसे राहत दी और वह मूर्छित हो गई। उसे फिर ले जाकर उसी काल-कोठरी में बंद कर दिया गया।

7

इमग्रेव कुछ दिन बाद फिर उसकी कोठरी में आया। उसने पूछा, 'क्या तुम दोष स्वीकार करती हो?' विवियाना बहुत कमज़ोर हो गई थी। परंतु उसने कराहते हुए कहा, 'नहीं।'

'तो चलो तुम्हें, 'काठ के घोड़े' की सैर कराई जाए।'

यह एक लकड़ी की बेंच थी। वह खाई की भाँति बीच से खोखली की हुई थी, इस प्रकार कि आदमी उसमें लम्बाई में लेट सके। इसके बीचोबीच लोहे के छड़ लगे थे। लेटनेवाले की पीठ उन पर टिक जाती थी और उस तरह उसका सिर नीचा और धड़ ऊंचा हो जाता था। इमग्रेव ने विवियाना को इसी में लिटा दिया। उसके कंधे, कोहनी, जांघ, पिंडली मज़बूत रस्सी से बांध दिए गए। उसकी कलाइयां उखड़ी हुई थीं। वे सूज गई थीं। उनमें भयानक वेदना थी और वह हाथ हिला-डुला भी नहीं सकती थी। अब उस खाई जैसे लकड़ी के गड्ढे में वह इस तरह फंस गई कि उसका हिलना-डुलना ही नहीं, सांस लेना भी दूभर हो गया। वह इस कदर कसकर बंधी थी कि उसकी हड्डियां तक कटने लगी थीं। परंतु अभी तो जो भयानक कष्ट उसे झेलना था उसका उसे पता भी न था। अब एक बहुत पतली पानी की धार उसके मुंह में निरंतर छोड़ी जा रही थी, जो बहुत ऊंचे से डाली जा रही थी। उसके मुंह और नाक पर एक महीन रूमाल डाल दिया गया था। सांस लेने को अब उसने पूरी चौड़ाई तक मुंह खोल दिया था। पर इससे वह कपड़ा पानी की धार के दबाव से उसके हलक तक भीतर घुस गया था। बीच-बीच में उसके मुंह से कपड़ा हटाकर उससे जेलर पूछ लेता था कि वह स्वीकार करती है। पर वह जवाब नहीं दे रही थी। जवाब देने योग्य उसकी स्थिति भी न थी। एक बार उसके मुंह से कुछ टूटे-फूटे अस्पष्ट शब्द निकले परंतु वे पानी और खून में डूबे हुए थे। अब उसके मुंह से खून और पानी के बुलबुले निरंतर निकल रहे थे और वह ज़ोर-ज़ोर से सांस ले रही थी। वह बेहोश हो गई थी। उसके अस्पष्ट शब्द स्वीकृति समझ लिये गए और उसे पवित्र कुमारी मरियम की गोद में डाल देने की प्रतिष्ठा बख्शी गई।

8

यंत्रणागृह के अत्यंत गुप्त तहखाने में कुमारी मरियम की मूर्ति प्रतिष्ठित थी। वह लकड़ी की कद्दे-आदम मूर्ति थी, जो काठ की थी। इसे पादरियों ने बनाया था।

उसके सिर के चारों तरफ़ एक सुनहरी झालर थी। उसके दाहिने हाथ में एक डंडा था, जो प्रकट में एक पताका-सा प्रतीत होता था। एकाएक दर्शक कुछ भी नहीं समझ सकता था कि उसका क्या उपयोग है।

इस बार दोष-स्वीकृति होने पर विवियाना को उस अंधकारमय कोठरी की अपेक्षा ज़रा अच्छी कोठरी में रखा गया था। भोजन भी उसे प्रतिदिन दिया जाता था। स्वस्थ होने पर एक दिन जेलर फिर उसकी कोठरी में पहुंचा। उसके साथ एक सेवक था। उसके हाथ में एक टुकड़ा रोटी और थोड़ी शराब थी। उसने कहा, 'रोटी खा ले और शराब पी ले और चल कुमारी मरियम की गोद में।'

बहुत मुद्दत बाद उसे ऐसी अच्छी खुराक मिली थी। वह नहीं जानती थी कि क्या होने वाला है। उसने रोटी का टुकड़ा शराब के साथ हलक से उतारा और चल खड़ी हुई। टेढ़ी-मेढ़ी अंधेरी गलियों को पार करके वह उस भयंकर तहखाने में पहुंची जहां कुमारी मरियम की मूर्ति रखी हुई थी। पादरी वहां उपस्थित था। उसके कहने से विवियाना ने मूर्ति को चूमा। वह घुटनों के बल झुकी। कमरा काला और अंधेरा था। परंतु दो मोमबत्तिया जल रही थी जिनका पीला धुधला, कापता हुआ प्रकाश भय को बढ़ा रहा था।

अब वह खड़ी होकर आगे क्या होने वाला है, इसकी प्रतीक्षा करने लगी। इसी समय पादरी के एक संकेत से मूर्ति के पीछे लगी हुई मशीन चालू की गई। पुतली के कंधों पर से रेशमी वस्त्र नीचे खिसक गया। मूर्ति की छाती एक प्लेट से ढंकी हुई थी। अब मूर्ति ने दोनों हाथ इस तरह फैला दिए कि जैसे वह आलिंगन करना चाहती हो। विवियाना ने भय और आश्चर्य से पादरी की ओर देखा। पादरी ने क्रॉस हाथ में लेकर आगे किया और उसे चूमने को कहा। क्रॉस चूमने पर उसने कहा, 'घुटनों के बल बैठकर पश्चात्ताप कर लो जिससे आत्मा की मुक्ति हो।'

विवियाना ने वैसा ही किया और खड़ी हो गई। पादरी ने कहा, 'पवित्र मेरी तुझे अपनी गोद में बुला रही है, उसकी गोद में जाकर पापमुक्त हो।'

विवियाना आगे बढ़ी। वह मूर्ति के बिलकुल निकट पहुंची ही थी कि पादरी ने उसे मूर्ति पर धकेल दिया। वह मूर्ति पर जा टकराई और मूर्ति ने उसे दोनों हाथों से अंक में कस लिया। एक असह्य आर्तनाद उस अंधेरी गुफ़ा में गूंज गया और वह मूर्ति की छाती वाली प्लेट भी बंद हो गई। खून की धार झर-झर मूर्ति के चरणों में बह रही थी।

पादरी पवित्र क्रॉस लिये खड़ा था। वह कुछ उच्चारण कर रहा था। कुछ देर में उसने संकेत किया। मूर्ति के हाथ पूर्ववत् लटक गए। प्लेट हट गई और तब एक खौफ़नाक दृश्य सामने आया। मूर्ति के उदर में छिपे हुए सैकड़ों छुरे अभागिन लड़की के शरीर में आर-पार घुस गए थे और उसका अर्धमृत शरीर उन्हीं पर झूल रहा था।

9

रात बहुत अंधेरी थी और सर्दी भी कड़ाके की थी। ठंडी हवा तीर की भाँति चल रही थी। ऐसी अवस्था में तीन अभागे कैदी टॉवर ऑफ़ लंदन के तहखाने में अपने जीवन की शेष अंतिम घड़ियां गिन रहे थे। तहखाने की भूमि की गच गीली थी, और उस पर कोई फ़र्श न था। सील की दुर्गंध से उस अंधकारमय तहखाने का पूरा वातावरण दूषित हो रहा था। तीनों ही कैदी पृथक-पृथक पत्थर की संगीन दीवारों में लगे लोहे के कुंडों से मोटी-मोटी जंजीरों द्वारा बंधे थे। कैदियों में एक रेवरेंड क्रेनमर आर्कबिशप ऑफ़ कैंटरबरी था। दूसरा बिशप रिडले और तीसरा उसका भाई बिशप लैटिमर था। तीनों को धार्मिक कोर्ट से पीड़ा देकर जीवित जला देने का दंड मिला था। तीनों पर पोप के चर्च के विरुद्ध प्रचार करने, नास्तिकता फैलाने तथा धर्मविरोध के संगीन अपराध थे। इसके अतिरिक्त इनके

कुछ और भी अपराध थे, जो अदालत द्वारा प्रमाणित नहीं किए गए थे। कैंटरबरी के आर्कबिशप क्रेनमर ने तो रानी मेरी की माता कैथेराइन को हेनरी अष्टम से तलाक दिलाया था। इस तलाक का पोप ने बहुत विरोध किया था जिस पर हेनरी आठवें ने पोप के अधिकारों की इंग्लैंड में समाप्ति करके इसी क्रेनमर को आर्कबिशप बनाया था और उसी ने कैथेराइन को तलाक देने की अनुमति दी थी। इस घटना से पोप का इंग्लैंड से सम्बन्ध छूट गया था और राजा ही इंग्लैंड के ईसाई धर्म का नेता बन गया था। उन दिनों पोप तथा दूसरे पादरी बड़े धनलोलुप और व्यभिचारी हो गए थे। इसलिए सर्वसाधारण उनके प्रति विद्रोही हो उठे थे। जर्मनी का प्रसिद्ध सुधारक पादरी मार्टिन लूथर भी इंग्लैंड आ चुका था, जिससे वहां नये प्रोटेस्टेंट धर्म की स्थापना हो गई थी। पोप से सम्बन्ध-विच्छेद करके हेनरी अष्टम ने प्रोटेस्टेंट मत को प्रश्रय दिया और क्रेनमर को लेकर धार्मिक सिद्धांतों में अनेक रद्दोबदल किए थे। रिडले और लैटिमर उसके सहायक थे। इन्होंने मिलकर छह नियमों का एक कानून पार्लियामेंट से पास करवाया था और प्रोटेस्टेंट धर्म की उन्नति का प्रशस्त मार्ग खोल दिया। उन दिनों इंग्लैंड में छह सौ से ऊपर विहार और मठ थे, जहां सम्पदा भरी पड़ी थी, जिनसे यह पादरी

खूब मौज-मज़ा करते थे। हेनरी ने इन सबको खत्म कर उस धन को हथिया लिया था। इन सब कामों में टामस क्रेनमर ने हेनरी का बहुत हाथ बंटाया था। इसलिए हेनरी ने उसे कैंटरबरी का आर्कबिशप बना दिया था। उसने दो भारी काम किए थे-प्रथम तो यह कि उसने रानी कैथेराइन को तलाक देने की अनुमति दे दी थी। दूसरे बाइबिल का अंग्रेज़ी अनुवाद किया था और उसे सब गिरजाघरों में रखवा दिया था। रोमन कैथोलिकों की नज़र में ये दोनों भयानक अपराध थे।

हेनरी अष्टम डीलडौलवाला बलिष्ठ पुरुष था। घुड़सवारी, तीरंदाजी, कुश्ती तथा संगीत में उसे बहुत रुचि थी। वह ठाट-बाट से रहता था, पर मिज़ाज का झक्की और सख्त था। उसने अपने आठ विवाह किए। उसकी पहली स्त्री कैथेराइन थी, जो वास्तव में हेनरी के भाई आर्थर की विधवा थी। यह विवाह उसने पोप की अनुमति से किया था। पर कैथेराइन की उम्र अधिक थी; फिर उसके पुत्र नहीं हुआ, केवल एक संतान 'मेरी' ही थी। इस कारण हेनरी ने कैथेराइन को तलाक देकर एनबोलीन से विवाह कर लिया था। इससे भी एक लड़की हुई जो आगे चलकर रानी एलिज़ाबेथ के नाम से प्रसिद्ध हुई। एनबोलीन से विवाह किए अभी तीन वर्ष व्यतीत हुए थे कि हेनरी उससे नाराज़ हो गया और उस पर दुराचार का दोष लगाकर उसका सिर कटवा लिया। अब उसने तीसरा विवाह जेन सीमोर से किया, जो एक पुत्र प्रसव करके मर गई। वह पुत्र एडवर्ड षष्ठ के नाम से प्रसिद्ध हुआ। अब उसने विवाह ऐन ऑफ़ क्लीब्ज़ से किया, परंतु वह सुंदर नहीं थी इसलिए उसको तलाक देकर कैथेराइन हावर्ड से विवाह किया, जो एनबोलीन की सम्बन्धिनी थी। पर वह दुराचारिणी सिद्ध हुई और उसका भी सिर काट लिया गया। अब हेनरी ने छठा विवाह कैथेराइन पार से किया, जिसने हेनरी की मृत्यु के बाद दूसरा विवाह कर लिया।

हेनरी के बाद उसका पुत्र एडवर्ड षष्ठ गद्दी पर बैठा जो प्रोटेस्टेंट था। उसने भी अनेक परिवर्तन धर्म में किए। गिरजाघरों से मूर्तियां हटा दी गईं तथा पादरियों को विवाह की आज्ञा दे दी गई।

प्रार्थना की नयी पुस्तक अंग्रेज़ी में तैयार की गई जिसके अनुसार प्रार्थना करना अनिवार्य ठहरा दिया गया। एडवर्ड क्षय रोग से शीघ्र ही मर गया। जब वह मर रहा था तो ड्यूक ऑफ़ नार्थम्बरलैंड तथा बिशप क्रेनमर ने उससे कहा था कि उसके पश्चात् उसकी बहन मेरी, जो पक्की रोमन कैथोलिक थी, उसके किए पर पानी फेर देगी। उनकी सलाह से एडवर्ड ने वसीयतनामा लिख दिया कि उसके बाद लेडी जेन ग्रे सिंहासन की स्वामिनी हो। परंतु जेन ग्रे के भाग्य में केवल नौ दिन ही राज्य करना लिखा था। अंतत: मेरी रानी बनी और उसने पहली कलम से जेन ग्रे का कुल्हाड़े से सिर कटवा लिया और दूसरी कलम से अपनी मां तथा अपने धर्म के कट्टर शत्रु कैंटरबरी के आर्कबिशप टामस क्रेनमर और उसके दोनों साथी बिशप रिडले और लैटिमर को जीता जलाने का दंड दिया, जिसकी प्रतीक्षा में ये तीनों अभागे कैदी टॉवर ऑफ़ लंदन के अंधेरे कारागार में जीवन के अंतिम क्षण व्यतीत कर रहे थे।

टॉवर ऑफ़ लंदन का नाम सुनकर सहसा प्राचीन समय की अनेक रोमांचकारी घटनाओं की स्मृति उदय हो उठती है। रोमन सम्राट जूलियस सीज़र ने जिस स्थान पर अपने विजय-काल में दुर्ग-निर्माण किया था, उसी स्थान पर सन् 1079 में विजयी विलियम ने इस 'टॉवर' नामक दुर्ग की नींव डाली थी। उन दिनों नगर-रक्षा का मुख्य साधन दुर्ग बनाना या कोट खींचना होता था। विलियम ने इस टॉवर का निर्माण नगर-रक्षा तथा नगर की देखभाल दोनों ही अभिप्राय से किया था। इसी से उसने नगर की दीवार गिराकर यह स्थान निकाला था। लंदन टॉवर लगभग अस्सी बीघे भूमि में बना था। उस काल में यह दुर्ग और राजप्रासाद था। बाद में वह राजबंदियों का कारागार बना दिया गया था। खतरनाक राजविद्रोही ही वहां बंद किए जाते थे, और उनके सिर कुल्हाड़े से काटे जाते या उन्हें जीता जलाया जाता था। बंदीगृह में उन्हें घोर यंत्रणा देने के निमित्त विविध पीड़ादायक यंत्र रखे गए थे। यहां के टॉवर हिल नामक मैदान में इतिहास प्रसिद्ध सर साइमन बरली का तथा राजमंत्री इडली का कुल्हाड़े से सिर काटा जा चुका था और लेडी जेन ग्रे और उसके पति ड्यूक ऑफ़ नार्थम्बरलैंड का शिरच्छेद तो अभी ही हुआ था, जिसका रक्त अभी सूखा भी न था। जिस खिड़की पर से लेडी जेन ग्रे ने अपने पति का शिरच्छेद देखा था, वह मानो अब भी उस घटना की मौन साक्षी थी। ऐसा ही खूनी वह टॉवर ऑफ़ लंदन था जिसके मध्य भाग में सेंट जान का वह विशाल गिरजा मूक मौन पड़ा था, जहां अभागे बंदी अपनी अंतिम प्रार्थना करते थे। उसकी दीवारों से जब हवा टकराती थी तो मानो जीवित पुरुष की गर्दन पर कुल्हाड़े के वार की ध्वनि निकलती थी।

10

ज्यों ही अर्धरात्रि व्यतीत हुई और सेंट जान के घंटे ने बारह पर चोट की, एक शोकपूर्ण जुलूस धीमी गति से हारबगेट के अंधकारपूर्ण दालान से चला। सबसे आगे चार प्रधान रक्षक दो-दो की कतार में निकले, जो काले रेशम का चोगा पहने हुए थे। इनके हाथ में बड़े-बड़े सफ़ेद क्रॉस थे। इसके बाद बारह पादरी इसी अनुक्रम से निकले। ये सब भी टखनों तक लटकती काली पोशाक

पहने थे तथा सिर पर चौड़े छज्जे की टोपियां थीं। प्रत्येक के हाथ में जलती हुई पतली मोमबत्तियां थीं। इनके पीछे पादरी का सहायक नंगे सिर सफ़ेद चोगा पहने आया, जिसके वस्त्र पर सामने की ओर लाल क्रॉस बना था। वह एक बड़े घंटे को इधर-उधर हिलाता और बजाता चल रहा था। इसके पीछे दो युवा पादरी श्वेत परिधान में नंगे सिर चल रहे थे। प्रत्येक के हाथ में एक-एक जलती हुई पतली मोमबत्ती चांदी के आधारों में लगी हुई थी। इनके पीछे एक बूढ़ा पादरी सिर पर टोपी पहने था। इसके बाद दो पोप साधु-स्तोत्र पढ़ते हुए और करुण गीत गाते चल रहे थे। इसके बाद चार साधु थे, जिनकी कलाइयों में लम्बी मालाएं लटकी हुई थीं। वे ज़री-काम के एक चंदोवे के चारों छोर पकड़े हुए थे, और उसके नीचे प्रधान धर्माचार्य चल रहा था, जिसका चोगा गहरे लाल रंग का था और पोशाक सफ़ेद थी। इसके बाद चर्च का अधिकारी और उसके अन्य साथी थे, जिनके पीछे दो जीसूइट साधु स्तोत्र-पाठ करते चल रहे थे। इसके बाद फरसेवालों की लम्बी कतार थी और उनके बाद तीनों कैदी इकहरी पंक्ति में एक के बाद दूसरा नंगे पैर एक बोरेनुमा ढीला वस्त्र पहने चल रहे थे। उनके दोनों ओर एक-एक साधु धीरे-धीरे करुण गीत गाते चल रहे थे, जिसका आशय यह था, 'अभागे, तुझे अति विलम्ब हो गया, स्वर्ग के द्वार बंद हो चुके, अब तू स्वर्ग में प्रवेश नहीं कर सकता। पश्चात्ताप कर। पश्चात्ताप ही तेरा सहारा है। कैदियों के पीछे धनुर्धरों की एक टोली थी। ये धनुर्धर रानी के शरीर-रक्षक थे, और उसने उन्हें खासतौर पर भेजा था।

ज्यों ही जुलूस रोमिश चर्च के सामने पहुंचा, ओटो-डाफे का विराट् जुलूस उसमें आ मिला। यह पवित्र इतवार का दिन था। ओटो-डाफे अपराधियों का सामूहिक भीषण प्रदर्शन था, जिसे एक धर्म-समारोह का रूप दिया गया था। इसका संचालन ईसाई साधु कर रहे थे, जिनका एक झुंड आगे-आगे चल रहा था। उनके पीछे पश्चात्ताप करने वाले थे, जो बिना आस्तीन के काले कोट पहने नंगे पैर चल रहे थे। उनके हाथों में एक-एक मोमबत्ती थी। उनके पीछे वे पश्चात्तापकर्ता थे, जो जलाए जाने के ठीक क्षण पर पश्चात्ताप करके बच गए थे। उनके काले वस्त्रों पर औंधे मुंह की जलती हुई मशालें अंकित थीं। इनके पीछे वे अपराधी थे, जो शपथपूर्वक धर्म-सिद्धांत स्वीकार करने के बाद उससे मुकर गए थे। इनके वस्त्रों पर, छाती पर कुत्ते, सांप, प्रेत आदि के भयानक चित्र थे, जिनके मुंह फैले हुए थे।

प्रत्येक कैदी के साथ इन्क्विज़िशन का एक आदमी चल रहा था और जिन्हें आग में जलाया जाना था उनके साथ एक-एक जीसूइट साधु चल रहा था जो उन्हें निरंतर पश्चात्ताप करने को प्रेरित कर रहा था। इनके बाद दंड-परिषद् के घुड़सवार थे। उनके पीछे यंत्रणागृह के आदमी खच्चरों पर थे। सबसे अंत में यंत्रणागृह का प्रधान सफ़ेद घोड़े पर सवार था जिसके आगे-पीछे दो-दो आदमी काली टोपी पर हरा फीता लगाए चल रहे थे।

वधस्थल एक विस्तृत मैदान को घेरकर बनाया गया था, जिसमें एक साथ ही दो-तीन हज़ार आदमियों को जलाया जा सकता था। उसके एक छोर पर अपराधी थे और दूसरे पर पादरी, साधु और यंत्रणागृह के आदमी।

पहले कुछ स्तुति-स्तोत्र पढ़े गए और तब एक पादरी मृत्यु-मंच पर आया। उसने अपराधियों को अंतिम दंडाज्ञा सुना दी तथा जिन्हें मृत्यु-दंड देना था उन्हें जल्लादों और यंत्रणागृह के प्रधान को सौंप दिया। उसने प्रभु ईसा मसीह के सम्मुख यह भी घोषणा की कि धर्माचार्य न अपराधी के रक्त को स्पर्श करेगा, न उसके प्राण-नाश का उस पर दायित्व है। और तब अपराधी जंजीरों में कसकर सिविल जज के सम्मुख उपस्थित किए गए। उसने प्रत्येक से पूछा कि वह किस मज़हबी विश्वास के साथ मरना चाहता है। जिन्होंने चर्च ऑफ़ रोम के प्रति विश्वास के साथ मरने की इच्छा प्रकट की, उनके लिए आज्ञा हुई कि उन्हें पहले फांसी दी जाए और तब उन्हें जलाया जाए और जिन्होंने ऐसा विश्वास प्रकट नहीं किया, उन्हें जीवित जला देने की आज्ञा दी गई।

अब अपराधी पृथक्-पृथक् गिरोहों में वधस्थल पर ले जाए गए। वहां उतने ही वधयूप गाड़े गए थे, जितने अपराधियों को जीवित जलाया जाने वाला था। मुनकिरों को पहले फांसी देकर उनकी लाशों को जलाने के लिए लाया गया। जिन्होंने प्रतिज्ञा करके अस्वीकार किया था, उन्हें जीवित ही जलाए जाने के लिए जंजीरों से कसकर वधयूपों से बांध दिया गया। तब प्रत्येक के पास एक जीसूइट पादरी ने जाकर पश्चात्ताप करने और चर्च की शरण आने की चेतावनी दी और कुछ धर्मसूत्र पढ़े। और अंत में उन्हें प्रेतों के सुपुर्द कर दिया, जो उनके कथनानुसार उनके अति समीप उपस्थित थे और उनकी आत्मा को नरक में ले जाने को तैयार थे। इसके बाद एक भारी शोर उठा और दर्शकों की भीड़ ने चिल्लाकर कहा, 'कुत्तों की दाढ़ी में आग लगाओ। और यह कार्य आनन-फानन ही हो गया। सैकड़ों लोग जलती हुई मशाल ले-लेकर दौड़ चले, और उन्होंने असहाय पीड़ितों की दाढ़ियां झुलसा दीं। वे तब तक जलती मशालें उनके चेहरों पर लगाए रहे, जब तक कि उनके मुंह झुलसकर काले स्याह न हो गए। यह देखकर दर्शकों की भीड़ ने ज़ोर से हर्ष-ध्वनि की। अंत में यूप के चारों ओर एकत्रित ईंधन में आग लगाई गई। परंतु वधयूप के साथ जंजीरों से बंधे हुए पीड़ित-जन आग की लपटों से बहुत ऊंचे थे। आग की लपटें केवल उनके आधे अंगों तक ही पहुंच पाती थीं और इस प्रकार वे जलाए नहीं जा रहे थे, धीमे-धीमे भूने जा रहे थे। पीड़ितों के वेदनापूर्ण तीव्र चीत्कार से वातावरण भर गया था। वे चिल्ला रहे थे, 'ईश्वर के लिए दया करो। दया करो सज्जनो-ईश्वर के लिए।' हज़ारों की संख्या में सभी आयु के स्त्री-पुरुष इस प्रकार का अनगिनत आर्तनाद सुन रहे थे और प्रसन्न हो रहे थे।

11

परंतु टॉवर ऑफ़ लंदन के अभागे कैदियों की अग्नि-शय्या सबसे पृथक् रची 11 गई थी। ज्यों ही वे वधस्थल पर पहुंचे, प्रत्येक कैदी को दो साधु पृथक्-पृथक वधयूपों के निकट ले गए। उनके शरीर कसकर जंजीरों से बंधे हुए थे।

सबसे पहले टामस क्रेनमर को लिया गया। वह चर्च ऑफ़ इंग्लैंड का मुख्य और प्रतिष्ठित पादरी था। वह विद्वान, सुधारक और दृढ़ प्रकृति का प्रौढ़ पुरुष था। वधयूप से उसे बांधने के बाद एक रोमन चर्च के प्रधान ने उसके निकट आकर उसे भयभीत करते हुए कहा, 'अब भी समय

है, अपने विचार बदल लो, अपनी जीवन-रक्षा कर लो; पश्चात्ताप करो और जीवन का आनंद प्राप्त करो। पवित्र पिता पोप तुम पर कृपालु हैं। उन्होंने मुझे तुम्हारे पास भेजा है। पर क्रेनमर ने उसे ठोकर मारकर पीछे धकेल दिया और कहा, 'दूर हो जाओ, पोप के भेड़ियो, मुझसे दूर रहो। तुम प्रभु ईसा के नाम और धर्म पर कलंक-रूप हो। दूर हो जाओ, और उसी के पास जाओ जिसने तुम्हें यहां मेरे पास भेजा है। मैं तुम्हारे घृणित सिद्धांत सुनना नहीं चाहता। यहां से दूर हो, मुझे अधिक कष्ट न दो।'

ज्यों ही जीसूइट पादरी वहां से हटा, क्रेनमर ने अपने चारों ओर उपस्थित भीड़ को सम्बोधन करके कुछ कहना चाहा। इस पर तुरंत वोनर की आज्ञा से उसके मुंह में बर्छी घुसेड़ दी गई। अब एक असभ्य, सहानुभूति-शून्य, भद्दा-सा व्यक्ति, जिसके बलिष्ठ भुजदंड थे, एक घृणित मुस्कान के साथ आगे बढ़ा। उसका नाम बुलकिट था और वह पेशेवर जल्लाद था। वह एक चुस्त जाकेट और चमड़े के भूरे दस्ताने पहने था। उसके भुजदंड और सीना नंगे थे, जो लाल बालों से भरे थे। उसकी लाल दाढ़ी और लाल-लाल आंखें बीभत्स और भयानक आकृति में वृद्धि कर रही थीं। उसके एक हाथ में लम्बा त्रिशूल था और दूसरे में एक भारी हथौड़ा। एक जोड़ा छोटी संडासी उसकी कमरपेटी में खुसी थी। उसके पीछे मौगर और नाइटगाल थे, जो उसके सहायक थे।

इस समय एक भयानक सन्नाटा वातावरण में छा रहा था। सब कोई सांस रोक कर आगे क्या होने वाला है, यह देख रहे थे। प्रत्येक की आंखें पीड़ित व्यक्ति पर थीं। बलकिट और मौगर ने पकड़कर क्रेनमर को नंगा किया। तब वे उसे घसीटकर वधयूप के निकट ले गए, जिसे क्रेनमर ने आग्रहपूर्वक चूम लिया। अब जल्लाद ने अपने सहायकों की मदद से उसे वधस्तम्भ के साथ जंजीरों से कस दिया। इस बार उसने कुछ कहने की चेष्टा की, इस पर बुलकिट ने उसकी कनपटियों पर हथौड़े से करारी चोटें कीं। क्रेनमर ने मंद स्वर से कहा, 'मित्र, तुम मुझे इस चोट से बचा भी सकते थे।' फिर उसने जैसे अपने ही अंतर से कहा, 'हे ईश्वर, मेरी पीड़ा को हर, क्योंकि मेरी हड्डियां दर्द से चूर-चूर हो रही हैं। इस बीच मौगर और नाइटगाल ने वधयूप के नीचे सूखी लकड़ियों का ढेर लगा दिया था। क्रेनमर निरंतर प्रार्थना कर रहा था। उसके होंठ निरंतर हिल रहे थे। जब सब कुछ तैयार हो गया तो एक बार वह पूरी शक्ति से चिल्लाया, 'हे पिता, तू मुझे अपने राज्य में प्रविष्ट कर और आशीर्वाद दे कि इस अग्नि में पवित्र होकर मैं सच्चे ईसाई की मौत मरूं। शक्ति दे कि तेरे निकट आने की प्रसन्नता में जल मरूं।' फिर उसने चारों ओर खड़ी भीड़ से शक्ति-भर चिल्लाकर कहा, 'विदा मित्रो! मेरे लिए प्रार्थना करो, मेरे लिए...' उसके मुंह से रक्त निकलने लगा और शब्द रुक गए।

इसी समय नाइटगाल ने मशाल लेकर ईंधन में आग लगा दी। लकड़ियां सुलगने लगीं। एक बार धुएं से पीड़ित व्यक्ति का शरीर ढंक गया, केवल उसके कष्ट से सांस लेने का मर्मर शब्द सुनाई दे रहा था। अब चिता जल उठी। ज्वाला की लपटें लपलपाती हुई ऊपर उठीं और उसका पीला कांपता प्रकाश सेंट पीटर गिरजे की खिड़कियों पर फैल गया। दूर सामने टॉवर की भूरी

दीवारें चमक रही थीं। परंतु लपटें अभी अभागे पीड़ित के निकट नहीं पहुंची थीं। पश्चिमी हवा के तेज़ झोंके आग के साथ खेल रहे थे। कुछ क्षण में लपटों ने पीड़ित को छू लिया और अब उसका कष्ट आरम्भ हो गया। वह अभी तक बिना कराहे सब कुछ सह रहा था, परंतु अब तो भयानक आग की लपटें उसे चारों ओर से घेरती आ रही थीं। असह्य वेदना से वह तड़प गया। उसने अपनी गर्दन पीछे ले जाकर वधयूप के आगे शरीर ले जाने की चेष्टा की, पर जंजीरों से जकड़ा रहने के कारण लाचार हो गया। अब उसका साहस जवाब दे गया और उसकी आंखें बाहर निकल आईं। शरीर ऐंठ गया, बाल खड़े हो गए, आकृति विकृत हो गई। इस समय वह मृत्यु की पीड़ा को सहन कर रहा था। वह ज़ोर लगाकर अपने हाथ छाती पर ले गया, उसने अपने कंधे सिकोड़े और नाखून मांस में गाड़ दिए। यह एक भीषण थर्रा देने वाला दृश्य था। भीड़ से एक रोमांचकारी सिसकारी उठी। परंतु वह जलाया नहीं जा रहा था, भूना जा रहा था; लपटें अभी तक भी उसके आधे अंग तक ही पहुंची थीं। पूरा ज़ोर लगाकर उसने कहा, 'भले आदमियो, सहायता करो। ईश्वर के लिए और अधिक ईंधन डालो, आग को मेरे सीने तक आने दो। वे उसके अंतिम शब्द थे। देर तक उसके होंठ हिलते रहे। नाइटगाल और उसके साथियों ने और लकड़ियां डालीं। और फिर उसका आधा भाग बिलकुल जलकर कोयला हो गया। उसका सिर पीछे को लटक गया। एक अस्पष्ट असह्य आर्तनाद उसके कंठ से निकला, जो वातावरण में गूंज गया और उसके प्राण-पखेरू ने इस नश्वर शरीर से मुक्ति पाई।

अब लैटिमर और रिडले की बारी थी, जो बड़े धैर्य और साहस के साथ अपने गुरु और साथी के इस असह्य अवर्णनीय बलिदान और रोमांचकारी मृत्यु को देख रहे थे। वे यह भी समझ रहे थे, यही यंत्रणा कुछ क्षणों के बाद हमें भी दी जाएगी। परंतु ज्यों ही उन्हें वधयूप से बांधा गया और उनके चारों ओर ईंधन रखा गया, उनका एक मित्र एक थैली बारूद भरकर ले आया और उसे रिडले की गर्दन में बांध दिया।

'आह मित्र, इसे तो मैं ईश्वर के हाथ भेजी जानकर ग्रहण करता हूँ, परंतु क्या मेरे भाई के लिए तुम्हारे पास थोड़ी और है?' रिडले ने मित्र से कहा।

'हां महाशय।'

'तो मित्र। देर न करो, उसे समय पर ही दे दो।'

इतने में ईंधन में आग लगा दी गई। तब लैटिमर ने चिल्लाकर कहा, 'प्रसन्न होओ मास्टर रिडले, आज हम ईश्वर की कृपा से ऐसी रोशनी इंग्लैंड में प्रज्वलित कर रहे हैं, जैसी कि मैं विश्वास करता हूँ, पहले कभी नहीं जली होगी।

'ओ स्वर्गीय पिता, मैं अपनी आत्मा तुझे सौंपता हूँ,' रिडले चिल्लाया। पहले लैटिमर मुक्त हुआ, क्योंकि आग उसकी गर्दन में लटकती हुई बारूद की थैली तक और धड़ाके के साथ क्षणभर में उसके शरीर की धज्जियां उड़ गईं।

रिडले के दुर्भाग्य से जो लकड़ियां उसके नीचे जलाई गई थीं, कुछ मोटी थीं। उन्होंने धीरे-धीरे आग पकड़ी, और धीरे-धीरे उसके पैर जलने लगे। वह असह्य वेदना से तड़प उठा और चिल्लाया, 'मैं जल नहीं रहा हूँ, ईश्वर के लिए मेरे ऊपर दया करो, आग तेज़ करो भाइयो।'

इस पर उसके बहनोई ने थोड़ा ईंधन और डाला, पर तब भी लपटें उसके ऊपरी अंगों तक नहीं पहुंचीं। तब फिर किसी ने बहुत-सा सूखा ईंधन डाला। अब लपटों ने उसे घेर लिया और बारूद ने अपना काम पूरा किया।

12

किनरोसशायर प्रदेश में, ओचिल की हरी-भरी पहाड़ियों से दक्षिण-पूर्व लगभग दस मील दूर, लोचेलवेल के मनोहर टापू में एक बहुत प्राचीन किला था। कभी वह संगीन रहा होगा, परंतु इस समय वह बहुत जीर्ण-शीर्ण लगभग खंडहर हो रहा था। केवल दो-एक कक्ष किसी तरह रहने के योग्य थे। उन्हीं में से एक महराबदार कक्ष में एक लम्बे कद और छरहरे बदन की स्त्री बेचैनी से टहल रही थी। वसंत की सुंदर संध्या थी, और सुदूर पर्वतों के बीच अस्त होते हुए सूर्य की लाल आभा ने उस समूचे हरे-भरे वन्य-प्रदेश को रंगीन कर दिया था। सुंदरी कक्ष की खिड़की से क्षण-क्षण पर क्षीण होती इस रक्तिम आभा को उदास मन से देख रही थी।

उसकी दोनों लम्बी भुजाएं नीचे को लटकी हुई थीं तथा हाथ की कोमल पतली उंगलियां परस्पर गुंथी हुई थीं। मुख उसका अत्यंत सुंदर था, पर इस समय वह पीला पड़ गया था। उसकी सलोनी काली आंखों से गहरी उदासी टपक रही थी। वह एक भूरे रंग के मखमल का गाउन पहने थी जिस पर कीमती लैस टंकी हुई थी। उसके माथे में एक लम्बी मोतियों की माला लटक रही थी और सफ़ेद अतलस की निहायत नफ़ीस टोपी से उसके सुंदर सुनहरे बालों से भरपूर उसका आधा सिर ढका हुआ था। यह स्त्री स्कॉटलैंड की प्रसिद्ध बदनसीब रानी मेरी स्टुअर्ट थी।

उसी कमरे में खिड़की के नीचे एक दुबली-पतली दासी बादामी रंग का गाउन पहने तन्मय होकर कसीदा काढ़ रही थी। दासी का नाम मेरी सीडन था। दोनों स्त्रियां महीनों से किले की भयानक सुनसान दीवारों में बंद थीं। किले का रक्षक सर विलियम डगलस सख्त आदमी था और वह अपने कैदी पर तेज़ नज़र रखता था। कैदी को किसी प्रकार की स्वतंत्रता न थी। परंतु सर डगलस का पुत्र रानी पर श्रद्धा रखता था और वह छिपकर उसके मित्रों की सहायता से उसके छुटकारे का यत्न कर रहा था।

दालान में संध्या का धुंधला अंधकार बढ़ता जा रहा था। यह देख मेरी सीडन ने भुनभुनाते हुए कहा, 'अब तो डोरा नहीं दीखता।' यह कहकर उसने कसीदे की कढ़ाई को बंद कर दिया। रानी के मुंह से कातर स्वर निकला, 'ओफ, अब तो नहीं सहा जाता। दिन पर दिन, सप्ताह पर सप्ताह बीतते जा रहे हैं; वही अशुभ दीवारें, वही सन्नाटा, लम्बी-लम्बी नीरस घड़ियां। सीडन, क्या इनका कभी अंत नहीं होगा? इन पत्थरों की निर्मम दीवारों के भीतर पिंजरे में बंद पक्षी की

तरह, जहां केवल हिलने-डुलने और सांस लेने-मात्र को स्थान है, कब तक कोई जी सकता है? वे झटपट क्यों नहीं सिर काट लेते, अब विलम्ब क्यों कर रहे हैं?' फिर उसने एकाएक उत्तेजित होकर कहा, 'आह, उधर बाहर स्वच्छ वायु बह रही है। आकाश है, विस्तृत पहाड़ियां हैं और उनमें स्वच्छ विचरण करते हुए पक्षी हैं। ये सब मुझ भाग्यहीना की अपेक्षा कितने सुखी हैं!' उसने अपनी सफ़ेद पतली उंगली गालों पर फेरकर ढरकते हुए आंसू पोंछ लिये। फिर उसने कहा, 'सीडन, क्या तुझे वे दिन याद हैं जब हमारे राजसी ठाठ थे? कितना आनंदमय हमारा संसार था! क्या तुझे वे दिन याद नहीं आते? ओह, कितने दिन उन बातों को बीत गए! उसने अपनी हथेलियों में दासी का मुंह ले लिया और कहा, 'तुझे उस सुंदर झील की याद है, जिसके निर्मल जल में हम, तू और वे हमारी सखियां जल-विहार करती थीं और मेरा वह बगीचा, जो उस झील के किनारे था। ओह, कैसा आश्चर्य है, कितना समय बीत गया, केवल जीवन की आशा में।'

दासी की आंखें गीली हो गईं। उसने नर्म स्वर में कहा, 'श्रीमती, अब भी स्कॉटलैंड में आपके मित्र काम कर रहे हैं। वे बहुत हैं, आप निराश न हों।

'लेकिन यह निर्दय-निर्मम सर डगलस! मेरा जेलर, जो मुझे सदा एक हीन पशु की भाँति पिंजरे में रखता है। उसने तो मेरे मित्रों को मुझसे दूर कर दिया है। वे इन दीवारों के उस ओर हैं।'

'किंतु उसका पुत्र जार्ज डगलस तो आप पर श्रद्धा करता है, वह आपके छुटकारे के लिए ज़मीन-आसमान एक कर रहा है।'

'निस्संदेह उस तरुण का मुझे बहुत आसरा है। पर सर डगलस ने तो उसे भी किले से निकाल बाहर किया है। अब तो मैं उससे मिल ही नहीं सकती।

'निस्संदेह सर डगलस बड़ा काइयां है। कर्तव्य-पालन में वह बड़ा कठोर है। पुत्र पर भी उसने विश्वास नहीं किया। उस पर उसे संदेह हो गया, इसी से उसने उसे किले में आने से रोक दिया। किंतु इससे क्या, उसका वह विश्वस्त छोकरा तो यहां है।'

'विल्ले! पर उससे हम कहां तक आशा कर सकती हैं? वह बेचारा हमारे लिए कर ही क्या सकता है?'

अभी रानी के मुंह से ये शब्द निकले ही थे कि द्वार खुला और एक पंद्रह-सोलह बरस का सुंदर फुर्तीला छोकरा नौकरों के साधारण वस्त्र पहने आकर रानी के पैरों पर गिर गया। उत्तेजना के मारे उसके गाल लाल हो रहे थे और वह हांफ रहा था। उसने रानी की पतली उंगलियां अपने होंठों से लगा लीं।

'ओह विल्ले, तुम हो। मेरे प्यारे विल्ले, कहो, क्या खबर है?' रानी ने छोकरे के सिर पर हाथ फेरते और उसके काले घुंघरवाले बाल सुलझाते हुए कहा।

'अच्छी खबर है श्रीमतीजी,' फिर उसने रानी के कान के पास मुंह ले जाकर कहा, 'सब ठीक है, वे आपकी प्रतीक्षा कर रहे हैं।'

'वे कौन?'

'लार्ड सीडन और सर हेमिल्टन। बस, यहां से आपके निकल भागने-भर की देरी हैं।'

'ओह! केवल निकल भागने-भर की?' एक फीकी मुस्कुराहट उसके होंठों पर फैल गई।

'श्रीमती, क्या आप थोड़ा साहस करेंगी?'

'क्या मैं? मैं तो धरती-आसमान एक कर दूँगी।'

'कल सोमवार है न?'

'हां, सोमवार।'

'तो बस, कल संध्या को निस्संदेह किले की चाभियां मेरे पास होंगी।

'पर तुम तो यह कहते थे कि सूरज छिपने पर किले के सब द्वार बंद कर दिए जाते हैं और किले की चाभियों का गुच्छा भोजन के समय सर डगलस के पास पहुंचा दिया जाता है।

'खैर, देखा जाएगा। क्या आप कल शाम को इसी कमरे में भेस बदलकर मेरी प्रतीक्षा करेंगी?'

'करूँगी, ज़रूर करूँगी।'

'तो ईश्वर से प्रार्थना कीजिए कि मेरी योजना सफल हो। हां, सूर्यास्त से एक घंटा बाद। याद रखिए।'

रानी की बड़ी-बड़ी आंखों से आंसू बहने लगे। उसने कहा, 'मैं याद रखूंगी। मैं रात-भर और दिन-भर प्रार्थना करूँगी।'

'तो अब मैं चला। सर डगलस के भोजन करने का समय हो गया है।' इतना कहकर वह बिना उत्तर की प्रतीक्षा किए, रानी की उंगलियां चूमकर तेज़ी से चला गया।

13

मई की दूसरी तारीख थी। किसी तरह सोमवार बीता। दिन के लम्बे और सूने घंटे धीरे-धीरे कट गए। खिड़कियों से डूबते हुए सूरज की किरणें झांकने लगीं। दुर्गपति सर डगलस अपने परिवार के साथ भोजन करने बैठा। वह मेज़ के सामने सबसे आगे बैठा था। वह लम्बा और भारी-भरकम आदमी था। प्रकृति उसकी गम्भीर थी। वह बहुत कम बातचीत करता था। उसकी ठिगनी और मोटी पत्नी उसके सामने बैठी थी। विल्ले सावधानी से भोजन परोसता हुआ इधर-उधर आ-जा रहा था। थोड़ी देर में दरवाज़ा खुला और प्रहरी ने आकर दुर्गाध्यक्ष को प्रणाम कर चाभियों का गुच्छा उसके सामने मेज़ पर रख दिया। फिर वह स्वामी को अभिवादन करके चला गया। दुर्गपति ने उधर कुछ भी ध्यान न दिया। महीनों से उसी प्रकार चाभियों का गुच्छा उसके

सामने मेज़ पर रख दिया जाता रहा था। विल्ले ने मालकिन को भोजन परोसते हुए छिपी नज़र से चाभियों को देखा। वे खिड़की के पास पड़ी थीं। लड़के ने कमरे में एक चक्कर लगाया। एक सफ़ेद अंगोछा उसके कंधे पर पड़ा था। उसके दोनों हाथों में शराब की सुराही थी। उसने स्वामी की बगल में धुंधले प्रकाश की आड़ में खड़े होकर कहा, 'श्रीमान्, शराब।'

वह शराब प्याले में डालने को झुका। इसी समय उसके कंधे से अंगोछा तालियों के गुच्छे पर गिर पड़ा और उसने गुच्छे को ढांप लिया। सर विलियम का गिलास भरकर उसने बायें हाथ में सुराही ली और दाहिने हाथ से ऐसी सावधानी से तालियों के गुच्छे सहित अंगोछे को उठा लिया कि ज़रा भी शब्द नहीं हुआ। एक छिपी नज़र से उसने सर डगलस और उनकी पत्नी की ओर देखा। उधर किसी का भी ध्यान न था। सर डगलस साथियों से बातें करते जाते थे, साथ ही भोजन भी धीरे-धीरे करते जा रहे थे।

विल्ले शीघ्रता से लौटा और ज्यों ही दूसरा नौकर कमरे में आया, उसने शराब की सुराही को वहीं पटका और निःशब्द द्वार बंद करके बाहर आया। बाहर आते ही वह बेतहाशा भागा और झटके से द्वार खोल उसने रानी से कहा, 'श्रीमतीजी, जल्दी आइए।'

चाभियां उसके हाथ में थीं। रानी लपकती हुई बढ़ी। सीडन कुर्सी पर सुबकियां ले रही थी। रानी ने कहा, 'विदा प्यारी सीडन, मेरे दुःख की संगिनी, हम फिर मिलेंगे। तब तक के लिए विदा। रानी ने एक काला लबादा शरीर में लपेट लिया था और विल्ले एक प्रकार से घसीटता हुआ उसे फाटक की ओर ले जा रहा था।

अंत में दोनों उस भीमकाय फाटक के बाहर निकले। साहसी विल्ले ने बाहर से फिर ताला जड़ दिया। अंधकार बढ़ रहा था और हवा बंद थी। आदमी का नाम भी न था। भयानक सन्नाटा था। पानी कांच की तरह स्थिर था। किनारे पर एक छोटी डोंगी लगी थी। विल्ले की सहायता से रानी उस पर चढ़ गई। विल्ले ने तुरंत नाव खेना आरम्भ कर दिया। रानी ने भयभीत स्वर में कहा, 'क्या और नावें हमारा पीछा न करेंगी?'

'उनके चप्पू गायब हैं श्रीमतीजी,' लड़का खिलखिलाकर हंस पड़ा। नाव तेज़ी से जा रही थी। जब बीच धार में नाव पहुंची तो विल्ले एक ओर को झुक गया और झप से चाभियों का गुच्छा गहरे पानी में डाल दिया। उसने हंसकर कहा, 'अब देखें, कौन इन्हें पाता है!

रानी अधीर हो रही थी, उसने कहा, 'जल्दी करो विल्ले,' और उसने एक चप्पू अपने हाथ में ले लिया। फिर उसने बेसब्री से कहा, 'क्या उस पार हमें सहायता मिल जाएगी?'

'निश्चय श्रीमतीजी, लार्ड हेमिल्टन और सीडन हमारी निश्चय प्रतीक्षा कर रहे होंगे। वे जानते हैं कि आप आ रही हैं।'

'कैसे?'

'वह देखिए, किले के बुर्ज पर संकेत के लिए मैं रोशनी लगा आया हूँ।'

रानी ने देखा, बुर्ज पर मद्धम रोशनी चमक रही थी। कुछ ही क्षणों में किनारा निकट आने लगा और काली-काली मनुष्य की छाया अस्पष्ट दीखने लगी। रानी हर्ष और उद्वेग में अधीर हो रही थी तभी डोंगी किनारे जा लगी और कई हाथ रानी को सहारा देने को आगे बढ़े। ज्यों ही रानी ने पृथ्वी पर पैर रखा, उसका कलेजा धड़कने लगा। उसने विल्ले को अंक में भरकर चूमा और कहा, 'विदा दोस्त, हम फिर मिलेंगे।'

वह अपने सहायकों के साथ घोड़े पर सवार हुई और वे तेज़ी से वहां से रवाना हो गए। विल्ले संतोष और प्रसन्नता से देर तक उन्हें देखता रहा।

14

जिस समय अभागी मेरी स्टुअर्ट, स्कॉटलैंड की रानी, उस भग्न निर्जन दुर्ग की बंदिनी, प्राण लेकर भागी जा रही थी, ठीक उसी समय उसकी चचेरी बहिन, इंग्लैंड की रानी एलिज़ाबेथ, अपने रंगमहल के खास कमरे में बैठी खूब चाव से अपना बनाव-श्रृंगार कर रही थी। उसकी दरबारी लेडियां एक से बढ़कर एक भड़कीली पोशाकें पहने अपनी अधनंगी देह की छटा दिखाती हुई उसे घेरे खड़ी थीं। दासियां रानी का श्रृंगार कर रही थीं। कोई उसके सुंदर सुनहरी केशों को खास फ़ैशनेबल तरीके से बना रही थी। इस बात की उसे सावधानी रखनी पड़ती थी कि रानी का एक भी बाल न टूटने पाए। एक बाल टूटने पर ही रानी उसे मृत्युदंड दे सकती थी। रानी एलिज़ाबेथ का ऐसा ही दबदबा था। आज वह प्रसिद्ध सोमवार की रात थी, जिसकी प्रतीक्षा बड़े चाव से सारे इंग्लैंड के वज़हदार बड़े लोग कर रहे थे। रात के नौ बजे थे। इस समय लंदन की गलियां अंधेरी और सूनी हो रही थीं। हज़ारों आदमी जाड़े से ठिठुरते हुए टांगों में पुआल लपेटे, लकड़ी का तकिया लगाए, पुआल के बिछौनों पर, सील और गंदगी से भरी अंधेरी और तंग कोठरियों में भूखे और प्यासे जीवन को भोग रहे थे। कठिन जाड़े से कांपते हुए असंख्य भिखारी और दरिद्र परिवार बिना घर-बार जहां-तहां आसरा देख रात काट रहे थे। पर इससे क्या, सेंट जेम्स पैलेस इस समय जगमग हो रहा था। आज महोत्सव था। यह महोत्सव आर्मेडा पर विजय प्राप्त करने के उपलक्ष्य में हो रहा था।

आर्मेडा एक युद्ध का बेड़ा था, जिसे स्पेन के राजा फिलिप द्वितीय ने इंग्लैंड पर आक्रमण करने के लिए तैयार किया था। इस बेड़े में 130 जहाज़ थे, जिनमें कई तो बहुत बड़े-बड़े थे। इनमें आठ हज़ार नाविक, बीस हज़ार समुद्री सैनिक, दो हज़ार से अधिक तोपें तथा छह मास तक के लिए पर्याप्त गोला-बारूद आदि युद्ध सामग्री और खाद्य-सामग्री संचित थी। यह स्पेन का अजेय बेड़ा था, जिसका कप्तान ड्यूक ऑफ़ मेडीना सेडोनिया था।

स्पेन और इंग्लैंड का झगड़ा बहुत पुराना था। इन दिनों स्पेन यूरोप का सबसे समर्थ राज्य था। सन् 1580 में स्पेन और पुर्तगाल के राजसिंहासन मिल जाने के कारण स्पेन के राजा फिलिप द्वितीय की शक्ति और भी बढ़ गई थी, क्योंकि अब पूर्वीय और पश्चिमीय समुद्रों के व्यापार उसके

हाथ में आ गए थे। फिर भी फिलिप को इंग्लैंड पर आक्रमण करने का साहस न होता था। इसके दो कारण थे। प्रथम तो वह इंग्लैंड की रानी एलिज़ाबेथ के बुद्धि-कौशल को भली-भाँति जानता था। दूसरे इस काल इंग्लैंड में अनेक असाधारण साहसी नाविक उपस्थित थे, जिन्होंने समुद्र में ऐसा आतंक उपस्थित कर दिया था कि दुनिया में वे 'समुद्री कुत्ते' के नाम से प्रसिद्ध हो गए थे। इनमें अत्यंत प्रसिद्ध था सर फ्रांसिस ड्रेक। यह सर्वप्रथम अंग्रेज़ नाविक था जिसने सारे संसार की परिक्रमा की थी और लौटती बार अमेरिका की स्पेनिश बस्तियों को लूटकर अथाह स्वर्ण-भंडार इंग्लैंड ले आया था। एलिज़ाबेथ ने उसे सर की उपाधि दी थी और उसे स्पेन के जहाज़ों को, जो अमेरिका से सोने-चांदी से लदे यूरोप आया करते थे, लूटने की खुली आज्ञा दे दी थी। दूसरा प्रसिद्ध नाविक सर जान हाकिंस था। वह पहला अंग्रेज़ था, जिसने अमेरिका में गुलामों की बिक्री का धंधा किया हुआ था। वह अफ्रीका से हशियों को दास बनाकर अमेरिका में, जिसे उन दिनों यूरोपवाले नयी दुनिया कहते थे, ले जाता था और अच्छे दामों में बेच देता था। इस व्यापार में वह खूब मालामाल हो गया था और रानी भी उस पर सदय थी। एक प्रकार से वह उसके व्यापार में भागीदार भी थी। फिर सर वाल्टर रैले था, जो प्रसिद्ध नाविक के अतिरिक्त प्रसिद्ध विद्वान भी था। वह एक असाधारण नाविक, योद्धा, कवि और इतिहासज्ञ था। उसने अमेरिका में अंग्रेज़ों की एक नयी बस्ती बसाई थी। उसका नाम उसने कंवारी रानी एलिज़ाबेथ के नाम पर वर्जीनिया रखा था। वह अमेरिका से तम्बाकू और आलू के पौधे यूरोप लाया था। इन सब कारणों से रानी की उस पर विशेष कृपादृष्टि थी। सर हम्फरी गिल्बर्ट और सर मार्टिन फ्रोविशर भी ऐसे ही प्रसिद्ध नाविक थे। एक ने न्यूफाउंडलैंड की बस्ती बसाई थी, दूसरे ने ग्रीनलैंड तथा लैब्रेडोर का चक्कर लगाया था।

फिर रानी एलिज़ाबेथ के मंत्रीगण अति योग्य थे। खासकर वालसिंगम और सिसिल के नाम का डंका तो उन दिनों सारे यूरोप में बज रहा था। ये सब बातें थीं ही, फिलिप को यह भय था कि कहीं फ्रांस और इंग्लैंड मिलकर स्पेन पर हमला न कर दें। परंतु जब उसने अपनी शक्ति का संतुलन कर लिया तो उसने प्रथम मज़हबी कार्रवाई आरम्भ की। उन दिनों मज़हबी कार्रवाई राजनीति पर बड़ा प्रभाव डालती थी। तब स्पेन रोमन कैथोलिकों का प्रधान अड्डा था और ब्रिटेन प्रोटेस्टेंटों का। चर्च ऑफ़ रोम; चर्च ऑफ़ इंग्लैंड का कट्टर विरोधी था। परंतु रोमन कैथोलिक लोग तो इंग्लैंड में भी थे। एलिज़ाबेथ से पिछली रानी मेरी ट्यूडर ने इंग्लैंड की गद्दी पर बैठकर प्रोटेस्टेंट पर इतने अत्याचार किए थे कि लोगों ने उसे खूनी रानी के नाम से प्रसिद्ध किया हुआ था। पर रानी एलिज़ाबेथ पक्की प्रोटेस्टेंट थी। अत: फिलिप ने पहले इंग्लैंड के रोमन कैथोलिकों को उकसाकर इंग्लैंड के विरुद्ध विद्रोह कराना चाहा। रानी ने भी इसका जवाब तुर्की-बतुर्की दिया और नीदरलैंड के प्रोटेस्टेंटों को पूरी सहायता पहुंचाकर उन्हें फिलिप के विरुद्ध उभाड़ा।

इससे नीदरलैंड के निवासियों ने फिलिप के विरुद्ध विद्रोह कर अपना स्वतंत्र प्रजातंत्र स्थापित कर लिया। एलिज़ाबेथ ने उनकी सहायता के लिए अपने प्रेम-पात्र अर्ल ऑफ़ लीसेस्टर और सर फिलिप्स सिडनी को नीदरलैंड भेजा था। यह करके अपने साहसिक नाविकों को भड़काकर उनसे कहा कि जहां अवसर पाओ, स्पेन के जहाज़ों को लूट लो। यह काम तो वे पहले ही से करते

आ रहे थे। अब रानी की शह पाकर उन्होंने अपना यह पेशा ही बना लिया। इस लूटमार पर भी मज़हबी रंग चढ़ा था। इन सब बातों से तंग आकर ही स्पेन का राजा फिलिप आर्मेडा लेकर इंग्लैंड पर चढ़ आया था। परंतु कैडिच के बंदरगाह में वह अभी तैयारी ही कर रहा था कि साहसिक डाकू फ्रेडरिक उसमें जा घुसा और उसके बहुत से जहाज़ों में आग लगा आया तथा आकर रानी से कहा, 'मैं स्पेन के राजा की दाढ़ी में आग लगा आया हूँ।' इससे रानी बहुत प्रसन्न हुई और यह वाक्य इंग्लैंड में आम हो गया।

परंतु स्पेनवालों ने इससे हिम्मत न हारी और फिर से तैयारी करके इंग्लैंड पर आक्रमण कर दिया। उसने घोषणा की कि आक्रमण का उद्देश्य इंग्लैंड के रोमन कैथोलिक लोगों के मत की रक्षा करना है, इसलिए इंग्लैंड के रोमन कैथोलिक उससे आ मिले। परंतु रानी ने गहरी राजनीति खेली। उसने लार्ड हौवर्ड को अंग्रेज़ी बेड़े का कप्तान बनाया, जो कैथोलिक था। इससे इस युद्ध का यह भाव नष्ट हो गया यह धर्मयुद्ध है। अब यह स्पेन और इंग्लैंड का राष्ट्रीय युद्ध बन गया जिससे सब रोमन कैथोलिक और प्रोटेस्टेंटों ने मिलकर रानी के झंडे के नीचे युद्ध किया। अंग्रेज़ी बेड़े में हौवर्ड के अतिरिक्त ड्रेक, हाकिंस, रैले आदि प्रसिद्ध नाविक भी थे। अंतत: स्पेन का यह बेड़ा पूर्णत: पराजित होकर नष्ट-भ्रष्ट हो गया। अब तक यूरोप भर में स्पेन की समुद्री शक्ति सबसे बढ़ी-चढ़ी थी। परंतु इस विजय से अब अंग्रेज़ समुद्रों के स्वामी हो गए और इंग्लैंड के प्रोटेस्टेंट चर्च को भी अब किसी का भय न रहा। यही कारण था कि इस विजय का समूचे इंग्लैंड में स्वागत हो रहा था। और इस विजय के नेताओं के सम्मान ही में यह विराट समारोह राजप्रासाद में हो रहा था।

रात के नौ बजे थे। राजप्रासाद रोशनी से जगमगा रहा था। अनगिनत झाड़-फानूसों में सुगन्धित मोमबत्तियां जल रही थीं। दरवाज़ों पर ज़रदोज़ी के पर्दे लटक रहे थे। दीवारों पर प्रसिद्ध चित्रकारों के बहुमूल्य चित्र टंगे थे। जगह-जगह कद्देआदम आईनों की बहार थी। बहुत सी कीमती चीजें करीने से सजी थीं। बड़े हॉल में धीरे-धीरे मेहमान एकत्र होते जा रहे थे। परंतु रानी अभी अपने श्रृंगार-कक्ष में ही थी, जहां ज़मीन पर सुर्ख मखमल का बालिश्त-भर मोटा गद्दा बिछा था, जिस पर ज़रदोज़ी का काम निहायत नफासत से हो रहा था। चारों ओर बहुमूल्य फूलदानों में देश-विदेश के रंग-बिरंगे पुष्प रखे थे। उनकी भीनी सुगंध से कमरा महक रहा था। रानी ने आज बड़े चाव से अपना श्रृंगार किया था। यद्यपि वह कुछ विशेष सुंदरी न थी तथा आयु भी उसकी अड़तीस को पहुंच चुकी थी, पर वह कुमारी थी। विवाह उसने किया नहीं था, इसलिए वह कुमारी रानी के नाम से ही प्रसिद्ध थी। हकीकत तो यह थी कि वह इतनी अधिकारप्रिय थी कि वह पति ही क्यों, किसी के शासन में रहना पसंद नहीं करती थी। इसके अतिरिक्त उसे यह भी खटका था कि यदि रोमन कैथोलिक पति से ब्याह किया तो प्रोटेस्टेंट नाराज़ हो जाएंगे और अब जो वह चर्च ऑफ़ इंग्लैंड की अधिष्ठात्री है तब न रहेगी। और यदि प्रोटेस्टेंट पति वरण करती है तो रोमन कैथोलिक नाराज़ हो जाएंगे। इसके अतिरिक्त वह अपने कुंवारेपन से राजनीतिक चालें भी चलती थी। कभी वह प्रसिद्ध करती कि वह फ्रांसीसी राजकुमार से ब्याह करेगी और कभी स्पेन के राजा का नाम लेती। इस प्रकार फ्रांस और स्पेन को चकमा देकर अपने देश की शक्ति बढ़ा रही थी।

फिर भी प्रसिद्ध था कि उसके कई प्रेमी हैं। रानी के प्रेम को लेकर प्रेमियों में द्वंद्वयुद्ध भी हो जाते थे। वह कभी इस प्रेमी पर कृपादृष्टि रखती तो कभी उस पर। उसकी मुस्कान से प्रभावित होकर न जाने कितने प्रेमी जान जोखिम में डाल चुके थे।

अर्ल ऑफ़ एसेक्स उसका नया प्रेमी था। उसकी आयु उससे कुछ कम थी। वह हंसमुख, सुंदर, फुर्तीला, वीर और आकर्षक युवक था। बातचीत में चतुर और कपड़े-लत्ते में नफासत पसंद। रानी उस पर इतनी प्रसन्न थी कि लोग दरबार में उसके सम्बन्ध में कानाफूसी करते रहते थे।

इस समय बहुत से मान्य अतिथि दरबार-हॉल में पहुंच चुके थे। सर फ्रांसिस ड्रेक, सर मार्टिन फ्रोविशर, जान हाकिंस, सर वाल्टर रैले और दूसरे वे पुरुष जिन्होंने इंग्लैंड की विजय में हाथ बंटाया था और जिनके सम्मान में यह समारोह किया गया था, वे सब आ चुके थे; पर रानी अभी अपने विलास-कक्ष से बाहर नहीं आई थी। उसके श्रृंगार में कुछ न कुछ कोर-कसर बाकी ही रहती जाती थी। पर असल बात यह थी कि उसे अपने प्रेमी अर्ल ऑफ़ एसेक्स की प्रतीक्षा थी जो अभी तक नहीं आया था। वह चाहती थी कि वह उसी सुंदर मनभावने तरुण की भुजाओं का सहारा लेकर दरबार-भवन में जाए।

रानी की एक सखी कमसिन और अत्यंत सुंदरी थी। उसका नाम कुमारी एलिनर था। आयु उसकी अभी कोई चौबीस वर्ष की ही होगी। उसकी रूप-सुधा अद्वितीय थी।

इस समय वह भी रानी की परिचर्या में उपस्थित थी। उसने इस समय जो श्रृंगार किया था, उससे उसकी शोभा अकथनीय हो गई थी। उसकी बड़ी-बड़ी रसीली आंखें दिल पर तीर का घाव करती थीं। मनोहर चमकीले घुंघराले बालों की लटें रह-रहकर उसके गुलाबी गालों को चूम रही थीं। उसकी ललाई की आभा लिये गर्दन, उन्नत पुष्ट उरोज और पतली कमर इस वक्त गज़ब ढा रही थी। उसने कानों में सुबुक हीरे के इयरिंग, गले में मोतियों का हार और हाथों में जवाहरात जड़े ब्रेसलेट पहने थे। इस सब सज-धज से वह रति की शोभा को लजा रही थी। यद्यपि वह सुकुमारी अभी कुमारी ही थी, पर उसने भी आज का श्रृंगार किसी को रिझाने के लिए ही किया था। असल बात तो यह थी और रानी की भी सभी सहेलियां यह बात जानती थीं कि जिस आदमी के लिए रानी ने यह श्रृंगार किया है, उसी के लिए एलिनर ने भी अपना रूप संवारा है। क्योंकि यह बात सभी जानती थीं कि अर्ल ऑफ़ एसेक्स की वह चहेती थी जिसे रानी भी प्यार करती थी। रानी के कान में भी यह भनक पड़ी थी, पर उसे इसका कोई प्रमाण न मिला था। इसके अतिरिक्त रिश्ते में वह रानी की भतीजी ही थी तथा रानी उसे प्यार भी बहुत करती थी। यद्यपि आज का उसका श्रृंगार रानी के मन में संदेह उत्पन्न करने वाला था, पर ज्यों ही वह सज-धजकर रानी के सामने आई, रानी उसकी रूप-माधुरी को देख ठगी-सी रह गई। उसके मुंह से केवल यह अस्पष्ट स्वर निकले, 'कितनी प्यारी दीख रही हो तुम, एलिनर!' एलिनर यह प्रशंसा सुनकर रानी के सम्मुख घुटनों के बल झुक गई। उसके गाल लाल हो गए और वह रानी से आंख न मिला सकी।

इसी क्षण अर्ल ऑफ़ एसेक्स ने कक्ष में प्रवेश किया। वह सीधा रानी के सामने आया और घुटने टेककर उसने रानी के चरणों में सिर नवाया। परंतु इससे पूर्व कक्ष में प्रविष्ट होते ही उसकी एलिनर से आंखें चार हुईं। उसने अनुराग-भरी नज़र से एलिनर को देखा जिससे एलिनर के नेत्र और भी उज्ज्वल हो उठे।

यद्यपि यह भाव एक क्षण के भी सौवें भाग में हुआ, पर रानी की नज़रों से वह न छिपा। परंतु रानी ने अपने मन पर काबू किया और अर्ल के आगे शान से अपना हाथ फैला दिया, जिसे अर्ल ने आदरपूर्वक चूम लिया। अब रानी अर्ल के हाथ का सहारा लेकर चल खड़ी हुई। उसकी सहेलियां भी उसके पीछे थीं। एक बार अर्ल की दृष्टि फिर एलिनर के उन्नत उरोजों पर टकराई और एलिनर का मुंह लाल हो गया। रानी की नज़र से यह भी छिपा न रहा। परंतु वह शान के साथ चलकर दरबार-हॉल में आई जहां लंदन के सभी सम्भ्रांत स्त्री-पुरुष उसकी प्रतीक्षा कर रहे थे। रानी को देखते ही सबने सिर झुका लिया। अब रानी के एक ओर अर्ल ऑफ़ एसेक्स खड़ा था, दूसरी ओर एलिनर। दोनों अपनी सुंदरता में इंग्लैंड-भर में अपना जोड़ा नहीं रखते थे। एक बार फिर दोनों की आंखें चार हुईं। इस बार एलिनर ने जो कटाक्ष-पात किया, उससे अर्ल इतना विचलित हो गया कि उसके हाथ कांपने लगे। उसका यह कम्पन और वह कटाक्ष भी रानी से छिपा न रहा। अब नाच आरम्भ हुआ। रानी ने अर्ल के साथ नाच आरम्भ किया। फिर रानी ने विजयी वीरों के साथ नृत्य किया। फिर दो बार अर्ल एलिनर के साथ नाचा। उस समय उस प्रशस्त कक्ष में रूप का बाग खिल रहा था। अनगिनत एक से बढ़कर एक सुंदर जोड़े नाच और शराब पी रहे थे। मधुर वाद्य बज रहे थे। आधी रात तक नृत्य होता रहा। अंत में भोजन की सूचना मिली और सब कोई भोजन के कक्ष में पहुंचे। कक्ष के एक एकांत छोर पर एक सुसज्जित मेज़ लगी थी, जिस पर तीन कुर्सियां सजी थीं। रानी, अर्ल और एलिनर उसी पर बैठ गए। यह कमरा भी अनोखी धज से सजा हुआ था। गंगा-जमुनी काम के सुनहरी बर्तनों से वह टेबल भरी हुई थी। बड़े-बड़े झाड़ जल रहे थे, जिनका प्रतिबिम्ब कद्देआदम शीशों में पड़ रहा था,

जिससे कमरे की शोभा सौ गुनी हो गई थी। उस रोशनी में रानी और उसकी सहेली की रूप छटा अलौकिक दीख रही थी। रानी और अर्ल के इस गुप्त सम्बन्ध को सब दरबारी भी जानते थे और इस समय विजयी वीरों के स्थान पर जो अर्ल के साथ नाचना रानी ने आरम्भ किया था, इससे सभी लोग उसकी चर्चा करने लगे थे और अब कनखियों से वे इस त्रिमूर्ति को देख और उन्हीं के विषय में दबी ज़बान से आलोचना कर रहे थे। परंतु रानी की नज़र अर्ल और अपनी सखी पर थी। क्षण-क्षण में जो उनके भाव और चेष्टाओं का व्यक्तीकरण होता था, उसे रानी एकाग्र मन से देख-समझ रही थी। अर्ल रानी से तो हंस-हंसकर बातें कर रहे थे परंतु एलिनर को सतृष्ण नज़र से पी रहे थे। एलिनर अर्ल की उस दृष्टि से कभी तो लजाकर सिर नीचा कर लेती, कभी भीत दृष्टि से रानी की ओर देखती। अर्ल को रानी प्यार करती है, यह वह जानती थी।

भोज भी चल रहा था। धीरे-धीरे अनेक प्रकार से भक्ष्य, भोज्य, चूष्य, लेह्य, पेय पदार्थों का खुलकर सेवन किया गया। छककर सुवासित मदिरा पी गई, फिर फल-फूल और मिठाइयां टेबल पर सजा दी गईं।

हठात् रानी टेबल पर से उठ खड़ी हुई। वह सीधी तनकर खड़ी हो गई। नकीब ने धरती पर छड़ी ठोककर लोगों को सावधान होने का संकेत किया। कमरे में सन्नाटा छा गया, सब लोग रानी की ओर देखने लगे। सबके मन संदेह से भर गए। रानी ने स्थिर स्वर में कहा-

'माई लाड्र्स और लेडीज़, आप भली-भाँति जानते हैं कि अर्ल ऑफ़ एसेक्स कितने राजभक्त, कुलीन और वीर पुरुष हैं। उन्होंने इंग्लैंड की सेवा भी बहुत की है। हम जानती हैं कि वे हमारी भतीजी और सखी कुमारी एलिनर से प्रेम करते हैं। कुमारी एलिनर भी उनसे प्रेम करती हैं। दोनों की सुंदर जोड़ी है। हम आज्ञा देती हैं कि दोनों का तत्काल यहीं इसी क्षण विवाह हो जाए। लार्ड बिशप ऑफ़ कैंटरबरी, जो यहां उपस्थित हैं, यह शुभ कर्म सम्पादन करें तथा आप लोग साक्षी रहें। कहिए आमीन!'

यह अप्रत्याशित वक्तव्य सुनकर सब कोई सन्नाटे में रह गए। इस बात की तो कोई सम्भावना ही न थी। फिर रानी तो स्वयं अर्ल को चाहती थी। फिर इस समय तो उन विजयी वीरों का अभिनंदन होना चाहिए था जिनके सम्मान में यह समारोह किया गया था। परंतु क्षण-भर बाद ही 'आमीन' का मर्मर शब्द उठा। रानी ने वर-वधू को सामने खड़ा किया और लार्ड बिशप ऑफ़ कैंटरबरी ने दोनों का विवाह प्रोटेस्टेंट मत से सम्पन्न कर दिया।

वर-वधू दोनों में से किसी को भी इस घटना की स्वप्न में भी सम्भावना नहीं थी। वे तो इसे अनहोनी समझते और अपने मनोभावों को गोपनीय रखते थे। इस समय तो प्रसन्नता और आनंद से उनके रक्त की प्रत्येक बूंद नाच रही थी। ऐसी मनभावन जोड़ी बिना भाग्य नहीं मिलती।

परंतु अभी इस आनंद की अनुभूति का एक क्षण ही व्यतीत हुआ था। ज्यों ही लार्ड पादरी विवाह-विधि सम्पन्न करके वेदी से हटा, रानी ने फिर कहा, 'अर्ल ऑफ़ एसेक्स, हमें सूचना मिली है कि आयरलैंड के अर्ल ऑफ़ ओनील ने हमारी सरकार के विरुद्ध विद्रोह का झंडा खड़ा किया है। तुम एक वीर पुरुष सुने जाते हो, परंतु अभी तक तुम्हारी वीरता की सच्ची परीक्षा नहीं हुई। यहां इस समय बड़े-बड़े विजेता वीर उपस्थित हैं। सर ड्रेक, सर जान हाकिंस और सर वाल्टर रैले और उनके अनेक साथी, जिन्होंने इंग्लैंड का झण्डा ऊंचा करके हमारी महान कृपा प्राप्त की है। हमारी अभिलाषा है कि वही कृपा तुम भी प्राप्त करो और अपने अलौकिक वीरत्व का प्रमाण दो। बस, हम आज्ञा देती हैं कि तुम इसी क्षण आयरलैंड पर अभियान करो और विद्रोही अर्ल ऑफ़ ओनील को बांधकर हमारे हुजूर में ले आओ।

इतना कहकर रानी तीर की भाँति वहां से चल दी। सारे राजपुरुष हक्के-बक्के खड़े रह गए। वर-वधू को तो जैसे काठ मार गया। वे सकते की हालत में खड़े रह गए। अर्ल ऑफ़ एसेक्स का

मुंह क्रोध से लाल हो गया। उसने इतने ज़ोर से अपना होंठ काट लिया कि खून निकल आया। फिर वह अपनी तलवार की मूंठ पर हाथ रखकर आंधी की भाँति वहां से चला गया। सद्योवधू बेचारी पीपल के पत्ते की भाँति कांपने लगी। उसका मुंह मुर्दे की भाँति सफ़ेद हो गया और वह मूर्छित होकर धरती पर गिर गई।

15

दरबारी उमराव, लेडियां, सहेलियां, दासियां सभी कोई रानी के कक्ष की ओर दौड़ पड़े। पर रानी ने सिंहनी की भाँति क्रुद्ध हो सबको दुत्कार दिया, 'जाओ जाओ, चले जाओ। दूर हो, निकल जाओ, निकल जाओ!' किसी की हिम्मत न पड़ी कि कुछ कहे। सब कोई कक्ष से बाहर चले गए। अब रानी कुर्सी पर सिर रखकर बैठ गई, और फूट-फूटकर रोने लगी। बड़ी देर तक रो लेने के बाद उसने नज़र उठाई। सामने कद्देआदम शीशे में उसने अपनी परछाईं देखी। पराजित, तिरस्कृत, अपमानित-जिसे उसी की आश्रित सेविका ने अभी-अभी पराजित किया था। उसका प्यार छीन लिया था। और, इस दासी का यह साहस! उसने मेरे शिकार पर हाथ डाला! इंग्लैंड की महामहिमावती रानी की भी उसने आन न मानी। अपने रूप पर उस दासी को इतना घमंड! पर मैंने बदला ले लिया। सुहागरात न होने पाई, न होने पाएगी। विवाह के क्षण से ही वह अपने को विधवा समझे। उसने फिर अपनी परछाईं सामने के शीशे में देखी। गुस्से से वह आपे से बाहर हो गई। एक भारी पेपरवेट मेज़ से उठाकर उसने आईने पर दे मारा। कीमती आईना चूर-चूर होकर धरती पर आ रहा। इसके बाद उसने कमरे के चारों ओर देखा। उस ओर भी एक आईना कद्देआदम लगा था। अपनी पूरी परछाईं उसमें देखकर उसने पागल की भाँति कहा, 'कौन है, कौन है तू, क्या रानी? तू रानी है? बेहया, अभागिन, तुझे तेरी ही दासी ने परास्त कर दिया। तेरा ही टुकड़ा खाकर वह तेरा प्रेम छीन ले गई। दूर हो, दूर हो, दूर हो।' उसने खींचकर पेपरवेट दे मारा। इसके बाद उसने एक-एक कर सब आईने तोड़-फोड़ डाले। फिर धरती पर लोटकर फूट-फूटकर रोने लगी। बड़ी देर तक धरती पर पड़ी वह रोती रही। फिर उसने सिर उठाया। कांच के टुकड़े उसके पास भूमि में पड़े थे। एक टुकड़ा उठाकर उसने अपना मुख देखा, चेहरे पर झुर्रियां पड़ी हुई थीं। आंखों के आगे एक स्याह-सा मंडल था। उसने कांपती हुई उंगलियों से चेहरे की झुर्रियों को छुआ। देर तक वह अपने चेहरे की झुर्रियों को देखती रही। फिर उसने कहा, 'रानी होने पर भी तू बदसूरत बन गई, बुढ़िया बन गई, बासी हो गई! इंग्लैंड की महामहिम रानी पर भी प्रकृति ने यह निर्दय वार किया-साधारण स्त्रियों की भाँति। कितना हीरा, मोती, स्वर्ण मेरे भंडार में भरा है। आधे यूरोप की दौलत। पर इस सबको खर्च करके भी मैं इन झुर्रियों को अपने मुंह पर से नहीं हटा सकती, जो प्रकृति के निर्दय हाथों ने बना दी हैं। इंग्लैंड की रानी आज अपनी ही आश्रिता दासी की अपेक्षा कंगाल है। उसका-सा रूप वह नहीं पा सकती। कहीं भी नहीं पा सकती। वह रूप न मेरा धन कहीं से खरीद सकता है, न धर्म दे सकता है, न इंग्लैंड का सिंहासन। अजेय स्पेन पर मैंने विजय प्राप्त की, पर वह लजीली-सी, भयभीत-सी छोकरी

मुझे जीत ले गई। आज मेरा गर्व ढह गया। मैं समझती थी कि मैं रानी हूँ, मैं सर्वश्रेष्ठ हूँ। कम-से-कम इंग्लैंड में मेरी समता की स्त्री नहीं है। मैं मूर्ख अपने रानी के रूप को सर्वोपरि समझती रही। अपना औरत का रूप मैंने नहीं देखा। मैं समझती रही, वह रानी को प्यार करता है। पर मर्द प्यार रानी को नहीं, औरत को करता है। मैं नहीं जानती थी कि मैं एक औरत हूँ। कैसे आश्चर्य की बात है! रानी की सम्पूर्ण गरिमा को चीरकर यह औरत कहां से मेरे अंदर से निकल आई, मुझे अपमान, निराशा और पराजय में धकेलने के लिए। उसने फिर एक बार शीशे के टुकड़े में अपने मुख की झुर्रियों को देखा, देर तक देखती रही। और फिर वह आंख बंद करके अपनी एक असहाय, परित्यक्ता औरत की मूर्ति देखते-देखते सो गई-वहीं भूमि पर। सारी गुण-गरिमा, सम्बन्ध और राजपाट जैसे उसके लिए निर्जीव, निष्प्राण हो चुके थे, निकम्मे, निरर्थक हो चुके थे और जैसे वह अपने प्राणों का आधार ही खो चुकी थी।

16

इंग्लैंड की महारानी एलिज़ाबेथ और स्कॉटलैंड की रानी मेरी स्टुअर्ट दोनों चचेरी बहिनें थीं। हेनरी सातवें ने अपनी पुत्री मार्गरेट का विवाह स्कॉटलैंड के राजा जेम्स चतुर्थ के साथ कर दिया था। यह विवाह इस आशा से किया गया था कि दोनों पड़ोसी देशों के सम्बन्ध सुधरेंगे और पुरानी शतुता मिटेगी। परंतु ऐसा नहीं हुआ। स्कॉटलैंड बराबर इंग्लैंड के प्रबल शतु और प्रतिस्पर्धी फ्रांस का ही साथ देता रहा। जब हेनरी आठवें का फ्रांस के साथ युद्ध ठना हुआ था, तब जेम्स चतुर्थ ने घात पाकर इंग्लैंड पर आक्रमण कर दिया। परंतु फ्लाउन के रणक्षेत्र में वह मारा गया। उसके बाद जब जेम्स पांचवां स्कॉटलैंड की गद्दी पर बैठा तो उसने भी फ्रांस ही से मित्रता रखी और इंग्लैंड पर आक्रमण कर दिया परंतु सालवेमास के युद्ध में वह परास्त हुआ, और कुछ दिन बाद मर गया।

जेम्स पांचवें की मृत्यु होने पर उसकी पुत्री मेरी स्टुअर्ट स्कॉटलैंड की रानी हुई। उस समय वह दूध पीती बच्ची थी। इसलिए उसकी मां अभिभाविका बनकर राज्यप्रबंध करने लगी। जब वह सयानी हुई, तब इंग्लैंड की गद्दी पर एडवर्ड छठा बैठा था, जो हेनरी आठवें का बेटा था। उस समय उसके मामा ड्यूक ऑफ़ समरसेट ने, जो एडवर्ड का संरक्षक था, एडवर्ड का ब्याह मेरी से करना चाहा। पर प्रथम तो एडवर्ड अल्पायु था, दूसरे वह तपेदिक का रोगी था, तीसरे वह कट्टर प्रोटेस्टेंट था। इसलिए स्कॉटलैंडवालों ने इनकार कर दिया। इस पर ड्यूक ऑफ़ समरसेट ने स्कॉटलैंड पर चढ़ाई कर दी। युद्ध में स्कॉटलैंड की पीनकी में पराजय हुई। फिर भी उन्होंने मेरी का ब्याह एडवर्ड से करना स्वीकार नहीं किया। उसे गुप्त रूप से फ्रांस भेज दिया गया, जहां उसका पालन-पोषण रोमन कैथोलिक तरीके पर हुआ और वह कट्टर रोमन कैथोलिक हो गई। इसके बाद बड़ी होने पर उसका विवाह फ्रांस के राजकुमार से कर दिया गया। का उन दिनों फ्रांस इंग्लैंड का धर्मशतु था और राजनीतिक शतु भी। इस बीच रानी एलिज़ाबेथ की प्रेरणा से स्कॉटलैंड में प्रोटेस्टेंट मत का प्रचार किया गया। यद्यपि मेरी की माता ने इसे रोकने की पूरी चेष्टा

की, कई प्रचारक जीते जलाए भी गए, पर वह लहर रुकी नहीं, और स्कॉटलैंड के लार्डो ने नये धर्म को अपनाकर अपना एक दृढ़ संगठन कर लिया। इस बीच मेरी का पति फ्रांस का बादशाह हो गया और उसने स्कॉटलैंड में नये पंथवालों को दबाने के लिए सेना भेजी। इसके विपरीत स्कॉटलैंड के लार्डो की प्रार्थना पर एलिज़ाबेथ ने भी अपनी सेना उनकी सहायतार्थ भेज दी।

लीथ के मैदान में दोनों सेनाओं का युद्ध हुआ और फ्रांस की सेना परास्त हुई और लौट गई। इस बीच मेरी की माता मार्गरेट की भी मृत्यु हो गई और राज्यप्रबंध नये पंथ के लार्डो को सौंपकर अंग्रेज़ी फ़ौज वापस चली आई। इन लार्डो ने राज्यप्रबंध ही नहीं, चर्च का प्रबंध भी अपने हाथों में ले लिया। अब स्कॉटलैंड से फ्रांस का हस्तक्षेप सर्वथा दूर हो गया। स्कॉटलैंड का यह नया शासन-मंडल एलिज़ाबेथ के प्रभाव में रहा। चर्च-सुधार से स्कॉटलैंड की जनता भी प्रसन्न हुई और एलिज़ाबेथ की उपकृत हुई। इस प्रकार इतने दिन बाद अब इन दोनों देशों की पुरानी शतुता कम होने लगी।

सन् 1561 में मेरी के पति फ्रांस के बादशाह की मृत्यु हो गई। मेरी की कोई संतान नहीं थी इसलिए वह स्कॉटलैंड लौट आई और राज्यप्रबंध अपने हाथ में ले लिया। वह कट्टर कैथोलिक थी, इसलिए धर्म-सुधार उसे रुचिकर न थे। परंतु स्कॉटलैंड में अब नये पंथ की पक्की जड़ जम चुकी थी और प्रजा की उसी से सहानुभूति थी। इसलिए न तो लार्डो ने, न प्रजा ने स्कॉटलैंड में रानी का स्वागत किया। साधारण प्रचारक तक रानी के लिए अपमानजनक शब्द कहने लगे। अपनी स्थिति ठीक रखने के लिए मेरी ने अपने चचेरे भाई लार्ड डानले से विवाह कर लिया। परंतु शीघ्र ही यह विवाह दु:खदायी हो उठा। दोनों एक-दूसरे के चरित्रों पर संदेह और आक्षेप करने लगे। इन्हीं दिनों रिटजियो नामक एक सुंदर पुरुष से मेरी की बहुत घनिष्ठता हो गई। एक दिन मेरी के पति ने उसके शयनागार में रंगे-हाथों उसे धर दबोचा और उसका मेरी के सम्मुख ही उसी के कमरे में निर्दयतापूर्वक वध कर डाला। मेरी क्रोध और क्षोभ से पागल हो गई और उसने प्रतिज्ञा की कि वह इसका बदला लेगी।

कुछ दिन बाद ही मेरी ने अपने एकदूसरे सरदार अर्ल ऑफ़ वोर्थवेल से आशनाई कर ली और वे दोनों डार्नले से पिंड छुड़ाने का उपाय सोचने लगे, जो अब रानी की आंखों का शूल बना हुआ था। डार्नले एडिनबरा से कुछ दूर कर्कोफील्ड नामक स्थान में अपने निजी मकान में रहता था। अभी रानी के पिछले यार को मरे पूरा एक वर्ष भी नहीं बीता था कि उसने पति के साथ घुल-मिलकर रहना शुरू कर दिया और एक दिन बेहद प्रेम प्रकट करके उसे खूब शराब पिलाई और तब वह एक भोज में सम्मिलित होने का बहाना करके वहां से चल दी। चलती बार उसने ये शब्द कहे, 'आज ही के दिन गत वर्ष रिटजियो का खून किया गया था। उसके इन शब्दों तथा उसके नेत्रों के भयानक भाव तथा व्यंग्यपूर्ण मुस्कुराहट से उसके पति को संदेह तो हुआ, वह घबराया भी, पर बेहद शराब पीने से उसमें सोचने की कुछ भी सामर्थ्य न रह गई थी। मकान के तहखाने में बारूद बिछा दी गई थी। उसमें तुरंत आग लगा दी गई। एक भयानक

धड़ाका हुआ और महल की धज्जियां उड़ गईं। अभागा डार्नले चालीस गज़ दूर एक पेड़ से जा टकराया। उसका सिर चकनाचूर हो गया।

इस रोमांचकारी घटना के कुछ ही दिन बाद 15 जून को रानी ने अपना ब्याह लार्ड वोर्थवेल से धूमधाम से कर लिया।

रानी से स्कॉटलैंड के लार्ड और प्रजावर्गीजन कोई भी प्रसन्न न था। अब इस दुहरी भयानक कार्रवाई से सबका मन रानी के प्रति घृणा और विद्रोह से भर गया। प्रकट था कि अर्ल ऑफ़ वोर्थवेल की सहायता से रानी ने अपने पति की क्रूर हत्या की थी। फिर विवाह का अभिनय तो निर्लज्जता की पराकाष्ठा थी। विवाह के बाद ही प्रजा और लार्डों ने मिलकर विद्रोह का झंडा खड़ा कर दिया। रानी अभी अपनी सुहागरात भी अच्छी तरह न मना सकी थी कि गिरफ्तार कर ली गई और लोचेलवेल के दुर्ग में कैद कर ली गई जहां से वह अब भाग निकली थी।

परंतु उसके भाग्य ने साथ नहीं दिया। उसके मित्रों ने बहुत जोड़-तोड़ लगाए, सेना एकत्र की; अंत में ग्लासगो के निकट लैंगसाइट के मैदान में उसका सौभाग्य-सूर्य सदा को अस्त हो गया। रीजेंट मरे ने उसकी सेना का पूरी तौर पर विध्वंस कर दिया। रानी ने कर्थकाट के दुर्ग से अपनी सेना का विनाश देखा। उसकी आशालता मुरझा गई। अब उसे इंग्लैंड की महारानी अपनी बहन एलिज़ाबेथ का ही आसरा था। अपने निजी सेवकों के साथ घोड़े पर सवार होकर वह इंग्लैंड को भागी और अपने को एलिज़ाबेथ की दया पर छोड़ दिया। एलिज़ाबेथ ने उस पर अधिक दया न की और उसने उसे लोचेलवेल कैसल में कैद कर लिया, जहां उसे बंदी रहते अब बीस बरस बीत रहे थे।

17

इंग्लैंड के एकांत दुर्ग में कैद स्कॉटलैंड की रानी के लम्बे बीस बरस कितने नीरस, कितने उत्तेजना से भरपूर और कितने कड़वे बीते थे, इसका विवरण देना असम्भव है। यद्यपि दुःख-दर्द और समय ने उसे बड़े-बड़े झकझोरे दिए थे परंतु उसका रूप-लावण्य वैसा ही बना हुआ था। एलिज़ाबेथ और उसमें बड़ा अंतर था। एलिज़ाबेथ सुंदर न थी और यह परम सुंदरी थी। इतनी आयु होने पर इतना वेदनापूर्ण जीवन व्यतीत करने पर भी अभी उसमें आकर्षण था। उसकी आकृति अब भी देखने वालों को मोहित करती थी। परंतु एलिज़ाबेथ जैसी राजनीति-निपुण, रुआब और दबदबे की स्त्री थी, मेरी उतनी ही साधारण, दुर्बल हृदय की, खटपटी और तुच्छ स्त्री थी। सबसे बड़ी बात यह थी कि रानी एलिज़ाबेथ कट्टर प्रोटेस्टेंट थी और मेरी कट्टर रोमन कैथोलिक। इन दोनों के वैमनस्य का एक यह भी गूढ़ कारण था। परंतु एक और बात इससे भी अधिक गम्भीर थी।

रानी एलिज़ाबेथ का जन्म हेनरी अष्टम और रानी एनीबोलीन से हुआ था। हेनरी ने रानी एनीबोलीन से बिना पोप की आज्ञा के ही विवाह किया था, इसलिए कैथोलिक लोग इस विवाह

को विधि-विहित नहीं समझते थे और अपने मत से एनीबोलीन की पुत्री रानी एलिज़ाबेथ को भी वे इंग्लैंड की गद्दी की सही अधिकारिणी नहीं मानते थे। मेरी हेनरी आठवें की बड़ी बहन मागरिट की पुत्री थी। इसलिए एलिज़ाबेथ यदि इंग्लैंड की अवैध उत्तराधिकारिणी प्रमाणित होती तो मेरी ट्यूडर वंश की प्रतिनिधि के रूप में इंग्लैंड के सिंहासन की प्रकृत अधिकारिणी थी। रानी मेरी चाहे जितनी दुर्बलहृदय हो, पर वह महत्वाकांक्षिणी और खटपटी अवश्य थी। इंग्लैंड में जब से मेरी कैद हुई थी, तभी से रोमन कैथोलिक दल इंग्लैंड की गद्दी पर उसके इस दावे की चर्चा दबी ज़बान से करता रहता था। परंतु एलिज़ाबेथ बड़ी दबंग स्त्री थी। वह बुद्धिमती और दूरदर्शिनी भी थी। वह इस धर्म-संकट से बेखबर न थी। इसीलिए उसने गद्दी पर बैठने के बाद सबसे पहले चर्च का निर्णय किया था और यह बात खुलेआम आगे लाई गई थी कि सरकारी धर्म क्या हो। वह न कैथोलिकों को और न प्रोटेस्टेंटों को ही अप्रसन्न करना चाहती थी। हां, वह थी कट्टर प्रोटेस्टेंट। परंतु प्रजा के लिए उसने एक बीच का मार्ग निकाला था तथा नेशनल चर्च की नींव डाली थी, जिसे चर्च ऑफ़ इग्लैंड के नाम से पुकारा जाता था। इसमें दोनों मतों की क्रिया-विधि थी। परंतु पोप से सम्बन्ध बिलकुल विच्छिन्न कर दिया गया था। इसके अतिरिक्त उसने एक एक्ट ऑफ़ सुप्रीमेसी पार्लियामेंट से पास कराया था, जिसके आधार पर इंग्लैंड का अधीश्वर ही चर्च ऑफ़ इंग्लैंड का अधिष्ठाता होता था। इसके बाद उसने एक्ट ऑफ़ यूनिफार्मिटी बनाकर 'बुक ऑफ़ कॉमन प्रेयर' का प्रयोग समस्त गिरजाघरों में अनिवार्य ठहरा दिया था। एलिज़ाबेथ के इस निर्णय से दोनों धर्मों के लोग संतुष्ट हो गए थे, परंतु कट्टर कैथोलिक और पक्के प्रोटेस्टेंट विरोधी थे। पर रानी ने ऐसे विरोधियों को दंड देने के लिए एक पृथक् न्यायालय स्थापित किया था। एलिज़ाबेथ के इस बुद्धिमानी और दूरदर्शितापूर्ण धार्मिक निर्णय से पिछले पचास वर्षों से चले आते धार्मिक झगड़े खत्म हो गए थे और लोग धर्म विभीषिका से मुक्त होकर अपने काम-धंधों का विकास करने लगे थे जिससे इंग्लैंड की जनता को बेहद लाभ हुआ था।

परंतु मेरी और उसके समर्थकों को चैन न था। मेरी के इंग्लैंड में रहने से कैथोलिकों का साहस बढ़ गया था और वे अब धीरे-धीरे यह षड्यंत्र रचने लगे कि एलिज़ाबेथ को मारकर मेरी को इंग्लैंड के सिंहासन पर बिठाएं। पर एलिज़ाबेथ का गुप्तचर विभाग निपुणता से काम कर रहा था। इस परिस्थिति से लाभ उठाकर पोप ने एलिज़ाबेथ को पतित घोषित कर दिया था और जीसूइट लोग इंग्लैंड में खुलेआम यह कहते फिरते थे कि एलिज़ाबेथ के विरुद्ध विद्रोह करना धर्म है। परंतु इस स्थिति में एलिज़ाबेथ घबरायी नहीं। उसने कड़े हाथों से अपराधियों को दंड देने की व्यवस्था की।

बड़े-बड़े लार्ड और जनता के प्रतिनिधि उसके साथ थे। उसकी समन्वयनीति, शौर्य और धैर्य पर सभी श्रद्धावान थे। यद्यपि उसके चरित्र-दौर्बल्य की बातें भी कही जाती थीं, परंतु उसकी दृढ़ता भी विख्यात थी। आर्मेडा की विजय ने रानी के प्रति सबको श्रद्धावान बना दिया था। फिर उसके मंत्री और सहायक भी सावधान और योग्य थे। सबने हस्ताक्षर किए कि वे तन, मन, धन से रानी के साथ हैं। अंत में एक ऐसे षड्यंत्र का पता लगा जो रानी एलिज़ाबेथ को मार डालने

के लिए किया गया था और जिसमें मेरी स्टुअर्ट सम्मिलित थी। मेरी पर कोर्ट में मुकदमा चलाया गया और वह अपराधिनी प्रमाणित हुई, जहां से उसे प्राणदंड की आज्ञा हुई और एलिज़ाबेथ ने कांपते हाथों उसका सिर काट लेने के वारंट पर हस्ताक्षर कर दिए।

लार्ड सेल्सबरी, अर्ल ऑफ़ कैंट, नार्थम्पटनशायर के मेयर मृत्यु-संदेश लेकर मेरी के पास पहुंचे। उन्होंने गम्भीरतापूर्वक संक्षेप में वह संदेश सुनाया और यह भी सूचना दी कि हमारे साथ आपका वध देखने के लिए एक शाही कमीशन भी है और कल प्रात:काल वह इस दु:खदायी घटना के लिए तैयार रहे।

यह भीषण संदेश उस पर वज्रपात की भाँति गिरा। ऐसा प्रतीत होता था कि उसका हृदय फट जाएगा। उसने घृणा और कष्ट से सिर ऊंचा करके कहा, 'कृपया मेरे चिकित्सक को तुरंत मेरे पास भेज दीजिए।'

मृत्यु संदेशवाहक क्षण-भर कुछ सोचते रहे। उन्हें भय था कि कहीं वह रात में आत्मघात न कर ले या कहीं ऐसा न हो कि वह वधस्थल तक जाने से इनकार कर दे और उसे बलपूर्वक ले जाना पड़े। परंतु उन्होंने उसकी आज्ञा का पालन किया। वे चले गए। रानी का चिकित्सक आया। मेरी उसे फ्रांस में फैली हुई अपनी रकम के सम्बन्ध में देर तक आदेश देती रही।

अब उसका अंत-समय निकट था, जिसके लिए वह चिरकाल से भयभीत थी। अब तक आशा की जो एक क्षीण रेखा थी, वह विलुप्त हो चुकी थी। अब जिस कार्य के लिए उससे तैयार होने को कहा गया था और जिसके भयानक अस्तित्व का उसे सामना करना था, उसने उसकी तमाम दुश्चिंताएं, बदले की भावनाएं, विरोध की चेष्टाएं, प्रतिद्वंद्वी के सिंहासन पर बैठने की सुखद कल्पनाएं, सब-कुछ एक साथ ही नष्ट कर दी थीं! उसने बहुत गहरी चाल खेली थी, पर पासा उलटा पड़ा था। उसका दुर्भाग्य विद्रूप से हंस रहा था।

उसका पादरी किले के उस पार था। कमिश्नर लोग चाहते थे कि वह मृत्यु-समय प्रोटेस्टेंट विश्वास के अनुसार प्रार्थना करे। उन्होंने अपना पादरी उसके पास भेजा भी, पर रानी ने उसे नामंजूर कर दिया। अपने पादरी को बुलाने की उसे आज्ञा नहीं मिली। इसलिए उसने उसे पत्र लिखा, 'धर्म-पिता, मेरी इच्छा अपने विश्वास और धर्म की रीति पालन करने की है। आप मेरे पास आ नहीं सकते। इसलिए मैं साधारण स्वीकृति पर ही संतोष करूँगी। परंतु आप रात-भर सावधान रहकर मेरे लिए प्रार्थना करें।'

रात को भोजन उसने अपनी दासी के साथ प्रसन्न मन से किया। यही उस बदनसीब का अंतिम भोजन था। भोजन कर चुकने पर उसने अपनी दासी से कहा, 'क्या मैं तुम्हारा विश्वास कर सकती हूँ!'

'अवश्य श्रीमती।'

'मेरे पास एक पत्र और दो हीरे हैं। मैं उन्हें मैंडोज़ा के पास भेजना चाहती हूँ।'

दासी ने पत्र और हीरे लेकर अपने वस्त्रों में छुपा लिये और ठिकाने पर पहुंचाने का वादा किया। एक हीरा मैंडोज़ा के लिए था, दूसरा फिलिप के लिए। यह इस बात का चिह्न था कि वह निरपराध मारी जा रही है और उसके बाद उसके मित्रों और नौकरों की देखभाल की जाए। उसने याद कर-करके अपने सभी नौकरों और मित्रों के नाम बताए। अरण्डेल, पैगट, मोरगन, बिशप ऑफ़ ग्लासगो, थ्रोग मारटन; रोज़ का पादरी, दोनों सेक्रेटरी, वे सहेलियां और दासियां जो कैद में उसके साथ रही थीं, सबको उसने बताया और किस-किसको कितना देने की उसकी इच्छा है, यह भी फिलिप को लिख दिया। अपने विश्वासपात्रों पर उदारता दिखाना उसका स्वभाव था। आज भी वह उन्हें भूली नहीं थी। इसके बाद उसने अपने नये-पुराने समस्त शत्रुओं को याद किया और उन्हें धन्यवाद दिया। अब उसका किसी से द्वेष न था। उसने दासी से कहा, 'फिलिप से कहना कि यह उसकी मां की आखिरी प्रार्थना है, और मैं चाहती हूँ कि इसे तुम गुप्त रखो। यह संदेश मेरी की मृत्यु के उपलक्ष्य में नहीं है किंतु इंग्लैंड के भावी युद्ध के उपलक्ष्य में है। यह अनिवार्य विग्रह है जो तुम्हारे लिए गौरव की बात है। जब तुम विजय प्राप्त कर लो तो तुम उन दुर्व्यवहारों को याद रखना, जो सिसिल लेसेस्टर और वालसिंगम ने मेरे साथ किए हैं। लार्ड हंडिंगटन ने टटवर आने से पूर्व पंद्रह वर्ष तक मेरे साथ कैसा व्यवहार किया था और सर अमयास पोलेट और सेक्रेटरी वेड ने कैसे-कैसे अत्याचार किए थे, यह याद रखना।'

वह रात-भर व्यस्त रही। काम बहुत था और समय कम। आधी रात के बाद उसने एक पत्र फ्रांस के बादशाह को लिखा, उसमें लिखा था, 'इंग्लैंड के सिंहासन पर मेरा अधिकार है। मैं अधर्म से धर्म के लिए मारी जा रही हूँ-निर्दोष। अंत में उसने उन रुपयों के सम्बन्ध में लिखा था जो बादशाह के पास जमा थे और बताया था कि उसके मरने के बाद उनके अनुचरों को किस तरह दिया जाए।

पत्र लिखकर वह सो गई और प्रातःकाल तक सोती रही।

18

प्रातःकाल ज्यों ही आठ का घड़ियाल बजा, मेयर दो आदमियों के साथ भीतर आया। सामने मेरी स्टुअर्ट की मोहिनी मूर्ति खड़ी थी। उसे देख वे मुग्ध जड़ हो गए। एक अपूर्व तेज और सौंदर्य उसके चेहरे पर छा रहा था। वह सुंदर सफ़ेद अतलस की सदा की पोशाक के स्थान पर काली साटन की पोशाक पहने हुए थी। उसमें झालर टंकी थी और मखमल की गोट लगी थी। उसके नकली बाल बड़ी सुधराई से बंधे हुए थे। सिर और कमर पर लटकता हुआ सफ़ेद दुपट्टा पड़ा था। गर्दन में सोने का एक नैकलेस था और हाथीदांत का सुंदर क्रॉस। उसकी कमर में एक पेटी थी जिसमें जवाहरात में जड़ी पवित्र प्रार्थनाएं अंकित थीं।

पोलेट के दो आदमियों के साथ वह चली। उसके आगे मेयर था। वह दालान में आई, जहां सेल्सबरी, कैंट, पोलेट, डूरी और दूसरे उच्चपदस्थ राजपुरुष उसकी प्रतीक्षा में खड़े थे। सर राबर्ट

का भाई एंड्रज मेलविल्ले, जो उसका प्रधान गृह प्रबंधक था, वहां घुटने टेके आंसू बहा रहा था।

रानी ने कहा, 'मेलविल्ले, रोओ मत। खुश होओ कि मैं एक रोमन कैथोलिक की भाँति मर रही हूँ। मेरे मित्रों और पुत्र से कहना कि स्कॉटलैंड के सिंहासन का मैंने कोई अनिष्ट नहीं किया है।'

मेलविल्ले ने सिसकियां लेते हुए कहा, 'विदा, अलविदा!'

'पवित्र पिता और मेरी सहेलियां कहां हैं, मैं चाहती हूँ कि वे मुझे मरते हुए देखें।'

'मुझे भय है कि कहीं वे चीख मारकर बेहोश न हो जाएं। मैं समझता हूँ कि वे अपने रूमालों को आपके रक्त में रंगने का प्रयत्न करेंगे,' कैंट ने कहा।

'वे शान्त और आज्ञाकारी रहेंगे, विश्वास रखिए। क्या तुम्हारी रानी एलिज़ाबेथ मेरी इस तुच्छ प्रार्थना को भी स्वीकार नहीं कर सकती?'

'श्रीमती, मुझे खेद है, बहुत खेद...,' कैंट ने कहा।

रानी ने रोते हुए कहा, 'तुम जानते हो, मैं तुम्हारी रानी की बहिन और स्कॉटलैंड की रानी हूँ। अष्टम हेनरी का रक्त हम दोनों ही के शरीर में है। विवाह के बाद मैं फ्रांस की रानी बनी। फिर स्कॉटलैंड का मुकुट मेरे मस्तक पर रखा गया।

'श्रीमती, आप केवल छह व्यक्तियों को अपने अंतिम समय में उपस्थित रख सकती हैं।'

रानी ने अपने चिकित्सक वरगन, एंड्रयू, मेलविल्ले, गोरियन और दो स्त्रियों के नाम गिना दिए। फिर उसने एक ठंडी सांस ली और कहा, 'अच्छा, तो अब हमें चलना चाहिए। उसने एक गार्ड के कंधे का सहारा लिया और अर्ल के साथ सीढ़ियां उतरने लगी।

सब लोग दालान तक पहुंचे। मेरी के प्राण-दंड का समाचार लंदन में सर्वत्र फैल गया था और दालान के बाहर अपार भीड़ आ जुटी थी। चुने हुए केवल तीन सौ सरदारों और लार्डों को इस कत्ल के साक्षी-स्वरूप अंदर आने दिया गया था। मेज़-कुर्सियां हटा दी गई थीं। चिमनियों से आग की लपटें निकल रही थीं। दालान के ऊपरी हिस्से में अंगीठी के पीछे की तरफ़ वध-मंच बनाया गया था, जो बारह फीट लम्बा-चौड़ा और अढ़ाई फीट ऊंचा था। वह एक काले कपड़े से ढंका था और काले ही कपड़े से मढ़ी हुई एक लकड़ी की पाढ़ इस पर जड़ी गई थी। मेयर के गार्ड उसके चारों तरफ़ घूम-घूमकर पहरा दे रहे थे और भीड़ को उधर आने से रोक रहे थे। पाढ़ पर सिर रखने की टिकटी थी। वह भी काले कपड़े से मढ़ी हुई थी। इसके पीछे एक चौकी बिछी थी और उसके पीछे एक काली कुर्सी रखी हुई थी, जिसके दाहिनी ओर लार्डों के लिए दो कुर्सियां वैसी ही रखी थीं। पाढ़ के सहारे एक विशाल कुल्हाड़ा रखा हुआ था और दो निश्चल भयानक जल्लाद उसके निकट खड़े थे।

रानी इस तरह उधर की ओर बढ़ रही थी जैसे वह कोई गम्भीर पार्ट करने जा रही हो। उसके चेहरे पर इस समय कोई विषाद की रेखा न थी। वह शान्त और गम्भीर थी। पाढ़ पर पहुंचकर उसने मुस्कुराकर इधर-उधर देखा और बैठ गई। सेल्सबरी और कैंट के अर्ल भी बैठ गए।

अब वियेल ने ज़ोर से आज्ञापत्र पढ़कर सुनाया। उस जन-समुद्र में मेरी स्टुअर्ट ही एक ऐसी स्त्री थी जिसे अपनी मृत्यु के शब्दों में दिलचस्पी नहीं थी।

'श्रीमती', लार्ड सेल्सबरी ने आज्ञापत्र सुनाने के बाद कहा, 'आपने सुन लिया कि हम किस आज्ञा का पालन करने को बाध्य हैं?'

'तुम अपना कर्तव्य पुरा करो.' यह कहकर वह प्रार्थना के लिए उठ खड़ी हुई।

पीटर्सबर्ग का पादरी डॉ. फ्लेचर उठा और पाढ़ तक पहुंचा। उसने मृदु मंदस्वर से कहा, 'श्रीमती, उदार स्कॉटलैंड की महारानी...।'

वह और कुछ कहना ही चाहता था कि रानी ने बीच ही में बात काटकर कहा, 'पादरी महोदय, मैं एक कैथोलिक हूँ और कैथोलिक की भाँति ही मरना चाहती हूँ। आप मुझे मेरे निश्चय से विचलित करने का व्यर्थ प्रयत्न मत कीजिए। आपकी प्रार्थना से मेरा कोई लाभ नहीं होगा।'

'श्रीमती, आप अपने विचार बदलें। अपने पापों का प्रायश्चित्त करें और प्रभु मसीह की शरण जाएं,' पादरी ने आगे बढ़ते हुए कहा।

रानी ने लड़खड़ाती आवाज़ में कहा, 'अधिक कष्ट न करें पादरी महोदय, मुझे अपने धर्म पर विश्वास है।' इस पर लार्ड सेल्सबरी ने आगे बढ़कर कहा, 'श्रीमती, मुझे दु:ख है कि आप अपने कैथोलिक धर्म पर इस तरह अटल हैं।'

इसी समय कैंट के अर्ल ने व्यंग्य से कहा, 'जिस प्रभु मसीह की मूर्ति का आप ध्यान करती हैं, वह यदि आपके हृदय में अंकित कर दी जाए तो भी, मैं समझता हूँ, कोई लाभ न होगा।'

पर रानी ने इस व्यंग्य का कोई जवाब नहीं दिया। वह फ्लेचर की ओर मुड़कर प्रार्थना करने लगी।

उन लोगों को आदेश दिया गया कि उस समय रोमन कैथोलिक धर्म का जो दृश्य उपस्थित किया जाए, वह यथासम्भव प्रकट न होने पाए। पर मेरी चाहती थी कि उसका स्वरूप उपस्थित जनसमूह पर भली-भाँति प्रकट हो जाए। वह नीचे को झुकी और ज़ोर-ज़ोर से प्रार्थना करने लगी। इस प्रार्थना में लगभग सारा उपस्थित जनसमुदाय शरीक हो गया। वायुमंडल हज़ारों कंठों की सम्मिलित ध्वनि से गूंज उठा। अपनी आवाज़ उस बड़े दालान में गूंजती देख उसने अपनी पूरी शक्ति से लैटिन भाषा में ज़ोर-ज़ोर से प्रार्थना करनी आरम्भ कर दी। बीच-बीच में वह अंग्रेज़ी भी बोलती थी जिससे श्रोतागण उसका अर्थ समझ लें। वह सरलतापूर्वक अपने पवित्र पोप से प्रार्थना कर रही थी। अधिक ज़ोर से बोलने के कारण उसकी छाती ज़ोर-ज़ोर से धड़कने लगी। पादरी

ने विरोध करना छोड़ दिया और मेरी शेष प्रार्थना अंग्रेज़ी में करने लगी। उसकी भाषा सतेज थी। उसने अपने चर्च के लिए प्रार्थना की, अपने पुत्र के लिए प्रार्थना की और रानी एलिज़ाबेथ के लिए प्रार्थना की। अंत में उसने कहा, 'प्रभु, इंग्लैंड पर कोप मत करना।'

इसी इंग्लैंड से युद्ध करने के लिए उसने अपने पुत्र फिलिप को अंत-समय तक अड़े रहने का आदेश दिया था। यहां उसने अपने शतुओं को क्षमा कर दिया। परंतु फिलिप से इन शतुओं को न भूल जाने को उसने कहलाया था। अंत में उसने चिल्लाकर कहा, 'प्रभु यीशू, जिस प्रकार तुम्हारी बांहें सूली पर लटकाई गई थीं, उसी प्रकार मुझे भी अपनी शरण में लो और मेरे पापों को क्षमा करो।'

वह उठ खड़ी हुई। दोनों जल्लाद आगे बढ़े और रानी से क्षमा मांगी।

'मैं तुम्हें क्षमा करती हूँ, क्योंकि तुम मेरे कष्टों का अंत कर दोगे,' उसने शान्त वाणी से कहा।

जल्लादों ने कहा, 'श्रीमती, अपने वस्त्र संभालने में हमें सहायता करने देंगी?'

रानी ने मुस्कुराकर कहा, 'सच है, ऐसे आज्ञाकारी सेवक मुझे पहले कभी न मिले थे।'

उसकी सहेलियों को ऊपर आकर उसके वस्त्र ठीक करने की आज्ञा मिल गई। यह काम नाजुक था। उसने अपने हाथ का बहुमूल्य क्रॉस कुर्सी पर रख दिया। जल्लाद ने उसे उपहार समझकर उठा लिया, पर रानी ने उसे वहीं रख देने की आज्ञा दी। ओढ़ना उतारकर सावधानी से कुर्सी पर रख दिया गया, फिर काला लबादा भी उतार लिया गया। इसके नीचे मखमली पेटीकोट था। उसके भीतर काली जाकेट थी। जाकेट के नीचे अतलस की चोली थी। उसकी एक सहेली ने उसे अपनी मखमल की आस्तीनें दीं, जिन्हें उसने जल्दी से पहन लिया। अब उसे काली पाढ़ पर खड़ा किया गया। उसके चारों ओर काली मूर्तियां थीं। क्षण-भर को रानी के खून की गति रुक गई। सहेलियां अब अपने को न संभाल सकीं। वे फूट-फूटकर रोने लगीं। उनका आर्तनाद सुनकर मेरी ने कहा, 'धैर्य धरो, रोकर कायरता प्रकट न करो।'

इसके बाद उसने बारी-बारी से उनका गाढ़ालिंगन किया और ईश्वर से प्रार्थना करने का आदेश दिया। फिर वह घुटने टेककर बैठ गई। बरबरा मोती ने उसकी आंखों पर पट्टी बांध दी।

रानी ने मुस्कुराकर पुकारा, 'एंड्रयू!' एंड्रयू आगे आया। उसने उसको स्पर्श किया और कहा, 'एंड्रयू, विदा!'

यह उसका अंतिम नर-स्पर्श और मुस्कान थी।

सब लोग पाढ़ से उतरकर दूर चले गए। उसने घुटने टेके हुए ही कहा, 'हे प्रभु, मेरा विश्वास तुम्हारे ही ऊपर है।

उसके कंधे उघड़ गए थे। उन पर दोनों ओर एक-एक घाव का चिह्न था। कैंट ने बेंत के संकेत से पूछा, यह क्या है? सेल्सबरी ने धीरे से कान में कहा, 'यह उस समय के हैं, जब वह मेरे साथ

शेफील्ड में रहती थी। जब वह प्रार्थना कर चुकी तो उसने टिकटी को संभाला और अपना सिर उस पर रख दिया और कुछ गुनगुनाने लगी।

लकड़ी सख्त थी। वह उसके गले में चुभ रही थी। उसने गर्दन के नीचे अपने हाथ रख लिये। वधिकों ने उन्हें धीरे से हटा दिया, ताकि चोटें खाली न जाएं। फिर एक ने उसे अच्छी तरह पकड़ लिया और दूसरे ने कुल्हाड़े से चोट की।

बड़ा ही भयानक करुण दृश्य था। वधिक के हाथ लड़खड़ा गए थे और चोट रूमाल की गांठ पर पड़ी थी, जिससे ज़रा-सी चमड़ी कटकर गिर पड़ी। उसने फिर चोट की और यह पूरी बैठी। गर्दन कटकर ज़रा-सी खाल के सहारे लटक गई और फिर अलग हो गई।

दृश्य बदल गया और उसके साथ सुंदरी मेरी बदल गई। सब कुछ एक जादू के समान हो गया। तख्त पर पड़ी रानी की लाश उसी के गर्म खून के सागर में डूबी हुई देख लोगों में सिहरन दौड़ गई। वधिक ने कायदे के अनुसार सिर ऊपर उठाकर लोगों को दिखाया। अब भी उस कुम्हलाए मुख से दयनीयता फूटी पड़ती थी। पीटर्सबर्ग के पादरी ने चिल्लाकर कहा, 'महारानी के शतु नष्ट हुए!'

जनसमुदाय से ध्वनि उठी, 'आमीन!'

ड्यूक ऑफ़ कैंट उठकर लाश पर पैर रखकर खड़ा हो गया। उसने चिल्लाकर कहा, 'महारानी और गोस्पल के शतुओं की यह दुर्दशा हुई!'

19

जिस समय लंदन में यह रोमांचकारी घटना हो रही थी, उस समय एक मज़बूत समुद्री बेड़े के साथ सर फ्रांसिस ड्रेक, जो उन दिनों समूचे यूरोप में अपनी साहसिक डकैतियों के कारण 'समुद्री कुत्ते' के नाम से विख्यात था, अपनी साहसिक डकैती-यात्रा पर निकला हुआ था। स्पेन के आर्मेडा का विध्वंस करने के बाद उसके हौसले बहुत बढ़ गए थे। अन्य देशों के जहाज़ों को लूट लेने की उसे रानी ने खुली छूट दे रखी थी। वे दिन ही ऐसे थे जबकि स्थल पर निरंतर खून-खराबियां होती रहती थीं और जल में डकैतियां। ऐसे काम तब राजनीति के अंग ही माने जाते थे और इंग्लैंड में खास तौर पर ये समुद्री कुत्ते हीरो माने जाते थे। इसी से सर ड्रेक को सर का खिताब और दूसरी प्रतिष्ठाएं रानी के दरबार से मिली थीं। हकीकत यह थी कि उन्हीं की कार्रवाइयों से इंग्लैंड का क्षुद्र टापू लहरों का स्वामी बनता जाता था।

भारत का नाम यूरोप में उन दिनों अतुल सम्पत्ति के लिए विख्यात था। उधर से आने वाले डच, पोर्चुगीज़ आततायियों की लूट के माल से भरे हुए जहाज़ और वहां के लोगों से मुगल दरबार की शान और तड़क-भड़क की चर्चा यूरोप-भर में फैली हुई थी। भारत की समृद्धि की भाँति-भाँति की कहानियां तब यूरोप की जातियों में विख्यात थीं, जो मध्य एशिया में होकर यूरोप पहुंचती थीं। इससे यूरोप के लगभग सभी देशों के साहसिक जन भारत में पहुंचने और वहां की बेशुमार दौलत लूटने को लालायित रहते थे।

यूरोप की इन जातियों में पुर्तगाल सबसे अधिक भाग्यवान प्रमाणित हुआ था। उसका प्रसिद्ध नाविक वास्कोडिगामा केप ऑफ़ गुड होप से होता हुआ पंद्रहवीं शताब्दी के अंतिम चरण में ही भारत पहुंच चुका था और उस समय से लेकर पूरे सौ वर्ष तक भारत में उसकी प्रतिस्पर्धा करनेवाला दूसरा कोई भी यूरोपियन न था, इसलिए पुर्तगाल ने भारत को मन भरकर लूटा।

पुर्तगालवाले जिस समय भारत में पहले-पहल घुसे तो उनके एक हाथ में तलवार थी और दूसरे में क्रॉस। परंतु जब सोने का ढेर उनके सामने आया तो उन्होंने क्रॉस को ताक पर रखकर जेबों में सोना भरना आरम्भ कर दिया। परंतु सोना बहुत अधिक था, एक हाथ में न समा सकता था, इसलिए उन्होंने तलवार भी एक ओर रख दी। ठीक इसी समय यूरोप की दूसरी जातियों के लोग भारत में आ पहुंचे और उन पर हावी हो गए।

इस समय पुर्तगाल और स्पेन में पूर्वी एशिया को हड़प लेने की होड़ लगी हुई थी। उन दिनों यूरोप के यही दोनों देश सर्वोपरि थे। पुर्तगाल ने पूर्व की ओर रुख किया था और स्पेन ने पश्चिम की तरफ़। पुर्तगाल अफ्रीका के इर्द-गिर्द चक्कर काटकर हिन्दुस्तान आ पहुंचा था और स्पेन भारत के भुलावे में अमेरिका जा पहुंचा था। बाद में वह दक्षिण अमेरिका का चक्कर लगाकर मलक्का जा पहुंचा था। मलक्का द्वीप मसालों के लिए जगविख्यात था। मसाले उन्हीं प्रदेशों में पैदा होते हैं जो भूमध्य रेखा के निकट हैं। यूरोप में मसाले बिलकुल नहीं होते थे। दक्षिण भारत और लंका में भी मसाले होते हैं, पर मलक्का ही मसालों का देश था। इसी से वह मसाले के टापू के नाम से विख्यात था। बहुत प्राचीन काल से इन मसालों की यूरोप में बहुत खपत थी। वे यूरोप में बहुत महंगे भी बिकते थे। रोमन लोगों के ज़माने में काली मिर्च सोने के भाव बिकती थी। बहुत दिन तक यह व्यापार भारतीयों के हाथ में रहा, फिर अरबों के हाथ में आया। अब जब से स्पेनवासियों और पोर्चुगीज़ों ने समुद्र में डाके डालने शुरू किए तो अरबों का यह व्यापार मटियामेट हो गया। ये समुद्री डाकू मसालों से भरे अरबों के जहाज़ लूट लेते थे, जिसकी कहीं दाद-फरियाद न थी। अंत में ये दोनों जातियां दुनिया का चक्कर लगाकर मसालों के देश में आ मिलीं।

जिस समय अलबुकर्क ने भारत में कदम रखा था, तब मलक्का में नये साम्राज्य की स्थापना हुई थी। पोर्चुगीज़ों ने वहां संघर्ष किया और अलबुकर्क ने मलक्का पर हमला करके मलक्का पर कब्जा कर लिया। साथ ही अरबों के व्यापार का भी खात्मा हो गया और यूरोप का व्यापार पोर्चुगीजों के हाथ में आ गया, जिससे देखते ही देखते उनकी राजधानी लिस्बन यूरोप-भर में मसालों और दूसरे पूर्वी मालों की मंडी बन गई।

पोर्चुगीज बड़े निर्दयी और कट्टर धर्मांध थे। उन दिनों यूरोप में धर्मांधता का साम्राज्य था ही। पुर्तगाल भी स्पेन की भाँति रोमन कैथोलिक था और उनके अपने देश में भी वीभत्स व नंगे अत्याचार चर्च के नाम पर किए जाते तथा लोग ज़बर्दस्ती ईसाई बनाए जाते थे। उन्होंने गोआ में इन्क्विज़िशन की अदालत कायम की थी, जिसमें गैर-ईसाई प्रजा को लामज़हब करके जिन्दा

जला दिया जाता था। उन्होंने मलक्का और भारत में भी जुल्मों की हद कर दी। अलबुकर्क ने अरबों पर बड़े जुल्म ढाए। साठ वर्ष तक यूरोप में मसालों के व्यापार में उनका कोई प्रतिद्वंद्वी नहीं रहा। इसके बाद जब सन् 1565 में स्पेन ने फिलिपाइन द्वीपों पर कब्ज़ा किया, तब पूर्वी समुद्र में दूसरी यूरोपियन ताकत का उदय हुआ। परंतु स्पेन पूर्व में व्यापार ही नहीं करता था, वहां के लोगों को ईसाई भी बनाता था। मसाले के व्यापार पर उसका एकछत्र अधिकार था। यहां तक कि मिस्र और ईरान को भी मसाले उसी से मिलते थे। इस व्यापार से पुर्तगाल बेहद मालामाल हो गया था और इसी से उसने उपनिवेश स्थापित नहीं किए। वह एक छोटा-सा अल्पसंख्यक देश था फिर भी उसने पूरे सौ वर्षों तक, पूरी सोलहवीं शताब्दी-भर पूर्वी समुद्र को अपने ताबे में रखा। स्पेन इस समय मैक्सिको और पेरू का स्वर्ण-भंडार खींचने में लगा रहा।

स्पेन और पुर्तगाल की इस समृद्धि को देखकर यूरोप की दूसरी जातियां जल-भुनकर खाक हो रही थीं। स्पेन का यूरोप पर बोलबाला था। अंग्रेज़ी शक्ति नगण्य थी। इस समय अंग्रेज़ी जल-सैनिक खुले समुद्र में डाकाज़नी किया करते थे। और स्पेन के उन जहाज़ों को लूट लेने की ताक में रहते थे जो अमेरिका से सोना या भारत से मसाले लेकर लौट रहे होते थे। इन डाकुओं का नेता सर फ्रांसिस ड्रेक था और उसका नाम 'समुद्री कुत्ता' सारे यूरोप में प्रसिद्ध हो गया था। लूट-खसोट से तंग आकर स्पेन ने अजेय आर्मेडा लेकर इंग्लैंड पर चढ़ाई की थी, परंतु उस पर इंग्लैंड ही को पूरी विजय मिली थी। इस विजय ने यूरोप को हैरान कर दिया था। उन दिनों स्पेन और पुर्तगाल पर एक ही राजा राज्य करता था। पोर्चुगीजों को इस पराजय से भारी धक्का लगा, क्योंकि उनका पूर्वी साम्राज्य इस समय छह हज़ार मील तक, लाल समुद्र से मलक्का तक फैला हुआ था।

अब साहस पाकर ड्रेक अपने समुद्री डाकुओं के साथ खुले समुद्र में निर्भय चक्कर काटने लगा। उसे भारत की लगन थी, परंतु उस समय तक भी भूमंडल का बड़ा भाग पानी की ओट में छिपा हुआ था। ड्रेक और दूसरे कप्तान बहुत यत्न करके भी भारत तक नहीं पहुंच पाए थे।

सर ड्रेक अपने चार शीघ्रगामी पोतों को लेकर, जिन पर हल्की तोपें चढ़ी हुई थीं, समुद्र में अपने शिकार की ताक में घूम रहे थे। इतने ही में उन्हें एक बेड़ा धीरे-धीरे आगे आता दीख पड़ा। ड्रेक ने तुरंत हमला बोल दिया। थोड़े ही प्रयास से बेड़ा उनके काबू में आ गया। बेड़ा स्पेन का नहीं, पोर्चुगीजों का था और उन जहाज़ों में मसाला भरा था। ड्रेक प्रसन्न हो गया। परंतु उस समय वे और उसके साथी प्रसन्नता से नाच उठे, जब उनके हाथ भारत के मार्ग का एक मानचित्र लग गया। यह पूर्व की चाभी थी, जिसने अंग्रेज़ों के लिए भारत का द्वार खोल दिया।

20

सर ड्रेक का इंग्लैंड में खूब धूमधाम से स्वागत हुआ। उस समय इंग्लैंड में दो जमातें थीं-एक शरीफ़ों की जमात, जिन्हें जैंटिलमैन कहते थे। ये पोतड़ों के रईस खाना, पीना और मौज करना

या द्वंद्वयुद्ध करना ही जानते थे। इन्हें पेट की चिंता न थी। राजा से इन्हें बड़ी-बड़ी पुश्तैनी जागीरें मिली होती थीं। बस, राजभक्ति करना और राजाओं के धर्म को मानना ही उनका काम था।

दूसरी जमात लुच्चों की थी। उन्हें साहसिक या एडवैंचरर कहा जाता था। इन लोगों का धर्म-ईमान केवल पैसा था। ये डकैती करते और भाँति-भाँति के क्रूर कर्म करते थे। समुद्र पर इनका आतंक था। ज्यों ही इन साहसिक जनों को यह पता लगा कि पूर्व की चाभी उन्हें मिल गई है, वे भारत में आने और यूरोप के दूसरे देशों के आदमियों की भाँति मालामाल होने के लिए उतावले हो उठे। उन्होंने भारत में व्यापार करके धन कमाने के लिए एक कम्पनी का संगठन किया। उसका नाम रखा, 'दि गवर्नर एंड कम्पनी ऑफ़ मर्चेंट्स ऑफ़ लंडन ट्रेडिंग इनटू दि ईस्ट इंडीज़'। आगे चलकर यही कम्पनी 'ईस्ट इंडिया कम्पनी' के नाम से प्रसिद्ध हुई।

सर ड्रेक और उनके कुछ साथी, जिन्होंने यह कम्पनी संगठित की थी रानी से मिले। ड्रेक ने रानी के सामने घुटने टेककर कहा, 'महारानी, हम आपकी राजभक्त प्रजा आपकी सेवा में यह विनम्र निवेदन करने आए हैं कि हमें सौभाग्य से जो पूर्व की चाभी मिल गई है, उससे अब इंग्लैंड को लाभ उठाना चाहिए। आप अब पूर्व का द्वार इंग्लैंड के लिए खोल दीजिए और भारतवर्ष पर दृष्टि डालिये, जो गत सौ वर्षों से हमारे शत्रुओं के लाभ का माध्यम हो रहा है, जिन्हें हम ज़ेर कर चुके हैं। स्पेन और पुर्तगाल पूर्व में हमारे प्रतिद्वंद्वी हैं और महारानी को ज्ञात हो कि केवल ये ही दो क्षुद्र देश भारतवर्ष से सम्बन्ध रखकर मालामाल हो गए हैं।'

'तो तुम हमारी सरकार से क्या चाहते हो?'

'केवल एक अधिकारपत्र, जिससे हमें भारत व चीन में व्यापार करने का इज़ारा मिल जाए।'

'लेकिन यह अधिकारपत्र शरीफ़ों को नहीं दिया जा सकता, इससे हमारे दरबार का मान भंग होगा।'

'हम एक भी शरीफ़ आदमी अपनी जमात में न लेंगे। न किसी शरीफ़ आदमी को भारत या चीन में भेजेंगे। हमारी जमात तो केवल साहसिक जनों ही की है।'

'क्या तुम इस बात की ज़िम्मेदारी लोगे कि कोई शरीफ़ आदमी तुम्हारी इस जमात में सम्मिलित नहीं होगा?'

'हमने तो प्रथम ही इस बात की घोषणा की हुई है और हम आपके समक्ष वचनबद्ध भी होते हैं।'

'क्या तुम्हारे प्रस्ताव को पार्लियामेंट का समर्थन प्राप्त है?'

'निस्संदेह। हाउस ऑफ़ लार्स और हाउस ऑफ़ कॉमन्स में जो साहसिक जन हैं, हमें उनका समर्थन प्राप्त है।'

'क्या तुम समझते हो कि यह समर्थन पार्लियामेंट के बहुमत से है?'

'निश्चय ही, श्रीमती महारानी महोदया, फिर यह केवल कुछ लोगों का व्यक्तिगत स्वार्थ ही नहीं, यह तो इंग्लैंड के उत्थान का प्रश्न है।'

'कैसे तुम इसे इंग्लैंड के उत्थान का प्रश्न कहते हो?'

'श्रीमती, हमें यह कहने की अनुमति दीजिए कि आज यूरोप में खलबली मची हुई है बल्कि यह कहना होगा कि यूरोप का नया जन्म हो रहा है। यह एक सर्वथा ही नयी वस्तु है कि चारों ओर से घिरी हुई चीजें एकाएक फूटकर बाहर निकल रही हैं। अब तक जो सैकड़ों वर्षों से सामंती प्रथा पर बना हुआ सामाजिक और आर्थिक ढाँचा था, वह टूटने लगा है। कोलम्बस, वास्कोडिगामा और समुद्री रास्तों का पता चलानेवाले दूसरे लोगों ने इस बंधन को तोड़ा है। आपका यह दास भी एक बार सारी पृथ्वी की परिक्रमा कर आया है, और उसी के आधार पर यह निवेदन करने का साहस कर रहा है। अमेरिका और पूर्व के देशों से आई हुई स्पेन और पुर्तगाल की बेशुमार दौलत से यूरोप की आंखें चौंधिया रही हैं। अब यूरोप अपने ही विषय में नहीं, दुनिया के विषय में भी विचार करने लगा है।'

रानी की आंखें चमकने लगीं। उसने हाथ के इशारे से सर ड्रेक को रोककर कहा, 'किंतु क्या तुम समझते हो कि संसार-व्यापी हुकूमत और व्यापार की सम्भावनाएं हो गई हैं?'

'मैं यही निवेदन कर रहा हूँ महारानी, यूरोप में मध्यवर्ग पनप रहा है और सामंत-प्रथा दम तोड़ रही है।'

'लेकिन यह तो भयानक बात है।'

'बिलकुल नहीं महारानी, यह काम तो हमसे पूर्व ही हेनरी अष्टम के काल में आरम्भ हो चुका था, जिसने बैरनों की; राजा से प्रतिस्पर्धा की सारी शक्ति तोपों पर कंट्रोल और भूमियों पर अधिकार करके खत्म कर दी। अब तो नये साहित्य ने हमें आगे बढ़ाया है। अजेय आर्मेडा को दलित कर समुद्र की लहरों पर आपका प्रभुत्व स्थापित हो चुका है। आप ही के किंकर सर रैले ने अमेरिका में वर्जीनिया की बस्ती बसाई है, और सर गिलबर्ट ने न्यूफाउंडलैंड को आपके चरणों में समर्पित किया है। फिर धर्म के मामले में भी हम सबसे आगे हैं। इंग्लैंड ही को उदार होने का सम्मान प्राप्त है।'

'लेकिन क्या तुम समझते हो कि इससे इंग्लैंड को कुछ लाभ होगा?

'निस्संदेह। यूरोप में आज तीन तत्त्व काम कर रहे हैं। एक पुनर्जागरण दूसरा सुधार और तीसरा क्रांति।'

'क्या क्रांति भी? यह तो बहुत भयानक है।'

'परंतु पुनर्जागरण तो आवश्यक है। सुधार का क्रांति ही अंतिम रूप है। पुनर्जागरण तो कला, साहित्य और विज्ञान के विकास से हो रहा है जिससे यूरोप की भाषाएँ सुधर रही हैं। कागज़ और

छपाई ने जनता के शिक्षित होने का सूत्रपात किया है। सुधार ने रोमन चर्च के विरुद्ध बगावत की है, अब क्रांति राजा की स्वेच्छाचारिता पर अंकुश है और मुझे आज्ञा दी जाए कि मैं कहूँ कि इंग्लैंड ही इस समय इस नवोत्थान में यूरोप भर में अग्रगण्य है। इसी से अब हमें साहस करके पूर्व का द्वार खोल देना चाहिए, जिसकी चाभी सौभाग्य ने हमें दी है।

'सर ड्रेक, क्या तुम यह सही अंदाज़ा लगा सकते हो कि यदि हम तुम्हारी इस साहसिक मंडली की प्रार्थना मंजूर कर लें तो हमारी सरकार पर कितना आर्थिक और राजनीतिक दबाव पड़ेगा?'

'एक रत्ती भर भी नहीं महारानी। सारा बोझा और दायित्व हमारे ऊपर है। इंग्लैंड की सरकार केवल एक संरक्षक के रूप में ही रहेगी।'

'और यदि कोई राजनीतिक विपत्ति इंग्लैंड पर आई?'

'तो हम सब साहसिक कट मरेंगे। अपनी पूंजी को खत्म कर देंगे, पर इंग्लैंड पर ज़रा भी बोझ न पड़ने देंगे।

'इसीलिए मैंने यह शर्त लगाई थी कि कोई शरीफ़ आदमी तुम्हारी इस जमात में शरीक न होने पाएगा। इससे इंग्लैंड पर खतरा आ सकता है। अब यदि पार्लियामेंट तुम्हें आज्ञापत्र प्रदान करने के पक्ष में है तो मैं सहमत हूँ। हां, तुम क्या कहते हो हाकिंस?'

'महारानी प्रसन्न हों।' सर हाकिंस ने घुटने टेककर कहा, 'कोलम्बस ने किस प्रकार स्पेन के राजा की सहायता से अमेरिका के विशाल महाद्वीप का पता लगाया, यह आप जानती हैं। वह महाद्वीप धन-धान्य से परिपूर्ण है। उसमें अनेक जातियों और सभ्यताओं का विकास हो चुका है। मैक्सिको और पेरू के निवासियों के पास जो सम्पत्ति थी, उसे स्पेन के लोग लूटकर अपने देश में ले गए। वहां के निवासियों का उन्होंने बुरी तरह संहार किया। परंतु अब स्पेनवाले वहां बस्तियां बसा रहे हैं और बड़े पैमाने पर खेती कर रहे हैं। मैं जानता हूँ कि वहाँ बहुमूल्य धातुओं की खानें भी हैं। उनसे बेशुमार सोना, चांदी निकाला जा सकता है। परंतु इन सब कामों के लिए मेहनती मज़दूरों की आवश्यकता है। स्पेनिश लोगों ने वहां के आदिवासी रेड इण्डियनों को पकड़कर काम लेना चाहा था, पर वे वीर और स्वतंत्रताप्रिय हैं। भयंकर अत्याचार सहकर भी वे गुलाम न बन सके। इस पर आपके अनुगत दास मेरा यह विचार हुआ कि यदि अफ्रीका के हशियों को पकड़कर और उन्हें गुलाम बनाकर अमेरिका में बेचा जाए, यह एक बड़ा लाभदायक व्यापार होगा। मैं जानता था कि ये हब्शी, जिनमें न बुद्धि है न साहस, परंतु शारीरिक बल खूब है, आसानी से गुलाम बनाए जा सकते हैं। आपने हमें अब तक सहयोग दिया परंतु अब अन्य लोग हमारी प्रतिस्पर्धा करने लगे हैं। इसलिए आपकी सरकार से हम कुछ साहसिक जन इस लाभदायक व्यापार के लिए एकाधिकार चाहते हैं। अमेरिका में बसे हुए स्पेनिश लोगों के पास धन की कमी नहीं है और उन्हें अपने विशाल खेतों और समृद्ध खानों में काम करने के लिए गुलामों की अज़हद ज़रूरत है और इससे इंग्लैंड को बहुत लाभ हो सकता है।'

'क्या ये हब्शी ईसाई नहीं हैं?'

'नहीं महारानी, उनका शरीर ही किसी तरह मनुष्य का है। वे तो कोरे बैल हैं बैल।'

'क्या उन हब्शियों में कोई जातीयता या पारिवारिक व्यवस्था भी है?'

'नहीं महारानी, वे पशु की भाँति ही रहते हैं।'

'क्या पार्लियामेंट के माननीय सदस्य तुम्हारा समर्थन करेंगे?'

'निस्संदेह महारानी। हम लोग पार्लियामेंट के माननीय सदस्यों के ही प्रतिनिधि हैं।

'अमेरिका में स्पेन के उपनिवेश कितने हैं?'

'बहुत। वेस्ट इंडीज, ब्राज़ील, मैक्सिको, पेरू आदि विविध अमेरिकन राज्य स्पेन ही के उपनिवेश हैं।'

'क्या हम उस द्वीप में अपने उपनिवेश नहीं बसा सकते?'

'नहीं महारानी। पवित्र पोप ने सन् 1494 में ही यह घोषणा कर दी थी कि यदि केप वर्द द्वीपसमूह के 370 लीग पश्चिम में एक रेखा उत्तर से दक्षिण की तरफ़ खींच दी जाए तो उस रेखा के पश्चिम के सब प्रदेशों पर स्पेन का अधिकार रहेगा और उस रेखा के पूर्व में पोर्चुगीज़ों का।'

रानी एकदम उत्तेजित हो गई। उसने कहा, 'क्या यूरोप में ये ही दो राज्य हैं?'

'इसका जवाब तो महारानी स्पेन की दाढ़ी में आग लगाकर दे चुकी हैं।'

'तो अभी तक पोप की यह आन अमेरिका में कायम है?'

'महारानी, आपकी कृपा से सर वाल्टर रैले ने उसी प्रदेश में आपकी पवित्र स्मृति में वर्जीनिया की बस्ती बसाई है और अब उसे समृद्ध करने के लिए गुलामों की हमें भी आवश्यकता है।'

'हम चाहती हैं कि पोप के इस प्रभुत्व और एकाधिकार का यह राजनीतिक स्वरूप इंग्लैंड बर्दाश्त न करे। क्या अमेरिका में ऐसे भूखंड भी हैं जो अभी तक खाली पड़े हैं।

'जी हां महारानी। स्पेन की बस्तियां तो मध्य और दक्षिणी अमेरिका में बसी हैं। कुछ प्रदेश खाली हैं, जहां वहां की प्राचीन असभ्य जातियां रह रही हैं।'

'तो हम चाहती हैं कि उन पर ब्रिटेन की सत्ता स्थापित कर ली जाए और हम चेष्टा करेंगी कि पार्लियामेंट एक बिल गुलामों के व्यापार के सम्बन्धों में पास कर दे और इस काम में सभी सम्भव सुविधाएं तथा एकाधिकार आपकी मंडली को दिए जाएं।'

रानी को अभिवादन कर और सब भाँति कृतकृत्य हो साहसिक जनों का यह प्रतिनिधिमंडल गर्व से छाती ताने हुए राजप्रासाद से बाहर निकला।

21

अर्ल ऑफ़ एसेक्स एक तेजवान तरुण था। उसमें हौसला था, उच्चाभिलाषा थी। रानी के अनुग्रह ने उसे धृष्ट बना दिया था, रानी की अपेक्षा वह आयु में कम था। यदि वह प्रौढ़ पुरुष होता और ज़रा गम्भीरता का आसरा लेता, तो कदाचित् उसे उस दुर्भाग्य का सामना न करना पड़ता, जिससे उसे टकराना पड़ा।

रानी की भीषण प्रतिहिंसा को वह जान गया था। उसे भारी दंड दिया गया था। पर उस प्रतिहिंसा और क्रोध में, रानी का उसके प्रति जो उत्कट प्रेम था, वह भी उसके तरुण हृदय से छिपा नहीं था। निश्चय ही उससे अपराध बन पड़ा था। उसने रानी के दुर्लभ प्यार का अपमान किया था, रानी के प्यार को एक ओर धकेलकर दासी पर दृष्टि डाली थी। पर यह उसका दोष न था, तारुण्य का दोष था। कुमारी एलिनर को बिना देखे, बिना प्यार किए रहा नहीं जा सकता था, खासकर जब वह भी उसे प्यार करती थी। परंतु रानी इसे सहन न कर सकेगी, यह वे दोनों ही जानते थे। इसी से वे अपने प्रेमाकर्षण को यत्न से गुप्त रखते चले आ रहे थे। परंतु प्रेम की आंख प्रेमी से छिप नहीं सकती। फिर रानी तो असाधारण बुद्धिमती थी। अब अर्ल ऑफ़ एसेक्स के लिए रानी को प्रसन्न करने का एक ही उपाय था कि वह जैसे बने, आयरलैंड के विद्रोही अर्ल ऑफ़ ओनील को विजय करे, उसे बांधकर रानी के चरणों में डाल दे। इससे उसे दुहरा लाभ हो सकता था। रानी उस पर प्रसन्न होकर उसकी प्रेमिका को उसकी गोद में डाल सकती थी। दूसरे आर्मेडा के संग्राम में ड्रेक, सर जान हाकिंस आदि उमरावों ने जो प्रतिष्ठा और वीरता की नेकनामी हासिल की थी, वह उसे भी हासिल होती। इंग्लैंड के लोग उसका भी गुणगान करते। इसलिए वह सब ओर से ध्यान हटाकर केवल अपने अभियान को सफल बनाने में जुट गया। उसने भीषण वेग से शतु पर आक्रमण किया। सर ओनील भी एक दबदबे का सरदार था। वह इस छोकरे को तुच्छ नज़र से देखता था। यद्यपि वह जानता था कि वह इंग्लैंड की रानी का प्रेमी है, परंतु वह तो इस बात का भी मज़ाक उड़ाता था। पर उसने दो-तीन बार की मुठभेड़ में समझ लिया कि यह छोकरा लार्ड नर्म निवाला नहीं है। सर ओनील को उसने बारम्बार करारी हार दी थी और उसे घेर लिया था। अब सर ओनील के सामने इसके अतिरिक्त कोई चारा न था कि वह इस तरुण अंग्रेज़ लार्ड के सामने हथियार रख दे। उसने सर एसेक्स के सम्मुख आत्मसमर्पण का प्रस्ताव भेज दिया। एसेक्स प्रसन्नता से फूल उठा। वह सोच रहा था कि उसने बाज़ी जीत ली है और अब इंग्लैंड में उसी के नाम का डंका बजेगा और वह अपनी प्रेमिका पत्नी का आलिंगन प्राप्त कर लेगा, साथ ही रानी की कृपादृष्टि भी।

परंतु रानी अधीर हो रही थी। उसका मन चंचल और क्षुब्ध था। वह सोच रही थी कि इतना विलम्ब हो रहा है। क्यों नहीं अब तक विद्रोही सरदार विजित हुआ। इस प्रेमी तरुण लार्ड के प्रति जो प्रतिहिंसा की आग रानी के मन में अभी तक जल रही थी, उसने उसके विवेक पर भी काबू पा लिया था। फिर दरबार में एसेक्स के शतु भी थे, जो इस अवसर को चूकना नहीं चाहते थे।

वे अर्ल के विरुद्ध रानी को भड़का रहे थे। वास्तव में वे नहीं चाहते थे कि इस विद्रोह के दमन का सेहरा एसेक्स के सिर बंधे। अंत में रानी ने एसेक्स के विरोधी लार्ड मौंटजाय को आयरलैंड भेजा और एसेक्स को हुक्म दिया कि वह अविलम्ब लौट आए। व परंतु जिस समय अर्ल एसेक्स के पास वह सूचना पहुंची, उस समय ओनील उसे आत्मसमर्पण कर रहा था। रानी की यह आज्ञा सुनकर वह क्रोध से लाल हो गया। उसने समझा कि रानी जान-बूझकर उसका यश उसके प्रतिद्वंद्वी को देना चाहती है। उसने क्रोधपूर्वक रानी की आज्ञा मानने से इनकार कर दिया और सर ओनील को बंदी बना वह लंदन लौटा। लार्ड मौंटजाय से उसने बात ही न की।

इंग्लैंड में आयरलैंड की इस विजय की खबर उससे पहले ही जा पहुंची। सारा इंग्लैंड खुशी से हर्षोन्मत्त हो उठा। रानी ने आज्ञा दी कि उसका धूमधाम से राजधानी में स्वागत किया जाए और उसने भरे दरबार में उसके स्वागत करने की घोषणा भी कर दी।

22

दरबार तड़क-भड़क से किया गया। रानी अपने सम्पूर्ण राजकीय वैभव से सिंहासन पर बैठी। सभी अमीर-उमराव, दरबारी लार्ड और लेडी इस विजयी वीर के स्वागत के लिए दरबार में उपस्थित थे। रानी गम्भीर थी। वह संगमरमर की प्रतिमा-सी सिंहासन पर बैठी थी। इस समय उसकी शोभा अलौकिक थी। उसने बड़े-बड़े मोतियों का नाभि तक लटकता हार कंठ में पहना था। उसके मुकुट के रत्न-मणि जगमग कर रहे थे। उसकी बगल में लेडी एलिनर खड़ी थी। उद्वेग से उसका हृदय धड़क रहा था। उसे आशा न थी कि रानी उसके पति का ऐसा स्वागत करेगी। अब सारे इंग्लैंड में जो उसके पति की धूम मची थी, उसने उसे आनंदविह्वल कर दिया था। वह सोच रही थी कि महारानी ने हम दोनों को न केवल क्षमा ही कर दिया है, हम पर प्रसाद भी किया है। वह मिलन के सुख-स्वप्न देख रही थी। अधीर हो रही थी।

तरुण लार्ड को भी ऐसे स्वागत की आशा न थी। उसने रानी के प्रेम का तिरस्कार तो किया ही था, राजाज्ञा का भी उल्लंघन किया था। परंतु बहुत बार रानी अप्रसन्न हो चुकी थी, अप्रसन्न होकर बहुत बार रानी ने ही उसे मनाया था, दूना दुलार किया था। रानी के इस प्यार को वह जानता था। रानी को अब भी वह प्यार करता था। उसे रानी के प्यार का भरोसा था। उसी भरोसे के कारण उसने रानी की आज्ञा का उल्लंघन किया था और अब वह रानी के प्रति अपनी उत्सुकता, प्रेम-भक्ति प्रकट करने के विचार से दरबारी अदब-कायदे की तनिक भी परवाह न कर बिना ही दरबारी पोशाक धारण किए, रास्ते के गंदे वस्त्र पहने अपने कैदी को लेकर दरबार में जा पहुंचा।

दोनों ओर खड़े लार्ड और लेडियों के जयजयकार और हर्ष-ध्वनि के बीच आगे बढ़ता हुआ वह सीधा रानी के सिंहासन के सम्मुख जा घुटनों के बल बैठ गया। उसके वस्त्र धूल से भरे थे। चेहरे और बालों में भी धुल भरी थी, जूते गंदे थे; परंतु रानी ने अपना हाथ उसकी ओर बढ़ा दिया, जिसे उसने सम्मानसहित चूम लिया। इसके बाद रानी ने उसका अभिनंदन किया। उसे खिताब

और जागीर दी। एलिनर आनंद से विभोर हो गई। एसेक्स ने सिर उठाया तो पत्नी की ओर देखकर मुस्कुराया और दो कदम पीछे हटकर अर्ल ऑफ़ ओनील का हाथ पकड़ रानी के सम्मुख उपस्थित किया। अर्ल ऑफ़ ओनील ने घुटने ज़मीन में टेककर रानी के चरणों में सिर झुकाया।

'हम प्रसन्न हैं सर ओनील, और तुम्हें क्षमा करती हैं और हमारा विश्वास है कि अब तुम तख्त के वफ़ादार रहोगे। तुम्हारी स्टेट हम तुम्हें लौटा रहे हैं।'

'योर मैजेस्टी, यह सेवक आपके अनुग्रह को जीवन-भर नहीं भूलेगा और अपने अपराध के लिए उस समय तक पश्चात्ताप करेगा जब तक कि वह राजभक्ति का कोई सक्रिय प्रमाण न दे दे।

'उसका तुम्हें अवसर दिया जाएगा, सर ओनील।'

ओनील ने सिर झुकाया और दो कदम पीछे हट गया। क्षण-भर सन्नाटा रहा। रानी ने एकाएक अर्ल ऑफ़ एसेक्स की ओर देखकर स्थिर स्वर में कहा, 'अर्ल ऑफ़ एसेक्स, सीधे खड़े हो जाओ।' दरबार के सभी सामंत रानी की आज्ञा से चौंक पड़े। अब क्या होने वाला है? अर्ल ऑफ़ एसेक्स सीधा खड़ा हो गया। उसने अपनी जिज्ञासापूर्ण आंखें रानी की आंखों में डाल दीं।

परंतु रानी ने उधर से आंखें हटा लीं। ओनील की ओर घूमकर उंगली से एसेक्स की ओर संकेत करके कहा, 'सर ओनील, आगे बढ़ो और इस आदमी की तलवार ले लो।

दरबार में सन्नाटा छा गया। सबकी आंखें एसेक्स पर आ लगीं। एसेक्स का मुंह लाल हो गया।

रानी ने कहा, 'अर्ल ऑफ़ एसेक्स, तुमने वीरतापूर्वक शत्रु को पराजित किया, इंग्लैंड की सेवा की। हमने तुम्हें इसके लिए सत्कृत किया, तुम्हारा सम्मान किया। परंतु तुमने राजाज्ञा का उल्लंघन किया और तुम दरबारी अदब के खिलाफ़ हमारे से रूबरू हाज़िर आए हो, इसकी यही सज़ा है कि तुम्हारी तलवार छीन ली जाए।'

अर्ल ओनील आगे बढ़ा। अभी दो दिन पूर्व उसे अपनी तलवार अर्ल ऑफ़ एसेक्स के सुपुर्द करनी पड़ी थी और आज वही पराजित शत्रु उसकी तलवार छीन रहा है। एसेक्स सिंह की दहाड़ मारकर चिल्लाया, 'खबरदार, कदम आगे बढ़ाने का साहस न करना, वरना सिर भुट्टे-सा उड़ा दूंगा।' फिर वह दो कदम बढ़ाकर रानी के सामने आया। उसने तलवार निकाली और घुटनों पर रख उसके दो टुकड़े कर रानी के सामने फेंक दी।

रानी क्रोध से सफ़ेद हो गई। क्षण-भर वह चुप, निश्चल बैठी रही। उसके होंठ चिपक गए। फिर उसने अकम्पित वाणी से हुक्म दिया, 'इस विद्रोही को गिरफ़्तार कर लिया जाए और कल सूर्योदय के साथ ही इसका सिर काट लिया जाए।' और वह उठकर चल दी।

दरबार में सिहरन फैल गई। लार्ड सेल्सबरी और लार्ड मौंटजाय ने आगे बढ़कर एसेक्स के कंधे पर हाथ रखा और सिपाहियों ने उसे गिरफ़्तार कर लिया। एलिनर की आंखों में अँधेरा छा गया।

23

रानी सीधी अपने शयनकक्ष में आई। प्रत्येक दास-दासी को उसने अपने निकट न आने के आदेश दिए। रत्नजड़ित मुकुट, जिसका लोहा आज सम्पूर्ण यूरोप मान चुका था, उसने सिर से उतारकर दूर फेंक दिया। बहुमूल्य रत्नजड़ित पोशाक चीर-चीर कर डाली। रत्नहार तोड़कर उसके मोती फ़र्श पर बिखेर दिए। अपने यत्न से संवारे सुनहरी बालों को उसने नोंच डाला। वह जगह-जगह अपने नाखूनों से अपने अंगों को क्षत-विक्षत करने लगी। उसकी दशा उस हथिनी के समान थी जिसकी छाती पर गोली लगी हो। वह रोना चाहती थी, पर रोना भूल गई। चीखना चाहती थी, पर मुंह के शब्द खो गए। वह कक्ष में इस प्रकार उन्मादिनी की भाँति चक्कर लगा रही थी, जैसे जलते तवे पर चल रही हो, जैसे उसके तलुओं में छाले पड़ गए हों। उसे ऐसा प्रतीत हो रहा था जैसे सारा विश्व सूना हो गया है। दुनिया के सब प्राणी मर-खप गये हैं और वह अकेली एकाकी। सूने संसार में भटक रही है-निबिड़ अंधकार में। जैसे सूरज की ज्योति बुझ चुकी है, जीवन समाप्त हो गया है। केवल वह सांस ले रही है और जैसे अन्धकार उसे समूचा निगलने आ रहा है। भय से उसकी आंखें फट गईं। उसने एक आर्तनाद किया, जैसे गर्दन पर छुरा फेरते हुए बकरा मिमियाता है।

वह बेहोश नहीं थी। परंतु वह विनाश और यंत्रणा की मूर्तियां देख रही थी, जो उसे चारों ओर से घेर रही थीं। रानी घबराकर खिड़की के पास आ खड़ी हुई। उसने खिड़की खोल दी। बड़ी डरावनी अंधेरी रात थी, आंधी बड़े ज़ोर से चल रही थी। ठंडी तेज़ हवा के झोंकों ने उसे झकझोर डाला। उसे ऐसा प्रतीत हुआ कि जैसे मौत के शीतल हाथों ने उसे छू लिया। एक बार उसने चिल्लाने की चेष्टा की, पर उसके मुंह से आवाज़ न निकली। हलक उसका सूख गया था और जीभ तालु से सट गई थी। उसने बड़े यत्न से जीभ अपने सूखे होंठों पर फेरी।

उसने फिर आंखें फाड़कर नीचे महल के प्रांत में देखा। वहां मृत्युमंच तैयार किया जा रहा था। वह थर-थर कांपने लगी जैसे उसी के गले में फांसी का फंदा पड़ गया हो। वह जैसे हज़ारों मनुष्यों को मृत्यु की वेदना से छटपटाते देख रही थी। उनके मृत्यु-काल के आर्तनाद सुन रही थी। उसका कलेजा दहल गया। उसने चाहा कि महल से कूद पड़े। उसने झांककर देखा और भय से आंखें बंद कर लीं।

इस समय इंग्लैंड की अधीश्वरी उस महामहिम महारानी से अधिक भाग्यहीन और दुःखी मनुष्य संसार में कौन था! सूर्योदय के साथ ही उसके प्यारे का सिर काट लिया जाएगा। उसी की आज्ञा से। वह अकेली रह जाएगी। सर्वथा अकेली। उसने इस तरुण रईस को कितनी बार दुलार किया था। कितनी बार वह उसकी गोद में आंख बंद किए पड़ी सुखसागर में मग्न रही थी। कितनी बार मान-मनौवल, विग्रह और मेल हुआ था। एक ओर इंग्लैंड का महामहिम तख्त था और दूसरी ओर वह तरुण प्रियतम। कितनी बार उसने उसके कंठ में भुजमृणाल डालकर कहा था-कितनी आंखें हमें ईर्ष्या से देखती हैं। कितने हृदय हमें देखकर जलते हैं। हमारा यह राजपाट, यह तख्त,

इंग्लैंड का यह रत्नमुकुट ही हमारे प्रेम की बाधा है। इसी के कारण प्रियतम, मैं तुमसे ब्याह नहीं कर सकती। धर्म और कानून से तुम्हारी, केवल तुम्हारी नहीं हो सकती। और, यह तख़्त ही इस समय हमारे-तुम्हारे बीच की सबसे बड़ी बाधा है। आओ प्यारे, चलो भाग चलें, दुनिया के उस छोर पर, जहां केवल हम तुम हों, और कोई न हो। परंतु अब? अब तो वह अकेला ही जा रहा है। और मैं यहां इतनी बड़ी दुनिया में अकेली रह रही हूँ। उसे जाना पड़ेगा, और मुझे रहना होगा। रहना होगा। अभी जिन हाथों से उसका दुलार किया था, उन्हीं से मैंने उसके मृत्यु-दंड पर हस्ताक्षर किए। जिस जिह्वा से मैंने हज़ार बार उसे प्यार के आश्वासन दिए थे, उसी से मैंने उसका सिर काट लेने की आज्ञा दी। मेरे हाथ कटकर गिर क्यों नहीं गए? मेरी जीभ गल क्यों नहीं गई?

किंतु मैंने ही तो उसे प्राणदंड दिया है। अभी तो वह जीता-जागता है। मैं उसे क्षमा भी तो कर सकती हूँ। मैं इंग्लैंड की अधीश्वरी हूँ, कौन मेरी इच्छा में बाधक हो सकता है। परंतु हाय-हाय, यही तो मेरा परम दुर्भाग्य है। उसने इंग्लैंड की राजराजेश्वरी की आज्ञा का उल्लंघन किया है। उसने दरबार की मर्यादा भंग की है, उससे विद्रोह किया है। इसकी सज़ा कम-से-कम मौत है। यह सज़ा इंग्लैंड की अधीश्वरी महारानी एलिज़ाबेथ ने दी है। कौन अब उससे दया की प्रार्थना करेगा? मैं अभागिन स्त्री महामहिम महारानी से कैसे अपनी व्यथा कहूँ? कैसे अपने प्राण प्यारे के प्राणों की उससे भीख माँगू? वह तेजस्विनी महारानी मुझ दीन, हीन, अभागिनी औरत को देखेगी या महामहिम इंग्लैंड के सिंहासन की मर्यादा का खयाल करेगी? आखिर इंग्लैंड की महारानी कोई साधारण स्त्री नहीं है। भावी इतिहास के पृष्ठ मुख खोले उसकी क्षण-क्षण की गतिविधि को निगल जाने को उद्यत हैं। मैं अपना एक तुच्छ स्त्री का सुख-दुख देखूं या इंग्लैंड के ताज की मर्यादा की आन रखूं। मैं एलिज़ाबेथ हूँ, इंग्लैंड की महारानी। यूरोप आज जिसके नाम से थर्राता है, जिसके सामंतों ने स्पेन के राजा की दाढ़ी में आग लगाई थी, आयरलैंड के विद्रोही सरदारों ने जिसके चरणों को चूमा, समुद्र की लहरें जिसकी आज्ञा के अधीन हैं, जिसने समूची दुनिया को नवजीवन प्रदान किया है, जिसके जीवन का प्रत्येक क्षण इतिहास के पन्नों पर स्वर्णाक्षरों से लिखा गया है। नहीं, नहीं, मैं भले ही नष्ट हो जाऊँ, मेरा हृदय फट जाए, पर इंग्लैंड की महामहिम महारानी एलिज़ाबेथ की मर्यादा भंग नहीं होनी चाहिए।

किसी दुर्जेय, गूढ़ आवेग ने जैसे उसका गला आ दबाया। वह इतनी उत्तेजित हो गई कि उसकी छाती, मुंह और गला लाल हो गया। परंतु क्षण-भर बाद ही वह मुंह पीला होकर सूख गया। अब वह टेबल पर पैर रखकर इस तरह खड़ी हो गई, मानो वह राजसिंहासन पर खड़ी है और सारे राजसभासद, राज-पुरुष विनीत भाव से घुटने टेककर उसके सम्मुख उपस्थित हैं। वह जैसे सतेज वाणी से कह रही है-मैं इंग्लैंड की महामहिम महारानी हूँ और मेरी आज्ञा का तुरंत पालन होना चाहिए। इस समय उसकी आंखों में अपूर्व ज्योति दीख पड़ रही थी, और वह पूरी ऊंचाई में तनी खड़ी थी। पर क्षण-भर बाद ही उसकी मुखमुद्रा बदल गई। व्याकुल होकर वह अपने चारों ओर देखने लगी। उसके मुंह पर कालिमा छा गई, उसका हृदय अन्धकार में डूब गया और वह अचेत होकर वहीं भूमि पर गिर गई।

वह स्वप्न देखने लगी। उसने देखा कि वह एक कब्रिस्तान में घूम रही है। उसके चारों ओर कब्रें ही कब्रें हैं और हज़ारों मुर्दों ने कब्रों से निकलकर उसे घेर रखा है। अनेक अस्थि-कंकाल अपनी-अपनी कब्रों पर बैठे उसी की ओर देख रहे हैं। फिर उसने देखा कि वे सब अपने कंकाल के लम्बे-लम्बे हाथ उठाकर एक ओर को संकेत कर रहे हैं। रानी ने उधर नज़र की तो उसने देखा कि उसका प्रियतम एसेक्स है। उसका कटा हुआ सिर उसकी हथेलियों पर रखा हुआ है और उसमें से खून टपक रहा है। वह सिर एकटक रानी की ओर देख रहा है। और वह बिना सिर का धड़ उसी की ओर आ रहा है। सारे अस्थि-कंकाल खड़-खड़ करते हुए उसके पीछे हो लिये और नाचने लगे। वे कह रहे थे-'आओ, आओ। यहां हम तुम्हें एक नयी कब्र में स्थान देंगे। हमारे साथ मज़े में रहना। यहां कोई रानी एलिज़ाबेथ नहीं है जो तुम्हारा सिर काटने का हुक्म देगी। यहीं हमारा शान्ति का अमर राज्य है। हा, हा, हा, हा!' रानी भय से ठंडी पड़ गई। सोते ही सोते उसकी चीख निकल गई। वह हरहराकर उठ बैठी। उसका शरीर पीपल के पत्ते की भाँति काँप रहा था। कमरे में मोमबत्ती का धीमा प्रकाश फैल रहा था। खुली खिड़की से ठंडी हवा के झोंके और ठक्-ठक् की आवाजें आ रही थीं। मृत्यु-मंच तैयार हो रहा था। उसने उठकर खिड़की बंद कर दी और दासी को बुलाने को घंटी की रस्सी खींची। वह आंख बंद करके एक कुर्सी पर बैठ गई। दासी के आने पर उसने कहा, 'हम अभी लेडी एलिनर को देखना चाहती हैं।' दासी ने सिर झुकाया और दरवाज़ा आहिस्ता से बंद करती हुई बाहर चली गई।

24

एलिनर सहमती हुई आकर रानी के कदमों में लोट गई। बहुत देर तक तो रानी सकते की हालत में गुमसुम बैठी रही, फिर उसने एलिनर को उठाकर छाती से लगा लिया। दोनों नारियां रो रही थीं। दोनों ने प्यार का घाव खाया था। दोनों ही की वेदनाएं असीम थीं।

बहुत देर बाद एलिनर ने सुबकियां लेते हुए कहा, 'महारानी, दया करो, मुझे मरवा डालो। उसे छोड़ दो। ओ महान महारानी, रहम, रहम!'

रानी ने भरे कंठ से कहा, 'रहम किस पर मेरी प्यारी एलिनर?'

'उस भले लार्ड पर महारानी, जिसकी वीरता का ताज़ा उदाहरण आपको मिला है, जिसे अभी आपने गार्टर की प्रतिष्ठा बख्शी है।'

'उस औरत पर नहीं, जो इंग्लैंड की राजराजेश्वरी है? अथवा उस पर भी नहीं, जिसे इंग्लैंड की रानी सबसे ज़्यादा प्यार करती है?'

'ओह महारानी, आप बड़ी दयालु हैं। आपके तो एक संकेत से ही वह सुंदर लार्ड स्वतंत्र वायु में सांस ले सकता है।

'किंतु तुम किससे प्रार्थना कर रही हो, मेरी प्यारी?'

'आपसे, इंग्लैंड की महारानी से, जिसके तेज और प्रताप के आगे यूरोप का सिर झुका हुआ है।'

'ओह, अच्छा होता यह प्रार्थना तुम अपनी ही जैसी किसी दुखिया औरत से करतीं। उसका हृदय तुम्हारा यह आर्तनाद, यह करुण विषाद सुनकर ज़रूर पिघल जाता। एलिज़ाबेथ यदि एक औरत होती, सिर्फ औरत तो आज उसे तुम्हारे साथ आंसू न बहाने पड़ते, किंतु अब तो कुछ भी आशा नहीं है। प्यारी एलिनर, तुम्हें सब्र करना पड़ेगा। और एलिज़ाबेथ को भी, जो तुमसे ज़्यादा दु:खी और असहाय है।

'हाय महारानी, तो क्या अब भी आशा नहीं है?'

'तू क्या एक ऐसी औरत को नहीं देखती जो तुझसे भी हज़ार गुना अभागिन और एकाकी है। तुझे तो इंग्लैंड की महारानी का आसरा है, पर उस अभागिनी को तो कहीं का आसरा नहीं है। उसे तो अकेले ही आंसू पीकर रहना है।'

'तो महारानी, क्या आप मेरे वध की उसके साथ ही आज्ञा नहीं दे सकतीं?'

'मेरी प्यारी, क्या इंग्लैंड की महारानी इतनी मूढ़ है और उसका निर्णय इस कदर घृणित है?'

'वह तो मैं नहीं कहती, महारानी।'

'तो मेरी प्यारी, सहन कर। एक औरत का किसी मुल्क के तख्त पर बैठना कितना मुश्किल है। मैं इस मुश्किल को पहले ही जानती थी और इसीलिए मैंने विवाह नहीं किया। कुंवारी ही रही। मैं जानती थी कि तख्त पर बैठकर तलवार की धार पर चलना पड़ता है। दिल का सौदा नहीं हो सकता। मगर मेरे भीतर जो एक कमज़ोर औरत बैठी थी, उसने मुझे यह दिन दिखाया।

'तो क्या महारानी, कुछ भी आशा नहीं है?'

'नहीं, मेरी प्यारी, बिलकुल नहीं। इंग्लैंड की महारानी की आज्ञा पूरी होगी। इंग्लैंड के तख्त की शान यदि कहीं गिरी तो आगे इंग्लैंड के इतिहास में काले अक्षरों में वे शब्द लिखे जाएंगे कि आखिर तख्त पर एक कमज़ोर औरत ही तो थी।'

'तो मेरी सब प्रार्थना बेकार है?'

'बिलकुल बेकार। रानी तुम्हारी प्रार्थना स्वीकार करने योग्य नहीं है, पर मेरी प्यारी, तू रानी की प्रार्थना स्वीकार करके उस पर एहसान कर सकती है।'

'क्या महारानी मुझसे कह रही हैं?'

'महारानी नहीं प्यारी, एक औरत, महज़ मामूली औरत, जो तुझसे भी ज़्यादा बदनसीब और कमज़ोर है। लेकिन तुझे वह प्राण से ज़्यादा प्यार करती है। उसका नाम है बदनसीब एलिज़ाबेथ, उस प्यार के नाम पर उसकी एक आरजू पूरी कर। इस नेक काम का बदला तुझे ईश्वर देगा। एक तड़पती हुई आत्मा तुझे आशीर्वाद देगी।

'कहिए महारानी।'

'एक बार उसे मरने से पहले मुझसे मिला दो बहिन, सिर्फ़ एक क्षण के लिए।'

'ओह महारानी, यह असम्भव है, बिलकुल असम्भव।'

'मेरी प्यारी एलिनर, अपनी रानी को उपृकत कर।'

'महारानी मुझ पर दया कीजिए या मुझे कत्ल करा दीजिए।

'दुर्भाग्य है एलिनर, लेकिन तुम्हारा दोष नहीं। मैं खूनी हूँ, कातिल हूँ, तुम सच कहती हो।'

'महारानी,' एलिनर उसके पैरों में लोट गई।

'अच्छा विदा एलिनर, तुमने एक असहाय औरत का दिल तोड़ दिया। मैंने तो तुमसे, सिर्फ तुम्हीं से, उम्मीद की थी। इस दुनिया में और किसी के सामने मैं अपना हृदय नहीं खोल सकती थी। लेकिन खैर! अब तुम चली जाओ। तुम अपना बदला ले चुकीं, अब मुझे अकेला छोड़ दो। बिलकुल अकेला।'

एलिनर उठकर खड़ी हो गई। उसने आंसू पोंछ डाले और कहा, 'महारानी, आपकी आज्ञा का पालन करूँगी। मैं जाऊँगी।'

'लेकिन तुम्हारी रानी इसका बदला न चुका सकेगी। इंग्लैंड का तख्त देकर भी नहीं।'

'बदले की बात नहीं महारानी। आखिर मैं भी एक औरत हूँ और दर्द की वेदना मैं समझती हूँ। महारानी के विश्वास को मैं व्यर्थ नहीं जाने दूंगी। मैं जाऊँगी।'

'लेकिन यह बात किसी पर प्रकट न होने पाए।'

'हवा को भी नहीं। विश्वास कीजिए।'

'तो जा मेरी प्यारी, ईश्वर तेरी रक्षा करे।'

एलिनर ने रानी का हाथ चूमा, ज़मीन तक झुकी और चल दी।

25

वध? सूर्योदय से पूर्व ही मेरा वध किया जाएगा। मेरा सिर काट लिया जाएगा। उसके लिए तैयारियाँ हो रही हैं। वह रह-रहकर राजबंदीगृह के लोहे के सीखचों को पार करती हुई ठक्-ठक् की आवाज़ आ रही है। मेरे लिए वधस्थली बनाई जा रही है। मेरा वध होगा केवल वध होगा, केवल यही एक विचार मेरे मस्तिष्क में है। बस, वह है और मैं हूँ। उसके असह्य भार से विदलित। मेरी मेधाविनी निष्फलित बुद्धि स्वप्न-जगत में भटक गई है। वह एक काल्पनिक अस्त-व्यस्त जीवन का चित्र बना रही है। जिसमें सहस्रों स्वप्न-वासनाएं और जीवन की कोमल भावनाएँ हैं। उसमें धर्म-बंधन है, यशस्विनी विजय है, जीवन और आलोक है और अनिंद्य सुंदर

मुख है जो मेरा हो चुका, पर अभी मैंने उसका स्पर्श नहीं किया। शायद कभी न कर सकूँगा।

मैं बंदी हूँ। मेरा शरीर लोहे की जंजीरों से बंधा हुआ यहां कालकोठरी में बंद है। मेरे हृदय में बस वह एक भयानक-बीभत्स विचार है अटल, निश्चित और गहन, कि मैं प्राणदंड की आज्ञा-प्राप्त कैदी-मात्र हूँ। मुझे थर्रा देने वाला वह विचार मेरी प्रत्येक सुख-कल्पना को, जो मेरे जैसे स्वस्थ तरुण में नैसर्गिक है, तत्क्षण मुझसे दूर कर रहा है। वह मेरे सम्मुख मूर्तिमान उपस्थित है, तनिक भी मैं मस्तिष्क में निश्चिन्तता लाता हूँ तो वह अपने शीतल हाथों से मुझे जकड़ लेता है। उसे भूल जाने से सम्बन्धित मेरे जितने विचार हैं, उन सब पर उसका असाधारण अधिकार है।

लोगों की उत्सुक भीड़ तो अभी से जमा होनी आरम्भ होती जा रही है। उसकी अस्पष्ट आवाज़ मैं सुन रहा हूँ। कैसा आश्चर्य है, मैं अभी-अभी गहरी नींद सोकर उठा हूँ, जबकि मेरे लिए वधमंच बनानेवाले रात-भर काम करते रहे हैं। मैं औरों की भाँति ही जीता और सांस ले रहा हूँ, पर मैं जानता हूँ कि उनके और मेरे बीच में एक दुर्भेद्य दीवार है। ओह, वे लम्बी और प्रशस्त खिड़कियां, चमकीला सूर्य, स्वच्छ आकाश, सुंदर पुरुष, अब तो सभी कुछ नीरस हो गए।

क्या मृत्यु सबके लिए अनिवार्य नहीं है? फिर मेरी ही दशा में यह परिवर्तन क्यों है?

कैसा आश्चर्य है, जेल की काल-कोठरी, गंदी प्यालियों का वह शोरबा और गंदी काली रोटी के टुकड़े, जो कल रात मुझे मिले थे, जिन्हें जल्लाद सूर्योदय से पूर्व ही मुझसे छीन लेगा। मैं सभ्य, शिष्ट सम्भ्रांत आदमी हूँ। अथवा कल तक था। परंतु अब क्या, अब तो मैं कैदी हूँ, जिसका सिर सूर्योदय होते ही काट लिया जाएगा। कितनी भयानक बात है! उफ़्, यह काल कोठरी भी अद्भुत है! इसे तो मैंने अभी तक ध्यान से देखा ही नहीं। इसमें न खिड़कियां हैं, न रोशनदान, न कांच के दरवाज़े। सिर्फ़ लोहे के बड़े-बड़े सींखचे लगे हुए हैं। यह तो महल नहीं है जिसमें रहने का मैं अभ्यस्त हूँ। परंतु अब इससे क्या? यहां तो मैं कुछ घड़ियों ही के लिए हूँ और अब सूर्योदय में भी देर नहीं है। दरोगा और वार्डर अब भी मुझ पर दया करते हैं। छि:-छि:, कितनी घृणित है इन लोगों की दया! इन जैसे कितने मेरी दया के पात्र थे। मैं अर्ल ऑफ़ एसेक्स हूँ। आयरलैंड की ईंट से ईंट बजा देने वाला। लेकिन एक दवात और कलम यदि मुझे मिल जाती? मैं क्षण-क्षण की चिंताओं और अन्धाधुन्ध मन में उठनेवाले तूफ़ानी विचारों को लिखना चाहता हूँ। परंतु किसलिए? क्या इससे कोई यह समझ सकेगा कि प्राण-दंड पाए हुए को कैसी पीड़ा भोगनी पड़ती है। परंतु इससे मुझे क्या लाभ होगा? निरर्थक है। बिलकुल निरर्थक। फिर भी उन्हें इतना तो जानना चाहिए कि जिस मनुष्य को वे मार डालना चाहते हैं, उसे अपने जीवन की रक्षा करने की तीव्र अभिलाषा है, इसमें एक आत्मा है जो अमर है। वे तो इसी बात पर गर्व कर रहे हैं कि केवल ज़रा-सी पीड़ा देकर ही मेरा प्राण हरण करेंगे। पर उस मानसिक , पीड़ा के सामने, जो रात-भर मैंने भोगी है, यह क्षणिक पीड़ा क्या हैसियत रखती है जो सिर काटने के समय होगी। यद्यपि मेरा उसका पूर्व अनुभव नहीं है पर वह तो केवल क्षण भर ही होगी। उसे

तो मैं खुशी से बर्दाश्त कर लूंगा। परंतु वह सूरज, यह रंगीन फूलों के हरे-भरे बगीचे, प्रभात से चहचहाते पक्षीगण, यह उज्ज्वल आकाश, यह स्वतंत्रता, यह जीवन, यह तो अब मुझसे छूट जाएगा, सदा के लिए, हां सदा के लिए।

लेकिन ठहरो, मैं तो अपनी ही बात सोच रहा हूँ। और भी तो हैं। मेरी बेचारी वृद्धा माता! खैर, उसका मुझे ज़्यादा सोच न करना चाहिए, वह सत्तर वर्ष की है, जल्द मर जाएगी। निस्संदेह इस चोट की मार से वह ज़्यादा दिन जिएगी नहीं। कुछ दिन जी भी, तो वह अपने दिन रो-रोकर काट लेगी। अफ़सोस मुझे अपनी पत्नी का है। हां, उसे पत्नी ही कहना चाहिए। उसका उस दिन मुझसे विवाह हुआ है, यद्यपि मैंने अभी उसके शरीर को नहीं स्पर्श किया। तो इससे क्या! हम दोनों एक-दूसरे को जान से ज़्यादा प्यार करते हैं। अब इस बात को छिपाने से क्या फ़ायदा? यह तो कोई ऐसा गुनाह नहीं है, पर वह बहुत नाजुक-बदन है। उसका दिल फट जाएगा। अजी, वह ज़रूर पागल हो जाएगी। अफ़सोस तो यह है कि पागल लोग जल्द नहीं मरा करते। ओह, कितना असह्य होगा उसका यह चिर जीवन! इसकी याद कलेजा चीरे दिए जा रही है।

खैर, ज़रा इस कोठरी की तो कैफियत देखी जाए। कैसे अनघड़ पत्थरों से बनी है। इसका फ़र्श बाहर की ज़मीन से ऊंचा है। सिर से ऊपर आकाश की जगह गुम्बजदार छत है। पता नहीं यह फूंस कितने दिन का है। उफ्, इसी पर मैं मज़े में तीन-चार घंटे सोता रहा हूँ। आश्चर्य है। छत में न जाने कितने मकड़ी के जाले लटके हुए हैं। खिड़की एक भी नहीं। दरवाज़े की किवाड़ों में जो जालियां हैं, उन्हें लोहे की चादर से ढांप दिया गया है। बस, वह सुराख है जिससे उस संतरी की मनहूस आंखें हर आधे घंटे बाद झांकती रहती हैं। जब वह आता है मुझे पता लग जाता है, उसके भारी-भारी बूटों की आवाज़ से। और बरबस मेरी आंखें भी उस ओर उठ जाती हैं। यह देखिए, दीवारों पर नक्शे, तस्वीरें बनी हैं, दस्तखत हैं, इन पर तारीखें हैं। ये सब उन बदनसीब कैदियों के हैं जो मुझसे पहले रैन-बसेरा ले चुके हैं। वे कोई-न-कोई स्मृति-चिह्न छोड़ गए हैं। कोयले से लिखकर या खड़िया से या अपने खून से। यह तो अद्भुत रहस्यमयी पुस्तक है जिसके पन्ने सदैव खुले रहे हैं। मैं चाहता हूँ कि इन विचारों की गंध, जो इन दीवारों पर थिरकी हुई है, एक जगह एकत्र कर लूं और फिर इन अधूरे वाक्यों को, बिखरी हुई पंक्तियों को, अर्थहीन शब्दों को जो सिरकटी लाश की भाँति यहां पड़े हैं, जीवन-पर्यंत मनन करूं। मगर वाह, अब जीवन है ही कहां! अब तो केवल कुछ घंटों की बात है। अजी अब तो समय ही नहीं रहा!!! लेकिन यह क्या? यह देखो दीवार पर दो हृदय अंकित हैं, उनमें तीर मारा गया है, उनसे रक्त की धार बह रही है। नीचे क्या लिखा है, पढ़ा नहीं जाता, रोशनी बहुत कम है, अक्षर मिट गए हैं। पर पढूंगा तो ज़रूर। बस पढ़ लिया है। लिखा है, जीवन का प्यार वाह, वाह। बस मैं भी इसके नीचे दस्तखत कर दूं। पर स्याही कलम कहां है? खूब याद आया, मेरी रगों में खून तो है। अजी बहुत है। लो लिख दिया मैंने अपना नाम, अब कोई-न-कोई तो इसे पढ़ेगा ही। अभी तो और कैदी यहां आएंगे। मेरी और उन सब की तरह। मरनेवाले मर गए, और बस अब तो कुछ घंटे शेष हैं। मैं भी उनमें शुमार हो जाऊँगा।

ओह, इस लैम्प का प्रकाश कम होता जा रहा है, दिन निकल रहा है। लो, छह बज रहे हैं। पर यह खटका कैसा हुआ? दरवाज़े में चाभी घूम रही है। वो आ रहे हैं। पर मैं भी तैयार हूँ। अरे, अरे बदनसीब, इन पत्थर की दीवारों के उस पार केवल एक ही वस्तु है, मृत्यु, मृत्यु!!!।

कोई काले लबादे में लिपटा हुआ आ रहा था। कैदी उठकर खड़ा हो गया। लेकिन यह क्या? यह क्या? आगंतुक दौड़कर कैदी की भुजाओं पर गिर गया। कैदी ने उसे अंक में भर लिया।

यह तो आशा से भी अधिक है प्यारी, प्राणाधिक प्यारी एलिनर, खूब आई। मगर रोती क्यों हो, सिसकियां मत लो। ज़रा मेरी ओर देखो, यहां आकर तुमने मेरी मृत्यु को आशीर्वाद बना दिया। एलिनर ने बड़ी कठिनाई से अपने को दृढ़ किया, थर्राती हुई वाणी से कहा, "समय बहुत कम है। मैं बड़ी ही कठिनाई से आ पाई हूँ। मुझे रानी ने भेजा है।'

तो उन्होंने अपने सारे निर्दय आचरण का परिमार्जन कर लिया? अंतिम क्षणों में तुम्हें मेरी गोद में डाल दिया?'

'किंतु तुम्हें उनसे मिलना होगा। प्रियतम, वे भी मेरी भाँति स्त्री हैं, उन्हें क्षमा करना होगा।'

'ओफ, क्या यह भी सम्भव है?'

'उन्होंने अनुनय की है, प्रार्थना की है, अस्वीकार न करो प्रियतम।'

एलिनर कैदी की गोद में बिखर गई। कुछ देर सन्नाटा रहा। फिर एलिनर सावधान होकर खड़ी हो गई। उसने कहा, 'प्रियतम, तुम वीर शिरोमणि हो, अपना श्रेष्ठ उत्सर्ग प्रकट करो।'

'ठीक कहती हो, प्रिय।'

'तो चलो प्यारे, रानी के पास चलो, समय टला जा रहा है।'

'कुछ परवाह नहीं। आओ कुछ देर मेरे पास आ जाओ। ये अमूल्य क्षण हैं। मैं आंखें भरकर तुम्हें देख लूं।'

'ओफ, पर समय कहां है? मैंने बड़ी कठिनाई से अपने सब गहने और जमा-पूँजी देकर पहरेदार को राजी किया है।'

'क्या रानी ने...'

'वे कैसे यह बात प्रकट कर सकती थीं?'

'सच है। लेकिन क्या वे मेरी मृत्यु को सहन कर लेंगी?'

'मुझे संदेह है।'

'लेकिन तुम?'

'मैं सह लूंगी। तुम्हारी मृत्यु बड़ी शानदार है। इंग्लैंड में इसका जवाब नहीं है।'

'शायद।'

'रानी से मैंने क्षमा-याचना की थी, पर उन्होंने स्वीकार नहीं किया।'

'कैसे कर सकती थीं। वे इंग्लैंड की महामहिम महारानी हैं। कुछ उनका कर्तव्य भी है।'

'मैं जान गई। उस कर्त्तव्य पर उन्होंने आत्मबलिदान कर दिया। वे तुम्हें नहीं, अपने को ही कत्ल कर रही हैं।'

'सच है। सच है। लेकिन तुम?'

'मेरा प्रेम उनके प्रेम के मुकाबले धूल के कण के बराबर नहीं है। मैं उनके समक्ष एक अति तुच्छ दुर्बलहृदय स्त्री हूँ। वे तो उस सर्वोच्च पर्वत-शृंग के समान हैं जिस तक पहुंचना ही दुर्लभ है।'

'बिलकुल ठीक है प्रिये। तेजस्वी पुरुष के स्पर्श करने से तो जलना ही पड़ता है। तो प्रिये, विदा। तुमसे तो मैं अभी विदा ले लूं। फिर तो अवसर मिलेगा ही नहीं।'

'विदा प्रियतम, तुम्हारे प्रेम को मैं अनमोल मोती की भाँति यहां हृदय में धरोहर की भाँति रखूंगी।

'अफ़सोस कि मैं जल्दी में कुछ भी न कर सका। लेकिन मैंने अपनी सम्पूर्ण स्टेट तुम्हारे नाम दे दी है। रानी से कह देना।'

'इन बातों की चर्चा न करो, प्रियतम। अपना प्रेम रानी को दो और बस। केवल इतना ही।'

'तुम धन्य हो, प्रिये।'

'अब चलो।'

'चलो प्रिये।'

26

संतरियों ने कैदी की जंजीरें खोल दी और बाहर चले गए। एक सूने और अंधेरे कमरे में रानी पत्थर की मूर्ति के समान अचल बैठी थी। उसने सिर से पैर तक काले वस्त्र पहने थे। कमरा बहुत बड़ा था और उसमें सजावट का कोई सामान न था। रानी की आंखें पथरा रही थीं। वे सूजकर लाल हो गई थीं।

'कैसा सुंदर प्रभात है।'

कैदी ने रानी को देखते ही मुस्कुराकर कहा। एलिनर आंखें पोंछती हुई वहां से खिसक गई। कैदी की बात का उसने कोई जवाब नहीं दिया। 'बहुत सुंदर दिन है, है न!' कैदी ने फिर हंसकर ये शब्द कहे। वह दो कदम आगे बढ़ा। सुपरिचित शब्द थे। रानी उन शब्दों को उसके मुंह से हज़ार बार सुन चुकी थी। पर आज!

‘लेकिन तुम हंस रहे हो एसेक्स! मुझे शाप नहीं दोगे?’

‘किसलिए महारानी?’

‘क्या मैंने तुम्हारे साथ घोर दुष्कर्म नहीं किया?’

‘कौन ऐसा कहता है, उसका नाम मुझे बताओ और मेरी तलवार मुझे दो। मरने से पहले उसका सिर काटकर तुम्हारे चरणों में डाल दूं।’

‘तो क्या तुम अपनी रानी को अब भी प्यार करते हो?’

‘रानी की मैं इज़्ज़त करता हूँ। मैं उसकी राजभक्त प्रजा हूँ।’

‘और एलिज़ाबेथ?’

‘उसे मैं प्राणों से बढ़कर प्यार करता हूँ। करता रहा हूँ। वह मेरे हृदय की अधिष्ठात्री है।’

‘किंतु वह?’

‘वह भी मुझे प्यार करती है, वह जितना आज मालूम हुआ उतना पहले कभी नहीं।’

‘प्राणदंड पाकर?’

‘तो इससे क्या? वह अंगूठी अभी तक मेरी उंगली में है। छीनी नहीं गई। इस पर उसका नाम अंकित है। उसने अपने हाथों मुझे पहनाई थी।’ एसेक्स ने अंगूठी चूम ली।

रानी कुर्सी से उठ खड़ी हुई। वह आगे बढ़ी, पर लड़खड़ाकर गिर गई।

कैदी ने उसे उठाकर अपने भुजदंडों में भर लिया। रानी टूटी हुई पुष्पमाला की भाँति उसकी गोद में बिखर गई। उसने टूटते स्वर में कहा, ‘मैं जानती थी कि तुम मुझे क्षमा कर दोगे।’

‘मेरी प्यारी एलिज़ाबेथ, मेरे रक्त की एक-एक बूंद तुम्हें प्यार करती है।’

‘और यही हाल मेरा है प्रियतम। अब तुम तो चले शान से, मैं कैसे अकेली रहूँगी? मगर तुम तो हंस रहे हो।’

‘मेरा रोम-रोम हर्ष से भरपूर है।’

‘यह कैसा आनंद है प्रियतम, क्या मेरे विछोह से तुम खुश हो?’

‘नहीं, इंग्लैंड की राजेश्वरी के अखंड तेज-प्रताप से मेरा दिल बाग-बाग है। महारानी, यदि तुम ऐसा न करतीं तो मैं तुम्हें घृणा करता। तुमने इंग्लैंड की रानी की मर्यादा रख ली और मुझे मेरे जीवन की सबसे महान प्रतिष्ठा दी।’

‘ओह, तुम ऐसा सोचते हो, प्रियतम!’

‘क्यों न सोचूं भला। कौन इंग्लैंड में मेरे बराबर भाग्यशाली है जिसने इंग्लैंड की रानी का प्यार भी पाया और सम्मान भी।’

‘घातक के कल्हाडे को तुम सम्मान कहते हो?’

‘आज मैं कहता हूँ। कल से सारी दुनिया कहेगी।

‘ओह प्यारे, तुम ऐसे वीर पुरुष हो, मैं तुम्हारी इसी वीर-मूर्ति को हृदय में रख अब जीती रहूँगी। विश्वास रखो, जीते-जीते मेरे हृदय के सूने सिंहासन पर कोई दूसरा न आ सकेगा।’

‘इस बात को तो सुनकर प्रिये, मैं सौ बार सिर कटा सकता हूँ।’

‘हाय प्रियतम, यह रानी होना ही मेरे दुर्भाग्य का कारण हुआ। काश कि मैं एक किसान की बेटी होती तो हम-तुम किसी एकांत मनोरम स्थान में आनंद के दिन व्यतीत करते जैसे बत्तख का जोड़ा आनंद करता है।’

‘उस तरह रहकर जीवन तो प्रिये, पशु-पक्षी और साधारण जन व्यतीत करते हैं। महामहिमावान पुरुष तो ऐसे ही जीते हैं जैसे इंग्लैंड की महामहिम महारानी।’

‘और महापुरुष ऐसी ही वीरता से मृत्यु का आलिंगन करते हैं जैसे तुम प्रियतम!’

‘मुझे तो सारा बल तुम्हारे प्यार का ही है, एलिज़ाबेथ।

‘तो विदा प्रियतम।’

‘विदा प्रिये, चिर विदा।’

‘लेकिन तुम एलिनर से बिना मिले ही चले जाओगे?’

‘वह तो तुम्हारी गोद में है प्रिये, मुझे उसकी क्या चिंता है!’ का

‘तो प्रियतम, तुम्हारी जुदाई के सदमे में हम दोनों का सांझा है। जब तक जीती हैं तब तक।’

‘यह अधिक से भी अधिक है महारानी।’

‘वह मुड़ा। रानी उसके अंकपाश से खिसककर धरती में गिर गई, फूलों के ढेर की तरह। एसेक्स के चलते हुए कदम रुक गए। उसने एक नज़र रानी पर डाली जो धरती में पड़ी सिसक रही थी। हाथ ऊंचा करके ज़ोर से वह चिल्लाया-‘महारानी चिरंजीविनी हो। इंग्लैंड की अधीश्वरी चिरजीविनी हो।’

और बिना पीछे मुड़े वह कक्ष से बाहर चला गया। दालान में एक वृद्ध पुरुष ने उसका स्वागत किया। वह पादरी था। उसने अपने नेत्र आकाश की ओर उठाकर कहा, ‘पुत्र, क्या तुम तैयार हो?’

एसेक्स ने हंसकर कहा, ‘निस्संदेह धर्मपिता, परंतु आप तो बहुत बूढ़े हैं।’ मैं इस बात को भूल गया था कि कुछ लोग बूढ़े भी होते हैं।’

'पुत्र, साहस करो।'

दरवाज़ा खुला और काली पोशाक में एक लम्बे कद के आदमी ने प्रविष्ट होकर झुककर कैदी को सलाम किया। उसके हाथ में एक सरकारी परवाना था। उसने कहा 'श्रीमान्, मैं कोर्ट ऑफ़ जस्टिस का मीरमुंशी हूँ और पब्लिक प्रोसीक्यूटर से एक संदेश लाया हूँ।'

'पब्लिक प्रोसीक्यूटर मेरा सिर चाहते हैं न?'

उसने आज्ञापत्र पढ़ा। फिर उसने कहा, 'जब आपकी इच्छा हो।'

'देर काहे की। शुभस्य शीघ्रं।'

'तो मैं श्रीमान् की प्रतीक्षा में खड़ा हूँ।'

'तुम? और भी तो हज़ारों हैं मित्र, चलो फिर।'

वह छोटा-सा जुलूस वधस्थल की ओर चला।

27

अर्ल ऑफ़ एसेक्स कोई साधारण पुरुष न था। वह महारानी एलिज़ाबेथ के दरबार का सबसे कम उम्र, सबसे अधिक खुशमिज़ाज, सबसे अधिक उदारहृदय और सबसे अधिक सौभाग्यशाली सामंत था। दरबार के बहुत लोग तो अवश्य उससे ईर्ष्या करते थे परंतु जनता में उसके प्रति प्यार और आदर बहुत था। यह जनता का प्रिय भाव कुछ तो उसके गुणों के कारण था, कुछ इसलिए भी कि उसके साथ रानी का प्रणय-सम्बन्ध है। उन दिनों ऐसे सम्बन्ध भी दिलचस्प समझे जाते थे।

अर्ल की वध-आज्ञा अप्रत्याशित ढंग से हुई थी तथा इतनी शीघ्र उसके दंड को अमल में लाया जानेवाला था कि लोग दंग हो गए थे। हकीकत यह थी कि यह किसी को भी कल्पना न थी कि रानी अपने परम प्रिय सरदार को ऐसा भीषण दंड देगी। इसलिए प्राणदंड की यह खबर सारे लंदन में आग की तरह फैल गई और चारों ओर से ठठ के ठठ लोग वधस्थल के आस-पास आ जुटे थे। जिन-जिन मकानों की खिड़कियों से अच्छी तरह वह भयानक वध देखा जा सकता था, वे सब बड़े-बड़े किराये पर उठ गई थीं। वज़हदार आदमी यह दिलचस्प तमाशा देखने रात ही से आ जुटे थे।

बृहस्पतिवार की संध्या को कुहरा खूब गहरा छाया हुआ था और ठंड भी बड़ी ज़ोर की थी। हवा तीर की तरह शरीर की हड्डियों को कंपा रही थी। उसी अंधकार में राजप्रासाद की विराट परछाईं डरावनी लग रही थी और बाहर दालान में जहां रानी के चैम्बर की खिड़की के नीचे मृत्यु-मंच बनाया जा रहा था, काम करते हुए कारीगर भूत जैसे लग रहे थे। लोग बड़े चाव से ये सब तैयारियाँ देख रहे थे। कुछ लोग शाही बंदीगृह की ओर संकेत करके कह रहे थे, 'कैदी उन्हीं सींखचों के अंदर है, जहां से छनकर मंद-मंद रोशनी आ रही है।'

ज्यों ही घड़ियाल ने दस पर चोट की कि एक कीमती गाड़ी स्नो-बिला काफ़ीखाना के द्वार पर आकर रुकी, और उसमें से पांच आदमी उतर पड़े। गाड़ी से उतरते ही एक ने साईस से कहा, 'कल सुबह नौ बजे यहीं गाड़ी ले आना।'

साईस ने अदब से कहा, 'जैसी सरकार की आज्ञा।'

दूसरे ने कहा, 'नौ बजे गाड़ी क्यों बुलाते हो? साढ़े आठ बजे ही तो मामला खत्म हो जाएगा।'

'परंतु सिर कटने के बाद जब कैदी के शरीर के काट-काटकर टुकड़े कर डाले जाएंगे, वह तमाशा भी तो हम देखकर चलेंगे।'

'वाह, इस बात का तो मुझे खयाल ही न रहा था। हम कोई दृश्य देखे बिना छोड़ेंगे थोड़े ही।

इस पर सब साथी हंस पड़े और काफ़ीखाने में घुस गए। वहां जो कमरा इनके लिए ठीक किया गया था, वह ठीक उस मृत्यु-मंच के सामने ही था। कमरे में आग जल रही थी और आरामदेह गद्दीदार कुर्सियां वहां पड़ी थीं। चारों महामहिमावान महापुरुष कुर्सियों पर जम गए। होटलवाले ने आनन-फानन में शराब की बोतलें और प्याले लाकर टेबल पर सजा दिए। वे शराब उड़ाने और गपशप करने लगे। बीच-बीच में हंसी के ठहाके भी उड़ाते जाते थे। इस दल में प्रसिद्ध अर्ल ऑफ़ कैंट थे जिनकी मूंछे बड़ी-बड़ी थीं। दूसरे एक प्रसिद्ध ड्यूक के नौजवान बेटे थे, जो हाउस ऑफ़ लाड्‌र्स के सदस्य भी थे। तीसरे लार्ड हरिंगटन थे, जो शौकीनी और इश्क-मिज़ाजी के लिए लंदन-भर में प्रसिद्ध थे। चौथे कप्तान मोरिस थे, जो किसी का उधार लेकर देना जानते ही न थे। पांचवें बूढ़े मार्क्विस नार्थम्पटन थे जिनकी रंगीनियां लंदन-भर में प्रसिद्ध थीं।

हंसी-ठट्ठे और कहकहों का बाजार गर्म था। अर्ल ऑफ़ कैंट ने जम्हाई लेते हुए टेबल पर दोनों पैर पसार दिए और वे कोई वाहियात-सा गीत गुनगुनाने लगे। कप्तान मोरिस ने घंटी की रस्सी इतने ज़ोर-से खींची कि कैफ़े का स्वामी घबराया हुआ दौड़ा आया और हाथ बांधकर हुक्म की इंतज़ारी में खड़ा हो गया।

कप्तान ने आंख तरेरकर कहा, 'गर्म पानी और ब्रांडी ले आ बदज़ात।'

मार्क्विस ने कहा, 'और बढ़िया चुरुट भी।'

लार्ड हरिंगटन ने कहा, 'आग जला आग, बदमाश।'

होटल का मालिक सिर झुकाकर वहां से चला गया और थोड़ी ही देर में ब्रांडी, गर्म पानी, सुगंधित चुरुट और फलों को सजा गया।

लार्ड हरिंगटन ने कहा, 'बहुत बढ़िया। अब हमारी रात मज़े में कट जाएगी। मगर अब यह खूसट यहां क्यों खड़ा है?' उन्होंने लाल-लाल आंखों से होटलवाले को घूरकर कहा।

वह वहां से भाग खड़ा हुआ। अब लार्ड हरिंगटन ने हंसकर कहा, 'बनाओ दोस्त, शर्बत बनाओ।'

मेजर ने कहा, 'मगर बनाऊं क्या खाक! रम तो है ही नहीं। न लेमोनेड है।'

'इस साले होटलवाले को अभी फांसी दे दो। इतना कहकर मार्क्विस ने फिर ज़ोर से घंटा बजा दिया। होटलवाले के देवता कूच कर रहे थे। उसने इन बड़े लोगों की मंडली में आने का साहस नहीं किया। अपनी स्त्री को भेज दिया।

उसे देखकर तरुण ड्यूक ने कहा, 'रम कहां है और लेमोनेड कहां है ढड्ढो।'

बुढ़िया सिर झुकाकर चली गई और सब चीजें ले आई। ड्यूक ने कहा, 'गारत हो जाएं ये सब छोटे लोग।'

'जहन्नुम में जाएं, जहन्नुम में, मेरा बस चले तो सबको फांसी पर लटका दूं।'

'खुदा की कसम, मैं भी ऐसा ही करूं। बदजात हैं ये सब, पक्के बदज़ात,' युवक ड्यूक ने कहा और वहां कोई अश्लील गीत गाने लगा।

मार्क्विस ने कहा, 'कप्तान, लेमोनेड में शराब और चीनी मिलाकर मज़ेदार शर्बत बनाना।'

अर्ल ऑफ़ कैंट ने कहा, 'छोड़ो यार। यह बात कप्तान पर छोड़ दो। इस समय लंदन-भर में उस जैसा शर्बत बनानेवाला नहीं है। लेकिन यह तो सोचो कि इस वक्त बेचारे एसेक्स की क्या दशा होगी।'

'मैं समझता हूँ, वह बहादुरी से मौत का मुकाबला करेगा,' ड्यूक ने कहा।

'यह भी हो सकता है कि रानी उसे ठीक समय पर माफ़ कर दे,' अर्ल ने कहा।

'तब तो सारा मज़ा ही किरकिरा हो जाएगा। हम लोग जो इतना कष्ट उठाकर यहां आए हैं, निराश लौटना होगा,' तरुण ड्यूक ने कहा।

बूढ़ा मार्क्विस बोला, 'सचमुच, यह तो बड़ी खराब बात होगी। परंतु क्या एसेक्स माफ़ी मांगेगा?'

'उम्मीद तो नहीं, वह है कांटेदार आदमी।'

'अजी मैं हज़ार-हज़ार गिन्नी की शर्त बदता हूँ। सुबह सवा आठ बजे उसका सिर कटकर रहेगा।'

'दृश्य शानदार होगा।'

'क्या रानी यह दृश्य देखेगी?'

'क्यों नहीं, मैं जानता हूँ वह उससे घृणा करती है।'

'ठीक है। एसेक्स का सिर काटा जाना ही चाहिए। साथ ही इस बदमाश कैफ़ेवाले से कह दिया जाए कि वह रात-भर जागता रहे और ध्यान रखे कि हमें ठीक सुबह सात बजे बढ़िया नाश्ता मिल जाए।'

'लेकिन वह खूसट बुढ़िया ऊपर आई तो कमस खुदा की मैं उसे कच्चा ही चबा जाऊँगा,' इतना कहकर युवक ड्यूक ने ज़ोर से फिर घंटे का रस्सा खींच लिया।

बेचारा डरपोक दुबला-पतला होटलवाला कांपता हुआ आ खड़ा हुआ। उसे देखते ही बूढ़े मार्क्विस तड़पकर कुर्सी से उठ खड़े हुए। उन्होंने डपटकर कहा, 'बदज़ात, तू हमें इतनी देर तक इंतज़ार में रखता है। क्या तुझे उस तख्ते से बांधकर लटका दिया जाए?'

होटलवाले ने नम्रता से कहा, 'दमे का मरीज़ हूँ हुजूर, सीढ़ी चढ़ने में मुझे देर हो गई।'

'अबे देर के बच्चे! सुन, हमें सुबह सात बजे बढ़िया नाश्ता तैयार मिल जाए। बोल, क्या-क्या है?'

'भुना हुआ सूअर का गोश्त और ताज़े अंडे।'

'खैर, मगर गर्दे ज़रूर देना और कबाब भी गर्मागर्म। 'बहुत अच्छा सरकार।'

मार्क्विस ने गिन्नियों से भरी थैली उसके मुंह पर दे मारी। थैली उसकी आंख में लगी। मार्क्विस ने कहा, 'जा भाग और रात-भर जागता रह।'

'बहुत अच्छा सरकार, बहुत अच्छा,' कहता हुआ होटलवाला नीचे भाग चला।

थैली का वज़न भांपकर उसने देख लिया। रकम काफ़ी थी। इसलिए उसने चोट की ज़रा भी परवाह नहीं की।

लंदन के शरीफ़ों की यह मंडली अब इत्मीनान से शराब पीकर और खुश-गप्पियां उड़ाकर रात काटने लगी।

28

कत्ल का नजारा देखने सारा लंदन ही इस समय सेंट जेम्स पैलेस पर आ जुटा था। ऐसी भीड़ मेले-तमाशों में ही इकट्ठी होती थी, परंतु यह भी मेला ही था।

वधस्थल तीरंदाज़ों, गारदों और घुड़सवारों ने घेर रखा था। मंच इतना नीचा था कि निकटवाले ही या खिड़कियों पर बैठे लोग देख सकते थे। स्त्रियां भी धड़कते हृदय से यह दृश्य देख रही थीं। लोग रह-रहकर महल के झरोखों की ओर ताक लेते थे, जहां से रानी के वध का दृश्य देखने की लोगों को आशा थी। कुछ लोग कह रहे थे कि वह माफ़ी मांग लेगा। परंतु कुछ कह रहे थे कि वह शेर की तरह बहादुर है, माफ़ी नहीं मांगेगा।

जब एसेक्स वधमंच पर आया तो लोगों में एक प्रकार की सिहरन दौड़ गई। वह सिर्फ़ सैंतीस वर्ष का तरुण था। शरीर से हट्टा-कट्टा और सुंदर था। बाल उसके बड़े सुंदर और सलोने थे। आंखें गहरी काली और चमकदार थीं। यद्यपि उसका चेहरा इस समय पीला पड़ गया था, पर उस पर खून चमक रहा था। उसने एक बार चारों ओर मुंह उठाकर देखा। जनसमूह को देखकर

वह कुछ विचलित हुआ। अधिकांश दर्शक उसकी वीरता और उदारता का बखान कर रहे थे। इस समय कुहरा छाया हुआ था और थोड़ा-थोड़ा पानी बरसना भी आरम्भ हो गया था। फिर भी जिधर देखो, मनुष्यों के सिर ही सिर दिखाई दे रहे थे। पुरुष, स्त्रियां और बालक सभी जन भीड़ में थे। चारों तरफ़ के मकानों की खिड़कियों में नर-नारी भरे थे, परंतु रानी छज्जे पर नहीं थी।

रातवाली सम्भ्रांत मंडली उम्दा नाश्ता करके खिड़की पर डटी थी। जल्लाद ने आकर एसेक्स के हाथ बांधने चाहे। पर उसने कहा, 'इसकी कोई जरूरत नहीं है। तुम सिर्फ़ अपने कुल्हाड़े को ठीक रखो।'

एक लार्ड ने पास आकर उससे पूछा, 'क्या आप कुछ कहेंगे?'

एसेक्स ने रानी की सूनी खिड़की की ओर देखा। फिर उसने अपना हाथ ऊंचा उठाया जिसमें रानी की दी हुई अंगूठी थी। उसने उसे चूम लिया और तीन बार चिल्लाकर कहा, 'इंग्लैंड की महामहिम महारानी एलिज़ाबेथ की जय, इंग्लैंड की महारानी चिर जीए।' और उसने अपना सिर टिकटी पर रख दिया। बाजे ज़ोर से बज उठे। और तभी जल्लाद का कुल्हाड़ा उसके सिर पर पड़ा। सिर कटकर टोकरी में जा गिरा। लाश खून में डूब गई।

सवारों और तीरंदाज़ों ने भीड़ को तितर-बितर करना आरम्भ कर दिया। बाद में लाश के टुकड़े-टुकड़े किए गए। बड़े लोग अंत तक तमाशा देखते रहे और फिर हंसी-दिल्लगी करते अपने घर गए।

29

795 ईस्वी में लियो तृतीय पोप की गद्दी पर बैठा। परंतु लियो के विरोधी बहुत थे। उनके भय से उसे रोम से भागना पड़ा। उन दिनों इटली पर बादशाह शार्लमेगनन का अधिकार था। वह युग सामंत-पद्धति के विकास का था। अव्यवस्था और अराजकता बहुत थी। कोई भी विजेता सरदार अपनी ताकत से कुछ प्रदेशों पर अधिकार कर लेता, फिर उसे साथियों में बांट देता था। वह राजा और उसके साथी आश्रित सामंत बन जाते थे। यही पद्धति उन दिनों जारी थी। ये सामंत यद्यपि राजा से जागीर पाते थे पर अपने प्रांतों के स्वतंत्र स्वामी होते थे, राजा के साथ उनका यह सम्बन्ध रहता था कि आवश्यकता होने पर वे राजा को सैनिक सहायता देते थे। उन्हें कोई निश्चित टैक्स नहीं देना पड़ता था। केवल समय-समय पर भेंट राजा को देते रहते थे। जब तक ये विद्रोह न करें, उनका और उनके उत्तराधिकारियों का अपनी जागीर पर अधिकार रहता था। सामंत भी अपनी जागीर अपने साथियों में बांट देते थे और उनका सम्बन्ध भी अपने स्वामियों से वैसा ही होता था, जैसा उनका अपने स्वामी से। जहां कोई विजेता बड़ा सरदार राजा नहीं होता था, वहां की जनता अपने प्रदेश के किसी एक शक्तिशाली व्यक्ति को अपना सरदार चुन लेती थी। वह अपने से अधिक शक्तिशाली पड़ोसी सरदार का आश्रय ले लेता था। इस प्रकार उस काल की सामंत-पद्धति एक ऐसे भवन के समान थी जिसमें ऊपर एक प्रतापी राजाधिराज

होता था, उसके नीचे कुछ बड़े-बड़े सामंत, उसके नीचे अनेक राव, उमराव और सबसे नीचे जागीरदार गिरासिए होते थे। इन सब राजाओं में विग्रह निरंतर होते रहते थे। जो हार जाता था वह विजेता का सामंत बन जाता था। सामंत शक्ति प्राप्त कर अपने स्वामी से विद्रोह कर स्वतंत्र राजा भी बन जाते थे।

सही उन दिनों शार्लमेगनन उन सब प्रदेशों का महाराजाधिराज था, जहां आज फ्रांस, बेल्जियम, हालैंड, जर्मनी और ऑस्ट्रिया के राज्य हैं। इन प्रदेशों के जो छोटे-बड़े सामंत, राजा, उमराव थे, वे सब उसे महाराजाधिराज मानते थे। उत्तरी इटली और रोम भी उसके अधीन था।

पोप लियो तृतीय रोम से भागकर शार्लमेगनन की शरण चला गया। कुछ दिन बाद शार्लमेगनन की सहायता से उसने रोम में आकर फिर पोप की गद्दी पर अधिकार कर लिया।

जिस साल उसने पोप की गद्दी प्राप्त की, उसी साल क्रिसमस के दिन जब शार्लमेगनन सेंट पीटर के गिरजे में प्रार्थना करके उठा, पोप लियो तृतीय ने उसके सिर पर राजमुकुट रखकर उसे 'सीज़र ऑफ़ आगस्टस' कहकर सम्बोधित किया। ये उपाधियां प्राचीन रोमन-सम्राटों की थीं। शार्लमेगनन को ये उपाधियाँ देकर लियो तृतीय ने रोमन साम्राज्य का पुनरुद्धार कर दिया। ये रोमन-सम्राट पोप से अभिषिक्त होकर सम्राट पद का प्राप्त करते थे। अत: इन्हें पवित्र रोमन-सम्राट और इनके राज्य को पवित्र रोमन साम्राज्य कहा जाता था। परंतु इस रोमन साम्राज्य का विनाश पांचवीं शताब्दी में ही हो चुका था। अब लियो तृतीय ने ईस्वी आठ सौ में इसका पुनरुद्धार किया, परंतु अब यह कहने ही को रोमन साम्राज्य था, पर इसकी शक्ति का केन्द्र इटली न होकर जर्मनी था। ये नये रोमन-सम्राट एकछत्र शासक न थे। उनकी शक्ति सामंतों पर निर्भर थी, जो प्राय: विद्रोह करते ही रहते थे। यह पवित्र रोमन-सम्राट का पद भी देर तक शार्लमेगनन के वंश में कायम न रहा। वह दूसरे सशक्त राजाओं के वंशों में चला गया।

इंग्लैंड पवित्र रोमन साम्राज्य के अंतर्गत नहीं रहा। ऐंग्लो-सैक्सन जाति के लोगों ने वहां रोमन शासन का अंत कर दिया था और उसी के वंशधर वहां शासन कर रहे थे। सामंत-पद्धति का विकास वहां भी हुआ।

छठी शताब्दी में मुहम्मद ने इस्लाम के झंडे के नीचे अरब को संगठित किया और देखते ही देखते अरब का साम्राज्य पूर्व में सिंध नदी और पश्चिम में स्पेन तक फैल गया। इस समय सिंध, बिलोचिस्तान, पर्शिया, ईराक, आर्मीनिया, काशगर, तुर्किस्तान, एशिया माइनर, पैलेस्टाइन, इजिप्ट, उत्तरी अफ्रीका और स्पेन अरब-साम्राज्य में समाए हुए थे। ईसाइयों की धर्मभूमि पैलेस्टाइन भी उनके अधिकार में थी। परंतु अरबों का यह समृद्ध साम्राज्य देर तक कायम नहीं रहा। दसवीं शताब्दी में उत्तर-पूर्व से उस पर तुकी के आक्रमण होने लगे, जिससे अरब-साम्राज्य खंड-खंड हो गया। परंतु विजेता तुर्कों ने अरबों का इस्लाम धर्म ग्रहण कर लिया था। उनसे गणित, ज्योतिष, चिकित्सा तथा संस्कृति और सभ्यता के पाठ सीखे। पर तुर्क लोग अरबों जैसे सभ्य और सहिष्णु न थे। उन्होंने पैलेस्टाइन में आनेवाले ईसाई तीर्थयात्रियों पर

अत्याचार करने शुरू कर दिए। यह घटना ग्यारहवीं शताब्दी की है। उन दिनों अर्बन द्वितीय पोप था। उसने यूरोप के सब ईसाई राजाओं को अपना युद्ध बंद कर पैलेस्टाइन की पवित्र भूमि को तुर्कों से मुक्त कराने की अपील की। सन्त पीटर सारे यूरोप में इस बात का आंदोलन करता हुआ घूम गया। वह नंगे पैर, हाथ में विशाल क्रॉस लिये, मोटे कपड़े पहने सब जगह जाता और बाज़ारों, मंडियों, शहरों, गाँवों में लोगों को धर्मयुद्ध के लिए प्रेरित करता था। उसके प्रयत्न से सारे यूरोप में धार्मिक जोश फैल गया और समूचे यूरोप की सम्मिलित सेनाएं धर्मयुद्ध के लिए निकल पड़ीं। यूरोप की जनता में एकता की भावना पैदा होने का यह इतिहास में पहला ही अवसर था। इस धर्म-युद्ध में राजा-सामंत ही नहीं, सर्वसाधारण किसान, कारीगर तक बड़ी संख्या में सम्मिलित हुए थे। ग्यारहवीं शताब्दी के समाप्त होते-होते ईसाई क्रूसेडर घनघोर युद्ध और भयंकर खून-खराबी के बाद पैलेस्टाइन पर दखल कर पाए। परंतु उन्हें सलाउद्दीन ने फिर वहां से निकाल बाहर किया। इस प्रकार धर्मयुद्ध से असली उद्देश्य तो पूरा नहीं हुआ, पर यूरोप में संगठन और विशालता का दृष्टिकोण पैदा हो गया।

इस समय भी यूरोप में चर्च का बड़ा प्रभाव था। उधर राजा लोग प्रजा के सुख-दु:ख का ज़रा विचार न करते थे। इन्हें आपस के लड़ाई-झगड़ों ही से फुर्सत न थी। सामंत-पद्धति के कारण वे असंगठित और अव्यवस्थित थे। परंतु चर्च का प्रभाव असीम था। चर्च का संगठन भी खूब था। पोप राजाओं के सिंहासनों का भी स्वामी था। उस समय यूरोप में विद्या व शिक्षा सब चर्च के ही अधीन होती थी।

पादरियों में अंधविश्वास भी खूब था। वे लोगों को इहलोक और परलोक के सुख मोटी-मोटी रकमें लेकर बेचते थे। चर्च में अतुल सम्पदा चारों ओर से चली आती थी। निस्संतान पुरुष चर्च को अपनी सब सम्पत्ति दे देते थे। चर्च की सम्पत्ति पर राजकर नहीं लगता था। चर्च लोगों से राजकर के समान टैक्स लेता था। चर्च का संगठन भी राज्यों के समान था। प्रत्येक पुरुष चर्च की सरकार के अधीन होता था। चर्च के आदमियों को राज्य-न्यायालय दंड नहीं दे सकता था। प्रत्येक राजा चर्च के अधीन था। चर्च किसी भी राजा को पदच्युत कर सकता था। धर्म-बहिष्कार से लोग बहुत डरते थे। राजा यदि चर्च-विरोधी काम करता था तो वहां गिरजों के घंटे बंद हो जाते थे। मृतकों का संस्कार नहीं होता था। पादरी अपना काम बंद कर देते थे। बच्चों का बपतिस्मा नहीं होता था। पाप-श्रवण, पाप-क्षमा और मुक्तिदान नहीं होता था। इससे प्रजा में हाहाकार मच जाता था। इस कारण कोई बड़े से बड़ा राजा भी चर्च का विरोध करने का साहस नहीं कर सकता था।

बारहवीं शताब्दी के अंत में फ्रेडरिक द्वितीय पवित्र रोमन-सम्राट के पद पर था। बचपन में वह सिसली में रहा था, जो अरबों के अधीन रह चुका था। अरब-विचारधारा और संस्कृति का उस पर प्रभाव था। उसने अरब-अध्यापकों से शिक्षा पाई थी। उस काल के अरब संकीर्ण, धर्मांध और असहिष्णु न थे। फ्रेडरिक की चेतना में भी उनकी उदात्त भावना घर कर गई थी। वह चर्च

और पोप का विरोधी हो उठा। परंतु पोप ने उसे धर्म-बहिष्कृत कर दिया। उसे हार माननी पड़ी। पर धीरे-धीरे अब राजा पोप के विरुद्ध सिर उठाने लगे। चौदहवीं शताब्दी में जब पोप ने फ्रांस के राजा को धर्म-बहिष्कृत करना चाहा तो उसने पोप को गिरफ़्तार ही कर लिया। इसके बाद पोप का प्रभाव घटने लगा। अंत में बाल्डोजानहस्स, विल्किफ ने पोप के विरुद्ध आवाज़ बुलंद की। उन दिनों राजा, अमीर, उमराव, सामंत और सर्वसाधारण अपढ़ होते थे। शिक्षा मठों में होती थी। बाइबिल और उसकी भाषा ही अध्ययन के उच्च आदर्श माने जाते थे तथा गुरु-शिष्य चर्चों में लैटिन पढ़ते-पढ़ाते थे। अंग्रेज़ी, फ्रेंच, जर्मन, इटालियन आदि भाषाएं उन दिनों देहाती अशिक्षितों की बोलियां थीं। उनमें साहित्य था ही नहीं। विद्वान केवल ग्रीक व लैटिन पढ़ते थे। उन दिनों पेरिस और ऑक्सफोर्ड के विश्वविद्यापीठ भी ईसाई मठों के अंग थे। जादू-टोना, भूत-प्रेत, तंत्र-मंत्र रसायन का बड़ा ढोंग था। वे ढोंगी भी प्राय: पादरी ही होते थे।

पंद्रहवीं शताब्दी में जर्मनी के लूथर ने धर्म-सुधार की आवाज़ ऊँची की। उसका बहुत विरोध हुआ, परंतु अंत में इंग्लैंड में उसने प्रोटेस्टेंट मत की स्थापना कर दी। इससे यूरोप दो भागों में विभक्त हो गया। रोमन कैथोलिक और प्रोटेस्टेंट। अब राजा लोग चर्च के अधिपति बनते जाते थे। इंग्लैंड के राजा हेनरी आठवें ने तो चर्च ऑफ़ रोम तथा पोप से सम्बन्ध त्यांग दिया और प्रथम चर्च ऑफ़ इंग्लैंड की स्थापना की। परंतु यह आसानी से नहीं हुआ। लाखों नर-नारी निर्दयतापूर्वक धर्म की वेदी पर बलि हुए।

सत्रहवीं शताब्दी में पवित्र रोमन साम्राज्य का अधिष्ठाता ऑस्ट्रिया का बादशाह हुआ करता था। इन दिनों जर्मनी और मध्य यूरोप में तीन सौ से अधिक छोटी-छोटी रियासतें थीं। ये सब मिलकर रोमन साम्राज्य के अंतर्गत थीं।

उन दिनों जर्मनी प्रोटेस्टेंट और रोमन कैथोलिक फिरकों की लड़ाई का अखाड़ा बना हुआ था। क्योंकि वहां दोनों दल बराबर थे। पर इंग्लैंड इस लड़ाई से दूर था। यह पहले ही चर्च ऑफ़ रोम से नाता तोड़ चुका था।

इस समय यूरोप के दक्षिण-पूर्व में तुर्क लोग कुस्तुंतुनिया पर कब्जा जमाए हुए थे और उनका साम्राज्य हंगरी को छू रहा था। दक्षिण-पश्चिम कोण पर अरबों के उत्तराधिकारी मुस्लिम सशसीन ग्रेनेडा से खदेड़ दिए गए थे और स्पेन का सम्मिलित शासन वहां अमल में था। स्पेन में ईसाइयों और मुसलमानों की शताब्दियों तक जो तलवारें चलीं, उसने स्पेन को कट्टरता से कैथोलिक मज़हब से चिपका दिया था। वहां भयंकर इंक्वीजिशन अपना आतंक जमाए था। अमेरिका की खोज के घमंड और वहां की दौलत के नशे में स्पेन किसी को गर्दानता ही न था। यूरोप के मध्य भाग में जर्मन-साम्राज्य था जो राजाओं, ड्यूकों, पादरियों, निर्वाचकों आदि की अधीनता में छोटी-छोटी रियासतों का अजीब झुंड था। स्विट्ज़रलैंड का प्रजातंत्र पृथक् था। वेनिस और इटली के भी प्रजातंत्र थे। रोम के चारों ओर पोप की ज़मींदारी थी जो पैपल स्टेट्स कहाती थी। इसके दक्षिण में नेपल्स और सिसली के राज्य थे। पूर्व में जर्मन-राज्यों और रूस के बीच पोलैंड और हंगरी का बड़ा राज्य था।

सोलहवीं शताब्दी में लगभग एक साथ ही चार्ल्स पांचवां पवित्र रोमन-साम्राज्य का सम्राट और सुलतान सुलेमान कुस्तुंतुनिया का सम्राट था। वह यह समय था कि जब उत्तर-पश्चिम से बाबर ने आकर हिन्दुस्तान में एक नया राज्य कायम किया था। इस समय तुर्की, ईरान, मध्य एशिया और भारतवर्ष में कला का विकास हो रहा था। चीन के मिग राजाओं के समृद्ध शासन में कला चोटी तक पहुंच चुकी थी। इटली भी कला में अपना सानी नहीं रखता था। इस तरह सोलहवीं शताब्दी का यूरोप रोमन कैथोलिक और प्रोटेस्टेंटों के बीच बंटा हुआ था। उन दिनों राजा की गणना होती थी, देशों की नहीं। और इस समय यद्यपि नवीन जागरण तो अवश्य यूरोप में हो रहा था, पर राजाओं की सत्ता सर्वोपरि थी। वे सर्वशक्तिमान थे। प्रजा उकस रही थी और क्रांति का विस्फोट अवश्यम्भावी था। मध्यवर्ग स्फोटोन्मुखी ज्वालामुखी बना हुआ था। आर्मेडा-संग्राम में परास्त होने से सेना का सिर नीचा हो गया था। अब इस समय फ्रांस का बादशाह यूरोप में सबसे अधिक स्वेच्छाचारी था। वह अपने साम्राज्य को अपनी निजी जायदाद समझता था। कार्डिनल रिचलू नामक एक पादरी उस समय फ्रांस का प्रधानमंत्री था। वह फ्रांस में प्रोटेस्टेटो को बेरहमी से कुचल रहा था। उधर हैप्सबर्ग का फिलिप द्वितीय जब नीदरलैंड का राजा हुआ तो उसने शहरों के अधिकारियों और नये मत को कुचलने में कोई कसर नहीं रखी थी। उसने एल्बा के ड्यूक को नीदरलैंड का गवर्नर बनाकर भेजा था, जो कि एक घोर निर्दयी पुरुष था। इसने इंक्वीज़िशन कायम करके और एक खूनी मजलिस की स्थापना करके हज़ारों को जीता जला दिया या फांसी के घाट उतार दिया। उसने नीदरलैंड के सारे निवासियों को ही ला-मज़हब कहकर कत्ल करवा डाला था। इस प्रकार तीस लाख स्त्री-पुरुष कत्ल कर दिए गए थे। वह एक के बाद दूसरे नगर पर घेरा डालता, नगर-निवासी स्त्री-पुरुष जब तक उनसे बनता लड़ते और अंत में मौत के घाट उतार दिए जाते। इस समय जर्मनी में तीससाला युद्ध हो रहा था, जिसमें निरंतर कत्लेआम और लूटमार का बोलबाला रहा। न खेतीबाड़ी हुई, न व्यापार। सारा देश तबाह हो गया। उस समय यूरोप का सारा वातावरण ही धोखेबाज़ियों, साज़िशों, हत्याओं और अत्याचारों से भरा था। ऐसे ही वे दिन थे।

इन दिनों इंग्लैंड का बादशाह जेम्स प्रथम था, जो प्रसिद्ध विद्वान था। वह बड़ा शानदार भाषण दे सकता था। पर आकृति उसकी भद्दी और बेडौल थी। वह आलसी, आरामतलब, खुशामदपसंद, घमंडी और ज़िद्दी था। फ्रांस का तत्कालीन बादशाह उसे ईसाई संसार का सबसे बड़ा मूर्ख कहा करता था।

वह स्कॉटलैंड से आया था तथा स्कॉटलैंड और इंग्लैंड का प्रथम संयुक्त बादशाह था। इसलिए इन दोनों देशों के शताब्दियों के विग्रह समाप्त हो गए थे। परंतु वह इंग्लैंड में लोकप्रिय नहीं हुआ। यद्यपि विद्वान था परंतु उसकी अहम्मन्यता इंग्लैंड के लोगों को रुची नहीं। वह राजा के दैवी अधिकारों पर विश्वास रखता था। इसका मतलब यह था कि राजा पृथ्वी पर ईश्वर का प्रतिनिधि है। इसलिए राजा को देश के शासन के लिए दैवी अधिकार प्राप्त हो। वह डंके की चोट से कहता था कि जैसे ईश्वर के सर्वशक्तिमान होने में शंका करना अधर्म है, उसी प्रकार राजा के कार्यों पर भी टीका-टिप्पणी करना अधर्म है।

परंतु सोलहवीं शताब्दी में राजाओं को स्वेच्छाचारी होने की जो सुविधाएं प्राप्त थीं, अब सत्रहवीं शताब्दी में नहीं रही थीं। अब परिस्थिति भी बदलती जाती थी। विदेशी आपत्तियां अब इंग्लैंड पर नहीं थीं और इंग्लैंड तेज़ी से राजनीतिक सुधार कर रहा था। रानी एलिज़ाबेथ के शासनकाल में धर्म-सुधार, विद्या का पुनर्जागरण, साहित्य का नूतनीकरण एवं समुद्र-यात्राओं के जो बड़े-बड़े अभियान हो चुके थे, उससे न केवल इंग्लैंड के लोगों के विचार उन्नत होने लगे थे, वे नये-नये विदेशी व्यापारों से धनी भी होने लगे थे, और उनके रहन-सहन सुधरने लगे थे। इससे अब इंग्लैंड की जनता राजा की स्वेच्छाचारिता को सहन नहीं कर सकती थी। पर जेम्स बात-बात पर अपने दैवी अधिवादों की दुहाई देता था। उसके खर्च भी अनियमित थे, इससे वह नये-नये टैक्स लगाता जाता था। इससे भी उसके प्रति जनता का मन खिन्न हो गया था और पार्लियामेंट अपने देशवासियों की स्वतंत्रता की रक्षा के लिए राजा के सम्मुख तनकर खड़ी हो गई थी। परंतु राजा अपने अधिकारों की धींगामुश्ती करता ही चला जा रहा था और पार्लियामेंट और राजा में अच्छी-खासी रस्साकशी होने लगी थी। पार्लियामेंट राजमंत्रियों पर अपना अंकुश रखना चाहती थी, पर जेम्स यह सहन न कर सकता था। एलिज़ाबेथ के काल का प्रसिद्ध विद्वान बेकन, जो प्रसिद्ध निबंध-लेखक और आधुनिक विज्ञान का जन्मदाता था, उस समय प्रधान न्यायाधीश के पद पर था। उस पर पार्लियामेंट ने रिश्वत का अभियोग चलाकर उसे जेल भेज दिया। पर जेम्स ने उसे छुड़वा दिया। जेम्स अपने उत्तराधिकारी पुत्र चार्ल्स का विवाह स्पेन की राजकुमारी इन्फैंटा से करना चाहता था, पर पार्लियामेंट ने अडंगा लगाया कि राजकुमार का विवाह प्रोटेस्टेंट से ही होना चाहिए। इस पर जेम्स ने क्रुद्ध होकर पार्लियामेंट की विधान-पुस्तक से वे पृष्ठ ही फाड़ डाले जिनमें राजा पर प्रतिबन्ध की चर्चा थी।

इस प्रकार राजा और प्रजा के बीच जो अधिकारों का द्वंद्व चल रहा था, उसमें तत्कालीन धर्म-प्रतिबंध ने और चार चांद लगा दिए थे। इस समय इंग्लैंड में मुख्य तीन धार्मिक दल थे-एक रोमन कैथोलिक दल, जो अब तक पोप को ही धर्मगुरु मानता था। दूसरा इंगलिश चर्च था, जो धर्म-सुधार का पक्षपाती था, जिसका नेता इंग्लैंड का बादशाह होता था।

तीसरा प्यूरिटन लोगों का दल था, जो चर्च ऑफ़ इंग्लैंड के संशोधन को यथेष्ट नहीं समझता था, वह प्रगतिशील जनों का दल था। तीनों ही दल जेम्स का सहयोग पाने की खटपट करते रहते थे। कैथोलिकों को इसलिए आशा थी कि जेम्स की माता स्कॉटलैंड की रानी मेरी पक्की कैथोलिक थी। चर्च ऑफ़ इंग्लैंड इसलिए आशा करता था कि वह इंग्लैंड का बादशाह और चर्च का प्रधान था, प्यूरिटन यह आशा करते थे कि वह स्कॉटलैंड से आया है, जहां प्यूरिटन सिद्धांतों का ज़ोर है। परंतु जेम्स चर्च ऑफ़ इंग्लैंड को ही पसंद करता था, क्योंकि इसी में उसका लाभ था। उससे वह धर्म का सर्वोपरि अधिष्ठाता बन जाता था। प्यूरिटन लोगों से उसे चिढ़ थी। वह डरता था कि यदि उनके सिद्धांतों के अनुसार जनता चर्च के अधिकारी को चुनना सीख जाएगी तो एक दिन वह राजा को भी चुनेगी और प्रजातंत्र की इंग्लैंड में स्थापना हो जाएगी। इससे वह कहा करता था कि पादरी नहीं तो राजा भी नहीं।

रोमन सम्राट फर्डीनेंड प्रोटेस्टेंटों पर बेहद अत्याचार करने लगा। इससे प्रोटेस्टेंट रियासतें उसके विरुद्ध हो गईं और बोहेमियावालों ने जेम्स के दामाद पैलेंटिनेट के राजा फ्रेडरिक को बोहेमिया के सिंहासन पर ला बिठाया। उन्हें आशा थी कि जेम्स की सहानुभूति उन्हें प्राप्त होगी, पर जेम्स ने सहायता न की। सब प्रोटेस्टेंट रियासतों ने उसका साथ दिया। इस पर रोमन कैथोलिक रियासतें ऑस्ट्रिया के झंडे के नीचे आ जुटीं। इस प्रकार मध्य यूरोप में प्रोटेस्टेंट और रोमन कैथोलिक रियासतों में तुमुल संग्राम छिड़ गया जो बीस वर्षों तक चला। अंत में ऑस्ट्रिया की सेना ने बोहेमिया के राजा फ्रेडरिक को बुरी तरह परास्त किया और स्पेन की सेना ने नीदरलैंड से जेम्स के दामाद फ्रेडरिक और उसकी रानी जेम्स की पुत्री एलिज़ाबेथ को निकाल बाहर किया; फिर उसने पैलेंटिनेट पर भी कब्जा कर लिया। राजा-रानी दोनों को वहां से खदेड़ दिया गया।

30

इन दिनों लंदन में एक रोमन कैथोलिक भलामानुस रहता था। उसका नाम एडवर्ड फ्लायड था। ज्यों ही इंग्लैंड में यह खबर पहुंची कि बोहेमिया के राजा फ्रेडरिक से प्राग छीन लिया गया और उसे और उसकी रानी एलिज़ाबेथ को-जो इंग्लैंड के राजा की पुत्री थी-स्पेन की सेना ने पैलेंटिनेट से निकाल बाहर किया, तो इस रोमन कैथोलिक भलेमानुस ने मज़ाक में यार-दोस्तों से कहा, 'खूब हुआ यारों मुर्गा-मुर्गी दरबे से निकाल बाहर किए गए।' इस समय उक्त समाचार से इंग्लैंड में उत्तेजना फैली ही हुई थी, अत: इस रोमन कैथोलिक भलेमानुस के ये शब्द हवा में तैरते हुए पार्लियामेंट के पत्थरों को भी पार कर गए। पार्लियामेंट के माननीय सदस्य क्रुद्ध हो उठे। उन्होंने कहा, 'यह न केवल प्रोटेस्टेंट लोगों की हार की खिल्ली उड़ाई गई है अपितु हमारे बादशाह की राजकुमारी का भयानक अपमान और राजद्रोह है। अत: इस अभियुक्त को गिरफ़्तार कर लिया गया और उस पर पार्लियामेंट में मुकदमा चलाया गया।

इस संगीन मुकदमे में पार्लियामेंट के दोनों सदन, हाउस ऑफ़ लार्स और हाउस ऑफ़ कॉमन्स की गहरी दिलचस्पी थी। उन दिनों राजा की इच्छा ही कानून थी और श्रीमंत सरदार अपनी पसंद और रुचि से दंडनिर्णय किया करते थे। बहुधा पार्लियामेंट गहरे मामले-मुकदमे स्वयं ही सुनती थी। पढ़े-लिखे आदमी उन दिनों इंग्लैंड में बहुत कम थे, हाउस ऑफ़ लार्ड्स के अनेक माननीय सदस्य अपढ़ थे। चूँकि पार्लियामेंट इंग्लैंड की सबसे बड़ी राजनीतिक संस्था थी, इसलिए उसके दंड भी बड़े-बड़े विस्तारवाले, अनोखे और प्रभावशाली होते थे। प्राय: पार्लियामेंट के माननीय सदस्य या तो उन दिनों जुआ खेलने या द्वंद्वयुद्ध में गहरी दिलचस्पी रखते थे या ऐसे विशिष्ट मुकदमों में। खून-खराबी, उत्पीड़न और नर-वध के दृश्य उन दिनों सर्वसाधारण के लिए अधिक मनोरंजन के केन्द्र हुआ करते थे और पार्लियामेंट में जो भारी केस आता था, उसका दंड प्राण-वध होता यही नहीं, परंतु लोग यह भी आशा रखते थे कि प्राण-वध सीधा-सादा नहीं, अनेक निर्दय, क्रूर उपदंडों, उपसर्गों से संयुक्त होगा। ऐसी ही मनोवृत्ति उन दिनों इंग्लैंड के सब छोटे-बड़े जनों की थी।

मुकदमा संगीन था। पर मुकदमे की सुनवाई में ज़्यादा देर न लगी। दोष प्रमाणित हो गया। अभियुक्त को राजद्रोह और धर्मद्रोह का भयंकर अपराधी मान लिया गया और उसे हाउस ऑफ़ कॉमन्स ने दंड-निर्णय करने के लिए हाउस ऑफ़ लार्ड्स में भेज दिया।

लार्ड लोग गम्भीरता से दंड-विधान पर सम्मतियां देने लगे। सर फिलिप एक तेज़-मिज़ाज तरुण थे। उन्हें सबसे पहले बोल उठने का शौक था। सुंदर और ठाठ के आदमी थे। उन्होंने सम्मति दी, चूंकि इसका अपराध अपरिसीम है, इसलिए दंड भी ऐसा ही होना चाहिए। मेरी राय है कि अपराधी को एक गधे पर उसकी दुम की ओर मुंह करके सवार किया जाए और वैस्ट मिंस्टर से लंदन टॉवर तक घुमाया जाए तथा उसकी टोपी पर ये शब्द लिखकर चिपका दिए जाएं, 'यह एक पोप पंथी नराधम है, जिसने द्रोह-भाव से शहंशाह की संतति पर दोषारोषण और व्यंग्य किया है।' इसके बाद इसे टॉवर में रखकर इस कदर यंत्रणाएँ दी जाएं कि जितनी वह बर्दाश्त कर ले और वह जल्द मर भी न जाए।

सर फ्रैंसिस सी म्योर एक लम्बे-तगड़े सांड़ के समान भयानक आदमी थे। मुंह उनका भेड़िये के समान था, जो अधपके गलमुच्छों से ढंका था। ज़ोर-ज़ोर से असंयत भाषा में बोलने के अभ्यस्त। जब ये ज़्यादा चीखते-चिल्लाते थे तो इनकी आवाज़ फटे बांस की जैसी कर्कश और अप्रिय हो जाती थी। उन्होंने कहा, 'सदन के अधिकार के अंतर्गत मैं चाहता हूँ कि अपराधी को यहां से टॉवर तक नंगा करके और छकड़े से बांधकर घसीटते हुए ले जाया जाए। उसके दोनों हाथ उसकी गर्दन में हों, और उस पर निरंतर कोड़े बरसाए जाएं।'

सर एडवर्ड गिल के गालों की हड्डियां ऊपर को निकली हुई थीं तथा उनके बड़े-बड़े दांत सदा होंठों से बाहर निकले रहते थे। वे ज़रा अटक-अटककर कभी-कभी हकलाकर बोलते थे। उन्होंने कहा, 'उसे जब कोड़े मारे जाएं तो उसके पैर और सिर पिलौटी में डाल दिए जाएं।'

सर फ्रैंसिस डरसी को अपनी वाग्मिता पर भारी भरोसा था। आवाज़ उनकी बुलन्द और गूंजती हुई थी। पर बोलते-बोलते नम्रता का कभी-कभी ऐसा अभिनय करते थे कि लोग मुंह पर ही हंसने लगते थे। सांडों की लड़ाई में इन्हें बड़ी दिलचस्पी थी। इन्होंने राय दी कि इसकी ज़बान भी गर्म लोहे से छेद दी जाए। सर जर्मी होरेस भी नवयुवक थे। हाल में ही एम.पी. हुए थे। सदैव चमड़े का शिकारी कोट और चमड़े के दस्ताने पहने रहते थे। बातचीत और बोलने का ढंग बच्चों जैसा था। उन्होंने सज़ा में इजाफा किया कि इसकी ज़बान काट ही डाली जाए।

सर जार्ज गोरिंग एक खब्ती-से आदमी थे। सिर इनका गंजा और चेहरा तेल में डूबा हुआ-सा था। पता ही नहीं लगता था कि क्या कह रहे हैं। पर जब बोलते थे तो बोलते ही जाते थे। लोग उन्हें झक्की समझते थे। उन्होंने राय दी, 'सज्जनो, आपके इन नर्म, दयापूर्ण प्रस्तावों से मैं सहमत नहीं हूँ। इसके नाक, कान और ज़बान पहले काट ली जाए और तब इसे निरंतर कोड़े मारे जाएं। इसके बाद इसे गधे पर उसकी दुम की ओर मुंह करके सवार कराया जाए। यह उसकी दुम हाथों में पकड़े रहे। प्रत्येक सांस के साथ इसे माला के मनके निगलवाए जाएं और निरंतर कोड़े बरसाते हुए टॉवर में ले जाकर फांसी पर लटका दिया जाए।'

सर जोजेफ जैक्सन की यह विशेषता थी कि मिज़ाज के क्रोधी और परले सिरे के शक्की थे। बात-बात में उलझते थे, पर थे पक्के राजभक्त। उन्होंने कहा, 'मेरी राय में तो यह मुनासिब प्रतीत होता है कि एक कमेटी बनाई जाए। वह सोच-विचारकर इस आदमी के दंड की गम्भीर व्यवस्था करे और कोड़े तो उसे प्रतिदिन लगाए जाएं।'

विचार बहुत हुआ पर निर्णय कुछ भी नहीं हुआ। अंतिम निर्णय फिर के लिये मुल्तवी कर दिया गया। इसके अतिरिक्त हाउस ऑफ़ लाड्‌र्स ने यह विचार प्रकट किया कि इस गुरुतर अपराध के दंड का निर्णय जब हाउस ऑफ़ कॉमन्स करे तो उसमें प्राथमिकता का अधिकार हाउस ऑफ़ लाड्‌र्स का रहे।

हाउस ऑफ़ कॉमन्स में भी खूब गर्मागर्म बहस हुई और उन्होंने अपना निर्णय हाउस ऑफ़ लाड्‌र्स के सामने उपस्थित कर दिया, जिस पर हाउस ऑफ़ लाड्‌र्स ने अच्छी तरह विचार करने के बाद निम्नलिखित दंड अपराधी के लिए तजवीज़ किया-

1. यह कि, यह एडवर्ड फ्लायड भद्रपुरुष की भाँति शस्त्र धारण के अयोग्य समझा जाए तथा वह एक कुत्सित व्यक्ति समझा जाए और कहीं किसी कोर्ट या मामले में वह साक्षी देने के योग्य न माना जाए।
2. यह कि, आगामी सोमवार के दिन, भोर ही में उसे वेस्ट मिस्टर हॉल में ले जाया जाए। वहां वह घोड़े की पीठ पर दुम की ओर मुंह करके सवार कराया जाए और उसके हाथ घोड़े की दुम में बांध दिए जाएं। उसके सिर पर एक कागज़ उसका अपराध लिखकर चिपका दिया जाए और इस तरह उसे चीफ़ हाउस की पिलौटी तक ले जाया जाए, जहां वह दो घंटे पिलौटी में रखा जाए और तब उसके माथे पर 'K' अक्षर गर्म लोहे से दाग दिया जाए।
3. उसे दूसरे दिन गाड़ी से बांधकर कोड़े मारते हुए फ्लीड लेन से वैस्ट मिंस्टर तक घसीटते हुए ले जाया जाए। उसके सिर पर उसके अपराध का कागज़ लगा रहे। इसके बाद उसे दो घंटे पिलौटी में पैर और सिर डालकर रखा जाए।
4. वह बादशाह को पांच हज़ार पौंड जुर्माना दे।
5. वह न्यूगेट जेल में आजीवन कैद रहे।

उन दिनों पार्लियामेंट में ऐसे ही मुकदमे आम हुआ करते थे और अपराधियों को ऐसे ही दंड दिए जाते थे। पिलौटी एक लकड़ी का शिकंजा होता था जिसमें अपराधी के पैर और सिर फंसा दिए जाते थे, जिससे उसे घोर यंत्रणा होती थी। ऐसे दंड प्राय: सार्वजनिक स्थानों में दिए जाते थे और आम जनता बड़े चाव से इन निर्दय दंडों से कराहते और छटपटाते अपराधियों को देखकर प्रसन्न हुआ करती थी। ऐसी ही क्रूर और सख्त मनोवृत्ति उस काल इंग्लैंड के छोटे-बड़े सब लोगों की थी।

31

रोमन कैथोलिक और प्रोटेस्टेंट के झगड़े चलते ही रहे। जिन-जिन राजाओं ने जो-जो सम्प्रदाय स्वीकार किए थे, उसी को प्रजा भी स्वीकार करे, इस बात पर जोर दिया जाता था। सत्रहवीं शताब्दी में यूरोप के ऐसे अनेक लोगों को अपनी मातृभूमि छोड़नी पड़ी थी, जिन्होंने इस सम्बन्ध में राजाज्ञा नहीं मानी थी। ऐसे लोगों को बहुधा आजीवन बंदी होने की यातना भी भोगनी पड़ती थी।

इंग्लैंड के राजा ने जब प्रोटेस्टेंट धर्म स्वीकार कर अपने को चर्च का अधिपति घोषित किया और रोमन कैथोलिक सम्प्रदाय का त्याग किया तो कुछ धर्मभीरु लोगों ने इंग्लैंड को त्याग दिया। उन दिनों जो लोग चर्च ऑफ़ इंग्लैंड की विधि से धर्माचार करना अस्वीकार करते, उन्हें या तो कोड़े लगाए जाते थे, या उन्हें कैद में डाल दिया जाता था या उनके कान काट लिये जाते थे।

सत्रहवीं शताब्दी के प्रथम चरण में ही कुछ स्वतंत्र विचारों के लोगों ने इंग्लैंड की भूमि को त्यागा और उन्होंने अमेरिका में जाकर वर्जीनिया तट पर एक छोटी-सी बस्ती बसाई। आजकल इसी स्थान पर बोस्टन नगर बसा हुआ है। यह बस्ती बढ़ती ही गई और भगोड़े लोग यहां आ-आकर बसते गए। परंतु धार्मिक मामलों में यहां के लोग भी बड़े कट्टर थे। जो इनकी कर्मविधि को नहीं मानता था, वे उसे अपनी बस्ती में नहीं रहने देते थे। इसका परिणाम यह हुआ कि अमेरिका में भिन्न-भिन्न स्वतंत्र विचारवालों के छोटे-छोटे उपनिवेश स्थापित होते चले गए। इन लोगों में यूरोप के अन्य देशवासी भी थे। कुछ स्वीडन के थे, कुछ डच थे। उन्होंने जो बस्ती बसाई थी, उसे उनसे अंग्रेज़ों ने छीन लिया था, आज वही बस्ती संसार के प्रसिद्ध नगर न्यूयॉर्क के नाम से विख्यात है।

इसी समय फ्रांस के रोमन कैथोलिक बादशाह के प्रताड़ित कुछ फ्रैंच परिवार देश छोड़कर वर्जीनिया के दक्षिण स्थल में आ बसे थे। यहां अंग्रेज़ों की बस्तियां पहले ही बस गई थीं। इनमें यूरोप की अन्य जातियों के भी लोग थे। पर प्रमुख अंग्रेज़ और फ्रैंच ही थे। शीघ्र ही इन दोनों पड़ोसी जातिवाले विस्थापितों में प्रतिद्वंद्विता का बीज अंकुरित हो उठा।

अंग्रेज़ विस्थापितों की बस्तियां अमेरिका के पूर्वी तट पर फैलती चली गई थीं। फ्रैंचों की अपनी बस्तियों का विस्तार सेंट लारेंस नदी के तटवर्ती प्रदेशों पर बड़ी झील तक था तथा वहां से उनका झुकाव ओहियो नदी के किनारे-किनारे लुसियाना तक था। अंग्रेज़ों की बस्तियां बड़ी तेज़ी से बढ़ती जाती थीं। ब्रिटिश द्वीपों तथा यूरोप के दूसरे प्रदेशों से बहुत से परिवारों ने आ-आकर वहां अपने घर बसा लिये थे। देखते-ही-देखते ये छोटी-छोटी बस्तियां बड़े-बड़े बंदरगाहों के रूप में परिवर्तित होती जा रही थीं। ये बस्तियां देश के भीतरी भागों में फैलती जाती थीं। लोग देश के भीतर घुसते जाते और अपने खेत, खलिहान, गांव बसाते जाते थे। इस काम में अंग्रेज़ अधिक तेज़ थे। वे अधिक-से-अधिक भूमि को घेरते गए और जब पूर्वी तटवर्ती पर्वतश्रेणियों तक पहुंचे तो ओहियो नदी की विस्तृत घाटी में फैलने लगे, जहां पहले ही से फ्रैंच बस्तियां स्थापित हो चुकी

थीं। उनके पास काफ़ी भूमि थी। यूरोपियन जातियों के वहां आने से प्रथम केवल रेड इंडियन ही वहां रहते थे, जो बहुत अल्पसंख्यक थे। फ्रांसीसियों को ब्रिटेनवासियों का इस प्रकार पश्चिम की ओर प्रसार करना पसंद न था। क्योंकि वहां की भूमि को वे पहले ही अधिकृत कर चुके थे और सेंट लारेंस-तट पर मज़बूत किले भी बना चुके थे। उन्होंने अंग्रेज़ों को वहां से खदेड़ना आरम्भ कर दिया और इस प्रकार एंग्लो-फ्रेंच संघर्ष की नींव जमी।

32

तेरहवीं शताब्दी में ब्रिटेन के उमरावों ने तत्कालीन राजा की एकतंत्री सत्ता के विरुद्ध आवाज़ उठाई। उन्होंने संगठित हो बादशाह को यह समझौता करने पर विवश किया कि किसी की सम्पत्ति बिना कानूनी कारण ज़ब्त न हो सकेगी, न कोई आदमी बिना मुकदमा चलाए जेल भेजा जा सकेगा। इस समझौते ने दो महत्त्वपूर्ण सिद्धांतों को जन्म दिया, एक तो यह कि बादशाह कानून के आधार पर शासन करे, स्वेच्छाचार से नहीं; दूसरे कानून जन-निर्वाचित प्रतिनिधि निर्माण करें। इन्हीं सिद्धांतों ने आगे चलकर इंग्लैंड में वैधानिक राजतंत्र संगठित किया। इसके बाद ही इंग्लैंड की पार्लियामेंट का संगठन हुआ, केवल यह विचारने के लिए कि बादशाह को राजकोष का कितना रुपया खर्च करने का अधिकार है। इस पार्लियामेंट के सदस्य केवल दरबारी उमराव ही होते थे। केवल दो-दो सदस्य प्रत्येक प्रांत तथा नगर के जन-प्रतिनिधि भी होते थे। पर उनके दृष्टिकोण उमरावों से पृथक् थे। इसी से पार्लियामेंट में दो दल हो गए। एक हाउस ऑफ़ कॉमन्स, दूसरा हाउस ऑफ़ लार्ड्स। हाउस ऑफ़ कॉमन्स सदैव चुनकर संगठित होता था, परंतु हाउस ऑफ़ लार्ड्स में या तो खानदानी अमीर-उमराव होते थे, या राजा उन्हें पदवी देकर उमराव बना देता था। बिशप और चर्च के प्रधान

भी इसी हाउस ऑफ़ लार्ड्स में बैठते थे। राजा जब कभी धन की इच्छा करता था तभी वह एक अनुरोध-पत्र हाउस ऑफ़ कॉमन्स को लिखता था कि वह जनता को आज्ञा देना चाहता है कि वह अमुक-अमुक कर दे। हाउस ऑफ़ कॉमन्स इसका समर्थन करे। इसका यह स्पष्ट अर्थ था कि हाउस ऑफ़ कॉमन्स का राजा के धन-ग्रहण-सम्बन्धी अधिकारों पर नियंत्रण था। अब, यदि राजा कोई ऐसा काम करता जो हाउस ऑफ़ कॉमन्स की पसंद का न होता तो हाउस ऑफ़ कामन्स उस अनुरोध के बदले अनुरोध करता कि यदि बादशाह वह काम न करने की प्रतिज्ञा करे तो उसके धन-ग्रहण का समर्थन किया जा सकता है। निस्संदेह यह बादशाह पर एक ज़बरदस्त नियंत्रण था। बहुधा बादशाह को यह सहन नहीं होता था।

ऐसी ही परिस्थिति में बादशाह चार्ल्स प्रथम के राज्यकाल में झंझट उठ खड़ा हुआ। आ पार्लियामेंट को अपनी सत्ता दृढ़ करने में और सौ वर्ष लगे। परंतु इस समय तक भी वह अमीरों ही की संस्था थी। हाउस ऑफ़ कॉमन्स में भी धनीजनों के ही प्रतिनिधि आ पाते थे। क्योंकि चुनावों के ढंग खर्चीले थे। इस समय ब्रिटेन का साम्राज्य फैलने लगा था। देश-देशान्तरों में जो युद्ध हो रहे थे, उनमें भारी खर्च हो रहा था। यह पार्लियामेंट उसका समर्थन करती जाती थी,

क्योंकि इससे उसकी व्यापार-वृद्धि होती थी, जो अमीरों के स्वार्थ की वस्तु थी। पार्लियामेंट के अनेक सदस्य भी व्यापार करते थे। इस समय तक शिल्पोत्थान और मशीनों के निर्माण के कारण इंग्लैंड तेज़ी से धनी होता जाता था। अब वह सत्रहवीं शताब्दी का अर्द्धसभ्य देश न था। अब तो नगर, अट्टालिकाएं, सड़कें बनती जाती थीं। अनेक लोग लखपति बन गए थे। अनेक फैक्ट्रियां, व्यापार-केन्द्र तथा भाँति-भाँति की दुकानें खुल गई थीं। इन व्यापारों को मध्यवर्गीय पुरुष चला रहे थे, जिनकी एक पृथक् जाति बनती जाती थी। वे न गरीब थे, न ज़्यादा अमीर। पर वे सर्वसाधारण की अपेक्षा सम्पन्न और सुशिक्षित थे। धीरे-धीरे इन मध्यवर्गीय नागरिकों का संगठन बढ़ता गया और इन्होंने पार्लियामेंट में सुधार का आंदोलन प्रारम्भ किया। यह आंदोलन दीर्घकाल तक चलता रहा। बहुधा उसने संघर्ष का रूप भी धारण कर लिया। सुधार बहुत से हुए।

परंतु जिस काल का वातावरण इस उपन्यास में है, उस समय तक भी वहां सच्ची लोकशाही नहीं बन पाई थी। परंतु इसके लिए संघर्ष चल रहे थे और लोकशाही का तीसरा दल मज़दूर-वर्ग अपना संगठन कर रहा था।

चार्ल्स प्रथम 1625 में सिंहासन पर बैठा। उसने अपने राज्यकाल के पहले चार वर्षों में तीन पार्लियामेंट बुलाई और प्रत्येक से लड़कर उसे तोड़ दिया। इस समय इंग्लैंड से स्पेन का युद्ध छिड़ा हुआ था और चार्ल्स को रुपयों की बड़ी आवश्यकता थी। परंतु पार्लियामेंट ने उसे साफ़ कह दिया था कि जब तक वह ड्यूक ऑफ़ बकिंघम का साथ न छोड़ेगा, पार्लियामेंट उसका खर्च मंजूर न करेगी। स्पेन से युद्ध में इंग्लैंड हार गया, तो अब फ्रांस से युद्ध छिड़ गया। चार्ल्स ने अब प्रजा से ज़बर्दस्ती कर उगाहने की चेष्टा की और मार्शल-लॉ जारी कर दिया। पर सफलता नहीं मिली। अंत में राजा झुका। पर फिर उसने वचन-भंग कर दिया और विरोध करने पर पार्लियामेंट तोड़ दी तथा ग्यारह साल तक निरंकुश शासन किया। अंत में निरुपाय हो उसने फिर पार्लियामेंट बुलाई, जिसने राजा के अन्य स्वेच्छाचारी सलाहकारों को फांसी पर चढ़ा दिया और राजा के खिलाफ़ एक ग्लानिपत्र तैयार किया, जिसमें उस पर 204 दोष लगाए गए। इसके बाद पार्लियामेंट ने सेना पर अधिकार कर लिया। इससे कुद्ध होकर चार्ल्स ने पार्लियामेंट से युद्ध ठान दिया। इस युद्ध का कारण यह था कि चार्ल्स राजाओं के दैवी अधिकारों का समर्थक था और निरंकुश शासन करना चाहता था। दूसरा कारण धार्मिक था, वह सभी को चर्च ऑफ़ इंग्लैंड का अनुयायी बनाना चाहता था। इसके अतिरिक्त वह अपनी कैथोलिक रानी के प्रभाव में था और कैथोलिकों को सुविधा देना चाहता था। परंतु पार्लियामेंट के अधिकांश सदस्य प्यूरिटन थे और वे अपने धर्म को राजधर्म बनाना चाहते थे।

युद्ध के बाद ऑलिवर क्रामवेल ने वीरों का एक 'लौहदल' तैयार किया और पार्लियामेंट की सेना का सुधार किया। अंत में युद्ध में चार्ल्स की हार हुई। पार्लियामेंट ने चार्ल्स पर अभियोग चलाने को एक विशेष अदालत बनाई और उसने उसे जातिद्रोही अपराधी घोषित करके प्राणदंड दे दिया।

33

व्हाइट हॉल के सींखचों में बादशाह कैद था। अब उसके जीवन की यही एक रात शेष थी। व्हाइट हॉल पर तीन पल्टनों का सख्त पहरा था। फिर भी क्रामवेल बेचैन था।

राजा के कमरे में दो मोमबत्तियाँ जल रही थीं, जिनका धीमा प्रकाश उसमें फैल रहा था। राजा उदास-मन बैठा भूत-भविष्य की सोच रहा था। अपने मित्रों से उसे अभी भी आशा थी। उसका स्वामिभक्त नौकर पेरी एक कोने में पड़ा सिसक रहा था। बादशाह टेबल पर झुका हुआ अपने तमगे की ओर देख रहा था जिस पर उसकी पत्नी और लड़की के चित्र बने थे। वह अपने पादरी जुक्सन की इस समय प्रतीक्षा कर रहा था। बाहर आग जल रही थी।

रात अंधेरी थी। पासवाले चर्च में घंटा बजा। किसी के पैरों की आहट सुनकर वह चौंका। दरवाज़ा खुला। मशाल लिये एक मनुष्य भीतर आया। उसके पीछे एक मनुष्य श्वेत वस्त्र धारण किए था।

बादशाह चिल्ला उठा, 'जुक्सन, धन्यवाद मेरे अंतिम मित्र, खूब मौके पर आए।'

पादरी ने तेज़ नज़र से कोने की ओर देखा, जहां पेरी सुबक-सुबककर रो रहा था।

'पेरी आओ, रोओ मत। पवित्र पिता हमारे पास आए हैं।'

'यह यदि पेरी है तो कोई हर्ज नहीं,' पादरी ने अपना लबादा उतारकर फेंक दिया। उसने कहा, 'महाराज, मुझे अभिवादन करने की आज्ञा दीजिए।'

राजा के मुंह से चीख निकलने वाली ही थी कि आगन्तुक ने उंगली होंठों पर रखकर राजा को चुप रहने का संकेत किया।

'तो तुम हो मेरे प्यारे आरमस, तुम? तुम यहां कैसे आ पहुंचे?'

'महाराज शान्त रहें।'

'किंतु वे तुम्हें यहां देखेंगे तो टुकड़े-टुकड़े कर डालेंगे।'

'महाराज, मेरी चिंता मत कीजिए। मैं यह सूचना देने उपस्थित हुआ हूँ कि आपके मित्रों की दृष्टि आप पर है। वे अपना काम कर रहे हैं।'

'अच्छा, तो कुछ आशा अब भी है?'

'बहुत कुछ श्रीमान् ! आप रात-भर न सोइए, क्षण-क्षण प्रतीक्षा कीजिए। किसी बात से चौंकिए मत।'

'मेरे प्यारे आरमस, लेकिन मैं तो कल दस बजे मर जाऊँगा। सुन रहे हो, पीछे मृत्यु-मंच बन रहा है?'

‘हां, परंतु वधिक गायब है। आपका वध अगले दिन के लिए स्थगित हो जाएगा। हमारे लिए यह समय बहुत है।’

‘अच्छा।’

‘कल रात को हम आपको निकाल ले जाएंगे।’

‘किस तरह?’

‘महाराज, इंग्लैंड के सबसे चतुर व्यक्ति ने कहा है कि कल रात को दस बजे आप स्वतंत्र होंगे।’

‘समझ गया, तुम मेरे मित्र डी आर्टगनन की बात कर रहे हो। खैर, वह काम में सफल हो या नहीं, उसे मेरा धन्यवाद कहना।’

‘महाराज, हम बड़े चौकस हैं। शत्रु की राई-रत्ती गतिविधि हम पर प्रकट है।’

‘तो तुम एक राजा की प्राण-रक्षा कर रहे हो मित्र; नहीं, एक स्त्री के पति की, बच्चों के पिता की। लो, मेरा हाथ तो दबाओ; यह हाथ तुम्हारे ऐसे मित्र का है, जो अंतिम श्वास तक तुम्हें प्यार करता रहेगा।’

इसी समय द्वार पर खटका हुआ। उस व्यक्ति ने पादरी का लबादा पहन लिया। एक पादरी भीतर घुस आया।

‘आप क्या चाहते हैं धर्मपिता?’

‘मैं जानना चाहता हूँ कि स्टुअर्ट चार्ल्स की स्वीकृति खत्म हुई या नहीं?’

‘उससे आपका क्या मतलब है?’ राजा ने कहा।

‘मेरा एक भाई मरने वाला है, मैं उसे मृत्यु के लिए तैयार करने आया हूँ।’

‘तो पवित्र पिता से मुलाकात करने के बाद मैं आपसे प्रसन्नता से बात कर सकूँगा।’

वह पादरी और राजा पर तेज़ नज़र डालता हुआ चल दिया।

‘आरमस, होशियार रहना, कोई आपत्ति न आ जाए।’

‘धन्यवाद महाराज, पर मैं लबादे के नीचे कवच पहने हूँ, और एक खंजर भी मेरे पास है।’

‘तब जाओ मित्र, तुम्हें बहुत काम है। ईश्वर तुम्हारा कल्याण करे। यही आशीर्वाद मैं उस समय दिया करता था जब मैं बादशाह था।’

आरमस बाहर चला गया। बादशाह द्वार तक आया। आरमस ने पादरी की भाँति आशीर्वाद दिया और हथियारबंद पहरेदारों से भरे कमरे से होता हुआ शान से गाड़ी में जा बैठा। पहरेदारों ने मस्तक झुका दिए। गाड़ी पादरी जुक्सन के मकान की ओर चल दी।

34

पादरी जुक्सन बड़ी बेचैनी से प्रतीक्षा कर रहा था। आरमस को देखते ही उसने कहा, 'आ गए?'

'सब ठीक हुआ। पहरेदार, सरदार सबने मुझे समझा कि आप ही हैं।'

'पुत्र, ईश्वर ने तुम्हारी रक्षा की। क्या कुछ आशा है?'

'अजी बहुत,' उसने झटपट पादरी के कपड़े उतारे और अपने कपड़े पहनकर चल दिया।

गली के मोड़ पर ही पोरथस उसकी प्रतीक्षा में खड़ा था। उसने हाथ मिलाकर कहा, 'कहो, क्या राजा से मुलाकात हुई?'

'हो गई। पर और साथी कहां हैं?'

'उसी होटल में सब ग्यारह बजे मिलेंगे।'

'अभी तो साढ़े दस बजे हैं। खैर, जल्दी चलना चाहिए।'

दोनों तेज़ी से चल दिए।

'सब ठीक है न?' मित्रों ने पूछा।

'ठीक है। तुम क्या कर आए?' उसने पोरथस से पूछा।

'मैंने एक नाव किराये पर ठीक की है, डाग्स के ठीक सामने ग्रीनविच पर वह हमारी प्रतीक्षा करेगा। इस पर एक कप्तान और चार आदमी और हैं। पहले हम टेम्स में दक्षिण की ओर चलेंगे। फिर दो घंटे में ही खुले समुद्र में पहुंच जाएंगे। वहां पहुंचकर समुद्री डाकुओं की तरह किनारे-किनारे चलेंगे। यदि समुद्र अनुकूल हुआ तो बोलोगने की ओर चलेंगे, याद रख लो। यदि मैं मारा जाऊं तो कप्तान का नाम रागर्स है। नाव का नाम लाइटनिंग है। निशानी के लिए रूमाल है, जिसके कोनों पर गांठे बंधी हैं।'

'अच्छी योजना है। पर डी आर्टगनन कहां है?'

इसी समय डी आर्टगनन ने लपकते हुए कमरे में प्रवेश किया। उसने आते ही कहा, 'निकालो किसकी जेब में क्या है और सौ पौंड इकट्ठे करके मुझे दो,' उसने अपनी जेब उलटते हुए कहा, 'यह तो खाली हो गई।'

रकम तुरंत ही इकट्ठी हो गई। उसे जेब में रखकर उसने कहा, 'यह काम तो पूरा हो गया।' डी आर्टगनन बाहर चला गया और थोड़ी देर में लौट आया। 'क्या वधिक लंदन से चला गया?' अथस ने पूछा।

'जाकर वह लौट भी सकता था। परंतु वह हमारी कैद में है। इसी होटल में। मोस क्येटन पहरे पर बैठा है। लो चाभी!'

‘खूब! लेकिन अब?’

‘अब यह खत है। होमलो मिस्त्री को बुलाया है पाढ़ बनाने को।’

‘सीधी बात है, अथस तुम होमलो बन जाओ और बाकी उसके साथी। कारीगरों के कपड़े पहन लो और जॉन बुल की तरह अंग्रेज़ी बोलो।’

अथस प्रसन्नता से चीख उठा। झटपट चारों ने कपड़े बदले, एक ने आरी ली, दूसरे ने बसूला, तीसरे ने छैनी-हथौड़ा और वे चल दिए।

आधी रात के समय खिड़की के नीचे शोरगुल सुनकर बादशाह की नींद टूट गई। हथौडों की चोटों और लकड़ी चीरने-फाड़ने की आवाज़ आ रही थी। राजा ने कहा, ‘पेरी, द्वारपाल से कहो कि वह मज़दूरों से कह दे, कम शोर करें। कम-से-कम अंतिम रात्रि में तो मुझे आराम से सोने दें। क्या मैं कभी उनका राजा न था?’

पेरी ने जाकर सन्तरी से कहा। पर उसने पहरा छोड़कर जाना पसंद नहीं किया। इसलिए पेरी को ही जाकर उन्हें मना करने की आज्ञा दे दी। महल का चक्कर लगाकर पेरी खिड़की के नीचे पहुंचा। पाढ़ तैयार की जा रही थी। एक आदमी कील से काला कपड़ा ठोक रहा था। पाढ़ की ऊंचाई खिड़की तक थी। कई मज़दूर तेज़ी से काम कर रहे थे। पेरी ने घृणापूर्वक उन्हें देखा, एक आदमी हथौड़े से दीवार में चोट कर रहा था। पत्थर टूट-टूटकर गिर रहे थे। पेरी ने उसके पास जाकर कहा, ‘दोस्तो, अपना काम ज़रा आहिस्ता से करो, मैं प्रार्थना करता हूँ। राजा इस समय सो रहे हैं, और उन्हें पूरे विश्राम की आवश्यकता है।’

चोट मारनेवाला रुक गया। उसने मुंह फेरकर पेरी की ओर देखा। उसने पेरी पर कड़ी दृष्टि डाली और उसके मुंह पर उंगलियां रख दीं। पेरी हड़बड़ाकर पीछे हट गया। मज़दूर ने कहा, ‘जाओ दोस्त, राजा से कह दो आज नहीं तो कल वे सुख से सोएंगे।’

इस वाक्य के दुहरे अर्थ होते थे। और मज़दूरों ने भी कठोरता से हां कही। पेरी वहां से भागा।

राजा कुहनी के सहारे पलंग पर लेटा था। पेरी ने जल्दी से द्वार बंद कर दिया। वह हाँफ रहा था। उसने कहा, ‘शुभ समाचार है स्वामी।’

‘तुम क्या कह रहे हो पेरी?’

‘वे सब तो अथस, मंशेर और उसके साथी हैं।’

‘सच?’

‘वे दीवार में सुराख कर रहे हैं।’

‘अरे! किसलिए?’

‘लट्ठा रखने के लिए श्रीमन। वह पोरथस था।’

‘क्या तुमने स्वयं देखा?’

‘मैं तो उससे बातें भी कर आया।’

‘हे ईश्वर, तो उनका मतलब...’

‘बस, इसी छेद की राह आप निकल भागेंगे, पाढ़ के पीछे जहां काला कपड़ा ढंका हुआ है, आप छिपे रह सकते हैं। फिर मज़दूर जैसे कपड़े पहनकर उनके साथ बाहर आ सकते हैं। पहरेदार मज़दूरों को बिना संदेह चले जाने देंगे।’

‘अच्छी सरल योजना है। पर अब काम कितना शेष है?’

‘बस, अब खत्म ही होने वाला है। वे सब फ्रैंच कारीगरों का छद्मवेश बनाए हुए हैं।’

राजा ने एक गहरी सांस ली और तकिए पर सिर डाल दिया।

भोर हो रही थी। उनतीस जनवरी का प्रातःकाल था। लकड़ी और कोयले की आग जल रही थी। कुछ कारीगर अपना काम पूरा कर वहां आकर आग तापने लगे। केवल अथस और पोरथस का काम पूरा नहीं हुआ था। छेद काफ़ी बड़ा हो गया था। एक काले कपड़े में राजा के पहनने योग्य कपड़े लपेटकर अथस उसमें से भीतर घुस गया। पोरथस ने उसे कुल्हाड़ी थमा दी। डी आर्टगनन ने एक काला कपड़ा कीलों से लगाकर छेद को ढंक दिया।

‘बस, अब दो घंटे में अथस राजा के पास पहुंच जाएगा। चलो, ब्रिस्टल से एक साथी और पकड़ लाएं। वधिक तो है ही नहीं। वध कल होगा। हमारे पास पूरा दिन है। देखो, हम दोपहर को व्हाइट हॉल के सामने मिलेंगे।’ अथस ने भीतर से कहा, ‘अब तुम पादरी से सहायता प्राप्त कर एक बार राजा से मिलने की चेष्टा करो। राजा से कह देना कि जब वे अकेले हों तो फ़र्श खटखटा दें, ताकि मैं बेफिक्री से काम करता रहूँ। और पेरी चिमनी का पत्थर सरकाने में मेरी मदद करे। यदि कमरे में पहरेदार हो तो उसे मार डालो। दो हो तो एक को पेरी मार डालेगा। तुम मर जाओ तो भी डरना मत।’

‘घबराओ मत। मैं दो कटार ले जाऊँगा। एक पेरी को दूँगा।’

‘यही ठीक होगा। अब जाओ। सावधान रहना। जब तुम लड़ रहे होगे, राजा आंख बचाकर भाग आएंगे। छेद का किसी को पता न लगेगा। कम-से-कम दस मिनट तक तो यह पता ही न लगेगा कि राजा किधर को भाग गए। फिर तुम मरना या जीना। दस मिनटों में तो हम राजा को लेकर अपनी राह लेंगे।’

‘ऐसा ही होगा दोस्त। लाओ हाथ मिलाओ।’

अथस ने हाथ निकालकर आरमस के हाथ में दे दिया, फिर कहा, ‘हो सकता है, मुझे यहां मरना ही पड़े। डी. आर्टगनन और पोरथस को मेरा प्रणाम कहना।’

‘विदा दोस्त!’

‘विदा!’ वह चल दिया। होटल में उसके साथी आग के पास बैठे शराब पी रहे थे। वे पार्लियामेंट को कोस रहे थे। आरमस ने कहा, ‘सब ठीक हो गया। दोस्तो, भागने के समय हमें वहां हाज़िर रहना चाहिए। पाढ़ के नीचे छिपने की बहुत जगह है। डी. आर्टगनन, मैं, ग्रेमांड और मास्करन उनके आठ आदमियों को मार सकते हैं। एक आदमी दो मिनट लेगा। यानी कुल चार मिनट। मास्करन और एक मिनट लेगा। ये हुए पांच मिनट। इतनी देर में तो पोरथस, तुम लोग आधा रास्ता पार कर लोगे।’

‘फिक्र न करो। सब ठीक हो जाएगा। आरमस ने एक टुकड़ा रोटी का खाया और शराब पीकर उठ खड़ा हुआ। अब मैं पादरी जुक्सन के पास जाकर एक बार राजा से मिलने की चेष्टा करता हूँ।’

दोस्तों से हाथ मिलाकर वह चल दिया।

पादरी जुक्सन और आरमस उसके सहायक के वेश में राजा के कक्ष में जा पहुंचे। आरमस को देखकर राजा प्रसन्न हो गया। जुक्सन ने गत रात की बात ज़ोर से कही। राजा ने कहा, ‘उन बातों से मुझे शान्ति मिली है। अब मैं और भी कुछ कहना चाहता हूँ।

यह सुनकर पहरेदार सब हट गए। दरवाज़ा बंद हो गया। आरमस ने कहा, ‘महाराज, आप बच गए, वधिक हमारे कब्जे में है। दूसरा वधिक आज नहीं मिल सकता। अथस आपसे केवल दो फीट के अंतर पर है, आप इस डंडे से खटखटाइए तो वह जवाब देगा।’

राजा ने कहा, ‘क्या यह मेरा प्यारा अथस ही है?’

‘वही है श्रीमान्। वह रास्ता बना रहा है। पेरी यह खंजर सँभालो। इससे तुम्हें यह पटिया उकसाने में अथस की सहायता करनी पड़ेगी। पर खबरदार, धार न खराब कर देना। इससे और भी काम लेना पड़ेगा।

अचानक गैलरी में बहुत से आदमियों का शोर सुनाई पड़ा। अब साफ़ पैरों की आवाज़ आने लगी। अथस काम कर रहा था। उसकी आवाज़ आ रही थी। आरमस ने खटखटाहट का संकेत किया। आहट बंद हो गई। दरवाज़ा खुला। चारों आदमी खड़े हो गए। कुछ सिपाही आकर कतार बांधकर राजा के दोनों ओर खड़े हो गए।

पार्लियामेंट का एक कमिश्नर काली वर्दी में अंदर आया। उसने झुककर राजा को अभिवादन किया और चमड़े की वसली खोलकर एक कागज़ निकाला और एक वाक्य पढ़ा।

‘इसका क्या मतलब?’ आरमस ने जुक्सन की ओर देखकर कहा।

‘मैं भी नहीं जानता,’ जुक्सन ने कहा।

‘क्या आज ही वध होगा?’ राजा ने जुक्सन और आरमस की ओर देखते हुए पूछा।

‘श्रीमान् को पहले ही सूचित कर दिया गया है कि आज ही का दिन नियत हुआ है।’ कमिश्नर ने कहा, ‘परंतु यह काम कुछ देर के लिए रोक दिया जाएगा ताकि आप इहलोक और परलोक का भली-भाँति चिंतन कर लें।’

आरमस का रंग एकदम काला पड़ गया। उसने आंखें बंद कर लीं और मेज़ पर हाथ टेक दिया।

राजा ने आगे बढ़कर कहा, ‘आओ दोस्त, धीरज रखो और जो होना है उसे सहन करो,’ फिर उसने कमिश्नर की ओर मुड़कर कहा, ‘मैं तैयार हूँ, पर मेरी दो इच्छाएं हैं। आपको इसमें कुछ देर लगेगी। एक तो मैं कम्यूनियन का स्वागत करूँगा। दूसरे, अपने बच्चों को गले लगाकर अंतिम विदा लूंगा। क्या मुझे आज्ञा मिल जाएगी?’

‘हां श्रीमान्।’ कमिश्नर ने उत्तर दिया और चला गया।

‘जुक्सन, बैठ जाओ,’ राजा ने घुटने टेकते हुए कहा। ‘मेरी स्वीकृति तो सुन लो। आरमस, जाओ मत, पेरी तुम यहीं रहो। गोपनीय कुछ भी नहीं है। मैं तो चाहता था सारा संसार उसे सुन ले।’

जुक्सन बैठ गया और राजा सेवक की भाँति अपनी स्वीकृति कहने लगा।

स्वीकृति समाप्त कर चार्ल्स ने कम्यूनियन का स्वागत किया। फिर बच्चों से मिलने की आज्ञा मांगी।

घंटे ने दस बजाए।

जनता की भीड़ एकत्र हो चुकी थी। आस-पास गली में भी लोग आ गए थे। उनके शोरगुल और भयंकर कोलाहल को सुनकर राजा खिन्न हो गया।

राजा चुपचाप खड़ा था। वह सोच रहा था कि अथस पास ही है। वह संकेत की बाट देख रहा था। कहीं आहट पाकर वह अपना काम न शुरू कर दे। वह चुपचाप मूर्तिवत् खड़ा रहा।

अथस सोच रहा था, मामला क्या है। यह इतना शोरगुल कैसा है, परदा खोल पाढ़ की पहली मंज़िल में उतर आया। जब वह पाढ़ के किनारे पर पहुंचा तो देखा कि सामने बंदूकधारी सिपाहियों की कतार खड़ी है। पीछे भीड़ का भयानक कोलाहल है। ‘यह क्या हो रहा है। आदमी बढ़े चले आ रहे हैं। वह डी. आर्टगनन क्यों घूम रहा है? क्या वधिक भाग निकला?’

इसी समय अचानक ढोल बजा। उसने अपने सिर के ऊपर बहुत से पैरों की भारी आवाज़ सुनी। अरे, पाढ़ पर कौन-कौन घूम रहा है? आशा, भय, विस्मय से वह विमूढ़ हो रहा था।

यह लो, भीड़ में सन्नाटा छा गया। लोगों के बोझ से पाढ़ के तख्ते नीचे खिसक गए। उसने सुना, ‘मेजर, मैं लोगों से कुछ कहना चाहता हूँ।’

अरे, यह तो राजा है।

उसने ज़रा-सा कपड़ा हटाकर देखा, एक आदमी चला आ रहा है। उसके हाथ में नरघाती कुल्हाड़ा है। पाढ़ पर पहुंचकर उसने कुल्हाड़ा रख दिया। उसकी आवाज़ से अथस का कलेजा दहल गया।

वधिक के पीछे दो पादरियों के साथ बादशाह शान्त भाव से आगे बढ़ रहे थे।

35

वह एक मंझले कद का आदमी था। वह सिर से पैर तक काले वस्त्र पहने था। उसकी उम्र पक चुकी थी। पेशानी पर सफ़ेद बाल लटक रहे थे, हाथ में उसके जगद्विख्यात ब्रिटेन का नरघाती कुल्हाड़ा था।

राजा की शान्त, भव्य मूर्ति प्रभावशाली दीख रही थी। देखकर भीड़ निःस्तब्ध हो गई।

राजा को बोलने की आज्ञा मिल गई। वह कह रहा था कि जनता ने अपने राजा के साथ कैसा व्यवहार किया है। अंत में उसने इंग्लैंड की शुभकामना की। शत्रुओं को क्षमा किया। मित्रों को अलविदा कहा।

अथस के प्राण मुंह में आ रहे थे। ओह, मैं जो कुछ सुन रहा हूँ स्वप्न नहीं है। क्या ईश्वर ने अपने प्रतिनिधि को ऐसी बुरी मौत मरने के लिए पृथ्वी पर भेजा था। तो उनसे मिल भी न पाया। अंतिम प्रणाम भी न कर पाया।

वधिक ने कुल्हाड़ा उठाया। राजा ने कहा, 'अभी कुल्हाड़े को मत छुओ।' अथस के माथे पर पसीने की बूंदें छलछला आईं। भीड़ में सन्नाटा था।

अब अंतिम तैयारियां हो रही थीं। राजा ने करुण दृष्टि से भीड़ को देखा। फिर उन्होंने अपना आर्डर उतारा, जिसे वे पहने हुए थे। यह वही हीरे का स्टार था जिसे रानी ने उनके पास भेजा था। इसे राजा ने जुक्सन के साथी पादरी को दे दिया। फिर उन्होंने अपनी छाती पर से एक छोटा हीरे का क्रॉस निकाला। यह भी महारानी हेनरेटा ने भेजा था। राजा ने कहा, 'पवित्र पिता, मैं इस क्रॉस को अंतिम क्षण तक अपने हाथ में रखूंगा। जब मैं मर जाऊं, तो इसे आप ले लेना।'

'जो आज्ञा,' यह आरमस की आवाज़ थी, जिसे अथस ने पहचान लिया।

बादशाह ने अपना हैट उतारा। फिर उन्होंने एक-एक करके कोट के बटन खोल डाले और कोट भी उतारकर फेंक दिया। सर्दी बहुत थी। उन्होंने अपना ऊनी बनियान मांगा, जो दे दिया गया। ऐसा प्रतीत हो रहा था कि राजा पलंग पर सोने की तैयारी कर रहा है।

अंत में अपनी गर्दन पर से बालों को उठाते हुए उसने वधिक से पूछा, 'यदि ये तुम्हारे काम में बाधक हों तो तुम इन्हें बांध सकते हो।'

राजा ने शान्त और सौजन्यपूर्ण दृष्टि से वधिक की ओर देखा। वधिक राजा से आंख न मिला सका। उसने मुंह फेर लिया। जब राजा ने दुबारा वही प्रश्न किया तो उसने भर्राई हुई आवाज़ से कहा, 'आप उन्हें गर्दन पर से हटा लें तो काम चल जाएगा।'

राजा ने अपने दोनों हाथों से बालों को गर्दन के दोनों ओर इकट्ठा कर लिया। फिर सिर टेकने की लकड़ी देखकर बोला, 'यह तो बहुत नीची है। क्या ज़रा ऊंची नहीं हो सकती?'

'यह तो जैसी होती है वैसी ही है,' वधिक ने कहा।

'क्या तुम्हें निश्चय है कि एक चोट से तुम मेरा सिर काट लोगे?'

'मुझे तो यही आशा है।'

प्रश्नोत्तर सुनकर सब श्रोता थर-थर कांपने लगे। केवल राजा अचल, अकम्पित खड़ा था।

उसने फिर कहा, 'अच्छा तो सुनो।'

वधिक राजा की ओर चला और कुल्हाड़ी पर झुक गया।

'मैं नहीं चाहता कि मैं तुम पर आश्चर्य करूं! मैं प्रार्थना करने को झुकूंगा, उस समय तुम मुझ पर चोट मत करना।'

'तो मैं कब चोट करूं?' वधिक ने पूछा।

'जब मैं अपना सिर टिकटी पर रख दूं और अपने हाथ फैला दूं और कह दूं सावधान। तब ज़ोर से चोट करना।'

वधिक ने झुककर अभिवादन किया।

तब राजा ने अपने पास खड़े लोगों से कहा, 'सज्जनो, संसार त्यागने की बेला आ गई है। मैं तुम्हें मंझधार में छोड़े जा रहा हूँ, और उस देश में जा रहा हूं जहां से फिर कोई नहीं लौटता। विदा!'।

उन्होंने आरमस की ओर देखकर कोई संकेत किया और कहा, 'सब कोई चले जाओ और मुझे प्रार्थना करने दो।' फिर वधिक से कहा, 'मैं तुमसे भी यही विनती करता हूँ। फिर तो मैं तुम्हारा ही हो जाऊँगा।'

सबके हट जाने पर चार्ल्स झुक गए। क्रॉस का संकेत हुआ। उन्होंने प्लेटफार्म चूमने के बहाने फ्रैंच भाषा में कहा, 'अथस, तुम यहां हो, सुन रहे हो?'

अथस की छाती पर साँप लोट गया। उसने कहा, 'हां श्रीमान्।'

'विश्वासी मित्र, अब मैं किसी तरह नहीं बच सकता। मैंने ऐसे पुण्य ही नहीं किए थे। मैं इन सबसे बोल चुका हूँ, ईश्वर से बोल चुका हूँ। अब अंत में तुमसे बोल रहा हूं। मेरे पूर्वजों की गद्दी जा रही है। सुनो, सोने की एक लाख मुहरें न्यूकासिल की छत में मैंने उसे छोड़ते समय छिपा दी थीं। इस रुपये से तुम मेरे बेटे की व्यवस्था करना। अथस अब विदा!'

'विदा, बलिदान होनेवाले पवित्र महाराज, विदा!'

राजा उठ खड़ा हुआ। वधिक मंच पर आ गया। राजा ने टिकटी पर सिर रखकर अपने दोनों हाथ फैला दिए और गरजकर कहा, 'सावधान!'

अभी शब्द निकले ही थे कि भयानक चोट पड़ी। पाढ़ हिल गई। धूल उड़ने लगी।

खून की गर्म बूंदें अथस के मस्तक पर गिरने लगीं। वह घुटनों के बल गिर गया। उसने अपना रूमाल राजा के रक्त में तर किया। भीड़ कम होती जा रही थी। वह नीचे उतरा। दो घोड़ों के बीच से होता हुआ वह भीड़ में मिल गया, फिर अपने हाथों से माथे का खून पोंछने लगा और बेहोश होकर गिर गया।

36

पार्लियामेंट के हाउस ऑफ़ कॉमन्स के जिन अस्सी सदस्यों की मंडली ने बादशाह चार्ल्स का सिर कटवाया था, वही अब राष्ट्रसभा के रूप में इंग्लैंड का राज्यसूत्रन अपने हाथों में ले बैठी। यह एक प्रकार का डगमग प्रजातंत्र था। ब्रैडशा इसका प्रधान था। यह वही व्यक्ति था, जिसने चार्ल्स को प्राणदंड की आज्ञा दी थी। प्रसिद्ध कवि जॉन मिल्टन, विदेश मंत्री और क्रामवेल मुख्य सदस्य था। आयरलैंड की प्रजा राजपक्ष की समर्थक थी, अत: उसने चार्ल्स प्रथम के पुत्र को चार्ल्स द्वितीय के नाम से अपना राजा मान लिया। इस पर क्रामवेल ने आयरलैंड पर चढ़ाई कर दी और उसे परास्त करके वहां के ज़मींदारों की जायदादें छीनकर अंग्रेज़ों को बांट दीं। आयरलैंड में अशान्ति व्याप गई। यही स्कॉटलैंड में भी हुआ। निरपराध चार्ल्स प्रथम का पुत्र फ्रांस में जा शरणापन्न हुआ। इसके बाद क्रामवेल ने हालैंड पर विजय प्राप्त की और अब वह इंग्लैंड का प्रोटेक्टर बन बैठा। यद्यपि उसने इंग्लैंड, स्कॉटलैंड और आयरलैंड को परस्पर मिलाकर पहली बार ही ब्रिटेन में राजनीतिक एकता स्थापित की थी, परंतु उसका शासन सैनिक और एकतंत्री था। पार्लियामेंट ने जब-जब उसके अधिकारों पर अंकुश लगाना चाहा तो उसने पार्लियामेंट को हर बार तोड़ दिया। उसने धार्मिक स्वतंत्रता तो दी, पर सब प्रकार के राग-रंग, नाच-थिएटर, खेल तमाशे बंद कर दिए। इससे देश में उदासी छा गई और क्रामवेल अप्रिय हो गया। वह एक वीर, शक्तिशाली, बुद्धिमान किंतु क्रूर शासक था। उसने इंग्लैंड को यूरोप की महाशक्ति बना दिया। वह केवल पांच वर्ष प्रोटेक्टर रहकर मर गया। उसके मरने पर उसका पुत्र उत्तराधिकार के बल पर प्रोटेक्टर बना, पर उसे हटाकर इंग्लैंड वालों ने चार्ल्स के पुत्र को बुलाकर सिंहासन पर ला बिठाया। वह काफ़ी कष्ट भोग चुका था। वह उपहासप्रिय, शिक्षित और आनंदी तरुण था। पर उसका चरित्र ठीक न था। फ्रांस के दूषित वातावरण ने उसे स्त्रैण बना दिया था। इसके अतिरिक्त वह सिद्धांतहीन और स्वार्थी व्यक्ति था। उसका विवाह पुर्तगाल की राजकुमारी से हुआ, जिसके दहेज में उसे बम्बई का टापू मिला था। वह पच्चीस वर्ष राजा रहा। उसके राज्यकाल में इंग्लैंड में अनेक महत्त्वपूर्ण घटनाएं हुईं। उसके बाद उसका छोटा भाई जेम्स द्वितीय के नाम से इंग्लैंड का राजा हुआ।

जेम्स द्वितीय कट्टर रोमन कैथोलिक था। गद्दी पर बैठकर उसने रोमन कैथोलिक धर्म का प्रचार आरम्भ कर दिया। इंग्लैंड के बादशाह के नाते वह चर्च ऑफ़ इंग्लैंड का नेता था। उसका यह आचरण धर्म-विरोधी था। पर उसने जनता के विरोध की परवाह न की। लोग उसके विरोधी हो गए और उन्होंने विद्रोह कर दिया। जेम्स ने विद्रोहियों को कड़े दंड दिए। तीन सौ से अधिक को गुलाम बनाकर बेच दिया, जिन्हें वैस्ट इंडीज के टापुओं में कड़ी धूप में मिट्टी खोदने का काम दिया गया। उसने राजनियम के विपरीत कैथोलिक लोगों को राज्य के उच्च पद देने आरम्भ कर दिए। इस समय इंग्लैंड में दो विश्वविद्यालय थे, एक कैम्ब्रिज, दूसरा ऑक्सफोर्ड। दोनों में प्रोटेस्टेंट ही अध्यापक थे। इसने कैथोलिक व्यक्ति को ऑक्सफोर्ड विश्वविद्यालय का अधिष्ठाता बना दिया। इसी समय जेम्स के एक पुत्र उत्पन्न हुआ, जिसका संस्कार रोमन कैथोलिक रीति से किया गया। इस पर प्रजा बिगड़ खड़ी हुई। वह नहीं चाहती थी कि इंग्लैंड की गद्दी का वारिस कैथोलिक हो। जनता ने राजा के विरुद्ध विद्रोह खड़ा कर दिया और हालैंड के राजा विलियम को सहायता के लिए बुला भेजा। विलियम जेम्स द्वितीय का भानजा और दामाद था। वह प्रोटेस्टेंट था। वह इंग्लैंड सेना लेकर आ पहुंचा। इस समय वह फ्रांस के लुई चौदहवें से भी प्रोटेस्टेंटों की रक्षार्थ युद्ध कर रहा था। इंग्लैंड की सेना और जनता ने उसका हर्ष से स्वागत किया। जेम्स का साथ सेना ने छोड़ दिया और वह अपने प्राण लेकर लुई की शरण में फ्रांस भाग गया।

37

जिस समय इंग्लैंड अपने बादशाह का सिर काट रहा था, इंग्लैंड के चिर धर्म और राज्य-शत्रु पड़ोसी फ्रांस में स्वेच्छाचारिता का बोलबाला था। वहां के राजा अपने को ईश्वर का अवतार ही समझते और प्रजा की गाढ़ी कमाई और प्रजा के तरुणों का जैसे चाहते उपयोग करते थे। प्रजा पर भारी टैक्सों का बोझ था। परंतु अमीर-उमराव और पादरी इससे बरी थे। इस समय चौदहवां लुई फ्रांस पर शासन कर रहा था, जिसने बहत्तर साल तख्त को सुशोभित किया। उसने वार्साई के बड़े-बड़े आलीशान महल बनवाए। राजा अपने हज़ारों पार्षदों के साथ वार्साई के राजप्रासाद में रहता था। राजा और उसके दरबारियों के भोग-विलास की केन्द्रस्थली यह मायानगरी पेरिस से बारह मील के अंतर पर थी, जिसमें अस्सी हज़ार फ़ैशनेबल वज़हदार लोग रहते थे। ये इतने नर-नारी यहां राजा और उसके दरबार की आवश्यकता की पूर्ति के लिए ही रहते थे। राजप्रासाद तीस करोड़ की लागत का बना था और यह विपुल धनराशि जनता से कर के रूप में सख्ती से वसूल की गई थी। राजदरबार में पंद्रह सौ आदमी थे। अकेली रानी के निजी सेवक ही पांच सौ थे। राजा के खर्च की कोई सीमा न थी। उसके निजी घोड़ों पर ही प्रतिवर्ष एक करोड़ रुपया खर्च हो जाता था। पचास लाख से अधिक रुपया दावतों में उड़ जाता था, जो आए दिन वहां होती ही रहती थीं। राजा के आमोद-प्रमोद, शान-शौकत, भोग-विलास के मद में छह करोड़ रुपया प्रतिवर्ष स्वाहा होता था। यह सब रुपया गरीब जनता के पसीने की गाढ़ी कमाई से ज़ोर-जुल्म द्वारा टैक्सों से वसूल किया जाता था।

यह सब तो था, परंतु फ्रांस का शासन बहुत ढीला था। राजा और उसके दरबारियों तथा कर्मचारियों को शासन की कुछ परवाह ही न थी। वे तो अपने आमोद-प्रमोद, नाच-रंग, मौज-मज़ा में ही मस्त रहते थे। राजा जिसे चाहते, उसे ही गिरफ़्तार कर लेते थे। केवल राजा ही नहीं, उसके रिश्तेदारों, कृपापात्रों, कर्मचारियों और सरदारों को भी यह अधिकार प्राप्त था। राजा एक मुद्रित पत्र अपनी मुहर से जारी करता था जिस पर अपराध, अपराधी और दंड की जगह खाली रहती थी। जिस आदमी के पास वह मुद्रित पत्र होता था, वह खाली जगह की खानापूरी करके जिसे चाहता उसे जो चाहे सज़ा दे डालता था। यह सरासर न्याय और स्वतंत्रता का खून था। इस प्रकार जनता का जीवन राजा और उसके कृपापात्रों के रहम पर ही आधारित था। प्रजा से टैक्स वसूल करने का भी तरीका बेहूदा था। ये टैक्स वसूल करने के हक एक निश्चित राशि पर नीलाम किए जाते थे। फिर ठेकेदार को हक होता था कि वह प्रजा से जैसे चाहे और जितना चाहे टैक्स वसूल कर ले। उसके निर्दय अत्याचार की कहीं दाद-फरियाद न थी। किसानों को अपनी उपज का आधा टैक्स देना पड़ता था, परंतु बड़े-बड़े ज़मींदार टैक्स से मुक्त थे। राजा जो चाहे सो खर्च कर सकता था। राज्य और राजा के खर्च में कोई अंतर न था। ना उनमें आपत्ति करने का किसी को अधिकार था। फ्रांस में उन दिनों न कोई पार्लियामेंट थी, न राज्यसभा। बस राजा का ही अबाध शासन था। फ्रांस कोई राष्ट्र भी न था, न वहां कोई एक स्थायी कानून-पद्धति ही थी। कहीं रोमन कानून था, कहीं कोई दूसरी सामाजिक रचना जन्ममूलक थी। सब फ्रांस-निवासियों के समान अधिकार न थे। कुछ के बड़े-बड़े अधिकार थे, कुछ के कुछ भी नहीं। कुछ लोग बहुत बड़े थे, कुछ बहुत छोटे। मोटी दृष्टि से तीन श्रेणियां थीं, कुलीन, पादरी और सर्वसाधारण।

राजा के बड़े-बड़े पद नीलाम हुआ करते थे और कुलीन ही उन्हें प्राय: खरीद लिया करते थे। इन कुलीनों में जुआ और शराबखोरी की बुरी लत थी। राजा की कृपा से तत्क्षण मनुष्य श्रीमंत हो जाता था। फ्रांस में रोमन कैथोलिक चर्च का बोलबाला था। यह चर्च राज्य के भीतर दूसरा राज्य था। इसकी अपनी सरकार और अपने राजकर्मचारी थे। देश की चालीस फीसदी ज़मीन चर्च के अधिकार में थी। चर्च की वार्षिक आमदनी तीस करोड़ रुपये थी। उच्च पुरोहित छह हज़ार के लगभग थे, तथा ये बड़े ठाठबाट से महन्तों की भाँति रईसी ढंग पर रहते थे। इनमें से बहुतों की आमदनी लाखों रुपये थी। धार्मिक मामलों में इनकी कोई रुचि न थी। सहभोजों और शराब की दावतों में ये लाखों रुपये फूंकते थे। जार्ज नोर्मल ने बिशप होने के उपलक्ष्य में जो भोज दिया था उसका ब्योरा सुनिये-मैदा 150 मन, एटलर 50 मन, अन्य मदिराएं 2808 मन, मसालेदार मदिरा एक पीपा, बैल 80, जंगली सांड़ 6, बछड़े 300, सूअर 300, भेड़ 1008, सूअर के बच्चे 300, हिरन 400, राजहंस 300, मुर्गे 300, मुर्गी 2000, मोर 100, चकवा 200, कबूतर 4000, खरहा 4000, बकरी के बच्चे 200, तीतर 500, काठफोड़ा 2000, प्लोवर पक्षी 400, विटर्न पक्षी 204, बगुले 1000, हंस 4000, क्रौंच 100, बटेर 100, केजर 100, मृग मांस के पकौड़े 1500, अंडे पकौड़े 4000। इसके अतिरिक्त 11 हज़ार भिन्न-भिन्न प्रकार के पकवान और एक हज़ार से कुछ अधिक ही प्रकार की मछलियाँ, कितने ही प्रकार

के मुरब्बे, बिस्कुट, केक आदि थे। एक हज़ार, परसनेवाले, 62 पकानेवाले रसोइये और 515 पर्यवेक्षक और प्रबंधक थे।

साधारण पादरियों की संख्या एक लाख थी। जनता को धार्मिक स्वतंत्रता प्राप्त न थी। प्रत्येक को रोमन चर्च के अधीन होना अनिवार्य था। रोमन कैथो-से अन्य लोगों के विवाह और उनसे उत्पन्न संतान भी वैध मानी जाती थी। ऐसे लोगों की मृत्यु के बाद उनके रोमन कैथोलिक रिश्तेदार दावा करके प्रकृत वारिस को रद्द कर स्वयं उसकी सम्पत्ति के अधिकारी बन जाते थे। विधर्मियों को इंक्वीज़िशन द्वारा जीता जलाया जाता था और यंत्रणा-गृहों में यंत्रणाएँ दी जाती थीं। मज़दूरों और किसानों की दशा बदतर थी। किसान भूखे और नंगे थे। फिर भी इनके ऊपर भारी टैक्सों का बोझा था। व्यापार साधारण मंद गति से चल रहा था। यातायात के साधन खराब थे। पेरिस से मार्सेल्स जाने में ही ग्यारह दिन लग जाते थे।

उन दिनों फ्रांस के सब फ़ैशनेबल लोग सुंदर नकली बाल, लैसदार कफ और कीमती पोशाकें पहनते थे, पर कभी नहाते न थे। उनका शरीर मैल और गंदगी से भरा रहता था। चौदहवें लुई के सम्बन्ध में, जो इतना शानदार बादशाह था, एक मशहूर अंग्रेज़ी लेखक ने लिखा था कि यदि उसके ऊपर से बादशाही का चोगा उतार दिया तो सिवा एक भद्दी दो जड़वाली मूली के, जिसमें अजीब तौर पर सिर बना दिया हो और कुछ नहीं रहता। उस ज़माने में राजाओं और राजनीतिज्ञों की मनोदशा का दिग्दर्शन फ्लोरेंस-निवासी तत्कालीन लेखक मेकियावेली के इस लेख से होता है, 'सरकार के लिए मज़हब की ज़रूरत है; इसलिए नहीं कि आदमी सदाचारी बने बल्कि इसलिए कि उन पर हुकूमत की जा सके। शासन का यह भी कर्त्तव्य हो सकता है कि वह उस मज़हब का भी समर्थन करे जिसे वह झूठ समझता हो। राजा को यह भी जानना चाहिए कि एक ही साथ हैवान और इन्सान का, भेड़िये और लोमड़ी का पार्ट कैसे अदा किया जा सकता है। राजा के लिए हमेशा ईमानदार रहना बहुत ही खतरनाक है। लेकिन सदाचारी, दयावान, श्रद्धालु होने का ढोंग कायम रखना आवश्यक है। सद्गुणों का दिखावा बनाए रखने से ज़्यादा फायदेमंद कोई दूसरी चीज़ नहीं है।'

38

पंद्रहवीं शताब्दी में वास्को-डि-गामा के भारत पहुंचने के साथ ही हिन्द महासागर यूरोपीय समुद्री डाकुओं से भर गया। सोलहवीं और सत्रहवीं शताब्दियों में यूरोप के सभी देशों के साहसिकवर्गी लोग और व्यापारी हिन्द महासागर में अपना पुश्तैनी डाकेजनी का धंधा करने लगे। ज्यों-ज्यों भारतीय व्यापार की वृद्धि होती गई, त्यों-त्यों विभिन्न यूरोपीय समुद्री डकैत हिन्द महासागर में भरते चले गए।

सत्रहवीं शताब्दी के आरम्भ में पुर्तगालियों का बंगाल में व्यापार फैलने लगा था। यद्यपि बंगाल का कोई भाग पुर्तगालियों के शासन में नहीं आया था, पर लूट-खसोट, ज़्यादतियां,

गुलाम-बंदियों को पकड़ना उनका वही क्रम जारी रहा, जो उनके व्यापार का ही हिस्सा था। उस समय शाहजहां ने उन्हें चेतावनी दी थी, पर उन्होंने नहीं सुनी। तब शाहजहां ने एक सेना भेजी। उसने पुर्तगालियों को बीन-बीनकर मार डाला। हुगली की कोठी ढहा दी। जहाज़ जला डाले। बहुत से पुर्तगालियों को कैद करके आगरा पकड़ मंगाया। यहां उनके नाक-कान काट डाले गए। जो बच गए वे बम्बई में आकर शरणासन्न हुए।

बम्बई का टापू पुर्तगालियों का था। पीछे सन् 1661 में वह इंग्लैंड के बादशाह चार्ल्स द्वितीय को दहेज में दे दिया गया था। इस समय ये भगोड़े चोर, डाकू, सब बम्बई में एकत्र हो गए थे और इसी किस्म के अंग्रेज़ों ने भी वहीं अपना अड्डा आ बनाया था। वह बम्बई का बंदरगाह अब इन चोर-उचक्कों का अड्डा बना हुआ था।

इस समय तक पोर्चुगीजों को भारत में रहते सौ बरस बीत चुके थे। मंगलौर, कोचिन, लंका, दिव, गोआ और बम्बई के टापू इन लोगों ने हथिया लिये थे और अब वे उनके मालिक बने बैठे थे। इसके अतिरिक्त अब इनके जहाज़ भारत के पूर्वी और पश्चिमी तटों पर बराबर घूमते रहते थे और किसी भी भारतीय जहाज़ के पास आ निकलने पर वे उसे लूट लेते थे। अपने जहाज़ों में बैठकर ये लोग किनारे की आबादियों पर भी धावा बोल देते थे और उन्हें लूट लेते थे। कभी-कभी मौका पाकर वहां के स्त्री-पुरुषों को पकड़कर गुलाम बना लेते थे। बहुत से पोर्चगीज़ जहाज़ इस समय अफ्रीका तथा दूसरे देशों से गुलाम जहाज़ों में भरकर लाते तथा भारत के बाजारों में और जो स्थान उनके अधीन होते थे वहां सस्ते दामों में बेच देते थे। जिन प्रदेशों पर भारत में पोर्चुगीजों का कब्ज़ा हो गया था, वहां की प्रजा पर वे निर्दय अत्याचार किया करते थे। वे कट्टर कैथोलिक ईसाई थे और प्रजा को ज़बर्दस्ती ईसाई बनाना उनका मिशन था। गैर-ईसाइयों को ला-मज़हब कहकर वे उनके नाक-कान काट लेते थे या जिंदा जला देते थे या कोड़े लगवाते थे। सन् 1688 में बम्बई का टापू ईस्ट इंडिया कम्पनी ने अपने बादशाह से खरीद लिया। तब से वहां अंग्रेज़ों की और भी वृद्धि हो गई, जिनमें ये डाकू और इनके डाके का माल खरीदने-बेचनेवाले सौदागर ही अधिक थे।

सन् 1635 में काब ने और उसके बाद सर विलियम कोर्टन ने भारतीय जहाज़ों को लूटा। इस पर सूरत के सूबेदार ने सूरत की कोठी के सब अंग्रेज़ों को कैद में डाल दिया। वे दो महीने वहां सड़ते रहे और एक लाख सत्तर हज़ार रुपये जुर्माना अदा करने पर उनका छुटकारा हुआ।

मगर इसके बाद तो अनगिनत यूरोपियन समुद्री डाकू हिन्द महासागर में भर गए। वे अपने एकाकी जहाज़ में खुले समुद्र में चक्कर काटते और किसी राष्ट्र के व्यापारी जहाज़ को देखकर लूट लेते थे। इन समुद्री डाकुओं में टीच, राडोरी, किड, राबर्ट्स, इंगलिश और ट्यू बहुत मशहूर थे। इन डाकुओं में अंग्रेज़ ही अधिक थे। दूसरे देश के डाकू अपने जहाज़ों पर अंग्रेज़ी झंडा उड़ा देते थे। इस कारण उनके डाकों का इल्ज़ाम भी ईस्ट इंडिया कम्पनी के कर्मचारियों पर लगता था। सज़ा भी वे ही पाते थे।

सन् 1635 के सितम्बर में प्रसिद्ध अंग्रेज़ डाकू हेनरी ब्रिजमैन ने जो एलोरी के नाम से प्रसिद्ध था, फतेहमुहम्मदी नामक जहाज़ को लूट लिया। इस जहाज़ में बहुत-सा कीमती माल भरा था। यह जहाज़ सूरत के मशहूर व्यापारी अब्दुलगफूर का था। अभी यह मामला ठंडा नहीं हुआ था कि एलोरी ने अरब जानेवाले एक दूसरे जहाज़ 'गंज-ए-सवाई' को बम्बई और दमन के बीच में घेर लिया। जहाज़ पर बहुत से हज के यात्री थे तथा बहुत-सा कीमती माल भी लदा था। उस समय एलोरी कई डकैत जहाज़ों के साथ मोखा से लौट रहा था। जहाज़ पर ज़बर्दस्त गोलाबारी की गई जिसके बचाव का बेचारे जहाज़वालों के पास कोई साधन ही नहीं था। जहाज़ में आग लग गई और तब डकैत उस पर चढ़ गए। उन्होंने तीन दिन तक जहाज़ को जी भर लूटा। अपने लूटे हुए उस ध्वस्त जहाज़ को लेकर उसके नाविक सूरत लौट आए। जहाज़ के हज-यात्रियों ने सूरत में इस लूट-मार और अत्याचार का ऐसा रोमांचकारी वर्णन किया कि मुसलमानों का खून खौल उठा। उन्होंने यह भी बताया कि यह आक्रमण बम्बई के अंग्रेज़ों ने किया था। सूरत का फ़ौजदार एतमादखां अंग्रेज़ों का दोस्त था। उसने बड़ी ही कठिनाई से उत्तेजित मुसलमानों से अंग्रेज़ों की रक्षा की।

39

जिन दिनों ये अंग्रेज़, डच, पोर्चुगीज, यूरोपियन भारत में पैर फैलाते जा रहे थे, उन दिनों कट्टर हिन्दू-धर्म-विद्रोही औरंगजेब का निर्बाध धर्मानुशासन भारत पर चल रहा था। सन् 1669 में उसने सब प्रांतीय शासकों को आज्ञा दी कि हिन्दुओं के देवमंदिर और ब्राह्मणों के विद्यालय नष्ट कर दिए जाएं। साथ ही यह भी आज्ञा दी कि काफ़िरों के उपदेश और धार्मिक अनुष्ठान तथा त्योहारों की धूमधाम भी रोक दी जाए।

इस समय औरंगज़ेब की चढ़ती जोत थी। उसे राज्यारोहण किए दस बरस हो चुके थे। उसके सब शत्रु और विरोधी समाप्त किए जा चुके थे। परंतु आसाम और अफगानिस्तान में संघर्ष चल रहा था। सन् 1660 में उसने मीरजुमला को खासतौर पर बंगाल का सूबेदार बनाकर इसलिए भेजा था कि वह बंगाल और खासतौर पर आसाम और अराकान के विद्रोही ज़मींदारों को यथोचित दंड दे। मीरजुमला ने बहुत शीघ्र इन विद्रोही सरदारों को ताबे कर लिया। अहोम के राजा जयध्वज ने अपनी बेटी और राजपुत्रों को शाही सेवा में भेजना स्वीकार कर लिया। इसके अतिरिक्त उसने बीस हज़ार तोला सोना और सवा लाख तोला चांदी तथा बीस हाथी बादशाह की सेवा में भेजे। साथ ही मीरजुमला और मुगल-सेनापति दिलेरखां को भी बीस-बीस हाथी दिए। इस भेंट के अतिरिक्त उसने अगले बारह महीनों में तीन लाख तोला चांदी और 90 हाथी तीन किस्तों में भेजने का तथा इसके बाद प्रतिवर्ष बीस हाथी भेजने का वचन दिया।

यद्यपि मीरजुमला का यह आसाम-अभियान सफल हुआ था, उसने राजा को अपमानजनक संधि करने पर बाध्य किया, पर इसमें आसाम के जंगलों में बहुत आदमी मर गए।

बहुत रोगी हो गए। वह स्वयं ही आसाम के जंगलों में रोगी होकर लौटते-लौटते मर गया। औरंगजेब इससे और चिढ़ गया। अपने इस अनन्य मित्र की मृत्यु का ज़िम्मेदार उसने हिन्दुओं ही को ठहराया, जिन पर उसने चढ़ाई की थी। सितम्बर सन् 1669 में उसने काशी के प्रसिद्ध विश्वनाथ के मंदिर को गिरवाकर उस पर मस्ज़िद बनवा दी और उद्धव नाम के एक रमते वैरागी को हवालात में डाल दिया। मथुरा का सबसे बड़ा केशवराय का मंदिर, जिसे बुंदेले राजा नरसिंह देवजू ने तैंतीस लाख रुपयों की लागत से बनवाया था, जनवरी, सन 1670 में ज़मींदोज़ कर दिया और उस जगह भी एक मस्ज़िद बनवा दी। केशवराय भगवान का दिव्य मंगल विग्रह आगरा की जहांनारा की मजिस्द की सीढ़ियों में गाड़ दिया, जिससे वह मस्जिद में आने-जानेवाले मुसलमानों के पैरों से कुचला जाए। कठियावाड़ दक्षिणांचल का प्रसिद्ध सोमनाथ का मंदिर मिस्मार करवा दिया और वहां की पूजा बंद कर दी। छोटे-छोटे मंदिर जो ढहाए गए उनकी कोई गिनती ही नहीं थी। मेवाड़ पर चढ़ाई के दौरान में मेवाड़ के 175 मंदिर गिराए गए, जिनमें वहां के प्रसिद्ध सोमेश्वर का मंदिर और उदयपुर के तीन विशाल देवालय भी थे।

सन् 1679 में उसने हिन्दुओं पर जजिया लगाया। जो गरीब हिन्दू इस कर को उठा देने के लिए औरंगज़ेब से प्रार्थना करने उसकी राह रोके खड़े थे, उन्हें हाथियों से कुचलवा दिया गया। मार्च, सन् 1695 के शाही फरमान के अनुसार राजपूतों के अतिरिक्त और सब हिन्दुओं को हथियार बांधने, हाथी, पालकी एवं अरबी तथा फारसी घोड़ों पर सवार होने की मनाही कर दी। शाही दफ्तरों के सब हिन्दू कर्मचारी बर्खास्त कर दिए गए। मुसलमानों को बरी करके हिन्दुओं पर दुगुना टैक्स लगा दिया गया।

ये उन दिनों की घटनाएं हैं, जिन दिनों मुगल-प्रताप अस्त हो रहा था और उदीयमान ब्रिटिश-प्रताप की क्षीण ज्योति टिमटिमाने लगी थी। इस प्रकार के प्रजापीड़न उस काल के अंग्रेज़ साहसिक व्यापारियों की आंखों के आगे होते रहते थे और निरीह प्रजा उसे चुपचाप सहन करती थी। यह स्वाभाविक था कि इन यूरोपियनों पर भी उसकी छाया पड़े और उन्हें भी ऐसे ही अत्याचार करने का साहस हो। वे कोई शरीफ़ आदमी तो थे ही नहीं। भला-बुरा, उचित-अनुचित सोचना उनकी प्रकृति न थी। बस अवसर पाते ही उन्होंने भी अत्याचारों का आश्रय लिया। क्रूरता, अत्याचार, खूनखराबी, निर्दयता उनके खून में, संस्कृति में थी। इसी से अंग्रेज़ी और यूरोप की दूसरी किसी भी जाति ने भारतीयों पर अत्याचार करने में कुंठा का अनुभव नहीं किया।

40

भारतीय जल-मार्ग के नक्शे मिलने के तीस साल बाद सन् 1608 में पहला अंग्रेज़ी जहाज़ 'हेक्टर' सूरत की बंदरगाह पर आकर लगा। उन दिनों सूरत का बंदरगाह भारतीय विदेशी व्यापार का बड़ा भारी केन्द्र था। जहाज़ का कप्तान हाकिंस था। वही पहला अंग्रेज़ बच्चा था जिसने प्रथम बार भारत की भूमि को स्पर्श किया।

उन दिनों भारत में सम्राट जहांगीर तख्त पर था। हाकिंस ने आगरा जाकर इंग्लिस्तान के बादशाह जेम्स प्रथम का पत्र और सौगात बादशाह को भेंट की। मुगल बादशाह का ऐश्वर्य और आगरा की बड़ी-बड़ी अट्टालिकाएं, महल और शहर के ठाठबाट देखकर उसकी आंखें चुंधिया गईं। ऐसी शान का शहर उसने पहले कभी नहीं देखा था। न ऐसे महान बादशाह की ही उसने कभी कल्पना की थी। उसने दोजानू होकर मुगल पद्धति से बादशाह को तलसीमात अर्ज़ की। जहांगीर ने हाकिंस की बहुत खातिरदारी की, और अंग्रेज़ों को सूरत में कोठी बनाने और व्यापार करने का फ़र्मान जारी कर दिया। उसने यह भी इजाज़त दे दी कि मुगल-दरबार में अंग्रेज़ एलची रहा करे।

कुछ दिन बाद सर टामस रो को इंग्लिस्तान के बादशाह ने मुगल-दरबार में अपना पहला एलची बनाकर भेज दिया, जिसने अंग्रेज़ी व्यापारियों के लिए और भी सुविधाएं प्राप्त कर लीं। उन्हें कालीकट और मछलीपट्टम में भी कोठी बनाने की आज्ञा मिल गई। अंग्रेज़ों की प्रार्थना पर उसने यह भी फ़र्मान जारी किया कि अपनी कोठी के अंदर रहनेवाले कम्पनी के किसी मुलाज़िम के कसूर करने पर अंग्रेज़ स्वयं उसे दंड दे सकते हैं।

इस न्यायी और भावुक बादशाह को यह स्वप्न में भी विचार न आया होगा कि एक दिन ये अंग्रेज़ बादशाह के उत्तराधिकारी तक को दंड देने लगेंगे और यदि उनका विरोध किया जाएगा तो वे प्रजा का संहार कर डालेंगे तथा बादशाह के उत्तराधिकारी को बागी कहकर आजीवन कैद कर लेंगे।

सन् 1612 में अंग्रेज़ों ने अपनी पहली कोठी सूरत में स्थापित की और स्थल-मार्ग से आगरा और दिल्ली के बीच व्यापार-विनिमय आरम्भ किया। बाद में उन्होंने पटना और मछलीपट्टम में भी कोठियां स्थापित कर लीं।

मछलीपट्टम उन दिनों गोलकुंडा राज्य के अंतर्गत बंदरगाह था। बाद में उन्होंने एक कोठी बालासोर और दूसरी कटक से पच्चीस मील दूर हरिहरपुर में खोली। बाद में विजयनगर के महाराज से धरती मांगकर मद्रास में सेंट जार्ज का किला बनाया। मुगल-राज्य से बाहर अंग्रेज़ों का एक स्वतंत्र केन्द्र था। उन दिनों वे पटना के उत्तर सिंघिया या लालगंज से शोरा नावों में डालकर लाते थे। रेशम और चीनी भी मोल लेकर बंगाल में लाते थे। उन्हें एक निशान तत्कालीन बंगाल के सूबेदार शाहजादा शुजा ने अपनी ओर से लिखकर दे दिया था कि अंग्रेज़ प्रतिवर्ष तीन हज़ार रुपये सब तरह की चुंगी और अन्य करों के बदले में देते रहें और उन्हें बंगाल में व्यापार करने दिया जाए। उन दिनों यूरोप से आनेवाले सारे ही जहाज़ों का माल बालासोर ही में उतारा-चढ़ाया जाता था और हुगली बंगाल के व्यापार का मुख्य केन्द्र था।

सन् 1650 में वाटन ने कम्पनी के लिए बिना महसूल दिए बंगाल में व्यापार की आज्ञा ले ली।

सन् 1658 में जब इंग्लैंड की कम्पनी के अधिकारियों ने अंग्रेज़ी कोठियों को नये सिरे से व्यवस्थित किया, तब अंग्रेज़ों की सारी कोठियां सूरत में नियुक्त अध्यक्ष और उसकी परिषद् के अधीन कर दी गईं। केवल हुगली और मद्रास में प्रधान एजेंसियां रह गईं। उन दिनों बंगाल में अंग्रेज़ों का धंधा मुनाफे में चल रहा था। कच्चा रेशम बहुतायत से मिल जाता था। भाँति-भाँति के रेशमी वस्त्र सुंदर और सस्ते मिल जाते थे। उम्दा किस्म का शोरा भी बहुत सस्ता था। इंग्लैंड से भेजे गए सोने-चांदी की भी भारत में अच्छी खपत थी। कुछ दिन बाद मद्रास के केन्द्र में एक स्वतंत्र अध्यक्ष नियत कर उसे भी सूरत के समान ही एक स्वतंत्र केन्द्र बना दिया गया और बंगाल की सब कोठियों को मद्रास के अधीन कर दिया गया। अब बंगाल में अंग्रेज़ों का व्यापार तेज़ी से बढ़ रहा था। उन दिनों डेढ़ करोड़ पौंड मूल्य का माल बंगाल से बाहर भेजा जा रहा था।

1661 में चार्ल्स द्वितीय ने कम्पनी को भारत में अपना सिक्का चलाने, रक्षा के लिए फ़ौज रखने, किले बनाने और आवश्यकता हो तो लड़ाई लड़ने के भी अधिकार दे दिए। यह एक चामत्कारिक बात थी कि जिस भारत से इंग्लैंड के राजा का कोई सम्बन्ध ही न था, उससे व्यापार करनेवाली इस कम्पनी को वह ये राजनीतिक अधिकार दे रहा था, जो आगे उसे अपना साम्राज्य स्थापित करने के काम आएं।

अब हुगली केन्द्र के अधीन ढाका और मालवा की कोठियों की भी स्थापना हो गई थी। इन दिनों रेशम की रंगाई सीखने इंग्लैंड से बहुत आदमी बंगाल में आ रहे थे। समुद्र के मुहाने से हुगली तक गंगा में आने-जाने का मार्ग ठीक करने के लिए अंग्रेज़ों ने एक नाविक-दल बनाया था और अब अंग्रेज़ी जहाज़ बंगाल की खाड़ी से होते हुए गंगा में ऊपर तक आ रहे थे।

परंतु अब बंगाल के स्थानीय अधिकारी बहुत धांधलेबाज़ी करते थे। यह धांधलेबाज़ी जैसे सबके लिए थी, वैसे ही अंग्रेजों के लिए भी थी। वे दूसरों की भाँति अंग्रेज़ों से भी बहुत-सा रुपया वसूल करते थे और उनके व्यापार में बाधा डालते रहते थे। वे बहुधा अंग्रेज़ी कम्पनी की नावों को रोककर उनमें रखा हुआ सारा माल ज़ब्त कर लेते थे। शाहज़ादा शुजा से जो इकरार हुआ था, अब उसकी आन नहीं मानी जाती थी और अंग्रेज़ों से सारे माल पर चुंगी वसूल की जाती थी। इसके अतिरिक्त राहदारी, पेशकश, मुंशीयाने के हक का रुपया भी वसूल किया जाता था। फरमाइश करके प्रांत का सूबेदार जो माल मंगाता था, उसका रुपया नहीं दिया जाता था। बहुधा ऐसा होता था कि बंगाल का सूबेदार शाइस्ताखां और शाहज़ादा अजीमुश्शानखां तथा अन्य उच्च मुगल अधिकारी वहां से गुज़रने-वाले माल की बंद गांठ को खोलकर अपनी पसंद का माल निकाल लेते थे और अपनी इच्छानुसार उचित से बहुत कम उसका मूल्य चुकाते थे। शाहज़ादा अजीमुश्शानखां ने तो यह धन्धा बना लिया था कि बलपूर्वक कम कीमत में माल लेकर उसे बाज़ार में पूरी कीमत में बेच देता था। इस प्रथा को 'सौदा-ए-खास' कहते थे।

चुंगी और लूट-खसोट से बचने के लिए अंग्रेज़ों ने बहुत हाथ-पैर मारे। शाइस्ताखां को बहुत रुपया भी देना चाहा, पर नतीजा कुछ भी नहीं निकला। तब अंग्रेज़ों ने भारतीय शासकों का

आसरा छोड़ अपनी ही ताकत के बलबूते पर अपनी रक्षा का प्रबंध किया। उन्होंने निश्चय कर लिया कि किसी सुविधापूर्ण भारतीय तट को जीतकर अपना स्वतंत्र किला बनाया जाए, जिससे उनके व्यापार में कोई छेड़छाड़ न हो।

41

चटगांव जिले को लेकर शताब्दियों तक बंगाल के मुसलमान शासक और अराकान के मंगोल राजाओं में संघर्ष होता रहा। सत्रहवीं शताब्दी के आरम्भ ही में केनी गति नदी को दोनों राज्यों की सीमा मान लिया गया था। परंतु जहांगीर के ढीले-ढाले शासन और उसके उत्तराधिकारी शाहजहां के विद्रोह के कारण बंगाल में मुगल-सत्ता बहुत कमज़ोर हो गई थी। उधर अराकानियों के बेड़े में बहुत से विदेशी नाविक आ मिले थे। ये पुर्तगीज़ फिरंगी चटगांव में बस गये थे, उन्होंने वहीं की औरतों से ब्याह कर लिये थे, जिनसे एक नयी अधगोरी जाति का जन्म वहां हो रहा था, जिसके खून की एक-एक बूंद में डाकेजनी, खून-खराबी और दुनिया भर के अपराध समाए हुए थे। किंतु वे सब वहां के राजा की राजभक्त प्रजा थे। वे सब अराकान के राजा के जल-बेड़े में नाविक हो गए थे। ये बड़े साहसिक चतुर नाविक थे। सत्रहवीं शताब्दी के उत्तरार्द्ध में इनके कारण इस नाविक बेड़े की शक्ति बहुत बढ़ गयी थी। पूर्वी तट के सब नदी-नालों और जलमार्गों पर माघों का पूरा अधिकार हो गया था और वे अब समुद्री डाकुओं का पेशा करते थे।

अराकान के इन समुद्री डाकुओं के बेड़े में माघ और फिरंगी दोनों ही शामिल थे। वे जल-मार्ग से निरंतर बंगाल में घुस आते और लूट-मार करके भाग जाते थे। इन आततायियों के कारण दिन-दिन बंगाल उजाड़ होता जाता था और उनसे अपनी रक्षा करने की शक्ति बंगाल की जनता में भी खत्म हो चली थी। फिरंगी लुटेरे अपनी लूट का आधा अराकान के राजा को देते थे और आधा खुद बांट लेते थे। वे लोग 'हरमद' के नाम से प्रसिद्ध थे। हरमद शब्द आर्मेडा का ही अपभ्रष्ट रूप था, जो पोर्चुगीजों के जहाज़ी बेड़े का नाम था। इन डाकुओं के पास युद्ध-सामग्री से लैस तेज़ चलनेवाले कोई सौ जहाज़ थे।

पूर्वी बंगाल में नदी के किनारे के प्रदेश उजाड़ और निर्जन हो गए और उनकी आय बहुत कम हो गई। इससे बादशाह की नज़र उधर गई। उसने यह भी देखा कि इससे शाही मर्यादा को भी धक्का लग रहा है। इसलिए चटगांव के इन सामुद्रिक डाकुओं को नष्ट करना बादशाह के लिए आवश्यक हो गया। उसने शाइस्ताखां को बंगाल का सूबेदार बनाकर भेजा और उसे हिदायत दी कि इन डाकुओं को खत्म कर दे। परंतु यह काम आसान न था। इन दिनों मुगल-साम्राज्य का एक जहाज़ी बेड़ा बंगाल में रहता था। परंतु शुजा के अव्यवस्थित काल में वह बिलकुल बर्बाद हो गया था। अब एक सुसज्जित जहाज़ी बेड़ा संगठित करना शाइस्ताखां का मुख्य काम था और उसने तुरंत ही इस काम में हाथ लगा दिया। शाइस्ताखां महत्वाकांक्षी और उत्साही व्यक्ति था। उसने शीघ्र ही नये जहाज़ों का एक मज़बूत बेड़ा एक ही वर्ष में तैयार कर लिया और उसे युद्ध-सज्जा से हर तरह सजा दिया।

सन् 1665 में एकाएक आक्रमण करके उसने संदीप का टापू जीत लिया और वहां मुगल-सैन्य का एक मज़बूत दस्ता रख दिया। अच्छी नौकरियों का लालच देकर शाइस्ताखां ने डाकू फिरंगियों को भी अपनी ओर मिला लिया। इससे अराकानियों और फिरंगियों में झगड़ा हो गया। बहुत फिरंगी मारे गए। राजा ने सारे फिरंगियों को अपने राज्य से निकाल दिया। ये मुगल अमलदारी में आ बसे। उनके मुखियाओं को बड़ी-बड़ी तनख्वाहें देकर मुगलों ने उन्हें अपने बेड़े में तैनात कर लिया। अब समुद्री उपद्रव बंद हो गए और बंगाल को राहत मिली।

अब शाइस्ताखां ने चटगांव को फतह करने का इरादा किया। उसने अपने बेटे बुजुर्गउम्मीदखां को एक भारी सेना देकर उधर रवाना किया। दिसम्बर, सन् 1665 में वह ढाका से रवाना हुआ। सेना समुद्र के किनारे-किनारे स्थल मार्ग से आगे बढ़ी। उधर शाही बेड़ा इब्नहुसेन की कमान में साथ ही साथ समुद्र में एक-दूसरे की सहायता करता हुआ बढ़ा। फरहादखां की कमान में एक दल ने आगे बढ़ फेनी नदी पार की और मुगल फ़ौज अराकान में घुस गई। इसी समय मुगल जहाज़ी बेड़े का प्रधान अधिपति कुमारिया की खाड़ी से निकलकर आगे बढ़ा। अराकानियों का भी बेड़ा कठालिया की खाड़ी से निकलकर उसके सामने जा पहुंचा। मुगल बेड़े में अपने फ़न के उस्ताद फिरंगी अफ़सर डटे हुए थे। मुठभेड़ होते ही उन्होंने ऐसा भयंकर आक्रमण किया कि गुर्राबों में बैठे हुए माघ दहशत के मारे नावें छोड़ समुद्र में कद पड़े। गरीबों पर मुगलों ने अधिकार कर लिया। माघ भाग खड़े हुए। किंतु अराकानियों के बड़े-बड़े जहाज़ हुरला की खाड़ी से निकलकर अब खुले समुद्र में आ गए थे, अब कड़ा मुकाबला होने लगा। मुगल गोलियां बरसाते आगे बढ़ रहे थे और अराकानी उनका जवाब देते हुए पीछे हट रहे थे। इसी प्रकार कर्णफूल नदी का मुहाना आ गया। मुहाने में घुसकर अराकानियों ने चटगांव से लेकर नदी की मंझधार में स्थित एक टापू तक अपने सब जहाज़ों को एक कतार में खड़ा करके मोर्चा बनाया था। इस नदी के किनारे पर उन्होंने बांसों के तीन बाड़े बनाए हुए थे। इब्नसऊद ने स्थल-मार्ग से हमला करके बाड़ों पर कब्जा कर लिया और नदी में बलात् घुस गया और अराकानियों पर टूट पड़ा। चटगांव के किले से मुगलों पर गोले बरस रहे थे। पर इब्नसऊद ने भीषण आक्रमण किया। अंत में अराकानी भाग खड़े हुए। कुछ मार डाले गए, कुछ कैद हो गए। उनके 135 जहाज़ इनके हाथ लगे। बाद में चटगांव के किले पर भी इब्नसऊद ने अधिकार कर लिया। इसके बाद ही फरहादखां के मातहत मुगल फ़ौजें घने जंगलों में होती हुई चटगांव जा पहुंची। माघ राह-बाट के नाके छोड़-छोड़कर भाग गए। फरहादखां ने विजयी सेनापति की भाँति किले में 26 जनवरी, सन् 1666 को धूमधाम से प्रवेश किया। अराकानी समुद्री डाकू कैद कर लिये गए और हज़ारों बंगाली किसान, जिन्हें वे गुलाम बना ले गए थे, मुक्त कर दिए गए। वे स्वतंत्र हो स्वदेश को लौट पड़े। चटगांव में मुगल थाना स्थापित कर दिया गया और एक मुगल फ़ौजदार के अधीन वह प्रांत बना दिया गया। चटगांव का नाम बदलकर इस्लामाबाद रख दिया गया।

42

जिस दिन इंग्लैंड का बादशाह जेम्स द्वितीय बेंत से पीटे हुए कुत्ते की भाँति दुम दबाकर इंग्लैंड से भागा, उसी दिन तीन अंग्रेज़ हुगली के बाज़ार में ज़बर्दस्ती घुस आए। उन दिनों बादशाह औरंगज़ेब का मामू नवाब शाइस्ताखां बंगाल का हाकिम था। वह अंग्रेज़ों की आए दिन की बदमाशियों से तंग था और ईस्ट इंडिया कम्पनी को नीच, झगड़ालू लोगों और जुआ-चोरों की जमात कहा करता था। सन् 1634 में बादशाह शाहजहां ने पुर्तगालियों को बंगाल से निकालकर अंग्रेज़ों को बंगाल में तिजारत करने की आज्ञा दी थी। परंतु उन्हें हुगली तक जहाज़ लाने की इजाजत नहीं थी। हुगली से बहुत नीचे पिपली में आकर उनके जहाज़ रुक जाते थे। हुगली के बाज़ार में आने की अंग्रेज़ों को सख्त मुमानियत थी। क्योंकि बाज़ार में आकर ये लोग अंधेरगर्दी मचा देते थे। इनमें सदाचार नाम की तो कोई चीज़ ही नहीं थी। वे बिना ही सरकारी चुंगी अदा किए और लोगों को उनके माल का दाम चुकाए माल ले भागते थे। इसलिए नवाब शाइस्ताखां ने इन उठाईगीरों को बाज़ार में आने देने की सख्त मनाही कर दी थी और हुक्म था कि यदि कोई अंग्रेज़ बाज़ार में घूमता देखा जाए तो उसे फौरन गिरफ़्तार कर लिया जाए।

तीनों अंग्रेज शराब पीकर बाजार में घूमने और हुड़दंग करने लगे। जब उन्हें गिरफ्तार किया जाने लगा तो वे तलवारें ले-लेकर पिल पड़े। वास्तविक बात तो यह थी कि वे झगड़ा करने के इरादे से ही आए थे। परंतु लड़ाई में वे घायल हुए और गिरफ्तार हो गए। शाही सिपाही उन्हें रस्सियों से बांधकर हुगली के फ़ौजदार के पास ले चले। इस पर कप्तान लेस्ली, जो निकट ही छिपा खड़ा था, अपने सिपाहियों को लेकर शाही गारद पर टूट पड़ा। पर उसके कई आदमी मारे गए और वह भाग खड़ा हुआ। कैदियों को शाही गारद ने लाकर फ़ौजदार के सामने पेश किया। फ़ौजदार ने उन्हें अपने घर से सटे कैदखाने में बंद कर दिया। पर उसी शाम को अंग्रेज़ी छावनी से सैनिक सहायता लेकर मेजर लेस्ली फिर शहर में घुस आया। उसने फ़ौजदार के मकान को लूटकर उसमें आग लगा दी। हुगली का बाज़ार लूट लिया। उसी दिन रात के समय अंग्रेज़ों के जहाज़ भी हुगली में घुस आए और वहां लंगर डालकर पड़े हुए एक शाही जहाज़ और उसके मालमते पर कब्जा कर लिया। लूट-मार कर और सब मालमता लेकर अंग्रेज़ हुगली से चल दिए और 'सुतनती' में आकर ठहरे, जहां वर्तमान कलकत्ता बसा हुआ है।

नवाब ने सुना तो आगबबूला हो गया। वह सख्त आदमी था, पर रियाया का उसे खयाल भी बहुत था। उन दिनों बंगाल में उसके हुक्म से रुपये का आठ मन चावल बिकता था। उसने अंग्रेज़ों को दंड देने को फ़ौज भेजी। कुछ लड़ाई हुई। अंग्रेज़ों ने मटियाबुर्ज के पासवाले नमक के शाही गोदामों में आग लगा दी और वर्तमान कलकत्ता के दक्षिण-पूर्व में, जहां आजकल 'गार्डन रीच' है, बने हुए थानाशाही किलों पर आक्रमण कर दिया। उनके जहाज़ गंगा में आगे बढ़ आए और उन्होंने हिजली टापू पर अधिकार कर लिया। इसके बाद बंगाल की खाड़ी में अपनी समूची जल-थल सैन्य को एकत्र कर युद्ध को सन्नद्ध हो बैठे।

शाइस्ताखां को बहुत गुस्सा आया। उसने सिपहसालार अब्बुलसमदखां को बारह हज़ार सेना लेकर इन लुच्चों की जमात को हिजली से मार भगाने को भेज दिया। थोड़ी ही लड़ाई हुई और अंग्रेज़ अपनी सब तोपें, साथ का सब सामान, सारा गोला-बारूद लेकर अपने झंडे उड़ाते और बाजा बजाते हुए हिजली का किला खाली करके चल खड़े हुए। उन दिनों मुगल-रणनीति ऐसी ही निस्तेज हो चली थी। साहसिक यूरोपियनों की रणनीति के सामने उनकी भारी संख्या भी बेकार साबित होती थी।

इसके बाद कारनाक एक डेपूटेशन के साथ शाइस्ताखां की सेवा में उपस्थित हुआ। शाइस्ताखां अंग्रेज़ों से बहुत नाराज़ था। वह उनकी कोई बात सुनना नहीं चाहता था। परंतु जब कारनाक ने बहुत खातिर-खुशामद की, तो शाइस्ताखां ने उसके मंडल से मुलाकात की और कहा, 'अब तुम हमसे क्या उम्मीद करते हो?'

'हुजूर, हम लोगों के साथ हद दर्जे की ज़्यादती और बेइंसाफ़ी की गई है, हमारा इंसाफ़ होना चाहिए।'

'लेकिन तुम लोग जो जुआ-चोरी करते हो, रियाया को लूटते हो? हमारी सरकार से बगावत करते हो?'

'तो हुजूर, हमारी छानबीन की जाए। हम तो निहायत अदब से सरकारी कौल-करारों की याद दिलाने हुजूर की सेवा में हाज़िर आए हैं।'

'कैसा कौल-करार?'

'हुजूर, बंगाल के विगत सूबेदार शाहज़ादा शुजाउद्दौला ने निश्चित कुल मिलाकर केवल तीन हज़ार रुपये लेकर लाए हुए सारे माल की असल कीमत पर से हमेशा के लिए चुंगी देने की छूट दे दी थी।'

'लेकिन शाहज़ादा शुजा सिर्फ एक सूबे के सूबेदार थे। अपनी सूबेदारी के दौरान यदि उन्होंने किसी एक तिजारती गिरोह को रियायत करके और सिर्फ थोड़ा-सा रुपया लेकर ही खास सुविधा दी थी तो उनके बाद होनेवाले सूबेदार के लिए शुजा का वह निशान उस वक्त तक तसलीम नहीं किया जा सकता, जब तक कि उसमें दी गईं शर्तें बादशाह मंजूर फर्माकर शाही ऐलान न कर दें। बस, तुम्हारी अर्जी हम मंजूर नहीं फर्मा सकते।'

'सरासर तुम्हारी यह मांग बेजा है। उस वक्त सिर्फ़ सूरत के बंदरगाह पर ही तुम्हारे जहाज़ आते थे। और वहीं से तुम्हारा माल खुश्की के रास्ते आगरा, दिल्ली, पटना, मुँगेर तक आता था। मगर अब तो तुम्हारे जहाज़ सीधे बालासोर में आते हैं। इसके अलावा मद्रास और मछलीपट्टम में भी तुम्हारे जहाज़ सीधे आते हैं, जो शाही इलाका नहीं है। शाही फर्मान की यह मंशा न थी कि तुम इंग्लैंड व चीन से सूरत तक होकर सीधे बंगाल जानेवाले दूसरे माल पर भी चुंगी न दो। तुम्हारी यह मांग भी तुम्हारी चालाकी की दलीलों के बावजूद मानी नहीं जा सकती। क्योंकि ऐसे माल पर जो सूरत के रास्ते नहीं आ रहा हो, सूरत में कोई चुंगी नहीं वसूल की जाती।'

तब अंग्रेज़ एलची ने खीझकर दूसरी ज़्यादतियों और लूट-खसोट का ज़िक्र किया। बूढ़े सूबेदार ने हंसकर कहा, 'पहले तुम सब फिरंगी खुद सचाई और ईमानदारी से अपना कारोबार करो और सरकारी चुंगी और कर अदा करो। रियाया पर मनमानी लूट न करो और हमारी फर्माबरदार रियाया की तरह हिन्दुस्तान में रहो, तो तुम्हारी सब तकलीफ़ों पर हम गौर फर्माएंगे।'

इस पर कारनाक और उसके साथी बहुत रोए-गिड़गिड़ाए। अंत में बहुत लानत-मलामत के बाद शाइस्ताखां ने उन्हें वर्तमान कलकत्ता से बीस मील दक्षिण 'उलुबेरिया' नामक स्थान पर किला बनाने और हुगली में व्यापार करने की फिर आज्ञा दे दी।

अब अपना मतलब साधकर कारनाक अपने जहाज़ों के साथ लौट आया और उसने 'सुतनती' में पड़ाव डाल दिया।

अगले वर्ष कप्तान हीथ इंग्लैंड से आया। कारनाक के स्थान पर वह बंगाल का एजेंट बना। उसने वहां की मलेरियल आबोहवा से घबराकर तथा और कई बातों पर विचार कर बंगाल की कोठियाँ बंद कर वहां से चल देने का निश्चय किया। उसने पुराने बालासोर के मुगल किले पर हमला किया। बाद में नये बालासोर पर भी कब्ज़ा कर लिया और सारे बंगाल के आयोजन समाप्त कर मद्रास भाग गया।

परंतु सन् 1660 में कारनाक फिर मद्रास से सुतनती पहुंचा।

उसके पास वज़ीरेआज़म के हाथ का लिखा बंगाल के दीवान के नाम एक शाही हसब-उल-हुक्म था जिसमें लिखा हुआ था कि अंग्रेज़ों को चुंगी और दूसरे करों के बदले तीन हजार रुपये सालाना देते रहने पर उन्हें बंगाल में बिना रोक-टोक व्यापार करने की इजाज़त दे दी जाए। फिर वह सुतनती गांव धीरे-धीरे बढ़कर अंततः आज का विराट कलकत्ता बन गया।

43

सितम्बर, सन् 1695 में प्रसिद्ध अंग्रेज़ समुद्री डाकू हेनरी ब्रिजमैन ने, जो एलोरी के नाम से प्रसिद्ध था, 'फतेहमुहम्मद' नामक बहुमूल्य व्यापारी सामान से लदा हुआ जहाज़ लूट लिया। यह जहाज़ सूरत के प्रसिद्ध व्यापारी अब्दुलगफूर का था। अभी इस घटना को कुछ ही दिन हुए थे कि उसने एक दूसरा जहाज़ 'गंज-ए-सवाई' नाम का लूट लिया। यह जहाज़ बहुत से हज के यात्रियों और व्यापारी माल को लेकर मक्का जा रहा था। मोखा से लौटते हुए बम्बई और दमन के बीच एलोरी ने कुछ अन्य लुटेरे जहाज़ों के साथ उसे जा घेरा और दबादब गोले बरसाने शुरू कर दिए। जहाज़ में आग लग गई और डाकू उसमें कूद पड़े। तीन दिन तक वे जहाज़ को निर्द्वंद्व लूटते रहे। बहुत से हज-यात्री मार डाले गए। बहुतों की भयानक दुर्दशा हुई। अपने लूटे हुए यात्रियों को लेकर अत्यंत जीर्ण-शीर्ण हालत में जहाज़ सूरत के बंदरगाह में लौट आया।

जहाज़ के यात्रियों ने जब अपने ऊपर अत्याचार के रोमांचकारी वर्णन किए तो सूरत के मुसलमानों का खून खौल उठा। उन दिनों सूरत का फ़ौजदार एतमादखां अंग्रेज़ों का दोस्त था।

उसने कुछ मुसलमान ले उस समय तो अंग्रेज़ों की रक्षा कर ली, पर इन लुटे-पिटे हाजियों तथा सूरत के मुसलमानों ने इस्लामनगर जाकर बादशाह के सामने अपने ऊपर फिरंगी डाकुओं के अत्याचार की पूरी कहानी कह सुनाई।

शाही झंडेवाले जहाज़ के लूटे जाने और हज के पवित्र यात्रियों पर किए अत्याचार और धर्म-बाधा से औरंगज़ेब अत्यंत कुद्ध हो गया और उसने सूरत के सब अंग्रेज़ों को कैद करने का हक्म दे दिया।

औरंगज़ेब के चिढ़ने और गुस्सा करने का एक कारण यह भी था कि वह एक बार इन फिरंगियों की हरकत को माफ़ कर चुका था। उस समय भारत की सब अंग्रेज़ कोठियों का संचालक सर जान चाइल्ड था। वह सूरत से बम्बई भाग गया और शाही फ़ौजों से लड़ने की तैयारी कर रहा था। इस पर सूरत के मुगल फ़ौजदार ने सूरत की अंग्रेज़ी कोठी पर चारों ओर से घेरा डाल दिया और कोठी की परिषद् के अध्यक्ष वैजिमन हेरिस और उसके सहायक सेम्युएल एनस्ले को, उनके सब अंग्रेज़ साथियों तथा उनके साथी भारतीय दलालों को कैद कर लिया तथा कोठी के बाहर फ़ौज का घेरा डाल दिया।

सर जान चाइल्ड एक जहाज़ी बेड़ा लेकर सुवाली पहुंचा, और सूरत के फ़ौजदार को अंग्रेज़ों की शिकायत की सूची भेजकर अंग्रेज़ों के विशेषाधिकार की पुष्टि की। साथ ही अधिकारों को बढ़ाने की मांग की। फ़ौजदार ने सुवाली पर सेना भेज दी। लड़ाई हुई, सर जान निकल भागा और उसने सूरत के पास बहने वाली नदी का मुहाना बंद कर दिया तथा जहाज़ी बेड़े में समुद्री तट का चक्कर लगाकर वहां के सारे ही भारतीय जहाज़ों पर अधिकार कर लिया।

इसके जवाब में फ़ौजदार ने सूरत के सारे अंग्रेज़ कैदियों के पैरों में भारी-भारी बेड़ियां डाल दी, और उसी हालत में उन्हें सोलह महीने बिताने पड़े। इसी बीच मुगल जल-सेना के शाही नायक जंजीरा के सिद्धी ने बम्बई पर हमला बोलकर वहां के बाहरी भागों पर अधिकार कर लिया। बम्बई के अंग्रेज़ एक किले में घिर गए। किले को शाही सेना ने घेर लिया। अंत में हारकर सर चाइल्ड ने अबुहमर्मवारों को औरंगज़ेब की सेना में भेजा और दया-याचना की। डेढ़ लाख रुपया जुर्माना देने और लूटा हुआ सारा माल वापस लौटाने पर अंग्रेज़ों को छुटकारा मिला और फिर व्यापार करने की उन्हें आज्ञा मिल गई।

इस बार वह बुरी तरह कुद्ध हो उठा था। कैद में पड़ा हुआ एनस्ले बारम्बार बादशाह की सेवा में अर्जी भेजता रहा। उसने कसमें खाकर कहा कि गंज-ए-सवाई की लूट में अंग्रेज़ों का कुछ भी हाथ नहीं है। उधर बम्बई का गवर्नर सर जान गामर बारम्बार बादशाह से अंग्रेज़ों को छोड़ देने और न्याय करने पर जोर दे रहा था। परंतु बादशाह समुद्र की इस डाकेज़नी को सर्वथा खत्म कराना चाहता था। डच लोगों ने अवसर पाकर बादशाह से प्रस्ताव किया कि यदि उन्हें साम्राज्य में व्यापार का एकाधिकार दिया जाए तो वे हिन्द महासागर को डाकुओं के इस गिरोह

से पाक-साफ़ कर सकते हैं और मक्का जानेवाले तीर्थयात्रियों की सुरक्षा की भी ज़िम्मेदारी ले सकते हैं। पर बादशाह ने स्वीकार नहीं किया।

सूरत के फ़ौजदार ने एनस्ले से कहा कि या तो अंग्रेज़ शाही जहाज़ों की समुद्री डाकुओं से सुरक्षा के प्रतिज्ञा-पत्र पर हस्ताक्षर कर दे, नहीं तो दस दिन के भीतर भारत को छोड़कर सब अंग्रेज़ चले जाएं। बादशाह ने डच और फ्रांसीसियों को भी यही हुक्म जारी कर दिए। एनस्ले ने कहा कि यदि बादशाह अंग्रेज़ी कम्पनी को प्रतिवर्ष चार लाख रुपये दे तो वे यह ज़िम्मेदारी ले सकते हैं।

अंत में बादशाह ने कुछ रुपये देना स्वीकार कर लिया और एनस्ले ने प्रतिज्ञा-पत्र पर हस्ताक्षर कर दिए। इस पर सब अंग्रेज़ कैद से छोड़ दिए गए।

तब अंग्रेज़ों ने 'एडवांचर' नाम का एक जहाज़ अच्छी तरह युद्ध-सज्जा से सज्जित किया और इसे हिन्द महासागर से सारे समुद्री डाकुओं को मार भगाने का काम सौंप दिया। विलियम किड इस जहाज़ का कप्तान बनाया गया। पर कालीकट पहुंचकर किड स्वयं एक समुद्री डाकू बन गया। और भी अनेक उपद्रवी अंग्रेज़ उसके दल में मिल गए। उन्होंने ईस्ट इंडिया कम्पनी के ही जहाज़ लूट लिये। फिर उसने एक बड़ा व्यापारी जहाज़ कदा मर्चेंट लूट लिया जो अमीर मुखलिसखां का था। इसी समय डच डाकुओं ने सूरत के प्रसिद्ध व्यापारी हसनखां का एक माल से भरा हुआ जहाज़ लूट लिया, जिसमें कोई चौदह लाख के मूल्य का माल भरा था। बादशाह ने सूरत के फ़ौजदार को आदेश दिया कि डच, फ्रैंच और अंग्रेज़ तीनों ही पर इस डकैती का दायित्व है। अत: तीनों ही राष्ट्रों के व्यापारी मिलकर चौदह लाख रुपये दें। नहीं तो सबको कैद कर लिया जाए।

अंत में समुद्री डाकुओं के दमन का बीड़ा तीनों ही राष्ट्रों ने उठाया। भविष्य में होनेवाले नुकसान का हर्जाना भरने का तीनों ने वचन दिया और इस आदेश के प्रतिज्ञापत्र पर हस्ताक्षर कर दिए।

परंतु इसके थोड़े ही दिन बाद फिर एक जहाज़ लूट लिया गया, जिस पर सूरत के फ़ौजदार ने यूरोपियन कम्पनी के सारे ही यूरोपीय और भारतीय दलालों को गिरफ्तार कर लिया। अंग्रेज़ और डचों से तीन-तीन लाख रुपये वसूल किए, तब उन्हें छोड़ा। परंतु इसके तुरंत बाद ही डच डकैतों ने मक्का से लौटनेवाले हज-यात्रियों का एक जहाज़ फिर लूट लिया और सब हज-यात्रियों को कैद कर लिया, जिसमें प्रसिद्ध सन्त नूरउलहक और फख्रउल-इस्लाम भी थे। यह बादशाह को एक चुनौती थी। अंत में बादशाह ने हर्जाने की शर्त रद्द करके इन कैदियों को छुड़वाया। इसी समय बूढ़ा आलमगीर मर गया। मुगल तख्त डगमगा गया और समुद्री कुत्तों को अपने शिकार पर हाथ साफ़ करने की खुली छूट मिल गई।

ऐसे ही वे दिन थे जब इन सफ़ेद आततायी लुच्चों की जमात भारत में जैसे बने अपना उल्लू सीधा करने में लगी हुई थी।

44

पूरे पच्चीस बरस तक दक्षिण में घोड़े की पीठ पर रहकर औरंगज़ेब इस समय उत्तरी भारत के साथ ही दक्षिण का भी प्रतिद्वंद्वी-विहीन सम्राट बन चुका था। आदिलशाह, कुतुबशाह और राजा शम्भू तीनों ही का पतन हो चुका था और उनके राज्य मुगल-साम्राज्य में मिला लिये गए थे। इस दृष्टि से औरंगज़ेब अपनी चिरवांछित अभिलाषाएं पूरी कर चुका था। पर सच पूछा जाए तो अब मुगल-साम्राज्य इतना विस्तृत हो गया था कि उस काल में किसी एक व्यक्ति द्वारा या किसी एक केन्द्र से उसका शासन नहीं हो सकता था। शतु सर्वत्र सिर उठा रहे थे। वह उन्हें हराता था, पर उन्हें निःशेष करने की शक्ति उसमें न थी। उस समय उत्तरी और मध्य भारत में अराजकता का बोलबाला था। बादशाह पच्चीस बरस से उधर गया ही न था। शासन-प्रबंध अस्त-व्यस्त और भ्रष्टाचार से परिपूर्ण था। दक्षिण के अनंत युद्ध में शाहजहां का अटूट स्वर्ण-भंडार खर्च हो चुका था। इस समय उसकी आयु अस्सी तक पहुंच चुकी थी और अब वह अपनी नयी राजधानी इस्लामपुरी में बैठकर और उसे अपना सैनिक अड्डा बनाकर अभी तक युद्ध के जंजाल में फंसा हुआ था। इस उम्र में भी घोड़े की पीठ उसने छोड़ी न थी। उत्तर भारत, पंजाब, सिंध और अफगानिस्तान भी उसने अपने ज्येष्ठ पुत्र-शाहआलम को सौंप दिए थे। वह न व्यसनी था, न बुद्धिहीन, न आलसी। उसकी मानसिक सतर्कता असाधारण थी। वह बड़ा धार्मिक भी था। ज्ञान और विद्या के भंडार पर उसका अधिकार था। अपने पिता के शासनकाल ही में उसने युद्ध और कूटनीति की पूरी शिक्षा पाई थी। फिर भी उसके पचास बरस के शासन का परिणाम असफलता और अराजकता ही थी। उसका जीवन एक लम्बी दुःखद कहानी था। निष्ठुर भाग्य के साथ वह असफलता पूर्वक लड़ता ही रहा, पूरे पचास बरस। अब वह अपने अस्त होते हुए जीवन में, अपनी आंखें बंद होने से पूर्व ही देख रहा था कि मुगल-साम्राज्य के गौरव और खज़ाने का दिवाला निकल चुका है। उसकी शासन-व्यवस्था नष्ट हो चुकी है और मुगल-सत्ता देश में शान्ति बनाए रखने और राज्य की एकता कायम रखने में असमर्थ रही है। इस समय उत्तर में सिख-सम्प्रदाय ने सैनिक बाना पहन लिया था। दक्षिण में मराठा-राजवंश की चिता से मराठा जातीयता हुंकार ले रही थी और भारत के प्रसिद्ध भावी शासक अंग्रेज़ मद्रास, कलकत्ता और बम्बई में साम्राज्य बना रहे थे।

निरंतर पच्चीस वर्षो तक चलनेवाले दक्षिण के युद्ध में प्रतिवर्ष शाही सेना के एक लाख सैनिक और दूसरे लोग तथा उससे तीन गुने हाथी, घोड़े, ऊंट, बैल आदि व्यर्थ ही मारे जाते रहे थे। शाही पड़ावों में सदैव महामारी का प्रकोप रहता था और उसके पीछे तीन ही चार मील के अंतर पर मराठा छापामार सेना लगी रहती थी। प्रतिदिन सैकड़ों मनुष्य मरते थे। न खेतों में फ़सलें बोई जाती थीं, न जंगलों में वृक्ष थे। मनुष्यों और पशुओं की हड्डियां ही सर्वत्र बिखरी दीखती थीं। सारा प्रदेश इस कदर बर्बाद और वीरान था कि निरंतर तीन-चार दिन तक यात्रा करने पर भी न आग के दर्शन होते थे, न पानी के, न मनुष्य के, न किसी बस्ती के।

वह न तो अपने दादा जहांगीर की भाँति कला और साहित्य का प्रेमी था, न उसे अपने पिता शाहजहां की तरह शिल्प से प्रेम था। वह एक पक्का ज़ाहिद और कट्टर मुसलमान था। वह अपने मज़हब को छोड़ किसी मजहब को नहीं सह सकता था। वह फकीर था। हिन्दुओं पर जुल्म करने की नीति उसने जान-बूझकर ग्रहण की थी। पचास बरस राज्य कर वह सन् 1707 में दक्षिण में मरा।

45

बादशाह औरंगजेब के मरने पर सन् 1707 में उसका बेटा शाहज़ादा मुअज़्ज़म अपने भाई आज़म को कत्ल करके बहादुरशाह के नाम से मुगलों के अभागे तख्त पर बैठा। वह इस कदर बूढ़ा, निकम्मा और पोच आदमी था कि लोग उसे 'शाहेबेखबर' कहकर उसका मज़ाक उड़ाने लगे थे। परंतु वह बदनसीब उस उम्र में भी अपनी खानदानी परम्परा को न भूला था। वह अपने दूसरे भाई कामबख्श से लड़ने और उसे कत्ल करने के लिए, जो दक्खिन में फ़ौजकशी कर रहा था, दिल्ली से भारी सेना लेकर निकला था और अब वह अजमेर के निकट पीपाढ़ के जंगल में डेरा डाले पड़ा था। इस समय सारे देश में विद्रोह की आग सुलग रही थी। दिल्ली के दरबार में षड्यंत्र हो रहे थे। पंजाब में सिख और दक्खिन में मराठे हुंकार भर रहे थे। राजस्थान के राजपूतों ने अपनी तलवारें फिर मज़बूती से पकड़ ली थीं। पर यह अभागा बादशाह इन सब बातों से बेखबर था। वह इस बात पर भी विचार नहीं करता था कि उसकी कब्र तैयार है। वह तो बाप की तरह अखंड और अकंटक राज्य चाह रहा था और इस हास्यास्पद अभियान के लिए निकल पड़ा था।

पीपाढ़ में छावनी डाले, बादशाह जोधपुर के राजा अजीतसिंह और जयपुर के राजा जयसिंह की प्रतीक्षा कर रहा था, जिन्हें बुलाने के लिए उसने परवाने भेजे थे। चांदनी रात थी। एकाध बादल सफ़ेद बगुले की भाँति जहां-तहां आकाश में दीख पड़ रहा था। बूढ़ा बादशाह अकेला अपने खेमे में बेचैनी से टहल रहा था। पलंग खाली पड़ा था। खिदमतगार हुसेनखां चुपचाप एक कोने में हाथ बांधे खड़ा था। एकाएक बादशाह ने रुककर खिदमतगार की ओर देखकर कहा-

'राजपूतों का यह मुल्क बड़ा ही वाहियात है। रात को एकदम अंधेरा, दिन में ऊबड़-खाबड़ जंगल, पहाड़, आंधी। न बाग, न फूल, न फल। ऐं! यह गरज कैसी?' वह चौंक पड़ा। 'क्या बादल गरज रहे हैं, तूफ़ान तो नहीं आएगा, खेमा तो न उड़ जाएगा? बाप रे, कितनी खौफ़नाक गरज है! हुसेनखां, देखो तो बाहर क्या बारिश हो रही है? नहीं, बाहर मत जाओ, यहीं से देखो।'

'खुदाबंद, हवा पहाड़ी से टकरा रही है.' खिदमतगार ने हाथ बांधकर कहा।

'गज़ब की हवा चलती है इस मुल्क में मियां, यह हवा अगर मेरे खेमे से टकरा जाए तो? खेमे की धज्जियां न उड़ जाएंगी? बोलो, क्या कहते हो? यहां तो हर घड़ी जान का खतरा है। सबसे ज़्यादा मुझ शहंशाहे-हिन्द की जान का।' बादशाह ने संदेह से खिदमतगार को देखकर

कहा। लेकिन उसने शान्त स्वर में कहा, 'नहीं हुजूर, खेमे को कोई खतरा नहीं है। खेमा काफ़ी मज़बूत है।'

'कितना मज़बूत है? पहाड़ से भी मज़बूत? इस हवा से तो पहाड़ तक हिल जाते हैं।' कुछ रुककर उसने कहा, 'यह देखो, फिर गरजा। खेमे के चारों तरफ़ खूंखार शेर तो नहीं घूम रहे? यह खटका कैसा हुआ? क्यों मियां हुसेन, बोलते क्यों नहीं?'

'जहांपनाह, शेर तो जंगल में रहते हैं, मगर खेमे से बहुत दूर हैं।'

'दूर हैं तो पास आने में कितनी देर लगती है। किसने ऐसी खतरनाक जगह में शाही लश्कर डाला है?' बादशाह ने गुस्से से आंखें तरेरकर खिदमतगार की ओर देखा।

खिदमतगार ने अदब से झुककर कहा, 'खुदाबंद, बाहर पहरे का काफ़ी इन्तज़ाम है। मीलों तक शाही लश्कर पड़ा है। कुछ भी खतरा नहीं है। हुजूर आराम फर्माएं।'

'कौन है पहरे पर? ऐ पहरेदार।'

पहरेदार ने आकर कोर्निश की।

बादशाह ने उसे घूरकर कहा, 'तुम्हारी बंदूक में कितनी गोलियां भरी हैं?'

'हुजूर, बंदूक में एक ही गोली भरी है।'

'एक गोली भरी है? बदबख्त, एक गोली से एक ही शेर मरेगा। और निशाना चूक गया तो वह भी नहीं। तब क्या वह मेरे खेमे में न घुस आएगा?'

पहरेदार घबरा गया। हुसेन ने अपनी हंसी रोककर कहा, 'सरकार, पहरे पर पांच सौ सिपाही तैनात हैं। और सबके पास भरी हुई बंदूकें हैं और जेबों में गोलियां और बारूद भी हैं।

बादशाह ने कुछ अनिश्चित भाव से कहा, 'तब ठीक है।' पर तुरंत ही वह बोला, 'मगर तसल्ली नहीं हुई,' फिर पहरेदार की ओर देखकर कहा, 'देखो, खूब खबरदार रहो। शेर नज़र आए कि दन से गोली दाग दो।'

'बहुत खूब, खुदाबंद,' पहरेदार सलाम करके जाने को मुड़ा। लेकिन बादशाह ने रोककर कहा, 'ठहरो, जरा सुनो। बराबर जागते रहो। घूमते रहो, आवाज़ लगाते रहो, समझे।'

'जो हुक्म हुजूर।'

'जाओ, नहीं ठहरो, तुम्हारे पास तलवार है?'

'जी हां हुजूर है।'

'कहां है देखूं।'

पहरेदार ने तलवार खींचकर कहा, 'यह है खुदाबंद।'

‘बस-बस म्यान में करो। इसे पास रखो। गोली चूक जाए, तो खट से इससे दो टूक कर दो। जाओ।’

पहरेदार चला गया तो बादशाह ने खिदमतगार की ओर घूरकर कहा, ‘हुसेन!’

‘जी जहांपनाह!’

‘हमारी तलवार भी हमारे पास रख दो। हां, एहतियात शर्त है।’

‘बहुत अच्छा खुदाबंद।’

‘और तुम रात-भर यहीं खड़े रहो, इसी तरह।’

‘जो हुक्म हुजूर। अब आप इत्मीनान से आराम फर्माइए।’

‘दुश्मनों के इस मुल्क में आराम से सोया ही नहीं जा सकता। नींद ही नहीं आती। यह हवा क्या रात-भर पहाड़ों से टकराया करती है? मगर क्यों जी, इसके खेमे से टकराने का तो कुछ अन्देशा नहीं है?’

‘हर्गिज नहीं हुजूर, खातिर जमा रखिए।’

‘और अगर टकरा गई?’

‘तो हुजूर गुलाम का सिर कलम करवा दीजिए।’

बादशाह पलंग पर बैठ गए। हुक्के की नाल मुंह में लगाते हुए बोले, ‘अच्छी बात है हुसेन, याद रखो, अगर हवा खेमे से टकरा गई तो तुम्हारे सर की खैर नहीं।’

‘बहुत अच्छा जहांपनाह, अब आप आराम फर्माइए।’

‘मगर मैं खूब खबरदार होकर सोना चाहता हूँ।’

इसी समय एक बांसुरी की सुरीली आवाज़ कान में पड़ी। इससे चौंककर बादशाह फिर पलंग से उठ बैठा। उसने कहा, ‘ऐं, इस वक्त बांसुरी कौन बजा रहा है?’ उसने पुकारा, ‘ओ पहरेदार।’

पहरेदार ने फिर आकर सलाम किया। बादशाह ने कहा, ‘क्या इस जंगल में जिन भी रहते हैं?’

‘नहीं खुदाबंद।’

‘तो इस वक्त यह बांसुरी कौन बजा रहा है? यह तो जिनों की ही करामात मालूम होती है।’

‘हुजूर, शाहज़ादी दरिया-किनारे पत्थर पर बैठी बांसुरी बजा रही हैं। शाम से वहीं बैठी हैं। आती ही नहीं।’

‘कौन, रज़िया? बेवकूफ़ बेकही लड़की। जो जी में आता है, करती है। लो और सुनो, बांसुरी ही ले बैठी। उसे अभी हमारे हुजूर में हाज़िर करो।’

पहरेदार झुककर सलाम करके चला गया। बादशाह आप ही आप कहने लगे, 'बदनसीब अकबर की यतीम लड़की, मैं इस पर रहम करना चाहता हूँ, मगर यह आवारागर्दी मैं बर्दाश्त नहीं कर सकता। हुसेन!'

'जी हुजूर।'

'तुम क्या कहते हो?'

'जी कुछ नहीं।'

इतने ही में रज़िया ने आकर कहा, 'आपने मुझे याद फर्माया है चचाजान?'

अकबर बादशाह औरंगज़ेब का बड़ा बेटा था। उसने बाप से बगावत की थी, और उससे असफल होकर बाप के खौफ़ से मक्का भाग गया था। रज़िया उसकी बेटी थी, जिसे वह राठौर दुर्गादास की सुरक्षा में छोड़ गया था। उस समय दुर्गादास जोधपुर के राजा का सावंत था। औरंगजेब ने राजा जसवंतसिंह के मरने पर जोधपुर पर दखल कर लिया था और उनके लड़के को दिल्ली पकड़ मंगाया था, जिसे रानी दुर्गादास की मदद से ले भागी थी। गुप्तवास में बालक अजीतसिंह और रज़िया दोनों साथ-साथ खेलकर दुर्गादास की संरक्षकता में बड़े हुए थे। यौवन की देहरी पर आकर दोनों प्रेमपाश में फंस गए थे। इसे जोधपुर के लिए अनिष्टकारक समझ दुर्गादास ने रज़िया को बादशाह की सेवा में पहुंचा दिया था। रज़िया उन्मुक्त वातावरण में पली हुई तन-मन से स्वस्थ युवती थी। मुगलों की लताफत बचपन से मुसीबतें झेलते-झेलते उसमें से गायब हो चुकी थी और दुर्गादास जैसे महापुरुषार्थी और राजपूत के साथ रहकर वह साहसी और निर्भीक हो गई थी। वह अजीतसिंह को प्यार करती थी। परंतु उसे निराश होना पड़ा था। इसी से वह अकेली खोई-खोई एकांत में रहती थी। उसे देखते ही बादशाह ने कहा, 'तू वहां जंगल में अकेली बांसुरी बजा रही थी, तुझे खौफ़ नहीं लगा?'

'खौफ़? जहांपनाह, ज़रा खेमे से बाहर निकलकर तो देखिए, कैसी सुहावनी रात है। चौथ का दुबला-पतला चांद पहाड़ों से होकर झांक रहा है। आसमान में तारे जगमग कर रहे हैं। वह छोटी-सी नदी ताव-पेच खाती चुपचाप बही चली जा रही है। चलिये चचाजान, देखिए तो।'

'तौबा, तौबा, इस मनहूस मुल्क में शेर गरजते हैं। हवा पहाड़ों से टकराती है।'

'चचाजान, यह बहादुर राजपूतों का मुल्क है। आरामतलब अय्याश मुगलों का शहर नहीं।'

'यह क्या कलमा कहा तूने, मुगल क्या बहादुर नहीं होते?'

'कभी होते थे, जब उनकी औरतें घोड़ों की पीठ पर बच्चे जनती थीं। जब उन्होंने पठानों के सख्त कलेजे चीरकर हिन्दुस्तान में अपना तख्तेसल्तनत कायम किया था। मगर अब नहीं। दिल्ली और आगरा के आजकल के मुगल बहादुर नहीं हैं।'

'कैसे नहीं हैं? मुगल बहादुर नहीं हैं। यह बात कोई दूसरा कहता तो...।'

‘आप उसकी ज़बान कटवा लेते। मगर चचाजान, आप भी तो मुगल हैं, जो पहाड़ों से हवा टकराने से डरते हैं। रात को बाहर निकलने से घबराते हैं। ज़रा-सी खटखटाहट से खौफ़ खाते हैं। मुगलों की बेगमों ने अब ऐसे ही बहादुर पैदा करने शुरू कर दिए हैं।’

‘कौन? मैं डरता हूँ? हुसेन, मेरी तलवार रखी है न?’

‘जी हां खुदाबंद।’

‘तो फिर? मैं शहंशाह हिन्द, तख्ते मुगलिया का वारिस। यह लड़की कहती है कि मैं डरता हूँ!’

‘चचाजान, बादशाह जहांगीर के ज़माने से ही मुगलों के हरमों में ऐश और आराम का दरिया बहा है। उसमें मुगलों की बहादुरी और जवांमर्दी बह गई है। आज फ़ौजों के साथ शराब और ऐशो-आराम के साजो-सामान चलते हैं। हमारे बाबर, हुमायूँ और अकबर ने जिगर का खून सींचकर मुगल सल्तनत की जो नींव पक्की की थी, उसमें आरामतलबी और ऐशपरस्ती का घुन लग गया है। आज मुगल शाहज़ादे सर्द तहखानों में ईरानी कालीनों पर मसनद के सहारे लेटे शीराजी और इस्तम्बोल का चुंबन लेते हुए ऐश की दरिया में डूबते-तिरते अपनी जवानी गंवाते हैं। उन्हें मर्दुमी और बहादुरी तो ख्वाब में भी देखने की फुर्सत नहीं मिलती।

‘फुर्सत नहीं मिलती? क्यों नहीं मिलती? मुझी को देखो, बहादुरी ही से तो मैंने बादशाहत हासिल की है।’

रज़िया खिलखिलाकर हंस पड़ी। उसने कहा, ‘और बहादुरी ही का जौहर दिखाने आप दक्कन जा रहे हैं।’

‘बेशक, कामबख्श को मैंने माफ़ करना चाहा था।’

‘मगर माफ़ न कर सके। अब फ़ौज लेकर उन्हें कत्ल करने जा रहे हैं। अलहम्दुलिल्लाह! चलिये जहांपनाह, देखें, आप किस बहादुरी से छोटे भाई का सिर काटते हैं। यह तमाशा तो मैं भी देखना चाहती हूँ। अफ़सोस कि शाहज़ादे आज़म के कत्ल का नज़ारा मैं न देख सकी।’

‘तुम्हारे अब्बा, शाहज़ादा अकबर...’

‘बड़े बदकिस्मत थे कि आपकी तलवार से सर कटवाने का सबाब न हासिल कर सके। मुगल खानदान की यह बहादुरी भी तवारीख के पन्नों पर कभी न मिटनेवाली स्याही से लिखी जाएगी, जो अपने भाई-बहिनों की गर्दन पर आज़माई जाती है।’

‘रज़िया, तेरी बातों से मेरा गुस्सा भड़कता है। मैं तुझे बेटी की तरह प्यार करता हूँ। अकबर नहीं है मगर मैं तो हूँ...’

‘मैं आपकी एहसानमंद हूँ जहांपनाह। मगर वैसे मुझ गरीब यतीम लड़की पर गुस्सा करने में कोई हर्ज भी नहीं है। हां, अगर अब्बा होते और उनके हाथ-पांव खुले होते तो जहांपनाह का

गुस्सा ही आपके लिए काल बन जाता। वे जब तक रहे, शेर बब्बर की तरह दुश्मनों के छक्के छुड़ाते रहे। अच्छा हुआ वे खुदा की इबादत करने चले गए। दादाजान को कैद करने का गुनाह माफ़ हो जाएगा। खुदा का शुक्र है कि उन्हें इस बदनसीब तख्त के लिए भाइयों के खून से हाथ नहीं रंगने पड़े।'

'खुदा की कसम, ये तो बड़ी ही सरकश बातें हैं। मैंने अकबर को माफ़ कर दिया, उसकी बेटी को पनाह दी और यह तो मेरे ही सामने जहर उगलती है। हुसेन।'

'जी हुजूर।'

'तुम इस पर क्या कहते हो?'

'जहांपनाह आराम फर्माएं। आधी रात बीत चुकी है।'

'मगर यह रज़िया?'

'शाहज़ादी को तो मैं उनके खेमे में पहुंचा आऊंगा खुदाबंद।'

रज़िया गम्भीर हो गई। उसने कहा, 'अच्छा चचाजान, हम और आप भी मक्का शरीफ़ चलें। इस बुढ़ापे में भाई के खून का अब और अज़ाब गर्दन पर न लीजिए।'

'मगर सल्तनत कौन संभालेगा?'

'कुछ दिन बाद आपके फ़ौत हो जाने पर जो संभालता, वही संभालेगा। छोड़िए चचाजान यह झंझट!'

'इस अमल पर गौर करने की ज़रूरत है। हुसेन, तुम क्या कहते हो!'

'खुदाबंद, अब आप आराम फर्माइए। और शाहज़ादी, आप चलिये, मैं आपको खेमे में पहुंचा आऊं। चलिये शाहज़ादी, खुदा के लिए चलिये।'

रज़िया ने एक तुच्छ दृष्टि से बादशाह को देखा और चल दी। बादशाह बेचैनी से टहलने और बड़बड़ाने लगे-'सांप की बेटी है, कैसी फुकारती है। सीधा तीर-सा जवाब देती है। कैसी खौफ़नाक बात याद दिला गई, मेरे फ़ौत होने पर, या अल्लाह! अभी तो तख्त पर कदम ही रखा है। अभी से मौत के पैगाम आने लगे। ज़ईफी! अफ़सोस किस बेमौके ज़ईफी आई है!'

एक ठंडी सांस खींचकर बादशाह पलंग पर धम से बैठ गया।

46

यह बूढ़ा और सनकी बादशाह-शाहेआलम, जिसे हमने शाहे-बेखबर के उपयुक्त खिताब से सम्मानित किया है, इस समय तीन लाख सेना लिये पीपाढ़ के जंगलों में पड़ा हुआ था, जिसमें प्रथम श्रेणी का तोपखाना भी था। इसके अतिरिक्त उसका एक सेनापति महराबखां पचास हज़ार सेना लेकर

अजमेर में बैठा था और दूसरा सेनापति जफर पच्चीस हज़ार सेना लेकर जयपुर-जोधपुर को घेरे पड़ा था। रसद का भी उसके पास काफ़ी प्रबंध था। उधर सिकन्दराबाद में कामबख्श के पास भी पचास हज़ार से कम सेना न थी। फिर मराठे और निजाम इतनी ही सेना लेकर उसकी पीठ पर थे। यह कोई सामान्य सैन्य-बल न था। औरंगज़ेब यद्यपि मर गया था, पर उसका आतंक अभी तक भी कायम था। यदि मुगल-खानदान में उस समय भी कोई एक औरंगज़ेब जैसा कर्मठ व्यक्ति होता तो अब भी डगमग मुगल-तख्त को नये सिरे से मज़बूत कर सकता था। परंतु इधर ये बदनसीब बादशाह और शहज़ादे जहां एक-दूसरे के सिर काटने की ताक में थे, वहां उनमें राजनीतिक भावना राई-रत्ती भी शेष नहीं रह गई थी। वे नहीं जानते थे कि यूरोप की आई हुई जाति, जिसकी सैन्य-शक्तियां इस समय भी नगण्य थीं, कलकत्ता, बम्बई और मद्रास में अपनी राजधानियां बनाकर मुगल-साम्राज्य के भीतर ही दूसरा नया साम्राज्य बना रही हैं। राजपूत, सिख और मराठे भीतर-ही-भीतर पनप रहे हैं।

बेचारा शाहे-बेखबर पांच बरस तख्त पर बैठकर मर गया। इसके बाद आया जहांदार, अपने भाइयों को मरवाकर, और वह भी एक साल ही में मरवा डाला गया। फिर उसका भतीजा फर्रुखसियर छह बरस तक सिखों से कटता और अंग्रेज़ों को बढ़ावा देता रहा। उसने ईस्ट इंडिया कम्पनी को बंगाल में बिना महसूल व्यापार करने का इज़ारा देकर अपने ही पैरों में कुल्हाड़ी मार ली। अंत में वह स्वयं भी अपने दरबारियों के हाथों मारा गया। अब आया उसका उत्तराधिकारी मुहम्मदशाह रंगीला, एक अठारह बरस का युवक, जो तीस बरस तक जमकर तख्त पर बैठा। इसी के राज्यकाल में नादिरशाह और अब्दाली के भयानक आक्रमण हुए और मुगल साम्राज्य टुकड़े-टुकड़े होकर बिखर गया। बंगाल में अलीवर्दीखां ने, अवध में सआदतखां ने, दक्षिण में निजामुलमुल्क ने अपने स्वतंत्र राज्य स्थापित कर लिये। फिर तो कीड़े-मकोड़े मुगल तख्त पर आए-गए जिनमें दो खास थे; एक शाहेआलम, जिसने बंगाल, बिहार और उड़ीसा की दीवानी अंग्रेज़ों को देकर अपने हाथ कटाए, फिर अंधे और अपाहिज की भाँति मरा। फिर बहादुरशाह जफ़र, जिसकी तकदीर में दीवानेखास में अभियुक्त की भाँति खड़े होने के लेख लिखे थे।

47

जिस समय शाहे-बेखबर पीपाढ़ की घाटियों में हवा के पहाड़ों से टकराने से डर रहे थे, उसी समय गंगा के किनारे राजमहल से समुद्र तक जो तीन सौ मील भूमि है, उसमें शहर से अनगिनत नहरें बड़े खर्च और परिश्रम से काटी गई थीं कि व्यापार के लिए माल ले जाने में सुविधा रहे। इन नहरों के दोनों ओर छोटे-छोटे नगर और गांव बसे हुए थे, जिनमें हिन्दुओं की घनी बस्ती थी। ये लोग चावल, गन्ना, सरसों, तिल और दूसरे अनाजों की खेती करते और खुशहाल रहते थे। इन गांवों में शहतूत के पेड़ बहुतायत से होते थे, जिनके पत्तों पर रेशम के कीड़े पाले जाते थे। इन गंगा की नहरों के बीच में भूमि के जो छोटे-छोटे टुकड़े थे, वे बहुत ही सरसब्ज़ थे, और मेवे तथा केले और अनन्नास के वृक्षों से भरे रहते थे। उनकी छाया में हज़ारों नावें बहती रहती थीं और ऐसा प्रतीत होता था कि वृक्षों की महराबों के नीचे लम्बी-लम्बी घास की रविशें हैं।

इन्हीं टापुओं और नहरों में से गुज़रती हुई एक सात डांडोंवाली बड़ी नाव धीरे-धीरे पीवली से हुगली की ओर जा रही थी। नाव में एक भद्रपुरुष और उनकी युवती पत्नी सवार थी। दो-तीन सेवक और दो तिलंगे सिपाही भी नाव में थे। एक दासी थी। भद्रपुरुष प्रौढ़ आयु के थे। वे वर्द्धमान के ज़मींदार हरिकृष्ण वंद्योपाध्याय थे। हरिकृष्ण बड़े भारी ज़मींदार थे। लोग उन्हें राजा ही कहते थे। बंगाल के नवाब उन्हें बहुत मानते थे। वे निष्ठावान ब्राह्मण थे। आस-पास उनके नाम की धूम थी।

वर्षा ऋतु थी, भादों का महीना। क्षुद्र पीवली नदी इस समय अपनी सीमाओं को पार कर रही थी। संध्या हो चुकी थी। घटाएं छा रही थीं। आशा थी कि पानी बरसेगा।

भद्रपुरुष ने कहा, 'मालूम होता है पानी बरसेगा। अच्छा हो कि नाव घाट पर लगा दो। वह सामने कौन गांव है। बिहारी?'

'अपना हरिपुर है सरकार।'

'तो अच्छा है। यहीं घाट पर नाव लगा दो। पर ध्यान रखना, नाव नदी-किनारे से ज़रा दूर रहे। सुना है घाट पर आदमखोर बाघ आता है, रात को नाव पर से आदमी को उठा ले जाता है।'

'आप निश्चिंत रहें सरकार! मेरे पास विलायती बंदूक है। आवे बाघ, देख लूंगा।'

'फिर भी सावधान तो रहना चाहिए, इधर फिरंगी डाकू भी बहुत आते हैं।'

'देखा नहीं सरकार, राह के सारे गांव उन दुष्टों की करतूत से उजाड़ पड़े हैं। न बादशाह देखता है, न नवाब। इन फिरंगियों ने तो अंधेर मचा रखा है। पर आप उनकी भी चिंता न करें। हमारे तिलंगों पर भी बंदूक है और सब मल्लाह तीर-कमान और भाले-बी से लैस हैं। हमारे पास गोला-बारूद भी काफ़ी है।'

हरिकृष्ण बाबू ने अघारकर सांस ली। नौकर मुश्की तमाखू चढ़ाकर सटक रख गया। हरिकृष्ण मसनद के सहारे उठंगकर तमाखू पीने लगे।

इसी समय उनकी पत्नी कल्याणी आकर उनके पैरों के पास बैठ गई। कल्याणी हरिकृष्ण की तृतीय पत्नी है। उम्र अभी बाईस तक पहुंची है। संतान की अभिलाषा अभी उसके मन में ही पनप रही है। दीनो-दुनिया से बेखबर है। न उसे यह पता है कि जब वह चलती है, तब उसकी ठोकर से छलककर कितना यौवन राह में बिखर जाता है। न वह यह जानती है कि उसकी कारी कज़रारी आंखें कहां किसे घायल कर देती हैं। वह जानती है अपने प्रौढ़ पति हरिकृष्ण को, उनके खूब गोरे वक्ष को और चश्मा-चढ़ी आंखों को। यह सब देखकर वह हंसती है। क्यों हंसती है, यह वह नहीं जानती। हरिकृष्ण पूछते हैं, तो घपले में पड़ जाती है।

कल्याणी ने पति को पान के दो बीड़े देकर बैठते हुए कहा, 'हुगली कब पहुंचेंगे?'

'बस, कल शाम तक। एक पहर रात रहते ही चल देंगे। 'यहां तो बड़ा अँधेरा है, डर लग रहा है।'

'डर की क्या बात है?'

'हरिदासी कह रही थी कि यहां फिरंगी डाकू बहुत आते हैं।'

'पगली है वह। हमारे पास सिपाही हैं, बिहारी है, मल्लाहों के पास भी हथियार हैं। फिर सामने ही तो अपना हरिपुर है।'

'मैंने कहा था मत चलो, ऋतु अच्छी नहीं है।'

हरिकृष्ण अभी जवाब भी न दे पाए थे कि बिहारी ने आकर कहा, 'ऐसा मालूम होता है तूफ़ान आएगा। हवा तेज़ हो रही है।'

'तो नाव को अच्छी तरह बांध दो, लंगर भी डाल दो।'

इसी समय उन्होंने सुना, मल्लाह लोग चिल्ला-चिल्लाकर शोर मचाने और पाल उतारने लगे। देखते-ही-देखते नाव हिचकोले खाने लगी, पानी की भारी तरंगों ने उसे उछालना आरम्भ कर दिया।

हरिकृष्ण ने बाहर आकर देखा। आकाश में बादल छाए थे। मांझी जी-जान से नाव की हिफ़ाज़त में व्यस्त थे। उन्होंने एक बूढ़े मल्लाह से कहा, 'कोई जोखिम का अन्देशा तो नहीं है फज़लू।'

'नहीं सरकार, आप चिंता न करें। मुल तूफ़ान बहुत ज़ोर का आ रहा है।'

बिहारी ने आकर कहा, 'हुजूर, मांजी बहुत डर रही हैं। आप भीतर आइए।'

'वह कमबख्त हरिदासी बड़ी खराब है, मुफ़्त ही में उन्हें डरा देती है।' उन्होंने भीतर जाने को मुंह फेरा था कि दूर क्षितिज पर जाकर उनकी दृष्टि रुक गई। उन्होंने कहा, 'देखना बिहारी, वह क्या है। न बिहारी ने आंख पर हाथ धरकर देखा, गहन अंधकार में कुछ और गहनतम काले-काले धब्बे दूर क्षितिज पर दीख रहे थे।

बिहारी नामी-गिरामी लठैत था। पर देखकर उसका कलेजा भी कांप गया। उसने कुछ संदिग्ध स्वर में कहा, 'कुछ है तो ज़रूर सरकार। हमें होशियार रहना चाहिए।'

'मुझे तो फिरंगी डाकुओं का जहाज़ मालूम देता है।'

'हो सकता है। पर नाव यहां से हटाई नहीं जा सकती। आप मांजी को लेकर गांव में चले जाएं।'

पर इतने ही में बूंदें पड़ने लगी और कुछ ही क्षणों में आंधी, पानी और तूफ़ान का गर्जन-तर्जन होने लगा। निरुपाय हरिकृष्ण भीतर चले गए। चलती बार वे बिहारी से कह गए, 'अब गांव में जाना सम्भव नहीं है। तुम लोग हथियार से लैस रहो। सम्भव है वह कोई व्यापारी नावें ही हों। तूफ़ान के भय से यहां घाट पर आश्रय लेने के लिए इधर आ रही हों।'

बिहारी ने जवाब नहीं दिया। वह सिपाहियों और मल्लाहों को आवश्यक आज्ञा देने में व्यस्त हो गया। हरिकृष्ण भी भीतर जाकर अपनी पिस्तौल में गोलियां भरने लगे। हरिदासी रोने लगी। कल्याणी ने भयभीत होकर कहा, 'अब क्या होगा?'

'कुछ भी नहीं होगा। तुम भीतर जाकर सो जाओ। जगने से तबीयत खराब हो जाएगी।'

'नहीं, मैं यहीं बैठी हूँ।'

इसी समय ज़ोर का धड़ाका हुआ। एक गोला आकर नाव पर गिरा। नाव के तख्ते उछलकर हवा में बिखर गए। नाव में तेज़ी से पानी भरने लगा।

बिहारी ने घबराए हुए आकर कहा, 'मालिक, नाव डूब रही है, मांजी को लेकर नीचे उतरिए, जल्दी कीजिए।'

हरिकृष्ण बौखला उठे। उन्होंने कहा, 'पहले औरतों को उतारो बिहारी, घबराओ मत। वे कल्याणी का हाथ पकड़े बाहर आए। छोटी डोंगी तैयार थी। हरिकृष्ण, कल्याणी और हरिदासी तीनों बैठकर किनारे की ओर चले, परंतु छोटी-सी डोंगी उस तूफ़ान का मुकाबला नहीं कर सकी। डोंगी उलट गई। मल्लाह और बिहारी नाव से कूदकर तैरते हुए उनकी रक्षा के लिए आगे बढ़े। हरिकृष्ण और हरिदासी को उन्होंने निकाला, पर कल्याणी का पता न लगा। किनारे पर आकर हरिकृष्ण ने कहा, 'मालकिन कहां है?'

बिहारी का चेहरा फक हो गया। उसने कहा, 'सरकार, मालूम होता है मालकिन डूब गईं।'

हरिकष्ण ने आर्तनाद करके कहा, 'जाओ, जाओ, जैसे बने उन्हें बचाओ। जीती-मरी जैसे मिले, लाओ,' नाव का सब माया-मोह छोड़कर सब मल्लाह और बिहारी पानी में कूद गए। इसी समय डाकुओं ने आकर हरिकृष्ण को घेर लिया। वे तमंचा चला ही न सके। उन्होंने उन्हें रस्सी से कसकर बांध लिया। दोनों सिपाही मारे गए। हरिकृष्ण बेहोश हो गए।

48

होश में आने पर हरिकृष्ण ने देखा कि वे एक बहुत बड़ी कोशा में हैं। उनके हाथ-पैर रस्सी से बंधे हैं। उनके चारों ओर और पंद्रह-बीस स्त्री-पुरुष इसी तरह बंधे पड़े हैं। उन्हीं स्त्रियों में हरिदासी भी है। हरिदासी रो रही है। हरिकृष्ण की आंखों में अंधेरा छा गया। कोशा बीच गंगा में खड़ी थी। उसके चारों ओर बहुत-सी छिप और छोटी नावें भी थीं। सब में फिरंगी डाकू भरे थे। वे शराब पीकर लूट के माल के बंटवारे पर लड़-झगड़ रहे थे। एक ओर कुछ आदमी मुर्गियों के गले पर छुरी फेर रहे थे। मुर्गियां पर फड़फड़ाकर अंतिम चीत्कार कर रही थीं। पर वे उसकी परवाह न कर उनके पर नोच-नोचकर एक ओर ढेर करते जा रहे थे। दूसरी ओर मछलियों के पेट चीर-चीरकर उन्हें साफ़ किया जा रहा था। एक ओर दो-तीन सूअर जिबह किए जा रहे थे। वे भयानक रूप में मृत्यु का आर्तनाद कर रहे थे, जिससे कोशा का वायुमंडल थर्रा रहा था। एक

सूअर को चार-चार फिरंगी दबोचे बैठे उस पर छुरा फेर रहे थे। वह छटपटा रहा था। दुर्गंध और गंदगी का पार न था। सूर्य निकलने में अभी देर थी। पर उषा की लाली पूर्व में फैल रही थी। आदमी गंदे, घिनौने और कुत्सित वेश में लापरवाही से इधर-उधर जा-आ रहे थे। बहुत-सी बंदूकें ढेर पड़ी थीं। बीच में लूटे हुए माल का अम्बार लगा था। तूफ़ान अब थम चुका था।

जब हरिकृष्ण का चित्त ठिकाने हुआ तो उन्होंने ईश्वर को धन्यवाद दिया कि अच्छा हुआ कल्याणी यहां नहीं है। वह डूब गई या मर गई, अच्छा ही हुआ। नहीं तो मैं अपनी आंखों से कैसे यहां उसे देखता। उन्होंने एक ठंडी सांस ली और सिर नीचा कर लिया। पहर दिन चढ़ गया। कैदियों को खाने के लिए रोटी के टुकड़े दिए गए, पर हरिकृष्ण ने उन्हें छुआ भी नहीं। इसी समय कुछ लोग कोशा पर चढ़ आए। हरिकृष्ण ने आश्चर्य से देखा कि उनमें भुवन भी है। भुवन उनका पुत्र है। वह उनकी प्रथम पत्नी से उत्पन्न हुआ था। भुवन की उम्र बाईस की है। कल्याणी की भी यही उम्र थी। ये माता और पुत्र समवयस्क थे। इस बात को लेकर भुवन 'कल्याणी मां' को बहुत चिढ़ाया करता था। दोनों बहुत हंसते थे। कल्याणी भुवन को बहुत प्यार करती थी। भुवन भी इस गुड़िया-सी मां से खेला करता था। हरिकृष्ण ने देखा, भुवन और उसके साथी कैदी नहीं हैं, वे स्वतंत्र हैं। उनका मन हर्ष से उछलने लगा। बड़ी कठिनाई से उन्होंने अपनी चीख रोकी।

भुवन ने अभी उन्हें नहीं देखा था। पर ज्यों ही उसने कैदियों के बीच में पिता को रस्सियों से बंधा देखा, वह जड़ रह गया। वह आवेश में आकर आगे बढ़ा, वह कुछ कहना ही चाहता था कि हरिकृष्ण ने मुंह पर उंगली रखकर संकेत से उसे रोक दिया। भुवन ने साथियों को पिता को दिखा दिया। सब मिलकर सलाह करने लगे।

वास्तव में वे जहाज़ पर दासों को खरीदने के लिए आए थे, पर यह तो किसी ने सोचा भी न था कि पुत्र पिता को खरीदेगा।

कोशा का स्वामी प्रसिद्ध पोर्चुगीज़ डाकू डाकुनहा था। इस फिरंगी लुटेरे के नाम का बंगाल में बड़ा आतंक था। इसने बंगाल को लूट-लूटकर तबाह कर दिया था। यह नदी-किनारे के गांव को लूटता। वहां के स्त्री-पुरुषों को कैद करके दूसरे स्थानों में गुलाम की भाँति बेच देता और गांव में आग लगाकर आगे बढ़ता। वह सांड़ की भाँति बलवान, किंतु साठ बरस का बूढ़ा, भयानक आदमी था। परंतु बातचीत में वह बहुत शान्त-शिष्ट था। वह भेड़िए के समान निर्दयी और लोमड़ी के समान चालाक था। उसके साथ दो सौ हथियारबंद डाकू थे। सब पक्के लुटेरे, खूनी और हत्यारे। दया, माया, इन्सानियत उनसे कोसों दूर थी। रुपया इनका माई-बाप था। शराब और औरत उनका प्रिय विनोद है। डाके और खून उनका धंधा था।

डाकुनहा तेज़ी से आया। वह चमड़े का तंग कोट पहने था। उसके हाथों में चमड़े ही के दस्ताने थे। उसके साथ ही पादरी था। सब कैदियों को एक पंक्ति में रस्सियों से बंधे-ही-बंधे खड़ा किया गया। उनके दोनों ओर हथियारबंद डाकू पंक्ति बांधकर खड़े हो गए। डाकुनहा ने कहा, 'जो कैदी ईसाई होना चाहते हैं, उन्हें छोड़ दिया जाएगा। बाकी सब गुलामों को ऊंची बोली बोलने वाले के हाथ बेचा जाएगा।'

कैदियों में सिसकारियां उठने लगीं। पर कोई बोला नहीं। पादरी ने कहा, "पवित्र पिता की शरण में आ जाओ और अपने को शैतान के गज़ब से बचाओ,' उसने एक-एक कैदी से आग्रह किया। कोई चुप रहे, कोई रोने लगे। कुछ ने स्वीकार किया। जिन्होंने स्वीकार किया उन्हें मुक्त करके एक ओर ले जाया गया। जिन्होंने इनकार किया उन्हें चाबुकों की सज़ा देने के लिए खम्भे से बांध दिया गया। शेष की बोलियां बोली जाने लगीं।

भुवन ने कहा, 'मैं उस बूढ़े को खरीदना चाहता हूँ।'

'वह तो कोई अमीर आदमी मालूम पड़ता है। उसके दाम ज़्यादा देने पड़ेंगे,' डाकुनहा ने हंसते हुए गर्मी से कहा।

'आखिर कितने?' भुवन ने बेसब्री से कहा।

'दो हज़ार, मगर ये बहुत ही कम हैं।'

'परंतु हम और भी तो दासों को खरीदेंगे।'

'तभी तो सस्ता दे रहा हूँ।'

'खैर, यही सही। परंतु उस बूढ़ी दासी के कितने दाम हैं?'

'तुम शरीफ़ गाहक हो। उसे मैं पांच सौ ही में दे दूँगा।'

'दोनों की रस्सियां खोल दो। ये तोड़े संभाल लो।

हरिकृष्ण और हरिदासी उस नरक से मुक्त होकर डोंगी में बैठकर जब किनारे पर आए तो हरिकृष्ण ने देखा, यह तो उनका अपने ही गांव का घाट था।

उन्होंने सिर से बाल नोचते हुए कहा, 'मेरा भाग्य तो देखो, अपने ही घर में मैं गुलाम की तरह से बेचा गया। बेटे ने बाप को खरीदा।

'बाबूजी, धीरज न खोइए, लेकिन मां कहां हैं?'

'वह अब कहां, गंगा उसे निगल गई। अच्छा ही हुआ, नहीं तो क्या इस वक्त मैं कहीं मुंह दिखाने योग्य रहता।'

धीरे-धीरे उन्होंने सब घटना कह सुनाई। सुनकर भुवन का मुंह भारी हो गया।

'मैं भी चलता हूँ बेटा।'

'नहीं बाबूजी, आप घर जाइए। आपके साथ रहने से हमारे काम में देर होगी।'

'परंतु ये डाकू क्या हमारे गांव को न लूटेंगे?'

'नहीं, उनसे समझौता हो गया है। उन्हें हर्जाना भर दिया गया।'

‘तो मैं चलता हूँ।’

‘नहीं आप घर जाएं।’

तरुण भुवन पिता को समझा-बुझाकर, घर भेज स्वयं एक तेज़ चालवाली डोंगी में अपने विश्वासी सेवक गोपाल को संग ले चल दिया।

49

सन् 1750 ई. के अक्तूबर में चौबीस बरस का एक तरुण कलकत्ता आया।

दस महीने रात-दिन उसने जहाज़ में यात्रा की थी। वह एक दुबला-पतला बीमार-सा युवक था। उन दिनों कलकत्ता का फोर्ट विलियम नाममात्र का ही फोर्ट था। वास्तव में वह एक साधारण इकमंजिली इमारत थी, जिसके चारों ओर खुला हुआ मैदान था, जिसमें अनेक प्रकार के वृक्ष लगे हुए थे, जिनसे कोठी ढंक-सी गई थी। कोठी की गच कच्ची थी, और छतों से पानी टपकता था। इसी कोठी में उन दिनों ईस्ट इंडिया कम्पनी का दफ़्तर था। दफ़्तर का व्यापार-सम्बन्धी सब काम-काज, हिसाब-किताब यहां होता था। खरीद-फरोख्त यहां नहीं होती थी। यहां केवल खरीद-फरोख्त का बही-खाता ही रहता था।

माल की खरीद हुगली और कासिम बाज़ार की कोठियों में होती थी और भारत से जानेवाले माल का लदान बालासोर के बंदरगाह से होता था। वहीं विलायत के माल से भरे जहाज़ उतरते भी थे। माल सीधा हुगली या कासिम बाज़ार की कोठियों में पहुंचाया जाता था, परंतु लेखा-जोखा कलकत्ता की इस कोठी में होता था, जिसे फोर्ट विलियम कहते थे।

उन दिनों बंगाल में अंग्रेज़ों का व्यापार धड़ल्ले से चल रहा था। खांड यहां बहुत अच्छी किस्म की उत्पन्न होती थी। उसकी यूरोप-भर में मांग थी। इसके बाद रूई और रेशम का उत्पादन वहां इतनी अधिकता से होता था कि इन दोनों चीज़ों का बंगाल-केवल भारत ही का नहीं सारे यूरोप का-गोदाम कहा जाता था। रूई के महीन, मोटे, सफ़ेद, रंगीन, छपे हुए वस्त्रों का ढेर बाजारों में लगा रहता था और उनके खरीदारों के ठठ बाज़ार में लगे रहते थे; जिनमें बहुतायत ईस्ट इंडिया कम्पनी के देशी और अंग्रेज़ एजेंटों की होती थी। कम्पनी इन कपड़ों का बहुत भारी निर्यात जापान और यूरोप को करती थी। सूती कपड़ा बहुतायत से लाहौर और काबुल होता हुआ रूस तक जाता था। रेशम और रेशमी कपड़े का भी यही हाल होता था। यद्यपि बंगाल का रेशम उतना अच्छा नहीं होता था जितना ईरान, शाम, सैदा और बेरुत का। परंतु यहां रेशम सस्ता बेहद था। उनमें से यदि अच्छा रेशम छांट लिया जाए और उसे अच्छी तरह साफ़ किया जाए तो उससे बहुत नफ़ीस कपड़ा बनता था। इन दिनों सात-आठ सौ आदमी ईस्ट इंडिया कम्पनी के कासिम बाजार के कारखाने में काम कर रहे थे। डचों के कारखानों में भी इतने ही आदमी थे। बंगाल में शोरे की बहुत बड़ी मंडी थी। शोरा भारी मात्रा में पाटन के रास्ते यूरोप और अन्य देशों को जाता था। इसके अतिरिक्त गोंद, अफीम, मोम, कस्तूरी, पीपल और अनेक

औषधियों की भी यहां अच्छी मंडी थी। घी को यूरोपियन तुच्छ नज़र से देखते थे, परंतु घी भी बहुत मात्रा में विदेश जाता था।

बंगाल के मुरब्बे भी बहुत प्रसिद्ध थे। यूरोप के लोग इन मुरब्बों को बड़े चाव से खाते थे। पुर्तगाल के लोग मुरब्बा बनाने में एक ही थे, वे बहुत बढ़िया मुरब्बे बनाते थे। पोर्चुगीज़ों का मुरब्बे का व्यापार हुगली, ढाका, मुर्शिदाबाद में खूब होता था। वे लोग चकोतरों का मुरब्बा, जिन्हें अंग्रेज़ बहुत पसंद करते थे, निहायत बढ़िया बनाते थे। फिर आम, अनन्नास, सेब, आंवला जो भारत के प्रसिद्ध फल थे, उनके मुरब्बे तथा नींबू और अदरक का मुरब्बा ऐसा बनाते थे कि उन दिनों उनके बिना किसी शानदार यूरोपियन की टेबल अधूरी ही रह जाती थी।

गेहूँ यद्यपि बंगाल में नहीं होता था और बंगाली चावल ही खाते थे परंतु गेहूँ यहां बहुत सस्ता बिकता था। उससे डच, अंग्रेज़ और पोर्चुगीज़ बिस्कुट और पाव रोटियां बनाते थे, उनकी भी काफ़ी खपत थी। इन सब पदार्थों के उत्पादन का प्रधान केन्द्र हुगली था। यहां बहुत से अंग्रेज़, दोगले पोर्चुगीज़ तथा अन्य ईसाई जिन्हें डचों के उपनिवेश से निकाल दिया था, आ बसे थे और ये ही धंधे करते थे। इस समय केवल हुगली में आठ-नौ हज़ार यूरोपियन रहते थे तथा समूचे बंगाल में उनकी संख्या पच्चीस हज़ार थी। इनमें वेजेसोइट और अगस्टियस पादरी भी थे जो ईसाई धर्म का प्रचार करते और ईसाइयों की संख्या बढ़ाते जा रहे थे। इन्हीं सब बातों को सुन-सुनकर और ललचाकर भाग्योदय के सपने देखता हुआ वह तरुण अंग्रेज़ इतनी लम्बी यात्रा करके कलकत्ता में आया था।

इन दिनों भारत और यूरोप में फ्रैंच संघर्ष चल रहा था। भारत-स्थित फ्रैंच गवर्नर डुप्ले ने भारतीय साम्राज्य के सपने देखने आरम्भ कर दिए थे। चेष्टा भी की थी, इसी से अंग्रेज़ों को विवश हो लाभ का धंधा छोड़कर उनके विरुद्ध शस्त्र ग्रहण करना पड़ा था। इसलिए फोर्ट विलियम की इस कोठी को संगीन बनाया जा रहा था। हज़ारों मज़दूर इसकी सफीलें बना रहे थे तथा बुर्जियों को पुख्ता करने में लगे हुए थे।

तरुण घूम-फिरकर यह सब देखता हुआ कोठी के भीतर घुस गया। वहां एक क्लर्क से उसने सेक्रेटरी का कमरा पूछा और उसके सामने जा खड़ा हुआ।

सेक्रेटरी एक बूढ़ा और चिड़चिड़े मिज़ाज का अंग्रेज़ था। वह रिश्वती और लालची भी था। पहले वह फ़ौज में कोई अफ़सर था, वहां से इसी दोष में निकाल दिया गया था। परंतु उसका यह धंधा तो यहां भी जारी था। उससे लोगों की नस दबती थी। इससे लोग रिश्वतें दे-देकर ही काम निकालते थे। उन दिनों रिश्वत और घूसखोरी आम बात थी। इसी से वह हर किसी गरजू से रूखाई से बातें करता था। मुट्ठी गर्म होने पर नर्म हो जाता था। सेक्रेटरी ने उसे घूरते हुए कहा, 'कौन हो और क्या चाहते हो?'

तरुण ने जवाब न देकर एक खत उसे पकड़ा दिया। खत मद्रास के गवर्नर का था जिसमें उसे कोई क्लर्की की नौकरी देने की सिफ़ारिश की गई थी। सेक्रेटरी के पास ऐसे खत आते ही रहते थे। उसने तरुण से कहा, 'तुम्हारे पास यह खत ही है या और भी कुछ है?'

'यह दोस्ती का हाथ है, उसने हाथ बढ़ा दिया।

'मज़ेदार आदमी मालूम पड़ते हो उस स्टूल पर बैठ जाओ। काम से फारिग होकर मैं तुम्हारे मामले पर गौर करूँगा।' यह कहकर वह फिर अपने काम में लग गया।

युवक बैठा नहीं। कोठी में घूम-फिरकर तस्वीरों, मकान की धरनों और वहां के फर्नीचर तथा वहां रखी अन्य चीज़ों को देखने लगा।

सेक्रेटरी ने नज़र उठाकर उसकी ओर देखा और कहा, 'तुमने सुना नहीं? मैंने कहा-वहां बैठ जाओ।'

'सुन भी लिया, समझ भी लिया। पर मैं बिना काम के खाली नहीं बैठ सकता।'

'मज़ेदार हो, नाम क्या है तुम्हारा?'

'वह सब तो इस खत में लिखा है।'

'लेकिन तुम भी तो बता सकते हो।'

'मैं समझता हूँ, अब मैं यहीं रहकर तुम्हारे पास काम करूँगा तो तुम सब जान लोगे।'

'मज़ेदार हो। मज़ेदार हो। मगर तुमने कहीं कुछ काम भी किया है?'

'यह तो तुम देख ही लोगे, जब मैं काम करूँगा। 'मज़ेदार हो, लेकिन यहां तुम्हें आज्ञा-पालन और अनुशासन सीखना पड़ेगा।'

'वाहियात बात है। हम-तुम एक दोस्त की तरह मिल-जुलकर काम करेंगे।'

सेक्रेटरी हंस पड़ा। हंसते-हंसते कहा, 'भई खुदा की कसम, मज़ेदार आदमी हो। चलो, मैं तुम्हें अपने ही आफ़िस में क्लर्क की जगह देता हूँ। क्या कल से काम पर आओगे?'

'मैं तो अभी तैयार हूँ।'

'मज़ेदार हो। मगर कल ही आओ। तुमने रहने का ठौर ठीक जमा लिया है?'

'अभी नहीं, क्या तुम कुछ मदद नहीं कर सकते?'

'ज़रूर करूँगा, शाम को मेरे घर आना। यार मज़ेदार आदमी हो। तबीयत तुम्हारी बातों से खुश हो गई।'

'शुक्रिया,' तरुण ने सेक्रेटरी से हाथ मिलाया और चल दिया।

50

फोर्ट विलियम से निकलकर युवक कलकत्ता के बाजारों में चक्कर काटने लगा।

उन दिनों कलकत्ता का एक ही बाज़ार था, जिसके बीच में एक चौड़ी सड़क थी, जिस पर जगह-जगह गड्ढे हो रहे थे और उनमें पानी भरा था। सड़क के दोनों तरफ़ इकमंज़िली कच्ची दुकानें थीं, जिनमें अधिकांश की छतें खपरैल या फूस के छप्पर की थीं। दुकानों में नानबाई, मछुए, कसाई, मोदी-पंसारी अपनी-अपनी जिंसें लिये बैठे थे। हर दुकान पर हरे नारियलों के ढेर पड़े थे। यूरोपियन बड़े शौक से उनका पानी पीते थे। यह बाज़ार उस स्थान पर था जिसे आज धर्म-तल्ला कहते हैं। वह बहुत देर तक घूमता-फिरता रहा। फिर वह धीरे-धीरे सेक्रेटरी के निवास स्थान की ओर चला। सेक्रेटरी ने स्वागत करके बिठाया और अब दोनों आदमी बेतकल्लुफी से बातें करने लगे।

सेक्रेटरी ने कहा, 'कलकत्ता में तो नये ही आए हो?'

'कलकत्ता ही में क्यों, हिन्दुस्तान ही में नया हूँ।'

'तो कलकत्ता अभी नहीं देखा?'

'एक चक्कर बाज़ार में लगा आया हूँ, जिंस बहुत सस्ती हैं।'

'मज़ेदार हो, क्या कुछ सौदेबाज़ी भी कर आए?'

'नहीं, सिर्फ घूम आया हूँ। एक रुपए में बीस मुर्गियां बिक रही थीं।'

'बत्तखों और मुर्गाबियों का भी यही भाव है।'

'मछलियों का तो कोई भाव नहीं है। टोकरे बिक रहे थे।'

'मछलियां यहां पैदा भी तो बहुत होती हैं। समुद्र और हुगली तो है ही, लोग घर-घर एक पोखर रखते हैं, जहां मछलियां पाली जाती हैं।'

'अच्छा मोटा सूअर आठ आने का बिक रहा था।'

'इसी से तो ये कमबख्त पोर्चुगीज़ सूअर ही का मांस खाते हैं। वे ही क्या, अंग्रेज़ और डच भी सूअर के मांस को नमक लगाकर अपने जहाज़ों में रख लेते हैं।'

'बेशक बंगाल में भोजन की सामग्री बहुत सस्ती है।'

'क्या कहते हो! भोजन ही क्यों, यहां औरतें सुंदर भी हैं और सस्ती भी।'

बुड्ढे खुर्राट की रसिकता पर युवक झेंप गया। उसने जवाब नहीं दिया। केवल मुस्कुराकर कहा, 'सस्ती कैसे?'

'वे बहुत कम खाती हैं। वह भी सिर्फ़ तरकारी, चावल और घी या मछली। इन पर दाम बहुत-बहुत कम लगता है।'

तरुण हंसने लगा।

बूढ़े ने कहा, 'यहां की उपजाऊ भूमि और औरतों की सुंदरता देखकर सब यूरोपियन यही कहा करते हैं। बंगाल में आने की तो सैकड़ों राहें हैं, पर जाने की एक भी नहीं।'

'यहां की आबोहवा कैसी है?'

'साल में आठ महीने ऐसी गर्मी पड़ती है कि धरती जल जाती है। जुलाई में जब गर्मी की हद हो जाती है तब वर्षा आरम्भ हो जाती है और लगातार तीन माह तक चलती रहती है। इससे गर्मी कम पड़ जाती है और धरती खेती के लायक हो जाती है। लेकिन हिन्दुस्तान का मौसम है बड़ा अजीब।'

'वह कैसे?'

'अक्तूबर में जब वर्षा खत्म हो जाती है, तब दक्षिण समुद्र दक्षिण की ओर बहने लगता है और उत्तर से ठंडी हवा बहती है जो चार-पांच महीने तक एक ही ओर बहती रहती है। इसके बाद दो महीने वह अनिश्चित चलती है। इसके बाद समुद्र उत्तर की ओर बहने लगता है और दक्षिणी हवा चलने लगती है। चार-पांच महीने यही हाल रहता है और फिर दो महीने हवा निश्चित चलती है। इन दो महीने समुद्र-यात्रा में बहुत तकलीफ़ होती है। और जब दक्षिण हवा चलती हो तब यात्रा सुहावनी और सुगम हो जाती है। इसीलिए भारतवासी बड़ी-बड़ी समुद्र-यात्रा कर लेते हैं।'

'क्या भारतवासी भी अच्छे नाविक हैं?'

'मज़ेदार हो। अजी, वे बंगाल से तनासरम, कोचीन, मलाया, स्याम, मेडागास्कर की ओर अथवा मछलीपट्टम, सरनद्वीप, मालद्वीप, मुखा, बंदर अत्वास तक अपने जहाज़ ले जाते हैं।'

'पर कभी तो उन्हें विपरीत वायु के कारण विपत्ति उठानी पड़ती होगी?'

'उन्हें ही क्यों, यूरोपियन भी कठिनाई में फंस जाते हैं, खासकर दक्षिणी हवा चलने के बाद दो महीने तक जहाज़ों का चलना बहुत कठिन पड़ जाता है। इससे बढ़कर भयंकर कोई ऋतु नहीं होती। इस समय समुद्र के शान्त होने पर भी किनारों पर पचास-साठ मील तक आँधी चलती रहती है। इसी से वर्षा ऋतु समाप्त होते ही हम सूरत, मछलीपट्टम के बंदरों पर लंगर डालते हैं। क्योंकि जहाज़ों भूमि से टकरा जाने का भय रहता है। मगर एक नसीहत मैं तुम्हें दूंगा।'

'ज़रूर दीजिए।'

'हमेशा इस बात का ध्यान रखना कि दस-बारह नौकर छांटकर अपने पास रखना। इस मुल्क में देशी नौकर बहुत सस्ते मिल जाते हैं, पर खुदा की मार उन पर, काम में बहुत सुस्त होते हैं, और बेईमान परले सिरे के। तुम खयाल रखना कि वे 'पंच' बनाकर न पीने पाएं और तुम भी दोस्त, देसी औरतों और शराब तथा तमाखू बेचनेवालों से दूर रहना। लेकिन अंगूरी शराब या कच्ची शीराजी पीने में हर्ज नहीं है। यहां की जलवायु में उससे फ़ायदा ही होता है।'

'आपने बहुत काम की बातें बताईं महाशय। धन्यवाद। अब आप मेरे डेरे की कुछ व्यवस्था कर दें तो बड़ी कृपा हो।'

'मज़ेदार हो दोस्त। व्यवस्था हो गई। मेरा आधा बंगला खाली है। उसी में आ जाओ। मज़ा रहेगा। गप्पें उड़ेंगी। किराया बहुत कम है। मछलियों और नारियलों के लिए कहीं जाना ही नहीं पड़ेगा।'

'धन्यवाद महाशय! मैं कल डेरा-डंडा उठा लाऊंगा, अब नमस्कार।'

'लेकिन दोस्त तुम्हारा नाम?'

'क्या आपने पढ़ा नहीं?'

'मज़ेदार हो। अब तुम्हीं बता दो, मैं तो भूल गया।'

'मैं वारेन हेस्टिंग्ज़ हूँ, नमस्कार।'

'नमस्कार मिस्टर हेस्टिंग्ज़।'

सेक्रेटरी ने हाथ मिलाया, तरुण चल दिया।

51

कासिम बाज़ार ध्वस्त हो चुका। उसका नाम शेष रह गया है। पर उन दिनों कासिम बाज़ार बंगाल का सबसे अधिक गुलज़ार शहर था। यहां के तंग बाज़ार रात-दिन देश-देशान्तरों के मनुष्यों से भरे रहते थे। भिन्न-भिन्न वेशभूषा, भिन्न-भिन्न भाषा, हिन्दुस्तानी, बंगाली, डच, पोर्चुगीज़, अंग्रेज़, फ्रैंच, आरमीनियन, भोटिए व्यापारी कोई बेचने और कोई खरीदने के लिए बाज़ार में सूर्योदय से सूर्यास्त तक चक्कर लगाते रहते थे। इन देश-विदेश के व्यापारियों की गगनस्पर्शी अट्टालिकाएं, गंगा के किनारे पर

अनगिनत जहाज़, बिक्री के लिए आए हुए माल के पहाड़ जैसे ढेर, नदी-तट पर मीलों तक गोदामों की पंक्ति, दर्जनों रेशम के कारखाने, फैक्टरियां, जुलाहों की लम्बी-लम्बी कपड़ों की दुकानों की कतारें, दुकानों के सामने चित्र-विचित्र रंग-बिरंगे लटकते हुए कपड़े, भाँति-भाँति के छींट के डिज़ाइन कासिम बाज़ार की शोभा का विस्तार करते रहते थे। काम-काजी लोगों की भीड़ में व्यस्त कर्कश आवाज़ से सौदा-सुलफ करते, लड़ते-झगड़ते दलालों की चखचख से कान बहरे होते थे। व्यापारियों के हथकंडे, लटके, चुटकुले रोते आदमी को हंसाते और उड़ते पंछी को फंसाते थे। कासिम बाज़ार, गंगा और जलंगी नदी के संगम पर था। ये दोनों नदियां दो दिशाओं से इस सम्पन्न नगरी को अंक में लपेटती हुई-सी प्रतीत होती थीं। गंगा को वहां हुगली कहते थे। यह समृद्ध नगर मुर्शिदाबाद से एक ही मील के अंतर पर बसा हुआ था। मुर्शिदाबाद बंगाल के नवाबों की राजधानी था और कासिम बाज़ार फिरंगियों की क्रीड़ास्थली।

कासिम बाज़ार में अंग्रेज़ों की एक कोठी थी। कोठी गंगा के किनारे पर थी। उसे अंग्रेज़ फैक्टरी कहते थे। उन दिनों यूरोपियन बनिये व्यापार के प्रधान नगरों में इन फैक्टरियों की स्थापना करते थे। उनमें विलायत से आया हुआ माल बेचा जाता था। भारतीय पैदावार अथवा वहां की बनी हुई वस्तु विलायत भेजने के लिए जांच की जाती थी। इन फैक्टरियों का प्रबंध तक प्रेसीडेंट और उसके अधीन एक कौंसिल द्वारा होता था। ये फैक्टरियां प्राय: समुद्र या नदी-तट पर होती थीं और उनकी रक्षा के लिए शस्त्रधारी रक्षक नियत रहते थे। इन फैक्टरियों की सीमा में यहां के अध्यक्ष का ही अबाध अधिकार होता था। राज्य उनके मामलों में कोई दखल नहीं दे सकता था।

इन दिनों दक्षिण में कर्नाटक के उत्तराधिकार का झगड़ा चल रहा था और क्लाइव की रण-दक्षता ने फ्रैंचों की भारतीय साम्राज्य की चिर अभिलाषा पर पानी फेर दिया था। परंतु अभी इस झगड़े का असर बंगाल तक नहीं पहुंचा था। बंगाल में सभी विदेशी मिल-जुलकर व्यापार, लेन-देन करते थे। बंगाल की अंग्रेज़ी कोठियों में इस समय केवल कम्पनी की कोठियों के बहीखाते तथा माल के बीजक ही होते थे, जिन पर कोठी के अध्यक्ष से लेकर छोटे-छोटे कर्मचारी तक का पूरा ध्यान रहता था।

गर्मी बड़ी सख्त थी। उन दिनों गर्मी के दिनों में कोठी के दफ़्तर का सब काम-काज, लेन-देन, बहीवट सिर्फ दोपहर तक हो जाता था। कम्पनी के गुमाश्ते, कर्मचारी जहां बैठकर कोठी का काम-काज देखते थे, वह कच्ची ईंटों की दीवारों पर खड़ा एक हॉलनुमा बड़ा कमरा था। इस समय अंग्रेज़ी फैक्टरी में दो सौ आदमी काम करते थे। इनमें सिपाही ही अधिक थे। इसी कमरे के एक कोने में बैठा हुआ वारेन हेस्टिंग्ज़ मेज़ पर झुका अपने आगे बहीखाता रखे हिसाब में उलझा हुआ था। उसका रंग-ढंग दूसरे साथियों से निराला था। कलकत्ता आने के कुछ दिन बाद ही उसकी बदली कासिम बाज़ार की कोठी में हो गई थी और लोग आपस में हंसी-मज़ाक, गपशप बीच-बीच में करते जाते थे, परंतु वह चुपचाप बैठा अपने काम में लगा था।

दोपहर हो गई और सब कर्मचारी उठकर भोजन के कमरे में जाने लगे। वारेन ने सिर उठाकर खिड़की के सामने बहती गंगा को देखा, वह उठा और चुपचाप भोजन के कमरे में आकर एक टेबल पर बैठ गया। उसने जेब से एक छोटी-सी पुस्तक निकाली और ध्यान से उसे पढ़ने और उस पर पेंसिल से निशान करने लगा। बैरा खाना परस गया, पर आंख उठाकर उसकी ओर नहीं देखा। इसी समय एक मोटा-सा अधेड़ उम्र का अंग्रेज़ आकर उसी मेज़ पर एक कुर्सी खींचकर बैठ गया। उसने उसकी जांघ पर एक दुहत्थड़ मारकर कहा, 'यार, बड़े मनहूस मालूम होते हो। दफ़्तर में भी काम में उलझे रहे, यहां भी किताब ले बैठे।'

'मैं क्षमा चाहता हूँ। क्या तुम्हें इससे कुछ असुविधा हुई?'

'असुविधा कैसी यार, पर दो गाल हंसो-बोलोगे नहीं तो शैतानों के इस मुल्क में मर जाओगे।'

'अच्छा,' इतना कह और किताब को जेब में डालकर वह भोजन करने लगा। आदमी ने कहा, 'कौन किताब है वह?'

'अंग्रेज़ी-बंगला गाइड है। मैं ज़रा बंगला सीख रहा हूँ।'

'मैं समझ गया। लो, शर्त बदता हूँ। ज़रूर तुम्हारी आंख किसी बंगालिन से लड़ गई है।

'यह तुमने कैसे जाना?'

'नहीं तो बंगला सीखने की तुम्हें क्या ज़रूरत थी? लो खोल दो राज़, यहां भी दिलफेंक आदमी हैं। तबीयत हो तो आज रात को रंग रहे।'

'धन्यवाद। मगर अफ़सोस है कि मुझे शौक नहीं।'

'बनते हो यार, तुम्हारी आंखें ही कह रही हैं।'

'खैर, इतना तो मैं कह सकता हूँ कि आप हैं रंगीले आदमी।'

'अरे यार, ज़िंदगी में है क्या, बस दो गाल हंस-बोल लेना। और इस मनहूस मुल्क में हम कोरे मच्छरों का भोजन बनने नहीं आए हैं। यहां की शराब और यहां की औरतें। समझते हो न? ये साले नेटिव गुमाश्ता लोग, जिनकी नस हमारे नीचे दबी रहती है, इस मामले में बड़े फरवट हैं। कसम खुदा की, वह ताज़ा माल टटोल लाते हैं कि जिसका जवाब नहीं। और बंदे का तो बंधा दस्तूर है, रिश्वत का रुपया-पैसा हम छूते नहीं। साफ़ कहते हैं, माल लाओ। एकदम फ्रेश। फिर शीराजी!! बस बहिश्त का मज़ा। चलो यार, आज रात को छने। तुम्हारा खर्च न होगा। डरो मत।'

'बहुत-बहुत शुक्रिया। आज रात तो मुझे बिलकुल ही फुर्सत नहीं है।'

'खैर, तो याद रखना, मेरा नाम विलियम है-विलियम डडले। बस आज से हम-तुम पक्के दोस्त हो गए। हो गए न, लाओ हाथ दो दोस्त, आज न सही तो फिर सही। यहां तो नित नया चालान आता है।'

विलियम डडले हाथ मिलाकर रूमाल से मुंह पोंछता हुआ चलता बना। दूसरे लोग भी खाना खाकर कोई ताश खेलने बैठ गए, कोई गप्पें मारने, कोई चुरूट का मज़ा लेने लगे। हेस्टिंग्ज़ फिर अपनी किताब लेकर पेंसिल से उस पर लकीरें खींचने लगा।

इतने ही में बैरे ने आकर उसे सलाम किया और कहा, 'साहब, बड़े साहब ने आपको सलाम बोला है, वे अपनी कोठी के पिछवाड़े वाले लॉन में आपकी प्रतीक्षा कर रहे हैं। बखुदा, अभी तशरीफ़ ले जाइए। साहब परेशान नज़र आ रहे हैं।'

हेस्टिंग्ज़ ने किताब बंद करके जेब में रखी और उसी समय साहब से मिलने उनकी कोठी की ओर चल दिया।

52

वाटसन साहब, कासिम बाज़ार की कोठी के प्रधान गुमाश्ते और मैनेजर थे। उनकी उम्र पचास को पार कर गई थी। चेहरा उनका गम्भीर था और चांद गंजी थी। इस समय उनके चेहरे पर हवाइयां उड़ रही थीं और वे जल्दी-जल्दी बदहवासी से चहलकदमी कर रहे थे। हेस्टिंग्ज़ के पहुंचते ही वे लपककर उसके पास जा पहुंचे। उन्होंने उसके कोट का कॉलर पकड़कर कहा, 'क्या मैं तुम पर भरोसा कर सकता हूँ वारेन?'

'मैं समझता हूँ कि इसके लिए आपको कभी पछताना न पड़ेगा।'

'इसीलिए मैंने तुम्हीं को चुना है।'

'मामला क्या है सर?'

'बहुत गम्भीर। नवाब बदज़ाती करने पर उतर आया है।'

'क्या कोई नयी बात हुई है?'

'देखो, ये दोनों खत मुझे अभी मिले हैं। एक नवाब का है, दूसरा कलकत्ता के गवर्नर मिस्टर ड्रेक का है।' उसने दोनों पत्र हेस्टिंग्ज़ को दे दिए। उसने दोनों पत्र पढ़े। ड्रेक ने लिखा था कि नवाब ने अल्टीमेटम दिया है कि यदि पच्चीस तारीख तक फोर्ट विलियम न ढहा दिया गया तो कलकत्ता पर चढ़ाई करके किला ढहा दिया जाएगा और सब अंग्रेज़ मार डाले जाएंगे। दूसरे खत में नवाब ने वाटसन को लिखा था कि किशनदास को यदि पच्चीस तारीख तक नवाब के हवाले न किया जाएगा तो कासिम बाज़ार की फैक्टरी को लूटकर उसमें आग लगा दी जाएगी।'

'पच्चीस तारीख तो आज ही है।'

'हां, आज ही।'

'फोर्ट विलियम तो ढहाया नहीं जा सकता।'

'कैसे ढहाया जा सकता है? देखते नहीं, फ्रेंचों की तमाम फ़ौज पांडिचेरी से आ-आकर चंद्रनगर में इकट्ठी होती जा रही है। न जाने कब वे कलकत्ता पर टूट पड़ें।'

'नवाब से यह बात नहीं कही गई?'

'सिराज को हम नवाब ही नहीं मानते। ऑनरेबुल कम्पनी की कौंसिल ने उसे नवाब स्वीकार ही नहीं किया। हमारा सम्बन्ध तो सीधा दिल्ली के बादशाह से है।'

'लेकिन बंगाल का नवाब तो नाम के लिए दिल्ली के अधीन है। वास्तव में वह तो यहां का स्वाधीन शासक ही है।'

'फिर भी मुगल-साम्राज्य अभी अखंड है। अब तो हमें देखना यह है कि बंगाल का शासक यदि दिल्ली से स्वतंत्र ही है, तो वह ऑनरेबुल ईस्ट इंडिया कम्पनी है या वह दब्बू छोकरा, जो

अपने को नवाब कहता है। इसलिए जब नवाब ने अपना दूत कलकत्ता इस आशय का पत्र लेकर भेजा था कि किला ढहा दिया जाए और खाई भर दी जाए, तब ड्रेक ने जवाब दिया था, हम ऐसा करने को तैयार हैं, पर यह खाई मुसलमानों के सिरों से भरी जाएगी।

'लेकिन क्या उसकी ताकतों का हम मकाबला कर सकते हैं? अब भी उसके पास भारी फ़ौजें हैं। यदि लड़ाई हुई तो उसके सामने हमारी पेश आनी मुश्किल है।'

'मुश्किल को हम आसान करेंगे मेरे नवयुवक मित्र! यहां हमको ताकत का संतुलन नहीं करना है, हमें यह देखना है कि मुगल-साम्राज्य सोने और चांदी से भरपूर है। वह साम्राज्य सदा से निर्बल और रक्षारहित रहा है। यह आश्चर्य की बात है कि सामुद्रिक शक्ति रखने वाले किसी युरोपियन राजा ने बंगाल को जीतने की अभी तक कोशिश नहीं की। यहां तो एक ही मार में सोने, हीरे, मोती का इतना भारी ढेर प्राप्त किया जा सकता है कि जिसके सामने ब्राजील और पेरू की खानें मात पड़ जाएंगी। तुम उनकी फ़ौजों के सिपाहियों की गिनती करते हो, मगर यह भी तुमने देखा कि वे अपने मुसाहिबों और शराब के किस कदर गुलाम हैं।'

'लेकिन यह नौजवान नवाब तो जागरूक मालूम पड़ता है, जो हमारे किलों और फ़ौजकशी पर चौकन्ना हो गया है।'

'बेशक, वह नहीं चाहता कि हम किले बनाएं या फ़ौज रखें। उसे डर है कि यदि वह इन बातों से बेफिक्र रहा तो मुल्क खो बैठेगा। बूढ़ा नवाब अलीवर्दीखां बड़ा घाघ था। उसने उसे हमारी कूटनीति से आगाह कर दिया है। पर हम जानते हैं कि वह मूर्ख, हठी और अदूरदर्शी है। राजनीति वह नहीं जानता। उसमें कोई गुण नहीं है। जो हैं, उन्हें काम में लाने की उसमें शक्ति नहीं है। फिर अभी तो उसकी मूंछें भी नहीं निकलीं।'

'परंतु उसके दरबारी, उमरा, सलाहकार और वज़ीर भी तो हैं।'

'परंतु वह परिस्थितियों का शिकार बनेगा। वह इस बात से बेखबर है कि उसे कैसे भयानक और शक्तिशाली दुश्मनों का सामना करना है। उसका जोश तो महज़ बचपन की नादानी है।'

'खैर, यह किशनदास का मामला क्या है?'

'जैसा कि तुम कहते हो, हम फ़ौजी ताकत में उसका मुकाबला नहीं कर सकते। महज़ अपनी रक्षा तथा नवाब पर दबाव डालने की योग्यता बढ़ाने के लिए किलों को दढ कर रहे हैं तथा फ़ौजें बढ़ा रहे हैं। परंतु हमारी दूसरी कार्यवाहियां भी जारी हैं। तुम देखते हो हम व्यापारी हैं। कम्पनी बहादुर का बंगाल में करोड़ों का व्यापार है। हमारे गहरे सम्बन्ध मुल्क के बड़े-बड़े व्यापारियों से हैं। उनके भी भारी-भारी हित हम पर निहित हैं। अब तक तो खैर व्यापार में लाभ उठाने ही का मामला था, परंतु अब तो नज़र मुल्क की हुकूमत पर है। अब नवाब के रंग को देखकर हमें अपनी कार्यवाहियों को तेज़ करना पड़ा है। हमने नवाब के वज़ीरों और यहां के प्रभावशाली व्यापारियों को अपने साथ मिला लिया है। वे गुप्त रूप से भीतर-ही-भीतर हमारे

साथी और सहायक हैं। इन लोगों में दरबारी मुसलमान तो वे लोग हैं जो नवाब को गद्दी से उतारकर नवाबी मसनद पर अधिकार करना चाहते हैं, और हिन्दू व्यापारी वे हैं जिन्हें हमने विश्वास दिलाया है कि यदि शक्ति हमारे हाथ में आ गई तो उन्हें बेहद इनाम और मुनाफ़ा मिलेगा। किशनदास ऐसा ही आदमी है। वह मुर्शिदाबाद का करोड़पति सेठ है। हमारा पक्का दोस्त और मददगार है। नवाब ने हमारी दोस्ती के जुर्म में ही उसका घर-बार लूट लिया है तथा परिवार के सब लोगों को कैद कर लिया है। केवल वह भागकर हमारी शरण आया है। उसे हम कैसे नवाब के सुपुर्द कर सकते हैं?'

'बेशक नहीं कर सकते। खैर, अब मुझे क्या हुक्म है?'

'कलकत्ता में मैंने मिस्टर ड्रेक के पास खबर भेज दी है कि सावधान रहें। हमले का खतरा है। इधर मैं भी तैयार हूँ। अब तुम इतना करो कि मुर्शिदाबाद जाओ और देखो कि हकीकत में वहां क्या तैयारी हो रही है। सम्भव हो तो नवाब के इरादे का भी पता लगाओ और जितना जल्द हो मुझे लौटकर खबर दो। तुम यहां अभी अपरिचित हो। अत: किसी को कानोंकान भी खबर तुम्हारे आने-जाने की न पड़ेगी। परंतु तुम घोड़े पर नहीं, पैदल जाओ, जिससे किसी की नज़र तुम पर न पड़े। मैं समझता हूँ कि मुर्शिदाबाद में तुम्हें कोई नहीं जानता।'

'जी नहीं।'

'इसीलिए मैंने तुम्हें चुना है। क्या मैं तुम पर विश्वास करूं?'

'अवश्य महाशय।'

वाटसन साहब ने कुछ गुप्त आदेश दिए। कुछ पत्र दिए, फिर कहा, 'तो बस अभी चल दो। सिर्फ़ एक मील ही तो है।'

वारेन तुरंत ही तेज़ कदमों से उसी दम चल खड़ा हुआ।

53

मुर्शिदाबाद बंगाल, बिहार और उड़ीसा के सूबेदार नवाबों की राजधानी थी। राजधानी बंगाल में अपनी वही शान-शौकत रखती थी, जो उत्तर में आगरा और दिल्ली की थी। कासिम बाज़ार की अपेक्षा मुर्शिदाबाद पुराना शहर था। नवाबों के यहां बड़े-बड़े महल-प्रासाद थे, जिनमें नवाबी जनानखाने रहते थे। बड़े-बड़े दफ़्तर थे, जहां हज़ारों अमले काम करते थे। बड़े-बड़े महकमों के सब दफ़्तर और फ़ौजदारी अदालतें मुर्शिदाबाद ही में थीं।

वारेन यद्यपि यहां अब तक नहीं आया था और गली-कूचों से भी वाकिफ़ न था फिर भी वह यहां दो-चार आदमियों के नाम लाया था। इनमें एकाध को तो वह स्वयं जानता था, बाकी के नाम वाटसन ने दिए थे। पहले उसने एक चक्कर सारे शहर का लगाया। घूमता-फिरता वह राजमहल के फाटक पर भी पहुंचा। शहर में भीड़भाड़ भी इतनी थी कि कंधे छिलते थे। यहां आकर उसने

देखा, फ़ौजें सफ बांधकर तैयार हो रही हैं। हाथी, घोड़े, प्यादों के दल पंक्तिबद्ध खड़े हैं। अफ़सर सेना की व्यवस्था कर रहे हैं। इतनी भारी सेना देखकर उसका कलेजा दहल उठा। वह बड़ी देर तक सेना के इर्द-गिर्द चक्कर लगाता रहा। किसी ने उसे टोका भी नहीं और वह भी किसी से नहीं बोला। इस वक्त आकाश में बादल घिर आए थे। अब बूंदा-बांदी भी होने लगी थी। वारेन के वस्त्र भीगने लगे तब उसे आश्रय की आवश्यकता हुई। उसने नोटबुक निकालकर एक पत्र निकाला और गली-कूचों को पार करता हुआ नगर के किनारे पर एक अंधेरी गली में जा घुसा। गली में सफ़ेद पुता एक दुमंजिला मकान था। और मकान सब कच्चे थे, यही एक पक्का था। घर के द्वार पर पहुंचकर उसने द्वार खटखटाया। एक वृद्ध पुरुष ने आकर द्वार खोला। साहब को देखकर बोला, 'तुम कौन हो और मुझसे तुम्हारा क्या प्रयोजन है?'

'क्या आप ही मोहनलाल घोष हैं'

'हां, मैं ही हूँ।'

'तो मैं आप ही के पास आया हूँ। आप यह निशान तो पहचानते ही होंगे?' उसने डायरी खोलकर एक निशान दिखा दिया। वृद्ध ने भयभीत हो इधर-उधर देखा। फिर आहिस्ता से कहा, 'भीतर आओ।'

वारेन के भीतर घुसने पर उसने द्वार की सांकल चढ़ा ली।

स्वस्थ होकर बैठने पर घोष बाबू ने कहा, 'कहो, क्या काम है?'

'काम मेरा नहीं, कम्पनी बहादुर का है।'

'वही कहो।'

'यह शहर में धूमधाम कैसी है? फ़ौज की तैयारियां कैसी हैं?'

'फ़ौज कलकत्ता जा रही है।'

'मगर किसलिए?'

'आज पच्चीस तारीख है न।'

'तो इससे क्या?'

'क्या तुम नहीं जानते?'

'नवाब ने अल्टीमेटम दिया था। यही न?'

'हां, मैं कलकत्ता सूचना भेज चुका हूँ।'

'कासिम बाज़ार क्यों नहीं भेजी?'

'खतरा था। नवाब मुझ पर शक करने लगे हैं।'

‘क्या कासिम बाज़ार पर भी फ़ौज भेजी जाएगी?’

‘कह नहीं सकता। हो सकता है।’

‘बापूदेव शास्त्री का घर कहां है?’

‘यहां से काफ़ी दूर है।’

‘तो चलिये, मुझे वहां पहुंचा दीजिए, जल्दी कीजिए।’

घोष बाबू कंधे पर शॉल रखकर उठ खड़े हुए। दोनों चुपचाप चल दिए। बापूदेव शास्त्री मुर्शिदाबाद के प्रसिद्ध विद्वान और ज्योतिषी थे। नवाब अलीवर्दीखां उन्हें बहुत मानते थे। बंगाल में उनकी बड़ी प्रतिष्ठा थी। वारेन ने उन्हें वाटसन का पत्र दिया। पत्र पढ़कर वे वारेन को एकांत में ले गए। वहां उन्होंने देर तक उससे बातें कीं। जब वारेन वहां से निकला तो संध्या होने में देर थी तथा बूंदा-बांदी अब भी हो रही थी।

वारेन ने घोष से कहा, ‘घोष महाशय, आपको अभी मेरे साथ कासिम बाज़ार चलना होगा।’

‘अच्छी बात है, मैं चलता हूँ।’

‘तो, आप तुरंत दो घोड़ों का बंदोबस्त कीजिए। हमें तुरंत ही वहां पहुंचना चाहिए।’

‘मैं एक घोड़ा तुम्हें अभी दे सकता हूँ। तुम उसे लेकर चलो, मैं पीछे आता हूँ।’

दोनों तेज़ी से एक गली में घुस गए। वहां से घोड़े पर सवार होकर वारेन तेज़ी से कासिम बाज़ार की ओर सरपट दौड़ा। चलती बार उसने घोष महाशय से कहा, ‘आप मुझे कांत बाबू के मकान पर मिलिये, घोष महाशय।’

54

जब वारेन सरपट घोड़ा दौड़ाता हुआ कासिम बाज़ार पहुंचा तो शाम हो चुकी थी। चिराग जल गए थे। नदी-तट की अट्टालिकाओं में से जलती दीपावली की कांपती हुई प्रतिच्छाया बड़ी मनोहर लग रही थी। अंग्रेज़ी बैंड बज रहा था। पार्श्ववर्ती हिन्दुस्तानी बस्तियों में बसने वाले जुलाहों और वैष्णवों की खंजरी और करताल की ध्वनि वातावरण को मुखरित कर रही थी। सबकी मिली-जुली आवाज़ कानों को बड़ी प्रिय लग रही थी।

बहुत से साहब लोग हवाखोरी के लिये कोठियों से बाहर निकले हुए थे। वे दो-दो चार-चार की संख्या में टोलियां बनाए दोस्तों से हंसी-ठिठोली करते हुए नदी की ओर जा रहे थे। बहुत से अफ़सर घोड़ों, पालकियों, फीनसों आदि में बैठकर बगीचों में जा रहे थे। बहुत से किश्तियों पर सवार हो अपनी-अपनी मेमों के साथ गंगा पर ठंडी हवा का आनंद ले रहे थे। धनी-अमीर घोड़ों की जोड़ियों पर या चौकड़ी में घूमने निकले थे।

वारेन ताबड़तोड़ अंग्रेज़ी फैक्टरी की ओर दौड़ा जा रहा था। इतने में ही उसने दूर से बंदूकों का शब्द सुना। लोगों ने कहा कि अंग्रेज़ी फैक्टरी नवाब की सेना ने घेर ली है और दोनों ओर से गोलियों की घोर वर्षा हो रही है। बहुत से अंग्रेज़ और हिन्दुस्तानी गुमाश्ते चीखते-चिल्लाते बदहवास भागे चले आ रहे हैं। किसी को किसी का ध्यान ही नहीं है। वारेन वहीं अटककर एक बगल आड़ में खड़ा होकर सोचने लगा कि वह क्या करे। पर उसकी समझ में कुछ भी नहीं आया। फैक्टरी में घुसना तो असम्भव ही था। अंत में उसने बापूदेव के परामर्श पर अमल करने का निश्चय किया और घोड़े की बाग कांतनाथ की हवेली की ओर मोड़ी, परंतु तिलंगों ने उसे देख लिया। बहुत से तिलंगे शोर मचाते और गोलियां दागते उसके पीछे दौड़े। अब भागने में जान-जोखिम समझ वारेन ने घोड़ा रोक लिया। तिलंगों ने उसे चारों ओर से घेरकर उसके हथियार और घोड़ा छीन लिया और उसे रस्सियों से बांधकर धकेलते हुए चले। उस भीड़-भड़क्के में धक्के खाते हुए उसने देखा, घोष महाशय भी साथ ही साथ चले आ रहे हैं। अवसर पाकर उसने घोष बाबू से कहा, 'कांत बाबू को खबर कर दीजिए।'

मतलब समझकर घोष बाबू भीड़ से छिटककर एक ओर चल दिए। तिलंगों ने वारेन को एक कोठरी में ले जाकर बंद कर दिया। धीरे-धीरे और भी बहुत से अंग्रेज़ रस्सियों से बंधे हुए वहां आने लगे, उनमें वाटसन साहब भी थे।

55

सब कैदियों को मुर्शिदाबाद ले जाकर शाही कैदखाने में बंद कर दिया गया। वहां यह भी खबर पहुंची कि कलकत्ता पर भी नवाब ने आक्रमण किया था।

वहां के गवर्नर मिस्टर ड्रेक और कमाण्डर ने भागकर हगली और दामोदर के संगम पर स्थित फेल्टा द्वीप में आश्रय लिया। फोर्ट विलियम पर नवाब ने कब्जा कर लिया। वहां के अंग्रेज़ और हिन्दुस्तानी कर्मचारियों को कैद कर दिया गया। कैदियों में हालवेल साहब भी थे।

कांत बाबू के साथ वारेन का पहले ही से परिचय था। उन्होंने घोष बाबू के साथ आकर जेल में कैदियों से बातचीत की। वाटसन साहब ने कहा, 'हमारे छुटकारे की बात आप छोड़िए। यह काम मुश्किल भी है तथा उसमें खर्च भी बहुत होगा। लाभ भी उससे कुछ नहीं है। आप वारेन को किसी तरह छुड़ा लीजिए।' कांत बाबू ने बहुत दौड़धूप की, खर्चा भी बहुत किया। अंत में एक डच व्यापारी की जमानत पर वारेन की जेल से मुक्ति हो गई। वारेन नया आदमी था। उसे कोई नहीं जानता था। जेल से बाहर आने से पहले वाटसन साहब ने कहा, 'तुम यहीं मुर्शिदाबाद में चक्कर काटते रहना तथा अवसर पाते ही हमें सब घटनाओं की सूचना देते रहना। कांत बाबू और घोष बाबू तुम्हारी सहायता करेंगे और तुम्हें सब सुविधाएं मिलती रहेंगी। साथ ही तुम फेल्टा में बैठे हुए गवर्नर से भी सम्पर्क स्थापित

करना और उनकी गतिविधि की सूचनाएं भी हमें देते रहना। मुर्शिदाबाद और कलकत्ता में घटने वाली घटनाओं की भी सूचना उन तक पहुंचाते रहना। खबरदार रहना।'

सब बातों को सोच-समझकर वारेन बाहर आया और मुर्शिदाबाद में कांत बाबू के घर में गुप्त रूप से रहने लगा। कांत बाबू नहीं चाहते थे कि उनका अंग्रेज़ों से सम्पर्क प्रकट हो जाए। इसके गुप्त रहने ही में भलाई थी। परंतु कांत बाबू ने साहस का परिचय दिया, वारेन को अपने घर में शरण दी। आने वाली विपत्तियों की परवाह न की।

इस समय वारेन के पास एक फूटी कौड़ी न थी। कांत बाबू ने उसे रुपये भी दिए। कासिम बाज़ार में अंग्रेज़ों की कोठी के पास ही कांत बाबू के पिता की दुकान थी। कोठी के आदमियों से उनका परिचय और लेन-देन था। कांत बाबू उठती उम्र के तरुण थे। वे बुद्धिमान भी थे और साहसी भी। वे उन दिनों अंग्रेज़ी कोठी में दलाली करते थे। वारेन से दो-चार बार उनका काम पड़ा था। इससे जान-पहचान घनिष्ठ हो गई थी। इस बार जो कांत बाबू ने उन्हें रिहा कराकर और अपने घर रखकर तथा धन से सहायता कर उपकृत किया, इससे वारेन कांत बाबू के अतिशय उपकृत हो गए। फिर उनके निकट सहवास तथा उनकी योग्यता से प्रभावित होकर वे परस्पर अभिन्न मित्र हो गए।

मुर्शिदाबाद जेल से रिहा होकर वारेन मुर्शिदाबाद और कासिम बाज़ार में बिना रोक-टोक घूमा करते थे। जमानत पर छूटा हुआ कैदी समझकर उन्हें कोई नहीं रोकता था। वे सब जगह आ-जा सकते थे। मुर्शिदाबाद में नवाब के 'खलीतों' नित्य आते थे। उन 'खलीतों' के ज़रिये वारेन को नवाब के राई-रत्ती हालात मिल जाते थे, जिन्हें वे वाटसन और मिस्टर ड्रेक के पास नित्य पहुंचाते रहते थे।

उन दिनों हुगली, मुर्शिदाबाद और कासिम बाज़ार में अंग्रेज़ों की पकड़-धकड़ चल रही थी। पर वारेन को कोई न छूता था। ज़मानती रिहाई का परवाना दिखाते ही उन्हें छुट्टी मिल जाती थी। उन्होंने जान हथेली पर रखकर फेल्टा द्वीप की यात्रा नाव में अकेले ही की। यह बड़े साहस का काम था। पर किसी साथी के ले जाने से भेद खुलता था। इससे वे अकेले ही गए और मर्शिदाबाद तथा कलकत्ता के सब हाल-चाल मिस्टर डेक को सुनाए। उनकी हिदायतें लीं। ड्रेक ने उनसे संतुष्ट होकर अनुरोध किया कि वे इस कठिन समय में अंग्रेज़ों के भेदिये रहकर उनकी सेवा करें। वारेन ने इसे स्वीकार किया और फिर वे दूसरे-तीसरे दिन उनके पास जाने लगे। अब घंटों मिस्टर ड्रेक से उनकी बातें होती रहतीं। वारेन और कांत बाबू के उद्योग से फेल्टा द्वीप में एक बाज़ार भी लगाने की नवाब ने अनुमति दे दी, जिससे गवर्नर साहब और उनके साथियों को खाने-पीने की आवश्यक सामग्री मिलने लगी। इस समय वारेन ने जिस बुद्धिमत्ता, कार्यपटुता और कौशल का परिचय दिया, उसके प्रभाव से वे इतने विश्वासपात्र हो गए कि गवर्नर ने अपनी कौंसिल में वारेन को भी शामिल कर लिया और अब वे मुर्शिदाबाद से एकदम भागकर फेल्टा ही में रहने लगे। भाग्योदय का यह उनका पहला कदम था।

56

सन् 1742 में फ्रैंच सेनापति ने भारतीय राजाओं को शतरंज के मुहरे बनाकर राजनीति की शतरंज खेलनी आरम्भ की। उन्हीं दिनों ईस्ट इंडिया कम्पनी का प्रभाव भी तेज़ी से बढ़ रहा था। इस समय यूरोप में एंग्लो-फ्रैंच युद्ध चल रहा था। इससे दोनों शक्तियां टकरा गईं। इस टक्कर से भारत में प्रमुखता प्राप्त करने की प्रतिस्पर्धा ने उग्र रूप धारण कर लिया। इस समय डुप्ले पांडिचेरी का फ्रैंच गवर्नर था। वह असाधारण प्रतिभाशाली था। दिल्ली में इस समय मुहम्मदशाह रंगीले की रंगरेलियां अस्ताचल को जा रही थीं। नादिरशाह ने डगमगाते मुगल तख्त में ऐसी करारी ठोकर मारी थी कि उसके जोड़-जोड़ हिल चुके थे। सन् 1750 में डुप्ले ने ऐसी परिस्थिति उत्पन्न कर दी कि भारत के शासकों पर फ्रांस की शक्ति का आतंक बैठ गया और यह समझा जाने लगा कि फ्रांस की सेनाएं सारे देश पर छा जाएंगी। डुप्ले के मिज़ाज आसमान पर थे, पांडिचेरी में बड़ा भारी विजयोत्सव मनाया गया। मुजफ्फर जंग स्वयं इप्ले के हाथों से राजतिलक कराने के लिए विजयोत्सव में सम्मिलित हुआ। डुप्ले कृष्णा और कुमारी अंतरीप के मध्यवर्ती प्रदेश का गवर्नर बना दिया गया।

इन दिनों मद्रास की अंग्रेज़ी फैक्टरी में एक उदासीन-सा युवक क्लर्की का काम कर रहा था। पर क्लर्की के काम में उसका मन नहीं लगता था। इसके अतिरिक्त वह सबसे लड़ाई मोल लेता रहता था। इसलिए दफ़्तर में इसका कोई दोस्त-हमदर्द भी न था। उसको अफ़सर भी पसंद नहीं करते थे। वह उनसे भी उलझ चुका था। उन दिनों मद्रास का फोर्ट सेंट डेविट अंग्रेज़ों का केन्द्र था।

जब मद्रास फैक्टरी में अंग्रेज़ों के हारने के समाचारों से खलबली फैल तब क्लाइव ने अपनी सेवाएं अंग्रेज़ी सेना के अफ़सर के सम्मुख पेश कीं। उसने कहा, 'यदि अवसर दिया जाए तो मैं कुछ करके दिखा सकता हूँ।' अफ़सर एक ऐसे ही साहसी की खोज में था। उसने उसे दो सौ अंग्रेज़ और तीन सौ हिन्दुस्तानी सिपाहियों की टुकड़ी देकर अर्काट भेज दिया। उसने अपने से कई गुना अधिक शतुओं को दलित करके अर्काट जीत लिया। उससे अंग्रेज़ हर्ष से उछल पड़े। यह अप्रत्याशित विजय थी। इसके बाद ही कलकत्ता की पराजय और अपमान की खबर सुनकर उसने कलकत्ता जाने की अनुमति मांगी। जनरल ने उसे सारी स्थलसेना का कमांडर बनाकर बंगाल को रवाना कर दिया। क्लाइव ने कलकत्ता पहुंचकर आनन-फानन वहां के किलेदार मानिकचन्द को वहां से खदेड़ दिया और किले पर अंग्रेज़ी झंडा फहरा दिया। इस कार्यवाही में लोहे ने उतना काम नहीं किया जितना सोने ने। नवाब डर गया और उसने क्लाइव से सन्धि करके कलकत्ता पर अंग्रेज़ों का प्रभुत्व स्वीकार कर लिया और उन्हें अपना सिक्का ढालने की भी अनुमति दे दी।

परंतु क्लाइव के हौसले कुछ और ही थे। वह अब बंगाल का वारा-न्यारा करने पर तुला था और यह संधि उसने केवल नवाब के विरुद्ध अपनी तैयारी के लिए की थी। क्लाइव इस कूटनीति का केन्द्र था और सिराजुद्दौला उसका शिकार।

इस समय यहां उसकी दो बाधाएं थीं, एक फ्रैंच, दूसरा नवाब। फ्रैंचों का अड्डा चंद्रनगर में था। क्लाइव ने दोनों को अलग-अलग नष्ट करने का निश्चय किया। नवाब को तो उसने मीठे शब्दों की लोरियों में सुला दिया और कलकत्ता पर अधिकार करने के एक ही महीने बाद चंद्रनगर पर आक्रमण कर दिया। नवाब दूर खड़ा मुंह ताकता रहा। क्लाइव ने चंद्रनगर पर कब्जा कर लिया।

नवाब अलीवर्दीखां पंद्रह बरस नवाबी की मसनद पर बैठा और सन् 1756 में मर गया। वह कोई दबंग शासक नहीं था। पर उसका काल अच्छी तरह बीता। चोर-डाकुओं का उसने दमन किया, ज़मींदारों के विद्रोह को दबाया। उसका उत्तराधिकारी उसका दोहता सिराजुद्दौला जब गद्दी पर बैठा, तब वह बीस बरस का नवयुवक था। इस समय तक अंग्रेज़ों की सूरत, बम्बई, मद्रास और कलकत्ता की फैक्टरियां पूरे तौर पर किले का रूप धारण कर चुकी थीं। वहां अब सैनिक-संगठन तेज़ी से होते जा रहे थे। अब वे व्यापार के नाम पर खुल्लमखुल्ला ज़ोर-ज़बर्दस्ती और डाकेजनी कर रहे थे। नवाब की ओर से उन्हें रोका जाता था तो वे झगड़ा करने को तैयार हो जाते थे।

अलीवर्दीखां ने मरते समय सिराजुद्दौला से कहा, 'इन फिरंगियों पर सख्त नज़र रखना। मैं ज़िंदा रहता तो तुम्हें इस डर से मुक्त कर देता, अब तुम्हें ही यह काम करना होगा। बादशाहों की आपसी लड़ाइयों के बहाने उन्होंने हमारी सम्पत्ति को अपने लोगों में बांट लिया है। इनमें अंग्रेज़ ज़्यादा ज़ोरावर हैं। उन्हें किले या फ़ौज में आगे मत बढ़ने देना, वरना मुल्क खो बैठोगे।'

पर सिराजुद्दौला जब गद्दी पर बैठा तो राजनीति से कोरा था। वह आराम और लाड़-प्यार में पला था। वह अदूरदर्शी और हठी था। बुद्धिमान भी न था, न उसकी सोहबत ही अच्छी थी। वह लवार और कायर भी था। उसमें गुण थे ही नहीं, जो थे उन्हें उपयोग में लाना नहीं जानता था। गद्दी पर बैठते ही उसके पर निकले। अपने लफंगे दोस्तों की सलाह से उसने राजशाही के राजा रामकृष्ण की बहन रानी भवानी की बेटी तारा को अपने हरम में ज़बर्दस्ती पकड़ लाने के लिए सेना भेज दी। इससे सारे बंगाल में तहलका मच गया। रानी भवानी और राजा रामकृष्ण के प्रति बंगाल में बड़ी श्रद्धा थी। ये दोनों देवस्वरूप व्यक्ति थे। तरुण नवाब की इस दुस्साहसपूर्ण कलंक-चेष्टा से बहुत लोग उसके शत्रु हो गए। और जगत्सेठ, राजा रामदुर्लभ, राजा रामवल्लभ, मीरजाफर, अमीचंद, ख्वाजा वाजिद आदि प्रमुख सम्भ्रांत और राजपुरुष उसे सिंहासन से च्युत करने के गुप्त षड्यंत्र रचने लगे।

वह न राजनीति जानता था, न कोई बात राज्य की समझता था। वह अपने दरबारी अमीर, उमरावों और मंत्रियों पर निर्भर था। क्लाइव तो ऐसे ही अवसर की ताक में था। उसने अपने मतलब के आदमी छांट लिये। मीरजाफर को उसने बंगाल की मसनद कुछ शर्तों पर देने का प्रलोभन दिया। वाटसन को अपने प्रतिनिधि की हैसियत से नवाब के दरबार में बिठा दिया, जो षड्यंत्र का मध्यबिंदु बना। तीसरा था सेठ अमीचंद, जो मीरजाफर और वाटसन के बीच दूतकर्म करता था। उसे यह लालच दिया गया था कि उसे नवाब के खज़ाने से तीस लाख रुपये दिए

जाएंगे। इसके अतिरिक्त खज़ाने का पांच प्रतिशत और दिया जाएगा। अन्य हिन्दू सेठ, व्यापारी, एजेंट, राजपुरुष मीरजाफर के प्रभाव में थे। इस प्रकार वाटसन के नेतृत्व में सिराजुद्दौला के चारों ओर फांसी का फंदा लटकाया जा रहा था, परंतु बदनसीब सिराजुद्दौला बेखबर सो रहा था।

57

मुर्शिदाबाद से बीस मील दूर प्लासी के जंगल में वह विश्वविदित निर्णायक युद्ध हुआ, जिसने भारत के भाग्य पर दो सौ बरस के लिए दासता की मुहर लगा दी। यह एक जादू का युद्ध था, जिसमें केवल आधे घंटे ही विश्वासघात और षड्यंत्र की फुलझड़ियां छूटीं और युद्ध जय हो गया। एक ओर था सिराजुद्दौला-फूलों की सेज पर पला हुआ, संसार की गतिविधि से बेखबर, अदूरदर्शी और नादान। दूसरी ओर था क्लाइव-कठिनाइयों की भट्टी में तपा हुआ, संसार की गतिविधि से सावधान, आठों गांठ कुम्मैत, धूर्त और साहसी। नवाब की सेना में थे पचास हज़ार पैदल, अठारह हज़ार घुड़सवार और तिरेपन बड़ी-बड़ी तोपें। प्लासी के मैदान में पहले उसी ने मोर्चा जमाया था। वह थी केवल हथियारबंद भीड़। अपने-अपने सरदारों के साथ नत्थी; न केन्द्र में भक्ति, न युद्ध में शिक्षित, सेनापति सब विश्वासघाती। क्लाइव के पास थे नौ सौ पचास यूरोपियन और दो सौ दोगले तथा इक्कीस सौ हिन्दुस्तानी सिपाही, आठ बड़ी और दो छोटी तोपें, पर सब नियन्त्रित और सुशिक्षित। दोनों दलों में कुछ बारूदी नोक-झोंक हुई। केवल आधा घंटा। और सिराज भाग निकला। जब वह भाग रहा था, क्लाइव सो रहा था। वाह!

इस घटना ने इंग्लैंड को दो सौ बरस की साम्राज्य-विभूति और भारत को राजनीतिक दासता प्रदान कर दी। इस महायुद्ध में अंग्रेज़ों के केवल सात यूरोपियन और सोलह हिन्दुस्तानी सिपाही मरे।

सिराज भागकर मुर्शिदाबाद पहुंचा। वहां से किश्ती की राह राजमहल भागा, पर वह राह में ही पकड़ लिया गया। मुर्शिदाबाद छोड़ने के आठ दिनों बाद जंजीरों से बांधकर वह मुर्शिदाबाद फिर लाया गया। मीरजाफर तख्त पर बैठा था, उसी तख्त पर जिस पर आठ दिन पहले सिराज बैठता था। उसके सिर पर सिराज ही की रत्नजटित पगड़ी थी।

वह जाफर के सामने आकर घुटनों के बल गिर गया। आंखें उसकी भय से फैली हुई थीं। उसने रोकर कहा, 'मेरी जान बचा लो।'

इस पर जाफर का बेटा मीरन तलवार नंगी करके आगे बढ़ा। उसने कहा, 'इस मलऊन को अभी कत्ल करो।'

मीरजाफर ने कहा, 'लेकिन और सबकी राय क्या है? बेहतर है, अभी इसे कैद में रखा जाए और मामले पर गौर कर लिया जाए।

मीरन ने कहा, 'आप इस वक्त महल में तशरीफ ले जाएं, मैं कैदी के लिए मुनासिब इंतज़ाम कर दूंगा।'

मीरजाफर उठकर चला गया। मीरन ने तेज आवाज़ में पुकारा, 'लालमुहम्मद!'

लालमुहम्मद सिराज के टुकड़ों पर पला हुआ एक गुलाम था। वह तेज़ तलवार लिए आ पहुंचा।

'इसे यहां से उठाकर उधर ले चलो।' कैदी को एक गंदी कोठरी में ले जाया गया। सिराज ने कातर स्वर से पूछा, 'क्या मुझे कत्ल ही करोगे?'

'बेशक।'

'तो खुदा के लिए मेरे हाथ खोल दो। मैं खुदा की बंदगी तो कर लूं।'

'यह हम पर फ़र्ज़ नहीं है।'

डर के मारे सिराज का हलक सूख गया। बड़ी कठिनाई से उसने कहा, 'पानी, ज़रा-सा पानी पिला दो।'

'अब पानी कितनी देर के लिए! बस तैयार हो जाओ।

सिराज ज़मीन पर माथा रगड़ने लगा। फिर उसने सिर उठाकर लपटती हुई ज़बान से कहा, 'वे लोग-वे लोग-बंगाल के एक कोने में मुझे एक तिलभर ज़मीन न देंगे? गुज़ारे को छोटी-सी रकम भी न देंगे। इस पर भी वे राज़ी नहीं हैं?'

'नहीं,' और इसके साथ ही तलवार गर्दन पर पड़ी। सिराज गिर गया। खून के जोश में उसके मुंह से निकला, 'मैं-म-म-रा, हु-हुसेन के खून-खून का बद-ला चु-चुका।' वह ज़मीन पर लेट गया और उसका दम निकल गया। लालमुहम्मद ने उसकी लाश के टुकड़े-टुकड़े कर दिए।

58

मीरजाफर वह गधा था जिस पर क्लाइव सवार था। वह अलीवर्दीखां का बहनोई और सिराजुद्दौला का प्रधान सेनापति था। उसे विश्वास था कि मुर्शिदाबाद के खज़ाने में साठ करोड़ रुपया नकद हैं। पर जब खज़ाना खोला गया तो बीस करोड़ ही निकला। अंग्रेज़ अफ़सरों को जितनी रकम देने का वायदा किया था, उसमें अंग्रेज़ एक छदाम भी कम करना न चाहते थे। उसे प्रत्येक अंग्रेज़ सिपाही को पैंतालीस हज़ार रुपये, क्लाइव को पैंतालीस लाख और कौंसिल के प्रत्येक सदस्य को साढ़े सात लाख देने पड़े। साथ ही कलकत्ता और उसके दक्षिण की भूमि पर अंग्रेज़ों का अधिकार हो गया। कलकत्ता की क्षतिपूर्ति के लिए सतहत्तर लाख रुपये कम्पनी की सरकार को दिए गए। क्लाइव को मनसबदार बनाकर साढ़े चार लाख वार्षिक आय की एक जागीर भी बख्श दी गई। इन सब भेंटों के अतिरिक्त उसने यह भी प्रतिज्ञा की कि अंग्रेज़ी कोठी के साहब परदेशी गुमाश्ते प्रजा पर व्यापार-सम्बन्धी किसी प्रकार का अत्याचार करेंगे तो वह हस्तक्षेप न करेगा और अंग्रेज़ों की कोठी के किसी व्यक्ति के साथ यदि कोई झगड़ा करेगा तो वह अंग्रेजों की मदद करेगा।

इन सब भेंटों, रिश्वतों और नज़रानों में नवाब का सारा खज़ाना खाली हो गया। पर अंग्रेज़ अब बात-बात पर उसकी गर्दन दबोचते थे। मीरजाफर तख्त पर छटपटाने लगा। अब वह पूरी तरह चूसा जा चुका था और खज़ाने में फ़ौज को तनख्वाह देने को भी रुपया न था। फ़ौज बागी हो रही थी। क्लाइव अपनी रकम को पचाने इंग्लैंड चला गया और बंगाल की शतरंज पर किसी दूसरे मोहरे को चलाने की चाल सोचने लगा। दूसरा मोहरा बना मीरकासिम, जाफर का दामाद। जाफर ने चिनसुरा के डच लोगों से सहयोग करना चाहा, पर इससे पूर्व ही वह मसनद से उतार दिया गया। जाफर को सिर्फ तीन साल ही गद्दी पर बैठना नसीब हुआ और उसे गद्दी से उतार कर मीरकासिम को बंगाल का नवाब बना दिया गया। बादशाह शाहआलम से उसे बंगाल की सूबेदारी का फ़र्मान भी दिला दिया गया। इस सिले में अंग्रेज़ी कौंसिल को तीस लाख और गवर्नर वैन्सीटार्ट को साढ़े सात लाख रुपये नज़राना देना पड़ा। कम्पनी को मिदनापुर और चिटगांव के समृद्ध इलाके मिले। मीरजाफर कलकत्ता में नज़रबंद कर लिया गया। क्लाइव का गधा क्लाइव के तबेले में जा पहुंचा।

मीरकासिम ने भी तुरंत समझ लिया, जिसे वह सिंहासन समझे हुए था, वह अंग्रेज़ों की खुली जेल थी। नवाब वह था, पर बंगाल के मालिक अंग्रेज़ थे। वे मनमानी करते थे-नवाब के साथ भी और प्रजा के साथ भी। उसने सब पर से चुंगी उठाकर अंग्रेज़ों का एकाधिकार नष्ट कर दिया और अंग्रेज़ों के प्रभाव से बचने के लिए मुंगेर अपनी राजधानी उठा ले गया और फ़ौज को नये ढंग पर संगठित कर अंग्रेज़ों से लोहा लेने की तैयारी करने लगा। पर अंग्रेज़ों ने उसे अवसर न दिया। युद्ध छिड़ गया। मुंगेर में कुछ अंग्रेज़ उसके दरबारियों से षड्यंत्र कर रहे थे। उसने उन अंग्रेज़ों को कत्ल करा दिया। राजा राजवल्लभ और उसके पुत्रों को गले में बालू का बोरा बंधवाकर गंगा में फिंकवा दिया। राजा रामनारायण, उमेदसिंह, बुनियादसिंह, फतेसिंह और कई सेठों को मौत के घाट उतार दिया और भागकर अवध के नवाब के शरणापन्न हुआ।

अब फिर शतरंज की नयी चाल चली गई। मीरजाफर फिर गद्दी पर आया। पर वह जल्द मर गया और उसका नालायक बेटा नजमुद्दौला नवाब बना। उस समय क्लाइव बंगाल का गवर्नर-जनरल और कमांडर-इन-चीफ़ बनकर फिर आ गया था। पानीपत की तीसरी लड़ाई हो चुकी थी और मराठों की बधिया बैठ चुकी थी। दिल्ली में अंधेरगर्दी मची हुई थी। बादशाह शाहआलम इलाहाबाद में नवाब-वज़ीर अवध का शरणापन्न था। मीरकासिम और अवध के नवाब शुजाउद्दौला ने बादशाह शाहआलम को मिलाकर बक्सर में फिर एक बार अंग्रेज़ों से लोहा लिया, पर भाग्य ने साथ न दिया। वह पराजित होकर भाग निकला और अज्ञात अवस्था में मर गया। क्लाइव ने अब बादशाह की गर्दन दबोची और उसकी लाचारी से लाभ उठाकर कम्पनी के नाम बंगाल, बिहार और उड़ीसा की दीवानी प्राप्त कर ली। जिस दिन बादशाह ने इस दुर्भाग्यपूर्ण फर्मान पर हस्ताक्षर किए वह 9 अगस्त, सन् 1765 का दिन था। यही वह दिन है, जिस दिन भारत में अंग्रेज़ सल्तनत का आरम्भ हुआ।

59

मुर्शिदाबाद में उन दिनों एक निष्ठावान वृद्ध पंडित रहते थे। उनका नाम बापूदेव शास्त्री था। परंतु सारे मुर्शिदाबाद में वे बड़े नवाब के पंडित के नाम से प्रसिद्ध थे। बापूदेव शास्त्री के पूर्वज पंजाब से महाराज मान सिंह के साथ बंगाल में आ बसे थे। उनका नाम वासुदेव शर्मा था। उनके एक पुत्र थे, कृष्णदेव। उन्होंने ढाका के निकटवर्ती विक्रमपुर ग्राम के एक कुलीन ब्राह्मण की कन्या से विवाह किया था। विवाह करके यहीं बस गए थे। जब नवाब मुर्शिदकुलीखां के ज़माने में बंगाल की राजधानी ढाका से उठकर मुर्शिदाबाद में आई तो उनके साथ वह परिवार भी मुर्शिदाबाद आ गया। उस समय इस वंश के जो उत्तराधिकारी मुर्शिदाबाद आए थे उनका नाम जयदेव शास्त्री था। जयदेव शास्त्री को नवाब बहुत मानते थे। उन्हीं के कहने से उन्होंने महाराज राजवल्लभ को अपना दीवान नियुक्त किया था। ढाका और मुर्शिदाबाद में जयदेव शास्त्री के पास माफ़ी की बहुत ज़मीन थी। उनकी आय दस हज़ार रुपये माहवार थी। बापूदेव शास्त्री इन्हीं के पुत्र थे। वे बड़े भारी विद्वान, शास्त्रों के दिग्गज ज्ञाता और सहृदय पुरुष थे। वे ज्योतिष के भी उद्भट विद्वान थे। लोग उन्हें त्रिकालदर्शी कहते थे। वे ज्योतिष के भी जैसे विद्वान थे वैसे ही सहृदय और उदार भी थे। स्वभाव उनका बड़ा कोमल था। वे धर्मभीरु भी बहुत थे। उनका बहुत-सा धन परोपकार में ही लगता था। वे आसामी से कभी लगान नहीं मांगते थे, पर कोई उनका लगान रोकता नहीं था। उनके आसामी के अलावा शिष्यगण भी बहुत थे। वे सब नित्य कोई-न-कोई उपहार उनके लिए लाते ही रहते थे।

एक दिन बापूदेव संध्याकाल में गंगातट पर संध्या-वंदन कर रहे थे। एक मुसलमान सैनिक उनके सामने आ खड़ा हुआ। संध्या-वंदन से निवृत्त होकर उन्होंने उस सैनिक से कहा, 'क्या चाहते हो?'

सैनिक ने कहा, 'क्या आप महाराज मानसिंह के गुरु-घराने के बापूदेव महाराज हैं?'

'हां, मैं बापूदेव हूँ। हमारे वृद्ध प्रपितामह महाराज मानसिंह के गुरु थे।'

'क्या मैं आपसे कुछ निवेदन करूं?'

'तुम क्या अलीवर्दीखां हो?'

'हां, क्या आप मुझे पहचानते हैं?'

'जानता हूँ। तुम यह जानना चाहते हो कि तुम कब बंगाल के सूबेदार होगे?'

'आप ज़रूर औलिया हैं। आप गैब की बातें जानते हैं। 'खैर, तो जवाब सुनना चाहते हो?'

'इनायत हो।'

'सम्मुख युद्ध करो, दो बरस में तुम्हारी इच्छा पूरी होगी।'

'यदि दो बरस के भीतर मैं सूबेदार बन गया तो आपको हज़ार बीघे भूमि जागीर में दूँगा।'

'यदि तुम्हें आवश्यकता हो तो मैं अभी हज़ार बीघा भूमि तुम्हें दान कर सकता हूँ। महाराज मानसिंह की दी हुई ढाका में मेरी दस-बारह हज़ार बीघा माफ़ी की धरती है। ज़मीन-जागीर की बात छोड़ो, एक बात गांठ बांध लो। बंगाल की सूबेदारी मिलना कठिन नहीं है, उसे रखना कठिन है।

अलीवर्दी ने दोनों हाथ उठाकर सलाम किया और कहा, 'आप औलिया हैं। मेरी बेवकूफ़ी थी कि मैंने वह बात कही। अब वचन देता हूँ कि मुझे सूबेदारी मिली तो आप ही की सलाह से राज्य करूँगा। आप औलिया हैं। आप आशीर्वाद दीजिए।'

इस बातचीत के एक वर्ष बाद अलीवर्दीखां बंगाल का सूबेदार हो गया। वह जब तक ज़िंदा रहा, प्रतिदिन एकांत में एक बार बापूदेव से सब मामलों में सलाह लेता रहा। मरने के समय उसने अपने उत्तराधिकारी सिराज से कहा, 'याद रखो, अंग्रेज़ों को किले और सेना में न बढ़ने देना और हमेशा बापूदेव शास्त्रीजी से, जब तक वे जिंदा रहें, सलाह लेकर शासन करना। मैंने उन्हें बहुत बार धन, रत्न और भूमि देना चाहा, पर उन्होंने कभी मेरा दान नहीं लिया और सदा अच्छी सलाह दी।'

अलीवर्दीखां मर गए और बापूदेव शास्त्री बड़े नवाब के पंडित के नाम से प्रसिद्ध हुए।

सिराज तो एक वर्ष ही मसनद पर बैठ पाया। अपनी उतावली प्रकृति, दुश्चरित्रता, अयोग्यता का उसे क्रूरतम दंड मिल गया। परंतु उसके राज्य में अंग्रेज़ डरते ही रहे। अब जब मीरजाफर मसनद पर बैठा तो अंग्रेज़ों के ज़ोरो-जुल्म से प्रजा त्राहिमाम-त्राहिमाम करने लगी। इस अत्याचार से घबराकर लोग घर-बार छोड़कर भाग खड़े हुए। बापूदेव की ज़मींदारी भी उजाड़ हो गई। बापूदेव बहुत खिन्न हुए। परंतु शीघ्र ही मीरजाफर भी मसनद से उतार दिया गया। मीरकासिम गद्दी पर बैठा। वह समझदार आदमी था, शास्त्रीजी से सम्पर्क रखता था। उन्हीं की सलाह से उसने सब लोगों पर चुंगी उठा दी थी, जिससे अंग्रेज़ों का एकाधिकार नष्ट हो गया था। फिर वह उन्हीं की सलाह से मुंगेर अपनी राजधानी उठा ले गया और सेना को नये ढंग पर सुसज्जित करने लगा। पर अंग्रेज़ों ने उसे पनपने नहीं दिया। मसनद पर फिर क्लाइव का गधा आ गया और मीरकासिम का दुखद अंत हुआ। परंतु इसी समय बापूदेव शास्त्री पर दैव का वज्रपात हुआ। उनकी एकमात्र संतति एक कन्या थी। उसका उन्होंने नौ वर्ष की उम्र में ही विवाह कर दिया था। उन दिनों बंगाल में 'अष्टवर्षा भवेद गौरी' का बोलबाला था। दुर्भाग्य से वह कन्या अभी चौदह वर्ष की भी न हो पाई थी कि विधवा हो गई। इस दारुण शोक के आघात को न सहकर उनकी साध्वी सुलक्षणा पत्नी भी कुछ ही दिनों में चल बसी। घर में रह गए शोकसंतप्त पिता और वैधव्यदग्धा पुत्री। पंडित जी यद्यपि बड़े ज्ञानी और धैर्यवान थे, परंतु इस तिहरे विषाद ने उन्हें विचलित कर दिया। अब उनका वह पैतृक घर भी उन्हें काट खाने लगा और वे अपनी विधवा पुत्री को लेकर कलकत्ता चले आए और कालीघाट में रहने लगे।

60

1770 में वर्षा नहीं हुई। भूमि सूख गई, तालाब सूख गए, नदियां काकपेया हो गईं और गंगा की सारी घाटी में दुर्भिक्ष की काली छाया व्याप गई। नाजुक बदन और सात पर्दे में रहनेवाली महिलाएं, जिन्होंने कभी घर की दहलीज़ के बाहर कदम नहीं रखा था, सड़कों पर आकर राह चलतों के आगे धरती पर माथा टेककर पेट के लिए एक मुट्ठी चावल मांग रही थीं। अंग्रेज़ों की कोठियों और बंगलों के सामने उनके बगीचों के बीच में हुगली के प्रवाह में प्रतिदिन हज़ारों दुर्भिक्ष-पीड़ितों की लाशें बहकर समुद्र में जा रही थीं। मरते हुओं और मरे हुओं से कलकत्ता के बाज़ार-रास्ते पटे पड़े थे। लोग अपने सम्बन्धियों की लाशें मरघट तक या गंगा तक भी ले जाने में असमर्थ थे। लाशें जहां की तहां पड़ी सड़ रही थीं और गिद्ध-सियार दिनदहाड़े उन्हें नोचते-खाते थे। कहीं-कहीं जीवित पुरुष मृत पुरुषों का मांस खा रहे थे।

धनी-निर्धन सबकी एक ही दशा थी। धनियों के घरों में रुपये और मुहरें थीं परंतु अन्न नहीं। कलकत्ता में अंग्रेज़ों ने बहुत-सा चावल एकत्र कर रखा है, यह सुनकर अन्न की आशा में पूर्णिया, दीनाजपुर, बांकुड़ा, वर्द्धमान आदि नगरों से ठठ के ठठ लोग कलकत्ता की ओर चले आ रहे थे। कुलीन गृहस्थों की कुलबालाएं आंचल में अशर्फियां और स्वर्णाभरण बांधे बच्चों को संभालती गिरती-पड़ती कलकत्ता की ओर जा रही थीं। एक मुट्ठी अन्न मोल लेने की प्रतारणा में। दरिद्रों का तो पार न था। इनमें बहुत राह में ही भूखी-प्यासी दम तोड़ देती थीं। बहुतों के छोटे-छोटे सुकुमार बच्चे माता के सूखे स्तन चूसते ही ठंडे पड़ गए। वे घरों से चली थीं भरी गोद लेकर, पर कलकत्ता पहुंचीं सूनी गोद लिये, केवल एक मुट्ठी अन्न के लिए जो अंग्रेज़ों की कोठियों में भरा था, जो उन्हीं का था, उन्हीं ने पैदा किया था। परंतु कलकत्ता में जो अन्न रखा था, वह उनके भाग्य में न था। उनके जीने-मरने से अंग्रेज़ों का क्या हानि-लाभ था! उनकी नज़र में उनकी सेना थी। वे मर गए तो कौन यहां उनकी रक्षा कर सकता था। जो देश को शताब्दियों से अन्न देते रहे थे, वे ही आज अन्न के बिना तड़प-तड़पकर मर रहे थे। गंगा के इस पार कलकत्ता में सांध्यवेला में बैंड की उत्तेजक ध्वनि पर विविध पकवान्न खाकर शराब पी और नाच रहे थे और गंगा के उस पार सहस्रों नर-कंकाल प्राणों का भार लिये ही हा-हा अन्न! हा अन्न! पुकार रहे थे। पुकारते-पुकारते निष्प्राण होकर गिर रहे थे, कुछ पतित-पावनी गंगा की गोद में, कुछ उसके अंचल पर। उन मरे-अधमरे सबको सरकारी डोम टांगें पकड़-पकड़ घसीटकर गंगा में फेंक रहे थे। कलकत्ता की गलियों में एक जून भात के लिए स्त्रियां गोद के बच्चे को बेच रही थीं।

ईस्ट इंडिया कम्पनी के हाथ बंगाल की लगाम आते ही लार्ड क्लाइव ने नमक पर एकाधिकार प्राप्त कर लिया। कम्पनी बंगाल का समूचा नमक बारह आना मन के भाव से खरीदती और उसे देशी व्यापारियों के हाथ पांच रुपये मन के हिसाब से बेचती थी। बाद में डायरेक्टरों के दबाव से नमक का भाव दो रुपये मन कर दिया गया। इस समय लार्ड क्लाइव बीमार होकर इस्तीफा देकर विलायत चले गए थे। वैरेलस्ट ने इस कमी की पूर्ति धान और चावलों के व्यापार से की। इस समय कार्टियर कलकत्ता के गवर्नर थे।

बंगाल के सबसे अधिक अत्याचारी नवाब शाइस्ताखां के ज़माने में भी बंगाल में रुपये का आठ मन चावल बिकता था। अलीवर्दीखां ने इस बात पर कड़ी नज़र रखी थी कि विदेशी व्यापारी चावल या धान का व्यापार न करें। उसकी अमलदारी में अंग्रेज़, फ्रांसीसी, आरमीनियन, पोर्तगीज़ किसी को भी चावल खरीदने की आज्ञा नहीं थी।

सन् 1766 में अंग्रेजों ने धान का व्यापार आरम्भ किया। 1768 में धान बंगाल में बहुत कम हुआ। प्रजा में लगान देने की भी शक्ति न रही। पर लगान सख्ती से वसूल किया गया। 1769 में फिर पानी नहीं बरसा। किसानों के पास बीज तक न था। इसलिए बहुत कम धान उपजा। यह सब कम्पनी के गवर्नर ने खरीदकर अपने अधिकार में कर लिया। सारे बंगाल में हाहाकार मच गया। बंगाल में इस समय कोई प्रजावत्सल राजा न था। बंगाल का नायब सूबेदार मुहम्मदरज़ाखाँ इस समय राजमहल की सेजों पर सुख से सो रहा था। उसका काम कड़े हाथों लगान वसूल करके कम्पनी के खज़ाने में भेजना था। प्रजा के सुख-दु:ख से उसे क्या काम!

ओह, कैसा हृदय-विदारक दृश्य है, राह के किनारे एक स्त्री पड़ी है, उसकी छाती से चिपटा हुआ बालक उसके स्तन को चूस रहा है। स्त्री मूर्छित है और स्तनों में दूध के स्थान पर खून निकलकर बूंद-बूंद बालक के मुंह में जा रहा है। और यह क्या भीषण दृश्य है, एक माता झाड़ी की ओट में पड़ी अपने मृत शिशु को खा रही है। हे ईश्वर, हे भगवान!

वैरेलस्ट और कार्टियर व्यस्तभाव से कलकत्ता के कौंसिल हाउस में परामर्श कर रहे थे।

वैरेलस्ट ने कहा, 'इस समय हम लोगों पर भारी दायित्व आ पड़ा है। इस दुर्भिक्ष का सामना कैसे किया जाए, समझ में नहीं आता। लगान कैसे वसूल होगा? खेतों में तो कुछ पैदावार हुई ही नहीं। लगान वसूल न हुआ और मुकर्रिर रकम समय पर हम न भेज सके तो बोर्ड ऑफ़ डायरेक्टर्स हमें मनसूख कर देगा। हम कहीं के न रह जाएंगे।'

'तो मुनासिब यह है कि इस बार पांच फीसदी लगान माफ़ कर दिया जाए। अगले साल दस फीसदी बढ़ाकर हम कसर निकाल लेंगे। इसके अलावा बाज़ार में और किसानों के घर जो भी धान हो, सब खरीद लिया जाए।

'बारिश पिछले साल भी नहीं हुई थी। पैदावार बहुत कम हुई थी, फिर भी हमने कौड़ी-कौड़ी मालगुजारी वसूल कर ली थी। ज़ोरोजुल्म से परेशान किसानों ने बीज का धान तब बेचकर मालगुज़ारी अदा की थी। इधर बीज की कमी और वर्षा के अभाव से इस साल फ़सल बोई ही नहीं गई।

'बाज़ार में चावल तो अभी है।'

'नायब सूबेदार मुहम्मदरज़ाखां ने सब चावल खरीदकर कोठियों में भर लिया है। वे जानते हैं कि ये गंटू मर जाएंगे, पर मांस खाकर धर्म भ्रष्ट न होंगे। अब वे मुंह-मांगे दामों बेच रहे हैं।'

'उनके पास पैसा कहां है? वे तो अब फटेहाल मर रहे हैं। उन्होंने जो फ़सलें बोई थीं उन्हें और लोग काट ले गए। वे भूखे मर रहे हैं। कम्पनी के गुमाश्तों ने उनका तमाम अनाज खरीदकर अपने गोदामों में भर लिया है। उनका बीज तक का अनाज छीन लिया गया है। कम्पनी के गोदामों में इस समय तीन लाख मन चावल भरा है।'

'तो हमको भी तो अपना मरना-जीना देखना है। हम और हमारी फ़ौज तो भूखी नहीं मर सकती। मुल्क के अनाज पर तो कम्पनी का अधिकार होना ही चाहिए।'

'और लाखों लोग जो भूखों मर रहे हैं?'

'उनके लिए पचास हज़ार मन चावल रज़ाखाँ ने कलकत्ता भेजा था न।'

'लेकिन कम्पनी के गुमाश्ते यह चावल ऊंचे दामों में मद्रास ले जाकर बेच रहे हैं।'

'कोर्ट ऑफ़ डायरेक्टर के पास शिकायतें पहुंची हैं। उन्होंने हमसे जवाब तलब किया है।'

'इसका जवाब लिख दिया जाएगा कि हमारी सेना को उतने समय में जितने अन्न की आवश्यकता है, उतना ही हमने खरीदकर अपने गोदामों में भरा है। हम गरीबों के कष्ट-निवारण की भी चेष्टा कर रहे हैं।'

'परंतु सारी आबादी का एक-तिहाई भाग भूख और बीमारी से मर गया है। और जितनी भूमि पर खेती होती थी वह सबकी सब बंजर हो गई है।'

'सो तो होगा ही। लोग खाने न खाने की वस्तु खाएंगे तो बीमारी तो फैलेगी ही।'

'लेकिन तीस लाख आदमी मर गए हैं साहब!'

'हिन्दुस्तानी औरतें बचपन से ही बच्चे पैदा करने लगती हैं। बहुत जल्द वे फिर उतने ही हो जाएंगे। इसके अतिरिक्त किया भी क्या जाए!'

'क्या हम भी उनके साथ ही मर जाएं?'

'कम्पनी के कर्मचारी भी तो स्वार्थी और घूसखोर हैं। उनमें न आत्मसम्मान है न कर्त्तव्य की भावना। वे तो धन बटोर रहे हैं।'

'अब इसमें हमारा क्या बस है, उन्हें जिन अनगिनत हिन्दुस्तानी एजेंटों और दलालों से काम लेना पड़ता है, वे सब पक्के लालची, कमीने और बेहया हैं। वे ही प्रजा पर घोर अत्याचार भी करते हैं और यूरोपियन अफ़सरों को भी बिगाड़ते हैं।'

'इसमें उनका क्या दोष है! ऊपर से उन पर हमारा डंडा भी तो पड़ता है कि जैसे बने रुपया वसूल करो।'

'तो डंडा तो हम पर भी बोर्ड ऑफ़ डायरेक्टर्स का है। वहां रुपया न भेजा जाएगा तो हमारी पतंग न कट जाएगी।'

'ऐसा तो हरगिज न होना चाहिए मिस्टर वैरेलस्ट, वरना हम कहीं के न रहेंगे। हमारे हाथ-पल्ले तो कुछ लगा ही नहीं।'

'लगेगा भी कहां से! अब नवाबी तो खत्म ही हो गई। रही रियाया, सो भूखी, नंगी और तबाह है।'

'खैर, तो अब कोर्ट ऑफ़ डायरेक्टर्स के खरीते का क्या जवाब लिख दिया जाए?'

यही कि यद्यपि अकाल और महामारी ने मुल्क को तबाह कर दिया है, मगर ऑनरेबुल डायरेक्टर्स को परेशान होने की कोई जरूरत नहीं है। अनावृष्टि के कारण धान की फसल पूरी न होने पर भी कम्पनी की मालगुजारी वसूल होने में कोई विघ्न न होगा।'

'लेकिन कैसे हो जाएगी?'

'यह हमारे सोचने और करने की बात है। आप यह जवाब लिख दीजिए और फिर इसे सफल करने में जुट जाइए।'

61

क्लाइव और वारेन हेस्टिंग्ज़ दोनों ही इस समय अपनी-अपनी कमाई लंदन में पचा रहे थे। इन लोगों की शाहखर्ची और ठाठबाट देखकर लंदन के नर-नारी आश्चर्यचकित हो रहे थे। वे लोग इन्हें 'नवोव' कहकर पुकारते थे, जो भारतीय नवाब का इंगलिश उच्चारण था। वे इस कदर फिजूलखर्ची कर रहे थे कि लंदन में चीजें महंगी बिकने लगी थीं। उनके नौकरों की वर्दी ड्यूक की वर्दी को मात कर रही थी। उनकी शानदार गाड़ी के सामने लंदन के मेयर की गाड़ी नगण्य थी। इस प्रकार की चेष्टाओं से वे अपनी बिरादरी से दूसरी बिरादरी में घुसने की चेष्टा कर रहे थे। वे शरीफ़ों की श्रेणी के पुरुष न थे, लुच्चों की जमात वाले थे, जो एडवांचरर कहाते थे। पर धन के मद में अकड़कर अब वे लार्डों से स्पृहा कर रहे थे। निस्संदेह उनके पास बेतोल सम्पदा थी। इस सम्पदा का मुकाबिला उस समय लंदन के लार्ड नहीं करते थे। इसलिए जहां उनके जाति वाले उनसे ईर्ष्या और द्वेष करते थे, वहां ये बड़े लोग उन्हें घृणा और हिकारत से देखते थे, इसी तरह जैसे यहां भारत में कभी किसी भंगी-चमार को भले आदमियों जैसे कपड़े या सोना पहनते देख कुलीन हिन्दू बौखला उठते थे। यही दशा उस समय इन 'नवोव' लोगों की इंग्लैंड में थी। परंतु इनके प्रशंसक भी थे, जो इनकी बदौलत मालामाल हो रहे थे। जिनके स्वार्थ ईस्ट इंडिया कम्पनी के साथ बंधे थे, क्योंकि इन 'नवोव' ने केवल अपनी ही गांठ न भरी थी, अपितु इन्होंने इन्हीं तीन वर्षों में आठ करोड़ रुपये मूल्य का सोना बंगाल से इंग्लैंड भेजा था, जिससे बोर्ड ऑफ़ डायरेक्टर्स की आंखों में सरसों फूल उठी थी। फिर भी क्लाइव उन लार्डों में सबसे अधिक योग्य, सबसे अधिक धनी, सबसे अधिक प्रसिद्ध और सबसे ऊंची पदवी धारण कर चुका था। वह बड़ी शान से बर्कले स्क्वायर के अपने महल में रहता था। उसका एक महल आयशायर में था और दूसरा क्लेयर मौंट में। उसने लंदन के कपड़े तैयार करने वाली एक प्रसिद्ध फ़र्म को अपने नाप

की दो सौ कमीजें तैयार करने का ऑर्डर दिया था। पार्लियामेंट में वह बड़ी-बड़ी टक्करें ले रहा था। परंतु लोग उस पर खुली व्यंग्य-वर्षा करते थे, जो तीर की भाँति उसके हृदय को छेदती थी।

उसका चरित्र भी बहुत हीन था। भारत में उसकी धूर्तता और हृदयहीनता प्रकट हो चुकी थी। प्रसिद्ध था, बंगाल में उसने अनेक सम्भ्रांत कुल की महिलाओं का सतीत्व नष्ट करने की चेष्टा की थी। यहां लंदन में आकर उसने खुला खेल आरम्भ कर दिया। उसने एक प्रतिष्ठित विवाहिता लेडी पर हाथ साफ़ किया। उसने उस उच्चकुलीन महिला के टाइटिल के स्थान पर अपना प्रेम-पत्र रख दिया। महिला ने उसकी अच्छी भर्त्सना की। इससे इंग्लैंड में सब छोटे-बड़े उससे घृणा करने और चरित्र की दृष्टि से कोढ़ी समझने लगे। जैसे लोग कोढ़ी की छूत से बचते हैं, वैसे ही लंदन के शरीफ़ उससे दूर रहने लगे। वह अनंत धन-सम्पत्ति से भरा-पूरा होने पर भी लंदन में मित्ररहित एकाकी रह गया।

और अंत में उस पर गाज पड़ी। पार्लियामेंट के समक्ष उस पर बड़े-बड़े संगीन आरोप लगाकर मुकदमा चलाया गया। उसकी रिश्वतों और गुप्त भेंटों का भंडाफोड़ किया गया। उसके करोड़पति बनने की पोल खोल दी गई। उसका प्रतिस्पर्धी मेजर वोर्गोनी था। विरोधियों ने उसके अनाचारों-अपराधों को खोलकर सर्वसाधारण के समक्ष रख दिया। समर्थकों ने उसकी देशसेवा का लम्बा-चौड़ा बखान किया। लम्बा विवाद चला। गर्मागर्म बहस हुई। अंत में पार्लियामेंट ने निर्णय दिया-उसने अपराध किए हैं परंतु देश की बहुत बड़ी प्रशंसनीय सेवा भी की है। उसे छोड़ दिया गया। पार्लियामेंट के इस निर्णय से यह पद्धति कायम हो गई कि भारत पर शासन करने वाले अंग्रेज़ों के अपराध का निर्णय पाप-पुण्य के मानदंड से न होकर इंग्लैंड की स्वार्थ-सिद्धि के मानदंड से होगा।

पार्लियामेंट से वह बरी हो गया। परंतु इंग्लैंड-भर उससे घृणा करने लगा। वह सुस्त और कभी-कभी विक्षिप्त रहने लगा। जब वह अपना नया विशाल प्रासाद बनवा रहा था तो लोग देखकर कहते थे, 'वह अपने चारों ओर मंडराते हुए शैतान के दूतों से बचने के लिए यह महल बनवा रहा है।'

दुराचार ने उसे जर्जर कर दिया और अनेक गंदी बीमारियां, जो उन दिनों इंग्लैंड में आम थीं, उसने अपने शरीर में बटोर लीं। अब वह अफीम खाने लगा था और उदास, खोया-खोया फिरा करता था। उसने दिल बहलाने के लिए मध्य यूरोप की यात्रा की, पर व्यर्थ। उसका मनस्ताप बढ़ता ही गया और एक दिन चाकू से उसने आत्मघात कर लिया।

62

दुर्भिक्ष के कारण सारा देश किसानों से खाली हो गया। कुछ मर गए, कुछ भाग गए। सारी ज़मीन परती पड़ी रह गई। मालगुज़ारी भी वसूल नहीं हुई।

कम्पनी के कारोबार में भारी अड़चन आ गई। अत्याचार, अकाल और अव्यवस्था की ये खबरें इंग्लैंड पहुंचीं। पार्लियामेंट ने कम्पनी के डायरेक्टरों से जवाब तलब किया। डायरेक्टरों ने इस विपत्ति का सामना करने के लिए वारेन हेस्टिंग्ज़ को बंगाल का गवर्नर बनाकर भेजा।

वह पन्द्रह बरस बंगाल में रह चुका था। वहां उसके बहुत से मित्र-मददगार थे, मुंशी नवकृष्ण, कांत पोद्दार, गंगागोविंदसिंह, छिदाम विश्वास और अन्य लोग भी। वह एक ठिगने कद का, दुबला-पतला, विचारशील व्यक्ति था। क्लाइव की भाँति बंगाल में बदनाम न था। वह अपने इन हिन्दुस्तानी मित्रों के साथ मिलकर काम कर चुका था। छिदाम विश्वास को पहले-पहल इसने ही कासिम बाज़ार की कोठी में प्यादा नियत किया था। कांत पोद्दार से उसकी गहरी दोस्ती थी। विपत्ति के दिनों वह उसका शरणापन्न रह चुका था। ये सब वारेन हेस्टिंग्ज के गवर्नर बनकर आने से बहुत प्रसन्न हुए। उन्होंने बड़ी खुशियां मनाईं, उन्हें बड़ी-बड़ी आशाएं बंधीं। क्लाइव सिपाही था, पर वारेन राजनीति-कुशल था। उसका ठंडा दिमाग उसका सबसे बड़ा सहायक था। परंतु रुपये का लालची वह भी था। वह पहले भी काफ़ी रुपया लूट चुका था। वह जन्मत: गरीब घर का लड़का था। बचपन में अपने पड़ौस के डेल्सफोर्ड कैसल को ललचाई आंखों से देखता और यह सोचा करता था कि एक दिन इसे खरीदकर छोड़ूँगा। यद्यपि काफ़ी रकम भारत से बटोर ले गया था, पर वह इतनी न थी कि डेल्सफोर्ड कैसल को खरीद ले। इस बार वह बंगाल का गवर्नर बनकर आ रहा था। उसका हृदय उच्चाकांक्षाओं से भरपूर था। इस बार लौटने पर वह ज़रूर डेल्सफोर्ड कैसल को खरीद सकेगा, इसका उसे पूरा विश्वास था।

बंगाल के गवर्नर की कुर्सी पर बैठकर हेस्टिंग्ज़ के गुण और अवगुण दोनों ही का विकास हुआ। बाद में तो वह भारत का गवर्नर-जनरल बन गया। वह तेरह वर्ष कुर्सी पर रहा। इन तेरह वर्षों में उसने क्लाइव के द्वारा डाली गई बुनियाद पर ब्रिटिश-साम्राज्य का महल खड़ा कर दिया।

जिस समय उसने कुर्सी सँभाली, वहां दुअमली चल रही थी। नवाब नाम के लिए बंगाल का शासक था, शासन की सारी बागडोर कम्पनी के ही हाथों में थी। कम्पनी की ओर से मुहम्मदरज़ाखां फ़ौजदार मुकर्रर था। सैनिक और विदेशी मामलों को छोड़ शेष सब महकमे रज़ाखां की देख-रेख में चलते थे। उसे एक लाख रुपये वार्षिक वेतन मिलता था। परंतु नवाब के सब खर्च उसी के माफ़िक होते थे और वही लगान आदि की वसूली करता था, इसलिए उसकी ऊपर की आमदनी भी बेशुमार थी। असल में बंगाल का कर्ता-धर्ता वही था।

वारेन हेस्टिंग्ज़ ने इस दुअमली को खत्म करने की ठान ली। उसने नवाब और रज़ाखां दोनों को खत्म करके शासनसूत्र अपने हाथ लेने की ठान ली। उसने सोचने-विचारने में समय नष्ट नहीं किया। एक दिन आधी रात के समय अचानक बिना सूचना दिए अंग्रेज़ी फ़ौज ने रज़ाखां का महल घेर लिया और उसे गिरफ्तार कर लिया गया। यही सलूक उसके सहकारी राजा सिताबराय के साथ किया गया। दोनों पर कम्पनी के धन के दुरुपयोग का मुकदमा कलकत्ता में चला।

कुछ दिन मुकदमे का नाटक चला। फिर दोनों को अचानक ही रिहा कर दिया गया। रज़ाखां के विरुद्ध नंदकुमार से गवाही दिलाई गई। इस बदले में नंदकुमार को पदच्युत रज़ाखां के स्थान पर नियुक्त करने का वचन दिया गया था। परंतु हेस्टिंग्ज़ ने वचन पूरा नहीं किया। नंदकुमार के आंसू पोंछने को उसके लड़के गुरदास को नवाब के निजी खज़ाने का खजांची बना दिया गया।

नंदकुमार से वारेन हेस्टिंग्ज़ की पुरानी दुश्मनी थी। अब इस नयी धोखाधड़ी से वह वारेन का पूरा शतु बन गया। उसने रज़ाखां से दुश्मनी भी मोल ली और उसके हाथ भी कुछ न लगा।

63

एक दिन प्रात:काल जब बापूदेव संध्या-वंदन करके घर लौटे तो एक पुरुष को घर के द्वार पर बैठे देखा। बापूदेव ने पूछा, 'कौन है?' तो वह व्यक्ति दौड़ कर उनके चरणों में लिपट गया।

'अरे, नंदकुमार! स्वस्ति पुत्र, बहुत दिन बाद आए। इस वृद्ध ब्राह्मण को एकबारगी ही भूल गए बेटा।'

'गुरुवर, आपने जो आदेश दिया था वही मैंने किया। मन, वचन से काम में लगा रहा और अब कृतकृत्य हो आपके चरणों में आशीर्वाद के लिए आया हूँ। इस समय वर्द्धमान, हुगली और नदिया का मैं ही फ़ौजदार हूँ, परंतु मुझे बड़ी कठिनाइयों का सामना करना पड़ रहा है। गुरुदेव इसीलिए चरणों में आया हूँ कि कुछ राह आप दिखाएँ। परंतु माताजी कहां हैं? पहले मैं उनकी चरण-वंदना कर आऊं। और मेरी भगिनी प्रमदादेवी? उनका तो विवाह हो चुका न?'

बापूदेव का मुंह भरे बादलों के समान हो गया। कुछ देर उनके मुंह से बात न निकली, फिर धीरे से कहा, 'पुत्र तुम्हारी माता तो अब नहीं रहीं। बैकुंठ सिधार गईं।'

'अरे!' नंदकुमार के हृदय में जैसे किसी ने हथौड़े से चोट की। फिर उन्होंने कहा, 'और मेरी पूज्य भगिनी, प्रमदादेवी? वे क्या ससुराल में हैं?'

बापूदेव को आंसू रोकना दूभर हो गया। उन्होंने थूक निगलकर कहा, 'यहीं है पुत्र, पर वह विधवा है।'

नंदकुमार उत्तेजना से अधीर होकर तड़प गए। उन्हें ऐसा प्रतीत हुआ कि जैसे उनके प्राण ही निकल रहे हैं। वे गुमसुम बैठ रहे।

मुर्शिदाबाद से थोड़े ही अंतर पर भद्रपुर ग्राम था। वहां पद्मराय नाम के एक सम्पन्न गृहस्थ रहते थे। अलीवर्दीखां के वे दीवान थे। बापूदेव को वे गुरुवत् मानते थे। नंदकुमार उनका इकलौता पुत्र था। बचपन में बापूदेव से उसने शिक्षा पाई थी। बापूदेव ने शास्त्र, सदाचार और नीति की उसे उत्तम शिक्षा दी थी। आठ वर्ष उनके चरणों में बैठकर ज्ञानार्जन करके नंदकुमार अलीवर्दीखां नवाब की सरकार में अपने पिता की मृत्यु के बाद पंडितजी के कहने से बहाल हो गए थे। उनके सुपुर्द मालगुज़ारी उगाहने का काम था। पीछे उनके काम से प्रसन्न होकर नवाब ने उन्हें हुगली का फ़ौजदार बना दिया था। इतने दिनों में उन्होंने तीन-चार लाख रुपया पैदा किया था और आज जब वे गुरु से मिलने आए थे तो गुरु-पत्नी और गुरुपुत्री के लिए कुछ वस्त्र और आभूषण भेंट करने लाए थे। परंतु यहां आकर जब उन्होंने सुना कि गुरु-पत्नी का देहांत हो गया और गुरु-पुत्री विधवा हो गई तो उन्होंने उस भेंट की चर्चा तक नहीं की। वे बहुत देर तक मर्माहत-से गुमसुम बैठे रह गए।

बापूदेव शास्त्री ही ने मुंह खोला। उन्होंने कहा, 'पुत्र, तुमने कहा था कि तुम्हें अपने काम में कठिनाई है, सो वह क्या बात है?'

नंदकुमार ने कहा, 'आपको तो ज्ञात ही है कि नवाब मीरजाफर ने ये तीनों जिले अंग्रेज़ों का ऋण चुकाने के उद्देश्य से अंग्रेज़ों को दे दिए थे। वह ज़माना लार्ड क्लाइव का था। वारेन हेस्टिंग्ज़ से उसकी पटती न थी। उन दिनों इन इलाकों की मालगुज़ारी वसूल करने का अफ़सर वारेन हेस्टिंग्ज़ था। पर क्लाइव ने उसे हटाकर मुझे नियुक्त कर दिया। अब हेस्टिंग्ज़ साहब बंगाल के राजाधिराज होकर आए हैं और अपना पुराना वैर मुझसे चुका रहे हैं। बात-बात में खुरपेंच निकालते हैं। इस समय बहुत लोग अंग्रेज़ी कोठियों में गुमाश्ता-पद पाने को बड़ी-बड़ी घूस देते और दौड़-धूप करते हैं। ये सब नीच जाति के गोप, मछुए और गावटी हैं, जिनके हाथ का छुआ पानी भी कोई नहीं पीता था। अब ये गंगागोविंदसिंह, देवीसिंह, नवकृष्ण मुंशी, छिदाम विश्वास वारेन की मूंछ के बाल बने हुए हैं। सबसे बढ़कर कांत पोद्दार, जिनके सात खून भी माफ़ हैं। ये सब लोग मेरा सर्वनाश करने पर तुले हुए हैं, क्योंकि ये अंग्रेज़ों के हितैषी और देश के दुश्मन हैं। अंग्रेजों के जुल्म को ये ही नराधम सक्रिय करते हैं। केवल मैं ही अत्याचारों की रोक-थाम करता हूँ। पर अकेला चना क्या भाड़ फोड़ सकता है।'

बापूदेव ने कहा, 'दुर्बलों के प्रति सबल अत्याचार करते ही हैं। यह तो पुरानी परम्परा है।'

'पर ये अंग्रेज़ तो पूरे डकैत हैं। ये मालगुज़ारी की वसूली नहीं करते हैं, डकैती करते हैं।'

'अंग्रेज़ों का इसमें क्या दोष है! इस अनाचार का दायित्व तो उस अधम मीरजाफर है, जो अफीम की पीनक में पड़ा रहता था। 'वह तो दीनो दुनिया से गया। पर अब क्या किया जाए?'

'तुम्हें अपने पद की चिंता है या देश के अत्याचार-पीड़ितों की?'

'मुझे दोनों की चिंता है।'

'तो एक चिंता छोड़ दो। दो घोड़ों पर सवार होना ठीक नहीं।'

'क्या मैं नौकरी छोड़ दूँ?'

'तुम नौकरी रखना चाहते हो तो गंगागोविंद की तरह काम करो।'

'वह अधम तो घोर अत्याचार कर रहा है। उसके अत्याचार से देश उजाड़ हो गया। उसने तालुकेदारों की पर्दानशीन स्त्रियों तक को अपनी माल-कचहरी में नंगी करके रखा। घोर दुर्भिक्ष पड़ने पर भी कर-वसूली में कोई कमी नहीं की गई। बड़े-बड़े ज़मींदारों को बेल की कांटेदार डालियों से मार-मारकर अधमरा कर दिया। बहुत लोग वहीं मर गए। बहुत जेलों में सड़ रहे हैं।'

'तो वही तुम करो।'

'गुरुदेव, आप मुझे ऐसी आज्ञा देते हैं?'

'क्या तुमने देखा नहीं है कि सैकड़ों ज़मींदार नज़राने के रुपये अपने-अपने हाथों में लेकर सुबह से शाम तक उसके द्वार पर खड़े रहते हैं? जो नहीं आ सकते उनके गुमाश्ते और आममुख्तार अपने-अपने स्वामियों की ओर से पत्र और नज़राना लिये उसके सम्मुख सिर झुकाकर हाज़िर होते हैं। किसी राजा, रईस, अहलकार को उसके सामने बैठने की हिम्मत नहीं होती। लोग उसे देखते ही दोनों हाथ उठाकर कहते हैं-महाराज की जय हो। लोगों को तुमने क्या यह लोकोक्ति कहते नहीं सुना, पुत्र अबाध्य है, दरबार असाध्य है, केवल गंगागोविंदसिंह का सहारा है।'

'सब सुना है गुरुदेव, सब देखा है।'

'और तुमने यह भी सुना है कि गंगागोविंदसिंह की माता के श्राद्ध में बीस लाख मनुष्यों के योग्य खाद्य एकत्र किए गए थे जिसका एक पैसा भी उसे न देना पड़ा था। तीन कोस के घेरे में लोगों के ठहरने के लिए छप्पर के मकान तैयार किए गए थे। देश के सब राजा, तालुकेदार वहां आए थे। गंगागोविंदसिंह का निमंत्रण फ़ौजदारी अदालत से बढ़कर समझा गया था।'

'जानता हूँ गुरुदेव, उसके यहां मुझ हतभाग्य ब्राह्मण को भी जाना पड़ा था। न जाने से उसके नाराज़ होने का भय था। ईश्वर के असंतुष्ट होने से रक्षा हो सकती है, पर गंगागोविंदसिंह के नाराज़ होने पर नहीं।'

'जिस तरह वह करता है उसी तरह देवी सिंह, छिदाम विश्वास, कांत पोद्दार और दूसरे भी करते हैं और धन, सम्मान, वैभव, अधिकार पाते हैं। तुम भी यही करो।'

'मैं भी यही करूं?'

'नहीं करोगे तो वह वैभव, अधिकार और धन तुम्हें नहीं मिलेगा।'

'न मिले। मैं अनाचार नहीं करूँगा।'

'तो पुत्र, तुम नौकरी को लात मारो, ऐश्वर्य की आशा त्याग दो और आत्मत्याग की राह पर चल दो। दुविधा में रहोगे तो विनाश अवश्यम्भावी है।'

बातें करते-करते दोपहर हो गयी थी। उन्होंने कहा, 'पुत्र, अब तुम स्नान-भोजन कर विश्राम करो। और बात फिर होगी।'

इतना कहकर बापूदेव उठ खड़े हुए। नंदकुमार भी उन्हें प्रणाम कर चल दिए।

64

इसी समय पार्लियामेंट ने भारत के सम्बन्ध में ऐबूलेशन एक्ट पास किया। उसके आधार पर वारेन हेस्टिंग्ज़ गवर्नर-जनरल बन गया और चार सदस्यों की एक कौंसिल उसकी सहायता के लिए नियत की गई। न्याय-व्यवस्था के लिए कलकत्ता में एक सुप्रीम कोर्ट की स्थापना

हुई, जिसका चीफ़ जस्टिस सर एलीज़ा इम्पे नियत हुआ। उसके तीन सहायकों में एक फिलिप फ्रांसिस था, जो एक उल्लेखनीय व्यक्ति था।

उन दिनों बोर्ड ऑफ़ डायरेक्टर्स तो रुपये की हाय-हाय कर ही रहा था, भारत में आया प्रत्येक अंग्रेज़ भी धन बटोरने में लगा था। वारेन ने भी इस सुअवसर से लाभ उठाया। उसने दोनों हाथों से धन बटोरना आरम्भ कर दिया। जब उसकी सलाहकार कौंसिल के सदस्य भारत पहुंचे तो देखा कि गवर्नर-जनरल अनुचित रीति पर धर्नाजन करने के लिए बहुत बदनाम हो चुका है। सदस्यों में सर फ्रांसिस बड़े न्यायनिष्ठ और स्पष्टवक्ता थे। उन्होंने तुरंत वारेन की कुचेष्टाओं में बाधा डालनी शुरू कर दी। वारेन भी उचित-अनुचित का विचार छोड़ उनसे भिड़ गया। दोनों कट्टर शत्रु बन गए। दोनों के संघर्ष का शिकार बना नंदकुमार। वह फ्रांसिस का सहायक बन गया। बापूदेव शास्त्री की सीख उसने भुला दी और षड्यंत्रों के कुचक्र में फंस गया।

महाराज नंदकुमार ने एक अभियोग-पत्र सर फिलिप फ्रांसिस की मार्फत कौंसिल में भेजा। उसमें लिखा था-

'हेस्टिंग्ज़ जैसे शक्तिशाली पुरुष की शिकायत करके अपनी रक्षा के लिए मैं परमात्मा पर ही भरोसा करता हूँ। आत्ममर्यादा को मैं प्राणों से भी बढ़कर मानता हूँ। और यदि अब भी असली भेद न खोलूं और मौन रहूँ तो मुझे और भी विपत्तियाँ झेलनी पड़ेंगी। लाचार होकर मैं यह रहस्य प्रकट करता हूँ।

'यह कि हेस्टिंग्ज़ ने तीन लाख चौवन हज़ार एक सौ पांच रुपये का गबन किया है। मुहम्मदरज़ा से भी भारी रिश्वत लेकर उसे रिहा किया है। जगतचंद, मोहनप्रसाद, कमालुद्दीन आदि उनकी इस गबनगोष्ठी में सम्मिलित हैं। वे मेरे भी सर्वनाश का षड्यंत्र रच रहे हैं, क्योंकि मैंने उनका साथ नहीं दिया।'

पत्र में और भी विस्तार से बातें लिखी थीं। जब पत्र कौंसिल में सुनाया गया तो हेस्टिंग्ज़ का चेहरा फक हो गया। वह क्रुद्ध होकर बकझक करता कौंसिल को बर्खास्त करके उठ गया।

दो दिन बाद फिर कौंसिल बैठी तो महाराज नंदकुमार का एक और पत्र खोला गया, उसमें उन्होंने प्रार्थना की थी कि यदि कौंसिल अनुमति दे तो मैं स्वयं कौंसिल में उपस्थित होकर सब बातों का प्रमाण पेश करूँ और घूस के रुपयों की रसीद दाखिल करूँ। पत्र सुनकर कर्नल मानसून ने प्रस्ताव किया कि नंदकुमार को कौंसिल में उपस्थित होकर सबूत पेश करने की आज्ञा देनी चाहिए। यह सुनकर गवर्नर ने खड़े होकर कहा, 'यदि नंदकुमार हमारा अभियोक्ता बनकर कौंसिल में आएगा तो हम इस अपमान को बर्दाश्त नहीं कर सकेंगे। हमारी अधीनस्थ कौंसिल को हमारे कार्यों की आलोचना करने का कोई अधिकार नहीं है। यदि कौंसिल ऐसा करेगी तो हम वहां नहीं बैठेंगे। हम कौंसिल की बैठक भी स्थगित कर देंगे।'

इस पर कर्नल ने कहा, 'तब यह मामला सुप्रीम कोर्ट में जाना चाहिए।'

वाद-विवाद बहुत हुआ, अंत में तय यही हुआ कि नंदकुमार को कौंसिल में हाज़िर होकर सबूत पेश करने दिया जाए। परंतु गोरे गवर्नर पर काला आदमी दोषारोपण करे, यह अनहोनी बात थी।

हेस्टिंग्ज़ उठकर चल दिया। तीनों सदस्यों ने एकमत हो जनरल क्लीयरिंग को सभापति बनाया। महाराज नंदकुमार के पेश किए गए प्रमाणों के आधार पर अभियोग प्रमाणित हो गया। कौंसिल ने वारेन को अपराधी घोषित किया और कहा, 'वह तमाम गबन का रुपया कम्पनी के खज़ाने में जमा कर दे।' पर हेस्टिंग्ज़ ने प्रस्ताव ठुकरा दिया। तब कौंसिल ने कम्पनी की ओर से सुप्रीम कोर्ट में दावा दायर करने के लिए सब कागज़ात कम्पनी के सालीसिटर-जनरल के पास भेज दिए।

हेस्टिंग्ज़ ने उसी रात सुप्रीम कोर्ट के चीफ़ जस्टिस सर इम्पे की कोठी पर गुप्त मंत्रणा की। सर इम्पे उसके बालसखा और सहपाठी थे। उसके अगले ही दिन मोहनप्रसाद ने सुप्रीम कोर्ट में हलफिया बयान दाखिल करके नंदकुमार के खिलाफ़ जालसाज़ी का मुकदमा खड़ा कर दिया। महाराज नंदकुमार गिरफ्तार कर लिये गए। उसके विरोधी जहां यह आशा करते थे कि वारेन हेस्टिंग्ज़ को कम्पनी की ओर से दंड दिया जाएगा, यह देख अचम्भे में रह गए कि उनका मुख्य गवाह नंदकुमार गिरफ़्तार हो गया है।

65

न्यायमूर्ति चीफ़ जस्टिस पीली गाउन पहनकर प्रधान न्यायाधीश के आसन पर आ विराजे। उनके सामने अभियुक्त की हैसियत से महाराज नंदकुमार खड़े हुए। उनके गुमाश्ता चैतन्यनाथ और दामाद राय राधाचरण बहादुर तथा बैरिस्टर फरार साहब उनके पीछे खड़े हुए। कांत पोद्दार और दूसरे गवाह हेस्टिंग्ज़ के सहचर दर्शकों की सीट पर आ बैठे। नंदकुमार पर बीस अभियोग लगाए गए थे। बारह जूरी भी अपने आसन पर थे, जो सब हेस्टिंग्ज़ के गुट के आदमी थे। कोर्ट के प्रधान दुभाषिए विलियम्स चैम्बर किसी तरीके से गैरहाज़िर कर दिए गए थे और गवर्नर के कृपापात्र इलियट को उनका काम सौंपा गया था। महाराज के बैरिस्टर ने आपत्ति की तो इम्पे साहब ने उन्हें घुड़क दिया। क्लर्क आबद क्राउन ने अभियोग-पत्र पढ़ा।

मुकदमा एक जाली दस्तावेज़ का था। पाठकों को याद होगा कि जब महाराज नंदकुमार अपने गुरु बापूदेव शास्त्री से मिलने गए थे तो वे कुछ आभूषण उनकी पुत्री प्रमदादेवी के लिए भेंट-स्वरूप ले गए थे। परंतु जब उन्होंने सुना कि प्रमदादेवी विधवा हो गई हैं तो उन आभूषणों का ज़िक्र उन्होंने उनसे नहीं किया। अब हकीकत यह थी कि उन्होंने वे आभूषण मुर्शिदाबाद के एक साहूकार बुलाकीदास के यहां रख दिए थे। बुलाकीदास ने उनके एवज में अड़तालीस हज़ार इक्कीस रुपयों का एक दस्तावेज़ लिख दिया था। कुछ काल बाद बुलाकीदास मर गए। जब कलकत्ता में अकाल पड़ा तो प्रमदादेवी ने पीड़ितों की सहायता करनी चाही और अपना

विचार राजा नंदकुमार पर प्रकट किया। नंदकुमार ने तब उन आभूषणों की बात प्रमदादेवी से की और उनकी स्वीकृति पाकर वे रुपये बुलाकीदास की गद्दी से वह दस्तावेज़ दिखाकर ले लिये। उन रुपयों का अन्न खरीदकर प्रमदादेवी ने भूखों को बांट दिया। अब उसी दस्तावेज़ को जाली कहकर यह मुकदमा खड़ा किया गया था।

जब फरियादी के गवाहों की ज़बानबंदी आरम्भ हुई तो पहली गवाही मोहन लाल की हुई।

यह वही आदमी था, जिसकी पहली दरख्वास्त का मसौदा स्वयं कोर्ट के जजों ने बनाया था। पर यह बात फ़ैसला हो चुकने पर प्रमाणित हुई। दूसरी साक्षी कमालुद्दीनखां की हुई। उसने कहा, 'महाराज ने मेरे नाम की मुहर मुझसे मांगी थी, आज चौदह वर्ष हुए मुझे वह वापस नहीं मिली। जज के दस्तावेज़ दिखाने पर उसने अपनी मुहर की छाप को पहचान लिया। उसने यह भी कहा कि इस बात की खबर ख्वाजा पैट्रिक सदरुद्दीन और मेरे नौकर हसनअली को भी है।'

दस्तावेज़ पर मुहर में अब्दुल कमालुद्दीन की छाप थी। जिरह में जब उससे पूछा गया कि तुम्हारा नाम तो कमालुद्दीनखां है, यह मुहर तुम्हारी कैसी? तब गवाह ने कहा, 'धर्मावतार! मैं कभी झूठ नहीं बोलूँगा। मैं दिन में पाँच बार नमाज पढ़ता हूँ। मेरा नाम पहले अब्दुल कमालद्दीन ही था। पर तब से अब मेरी हैसियत बढ़ गई है, इसलिए मैंने अपने नाम के आगे का टुकड़ा छोड़कर नाम के पीछे खां लगा लिया।'

जिरह में जब पूछा गया कि तुम्हें कैसे मालूम हुआ कि तुम्हारा नाम गवाही में दर्ज है? तब उसने कहा, 'महाराज ने मुझसे खुद ज़िक्र किया था कि हमने तुम्हारे नाम की मुहर गवाहों में लगा दी है; ज़रूरत पड़े तो इसके सबूत में तुम्हें गवाही देनी पड़ेगी। पर मैंने झूठी गवाही से साफ़ इनकार कर दिया था। अल्ला-अल्ला! मैं झूठी गवाही दे सकता था!'

हुसैनअली, ख्वाजा पैट्रिक और सदरुद्दीन ने भी उसकी बात की पुष्टि की। दस्तावेज़ पर अब्दुल कमालुद्दीन, शिलावतसिंह और माधवराव के भी दस्तखत थे। कमालुद्दीन की गवाही तो हो चुकी, बाकी दोनों मर चुके थे। शिलावतसिंह के दस्तखत पहचानने को राजा नवकृष्ण आए थे। ये कायस्थ थे। इन्होंने शपथपूर्वक कहा कि यह शिलावतसिंह के दस्तखत नहीं हैं।

इतनी साक्षी होने पर भी मामला जोरदार नहीं हुआ। वादी मोहन प्रसाद नौ बार और उसका गुमाश्ता कृष्णजीवनदास चौबीस बार गवाहों के कठघरे में खड़े किए गए। बार-बार जिरह किए जाने पर कृष्णजीवन ने झुंझलाकर कहा, 'पद्ममोहनदास के हाथ का लिखा एक इकरारनामा बुलाकीदास ने स्वयं लिखा था; उसमें बुलाकीदास ने महाराज के 1765 में अड़तालीस हज़ार इक्कीस रुपये के एक तमस्सुक की बाबत साफ़-साफ़ लिखा था।'

कृष्णजीवन के इस इज़हार से कोर्ट के जजों और हेस्टिंग्ज़ के चेहरों का रंग फक हो गया। पर इम्पे साहब ने गम्भीरता से कहा, 'कृष्णजीवन ने अब तक जो गवाही दी थी, वह करारेपन से दी थी, पर इस इकरारनामे की बात कहती बार उसका कंठ अवरुद्ध हुआ। इसलिए अंतिम बात

झूठ जान पड़ती है। निस्संदेह पद्ममोहन ने महाराज नंदकुमार की साज़िश से एक इकरारनामा तैयार कर लिया था।'

उधर कांत पोद्दार, मुंशी नवकृष्ण, गंगागोविंदसिंह और स्वयं हेस्टिंग्ज़ साहब नये-नये गवाह तैयार कर रहे थे और किसी तरह काम बनता न देखकर उन्होंने आज़िमअली को गवाहों के कठघरे में लाकर खड़ा किया।

आज़िमअली नमक की कोठी के एजेंट एक अंग्रेज़ का खानसामा था। क्लाइव की प्रतिष्ठित सभा के सभ्य, आवश्यकता होने पर इसे बहुधा सरकारी गवाह बनाया करते थे, क्योंकि उस समय सरकारी वकील नहीं होता था। जब किसी पर नमक की चोरी का अपराध लगाया जाता था तो आज़िमअली गवाह बनता था। पर अब वह सभा लोप हो गई थी। आज़िमअली ने अब एक औरत से निकाह पढ़ाकर लालबाज़ार में जूते की दुकान खोल ली थी।

तीसरी जून से सबूत के गवाहों की ज़बानबंदी आरम्भ हुई थी और ग्यारहवीं जून को सबूत की गवाही समाप्त हो गई थी। फिर भी बारहवीं जून को आज़िमअली गवाह पेश किया गया। यह कार्यवाही बेज़ाब्ता थी, पर इस मुकदमे में जाब्ता ही क्या था!

गवाहों के कठघरे में आज़िमअली को खड़ा होते देख महाराज के गुमाश्ते और उनके दामाद के देवता कूच कर गए। वह एक सिद्धहस्त गवाह था। वे समझ गए, बस यह चश्मदीद गवाह बनकर आया है। चैतन्य बाबू ने इस समय धूर्तता से काम लिया। उन्होंने हाथ के इशारे से आज़िम को सौ, फिर दो सौ, फिर तीन सौ रुपये देने का इशारा किया, पर आज़िम न माना। वह हलफ उठाकर कहने लगा-

'मैं महाराज नंदकुमार का मकान जानता हूँ। उनके गुमाश्ता चैतन्यनाथ ने मेरी दुकान से जूता लिया था। मैं सन् 1769 के जुलाई मास में चैतन्य बाबू से जूतों के दामों का तकाजा करने महाराज नंदकुमार के मकान पर गया। उसके दस दिन पहले बुलाकीदास की मृत्यु हो गई थी। वहां मैंने चैतन्य बाबू को काम में फंसे हुए पाया। पूछने पर उन्होंने कहा-इस समय महाराज एक जाली दस्तावेज़ बना रहे हैं, उसी में इस समय फंसा हूँ। इसके बाद देखा, महाराज बैठक में नाक पर चश्मा चढ़ाकर एक बक्स में से पच्चीस-तीस मुहरें निकालकर उनका नाम ज़ोर-ज़ोर से पढ़ रहे हैं। एक मुहर को उन्होंने कमालुद्दीन की कहकर चैतन्यनाथ को दिखाया भी था।'

आज़िम का यह इज़हार सुनकर कोर्ट के जजों की आनंद से बत्तीसी खुल गई। वे उत्सुकता से कहने लगे, 'गो ऑन।'

आज़िमअली ने कहा, 'हुजूर, इसके बाद तमस्सुक की शक्ल के कागज़ पर वह मुहर छाप दी गई।'

'कहे जाओ, कहे जाओ।'

'इसके बाद चैतन्य बाबू से महाराज ने कहा कि जहां मुहर लगाई है, उसके पास ही अब्दुल कमालुद्दीन का नाम भी लिख दो।'

‘कहे जाओ।’

‘चैतन्य बाबू ने कमालुद्दीन का नाम लिख दिया।’

‘क्या तुम लिख-पढ़ सकते हो।’

‘हुजूर, अब तो आंखों से दिखाई ही कम देता है, पर आगे फारसी पढ़-लिख सकता था।’

सर इम्पे ने कहा, ‘फिर?’

‘हुजूर, इसके बाद उसी कागज़ पर महाराज ने शिलावतसिंह और माधव के नाम भी गवाहों में लिख दिए।’

इस इज़हार से घबराकर चैतन्य बाबू ने एक हज़ार रुपये का इशारा किया। तब आज़िम ने भी इशारे ही से कहा, ‘घबराओ मत, सब पर पानी फेरे देता हूँ।’ उधर जज और फरियादी के वकील अधीर होकर, ‘गो ऑन, गो ऑन,’ कहने लगे।

आज़िमअली ने कहा, ‘सब काम खत्म होने पर महाराज उसे पढ़ने लगे।’

जजों ने अत्यानंदित होकर कहा, ‘अच्छा, अच्छा, फिर क्या हुआ?’

आज़िमअली ने कहा, ‘बस पढ़कर महाराज ने उसे बक्स में रख लिया। तभी हमने सुना कि बुलाकीदास ने महाराज को तमस्सुक लिख दिया है।’

‘फिर! फिर!!’

‘हुजूर, बस इसके बाद ही घर के भीतर मुर्गी बोली और मेरी नींद टूट गई। मेरी छोटी बीवी ने कहा-मियां! आज क्या बिस्तर से नहीं उठोगे? देखो कितनी धूप चढ़ गई है।’

यह सुनते दुभाषिए इलियट साहब ने आज़िमअली के मुंह की ओर देखा। मुंह फटा का फटा रह गया। उनके मुंह से निकला, ‘अयं!’

उधर इम्पे साहब ने दुभाषिए से अंतिम बात समझाने को कहा और उधर गवाह से कहा, ‘गो ऑन।’

आज़िमअली ने कहा, ‘हुजूर, इसके बाद मैंने अपनी छोटी बीवी से कहा-‘मीर की बेटी, मैंने ख्वाब में देखा है कि मैं महाराज नंदकुमार के मकान पर गया हूँ और वे बुलाकीदास के नाम से एक जाली दस्तावेज़ बना रहे हैं।’

जब इलियट साहब ने गवाह की बातों को इम्पे को समझाया तब तो सुप्रीम कोर्ट के सुयोग्य जज विमूढ़ हो आज़िम के मुंह को देखने लगे। पर अब आज़िम ने ‘गोऑन’ की प्रतीक्षा न कर कहना जारी रखा, ‘धर्मावतार! मेरी बात सुनकर मेरी छोटी बीवी ने कहा-‘मियाँ, तुम हमेशा राजा, उमराव, साहबों के मकानों पर आते-जाते हो, इसी से सपने भी तुम्हें ऐसे दीखते हैं।’

जज शून्य हृदय से बयान सुन रहे थे। अंत में जब चेम्बर्स ने दुभाषिए से कहा, 'गवाह से दरियाफ्त करो कि इसने हमारे सामने अभी जो कुछ कहा है वे सब क्या ख्वाब की बातें हैं?'

प्रश्न करने पर आज़िमअली ने कहा, 'हज़र, ख्वाब में जो मैंने देखा वही सच-सच बयान कर दिया है। तीन-चार दिन की बात, इस ख्वाब की बात मैंने मोहनप्रसाद बाबू से कही थी। उन्होंने चट कहा कि तुम्हें गवाही देनी पड़ेगी। मैंने कहा-जो देखा है, सो कह दूंगा, मेरा उसमें क्या हर्ज है। धर्मावतार! मैं हैसियतदार आदमी हूँ। मेरी छोटी औरत मीर साहब की लड़की है। उसके पिदर अब्दुल लतीफ एक जिले के मालिक हैं और मौलवी अब्दुलरहमान रिश्ते में मेरे साले होते हैं।'

आज़िम की इस प्रशस्त विरुदावली को सुनकर चैतन्य बाबू से न रहा गया। वे पीछे से बोल उठे, 'चाचा! आज तो तुम बड़े आली खानदान बन गए। लाल-बाज़ार की रहमानी की लड़की के साथ निकाह पढ़वाकर कहते हो कि मौलवी लतीफहुसेन मेरे ससुर हैं।'

आज़िमअली ने गुस्सा होकर कहा, 'दुहाई है धर्मावतार की, दिनदहाड़े, सरे-इजलास एक शरीफ़ की इज़्ज़त पर हमला हुआ है। मैं इस पर तौहीन का मुकदमा चलाऊंगा। इसका इतना मकदूर कि मेरी पाकदामन सास साहबा को यह लाल-बाज़ार की रहमानी कहे। धर्मावतार! मेरी सास अब पर्दानशीन हैं। वे आगे अनकरीब आठ साल तक लालबाज़ार में कुछ-कुछ बेपर्दा थीं। पर छह महीने हुए मौलवी साहब ने उनके साथ निकाह पढ़वाकर उन्हें अब पर्दानशीन बना लिया है। एक ऐसे इज़्ज़तदार घराने की पर्दानशीन औरत की शान में ऐसी वाहियात ज़बान निकालना सरासर जुर्म में दाखिल है। अदालत मेरी फरियाद सुने।

गवाह के रंग-ढंग देखकर सारी अदालत सन्नाटे में आ गई। अंत में इम्पे साहब ने महाराज के बैरिस्टर फरार साहब से पूछा, 'क्या आपको इस गवाह की साक्षी प्रमाण रूप से ग्रहण करने में कुछ उज्र है?'

बैरिस्टर ने कहा, 'जब गवाह स्वप्न की बात कह रहा है तो मैं नहीं समझ सकता कि उसकी साक्षी कैसे प्रमाणभूत मानी जा सकती है।'

न्यायमूर्ति इम्पे ने कहा, 'मिस्टर फरार! इस गर्म मुल्क में पूरी-पूरी नींद शायद ही किसी को आती हो। प्राय: लोग अर्द्धतंद्रावस्था में रहते हैं। ऐसी दशा में यदि कोई मनुष्य आंख, कान आदि इंद्रियों द्वारा कोई विषय ग्रहण करे तो उसके कथन को लॉर्ड थॉरलो साक्षी रूप से ग्रहण किए जाने में कोई आपत्ति उपस्थित न करेंगे।

बैरिस्टर ने कहा, 'मुझे लॉर्ड थॉरलो के मतामत से कुछ मतलब नहीं। यदि आप इसकी गवाही प्रमाण मानना ही चाहते हैं तो मेरा भी उज्र दर्ज कर लिया जाए।'

न्यायमूर्ति इम्पे साहब ने मातहत तीनों जजों से सलाह करके आज़िमअली की गवाही प्रमाणस्वरूप ग्रहण कर ली और आसामी के बैरिस्टर को सफ़ाई के गवाह पेश करने की आज्ञा

दी। बैरिस्टर फरार ने कहा कि आसामी पर जुर्म प्रमाणित ही नहीं हुआ, तब सफ़ाई कैसी? आसामी निर्दोष है। उसे रिहाई मिलनी चाहिए।

जज ने कहा, 'अपराध सिद्ध हुआ है, आप सफ़ाई पेश न करेंगे तो हमें जूरियों को समझाने के लिए संग्रहीत प्रमाणों की आलोचना करनी पड़ेगी।'

66

महाराज की ओर से सफ़ाई की गवाहियां पेश हुईं। बड़े-बड़े लोगों ने गवाहियां दीं। गवाही समाप्त हो चुकने पर जजों ने जूरियों को मुकदमा समझाया और उस पर एक लम्बी वक्तृता समाप्त होने पर जूरी लोग दूसरे कमरे में उठ गए। आधे घंटे के बाद उन्होंने लौटकर कहा, 'महाराज नंदकुमार अपराधी हैं।'।

यह सुनते ही महामति इम्पे साहब ने महाराज को फांसी का हुक्म दे दिया।

हुक्म सुनाकर महाराज फिर जेल में भेज दिए गए। इस बार खेमे के बजाय एक दुतल्ला मकान उन्हें दिया गया। हज़ारों लोग-शतु-मित्र-उनसे मिलने आते थे। नवाब मुबारकुद्दौला ने कौंसिल की सेवा में एक पत्र भेजा। उसमें उसने प्रार्थना की थी कि इंग्लैंड के महाराज की आज्ञा आने तक महाराज की फांसी रोकी जाए।

स्वयं महाराज ने भी जनरल क्लीवरिंग और सर फ्रांसिस के पास एक पत्र इस आशय का भेजा था-

'सर्वशक्तिमान ईश्वर के बाद आप से मुझे आशा है। मैं ईश्वर के नाम पर नम्रतापूर्वक आपसे अनुरोध करता हूँ कि इंग्लैंड के बादशाह की आज्ञा आ जाने तक आप मेरी मृत्यु-आज्ञा को मुल्तवी करा दें। हिन्दुओं के मतानुसार मैं न्याय के दिन इस संकट से उबारने के लिए आपको आशीष दूंगा।'

सुप्रीम कोर्ट से फ़ैसला होने पर भी कौंसिल को इतनी शक्ति थी कि वह इंग्लैंड से आज्ञा आने तक फांसी रोक दे। परंतु कौंसिल के सभ्यों ने इस मामले में पड़ना पसंद नहीं किया। नवाब मुबारकुद्दौला के अलावा महाराज के भाई शम्भूनाथ राव आदि कई व्यक्तियों ने भी आवेदनपत्र भेजे, परंतु उनका कुछ फल न हुआ।

महाराज को पाँचवीं अगस्त को फांसी दी गई। किंतु जनरल क्लीवरिंग ने 14 अगस्त को महाराज का वह पत्र कौंसिल में खोला। उस दिन महाराज का दशम संस्कार भी हो चुका था। 16 अगस्त को एक मंतव्य बनाकर उस पत्र की प्राप्ति कौंसिल के कागज़-पत्रों में से निकाल दी गई।

क्लीवरिंग को जो पत्र उर्दू में महाराज ने लिखा था, उसके विषय में हेस्टिंग्ज़ ने कहा कि इसमें जजों के आचरण की आलोचना की गई है। अत: यह पत्र जजों के पास भेज देना चाहिए।

परंतु फ्रांसिस साहब ने कहा, "ऐसा करने से पत्र का महत्त्व बढ़ जाएगा। इसमें लिखी हुई बातें झूठी और जजों का अपमान करने वाली हैं। मेरी राय में यह पत्र शेरिफ साहब को दे दिया जाए ताकि वे इसे किसी आम जगह में सब लोगों के सामने किसी जल्लाद के हाथ से जलवा दें। दूसरे दिन सोमवार को वह पत्र चौराहे पर जल्लाद के हाथ से जलवा दिया गया।

दंडाज्ञा सुनाने के बाईसवें दिन महाराज को फांसी लगाई गई। यह समय उन्होंने ईश्वराधना में व्यतीत किया। फांसी के दिन बड़े सवेरे जब महाराज पूजा में बैठे थे, एकाएक कोठरी का द्वार खुला और सामने कलकत्ता के शेरिफ मेकरेब साहब दीख पड़े। उन्होंने दुभाषिए से कहा, 'महाराज से निवेदन करो कि आज हम आपसे अंतिम भेंट करने आए हैं। हम ऐसी चेष्टा करेंगे कि फांसी के समय महाराज को अधिक कष्ट न हो। मुझे इस घटना में शरीक होने का दुःख है। महाराज विश्वास रखें कि अंतिम समय तक मैं उनके साथ रहूँगा और उनकी अभिलाषाओं को पूरी करने की चेष्टा करूँगा।'

महाराज ने उन्हें धन्यवाद देते हुए कहा, 'मैं आशा करता हूँ कि मेरे कुटुम्बियों पर भी आपकी ऐसी कृपा बनी रहेगी। प्रारब्ध अटल है। आप मेरा सलाम कौंसिल के सभ्यों को कहना।'

बात करते वक्त महाराज न सांस भरते थे, न उदास मालूम होते थे और न उनका कंठ अवरुद्ध दिखलाई देता था। उनका चेहरा गम्भीर था, उस पर विषाद का कुछ चिह्न न था। महाराज की दृढ़ता देखकर मेकरेब साहब अधिक देर तक न ठहर सके। बाहर आने पर जेलर ने कहा, 'जब से महाराज के मित्र उनसे मिलकर गए हैं, तब से वे बराबर अपने हिसाब-किताब की जांच-पड़ताल कर रहे हैं और नोट लिख रहे हैं।'

फांसी का समय सात बजे प्रातःकाल था। मेकरेब साहब ठीक समय से आध घंटा पूर्व जेल गए। वहां फांसी का सब सामान ठीक था। अंग्रेज़ों की अमलदारी में ब्राह्मण को फांसी लगने का यह प्रथम ही अवसर था। हज़ारों मनुष्य देखने आए थे। उन सबकी आंखों में आंसू झलक रहे थे। खबर पाकर महाराज उतरकर नीचे आए। इस समय भी उनका मुख प्रसन्न था। शेरिफ साहब के बैठने पर वे भी एक कुर्सी पर बैठ गए। इतने में किसी ने घड़ी जेब से निकालकर देखी। यह देख महाराज तत्काल उठ खड़े हुए और बोले, 'मैं तैयार हूँ।' पीछे घूमकर देखा तो तीन ब्राह्मण खड़े थे। ये उनका मृतक शरीर लेने के लिए आए हुए थे। महाराज ने उन्हें छाती से लगाया। महाराज प्रसन्न थे, पर ब्राह्मण फूट-फूटकर रो रहे थे।

मेकरेब ने घड़ी निकालकर कहा, 'समय तो हो गया, किंतु जब तक आप न कहेंगे तब तक वह दुःखदायी क्रिया आरम्भ न की जाएगी। एक घंटे तक सब चुप बैठे रहे। बीच-बीच में महाराज कुछ बातचीत करते रहे और माला फेरते रहे। इसके बाद महाराज उठे, शेरिफ को देखा, और दोनों चल दिए। फाटक पर पालकी तैयार थी। महाराज पालकी पर सवार होकर जेल की तरफ़ चले।

शेरिफ और डिप्टी शेरिफ पालकी के पीछे-पीछे चल रहे थे। भीड़ बहुत थी, पर दंगा-फ़साद का कुछ लक्षण न था। टिकटी के पास पहुंचकर महाराज ने कुछ ब्राह्मणों के न आने के विषय में पूछा। महाराज उनके विषय में पूछ ही रहे थे कि वे भी आ गए। उनसे एकांत में बात करने के खयाल से मेकरेब साहब ने अन्य अफ़सरों को हटाना चाहा, परंतु महाराज ने उन्हें रोककर कहा, 'मैं सिर्फ बच्चों और घर की स्त्रियों के सम्बन्ध में उनसे कुछ कहना चाहता हूँ।' इसके बाद उन्होंने कहा, 'जो ब्राह्मण मेरी मृत देह ले जाएंगे, उन्हें शेरिफ साहब अपनी निगरानी में रख लें। उनके सिवा अन्य कोई मेरे शरीर का स्पर्श न करे।'

शेरिफ ने पूछा, 'क्या आप अपने मित्रों से मिलना चाहते हैं?'

महाराज ने कहा, 'मित्र तो बहुत हैं, पर उनसे मिलने का न यह स्थान है और न समय।

शेरिफ ने फिर पूछा, 'फांसी पर चढ़कर महाराज फांसी का तख्ता हटाने का इशारा किस प्रकार करेंगे?'

महाराज ने कहा, 'हाथ हिलाते ही तख्ता सरका दिया जाए।'

मेकरेब ने कहा, 'किंतु नियमानुसार आपके हाथ तो बाँध दिए जाएंगे, आप पैर हिलाकर सूचना दे दें।'

महाराज ने स्वीकार कर लिया।

शेरिफ ने महाराज की पालकी को फांसी के तख्ते पर लाने की आज्ञा दी, पर महाराज पालकी को छोड़कर पैदल ही चल दिए। तख्ते के पास पहुंचकर अपने दोनों हाथ पीछे कर दिए। अब उनके मुख पर कपड़ा लपेटने का समय आया। उन्होंने अंग्रेज़ के हाथ से कपड़ा लपेटने पर आपत्ति की। शेरिफ ने एक ब्राह्मण सिपाही को रूमाल लपेटने का हुक्म दिया। महाराज ने उसे भी रोका। महाराज का एक नौकर उनके पैरों में लिपटकर रो रहा था, उसी को महाराज ने आज्ञा दी। इसके बाद आप चबूतरे पर चढ़कर अकड़कर खड़े हो गए।

मेकरेब खिन्न हो अपनी पालकी में घुस गया, किंतु वह बैठने भी न पाया था कि महाराज ने पूर्व-सूचना के अनुसार पैर का इशारा दे दिया और तख्ता खींच लिया गया। बात ही बात में महाराज के प्राण-पखेरू उड़ गए। नियत समय तक शव रस्सी पर लटकता रहा, फिर ब्राह्मणों के हवाले कर दिया गया।

ज्यों ही महाराज के गले में फंदा डालकर तख्ता खींचा गया, त्यों ही लोग चीख मार-मारकर भागने लगे। वे भागते जाते थे, ब्रह्महत्या हुईल? कालिकाता अपवित्र हुईल! देश पापे परिपूर्ण हुईल! फिरिंगेर धर्माधर्म ज्ञान नाई!!!'

ब्राह्मणों ने उस दिन निर्जल व्रत रखा। ब्राह्मण कलकत्ता को छोड़कर अन्यत्र रहने को चले गए। नगर में हाहाकार मच गया। उसकी गलियां लोगों के करुण क्रंदन से प्रतिध्वनित हो उठीं।

67

हेस्टिंग्ज़ ने और भी बड़े-बड़े कारनामे किए। रज़ाखां की गिरफ़्तारी के बाद नवाबी के रहे-सहे अवशेष भी खत्म हो गए। मुर्शिदाबाद का खज़ाना कलकत्ता के फोर्ट विलियम में आ गया। अब तो कम्पनी का खज़ाना लबरेज था और हेस्टिंग्ज़ उसे भरे जा रहा था। उसने बादशाह की तीस लाख रुपये वार्षिक पेंशन भी कम कर दी। गोंडा और इलाहाबाद के ज़िले पांच लाख में नवाब अवध को बेच दिए। इसके बाद रुहेलखंड की लड़ाई में नवाब अवध को सहायता देने के बदले साठ लाख रुपये और सेना का खर्च नवाब से वसूल किया। इस युद्ध ने रुहेलखंड की घाटियों में आग लगा दी। एक लाख से अधिक व्यक्ति घर बार छोड़कर जंगलों में भाग गए। उन्हें अपनी बीवी-बच्चों सहित भुखमरी, ज्वर और कांटों से भरे जंगलों का सामना करना पड़ा। अपने वैरी सर फ्रांसिस को उसने द्वन्द्व युद्ध में परास्त किया।

अंग्रेज़ों के लिए विकट परिस्थिति थी। उन दिनों इंग्लैंड अमेरिका और यूरोप में बुरी तरह उलझा हुआ था। अमेरिका ने अंग्रेज़ों के विरुद्ध विद्रोह का झंडा खड़ा किया था और इस सुयोग से लाभ उठाकर इंग्लैंड के पुराने शत्रु फ्रांस ने भी सिर उठाया था। भारत में भी कम्पनी की सरकार ने महाराष्ट्र, मैसूर आदि राज्यों के संघर्ष सिर पर उठा लिये थे। इस बीच हेस्टिग्ज़ बहुत धन इंग्लैंड भेज चुका था। अब उसने और धन बटोरने को पूना और मैसूर की सरकारों से लड़ाई छेड़ दी थी। उसे अधिक से अधिक रुपयों की ज़रूरत थी। उसने बनारस के राजा चेतसिंह पर हाथ डाला। वह साढ़े बाईस लाख रुपया हर साल कम्पनी को देता रहा था। अब उससे और पाँच लाख की रकम मांगी जा रही थी। वह मिल गई तो हर साल मांगी जाने लगी। उसने दो लाख रिश्वत भी दी, पर उसका छुटकारा न हुआ। और अब उससे चालीस लाख वार्षिक रकम मांगी जा रही थी। अंत में उसका राज्य खुर्द-बुर्द हो गया और बनारस शहर ही उजड़ गया। राजा चेतसिंह को गृहहीन की भाँति ग्वालियर में जीवन के शेष दिन काटने पड़े।

अब वह नवाब अवध की ओर झुका और नवाब की सलाह से अवध की विधवा बेगमों को धर दबोचा। बेगम चालीस लाख पहले ही दे चुकी थीं, पैंतालीस लाख अब और दिए और वादा ले लिया कि अब और तंग न की जाएंगी। पर छह बरस बाद ही फिर अंग्रेज़ी फ़ौजों ने, बेगम का महल घेर लिया। उसने ज़बर्दस्ती महल के द्वार खुलवा लिये। बेगमों को कमरों में बंद कर दिया। खज़ाने की चाभियां मांगी गईं। चाभियां न दी गईं तो नौकरों पर अत्याचार प्रारम्भ किए गए। अंत में बेगमों ने हार मानी और पंद्रह लाख के जवाहरात देकर जान छुड़ाई।

ये मोटे-मोटे आंकड़े थे। छोटों का अंत न था। अंत में पटाक्षेप का समय आया। द्वन्द्व युद्ध में हारे हुए सर फ्रांसिस ने लंदन में हेस्टिंग्ज़ के अत्याचारों का धूमधाम से भंडाफोड़ कर दिया था। भारत में उसके दोस्त सर इम्पे से उसकी खटक गई। अंत में वारेन हेस्टिंग्ज़ को वापस बुला लिया गया। सर इम्पे को भी बर्खास्त कर दिया गया।

इंग्लैंड में हेस्टिंग्ज़ के सिर पर वज्र गिराने की सब तैयारी हो चुकी थी। उसके दोस्तों ने उसका स्वागत किया। पर लंदन पहुंचे अभी उसे एक सप्ताह भी न हुआ था कि इंग्लैंड के प्रसिद्ध

राजनीतिक अग्रणी और अपने समय के सर्वोत्कृष्ट वक्ता एडमंड बर्क ने पार्लियामेंट में उसके विरुद्ध प्रस्ताव उपस्थित किया। इस मुकदमे से सारा इंग्लैंड हिल गया। मुकदमा आठ बरस चला। बर्क ने गरजकर कहा, 'इस मुकदमे का सम्बन्ध केवल भारत के हितों के फ़ैसलों ही से नहीं है, अंग्रेज़ जाति के यश और मान से भी है। उसके सब काले कारनामे राई-रत्ती खोलकर रखे गए। पर अंत में उसे छोड़ दिया गया। मुकदमे में वारेन की सब कमाई खर्च हो गई और वह लगभग कंगाल हो गया।

सर इम्पे पर भी अन्याय करने, झूठी गवाहियां बनाने और झूठे हलफ़नामे तसदीक करने के मुकदमे चले, पर उसे कहकर छोड़ दिया गया कि जुल्मों का प्रकट हो जाना ही काफ़ी है।

68

सप्तवर्षीय युद्ध की समाप्ति पर युद्ध के खर्चे की पूर्ति करने के विचार से अंग्रेज़ी पार्लियामेंट ने अमेरिकन व अंग्रेज़ विस्थापितों पर कर लगाया। पर उन्होंने यह कहकर कर देने से इनकार कर दिया कि जब तक पार्लियामेंट में हमारा प्रतिनिधित्व नहीं है, हम कर नहीं देंगे। ब्रिटिश सरकार का कहना था कि हमारी जीत से उन्हें लाभ पहुंचा है, और अब भी उनकी सुरक्षा के लिए ब्रिटिश सेना की उन्हें आवश्यकता है। झगड़ा बढ़ता ही गया और छोटी-मोटी मुठभेड़ें भी होने लगीं। अभी तक इन विस्थापितों के पास न तो शिक्षित सेना ही थी, न कोई योग्य नेता ही था। प्रत्येक बस्ती स्वतंत्र रियासत बनी हुई थी। परंतु इस विद्रोह में वे सब संगठित हो उठे। उन्होंने वर्जीनिया के तरुण कृषक वाशिंगटन को अपना नेता चुना। अब उन्होंने एक स्वर से अपनी मातृभूमि से विद्रोह करने की ठान ली और अपने को अमेरिकन कहना आरम्भ कर दिया। इंग्लैंड के बादशाह ने बाकायदा सेना भेजकर विद्रोह को दबाना चाहा, पर वाशिंगटन ने बड़ी योग्यता, साहस और वीरता से उसका मुकाबला किया। वाशिंगटन के चातुर्य, अध्यवसाय और व्यवस्था से ये विस्थापित अब नये रूप में अमेरिकन सैन्य के रूप में संगठित हो गए। उन्हें स्पेनिश और फ्रांसीसी विस्थापितों ने सहायता दी। अंत में इंग्लैंड के बादशाह को हार माननी पड़ी और इन अमेरिकन रियासतों पर से अपना सत्ता-अधिकार हटाकर उन्हें स्वतंत्र कर दिया। केवल कनाडावालों ने इस युद्ध में भाग नहीं लिया था, वह ब्रिटिश साम्राज्य का अंग बना रहा। विजेता विस्थापितों ने घोषणा कर दी कि वे अब ब्रिटिश प्रजा नहीं हैं और उन्होंने यूनाइटेड स्टेट्स के नाम से संगठित होकर एक स्वतंत्र प्रजातंत्र स्थापित कर लिया।

अठारहवीं शताब्दी के अंतिम चरण में अमेरिकन विस्थापितों ने यह घोषणा की कि अब वे ब्रिटिश प्रजा नहीं हैं, परंतु अब उनका राजा कौन बने? लड़ाई में प्रत्येक रियासत ने अपने-अपने खर्चे का भार उठाया था और अब वे सब मिलकर एक संयुक्त राष्ट्र के रूप में संगठित हो रहे थे, परंतु कोई भी रियासत अपनी स्वतंत्रता केन्द्रीय सरकार को सौंपना नहीं चाहती थी। उन्हें एकमत होने में ग्यारह वर्ष लगे। और तब उन्होंने सब रियासतों के चुने हुए प्रतिनिधियों की शासन-सभा बनाकर संघ-शासन की व्यवस्था की। वाशिंगटन को प्रथम राष्ट्रपति बनाया गया और यह तय

किया गया कि सब रियासतें एक संघ में संगठित हों। अब यह बिना राजा का राज्य था, जो दुनिया के लिए नयी बात थी। राष्ट्रपति चार साल के लिए चुना गया था। इसका अर्थ यह था कि किसी एक पुरुष की सत्ता नहीं बढ़ सकती थी और न कोई स्वेच्छाचारी ही हो सकता था। प्रजा ही अपना राज्य करने लगी थी।

69

यूरोप में सबसे प्रथम क्रांति फ्रांस में ही हुई। उसकी जड़ में वे विचारक थे, , जो उस काल में फ्रांस में उत्पन्न हो रहे थे। इस समय तक यूरोप के दिमाग पुराने अंधविश्वासों की जकड़ से बहुत कुछ छुटकारा पा चुके थे। लोग खुले दिमागों से विचार करने लगे थे। प्रमाणवाद वहां खत्म हो रहा था। तर्क उसका स्थान ले रहा था। जो महान विचारक इस समय फ्रांस में हुए, उनमें वाल्तेयर, रूसो, मांस्तेस्क्यू आदि प्रमुख विद्वान थे। ये सब नये विचार, नये आदर्श लोगों को दे रहे थे। शताब्दियों से पीड़ित आहत जनता इनके नवीन हितकर संदेशों से राहत पा रही थी। रूसो ने तो क्रांति के रेखाचित्र ही बना डाले थे। वह जनता की इच्छा पर जोर दे रहा था। अठारहवीं शताब्दी के फ्रांस के लिए ये शब्द भयानक क्रांतिमूलक थे कि जनता की इच्छा कानून है, राजा की इच्छा कानून नहीं। विदरो भी ऐसे ही क्रांतिकारी विचारों का दृढ़ पुरुष था। विदरो ने ज्ञान के सरलीकरण सिद्धांत बनाए थे। क्लेसने लुई पंद्रहवें का चिकित्सक था। वह विद्वानों की मंडली से घिरा रहता था। अर्थशास्त्र पर उसने अधिकारपूर्ण चर्चा की थी। आगे चलकर उसके विचारों ने व्यापार की बहुत उन्नति की। इनके अतिरिक्त और भी विचारक थे, जो छोटे-छोटे ट्रैक्ट छपवाकर प्रचारित किया करते थे। पर ये सब स्वेच्छाचार चाहे धर्म का हो, चाहे राज्य का, उसके विरोधी थे। उस काल फ्रांस में तेरह न्यायालय थे, जिन्हें 'पार्लमा' कहते थे। ये न्यायालय केवल मुकदमे ही नहीं करते थे, नये-नये कानूनों को अपने यहां रजिस्टर में दर्ज भी करते थे। यद्यपि कानून बनाने का अधिकार राजा का ही था, पर इन्हें विरोधी आवेदन-पत्र राजा को देने का अधिकार था। धीरे-धीरे पार्लमा की शक्ति बढ़ती गई और लोग खुलेआम राजा के प्रचलित कानूनों के औचित्य पर बहस करने लगे।

सन् 1648 में वैस्टफेलिया की सुलह ने यूरोप के तीस वर्षीय युद्ध को समाप्त कर दिया। इसके बाद चार्ल्स का सिर काटकर इंग्लैंड का गृहयुद्ध भी समाप्त हो गया। यूरोप अब पस्त हो रहा था, पर अमेरिका और दूसरे उपनिवेशों को व्यापार से धन मिलने लगा था। इससे देशों की तनातनी कम हो रही थी। चार्ल्स का सिर काटकर और फिर जेम्स द्वितीय को इंग्लैंड से बाहर करके पार्लियामेंट सशक्त संस्था बन चुकी थी। अब से चालीस साल पहले तलवार जो काम करती थी, वह काम अब जनता की विचार-क्रांति कर रही थी। परंतु बादशाह का महत्त्व केवल इंग्लैंड ही में कम हुआ था, यूरोप के दूसरे देशों में अब भी निरंकुश राजाओं का बोलबाला था। कहना चाहिए सारे यूरोप में फ्रांस के लुई चौदहवें को आदर्श मानकर उसकी नकल की जाती थी। असल बात तो यह थी कि यूरोप में सत्रहवीं सदी लुई चौदहवें की ही सदी थी। यूरोप के राजा पूरी शान-शौकत से बेफिक्र

हो मौज-मज़ा करते थे। आगे आने वाले दिनों की उन्हें परवाह न थी। इन राजाओं के सम्बन्ध में हालैंड के विद्वान इरेस्मस ने लिखा था, 'दुनिया की तमाम चिड़ियों में केवल एक उकाब ही ऐसा है जिसकी समता किसी बादशाह से की जा सकती है; जो न तो सुंदर है, न सुरीला, न खाने लायक, बल्कि मांस-भक्षी भुक्खड़ और घृणित, सबसे बुरा, जिसमें दूसरों को नुकसान पहुंचाने का भारी सामर्थ्य है और दूसरों को सताने की जिसमें सबसे बढ़कर हिर्स है।' परंतु फ्रांस के प्रधानमंत्री रिचलू और मेजेरिन ने फ्रांस को आगे बढ़ाया था। अब धर्म अपना महत्त्व खोने लगा था।

आखिर 1715 में चौदहवां लुई मर गया और उसके बाद उसका पोता पंद्रहवा लुई गद्दी पर आया, जो उनसठ वर्ष गद्दी पर रहा। इस प्रकार चौदहवें और पंद्रहवें लुई, फ्रांस के दो सिलसिलेवार बादशाहों ने एक सौ इकतीस वर्ष राज किया। पंद्रहवां लुई अपने निर्लज्ज जीवन और खटपटे स्वभाव के लिए प्रसिद्ध है। राज्य की सारी दौलत बादशाह के ऐशो-आराम में खर्च होती थी। दरबारी लोग अपने-अपने आदमियों को फायदा कराते थे। जिस पर बादशाह खुश हो जाता था, उसे जागीर और ओहदे देता था। निरंकुशता, अनाचार और अयोग्यता का बोलबाला था। पेरिस में एक बार राजा ने एक सभा में कहा था, 'मैं ही राजा हूँ, और राज्य भी मैं ही हूँ। सिर्फ़ मुझी को कानून बनाने का हक है, मेरी प्रजा मुझसे पृथक् कुछ नहीं है।'

परंतु वह सही-सलामत मर गया, जनता के इंसाफ़ और बदले से बचकर। बदला मिला उसके उत्तराधिकारी सोलहवें लुई को।

सन् 1776 में अमेरिका में स्वाधीनता-संग्राम लड़ा गया और अमेरिका ने अंग्रेज़ों की अधीनता का जुआ उतार, बिना राजा का राज्य कायम कर लिया। अमेरिका के इस स्वतंत्रता-संग्राम के युद्ध में भाग लेने फ्रांस के हज़ारों तरुण गए थे। वे वहां से फ्रांस में एक नया आदर्श लेकर लौटे। इस समय बाल्तेयर की ऊंची आवाज़ फ्रांस में गूंज रही थी-एक्रासेज पिनफेम-इस घृणित चीज़ (झूठे विश्वास) को नष्ट कर दो।

70

पन्द्रहवें लुई के मरने के साथ ही फ्रांस में नये युग का आरम्भ हुआ। उसने एक बार कहा था, 'मेरी मृत्यु के बाद प्रलय होगी।' उसकी वह भविष्यवाणी पूर्णतया सत्य प्रमाणित हुई। इसी लुई ने न जाने कितनी सुंदर कोमलांगियों के साथ विलास किया था। प्रजा भूखों मर रही थी और वह अपनी कामलिप्सा में उनकी कमाई के करोड़ों रुपये पानी की भाँति बहा रहा था। उसका गुर्गा कास्ते-दे-बेरी सतीत्व का ही कारोबार करता था। ज्यों ही बादशाह, किसी स्त्री से ऊब जाता, वह फौरन दूसरी अर्धविकसित किसी युवती को पेश करता था। इस प्रकार वह 'सर्वप्रिय' लुई दुर्गंधित गुनाहों का पुंज था।

वह 1774 में मरा। उसके साथ ही फ्रांस के सिंहासन ने भी दम तोड़ दिया। वह मृत्युशय्या पर पड़ा हुआ क्रांति की हुंकार सुन रहा था। वह हुंकार इस शताब्दी के यूरोप के लिए नया

संदेश ला रही थी। उसमें गम्भीर रहस्य भरा था। बोस्टन का बंदरगाह चाय से काला हो गया था, पेनलेस्विया में कांग्रेस की बैठक हो रही थी, वेंकर हिल पर चलती हुई गोलियों की बाढ़ में सितारेवाले झंडे के नीचे 'जैंकी-डूडिल-डू' की धुन पर लड़खड़ाने वाले प्रजातंत्र की घोषणा कर रहे थे।

प्रलय के गर्जन-तर्जन के साथ सोलहवें लुई ने सिंहासन पर डगमगाते चरण रखे। आने वाली प्रलय का उसे पता न था। वह नवयुवक था। उसका कोई वैरी न था। उसकी रानी मेरी अंत्वाइनेत ऑस्ट्रिया की राजकुमारी थी। वह पति से प्रेम करती थी। पर फ्रांस उससे घृणा करता था। वह अनुभव कर रही थी कि वह विदेश में रह रही है। राजा-रानी अपने विलास पर करोड़ों रुपये खर्च कर रहे थे। वे अपने पूर्वजों के पदचिह्नों पर चल रहे थे। उन्हें इस बात की परवाह नहीं थी कि उनके ठाठबाट का भार असंख्य गरीबों पर पड़ रहा है, जिनके लिए जीना भी दूभर हो गया। उनकी वासनापूर्ति और आमोद-प्रमोद का भार जिन गरीबों पर पड़ रहा था, वे उसे धैर्यपूर्वक सह रहे थे, पर उनकी प्रत्येक सांस के साथ जहरीली आह निकल रही थी।

लुई सुधार करना चाहता था, पर अमीर, चर्च और रानी इसमें बाधक थे। एक मंत्री आता था और उसे रास्ता नापना पड़ता था। लुई ने राजकीय घोषणाएं की पर प्रजा ने उन्हें ठुकरा दिया। अब सुधार की नहीं, क्रांति की हवा फ्रांस में बह रही थी। देखते-ही-देखते प्रजा ने 'नेशनल एसेम्बली' के नाम से अपने-आपको घोषित किया और सब अधिकार अपने हाथों में ले लिये। पेरिसवालों ने आक्रमण करके बेस्टिल पर कब्जा कर लिया। अमीर डरकर विदेशों में भाग गए। पेरिस में अराजकता अट्टहास करने लगी।

अमीरों के मकान जला डाले गए। उनकी सम्पत्ति लूट ली गई। जागीर-प्रथा का खात्मा करने की घोषणा कर दी गई। अमीरों के सारे अधिकार छीन लिये गए और बिखरे हुए फ्रांस ने संगठित होकर अपने अधिकारों की घोषणा कर दी। आगे उसी के आधार पर अठारहवीं शताब्दी में यूरोप में क्रांति हुई। और एक दिन भूखे-नंगे नर-नारियों की भीड़ ने वार्साई को घेर लिया। लोग राजमहल में आ घुसे, वे बादशाह को पेरिस ले आए। एसेम्बली की बैठकें पेरिस में होने लगीं।

अब फ्रांस में नवीन राज-पद्धति चल रही थी। एक के बाद दूसरे सुधार तेज़ी से हो रहे थे। चर्च के नियम भी बदल रहे थे। परंतु अभी रक्त की एक बूंद भी नहीं गिरी थी।

अब पादरी और अमीर, जो देश से बाहर भाग गए थे, दूसरे देशों के राजाओं को फ्रांस पर चढ़ाई करने को उभार रहे थे। इधर जनता इन भगोड़े अमीरों को दंड देने के लिए बादशाह को मजबूर कर रही थी। लुई को राह न सूझ रही थी और वह एक दिन अवसर पाकर प्रजा के हाथों से भाग खड़ा हुआ, पर पहचान लिया गया और पकड़ा गया। वह गिरफ्तार करके पेरिस ले आया गया।

अब फ्रांस के बोर्नियो, सेंतजस्न, रोब्सपियर, दांते, मेरा, मादाम रोलां आदि क्रांतिकारियों ने फ्रांस में प्रजातंत्र की घोषणा कर दी। लुई भगोड़े अमीरों और देश-विदेश के राजाओं से फ्रांस

पर चढ़ाई करके उसे फिर से गद्दी पर बिठाने के षड्यंत्र रच रहा था। क्रांतिकारियों ने उस पर षड्यंत्र का, देशद्रोह का मुकदमा चला दिया। दोष प्रमाणित हुआ और अब यह विचार होने लगा कि राजा को क्या दंड दिया जाए।

एसेम्बली ने 'लुई अपराधी है या नहीं?' इस पर मत लिये।

बहुमत हुआ, 'अपराधी है।'

फिर मत लिये, 'इसे क्या दंड दिया जाए?'

बहुमत हुआ, 'प्राणदंड।'

फिर मत लिये गए, 'कब?'

71

अब वह अभागा सोलहवां लुई, साठ बादशाहों की गद्दी का उत्तराधिकारी, साठ बादशाहों के हज़ार वर्षों के स्वच्छंद शासन का अंतिम प्राणी आज वधस्थली की ओर जा रहा था। ओह! राजसिंहासन और वधस्थल आज परस्पर आलिंगन कर रहे थे।

साढ़े आठ बज गए थे। पास के कमरे का दरवाज़ा खुला। महारानी मेरी अपने लड़के का हाथ पकड़े भीतर आई। मादाम रोलां और मादाम एलिज़ाबेथ पीछे आ रही थीं। ये सब बादशाह से गले मिले। गहरा सन्नाटा था, लोगों के सांस लेने की आवाज़ आ रही थी। रानी राजा को दूसरे कमरे में ले जाना चाहती थी। उसे मालूम न था कि वहां पादरी एजवर्थ बैठा है।

राजा ने कहा, 'नहीं चलो, भोजन के कमरे में चलो। वहीं मैं तुमसे मिल सकता हूँ।'

वे वहां गए और कांच के किवाड़ बंद कर लिये। बादशाह बैठ गया। रानी उसके बाएं और एलिज़ाबेथ दाहिने बैठीं। मादाम रोलां सामने और छोटा राजकुमार बादशाह के घुटनों के पास खड़ा था। वे सब बादशाह की ओर झुक रहे थे, कभी आलिंगन करते थे। बादशाह जब बोलता तो शाहज़ादी आहें और उसांसें भरती। दो घंटे तक यह व्यथापूर्ण मुलाकात होती रही और अंत में वे विदा हुए। रानी ने रोते हुए कहा, 'प्रण करो कि तुम कल हमसे अवश्य मिलोगे।'

राजा ने कहा, 'हां, अवश्य, एक ही बार और एक ही बार। जाओ प्रिये, मेरे और अपने लिए प्रार्थना करो।'

आधी रात तक बादशाह पादरी के साथ रहा, फिर गहरी नींद सोता रहा।

क्लेरी ने उसे भोर में जगाया। उठते ही उसने कहा, 'क्लेरी मैं नहीं चाहता कि जल्लाद मुझे छुए, तुम अपने हाथ से मेरे बाल काट दो।' पर संदेह का वातावरण था, छुरी उस तक नहीं लाई जा सकती थी। उसकी प्रार्थना स्वीकार नहीं हुई।

राजा ने एक अंगूठी निकाली और उसे बारम्बार पहनने लगा। यह उसके विवाह की अंगूठी थी। इस समय कुछ मधुर स्मृतियां उसके मस्तिष्क में घूम रही थीं। वह इस अंगूठी को रानी को लौटाने वाला था। आह! यह उसका मूक संदेश था। उसने रानी से फिर मिलने का प्रण किया था, पर यह सम्भव नहीं था। फिर भी उसने पादरी से अपनी स्त्री-बच्चों से भेंट करने की इच्छा प्रकट की।

पादरी ने कहा, 'यह अंतिम मिलाप बहुत दुखदायी है और उसके बाद अलग होना और भी करुण।'

'अच्छी बात है धर्मपिता, मैं अपनी पत्नी और बच्चों को यह दु:ख न दूंगा।' अंतिम भोजन के समय भी उसे छुट्टी नहीं दी गई।

नौ बजे संतरी और सिपाही आए। कमरे का द्वार खुला। बादशाह पादरी के साथ गिरजे में गया।

जब वह बाहर आया तो उसने पूछा, 'क्या समय हो गया?'

'हां,' संतरी ने कहा।

'पर अभी ठहरो मैं काम में लगा हूँ।' उसने वापस जाकर घुटने टिकाए और पादरी का आशीर्वाद लिया। फिर उसने संतरी की ओर घूमकर कहा, 'क्या तुममें से कोई कम्यून का सदस्य है?'

एक आदमी आगे बढ़ा। बादशाह ने उसे एक मुहरबंद लिफ़ाफ़ा दिया और कहा, 'इसे प्रेसीडेंट को देना।'

पर उसने निर्दयतापूर्वक जवाब दिया, 'मैं आपको वधस्थल पर ले जाने के लिए आया हूँ। मैं कोई कागज़ नहीं ले जा सकता।'

तब उसने वे कागज़ दूसरे व्यक्ति को दे दिए और कहा, 'चलो।'

पेरिस में कब्रिस्तान का सन्नाटा था। सशस्त्र नागरिक नियुक्त स्थानों पर मुस्तैद थे। किसी को घूमने की आज्ञा न थी। सड़कें सुनसान थीं। सैनिक पत्थर की मूर्ति की भाँति खड़े थे। ऐसा प्रतीत होता था कि किसी जादूगर की करामात से पेरिस पत्थर का हो गया हो।

केवल एक गाड़ी अपनी खड़खड़ाहट से सन्नाटा तोड़ती जा रही थी। उसमें बैठा हुआ लुई प्रार्थना कर रहा था। वह दूसरी दुनिया की तैयारी कर रहा था, पर उसके विचार इसी दुनिया में चक्कर काट रहे थे। वधस्थल आ गया। तब उसका नाम 'पैलेस डी क्वीजे' था। अब उसे 'पैलेस डी रेवोल्यूशन' कहते हैं। इसी महल के पास एक ऊंचे चबूतरे पर लुई चौदहवें की मूर्ति रखी थी। मूर्ति हटाकर वहां इस समय जिलेटिन, सिर काटने का यंत्र, रख दिया गया था। दर्शकों की अपार भीड़ थी। टाउन हॉल में कन्वोकेशन की बैठक हो रही थी। वहां प्रत्येक तीसरे मिनट सूचना पहुंच रही थी।

गाड़ी आकर खड़ी हो गई। लुई बैठा प्रार्थना करता रहा। तब वह बाहर निकला। उसके मस्तिष्क में दु:ख और क्रोध का द्वन्द्व मचा हुआ था और मृत्यु की कराल छाया उस पर पड़ चुकी थी। उसने पहरेदारों से कहा, 'पादरी एजवर्थ का खयाल रखना।' ढोल बजने लगे। बादशाह ने चिल्लाकर कहा, 'खामोश।' सन्नाटा हो गया। वह ज़र्द रंग का कोट, भूरा ब्रीचेज़ और सफ़ेद मोज़े पहने था। जल्लाद उसे बांधने को आगे बढ़े। उसने उन्हें रोक दिया। कोट उतारा। उसकी जाकेट दीखने लगी। फिर उसने पादरी के सामने घुटने टेक दिए। पादरी ने आशीर्वाद दिया। वह उठा और सीढ़ी चढ़ने लगा। जल्लादों ने उसे पकड़ा।

'तुम चाहते क्या हो?' उसने कहा।

'आपको बांधना,' जल्लादों ने कहा।

'नहीं, मैं ऐसा न होने दूंगा।'

इसी समय पादरी ने आगे बढ़कर कहा, 'महानुभाव, अपना अंतिम त्याग कीजिए। इससे आपमें और परमेश्वर में समानता होगी।'

राजा ने हाथ फैला दिए। जल्लादों ने उन्हें रूमाल से बांध दिया और गर्दन के बाल काट दिए।

बादशाह अब जिलेटिन की ओर बढ़ा। उसने अपने पूर्वजों के महल पर दृष्टि डाली, फिर कहा, 'भाइयो, मैं निर्दोष मरता हूँ और अपने दंड देने वालों को क्षमा करता हूँ। फ्रांस का कल्याण हो।'

एकाएक एक घुड़सवार ढोल बजाने वाले की ओर दौड़ा और बोला, 'बजाओ ज़ोर से।' ढोल बज उठे और लुई की आवाज़ उसमें डूब गई। लुई ने मशीन पर सिर टेक दिया और कहा, 'जल्लाद अपना काम पूरा करे।'

एजवर्थ पादरी ने कहा, 'साधु लुई के लड़के, स्वर्ग को जा।'

घातक कुल्हाड़ा गिरा। ढोल-दमामे गड़गड़ा उठे, और राजा का सिर कटकर एक ओर लुढ़क गया।

जल्लाद ने सिर उठाकर भीड़ को दिखाया। भीड़ हर्षोन्मत्त हो टोपियां उछालने और प्रजातंत्र की जय-जयकार करने लगी।

कन्वोकेशन के सदस्य हाथ मलते हुए उठ खड़े हुए। वे बोले, 'काम खत्म।'

रानी ने ढोल की आवाज़ सुनी। उसने कहा, 'तो वे चले गए। हमसे मिले भी नहीं।' उसकी आंखों से आंसुओं की अविरल धारा बह चली। लुई के बच्चे और बहनें भी रोने लगीं। परंतु उन सब पर भी मृत्यु की भीषण छाया पड़ चुकी थी। एक को छोड़कर, जो 'डचेज ड एनोलेम' बनकर अपना दु:खी-संतप्त जीवन बिताने वाली थी, वे सब मृत्यु की भेंट होने वाले थे।

72

बड़ी सख्त सर्दी थी। पेरिस गहरे कुहरे में डूबा हुआ था। मार्च का महीना था। उन दिनों पेरिस में सन्नाटा छाया हुआ था। यद्यपि अब दस बज चुके थे, पर सड़कों पर इक्के-दुक्के ही आदमी नज़र पड़ते थे। गली-कूचे सुनसान थे। लोगों के मुंह पर हवाइयां उड़ रही थीं। लुई की हत्या के बाद यूरोप-भर फ्रांस का दुश्मन हो गया था और यूरोप की शक्तियों ने उसे चारों ओर से घेर रखा था। इंग्लैंड ने तो उसके कई इलाके दबोच लिये थे। स्पेन की सेनाएं बढ़ी चली आ रही थीं। हालैंड और प्रशिया ने उत्तरी फ्रांस में मोर्चे बनाए हुए थे। राइन नदी से अस्कोट तक ढाई लाख तलवारें फ्रांस के नवजात प्रजातंत्र के विरुद्ध खिंची हुई थीं। फ्रांसीसी सेनाएं घोर संकट में थीं। वे सब तरफ़ हार ही हार रही थीं। प्रत्येक दिशा से हार की खबरें पेरिस में आ रही थीं। सिपाही फटेहाल लौट रहे थे।

जिंसों के भाव बहुत चढ़ गए थे। फिर भी वे मिलती न थीं। बाज़ार बंद रहते थे। न खाना मिलता था, न कपड़े, न जूते। नागरिकों ने अपने जूते प्रजातंत्री सैनिकों को दे दिए थे और वे स्वयं नंगे पैर फिर रहे थे। देशभक्तों ने वे सब चीजें खानी छोड़ दी थीं, जिनकी सेना को ज़रूरत थी। बहुत से तो उपवास कर रहे थे। चमड़ा, रसोई के बर्तन, कढ़ाहियां, बाल्टियां और दूसरी चीजें लोग घरों से ला-लाकर सेना को पहुंचा रहे थे। पेरिस की गलियों में सैकड़ों लुहारों की भट्टियों पर हथौड़े चल रहे थे। सारे नागरिक स्त्री-पुरुष हथियार बनाने में जुटे हुए थे। वे तंगी में थे, लेकिन इसकी उन्हें क्या परवाह थी! वे फटेहाल थे, पर उनकी मातृभूमि आज़ादी का मुकुट पहने थी।

कन्वोकेशन का अधिवेशन हो रहा था। फ्रांस की क्रांति का महान नेता दांते गरज रहा था। दांते नहीं, कन्वोकेशन की दीवारें गरज रही थीं :

'नागरिकों, यूरोप के बादशाहों ने हमें चुनौती दी है और हमने उनके आगे एक बादशाह का सिर फेंक दिया है। हम पीछे लौटने के मार्ग बंद कर चुके हैं। हम पीछे नहीं लौटेंगे। लुई ने बादशाहत के पापों का बदला सिर देकर चुका दिया है। अब तुम्हारी बारी है। तुम इन निकम्मे बादशाहों को बता दो कि आज़ादी के सूरज की गर्मी पाकर देशभक्त किस तरह लड़ सकते हैं। तुम बादशाहों और सरदारों के जुल्मों से कराहते हुए यूरोप के सब राष्ट्रों की आज़ादी के लिए लड़ रहे हो। हम सब देशों की जनता के दोस्त हैं और ऊंची आवाज़ से कहते हैं कि वे अपने शासकों के खिलाफ़ बगावत करें। हम उन सब देशों की जनता के दोस्त हैं और सब बादशाही सरकारों के दुश्मन हैं।

'हमारी फ़ौजें हारकर लौट रही हैं, क्योंकि उन्हें पूरी तौर पर फ़ौजी तालीम नहीं दी जा सकी। फिर हमारी फ़ौजें बेसरो-सामान हैं। पर एक बात है कि यूरोप की शिक्षित फ़ौजें तनख्वाह पाने वाली हैं और हमारी फ़ौजें क्रांतिकारी रंगरूटों की हैं। हम एक आदर्श के लिए लड़ रहे हैं और फतह हासिल करने के लिए भारी से भारी जोखिम उठाने पर आमादा हैं। दुश्मनों की ताकत उनके हथियारों में है, पर हमारी ताकत हमारे हौसले में है। नागरिकों, हमें दुश्मनों को खत्म करने के लिए दिलेरी, अधिक-से-अधिक दिलेरी, सबसे ज़्यादा दिलेरी की ज़रूरत है।

'इंग्लैंड हमारा ताकतवर दुश्मन है। उसने फ्रांस के सारे बंदरगाहों को रोक लिया है। फ्रांस से भागे हुए लोग करोड़ों की तादाद में जाली फ्रैंच प्रजातंत्र के नोट धड़ाधड़ फ्रांस में भेज रहे हैं, जिससे हमारी माली हालत बिगड़ जाए। नागरिकों, हमारे नये प्रजातंत्र के लिए विदेशों के साथ यह लड़ाई बड़ी खतरनाक है। इस वक्त हमें अपना पूरा ध्यान अपनी समस्याओं पर लगाने की ज़रूरत है, परंतु हमें अपनी पूरी ताकत इस लड़ाई में खर्च करनी पड़ रही है। क्रांति का जोश लड़ाई का जोश बन गया। हमें सावधान रहना चाहिए कि कहीं फ्रांस में तानाशाही न कायम हो जाए और हम पर मुसीबतों की बिजलियां न टूट पड़ें। मुझे कुछ-कुछ शक हो रहा है। लोगों की नीच प्रवृत्तियां जाग रही हैं और कन्वोकेशन में अधिकारों की कशमकश चल रही है। परंतु नागरिकों, खबरदार रहो, क्रांति के संचालक और रक्षक आप हैं। केवल आप!' इतना कहकर दांते कुछ देर चुप रहा। वह कुछ सोच रहा था। कन्वोकेशन की दीवारें थर्रा रही थीं।

प्रत्येक मनुष्य उत्तेजना से भरा हुआ था। दांते गरजा, 'मुझे तीस हज़ार योद्धाओं की ज़रूरत है, तीस हज़ार। आगे आओ वीरो, मुझे देखने दो, फ्रांस ने कितने बहादुर पैदा किए हैं, जो स्वतंत्रता के नाम पर जूझ मरने को तैयार हैं। फ्रांस का बाल भी बांका नहीं हो सकता। हम शत्रुओं को देख लेंगे। परंतु मुझे आज ही तीस हज़ार नाम चाहिए, सुनिये, आज ही।

तालियों की गड़गड़ाहट और हर्ष-ध्वनि से सभा-भवन थर्रा उठा। इसी समय भीड़ में से किसी ने चिल्लाकर कहा, 'किंतु प्रजातंत्र के विरोधियों को सेना के कूच से प्रथम ही दंड देना चाहिए। हमारी नज़र पुराने गिरजे पर है, जहां विधवा कापेट और उसके बच्चे कैद हैं। उन्हें निपटा दो। उन्हें खत्म कर दो।'

इस बार फिर ज़ोर की हर्ष-ध्वनि उठी और वे ही शब्द दुहराए गए। मेयर ने खड़े होकर कहा, 'नागरिको, इसके लिए दो जजों का ट्रिब्यूनल नियुक्त हो चुका है, जिसे प्रत्येक ऐसे संदिग्ध आदमी को, जो प्रजातंत्र का विरोधी या उनका सहायक होगा, गिरफ़्तार करने और दंड देने का अधिकार दे दिया गया है।

'तो हम अपनी जान देने को तैयार हैं,' भीड़ में सहस्रों आवाजें उठीं।

भीड़ में से फिर एक तेज़ आवाज़ उठी, 'बहुत से निर्वासित फ्रांस में घुस आए हैं। वे राजबंदियों को छुड़ाने की फिक्र में हैं।

मेयर ने ही जवाब दिया, 'कम्यून ने घोषणा कर दी है कि ऐसे लोगों को जो कोई अपने घर टिकाएगा, या उन्हें सहायता देगा, या उनसे सम्बन्ध रखेगा, उसे प्राणदंड दिया जाएगा।'

73

राजनीतिक क्रांति के साथ फ्रांस में धर्म-क्रांति भी हुई थी। प्रजातंत्र के नेताओं ने सब उपासनागृहों को नष्ट कर दिया था। गिरजों में अब सिपाहियों की गारदें रहती थीं, या शाही कैदी उनमें रखे जाते थे।

सोलहवें लुई को कत्ल करने के बाद उसकी रानी मेरी अंत्वाइनेत एक पुराने गिरजे में कैद थी। उसके साथ ही उसकी बहन, पुत्री और उसका बालक पुत्र भी था। राजकुमारी तेरह बरस की और राजकुमार नौ बरस का था। रानी को वे अपमान से 'विधवा कापेट' कहते थे।

ठीक उसी समय, जब कन्वोकेशन का गर्मागर्म अधिवेशन हो रहा था, राष्ट्रीय सेना का एक अफ़सर और जेलों का अफ़सर रानी के कमरों की तलाशी लेने के लिए आया था।

अफ़सर ने पुकारा, 'टिजन, ओ टिजन!'

एक अधेड़ आदमी आगे आया। उसका सिर गंजा था और सूरत भद्दी थी। 'खुदा की मार तुम पर! तुम तो बड़े ही सुस्त आदमी दीख पड़ते हो,' अफ़सर ने कहा।

'महाशय! मैं न विश्वासघाती हूँ, न साम्राज्यवादी। फिर आप मुझे गालियाँ कैसे देते हैं? ऐसा ही है तो मेरा इस्तीफा तैयार है।'

'ऐसी बातें करोगे तो रिपोर्ट कर दूंगा। तुम्हें प्राणदंड मिलेगा समझे?'

पहरेदार डर गया। उसने कहा, 'खूब, पेरिस में सिर इतने सस्ते हो रहे हैं कि हर एक आदमी सुबह उठकर टटोलकर देखता है कि उसके धड़ पर सिर है या नहीं।'

'इत्मीनान रखो, आज है तो कल न रहेगा,' अफ़सर ने होंठ सिकोड़कर कहा। सिपाही ने गिड़गिड़ाकर कहा, 'महाशय, मैं बाल-बच्चेदार आदमी हूँ।'

'तो मर्दे खुदा, अपनी औरत को बुला। हमें विधवा कापेट की तलाशी लेनी है।'

पहरेदार दौड़ा गया और अपनी औरत को बुला लाया। दुबली-पतली भोली-सी औरत। अफ़सर देखकर हंसा। 'क्या खूब, बहुत बढ़िया जोड़ी है, भेड़िया और लोमड़ी।' पहरेदार और उसकी औरत भक्कू बने खड़े रह गए। अफ़सर के मज़ाक का जवाब देते उन्हें नहीं बना।

अफ़सर अपने साथियों और उस औरत के साथ भीतर गया। रानी खिड़की के पास खड़ी थी। उसकी बहन पास बैठी थी। वह कोई पुस्तक पढ़ रही थी, रानी सुन रही थी। बच्चा बिछौने पर पड़ा था। लड़की पास खड़ी थी। सैंटर ने जाकर उसके हाथ से किताब छीन ली।

सैंटर के साथी बिछौने उलट-पलटकर देखने लगे। बीच-बीच में वे कैदियों को भी ताकते जाते थे।

रानी का रंग सफ़ेद पड़ गया था, पर इससे उसका सौंदर्य और भी निखर गया था। सिपाहियों की धींगामुश्ती से डरकर लड़की आकर मां से लिपट गई। मां ने झुककर उसका माथा चूम लिया।

सिपाही ने लड़की को घसीटकर रानी से दूर कर दिया।

रानी ने सैंटर से कहा, 'महाशय, क्या कन्वोकेशन का यह भी हुक्म है कि मां-बेटी प्यार न करें?

'नहीं, लेकिन विधवा कापेट, क्या तुम बता सकती हो कि तुम्हारे वे दोस्त कौन हैं, जो तुम्हें छुड़वाकर भगा ले जाने के षड्यंत्र रच रहे हैं?'

रानी ने जवाब नहीं दिया। एलिज़ाबेथ ने कहा, 'मोशिए, हम तो यहां कैद हैं, हमें क्या मालूम?'

'अच्छा !'

सैंटर ने पहरेदार की औरत की ओर देखकर कहा, 'इनकी तलाशी ले लो।'

वह कुछ देर को बाहर चला गया। तलाशी में और तो कुछ नहीं मिला, एक सफ़ेद रूमाल था, जिसके छोरों से गांठें बंधी थीं। वह रूमाल उसने सैंटर को दे दिया।

सैंटर ने रूमाल उलट-पलटकर देखा। उसने कहा, 'इसका क्या मतलब? रूमाल में गांठे कैसी हैं? टिजन, खोलो तो यह गांठ!'

'महाशय गांठ में तो कुछ भी नहीं।'

'सिर्फ खाली गांठ है तो भी यह मतलब से खाली नहीं। विधवा कापेट, भलाई इसी में है कि गांठों का भेद बता दो।'

'महाशय, लड़के ने खेल किया होगा।'

'ठीक है, तो अब यह लड़का यहां नहीं रह सकता। सिपाहियो, उसे साथ ले लो।'

'आह, उसे बुखार है, बच्चे पर दया करो!'।

'लेकिन सांप का बच्चा खतरनाक ही निकलता है, उसने सिपाहियों को संकेत किया। उन्होंने बच्चे को उठाकर सामने धकेल दिया। बच्चा मां की ओर हाथ उठाकर रोने लगा। रानी दौड़कर यह कहती हुई आगे बढ़ी कि दया करो, रोगी बच्चा मर जाएगा।

'तो उन सब बदमाश खटरागियों के नाम बता दो।'

'जाओ बेटे, प्रार्थना करना न भूलना। अपनी मां के लिए प्रार्थना करना जो जल्द तुम्हारे पिता के पास चली जाएगी।'

उसने आंसू पोंछ लिये और मुंह फेर लिया। सिपाही रोते हुए बालक को घसीटते हुए ले गए।

74

एक भुतना-सा घिनौना आदमी शपाशप एक बालक को बेंतों से पीट रहा था। बालक चीख-चीखकर रो रहा था, चोट खाकर बालक धरती पर औंधे मुंह गिर गया। उस आदमी ने कहा, 'साले, सांप के बच्चे।'

इसी समय एक सार्जेंट उधर से जा रहा था, उसने यह अत्याचार देखकर कहा, 'इसे क्यों मार रहे हो भले आदमी?'

'मार रहा हूँ कसूर पर, तुम अपना काम देखो।'

'लेकिन तू है कौन?'

'यही बात मैं तुमसे पूछता हूँ।'

'मुझसे पूछने वाला तू कौन होता है पाजी! यह सरकारी वर्दी नहीं देखता? उड़ा दूं तेरा सिर भुट्टे-सा?' उसने तलवार निकाली। यह आदमी डर गया। उसने कहा, 'मैं साइमन मोची हूँ।'

'और यह लड़का कौन है?'

'विधवा कापेट का छोकरा है।'

'अच्छा! तो तूने इसे मार-मारकर अधमरा किसलिए कर दिया है, बदमाश?'

'सार्जेंट महाशय, तुम्हें क्या कन्वोकेशन ने प्रजातंत्रवादी नागरिक को गाली देने का अधिकार दे दिया है?'

'अरे, तो तू इस बेचारे असहाय बच्चे को मार क्यों रहा है?'

'क्यों न मारूं भला? दो सप्ताह से खिला-पिला रहा हूँ। यह वास्कट भी इसे मैंने ही दी है। मगर सिखाते-सिखाते हार गया, जूते में टांका लगाना सीखता ही नहीं।'

'छि:-छि: किसने तुझे इसे जूता सीना सिखाने को कहा है?'

'उस पर मेरा अधिकार है। मैं जो चाहूँगा वही करूँगा।'

'क्या तुम भूल गए कि यह फ्रांस के बादशाह का बेटा है?'

'ओह, तुम तो कोई राजभक्त प्रतीत होते हो। मैं अभी कम्यून में जाकर रिपोर्ट करता हूँ।'

'चल बदमाश, मैं भी वहीं चल रहा हूँ। वहीं तुझे ठीक करूँगा।'

'चलिये, कम्यून ने प्रजा के विरोधी को सार्जेंट बना दिया है। मैं तुम्हें गिरफ़्तार कराऊँगा।'

इसी समय एक और अफ़सर वहां आ गया। हंगामा देखकर वह खड़ा हो गया। उसने सार्जेंट से पूछा, 'मामला क्या है?'

'मुझसे पूछिए महाशय, यह देशद्रोही सार्जेंट मुझे इस लौंडे को पीटने से रोकता है।'

'पर तुम इसे पीटते क्यों हो?'

'यह जूते में ठीक टांके नहीं लगाता, दो सप्ताह से खा रहा है। बदमाश, लगाएगा टांके ?' उसने बच्चे से पूछा।

'नहीं।' बालक ने रोते-रोते कहा।

'तो ले।' मोची ने फिर बेंत उठाया। अब उस अफ़सर ने बेंत उससे छीनकर कहा, 'यह छोकरा है कौन?'

'विधवा कापेट का लड़का।'

अफ़सर ने सार्जेंट की ओर देखा। सार्जेंट ने कहा, 'देखिए तो मोशिए, चाहे जो हो, बच्चे पर अत्याचार।'

'बहुत खराब बात है।'

'क्या, क्या? आप भी राजभक्त हैं महाशय?'

'अबे मोची के बच्चे, बेचारे को पीटकर तू राष्ट्र का अपमान कर रहा है।'

'यहां, फ्रांस में देखता हूँ देशद्रोहियों की बाढ़ आ गई है। अफ़सर ने तलवार खींचकर कहा, 'कर दूं तेरा सिर भुट्टे-सा अलग?'

'तोबा, तोबा, आप तो एक देशभक्त को मार डालना चाहते हैं।'

'तो खबरदार, जो तूने अब इसे मारा। देखो कापेट, अब जो यह तुम्हें मारे तो मुझे पुकारना। मैं उस नाके पर निकट ही हूँ।'

'धन्यवाद महाशय, पर मेरा नाम कापेट नहीं है, मेरा नाम लुई चार्ल्स ड बर्बन है।'

'अच्छा, अच्छा। यही सही। सार्जेंट, जाओ इस बात की रिपोर्ट कर आओ।'

इतना कहकर अफ़सर चलता बना। सार्जेंट भी साइमन को क्रोधपूर्ण नज़र से देखता हुआ चल दिया।

75

दूसरी अगस्त को प्रात:काल तीन बजे एक बंद गाड़ी पेरिस की सुनसान सड़क पर टैम्पल से हवालात की ओर जा रही थी। उसमें फ्रांस की महारानी मेरी अंत्वाइनेत को दो अफ़सर हवालात ले जा रहे थे। जो रानी कभी अपने भुवनमोहन सौंदर्य से दर्शक की आंखों में चकाचौंध जगाती थी, बड़े-बड़े श्रेष्ठ पुरुष जिसके सम्मुख झकते थे, आज वह सारे फ्रांस में विधवा कापेट के नाम से प्रसिद्ध थी। और अब उस पर देशद्रोह का मुकदमा चलने वाला था। वह ले जाकर उसी के एक राजमहल के तहखाने में बंद कर दी गई। दो सिपाही उस पर पहरे के लिए नियुक्त हुए।

रानी पर खुली अदालत में मुकदमा चला। अपनी ही प्रजा के समक्ष खड़ी होकर उसने घृणित आक्षेप और व्यंग्य सहे और उसे प्राणदंड की आज्ञा हुई।

रात को उसने अपने प्रियजनों को प्रेम-संदेश भेजा। प्रार्थना की और सोई।

सुबह उसने सफ़ेद गाउन पहना। कन्धों पर सफ़ेद रूमाल डाला, सफ़ेद ही टोपी सिर पर रखी। उस पर पति के शोकचिह्न-स्वरूप काली पट्टी लगी थी। वह चली। बंद गाड़ी में उसे वधस्थान पर ले जाने की प्रार्थना ठुकरा दी गई। वह साधारण वध्य अपराधियों के साथ खुली गाड़ी में ले जाई गई। राह-बाट, घर, छत-बरामदे नर-नारियों से खचाखच भरे थे। सबके बीच साधारण वस्त्र पहने, हाथ बांधे हुए रानी वधस्थान की ओर जा रही थी। आंखें उसकी सूजी हुई थीं। पर अब उनमें आंसू नहीं थे। दर्शक उसका उपहास कर रहे थे, झिड़कियां दे रहे थे, अपशब्दों की बौछार कर रहे थे। वह बारम्बार अपना होंठ चबा रही थी। उसके हृदय में अब मृत्यु का भय नहीं, अपमान की आग धधक रही थी। वध के क्षणों की यह देरी उसे असह्य हो रही थी।

अपने साथवाले पादरी की ओर उसने ध्यान नहीं दिया। मकानों पर प्रजातंत्री झण्डे फहरा रहे थे, उन पर उसने दृष्टि डाली, आ गया वही वधस्थल, पैलेस ड रेवोल्यूशन। ट्यूलेरिस के बाग के फाटक पर कुछ क्षण गाड़ी रुकी। रानी ने अपने पुराने महल पर नज़र डाली। कितने वैभव वहां अभी भी भरे पड़े थे। पर अब उससे क्या? वह देर तक एकटक उन खिड़कियों की ओर देखती रही, जहां उसने वैभव के दिन व्यतीत किए थे। उसकी आंखों से आंसू छलक पड़े। पर अब इन बातों को सोचने का समय कहां था? पादरी और जल्लाद ने पकड़कर उसे गाड़ी से उतारा। उसका पैर जल्लाद के पांव पर पड़ गया, वह चिल्लाया। रानी ने कहा, 'क्षमा करना, अनजाने ही पैर पड़ गया।'

मृत्यु-मंच पर पहुंचकर उसने फिर प्रार्थना की। एक बार उसने टैम्पल की ओर देखकर कहा, 'मेरे बच्चो, विदा!'

वह कांप रही थी। पर जल्लाद उससे भी अधिक कांप रहा था। उसने बड़ी कठिनाई से कुल्हाड़ा उठाया और रानी का सिर कटकर एक ओर लुढ़क गया। भीड़ में ज़ोर का नाद हुआ, 'प्रजातंत्र चिरंजीवी हो!'

76

अब फ्रांस ने रक्त-स्नान करना आरम्भ किया। उसमें क्रांति का ज्वालामुखी धधक उठा था। दांते, रोब्सपियर, मोरे-जो क्रांति के अग्रदूत थे, रक्तपान चाहते थे। अब दोषी-निर्दोषी की विवेचना न थी। दया-माया का प्रश्न न था। देश पागल हो गया था। सेनाएं भरती की जा रही थीं। पुत्र प्रजातंत्री था तो पिता राजतंत्री। दोनों दोनों के सिरों पर बाज़ी लगा रहे थे। विरोध का इलाज था गिलोटिन। गला काटने का यंत्र। वह अन्धाधुंध चल रहा था। फ्रांस की सड़कों पर मृत्युदंड के अपराधियों से भरी गाड़ियां वधस्थल की ओर निरंतर जा रही थीं। राजघराने पर मृत्यु और विपत्ति के जो बादल घिरे सो लुई को नष्ट करके ही शान्त न हुए। महारानी मेरी के बाद अन्य राजवर्गी भी मौत के घाट उतार दिए गए।

अब गिरोदिस्त दल की बारी थी। ये स्वतंत्रता के सच्चे भक्त थे, पर खून-खराबी के विरोधी थे। ये बाईस नेता थे, जिन्हें न्याय का उपहास करने के बाद मृत्युदंड दे दिया गया। वेल्डो ने रात

ही को आत्मघात कर लिया। वर्नियो के पास विष था, पर उसने कायरतापूर्वक मरना ठीक न समझा। वह रात उसने शराब पीने और गाना गाने में व्यतीत की। सुबह इक्कीस जीवित व्यक्ति और वेल्डो की लाश गाड़ियों में लादकर वधस्थल पर लाई गई। उनके सिर खुले थे, हाथ बंधे थे, बांहों में कोट पड़ा था। वे खुश थे और वधस्थल पर पहुंचकर राष्ट्रीय गीत गा रहे थे। सेम्सन का कुल्हाड़ा वेग से नीचे उतरता था और एक ध्वनि सदा के लिए अनन्त में लीन हो जाती थी। सबके साथ मादाम रोलां का भी वध हुआ। मरते समय उन्होंने कहा, 'स्वतंत्रते, कौन-सा पाप है जो तेरे नाम पर नहीं किया गया!' बूढ़ा वेली जब कुल्हाड़े के नीचे आया, तो वह कांप रहा था। एक साथी ने पूछा, 'वेली, तुम कांप रहे हो?' उसने हंसकर कहा, 'हां, सर्दी लग रही है। सबके अंत में मरे हुए वेल्डो का सिर भी काट लिया गया। इस प्रकार क्रांति के जन्मदाता ही क्रांति की भेंट हुए।

अब तो फ्रांस पर खून का रंग चढ़ा था। मारे जानेवालों की संख्या दिन पर दिन बढ़ती जा रही थी। प्रतिदिन सैकड़ों के सिर काटे जाते थे। उनमें बहुत से तो क्रांतिकारी ही होते थे। अब रक्तपात के कुछ समर्थक भी रक्तपात के विरोधी होने लगे। दांते और देस मोलियो इनमें प्रमुख थे। ये शान्ति के पक्ष में थे। इनका कट्टर विरोधी था रोब्सपियर। दांते को कुछ-कुछ पता लग गया था। उसके मित्रों ने उसे भाग जाने की सलाह दी, परंतु उसने कहा, 'क्या मैं अपनी मातृभूमि को भी संग ले जा सकता हूँ। मैं औरों को मारने की अपेक्षा स्वयं मारा जाना पसंद करता हूँ। जब वह जेल में ले जाया गया तो कैदियों की भीड़ क्रांति की महान आत्मा पर टूट पड़ी। उनसे दांते ने कहा, 'मित्रो, मुझे आशा थी कि मैं तुम्हें कैदखाने से छुड़ाऊंगा। परंतु आज खुद मैं ही यहां आ गया।'

अदालत में उसने कहा, 'मेरा नाम दांते है। क्रांतिकारियों में सब मेरा नाम जानते हैं। मेरा निवासस्थान तो शीघ्र ही संसार से गायब हो जाएगा। आज से बारह महीने पहले मैं स्वयं किसी क्रांति की अदालत की स्थापना करने का प्रयत्न करता था। आज मैं उसके लिए ईश्वर तथा मानव-जाति से क्षमा चाहता हूँ। वे सब पापी हैं। आज रोब्सपियर मुझे मृत्युदंड देने वाला है। वैसे ही ब्रिसो भी देता। मैं फ्रांस को भयानक दशा में छोड़ता हैं। पर मैं समझता हूँ रोब्सपियर मेरे पीछे वधस्थल पर चला आएगा। मैं उसे वहां खींच लूंगा। मेरा अस्तित्व संसार से मिट जाएगा, परंतु इतिहास में मेरा नाम कायम रहेगा।' इसके बाद वह अपने पक्ष में बोलने लगा। सभापति बारम्बार उसकी बात काटते थे। पर महान दांते की बुलंद आवाज़ अदालत में गूंज रही थी। जज भयभीत होकर कांप रहे थे। अंत में उसने कहा, 'मेरी मृत्यु के तीन मास भी न बीतने पाएंगे कि मेरे शत्रुओं की बारी आएगी। रोब्सपियर शीघ्र ही गिलोटिन के कुल्हाड़े के नीचे खिंच आएगा। मैं उसे खींच लूंगा। मैं इसलिए मर रहा हूँ कि मैं मनुष्यों को क्षमा करना चाहता हूँ। यही मेरा अपराध है।'

दांते और उसके साथी जब वधस्थल पर पहुंचे तो कैमिले अपनी नववधू के लिए क्षुब्ध होने लगा। दांते ने कहा, 'मेरे प्यारे, उसकी चिंता न करो। मैं भी अपनी प्रियतमा को कभी न देख

सकूंगा।' वध से पहले दांते ने अपने साथियों से गले मिलना चाहा। पर वधिक ने स्वीकार न किया। दांते ने कहा, 'जाने दे यार, हमारे सिर तो कटकर थैले में एक ही जगह मिलेंगे। उन्हें तो तुम नहीं रोक सकोगे। चलो, अब अंतिम नींद सोएँ।' और उसने कुल्हाड़े के नीचे सिर रख दिया, उसके बाद उसके मित्रों ने।

दांते की यह भविष्यवाणी सत्य हुई कि रोब्सपियर मेरे पीछे कुल्हाड़े के नीचे खिंचा चला आएगा। प्रतिदिन नयी-नयी बातें हो रही थीं। रोब्सपियर का बोल-बाला था। जो कोई उसका विरोध करता, उसी का सिर काट लिया जाता था। इससे उसके शतु बढ़ रहे थे। और अब उसकी लेखनी भी सुस्त पड़ रही थी। वह प्राय: गुमसुम पेरिस की गलियों में चक्कर लगाया करता था। उसे ऐसा अनुभव हो रहा था कि जैसे मृत्यु उसके पास खिसकती चली आ रही है। रक्तपात से वह अब ऊबने लगा था। अब असेम्बली में उस पर टीका-टिप्पणी होने लगी थी। एक दिन उसने चुपचाप अपनी टीका-टिप्पणी सुनी और उठकर जेकोविन क्लब में पहुंचा। वहां उसने मित्रों को सम्बोधित कर एक मार्मिक भाषण दिया। अंत में उसने कहा, 'अब मेरा अंत निकट है। शक्तिशाली विरोधियों से मैं बच नहीं सकता। मैं बिना शोक के उनके अधीन हो जाऊँगा।'

असेम्बली में जब वह बोलने खड़ा हुआ तो उसे नहीं बोलने दिया गया। उलटे उसके विरुद्ध भाषण होने लगे। उसने बारम्बार भाषण देने की चेष्टा की, पर उसे बोलने नहीं दिया गया, तब उसने कहा, 'ओ हत्यारों के सभापति, मैं भाषण देना चाहता हूँ।

एक सदस्य ने कहा, 'दांते के खून से तेरा गला रुंधा हुआ है।'

उसे तत्काल गिरफ़्तार कर लिया गया। उसके मित्र भी जो जहां थे गिरफ़्तार हो गए। और वे सेंट जेम्स में कैद कर लिये गए। जेकोविन क्लब वाले विद्रोह करना चाहते थे, पर उसने रोक दिया। असेम्बली ने भी सेना तैनात कर दी थी। विद्रोह को दबाकर सैनिक वहां आ पहुंचे जहां रोब्सपियर और उसके साथी थे। लेवास के पास दो पिस्तौलें थीं, उसने एक रोब्सपियर को देकर कहा कि वह आत्मघात कर ले। पर उसने कहा कि नहीं, हमें शतु के हाथों ही मरना चाहिए। वे सब चुपचाप एक टेबल के आस-पास बैठ गए। उनकी आंखें दरवाज़े पर लगी थीं। जब उन्हें विश्वास हो गया कि सैनिक आ पहुंचे, तो लेवास ने आत्महत्या कर ली और रोब्सपियर का भाई एक खिड़की से कूद पड़ा, पर उसकी केवल एक टांग ही टूटी। सिपाही आ पहुंचे थे, वे चिल्ला रहे थे, 'अत्याचारी का अंत कर दो।' एक ने पूछा, 'अत्याचारी कौन है?' मेडा नामक सैनिक ने रोब्सपियर के सिर की ओर संकेत किया। उसने पिस्तौल दाग दी। रोब्सपियर का सिर टेबल पर टिक गया। उसका दाहिना जबड़ा चूर-चूर हो गया और दांत भी टूट गए। कूथन ने उठाने का यत्न किया, पर वह गिर गया। सैंट जस अपने स्थान पर बैठा रहा।

इस समय प्रात:काल हो रहा था। सिपाही रोब्सपियर के रक्त-भरे जबड़े को रूमाल से बांधकर उसे उसके साथियों सहित एक कमरे में ले गए। वह चारपाई पर बेहोश पड़ा था। क्रांति के इस महान नेता को देखने आदमी टूटे पड़ते थे। अंत में अदालत में उन सबको ले जाया

गया। सबसे कुछ प्रश्न पूछे गए। रोब्सपियर न बोल सकता था, न सुन सकता था। अदालत तो दिखावा था। सबको प्राणदंड दिया गया। अगले दिन प्रात:काल उन्हें वधस्थल पर ले जाया जा रहा था। उनके हाथ-पांव बंधे हुए थे। सड़क में गड्ढे थे। गाड़ी में झटके लग रहे थे और घायल पुरुष वेदना से कराह उठते थे। यात्रा बहुत लम्बी थी और राह में ठसाठस भीड़ भरी थी। भीड़ में स्त्रियां अधिक थीं। वे हर्ष से चिल्ला रही थीं। रोब्सपियर के मुंह पर पट्टी बंधी थी। स्वाधीनता की मूर्ति के पास पहुंचने पर जल्लाद उस घायल पुरुष को वधस्थल पर ले गए। जल्लाद ने निर्दयतापूर्वक पट्टी खींच ली। जबड़ा उखड़कर लटक गया। वेदना की भयानक चीत्कार से पैलेस ड रेवोल्यूशन काँप उठा। परंतु शीघ्र ही भयानक शान्ति छा गई। रोब्सपियर का कटा हुआ सिर भूमि पर लुढ़कने लगा। दर्शकों की सांस बंद हो गई। जिसने राजा-रानी का वध करके ज़मींदारी प्रथा और स्वेच्छाचारिता से फ्रांस को मुक्त किया था, उसका ऐसा दारुण अंत हुआ।

77

इस समय ब्रिटेन का प्रधानमंत्री विलियम पिट था। यह एक दृढ़चित्त मेधावी पुरुष था। इसी पुरुष को ब्रिटिश साम्राज्य की स्थापना का श्रेय प्राप्त है। जब उसने देखा कि अंग्रेज़ों और फ्रैंचों में युद्ध अनिवार्य ही है तो उसने यह संकल्प कर लिया कि जीतना अंग्रेज़ों ही को चाहिए। उसने ब्रिटेन की जनसैन्य को सुदृढ़ किया और भारत तथा अमेरिका में उसे मोर्चे पर भेजा। जो सेना उसने भारत की ओर भेजी, उसका नेता सत्ताईस वर्ष का एक आवारा अफ़सर था, जिसका नाम क्लाइव था। अमेरिका की ओर भेजी गई सेना का नेतृत्व जेम्स वुल्फ को सौंपा गया, जो इकतीस वर्ष का तरुण था। इस कूटनीतिक मंत्री ने इसी समय यूरोप में भी फ्रैंचों से युद्ध छेड़ दिया। यह तिमुखी लड़ाई लड़ी जा रही थी, जिससे फ्रांस समुद्रपार के देशों में सेना न भेज सके। उसने यूरोप के उन सब देशों से गठजोड़ कर लिया, जो फ्रांस के शत्रु थे। इनमें प्रशिया का फ्रेडरिक महान भी था, जो इस युग का माना हुआ योद्धा था। वह अपनी शक्ति से यूरोप में प्रशिया की धाक जमाना चाहता था, जिसमें उसका बाधक फ्रांस ही था। पिट ने सुनहरी मुहरों से उसे खरीदकर अपने साथ ले लिया। फ्रेडरिक को इस समय धन की बहुत आवश्यकता थी। वह फ्रांस से भिड़ गया। आरम्भ में उसे कठिनाइयों का सामना करना पड़ा, क्योंकि रूस, स्वीडन और ऑस्ट्रिया फ्रांस की पीठ पर थे। परंतु फ्रेडरिक के सौभाग्य से इसी समय रूस की रानी का देहान्त हो गया। उसका उत्तराधिकारी फ्रेडरिक से मिल गया तथा उसने अपनी सेनाएं वापस बुला लीं। परिणाम यह हुआ कि फ्रेडरिक ने फ्रांस और ऑस्ट्रिया दोनों देशों पर विजय प्राप्त कर ली। यह युद्ध सात वर्ष तक चला। उधर अंग्रेजों के समुद्री बेड़े ने समुद्र से फ्रैंचों को निकाल बाहर किया। इसके साथ ही क्लाइव ने भारत में और वुल्फ ने कैनेडा में फ्रैंच के दांत खट्टे कर दिए। इसका यह परिणाम हुआ कि यूरोप का सबसे शक्तिशाली राज्य प्रशिया हो गया और एशिया में ब्रिटिश साम्राज्य की स्थापना हो गई।

78

सन् 1760 में जार्ज तृतीय इंग्लैंड के सिंहासन पर बैठा। उस समय उसकी आयु बाईस वर्ष की थी। उसने साठ वर्ष राज्य किया। वह हठी, झक्की और खब्ती-सा आदमी था। अपने जीवन के अंतिम दिनों में वह पागल हो गया था। इस राजा के राज्यकाल में इंग्लैंड में बड़े-बड़े परिवर्तन हुए, जिनमें सबसे मुख्य शिल्प-क्रांति थी।

यद्यपि इंग्लैंड की जलसेना अजेय थी और उसी ने उसकी रक्षा भी की थी, परंतु ब्रिटिश साम्राज्य के विस्तार में जिस बात ने सहायता दी, वह ब्रिटेन की शिल्प-क्रांति थी। अंग्रेज़ एक साहसिक जाति थी। तूफ़ानी समुद्र में छोटी-छोटी किश्तियों द्वारा प्राणों का खतरा उठाकर नये-नये द्वीपों का पता लगाना उसके लिए एक मनोरंजक विनोद था। पीढ़ियों से वह इस खतरे से खेलती रही थी। अपनी अजेय जलसेना के बल पर उसने पराक्रमी नेपोलियन को इसके बाद जब जय किया तो समुद्र पर उसका ही एकाधिपत्य स्थापित हो गया। फ्रांस को परास्त करके अंग्रेज़ों के हौसले बढ़ गए थे और अब उनके साम्राज्य का अबाध विस्तार हो रहा था। साथ ही पूर्वी देशों के उन्मुक्त वाणिज्य से भी सम्पदा का अटूट झरना उनके घरों में आने लगा था। उन्होंने उत्तरी ध्रुव और दक्षिणी ध्रुव पर भी अभियान किया और विश्व के सर्वोच्च पर्वत-शिखर पर भी आरोहण किया। बस्तियां बसाने में वे बड़े सिद्धहस्त थे। उन्हें इस बात की भी परवाह न थी कि उन्हें अपना देश छोड़ दूर देश में बसना पड़ेगा। वे चतुर बनिये थे। इससे जहां-जहां ब्रिटिश साम्राज्य स्थापित हुआ, वहां-वहां वे पहले वाणिज्य के लिए ही गए। वहां उन्होंने अपने वाणिज्य-केन्द्र स्थापित किए, फिर वहीं बस गए। इसके बाद ब्रिटिश राजसत्ता ने तो केवल उनसे अधिकार, ही ग्रहण किया। भारत, कैनेडा, दक्षिण अफ्रीका सर्वत्र ही ऐसा हुआ। प्रथम श्रेणी के नाविक होने के कारण और तेज़ चलनेवाले जहाज़ों के बनाने में प्रवीण होने के कारण उन्होंने अपने वाणिज्य-व्यापार में और दुनिया भर में फैली हुई दूर-दूर, देशों और द्वीपों में विस्थापित बस्तियों में आवागमन का ठीक-ठीक सम्बन्ध जारी रखा। दूसरे अर्थों में, समुद्र उस पार बसनेवाले उनके सम्बन्धियों को उनसे पृथक् करने वाला नहीं, उन्हें एक-दूसरे से सम्बन्धित करनेवाला था। इनकी जलसेना की ऐसी धाक बंध गई थी कि किसी प्रतिस्पर्धी देश को उनके सम्मुख आने की या बाधा पहुंचाने की हिम्मत ही नहीं होती थी। इनकी स्थल सेना भी संगठित थी। वे विपत्तियों से घबराते न थे। साहस त्यागते न थे और सफलता के सारे साधनों को, चाहे वे उचित हों या अनुचित, काम में लाने में झिझकते न थे।

इस समय तक भी यूरोप में यंत्र-युग का आरम्भ नहीं हुआ था। लोग अपने-अपने घरों में बैठकर हाथ से सब चीजें बनाते थे। कताई, बुनाई, छपाई तथा अन्य उपयोगी वस्तुओं का निर्माण सब हाथ से ही किया जाता था। कहीं-कहीं जहां छोटे-छोटे उद्योग गृह-उद्योग का रूप धारण कर गए थे, वहां भी काम हाथ ही से होता था। प्रत्येक गांव में शिल्पियों का एक दल होता था। स्त्रियां घरों में चर्खे पर सूत काटती थीं और जुलाहे घर पर करघे से कपड़ा बुनते थे। कुछ परिवार

जुलाहे, लुहार, कुम्हार, चमार आदि थे। कोई-कोई कस्बा या नगर किसी एक शिल्प या काम के लिए प्रसिद्ध होता जाता था।

ठीक यही हालत उन दिनों भारत में थी। भारत में ढाका की मलमल, बनारस का सिल्क और मिर्जापुर के कालीन प्रसिद्ध थे। दक्षिणी फ्रांस रेशम के कारोबार के लिए प्रसिद्ध था और उत्तरी इंग्लैंड में सूती कपड़ा अच्छा बनता था। चीन के रेशमी वस्त्र और चीनी के बर्तन प्रसिद्ध थे। स्पेन के चाकू और तलवारें प्रसिद्ध थीं। इन प्रसिद्ध स्थानों की वस्तुएँ जब बेचने के लिए व्यापारी लाते थे तो लोग अच्छे दाम देकर उन्हें शौक से खरीदते थे। इससे उत्साहित होकर निर्माता अधिकाधिक माल तैयार करने की चेष्टा करते थे। इस चेष्टा का यह परिणाम हुआ कि उन्होंने अपने औज़ारों में परिवर्तन किए और ऐसी विधियाँ सोचनी आरम्भ की जिनमें जल्द और अधिक माल तैयार हो सके।

अंग्रेज़ों ने जब अमेरिका के उत्तरीय अंचल में अपनी बस्तियां बसानी आरम्भ की तो उन्होंने यह जाना कि यहां की गर्म जलवायु कपास की खेती के लिए उपयुक्त है। इसी समय उन्होंने यह भी समझ लिया कि इंग्लैंड का पश्चिमोत्तर प्रान्त, जिसे वे लंकाशायर कहते हैं और जहां की जलवायु नम थी, सूती माल की कताई और बुनाई के धंधे के लिए उपयुक्त है। महीन सूती कपड़े की उन दिनों इंग्लैंड में बड़ी मांग थी। यह अच्छे मुनाफ़े का धंधा था। परंतु यह माल सीधा अदन से उन दिनों खरीदा जाता था। अब लंकाशायर में कताई-बुनाई का धंधा शुरू हो गया और उसकी मांग इतनी बढ़ी कि हाथ के करघों और चरखों से उसकी पूर्ति होनी असम्भव हो गई। अमीर लोगों ने इधर ध्यान दिया। इन्होंने कारीगरों को नौकर रखकर बड़े-बड़े मकानों में हैण्डलूम की लाइनें लगा दी और उनका नाम फैक्टरी रखा। इस प्रकार जहां कारीगर अपने-अपने घरों में माल तैयार करके खुदरा ग्राहकों के हाथ बेचते थे, वे अब इन मालिकों से तनख्वाह पाकर उनके लिए माल तैयार करने लगे। छोटी-छोटी फैक्टरियों का चलन बढ़ा और ये कारीगर अपने-अपने गांवों को छोड़कर फैक्टरियों के आस-पास ही आ बसे। गांव उजड़ गए। बस्तियां बसने लगीं और सैकड़ों लोग एकत्र होकर एक आदमी की अधीनता में काम करने लगे।

यहीं से शिल्पोद्योग में क्रांति का सूत्रपात हुआ। अब उन्होंने इस बात पर ध्यान दिया कि अधिक तेज़ी और कम परिश्रम से अधिक माल तैयार हो। प्रथम एक ऐसा करघा तैयार हुआ जिसमें एक ही आदमी हत्था घुमाकर कई तकुए चला सकता था। फिर पनचक्की की भाँति जलप्रवाह से घूमने वाले पहियों की मदद से चलने वाले यंत्र बनाए गए। अभी तक भाप और बिजली का आविष्कार नहीं हुआ था परंतु शीघ्र ही ऐसी एक मशीन बन गई जो बिना आदमी के स्वयं ही चल सकती थी। इस आविष्कार से थोड़े ही समय में थोड़े-से आदमियों द्वारा बहुत-सा कपड़ा तैयार होने लगा। किंतु इस आविष्कार की प्रतिक्रिया यह हुई कि लाभ पैसा लगाने वाले मालिकों को हुआ और कारीगरों की दरें गिर गईं। वे बेकार होने लगे।

सत्रहवीं शताब्दी के मध्य में एक पम्पिंग इंजन बना जो हवा के दबाव से खानों में से पानी खींचने में उपयोगी साबित हुआ, परंतु इस समय तक भी किसी ने यह नहीं सोचा था कि पानी

भाप बनने पर सोलह सौ गुना ज़्यादा जगह घेरता है। अठारहवीं शताब्दी के अंतिम चरण में जेम्स वाट ने भाप का इंजन बनाया जो उन्नीसवीं शताब्दी के आरम्भ होते ही एक नौका में लगाया गया। इसके तत्काल बाद ही अमेरिका ने अपनी प्रथम स्टीमबोट लेकर अटलांटिक को पार किया।

79

पुरानी दुनिया में दो बातें हद दर्जे की बेवकूफ़ी की और बेहूदा थीं। प्रथम थी बलात् धर्म-विजय। शताब्दियों तक ईसाइयों और मुस्लिम धर्मान्धों ने यह कुकर्म अत्यंत जंगली और निर्दय रीति से किया, जिसके फलस्वरूप भारत, यूरोप तथा अन्य देशों के लाखों निरपराध नर-नारियों को भारी-भारी कष्ट झेलने और प्राण गंवाने पड़े।

दूसरी दास-प्रथा थी, जो इससे भी अधिक भयानक, नीचतापूर्ण और निर्दय प्रथा थी। प्राचीनकाल में भारत, मिस्र, यूनान तथा दूसरे तत्कालीन सभ्य देशों में यह प्रथा प्रचलित थी, परंतु इस युग में तो इस प्रथा को अमेरिका के प्रवासी यूरोपियनों ने अपने यहां प्रचलित किया। इस कुकर्म की जड़ में जल्दी से और बिना परिश्रम किए अमीर होने की इच्छा काम कर रही थी। यंत्रोत्थान के क्रांतिकारी आविष्कार ने, जो एकाएक ऐसे रूप में प्रकट हुआ कि जिसने उन लोगों को, जो कारीगर तो न थे परंतु धन लगाकर कारीगरों को जुटा सकते थे और मज़दूरी देकर उनके परिश्रम से लाभ उठा सकते थे, खूब धनवान होने की लिप्सा ने उन्हें यह कुकर्म करने को प्रेरित किया। चीनी, मसाले, कॉफ़ी, तम्बाकू आदि नित्य के व्यवहार की वस्तुओं की मांग बहुत बढ़ गई थी और इनका उत्पादन बड़ा लाभकारी था। दक्षिणी अमेरिका तथा उत्तरी अमेरिका का दक्षिण स्थल इसके लिए उपयुक्त स्थान था। मज़दूरी की सबसे सस्ती रीति इन गुलामों से मज़दूरी कराना था जिसका सरल तरीका यह निकाला गया कि अफ्रीका के पश्चिमी किनारे पर बसने वाले नीग्रो लोगों पर आक्रमण करके उन्हें पकड़ लिया जाए और उन्हें जहाज़ों में भरकर अटलांटिक के उस पार ले जाकर भेड़-बकरियों की भाँति बेच दिया जाए। समुद्र-तटवर्ती यूरोपियन व्यापारियों ने, जिनमें स्पेनिश, ब्रिटिश और पोर्चुगीज़ विस्थापित प्रमुख थे, इस गन्दे व्यापार में खूब बढ़-बढ़कर हाथ मारे। यह घृणित नर-व्यापार यद्यपि सत्रहवीं शताब्दी के आरम्भ ही में शुरू हुआ था, फिर भी अठारहवीं शताब्दी के मध्यकाल में इन हब्शी गुलामों की संख्या सात लाख हो गई थी, जो क्रीत दास थे और अपने गोरे मालिकों के लिए उनके खेतों में काम करते थे।

जब फ्रांस में उत्क्रांति हुई तब कानून बनाकर इंग्लैंड में गुलामी के व्यापार को निषिद्ध कर दिया गया और ब्रिटिश उपनिवेशों में गुलामों को मुक्त कर दिया गया।

परंतु अमेरिकनों के लिए अब ऐसे कानून को स्वीकृत करना कठिन था। सूती कपड़े की मिलों के कारण अमेरिकन रुई की मांग बहुत बढ़ गई थी। सारे दक्षिणी अमेरिका में कपास उगाने

के बड़े-बड़े फ़ार्म थे, जहां लाखों गुलाम काम करते थे। अब अफ्रीका से गुलामों का आना कानूनन बंद कर दिया गया था। फिर भी लुके-छिपे यह व्यापार अभी चल ही रहा था तथा जिस समय भारत में सन् सत्तावन का विद्रोह फूटा, उस समय अमेरिका की भूमि में चालीस लाख गुलाम थे। दक्षिण अमेरिकन समझते थे कि यदि उन्हें स्वतंत्र कर दिया गया तो उनका सारा कारोबार ही चौपट हो जाएगा। इस प्रकार गुलामों के प्रश्न को लेकर दक्षिणी-उत्तरी अमेरिकनों के बीच संघर्ष उठ खड़ा हुआ। उत्तरी अमेरिका में लोहा और कोयला अधिक था, जिसके कारण उस भाग में बड़े-बड़े-कारखाने स्थापित होते जा रहे थे और वाणिज्य तथा उत्पादन के केन्द्र बड़े-बड़े नगर बसते जा रहे थे। वहां के लोग नयी-नयी बातों के विकास के लिए धुन बांधकर लग गए थे।

दक्षिणी अमेरिका में बड़ी-बड़ी रियासतें धनी अमेरिकनों की थीं। उनके सारे कारोबार गुलामों के ही सहारे चल रहे थे। वे अपना रहन-सहन बदलने को तैयार न थे। वे चाहते थे कि उन्हें गुलामों के साथ जैसा वे चाहें व्यवहार करने की छूट मिलनी चाहिए। अंत में उन्होंने उत्तरी अमेरिका से सम्बन्ध-विच्छेद कर लिया और अपनी स्वतंत्र सत्ता स्थापित कर ली। परंतु अमेरिकन अपने देश के दो भाग नहीं करना चाहते थे। इससे इन गुलामों के प्रश्न को लेकर इस समय उत्तरी और दक्षिणी अमेरिका में घोर संग्राम छिड़ गया।

80

इसी समय यूरोप में शिव का तृतीय नेत्र खुला। यह ज्ञानचक्षु था, जिसने विज्ञान को जन्म दिया। प्रकृति किन नियमों पर आधारित है, यह मूल प्रश्न ही विज्ञान का उत्पादक था। संसार में बहुत से बड़े-बड़े अमानवीय कार्य नित्य अनवरत होते रहते हैं। दिन निकलता है, रात होती है। सर्दी, गर्मी, बरसात आती है। धूप निकलती है, वर्षा होती है। मनुष्य और जीव-जंतु पैदा होते हैं। जीते हैं, मरते हैं, बढ़ते हैं। ये सब ऐसी बातें थीं, जिनका भेद समझदार आदमी जानना चाहते थे। हर बार उनके मन में प्रश्न उठता था कि यह सब क्यों होता है और अब इसका उत्तर विज्ञान ने देना आरम्भ कर दिया था। विज्ञान ने प्रकृति के सभी रहस्यों को खोलकर मनुष्य के सामने रख दिया और यंत्रोदय विज्ञान में सम्मिलित हो गया।

सत्रहवीं शताब्दी के प्रथम चरण में ही सबसे प्रथम दो बातें यूरोप ने जानी। एक गुरुत्वाकर्षण और दूसरा शरीर में रक्त संचार का भेद। भारतीय चिकित्सा-शास्त्र को रक्ताभिसरण की व्याख्या शताब्दियों पूर्व ही ज्ञात थी। गुरुत्व के सम्बन्ध में भी भारतीय दर्शन अपना मत रखते थे, सौ वर्षों तक इन्हीं बातों के आस-पास खोज होती रही। अंत में उन्नीसवीं शताब्दी के प्रथम पाद में डार्विन ने विकासवाद का सिद्धांत स्थापित किया। उसने पत्थर, फूल, पौधे, कीड़े-मकोड़े और जीव-जन्तुओं को एकत्र करने और उनके रहन-सहन और प्रकृति को जानने में अपना जीवन लगा दिया। उसने यह सिद्धांत स्थिर किया कि मनुष्य का विकास प्रकृति की सहायता से हुआ।

इसी समय तीन नये चिकित्सा-रहस्य जाने गए। चेचक का टीका, रोग कीटाणु और क्लोरोफ़ार्म। चिकित्सा में इन तीनों बातों ने नयी प्रणालियों का सूत्रपात किया और उन्नीसवीं शताब्दी के मध्यकाल में एक कीटाणुनाशक दवा, कार्बोलिक एसिड, का भी आविष्कार हो गया।

चेचक के टीके को लेकर जो आगे गवेषणा चली और यह जानने की उत्कंठा बढ़ी कि आखिर चेचक के छाले का रस शरीर में पहुंचाने से चेचक क्यों रुक जाती है, तो रोग-कीटाणु का पता लगा। पर इस काम में पचास बरस लग गए। अनेक रोगों के उत्पादक कारण रोग-कीटाणु जान लिए गए। उन्हें रक्त में कैसे पहुंचाया जाए और उनकी वृद्धि और प्रभाव को कैसे रोका जाए, इसका पता लगाया गया। शरीर में उनके प्रविष्ट होने के मार्ग जाने गए। इस गवेषणा ने स्वास्थ्य-विज्ञान को जन्म दिया और रोग कीटाणुओं को नष्ट करने के लिए निरोधक प्रक्रिया प्रचलित की गई।

क्लोरोफ़ार्म के आविष्कार ने चीर-फाड़ के कष्ट से बहुत बचाव किया। परंतु एक बड़ी बाधा अभी थी, इससे चीर-फाड़ के समय कष्ट से तो लोग बच जाते थे, पर दस-बीस दिन बाद ज़हरवाद होकर रोगी मर जाता था। इसके कारणों का पता लगाया गया कि आपरेशन के बाद जलवायु के द्वारा रक्त में रोग कीटाणु पहुंचकर रक्त को दूषित कर देते हैं। ऐसी अवस्था में कार्बोलिक एसिड एक ऐसा आविष्कार था जिसने मनुष्यों के प्राणों को बचाने में बहुत भारी सहायता दी।

विज्ञान के इस विकास ने दो बातें उपस्थित की। प्रथम तो यह कि यूरोप की सभ्यता संसार के सब देशों में प्रमुख हो गई। और दूसरे वहां विज्ञान के लिए आगे ऐसे द्वार खुल गए कि मनुष्य में अमानवीय सामर्थ्य आ गई।

81

ज्ञान की प्यास, जिसने न्यूटन, डार्विन, काहन और लिस्टर के द्वारा महान आविष्कार कराए, कुछ अन्य साहसिक मनुष्यों के हृदयों में भी उत्पन्न होती गई और उनमें से कुछ ने अब तक अज्ञात पृथ्वी की खोज करने का साहस किया। जेम्स कुक ने दुर्गम दक्षिण ध्रुवप्रदेश में अंग्रेज़ों का यूनियन जैक जा फहराया और प्रशान्त सागर के आस-पास के अनेक अज्ञात द्वीपों का पता लगाया। डेविड लेविंग्सटन ने अफ्रीका के दुर्गम वन्य-प्रदेशों को रौंद डाला। उसने संसार के सबसे बड़े विक्टोरिया जलप्रपात का पता लगाया। कुछ साहसिक लोग ऑस्ट्रेलिया के मध्यवर्ती भयानक रेगिस्तान में जा फंसे।

इन साहसिक अग्रदूतों के इन अभियानों के फलस्वरूप ब्रिटिश साम्राज्य का एकाएक विस्तार होने लगा। कुछ प्रदेश विजय किए गए, जैसे कैनेडा, भारत की फ्रैंच बस्तियां, दक्षिणी अमेरिका और सीलोन, जो डचों के कब्जे में था। यद्यपि वे अमेरिका के स्वतंत्रता-युद्ध में वहां का स्वामित्व खो चुके थे, पर वे निरंतर नयी बस्तियां बसाते जाते थे। नये विजित प्रदेश, जैसे

कैनेडा, दक्षिण अफ्रीका और नवीन खोज में पाए देश जैसे ऑस्ट्रेलिया, न्यूज़ीलैंड तेज़ी से बस रहे थे। यहां धड़ाधड़ अध्यवसायी अंग्रेज़ परिवार आ-आकर स्थायी रूप से बस रहे थे। देखते-ही-देखते इन बस्तियों की चहल-पहल बढ़ चली। इसी समय अन्य देश भी ब्रिटिश छत्रछाया में आ गए, जिनमें भारत प्रमुख था। यूरोप के दूसरे राष्ट्रों ने भी समुद्रपार अपने अधिकार बढ़ाने आरम्भ कर दिए और यूरोपीय राष्ट्र साम्राज्यों का रूप धारण कर गए।

यह एक तथ्य है कि राष्ट्रों की अभिवृद्धि साम्राज्य का रूप धारण कर लेती है। उदग्र राष्ट्र अपनी सीमा में रहकर संतुष्ट नहीं होते। वे कमज़ोर राष्ट्रों पर अधिकार जमाते हैं। इसका कारण यह है कि सत्तावान राष्ट्र दुर्बल राष्ट्रों को जय करके उन पर अधिकार करने में एक प्रकार के गर्व का अनुभव करते हैं। परंतु यह भावना समूचे राष्ट्रों में उदय नहीं होती। नेतागण ही महत्वाकांक्षा रखते हैं, और वे इसके लिए अपने राष्ट्र पर युद्ध के खतरे और खर्चे का भार लाद देते हैं। धन की वृद्धि और अपनी उन्नति की आशा में वे इस खतरे को उठाते हैं।

82

जब मशीनों और विज्ञान के आविष्कार ने यूरोप में जनक्रांति उपस्थित कर दी और यूरोपवालों की उत्पादन शक्ति बढ़ गई और वे जल्दी और सस्ती चीजें तैयार करने लगे जैसा कि लंकाशायर और अमेरिका में हुआ तो वे चीजें सस्ते दामों में भारत में आकर बिकने लगीं। उन दिनों हाथ की बनी चीजें भारत में महंगी बिकती थीं। अब तक यूरोपियन लोग सोना देकर भारत का माल यूरोप में ले जाते थे। अब वे भारत में अपने देश का माल बेचकर मालामाल होने लगे। ब्रिटेन का बना कपड़ा शीघ्र ही सारे संसार में बिकने लगा। दूसरे यूरोपियन राष्ट्रों ने भी उसकी प्रतिद्वंद्विता की। इस प्रकार ये प्रदेश उद्योग-क्षेत्र का रूप धारण करने लग गए और एक-दूसरे से बाजी मार ले जाने के लिए उद्योग करने लगे।

जिन देशों में माल की बिक्री होती थी उन्हें बाज़ार कहा जाता था। इन बाज़ारों को अपने हाथ में रखने के लिए इन उद्योग केन्द्रस्थ राष्ट्रों में परस्पर संघर्ष होने लगा, परंतु यह संघर्ष केवल बाज़ार ही के लिए न था; तैयार माल के लिए कच्चा माल प्राप्त करने के लिए भी था। रेशम, कपास और ऊन के बिना कपड़े कैसे बन सकते थे? जो देश उद्योग-केन्द्र बन चुके थे, वहां कच्चा माल तैयार नहीं होता था। इसलिए ये उद्योग-क्षेत्र वाले राष्ट्र कच्चा माल हथियाने के लिए भी परस्पर संघर्ष करने लगे। उन्नीसवीं शताब्दी बीतते-बीतते लगभग सारा ही अफ्रीका महाद्वीप यूरोप की भिन्न-भिन्न जातियों ने अधिकृत कर लिया था। दक्षिण अफ्रीका में अंग्रेज़ी साम्राज्य के विस्तार को सफलता मिली थी।

जब यूरोपियन राष्ट्रों ने सुदूर-पूर्व और समुद्र-पार देशों में व्यापार-सम्बन्ध स्थापित किए, तो यह स्वाभाविक था कि वे यातायात की सुविधाओं पर पूरा ध्यान दें। साथ ही जहां-जहां भी उनका माल व मनुष्य जाएं, उनकी सुरक्षा का पूरा प्रबंध हो। इसलिए उन्होंने अनेक समुद्र-तट

अधिकृत करके वहां बंदरगाहों की स्थापना की; जहां उनकी जान-माल की सुरक्षा की व्यवस्था तो थी ही, वहां वे दीर्घकाल तक अपने जहाज़ भी रोक सकते थे तथा उन्हें भोजन, कोयला और पानी मिल सकता था।

अंग्रेज़ सारा समुद्री व्यापार जहाज़ द्वारा ही करते थे। इसलिए उन्हें देश-देशान्तरों में अच्छे बंदरगाहों की सबसे अधिक आवश्यकता थी। अपनी सामर्थ्य के बल पर दुनियाभर के समुद्रतटों पर उन्होंने अपने बंदरगाह स्थापित किए और व्यापार की बस्तियां बसाईं। स्वेज़ नहर यद्यपि एक फ्रांसीसी इंजीनियर ने बनाई थी, पर वह ब्रिटेन के लिए सबसे अधिक उपयोगी थी। इस समय तक भारत में उनका साम्राज्य स्थापित हो गया था और भारत उनका सबसे बड़ा बाज़ार और कच्चे माल का उत्पादक था। इंग्लैंड से भारत का सबसे सीधा मार्ग स्वेज़ नहर होकर ही था। अत: ब्रिटेन ने स्वेज कम्पनी के सबसे अधिक हिस्से खरीद लिये थे।

स्थल की बात भी जल की भाँति ही थी। व्यापार की वृद्धि और सुरक्षा तथा सुविधा के लिए अच्छी सड़कें, रेल और दूसरे यातायात-साधन चाहिए थे। रूस और अमेरिका ऐसे विशाल देश थे कि वे बहुत दिन तक समुद्र पार के देशों से व्यापार-सम्बन्ध स्थापित करने पर ध्यान नहीं दे सके। परंतु उन्होंने देशों में रेलों का जाल बिछा दिया था। जर्मनी ने अब भारत और टर्की की ओर रुख किया था और बर्लिन से बगदाद तक रेल बिछाई थी। जो, यदि विश्व युद्ध न छिड़ जाता तो ईरान को पार करती हुई सिंध को छू लेती।

83

मन्चू सम्राट शियन लुंग पूरी शान से दरबार में स्वर्ण-सिंहासन पर बैठा था। तमाम दरबारी, राजपरिषद् के लोग, विद्वान, देश-विदेश के एलची और राजदूत अदब से चीन के इस महान बादशाह के सामने हाथ बांधे, सिर नवाए खड़े थे। देशी-विद्रोही राजदूतों में हालैंड और रूस के राजदूत भी अदब से एक ओर खड़े हुए थे। शियन लुंग बहुत बूढ़ा आदमी था। वह चीन के तख्त पर पचास बरस से बैठा था। इसने अपने हाथों चीन का श्रृंगार किया था। इन दिनों मंचुरिया, मंगोलिया, तिब्बत और तुर्किस्तान उसके साम्राज्य के अंतर्गत थे। कोरिया, अनाम, स्याम और बर्मा उसकी सत्ता मानने वाली मातहत रियासतें थीं। साहित्य और साम्राज्य-वृद्धि में इसकी खास रुचि थी। उसने बड़े यत्न से ग्रंथों की खोज कराई और उनकी सूची बनवाई थी। सूची केवल सूची ही न थी, प्रत्येक ग्रंथ के बारे में जितनी बातें मालूम हो सकती थीं, उसमें लिखी गई थीं। साथ ही आलोचना भी जोड़ दी गई थी। शाही पुस्तकालय की यह फ़ेहरिस्त चार भागों में थी और एक महत्त्वपूर्ण वस्तु थी। बाद में उसके सम्बन्ध में यह प्रसिद्ध हो गया कि इस जोड़ का ग्रंथ दुनिया में और दूसरा नहीं है। इसी सम्राट की दृष्टि के नीचे चीन में उपन्यास, नाटक तथा कहानियों की सृष्टि हो रही थी। चीनी मिट्टी के उत्तम बर्तन बनाए जा रहे थे, जिन पर यूरोप के फ़ैशनेबल लोग लहालोट थे। यही हाल रेशमी वस्त्रों और दूसरी कलापूर्ण वस्तुओं का था, जिनकी यूरोप में बेहद मांग थी और इसी से यूरोप और एशिया के सब देशों के राजाओं के एलची अपने-अपने

बादशाहों की ओर से सौगातें और विनयपत्र लेकर इस बड़े सम्राट के दरबार में उपस्थित रहते थे और व्यापारिक सुविधाएं मांगते थे। हाल ही में शियन लुंग ने तुर्किस्तान को जीतकर और तिब्बत पर कब्जा करके अपना साम्राज्य बढ़ाया था। नेपाल ने भी चीन के इस बड़े सम्राट की अधीनता कुबूल कर ली थी।

विदेशी व्यापार बढ़ता जा रहा था और बुद्धिमान सम्राट ने उस पर बहुत सी पाबंदी लगाई हुई थी, जिससे विदेश के इन व्यापारियों को बड़ी असुविधा थी। इस समय तो समूचे यूरोप को पूर्व के व्यापार का चस्का लगा हुआ था, परंतु इंग्लैंड की ईस्ट इंडिया कम्पनी सबसे बढ़-चढ़कर थी। इस कम्पनी को संगठित हुए अब लगभग दो सौ बरस बीत रहे थे और इसका जाल समूचे एशिया में फैल गया था जिसका मध्य बिंदु भारतवर्ष था, जहां इस समय लार्ड कार्नवालिस का अमल तप रहा था। भारत में अंग्रेज़ी राज्य की भूमिका स्पष्ट हो चुकी थी। प्लासी का निर्णायक युद्ध खत्म हो चुका था, अंग्रेज़ों का प्रबल शत्रु हैदरअली मर चुका था और अब अंग्रेज़ों ने उसके सिंहविक्रम पुत्र टीपू सुलतान की गर्दन मराठों और निजाम की सहायता से दबोचकर उससे सन्धि कर ली थी, जिससे उसे अपना आधा राज्य अंग्रेज़ों को देना पड़ा था तथा तीन करोड़ रुपये युद्ध-क्षति की पूर्ति में और देने थे, जिसकी ज़मानत के तौर पर इस वीर-शिरोमणि को अपने प्राणाधिक पुत्रों को बंधक रखना पड़ा था। उनके हौसले बढ़े हुए थे।

इस समय इंग्लैंड पर बूढ़ा और खब्ती राजा जार्ज तृतीय राज्य कर रहा था, जो पार्लियामेंट के हाथों की कठपुतली था। ईस्ट इंडिया कम्पनी ने अपनी व्यापारिक सुविधाओं की मांग करने के लिए चीन के इस महान सम्राट की सेवा में एक राजदूत-मंडल अपने बादशाह का खत और भेंट लेकर भिजवाया था। सम्राट का शरीर बहुत दुबला-पतला था। उसकी दाढ़ी में गिनती के कुछ सफ़ेद बाल थे। यही दशा उसकी मूछों की भी थी पर ये बाल यत्न से संवारे हुए थे। सम्राट का रंग बहुत गोरा था। उसकी आंखें छोटी किंतु सतेज थीं। वह बहुमूल्य रेशम का पीला ऊबा पहने था और उसके हाथों में सुनहरी राजदंड था। उसके मुकुट के बहुमूल्य रत्न नक्षत्र की भाँति चमक रहे थे, और उज्ज्वल मोतियों की कंठमाल नाभि तक लटक रही थी। उसकी वाणी सतेज थी तथा दृष्टि पैनी। दरबार में न तो कोई आंख उठाकर उसकी ओर देख सकता था, न सीधा खड़ा हो सकता था। सब वज़ीर, अमीर, उमरा, दरबारी घुटनों के बल झुके नतमस्तक खड़े थे।

इस समय इंग्लैंड के राजदूत-मंडल की अभ्यर्थना समर्थ सम्राट कर रहा था। मंडल के नेता लार्ड मेकार्टनी थे। ये बड़े डीलडौल के और बेफिकरे रईस थे। बेहद शराब पीने और जुए में रात-रात-भर जागने से इनका मुंह और गाल फूल गए थे। पेट भी इनका बढ़ा हुआ था। इसलिए घुटनों पर झुककर खड़े रहने में उन्हें बड़ा कष्ट हो रहा था। उनके दूसरे साथी यद्यपि कीमती पोशाक पहने थे, पर थे सब आवारागर्द ही। लार्ड मेकार्टनी ने छह कीमती घोड़े, एक सुनहरी बग्घी, कुछ रत्नजड़ित तलवारें और खंजर और एक हज़ार सोने की गिन्नियां बादशाह की नज़र कीं। कुछ थान मखमल और बानात के भी थे।

सम्राट ने एक नज़र इस भेंट की ओर देखा और लार्ड मेकार्टनी की ओर देखकर पूछा, 'ए मलऊन, तू किस खेत का अनाज खाता है कि तेरा पेट इस कदर फूला हुआ है कि हमारे हुजूर में अदब से खड़ा भी नहीं रह सकता? और क्या कारण है कि तेरा मुंह इस कदर फूला हुआ है, क्या तूने इस नज़राने में से अशर्फियां चुराकर मुंह में भर ली हैं, जो तेरे बादशाह ने हमारी सेवा में भेजी हैं?'

बादशाह का अभिप्राय लार्ड मेकार्टनी को समझा दिया गया। उसका लाल मुंह और लाल हो गया। सारे दरबारी बादशाह का यह मज़ाक सुनकर अपनी दाढ़ी सहलाने और सिर हिलाने लगे, पर मुंह से एक शब्द भी निकालने की किसी की हिम्मत नहीं पड़ी।

लार्ड मेकार्टनी ने ज़मीन चूमी और कहा, 'ए दीनो-दुनिया के मालिक शहंशाह, मैं तेरी कृपा और नियामतों से ही फला-फूला हूँ और आशा करता हूँ कि हमारे बादशाह की दरख्वास्त पर शहंशाह विचार करेंगे, और अंग्रेज़ों के सामने से वे सब बाधाएं हटा लेंगे जो शाही इनायत को उन तक पहुंचने से रोकती हैं।'

'मेरे राज्य में तेरे बादशाह के आदमियों के साथ कोई बेइंसाफ़ी हुई है।'

'नहीं शहंशाह, हमारे बादशाह को ऐसी कोई शिकायत नहीं है। लेकिन वह चाहता है कि कुछ पाबंदियां हटा दी जाएं और अंग्रेज़ों को अधिक सुविधाएं दी जाएं।

'ओ मलऊन, तू कैसे औरों से अधिक चाहता है। जो और के लिए है वही तेरे बादशाह के लिए है।'

'शहंशाह, हमारे बादशाह के खत का तो मुलाहिजा फ़र्माएं।'

सम्राट के हुक्म से खत का तर्जुमा उस भरे दरबार में सुना दिया गया। बादशाह ने सुना, अपनी दाढ़ी पर हाथ फेरा और दरबार में उपस्थित सबसे बड़े आलिम को निकट बुलाकर इंग्लैंड के बादशाह जार्ज तृतीय के नाम खत लिखाया।

खत को भरे दरबार में सुनाने का हुक्म दिया, वज़ीर ने उच्च स्वर से खत पढ़ा-

'ऐ बादशाह, तू बहुत से समुद्रों की सीमा से परे रहता है। फिर भी हमारी सरकार से कुछ फ़ायदा उठाने की नम्र इच्छा से तूने एक राजदूत भेजा है, जो बाइज़्ज़त तेरी अर्जी लेकर आया है। अपनी भक्ति का सुबूत देने के लिए तूने अपने देश की बनी चीजें भेंट में भेजी हैं। मैंने तेरा प्रार्थना-पत्र पढ़ा है। उसके शब्दों से मेरे प्रति तेरी आदरपूर्ण नम्रता प्रकट होती है, जो प्रशंसा के योग्य है।

'सारी दुनिया पर हुकूमत करते हुए मेरी निगाह में एक ही बात है कि आदर्श शासन किया जाए और राज्य के प्रति अपने कर्तव्यों का पालन हो। मुझे तेरे देश की बनी चीज़ों की ज़रूरत नहीं है। ऐ बादशाह, तुझे मुनासिब है कि तू मेरी भावनाओं का आदर करे और भविष्य में इससे

भी अधिक श्रद्धा और भक्ति दिखाए। ताकि सदा हमारे राज्य सिंहासन की छत्रछाया में रहकर अपने देश के लिए आगे को सुख-शान्ति प्राप्त करे। डर से कांपते हुए आज्ञा पालन कर और लापरवाही मत कर।'

पत्र पढ़कर सुनाने के बाद सम्राट ने राजदूत-मंडल को पुरस्कृत करके और वह खरीता शाही ठाठ से देकर दरबार बर्खास्त किया।

छठा खण्ड

1

यह एक अत्यंत महत्त्वपूर्ण बात है जिस पर संसार के राजनीतिज्ञों ने बहुत कम ध्यान दिया होगा कि भारत को अंग्रेज़ों ने दूर ही से अपने अधिकार में रखा और से वहां की सरकार से ब्रिटेन की सरकार कभी भी इतनी निकट न रही कि वह उसके साथ संयुक्त हो जाए। वास्तव में ब्रिटेन का भारतीय साम्राज्य शासन-पद्धति और अर्थ-व्यवस्था दोनों ही की दृष्टि से एक स्वतंत्र साम्राज्य था। उस समय यदि मुगल-साम्राज्य अपनी दृढ़ता पर कायम रहता तो इंग्लैंड का वैदेशिक इतिहास कुछ दूसरे ही प्रकार का होता। फ्रांस से जो अंग्रेज़ों की लड़ाई हुई, खासकर वह लड़ाई, जिसकी मुख्य घटना नेपोलियन की मिस्र पर चढ़ाई से सम्बन्ध रखती है, उसका परिणाम भी और ही हुआ होता। क्रीमिया का यह युद्ध सम्भवत: होता ही नहीं तथा रूस और तुर्किस्तान की लड़ाइयों से अंग्रेज़ों की जो दिलचस्पी रही, वह भी न होती।

सन् 1813 में जब कम्पनी का नया चार्टर बदला गया, उस समय वारेन हेस्टिंग्ज़ गवाही देने के लिए कॉमन सभा के सामने उपस्थित किया गया था। इस समय वह अपनी आयु के सत्तासीवें वर्ष में था। यह वह समय था जब इजारे में कमी आई थी और इंग्लैंड की पश्चिमी सभ्यता और ईसाइयत को भारत में प्रवेश करने के अवसर मिले। 1833 में इजारा जाता ही रहा और कम्पनी एक ऐसा संगठन-मात्र रह गई कि जिसके द्वारा इंग्लैंड से भारत का शासन होता था। 1853 में चुनाव-पद्धति जारी की गई और अंत में 1857 के विक्षोभ ने इस व्यवस्था का भी अंत कर दिया। यह एक बड़ी महत्त्वपूर्ण बात है कि जब तक व्यापार उन लोगों के हाथ में रहा, जिनका उद्देश्य व्यापार करना था, तब तक व्यापार बहुत कम रहा और जब कम्पनी के हाथ से व्यवस्था निकली तो व्यापार बहुत विशाल हो गया।

इस समय तक भारत में चार बड़े अंग्रेज़ शासक हुए। एक लार्ड क्लाइव, जिसने पूर्वी तट पर कलकत्ता से मद्रास तक अंग्रेज़ों की जड़ जमा दी। दूसरे लार्ड वेलेजली और तीसरे लार्ड हेस्टिंग्ज़, जिन्होंने मराठों की शक्ति का अंत कर दिया और अंग्रेज़ों को देश के प्रायद्वीप के पश्चिमी द्वार का स्वामी बना दिया। चौथे लार्ड डलहौज़ी, जिन्होंने इन स्थानों को दृढ़ किया और उत्तर-पश्चिम प्रदेश में अंग्रेज़ी राज्य की सीमा सिंध नदी तक पहुंचा दी।

लगभग कुल सोलहवीं शताब्दी के काल में नया ढूंढ़ा हुआ समुद्री मार्ग दो भागों में बंटा हुआ था। आधा एशियाई भाग पोर्तुगीज़ों के हाथ में था और शेष डचों के हाथ में। सत्रहवीं शताब्दी भर अंग्रेज़ भारत में डच एकाधिक्य पद पर हाथ-पैर मारते रहे और सत्रहवीं शताब्दी का अंत होते-होते इंग्लैंड और फ्रांस ने संसार में वह औपनिवेशिक स्थान प्राप्त कर लिया जो सोलहवीं शताब्दी में स्पेन और फ्रांस का था। अठारहवीं शताब्दी इन दोनों राष्ट्रों के युद्धों से भरी हुई है। अठारहवीं शताब्दी के मध्य भाग में डूप्ले को यह आभास मिल गया कि ये युद्ध राजनीतिक हैं, व्यापारिक नहीं और इसका इनाम भारतीय साम्राज्य से कम नहीं। इस समय तक भी भारत का बाहरी संसार से सम्बन्ध केवल अफगानिस्तान की राह से था। पर अब समुद्र द्वारा भी उसका सम्बन्ध स्थापित हो गया था। यद्यपि अभी अफगानिस्तान की राह से आक्रमणों के भय कम नहीं हुए थे, सन् 1748 में जो वास्तव में ब्रिटिश साम्राज्य-स्थापना की तिथि मानी जाती है, उससे केवल नौ ही वर्ष पहले नादिरशाह का आक्रमण हुआ था और अहमदशाह अब्दाली का तेरह वर्ष बाद।

परंतु अंग्रेज़ों को इसकी परवाह नहीं थी। वे जिस शत्रु से इस समय तक भिड़ रहे थे, वह फ्रांस था। इसके अतिरिक्त वे अपने को न भारत का स्वामी ही समझते थे, न उन्होंने देश के बाहरी सम्बन्धों पर विचार किया था। परंतु अठारहवीं शताब्दी का अंत होते-होते उनकी दृष्टि बदली। मद्रास और दक्षिण की ओर अब वे अत्यंत चिंता से देख रहे थे। उन्हें डर यह था कि कहीं ऐसा न हो कि फ्रांस किसी नये देश से मित्रता कर ले, जो उसे उस समय हथियारों और बेड़ों से सहायता दे, जब उनकी आवश्यकता हो। यही बात फ्रांस की उस लड़ाई के समय भी हुई थी, जो अमेरिकन युद्ध के समय हुई थी और उससे अंग्रेज़ बहुत भारी विपत्ति में फंस गए थे। उस समय हैदर अली मद्रास के फाटक तक जा धमका था और सबसे शक्तिशाली फ्रैंच नाविक 'वेरा डी सफरन' ने समुद्र में उसका साथ दिया था। किंतु उसके पंद्रह वर्ष बाद जब बोनापार्ट मिस्र तक बढ़ आया, उस समय फ्रैंचों ने अपनी नीति को बदल दिया था। नेपोलियन को आशा थी कि टीपू भी उसके लिए ऐसा लाभदायक होगा जैसा सोलहवें लुई के लिए उसका बाप प्रमाणित हुआ था। परंतु जब बोनापार्ट मिस्र को अधिकृत करके सीरिया की ओर बढ़ा तब अंग्रेज़ों को भय हुआ कि वह भारत पर उत्तर से भी आक्रमण कर सकता है। तभी उनका ध्यान पहले-पहले नादिरशाह और अहमदशाह अब्दाली की ओर गया और उन्होंने खैबर दर्रा, काबुल और ईरान की ओर चिंता की दृष्टि से देखा।

सन 1800 में अंग्रेज़ों ने सर जान मालकम को ईरान भेजा कि वह पता लगाए कि रूस और फ्रांस का गुप्त प्रभाव तो वहां काम नहीं कर रहा। मालकम ने ईरान के शाह से जो बातचीत की उसमें नेपोलियन और फ्रांस का ही अधिक भय प्रकट किया गया था। सर जान मालकम टीपू से युद्ध कर चुका था। सब जानते थे कि टीपू नेपोलियन का वैसा ही मित्र और साथी था जैसा कि उसका बाप सफरन का। फ्रैंच उसे सीटोयन टीपू कहते थे। ध्यान देने की बात यह है कि इस काल से पचास वर्ष पूर्व सबसे पहले फ्रैंचों ने हैदराबाद के निजाम की सरकार से सम्बन्ध जोड़े थे। वे अंग्रेज़ों की अपेक्षा अच्छी तरह जानते थे कि भारत को किस प्रकार जीता जा सकता है।

उन्होंने ही यह पद्धति निकाली थी कि भारतीय सिपाहियों को यूरोपीय सिपाहियों की अध्यक्षता में रखा जाए और उन्हें यूरोपियन ढंग से युद्ध करना सिखाया जाए। अठारहवीं शताब्दी के आरम्भ में हैदराबाद में चौदह हज़ार जवानों की सेना फ्रेंच अफ़सरों के मातहत थी, जिनका सेनापति रेमंड था। निजाम ने फ्रैंच अफ़सरों की निगरानी में हथियार बनाने के कारखाने खोले थे, जहां बंदूकें बनाई जाती थीं और तोपें ढाली जाती थीं। रेमंड के सुशिक्षित सैनिक फ्रांस के क्रांतिकारी झंडे उड़ाते और स्वतंत्रता के बिल्ले टोपी पर लगाए हुए युद्धक्षेत्र को जाते थे। इस प्रकार दक्षिण में निजाम और टीपू ये बड़ी शक्तियां फ्रांस के प्रभाव में थीं। यदि इस समय रेमंड की सेनाएं अंग्रेज़ों को हरा देतीं तो सम्भव था कि उसके परिणाम दूसरे ही होते। परंतु मालकम ने हैदराबाद पहुंचकर वहां से फ्रेंच प्रभाव को नष्ट कर दिया।

इस प्रकार फ्रांस, जो भारत के बाहर ब्रिटेन का अकेला शतु था और भारत में केवल दक्षिण में ही उसके आक्रमण का भय था, अब उसकी शक्ति बहुत बढ़ गई थी। अब उसने भारत के बाहर अन्य एशियाई देशों से सम्बन्ध जोड़ लिये थे। ये राज्य थे अफगानिस्तान, फारस और रूस। नेपोलियन की मृत्यु से फ्रांस का प्रभाव नष्ट हो गया। प्रकट में बीस वर्ष तक इसके बाद अंग्रेज़ों को भारत में कोई विशेष युद्ध नहीं लड़ना पड़ा। खासकर विलियम बैंटिक का काल लगभग युद्ध रहित रहा। अब अंग्रेज़ों के इस संसार-व्यापी साम्राज्य के पश्चिम और पूर्व में दो बड़े शतु थे-एक अमेरिका, दूसरा रूस। सन् 1815 की संधि तक यूरोप के लोग अमेरिका में अधिक नहीं आते-जाते थे, परंतु अमेरिका में प्रजातंत्री शासन हो जाने से उसका प्रभाव बहुत बढ़ गया और अमेरिका महाद्वीप में उसकी स्थिति सर्वश्रेष्ठ हो गई। ठीक इसी समय पूर्व में रूस ने अपना विस्तार आरम्भ किया। अंत में उसने ईरान पर अपना प्रभाव जमा लिया। इसलिए अब अंग्रेज़ों की दृष्टि में पश्चिम में अमेरिका और पूर्व में रूस का भारत में सबसे बड़ा खतरा उठ खड़ा हुआ था। इसीलिए अंग्रेज़ों ने उत्तर-पश्चिम को जीतकर और अफगानिस्तान और ईरान पर अपना अधिकार जमाकर तथा पंजाब में अधिकार करके अपनी सीमाओं को सुदृढ़ और अच्छा कर लिया।

यह एक ऐतिहासिक तथ्य है कि भारत में अंग्रेज़ी साम्राज्य स्थापित होने से पहले 1761 में मरहठों को, 1738 में मुगलों को और 1398 में मुगलों से पहले के मुसलमानों को एकसमान ही ऐसी शक्ति की विनाशक चोट खानी पड़ी थी, जिसने अफगानिस्तान के रास्ते भारत पर आक्रमण किया था। इसके अतिरिक्त इसी रास्ते से मुहम्मद गौरी और बाबर ने आकर अपने राज्य भारत में स्थापित किए थे। ये ऐतिहासिक तथ्य अंग्रेज़ों को भयभीत करने के लिए काफ़ी थे। खासकर उस हालत में जबकि वे देख रहे थे कि रूस समरकंद तक बढ़ आया है।

परंतु इस समय भी ब्रिटेन की परिस्थिति बड़ी विचित्र थी। यह निश्चय था कि ब्रिटिश भारत को अपनी रक्षा स्वयं ही करनी होगी। वह अंग्रेज़ी सेना ले सकता था, परंतु उसका खर्चा भारत ही को देना होगा। इसलिए अंग्रेज़ इस समय देश के बाहरी और भीतरी भयों को दूर करने में

जी-जान से लगे थे। यद्यपि उनके पास संचित करने योग्य शक्ति न थी और संकट उन पर आ सकते थे।

इस समय तक इंग्लैंड का कानून एक प्रकार से जंगली था। लगभग दो सौ अपराधों पर वहां प्राणदंड दिया जाता था। ये अपराध बहुधा साधारण होते-जैसे जेब कतरना, किसी निषिद्ध स्थान में मछली मारना, वृक्ष काटना, धमकी की चिट्ठी लिखना, झूठे हस्ताक्षर करना, खरगोश मारना आदि। इन अपराधों पर ही लोगों को फांसी पर लटका दिया जाता था। आमतौर पर अपराधी को सार्वजनिक स्थान पर किसी पेड़ से लटकाकर फांसी दे दी जाती थी। इसी से राजा नंदकुमार को जालसाजी के मामले में फाँसकर फांसी दे दी गई थी। इसके बाद भी अंग्रेज़ कलकत्ता में चाहे जिस अपराधी को सार्वजनिक स्थान में पेड़ों पर लटकाकर फांसी दे देते थे। फांसी देने की रीति बहुत सरल और निखर्ची होती थी। बहुधा अपराधी को घोड़े पर बिठाकर किसी पेड़ के नीचे खड़ा किया जाता। पेड़ से एक रस्सी बांधकर अपराधी के गले में फन्दा डाल दिया जाता और घोड़े को भगा दिया जाता था। बस खट से फांसी लग जाती थी। अपराधी की लाश कई-कई दिन तक वहां लटकती रहती थी। उन दिनों बीस-बीस, पच्चीस-पच्चीस अपराधियों को एक साथ ही लटका दिया जाता था।

इसी प्रकार इंग्लैंड में जेलों की दशा बड़ी भयानक थी। इंग्लैंड की भाँति भारत में भी कैदियों को अंग्रेज़ों की जेल में पशुओं की भाँति ठूंस दिया जाता था, जहां बहुधा वे कष्ट और यातना से मर जाते थे, या पागल हो जाते थे। बहुत बाद तक भारतीय जेल वैसी ही बनी रहीं, जहां बहुत से बंदी पागल हो जाते या अप-मृत्यु के शिकार होते थे।

1830 में विलियम चतुर्थ इंग्लैंड की गद्दी पर बैठा। इस समय तक भरतपुर का पतन हो चुका था। पेशवा का तख्त उलट चुका था और नेपोलियन की मृत्यु हो चुकी थी। इसीलिए यह काल इंग्लैंड की समृद्धि का काल था। भारत में उसका साम्राज्य संगठित हो गया था और यूरोप में उसके चिर-शत्रु फ्रांस के विग्रह खत्म हो गए थे। दुनिया की खोज खत्म हो गई थी। विज्ञान के नेत्र खुल गए थे।

विलियम मिलनसार, सरल और सर्वप्रिय राजा था। वह लंदन के बाजारों में स्वेच्छापूर्वक फिरता था। उसके शासनकाल में इंग्लैंड ने नयी करवट बदली। पार्लियामेंट के संगठन का संशोधन हुआ। गुलामों के व्यापार पर रोकथाम की गई। ब्रिटिश राज्य में दासों को स्वतंत्र कर दिया गया और उनके स्वामियों को क्षतिपूर्ति में दो करोड़ रुपये दे दिए गए। फैक्टरी एक्ट में संशोधन हुए और शिल्पोद्योग उन्नत हुआ। शिक्षा का प्रसार हुआ। नगरों के प्रबंध के लिए कमेटियां बनीं। इन सब सुधारों का प्रभाव भारत में भी अंग्रेज़ी नीति पर पड़ा। कम्पनी के कर्मचारियों की पुरानी अंधेरगर्दी कुछ कम हुई।

यह मार्के की बात है कि सन् 1837 में बहादुरशाह बादशाह और रानी विक्टोरिया ने एक ही समय में राज्यारोहण किया। कैसा विचित्र संयोग था यह-एक पतनोन्मुख मुगल साम्राज्य

का प्रतिनिधि था और दूसरा उदीयमान ब्रिटिश साम्राज्य का प्रतिनिधि। इसके दो वर्ष बाद ही रणजीतसिंह की मृत्यु हुई।

रानी विक्टोरिया की आयु इस समय बीस वर्ष की ही थी। उसके सिंहासन-आरोहण पर हेनोवर प्रदेश इंग्लैंड से पृथक् हो गया क्योंकि उस देश में कोई भी स्त्री शासक नहीं हो सकती थी। विक्टोरिया दृढ़ चरित्र की रानी थी। उसके मंत्री मेलबर्न और राबर्ट ज़ील योग्य पुरुष थे। इस समय शिल्पक्रांति के कारण मज़दूरों में बेकारी और अशान्ति फैली हुई थी तथा गरीबों की दशा बहुत खराब थी। परंतु सबसे महत्त्वपूर्ण बात यह थी कि इस समय इंग्लैंड की नज़र रूस की समृद्धि पर पड़ रही थी, जिसने उसे शीघ्र ही क्रीमिया की युद्धभूमि में ला खड़ा किया।

2

ज्यों-ज्यों भारत में अंग्रेज़ों का दबदबा बढ़ता गया कलकत्ता गुलज़ार होता गया। परंतु यहां उस समय तक भी बंगालियों की अपेक्षा विदेशियों की ही बस्ती अधिक थी। बंगाली नीच श्रेणी के ही अधिक रहते थे, जो या तो मछेरों का काम करते थे या नाविक होते थे या कम्पनी सरकार के चरकटे, बरकंदाज़, सिपाही, बैरे, खानसामे होते थे, या फिर चोर-डाकू होते थे। उस समय कलकत्ता की कुल आबादी दस हज़ार से अधिक न थी। जब नंदकुमार को फांसी हुई तो ब्रह्महत्या हुई, कलकत्ता अपवित्र हुआ कहकर बहुत से उच्चकुलीन ब्राह्मणों ने कलकत्ता त्याग दिया था। उन्होंने गंगा-पार हावड़ा, शिवपुर आदि स्थानों में जाकर जल पिया था, फिर वे कलकत्ता लौटे ही नहीं। इसके बाद उच्चकुल के ब्राह्मणों ने इन विदेशियों का पूरा बहिष्कार किया। अंग्रेज़ी पढ़ना और अंग्रेज़ों की नौकरी करना दोनों ही अधर्म की बातें समझी जाती थीं। वंद्योपाध्याय, मुखोपाध्याय तब तक अंग्रेज़ी पढ़कर बनर्जी, मुकर्जी नहीं बने थे। अंग्रेज़ों का काम अब बिना हिन्दुस्तानी लोगों की सहायता के नहीं चलता था।

प्लासी के युद्ध के बाद सारी परिस्थिति ही बदल गई थी। अब अंग्रेज़ों को केवल हिन्दुस्तानी सिपाही ही नहीं, कारकुन, कारिंदे, गुमाश्ते और ऐसे राजपुरुषों की भी आवश्यकता थी, जो अंग्रेज़ों की व्यवस्था स्थापित करने और कर उगाहने में पूरी मदद दें। बंगाल में जब तक हिन्दू राज्य रहा, उसमें ब्राह्मणों का बोलबाला रहा। पालवंशी राजा तथा राजा लक्ष्मणसेन स्वयं ब्राह्मण थे। मुसलमान शासकों ने भी ब्राह्मणों को ज़मींदारियां दी थीं, उनकी आवभगत भी करते थे, पर अंग्रेज़ों के ढंग दूसरे ही थे। वे ब्राह्मणों की श्रेष्ठता नहीं स्वीकार करते थे। भारतीय-मात्र को वे हीन समझते थे। वास्तव में सभी यूरोपियन, जो भद्र जाति के विपरीत साहसिक जाति के थे, सभी भद्र भारतीयों को तुच्छ दृष्टि से देखते थे। वे स्वयं साहसिक थे। प्रत्येक कार्य में जोखिम उठाने की उनकी परम्परा थी, वे उन भारतीय भद्र पुरुषों की प्रतिष्ठा कैसे कर सकते थे, जो शान्त, शिष्ट, धर्मभीरु और प्राचीन संस्कृति के अनुगत थे।

परंतु बंगाल में उन्हें एक जाति मिली थी, जिसे साहसिक एक अंश तक कहा जा सकता है। वह जाति कायस्थों की थी। कायस्थ अत्यंत प्राचीनकाल से राजवर्गी पुरुष रहे हैं। वे कलम की कमाई

खाते रहे हैं। कायस्थों की जातीयता का इतिहास हम नहीं लिख रहे, कायस्थों की साहसिकता की बात कह रहे हैं।

सातवीं शताब्दी में जब दाहिर के पतन के बाद सिंध पर अरबों ने अधिकार किया तब सिंध पर ब्राह्मणों का ही शासन था। दाहिर राजा स्वयं भी ब्राह्मण था उसके सब उच्च राजकर्मचारी भी ब्राह्मण थे। अरबों ने उन ब्राह्मणों को अपने-अपने पदों पर रहकर अरबों की अधीनता में राज-काज चलाने को कहा तो ब्राह्मणों ने इसे अधर्म कहकर अस्वीकार कर दिया। उस समय केवल कायस्थ राजकर्मचारी ही अपनी नौकरियों पर कायम रहे। ब्राह्मणों ने म्लेच्छों से सहयोग नहीं किया, यद्यपि उनमें से बहुतों को इसी अपराध में कत्ल कर दिया गया।

इसके बाद जब अलाउद्दीन खिलजी ने यह विचार किया कि हिन्दू फारसी पढ़कर सहयोग दें, तब भी ब्राह्मणों ने फारसी पढ़ने से इनकार कर दिया, कायस्थों ने उस समय भी साहसिकता का परिचय दिया और फारसी पढ़कर मुसलमानों को सहयोग दिया। इसके बाद निरंतर कायस्थों में फारसी भाषा का प्रचलन बढ़ता गया, यहां तक कि उनका रहन-सहन भी लगभग मुसलमानों जैसा हो गया और वे सम्पूर्ण मुगलकाल में कलम के धनी राजपुरुष बने रहे।

इसके बाद जब अंग्रेज़ों ने बंगाल में अपना अमल जमाया तो ब्राह्मण तो अपनी कट्टरता के कारण पीछे हट गए पर कायस्थ साहसपूर्वक आगे बढ़े। उन्होंने अंग्रेज़ों से डटकर सहयोग किया। वे अंग्रेज़ों के बड़े सच्चे राजभक्त राजपुरुष बने।

जब कलकत्ता बस ही रहा था, शिताबराय नामक एक बंगाली कायस्थ गांव से पेट की तलाश में कलकत्ता आया। अंग्रेज़ों को उसने शीघ्र ही अपनी सेवा और भक्ति से तथा योग्यता से संतुष्ट कर लिया। अंग्रेज़ों ने उसे पटना का दीवान बना दिया। शिताबराय ने कलकत्ता में अपनी बाड़ी बनाई और बाग लगाया। यह बाड़ी कुम्हारी टोला में थी, जो कालचक्र में फंसकर अब गायब हो चुकी है। इस प्रकार गंगागोविंदसिंह, कांत पोद्दार, मुंशी नवकृष्ण, देवी सिंह आदि को बड़े-बड़े खिताब देकर बंगाल के सूबों का दीवान बना दिया गया। गंगागोविंद तो वारेन हेस्टिंग्ज़ के दाहिने हाथ ही थे। उन्होंने उन्हें पहले खालसा डिपार्टमेंट के आम मुख्तार राजा राजवल्लभ के अधीन डिप्टी दीवान का पद दिया। धीरे-धीरे यह पुरुष राजस्व-विभाग का सर्वोच्च अधिकारी बन गया। इनका इतना रुआब-दबदबा था कि इनकी कचहरी में बड़े-बड़े ज़मींदार, ताल्लुकेदार और ज़मींदारों के गुमाश्ते और आम मुख्तार हाथ में नज़राना लिये सामने खड़े रहते थे। एडमंड बर्क ने इसके सम्बन्ध में कहा था-गंगागोविंद के नाम को सुनते ही भारतवासियों का चेहरा पीला पड़ जाता था। वह अति नृशंस, दुस्साहसी और घोर कुचक्री था। शायद ही भारत का भाषण गुलामी ने इसके जैसा दूसरा दुरात्मा पैदा किया हो।

गंगागोविंद ने कितना धन चूसा था, इसका एक उदाहरण हम पहले ही बता चुके हैं कि उसकी माता के श्राद्ध के समारोह में बीस लाख मनुष्य एकत्र हुए थे और तीन कोस के घेरे में लोगों के ठहरने के लिए छप्पर तैयार किए गए थे। बंगाल के सभी राजा, ज़मींदार, ताल्लुकेदारों ने उसका निमंत्रण फ़ौजदारी समन से बढ़कर समझा था।

ऐसा ही दबदबा पूर्णिया के दीवान देवीसिंह का था। उसके नृशंस अत्याचारों से पूर्णिया का इलाका ही उजड़ चुका था।

सन् 1777 के दुर्भिक्ष में अकाल और महामारी के कारण जब बंगाल के आधे नर-नारी मर-खप गए और खेत सूख गए तो मालगुज़ारी भी वसूल नहीं हुई। परंतु मालगुज़ारी तो वसूल होनी ही चाहिए, इसलिए गवर्नर-जनरल बहादुर ने हुक्म दिया कि ज़मींदारी की जमाबंदी की जाए। इस प्रथा के द्वारा ज़मींदारों की पैतृक ज़मींदारियों की बोली बोलकर इज़ारा देना आरम्भ कर दिया। ऊंची बोली वाले को ज़मींदारी मिलने लगी। ये इज़ारेदार ज़मींदारी पर काबिज़ होकर किसानों को पीसने लगे। पुराने ज़मींदार भिखारी बन गए। पुराने ज़मींदार अपनी रैयत के सुख-दु:ख जानते थे, उनको सहायता पहुंचाते थे। अब जिन बनिये, महाजनों, तेलियों और दूसरे छोटी जातवालों ने धन के लालच से ज़मींदारियां इज़ारे में लीं, वे अस्थायी, एक-एक या दो-दो बरस के लिए थीं, इसलिए भी और कुछ इसलिए भी कि इज़ारे की मियाद खत्म होने से पूर्व ही जितना रुपया वसूल हो सके वसूल कर लिया जाए, वे रैयत पर ज़ोरो-जुल्म करने लगे। यहां तक कि इज़ारेदारों के अत्याचारों से जो रैयत भाग जाती, उनके हिस्से का रुपया दूसरी रैयत से वसूल किया जाता। शीघ्र ही इन इज़ारेदारों के अत्याचार से सारे देश में हाहाकार मच गया। अकाल और महामारी की मार से भी अधिक निर्दय मार यह इज़ारादारी की थी। बहुत से इज़ारादारों ने इतनी ऊंची बोली पर इज़ारा खरीदा था कि उतना रुपया वे रैयत से वसूल ही नहीं कर सकते थे। इससे वे मालगुज़ारी देने में असमर्थ हो गए। इस पर सरकारी कर्मचारियों ने ताबड़-तोड़ उनके पट्टे रद्द करने और दूसरे इज़ारेदारों को देने आरम्भ कर दिए।

इस समय छोटे से लेकर बड़े तक सभी रिश्वत लेते थे। बहुत से जिले के कलक्टर या तहसीलदार पुराने इज़ारेदारों की ज़मींदारी कल्पित नामों से स्वयं ही खरीद लेते थे, और सारी मालगुजारी स्वयं हड़प कर जाते थे। इससे बहुत सी मालगुज़ारी बाकी पड़ जाती थी, जिसे सख्ती से वसूल करने की कड़ी आज्ञाएं ऊपर से जारी होती थीं।

ऐसी ही अंधेरगर्दी का वह ज़माना था। यद्यपि इससे प्रजा पिस रही थी, पर कुछ लोग खूब सम्पन्न होते जाते थे। वे इज़ारे पर इज़ारा लेकर और प्रजा पर मनमाना जुल्म करके रुपया बटोरते और अंग्रेज़ों की छत्रछाया में कलकत्ता में आ बसते थे। उनके बड़े-बड़े महल बनते जाते थे और कलकत्ता की आबादी बढ़ती थी। मुर्शिदाबाद, हुगली, कासिम बाज़ार की बस्तियां भी अब उजड़ने लगी थीं। वहां के धनी लोग भी कलकत्ता में आ-आकर बस रहे थे। जब मुर्शिदाबाद की नवाबी टूट गई और वहां का खज़ाना कलकत्ता आ गया तथा वहां भारत भर का शासक गवर्नर-जनरल रहने लगा तो फिर तो वह भारत की राजधानी ही बन गई। अब केवल बड़े-बड़े धनी ही नहीं, कारिंदे, कारकुन, क्लर्क, गमाश्ते और छोटे-बड़े राजकर्मचारी भी सपरिवार कलकत्ता में आकर बसते जाते थे।

फिर भी एक बात बड़ी भयंकर थी। इस समय कलकत्ता संसार का सबसे बढ़कर अनैतिक नगर था। प्रथम तो वहां अंग्रेज़, डच, अराकानी, पोर्चुगीज़ आदि डाकू, गिरहकट, उठाईगीर, चोरों के

बेशुमार गुप्त अड्डे बन गए थे, जिनका अवैध व्यापार दूर-दूर तक जल-थल में फैला हुआ था। दूसरे इस समय तक अंग्रेज़ यूरोपियन जाति की स्त्रियों का नितांत अभाव था। यूरोप से बहुत कम स्त्रियां भारत में आती थीं, इसलिए वे सब विदेशी व्यभिचार में भयंकर रूप में फंसे थे। एक ओर वे अपहरण, बलात्कार के अपराध कलकत्ता में चरम सीमा को पहुंचा रहे थे, दूसरी ओर सिफलिस और गनोरिया के संक्रामक रोग आम हो रहे थे, जो पीछे भारत-भर में फैल गए। यूरोपियन स्त्रियों की कमी की यह कैफियत थी कि यदि स्त्री विधवा हो जाती थी तो उसके दस-बीस ग्राहक उसके पीछे मंडराने लगते थे। यहां तक की पचास वर्ष की आयु की स्त्रियां भी बड़े चाव और आग्रह से ब्याह ली जाती थीं। फिर भी व्यभिचार के अड्डे तो इतने थे कि इस छोटे से शहर को देखते उनकी संख्या को भयंकर कहा जा सकता था। कलकत्ता का यह व्यभिचार केन्द्र भविष्य के लिए भी स्थायी हो गया। आज भी कलकत्ता इस बात के लिए भारत-भर के नगरों में प्रथम स्थान रखता है।

3

प्लासी की लड़ाई से पहले जैसा गुलज़ार और आबाद शहर कासिम बाज़ार था, लगभग वैसा ही सैदाबाद था। कासिम बाज़ार में अंग्रेज़ों की कोठी थी और सैदाबाद में फ्रैंचों, डचों और आरमीनियों की कोठियां थीं। यद्यपि कासिम बाज़ार में भी फ्रांसीसी, डच और आरमीनियन लोगों की कोठियां थीं परंतु यहां अंग्रेज़ों का ही बोलबाला था और अंग्रेज़ कोठीवाले इस बात की सख्त ताकीद रखते थे कि कोई तंतुकार जुलाहा अंग्रेज़ों के अतिरिक्त फ्रांसीसियों या डचों के हाथ कपड़ा न बेचे। यदि वह ऐसा करता था तो अंग्रेज़ी कोठी के गुमाश्ते और साहब लोग उसका घर लट लेते और उसे जेल में डाल देते थे। उनकी स्त्रियों का भी अपमान करते थे। फ्रांसीसी और डच उन्हें कपड़े का अच्छा दाम देते थे, पर अंग्रेज़ों के भय से कोई उन्हें माल बेचता ही न था। फिर झूठी-सच्ची बातों की कोई जांच नहीं होती थी और जिस पर यह शक होता था कि उसने उन लोगों से व्यापार किया है, उस पर गज़ब ढहा दिया जाता था। उनकी स्त्रियां भ्रष्ट कर डाली जाती थीं। इस पर जातिवाले उन्हें जातिच्युत कर देते थे। उन दिनों कासिम बाज़ार में जुलाहों की बड़ी भारी बस्ती थी। पर जिस दिन मीरकासिम हारकर भागा उसी दिन सात सौ जुलाहे अपना गांव छोड़कर भागे और सैकड़ों ने अपने अंगूठे काट डाले।

सैदाबाद में अंग्रेज़ों के अत्याचार कम होते थे। उन दिनों सैदाबाद में दो भाई जगाई और छदाम रहते थे। दोनों जाति के गोप शूद्र थे। वे बहुत गरीब आदमी थे। थोड़ी सी ज़मीन उनकी थी। उसी में धान बोकर या मेहनत-मज़दूरी करके वे अपनी गुज़र करते थे। इनकी उम्र पच्चीस या तीस बरस की हो चुकी थी फिर भी इनका ब्याह नहीं हुआ था। बचपन ही में इनके पिता की मृत्यु हो गई थी और उनका पिता कौन था, इसकी याद भी उन्हें नहीं थी। ये लोग खेतों में तरकारी बोते और उसे सिर पर रखकर फिरंगियों की कम्पनी में बेचा करते थे। छदाम, छोटा भाई ही यह फेरी का धंधा करता था। बड़ा भाई खेतीबारी में लगा रहता था। फेरी लगाते-लगाते उसका परिचय

बहुत से साहब लोगों से हो गया। वह तरकारी और नींबू बेचने कासिम बाज़ार भी जाता था। कभी-कभी वारेन को दो-चार नींबू उपहार में दे देता था। इससे प्रसन्न होकर वारेन हेस्टिंग्ज़ ने उसे रेशम की कोठी में दलाली करने का परवाना दे दिया और वह दलाली करने लगा। आदमी बुद्धिमान था। उसका बुद्धि-कौशल देख वारेन साहब की जमानत पर उसे कोठी में प्यादा नियत कर दिया गया। उन दिनों कोठी के प्यादों को बहुत आमदनी होती थी। फिर छदाम तो वारेन का प्रिय व्यक्ति था। प्यादा बनकर उसे केवल आर्थिक लाभ ही नहीं हुआ, इज़्ज़त भी बढ़ गई। प्यादा होने के बाद उसने छह ही महीने के भीतर अपने भाई जगाई का तथा अपना ब्याह भी कर लिया। अब छदाम को अंग्रेज़ों की कोठी में दलाली करते आठ-नौ बरस हो चुके थे। उसने काफ़ी रुपया जमा कर लिया था। इसी समय विलियम वोल्ट्स कासिम बाज़ार की फैक्टरी के प्रधान नियत होकर आए। उन दिनों कम्पनी के आदमी अपना निजी कारोबार करके भी रुपया कमाते थे। उन्होंने छदाम की दक्षता देख उसे अपने निजी व्यापार का दीवान बना लिया।

छदाम में व्यापारिक सूझ-बूझ तो थी ही, एक और भी गुण था, जिसे अंग्रेज़ बहुत पसंद करते थे। वह जब कोई काम करने पर तुल जाता था तब उचित-अनुचित का विचार नहीं करता था। न जुल्म, अत्याचार, झूठ और बेईमानी करने में उसे संकोच होता था। इन गुणों के कारण छदाम शीघ्र ही बड़े साहब की नाक का बाल हो गया और केवल चौदह महीने में ही उसने डेढ़ लाख रुपया पैदा कर लिया। वोल्ट्स साहब को भी उसकी सहायता से इन दिनों नौ लाख का मुनाफ़ा हुआ। परंतु छदाम के अत्याचारों से घबराकर सैकड़ों जुलाहे घर-बार छोड़कर भाग खड़े हुए। सैकड़ों ने अपने अंगूठे काट लिये।

छदाम ने अब बहुत-सी ज़मींदारी मोल ले ली तथा पुख़्ता हवेली भी बना ली। अब वह फीनस या पालकी में ऑफ़िस आता था। उसे कोई छदाम बाबू, कोई विश्वास महाशय और कोई बड़े बाबू के नाम से पुकारता था। अब उनके नाम छदामचंद्र विश्वास और जगन्नाथ विश्वास हो गए थे। गांव के लोग अब उन्हें शूद्र नहीं मानते थे और पूछने पर वे अपने को कायस्थ कहते थे। बंगाल में कायस्थों की दो श्रेणियां हैं। एक बंगज कायस्थ, दूसरे दक्षिणबाढ़ी कायस्थ। चौबीस परगना में जो यशोहर राज्य था, वहां के राजा प्रतापादित्य के वंशज बंगज कहाते थे। ये कुलीन थे और प्राय: बाखरगंज आदि पूर्वी प्रदेशों में रहते थे। दक्षिणबाढ़ी कायस्थ अधिकतर हुगली, वर्द्धमान, कृष्णनगर आदि नगरों में रहते थे। छदाम विश्वास ने अपने को दक्षिणबाढ़ी कायस्थों में शुमार कर लिया। अब वे बड़े आदमी अवश्य हो गए थे परंतु रिश्ते अभी कुलीन कायस्थों में नहीं हुए थे। छदाम विश्वास के केवल एक इकलौती बेटी थी। उसकी उम्र जब दस बरस की हुई तो उन्होंने घटक को बुलाकर कहा, 'रुपया चाहे जितना खर्च हो, पर लड़की की शादी घोष, वसु, मित्र और गुह इन चारों में ही किसी घराने में करेंगे। कायस्थों के ये सर्वोच्च कुलीन घराने थे। घटक ने बहुत जोड़-तोड़ लगाए, पर कोई कुलीन कायस्थ लाख रुपया लेकर भी छदाम बाबू की लड़की लेने को राजी नहीं हुआ। बंगाल में घटक ही कुलीनों के वर तलाश करते हैं। इस घटक ने ही छदामचंद्र की यह कुल-परम्परा तैयार कर ली थी कि छदाम के प्रपितामह अनूपनारायण

विश्वास इस प्रदेश के एक प्रतिष्ठित आदमी थे। वे बड़े सदाचारी एवं कुलीन थे। बड़े-बड़े कुलीन कायस्थों में उनके रिश्ते होते थे। नवाब के दरबार में उनका बड़ा मान था। उनकी मृत्यु के समय उनके पुत्र छदाम के पितामह नाबालिग थे। इसलिए उनकी रियासत ज़ब्त हो गई और धीरे-धीरे ये लोग बहुत गरीब हो गए। पर छदाम बाबू तो अब देश के राजा हैं। उन्होंने अतोल धन कमाया है। बंगला-फारसी के उस्ताद हैं। उनका घराना बहुत पुराना और प्रतिष्ठित है। परंतु इतनी विरद बखानने पर भी कोई कुलीन उनकी लड़की लेने को राजी नहीं हुआ। छदाम और जगन्नाथ ने आज तक अपने प्रपितामह का नाम नहीं सुना था। अपनी यह विरुदावली सुनकर वे कहने लगे, 'हां-हां, अनूपनारायण विश्वास ही हमारे परदादा थे,' पर उनके दादा और पिता कौन थे, यह वे अभी तक भी न जान पाए थे। इन्हीं दिनों चांचड़ा गांव के ताल्लुकेदार कृष्णमोहन दत्त बड़े परेशान थे। वे ऐयाश आदमी थे। शराब और ऐयाशी में कर्जे से डूब गए थे। ताल्लुके की बहुत-सी मालगुजारी उनके ज़िम्मे बाकी पड़ी थी और सरकारी प्यादे उनका वारंट लिये फिरते थे। इससे वे अपने सुयोग्य पुत्र के साथ इधर-उधर सिर छिपाए फिर रहे थे। पुत्र भी उनका पूरा आवारागर्द, गंजेड़ी और निरक्षर था। उनकी घटक से मुलाकात हुई और केवल दस हज़ार नकद लेकर वे छदाम की लड़की से अपने पुत्र का विवाह करने को राजी हो गए। छदाम को दत्तों का कुलीन घराना सस्ते ही में मिल गया। कृष्णमोहन ने कहा, 'मेरे यहां सम्बन्ध करने से देश-भर के कुलीन बारात में उनके घर आएंगे और उनका छुआ भात खाएंगे।'

उन दिनों कुलीनता का बड़ा प्रताप था। न वर का चरित्र देखा जाता था, न शिक्षा। बस, कुल देखा जाता था।

बड़े समारोह से छदाम विश्वास की बेटी का ब्याह दत्तों के कुलीन खानदान में हो गया। छदाम ने कोई पचास हज़ार रुपया खर्च किया। पर लोगों ने कहा, 'दस लाख खर्च हुआ, पंद्रह लाख खर्च हुआ है। इसके बाद उन्होंने दामाद को घरजमाई बनाकर रखा। दामाद अपढ़ था, इसलिए उन्होंने रामदास शिरोमणि और हरिदास तर्करत्न की पाठशाला में दामाद को भरती करना चाहा, पर उन्होंने स्वीकार नहीं किया। उन्होंने कहा, 'ब्राह्मण के अतिरिक्त शास्त्र पढ़ने का किसी को अधिकार नहीं है। तुम्हारे दामाद को पढ़ाने से हमें पतित होना पड़ेगा।' छदाम खुद भी पढ़ना-लिखना नहीं जानते थे। पर लोग उन्हें बंगला-फारसी का मुंशी कहते थे। पढ़ने की कीमत वे जानते थे। उन्होंने दो सौ रुपये महीना देने का वादा करके तर्करत्न महाशय को गुप्त रीति पर पढ़ाने के लिए राजी कर लिया। छदाम के दुश्मन बहुत थे। बहुतों को वे तबाह कर चुके थे। एक दिन किसी ने घर लौटते समय उनका खून कर दिया। इस घटना के थोड़े दिन बाद ही छदाम की कन्या का भी देहांत हो गया। पर दामाद ने घर नहीं छोड़ा। कुछ दिन बाद छदाम की विधवा और दामाद के सम्बन्ध में बहुत से अपवाद उठ खड़े हुए। तब एक दिन सास-दामाद दोनों, जो मालमता, ज़ेवर हाथ लगा, लेकर वैष्णव बन प्रेमानंद बाबा के अखाड़े में रहने लगे। वहां अवसर पाकर सब मालमता कब्जे में कर दामाद महाशय कहीं चम्पत हो गए और बेचारी छदाम की विधवा को वैष्णवियों के साथ भिक्षावृत्ति पर शेष जीवन व्यतीत करना पड़ा।

ज़मीन-जायदाद सब जगन्नाथ विश्वास के हाथ लगी। उनके बुढ़ापे में एक संतान हुई। बालक का नाम रखा गया यादवेंद्र। बालक बुद्धिमान और होनहार था। उसने अंग्रेज़ों को अपनी सेवा और योग्यता से प्रसन्न कर लिया और महाराज का खिताब पाया। इस

समय महाराज यादवेंद्रनाथ विश्वास कलकत्ता के सब कुलीन बंगालियों के शिरोमणि और सबसे बड़े धनिक प्रसिद्ध थे।

4

इस समय महाराज यादवेंद्र विश्वास ने अपने नये महल में धूमधाम का जलसा किया। अंग्रेज़ों ने उन्हें महाराजा बहादुर का खिताब दिया था और पुण्य-रूपा रानी भवानी के पौत्र राजा रामकृष्ण की सब ज़मींदारी खरीदकर वे इस समय बंगाल के सबसे बड़े ताल्लुकेदार बन गए थे। महल उन्होंने अंग्रेज़ी ढंग का बनाया था। उसमें अंग्रेज़ी ढंग की फुलवारी और क्यारियां लगवाई गई थीं। इस समय नौकरों की एक फ़ौज भी उनके महल में भरी हुई थी। महाराजा बहादुर की उम्र पैंतीस ही तक पहुंची थी। अभी उन्होंने विवाह नहीं किया था। इतने दिन बाद अब इस वर्ष उन्होंने अपना विवाह किया था, वर्द्धमान के प्रसिद्ध मित्र परिवार की लड़की से। मित्र परिवार कभी बड़ा सम्पन्न था। उसका बड़ा मान और दबदबा था। ज़मीन-जायदाद भी काफ़ी थी। प्रथम श्रेणी के कुलीन थे। आरम्भ में इस परिवार के गोविंद मित्र कम्पनी बहादुर के गवर्नर-जनरल कार्नवालिस के दाहिने हाथ थे। उन्होंने कार्नवालिस द्वारा प्रस्तावित चिरस्थायी बंदोबस्त पद्धति को बंगाल में प्रसारित किया था। इसी से बड़े लाट के वे कृपा-भाजन हुए। उनके ठाठबाट राजाओं के समान थे। रानी भवानी की उन्होंने एक बार कठिन समय पर सहायता की थी, जिसके पुरस्कारस्वरूप उन्होंने उन्हें पांच गांव पुरस्कार में दिए थे। परंतु अब उनके उत्तराधिकारी अपनी पद-मर्यादा कायम न रख सके। धीरे-धीरे ज़मींदारी बिक गई और अब मित्र परिवार का केवल नाम का महत्त्व ही रह गया। परंतु यह महत्त्व भी असाधारण था। महाराजा बहादुर ने ज़िद की थी कि मित्र परिवार की कन्या से ही विवाह करेंगे। धन-सम्पत्ति तो उनके पास थी। अब महाराजा बहादुर का खिताब पाकर उनकी व्यावहारिक मान-मर्यादा भी बहुत बढ़ गई थी। बड़े-बड़े अंग्रेज़ अफ़सर उनके यहां आ चुके थे। छदाम विश्वास ने कुलीनों से सम्बन्ध किया था, पर इतने पर भी उनकी सामाजिक मर्यादा हीन थी। जाननेवाले जानते ही थे कि वे जात के गोप शूद्र हैं। रुपया कमाने ही से वे बड़े आदमी हो गए। यों तो मनुष्य चरित्र, गुण से लोक-पूजित होता है। पर हमारे देश भारत में बहुत दिन से धनवान व्यक्ति ही बड़े कहाने लगते हैं। हकीकत में साहसिक अंग्रेज़ साहसिक भारतीयों को चुनकर रायबहादुर और राजा बहादुर बना देते थे। साहसिकजन की पहचान तो यही थी कि बिना भले-बुरे का विचार किए कार्यसिद्धि पर दृष्टि रखे। अंग्रेज़ यही स्वयं करते थे। गवर्नर-जनरल से लेकर छोटे से छोटा अंग्रेज़ भी कार्य-सिद्धि को महत्त्व देता रहा। परंतु भारतीय परम्परा में साहसिकजन नहीं हैं, भद्रजन हैं। अत: इन नीच जाति में उत्पन्न जनों की संतान जब धन-सम्पन्न हो गई तो उन्होंने अपने भद्रजनोचित नाम रखकर भद्रजनों की श्रेणी में प्रवेश किया।

महाराज यादवेंद्र विश्वास ने भी यही किया। धन-सम्पदा, उपाधि आदि से वे बड़े आदमी बन गए थे, पर जाननेवाले तो जानते थे कि वे जाति के गोप शूद्र हैं। इसलिए उन्होंने मित्रों के खानदान की लड़की से ब्याह कर भद्र श्रेणी में आगे और एक कदम बढ़ाया। इस ब्याह में उन्हें बहुत खर्च करना पड़ा। बारात ठाठबाट की गई और दोनों ओर का व्यय राजा बहादुर के मत्थे पड़ा। पर इससे महाराज बहादुर खुश ही थे। उन्होंने बड़ी धूमधाम से अपने घर पर जलसा किया। जलसे में गवर्नर से लेकर सभी छोड़े-बड़े अंग्रेज़ आए। बहुत से बंगाली भद्रजन रईस भी आए। केवल रानी भवानी के पौत्र राजा रामकृष्ण ने उनके घर आने में संकोच किया। परंतु अंत में आना उन्हें भी पड़ा।

इस समारोह में एक और व्यक्ति बिना बुलाए ही आ गया था। अंग्रेज़ी बाजा बज रहा था। रोशन चौकी की धूम थी। बाहर भारतीय और अंग्रेज़ मेहमानों का तांता लग रहा था। महाराजा स्वयं व्यस्त भाव से उनके स्वागत-सत्कार में लगे थे। ज़नाने में बड़ी-बड़ी रानियां और भद्र परिवार की महिलाएं तथा अंग्रेज़ लेडियां नयी रानी को बड़ी-बड़ी सौगातें देने आई थीं। महारानी साहिबा जड़ाऊ गहने पहनकर गम्भीर भाव से गद्दी पर मसनद के सहारे बैठी सबसे भेंट-मुजरे ले रही थीं। इतनी सम्भ्रांत महिलाएं वहां जुड़ी थीं, पर किसी का साहस न था कि महारानी के बराबर गद्दी पर बैठे। सभी सामने कालीन पर बैठकर जुहार-मुज़रा कर रही थीं। इस समय एक स्त्री सादा धोती पहने रानी के सम्मुख आ खड़ी हुई। आगंतुका स्त्री की आयु बहुत कम थी। कोई बीस वर्ष होगी। उसका यौवन और रूप बिखरा पड़ रहा था, यद्यपि उसके शरीर पर एक ही सफ़ेद धोती थी तथा उसके अंग पर एक भी गहना न था। गहने के नाम पर एक लाल धागा उसकी कलाई में बंधा था। फिर भी वह स्त्री निश्शंक आकर रानी के सामने खड़ी हो गई। उसकी दृष्टि में दैन्य न था। सभी स्त्रियां आश्चर्यचकित होकर उसकी ओर देखने लगीं। आश्चर्य की बात यह थी कि किसने इस भिखारिणी को महल में घुस आने दिया। एक प्रगल्भा महिला ने पूछा, 'तुम कौन हो और किस अभिप्राय से महारानीजी की सेवा में आई हो?'

'अनुग्रह करने के अभिप्राय से।' उसने आगे बढ़कर रानी से कहा, 'तुम कदाचित् मुझे नहीं पहचानती हो। तुम्हारे दादा गोविंद मित्र मेरे श्वसुर के शिष्य और यजमान थे। मैं सप्तग्राम के भट्टाचार्य महाशय की पुत्रवधू हूँ।'

का उस स्त्री के ये वाक्य सुनकर रानी आंखें फाड़-फाड़कर आगंतुक स्त्री की ओर देखने लगी। फिर हठात गद्दी छोड़कर उठ खड़ी हुई। उसने कहा, 'आप सप्तग्राम के भट्टाचार्य महाशय की पुत्रवधू हैं?' उसने गले में आंचल डालकर उस स्त्री की चरणधूलि मस्तक पर चढ़ाई और गद्दी पर मसनद के सहारे बिठाकर कहा, 'मेरे अहोभाग्य, किंतु...!'

आगे की बात उसके मुंह से नहीं निकली और रानी उसकी विपन्नावस्था देख लज्जा से सिर नीचा किए उसके सम्मुख बैठी रह गई। सभी स्त्रियां आश्चर्य और कौतूहल से उस एकवस्त्रधारिणी स्त्री को देखने आ जुटीं।

रानी ने कहा, 'मैं आपको जानती हूँ। आपके श्वसुर ने पचास हजार रुपया ऋण देकर मेरे दादा को बंदीगृह से छुड़ाया था तथा सारी मालगुज़ारी अदा कर दी थी। परंतु दुर्भाग्य कि अगले वर्ष कम्पनी बहादुर ने फिर मालगुज़ारी वसूल की और उसे अदा न कर सकने से हमारी सब ज़मींदारी कुर्क हो गई। हम विपन्नावस्था में पड़ गए। आपके श्वसुर का रुपया भी नहीं दे सके। इसी दुःख में मेरे दादा की मृत्यु हो गई।'

'परंतु मेरे श्वसुर ने वे रुपये तुम्हारे दादा को कर्ज़ तो दिए न थे। तुम्हारे दादा मेरे श्वसुर के शिष्य थे-उनकी संकटावस्था जान सहायता की थी। इसी प्रकार और शिष्यों को भी उन्होंने रुपये दिए थे। किसी को बीस हज़ार, किसी को पंद्रह हज़ार, किसी को पच्चीस हज़ार। इससे बहुतों की ज़मींदारियां बच रहीं। परंतु मेरे श्वसुर अपनी मालगुजारी न दे सके, इससे उन्हें उनकी ज़मींदारी से बेदखल कर दिया गया और उन्हें तथा मेरे पति को कैद कर लिया गया। इसके बाद हमारी ब्रह्मोत्तर ज़मीन भी कम्पनी सरकार ने छीन ली और हम निरीह निराश्रय रह गए। हमारे यजमान भी सब संकटग्रस्त हो गए थे। देश में दुष्काल पड़ा था। मेरे श्वसुर की मृत्यु जेलखाने ही में हो गई। पीछे मेरे पति बड़ी कठिनाई से छूटे। परंतु वे तेजस्वी पुरुष हैं, इस अवस्था में कहीं आते-जाते नहीं हैं। चंडी मंडप में उन्होंने पाठशाला खोली है। वहीं वे देश-देशान्तर से आए शिष्यों को न्याय पढ़ाते हैं।'

'और भट्टाचार्य महाशय का निर्वाह अब कैसे होता है?'

'इसमें कोई दिक्कत नहीं है। विद्यार्थी भिक्षा ले आते हैं। मैं भात रांध देती हूँ। भट्टाचार्य महाशय और विद्यार्थियों के आहार के बाद जो शेष बचा रहता है मैं खा लेती हूँ। हमारा काम मज़े में चल रहा है।'

उस स्त्री ने मृदु मुस्कान होंठों पर ला रानी की ओर देखा, जो इस समय हीरे, मोती और रत्नों से लदी थी।

रानी के नेत्रों से आंसुओं की धार बह निकली। उसने कहा, 'कैसे आश्चर्य की बात है, दीनाजपुर, मालवा और रंगपुर के ज़िलों के सभी सम्भ्रांत ज़मींदार और श्रीमंत लोग जिनकी चरणधूलि सिर पर चढ़ाकर अपने को धन्य मानते थे, जो नवद्वीप-भर में न्याय के सूर्य माने जाते थे, जिनकी ब्रह्मोत्तर ज़मीन की वार्षिक आय पचास-साठ हज़ार रुपयों से कम न थी; विवाह और श्राद्ध समारोहों में जिन्हें बुलाने के लिए बारह हाथी, आठ-दस घोड़े, एक दो पालकी और बीस-पच्चीस नौकर-गुमाश्ते जाते थे; जिनकी चरणधूलि पड़ने से सब गृहस्थों के घर पवित्र हो जाते थे, उनकी जेलखाने में मृत्यु हुई। अपना सर्वस्व दूसरों को देकर स्वयं विपदाग्रस्त बने। और यह उनकी पुत्रवधू इस वेश में आई हैं, मेरे ऊपर अनुग्रह करने के अभिप्राय से। कैसे मैं इस अनुग्रह से उऋण हो सकती हूँ भला?'

रानी की आंखों से ज़ार-ज़ार आंसू बह चले। आगंतुक स्त्री ने आंचल से एक काठ की डिबिया निकालकर उसमें का सिंदूर रानी की मांग में डालते हुए कहा, 'अनुग्रह से उऋण होने

की आवश्यकता नहीं है बहन, तुम हमारी यजमान हो। भट्टाचार्य महाशय कहीं आते-जाते नहीं हैं। न्यायशास्त्र के पठन-पाठन से उन्हें अवकाश नहीं मिलता है। इसी से जब मैंने सुना कि तुम सौभाग्यवती हुई हो तो सिंदूर-दान देने चली आई। लो अब मैं चली। विद्यार्थी सब आ गए होंगे। भात बनाकर देना होगा मुझे।'

वह ब्राह्मणी उठकर चल दी। रानी और दूसरी स्त्रियां हक्की-बक्की खड़ी देखती रह गईं। उनके मुंह से बोल भी न फूटा।

5

महाराजा ने भी सुना। सुनकर बहुत बिगड़े। बहुत अशोभनीय काम हो गया। इतनी सम्भ्रांत कुल की महिलाओं के बीच दरिद्र ब्राह्मणी आकर गद्दी पर बैठ गई। रानी ने अपनी मर्यादा का भी विचार नहीं किया। छोटे घर की लड़की। न उसे दान-धन दिया कि जिससे अपना बड़प्पन प्रकट होता।

महाराज ने अंत:पुर में आकर रानी से कहा, 'यह तो अच्छा नहीं हुआ।'

'क्या अच्छा नहीं हुआ?'

'दरिद्र ब्राह्मणी को तुमने उठकर मसनद दी। दान-दक्षिणा देना ही यथेष्ट था।'

'उनके श्वसुर ने पचास हजार रुपया मेरे दादा को दिया था।'

'हो सकता है, अब तो वे दरिद्र ब्राह्मण हैं। हम राजा हैं।'

'तो इससे क्या वे छोटे हो जाएंगे, हम बड़े हो जाएंगे?'

'बड़े तो हम हैं ही। लाट साहब क्या किसी के घर जाते हैं?'

'भट्टाचार्य महाशय भी किसी के घर नहीं जाते हैं?'

'तो इससे क्या? खैर, अब तुम उसके घर कुछ दान-दक्षिणा पहुंचा दो। यह हमारी मर्यादा का भी तो प्रश्न है।'

'ऐसा दान भट्टाचार्य नहीं लेंगे।'

'क्यों नहीं लेंगे? क्या हम कोई साधारण हैसियत के आदमी हैं? हम राजा हैं, हमारी भी हैसियत है।'

'तो फिर आप जाइए, खुद। पंडितानी भी तो खुद आई थीं।'

'क्या मैं खुद जाऊं?'

'आपको मर्यादा का खयाल है तो जाना ही चाहिए। वह हमारे कुलगुरु का घराना है।'

'अच्छा, हमीं जाएंगे।'

राजा बहादुर हाथी पर सवार होकर भट्टाचार्य के गांव सप्तग्राम गए। साथ में बहुत से प्यादे, सिपाही, सवार। छोटा-सा ब्राह्मणों का गांव। देखा, चंडी-मंडप में बैठे भट्टाचार्य बटुकों को न्यायदर्शन पढ़ा रहे हैं। चंडी-मंडप क्या है, तीन-चार लकड़ी के लट्ठों पर उठा हुआ छप्पर है। उसी छप्पर के नीचे एक चटाई पर भट्टाचार्य महाशय बैठे हैं। सम्मुख आठ-दस बटुक हैं। भट्टाचार्य महाशय का शरीर नंगा है। कमर में एक धोती है। कंधे पर जनेऊ। माथे पर चोटी। अवस्था कोई तीस बरस।

हाथी पर कोई आया है, यह देख भट्टाचार्य महाशय उठकर खड़े हो गए। महाराज ने हाथी से उतरकर भट्टाचार्य को प्रणाम किया, अपना परिचय दिया और कहा, 'मुझ पर अनुग्रह करने पंडितानी माता मेरे घर गई थीं। बड़ी दया की। अब मैं सेवा में आया हूँ। कोई अभाव हो तो कहिए, मैं उसकी पूर्ति करूं।'

भट्टाचार्य हो-हो करके हंस पड़े। महाराज को चटाई पर बैठने का संकेत किया। कहा, 'नाम सुना था। आज दर्शन भी हो गए। आपके बैठने योग्य आसन नहीं है, तथापि बैठिए।' महाराज संकोच सहित बैठ गए। बातचीत आरम्भ हुई। औपचारिक शिष्टाचार के बाद महाराज ने कहा, 'आपके पिता नदिया में विद्या के सूर्य थे, आप उनके सुयोग्य उत्तराधिकारी हैं।'

भट्टाचार्य महोदय ने कहा, "जब गज़नवी, गौरी, तुगलक और तैमूर ने एक के बाद एक धावे करके उत्तर भारत के हिन्दू धर्म, संस्कृति और साहित्य की प्रगति को छिन्न-भिन्न कर दिया, तब उत्तर भारत, जो सहस्राब्दी से आर्य हिन्दू साहित्य और संस्कृति का केन्द्र बना रहा था वह इन आततायियों के घोड़ों की टापों से रौंदा जाकर सर्वथा उजड़ गया। इसी के फलस्वरूप हिन्दू विद्या, साहित्य धर्म और संस्कृति को सुदूर-पूर्व की ओर भागकर बंगाल की शरण लेनी पड़ी। तब हमारे प्रपितामह महान नैयायिक जगन्नाथ पंडित ने बनारस और मिथिला की विद्याभूमि का उल्लंघन करके नवद्वीप में न्यायशास्त्र का विद्यापीठ स्थापित किया। क्योंकि उस समय बनारस, पाटलिपुत्र आदि विद्या केंद्र इन आततायियों के चरणों की ठोकर से कांप रहे थे। केवल बंगाल ही इन उपद्रवों से बचा हुआ था। इसी से नदिया में हमारे पूर्वज पितामह जगन्नाथ पंडित ने जगद्विख्यात न्यायपीठ की स्थापना की थी।'

'यह तो बहुत पुरानी बात है भट्टाचार्य महाशय।'

'नहीं, तो क्या? चौदहवीं शताब्दी में यह ज्ञान-केन्द्र स्थापित हुआ था और इसी समय कल्लण भट्ट ने अपनी मानव-धर्मशास्त्र की टीका रची थी। इसके बाद पंद्रहवीं शताब्दी में चैतन्य महाप्रभु ने देश में वैष्णव-पंथ चलाकर देश की धर्म-ग्लानि दूर की।'

'इससे पूर्व क्या बंगाल में ज्ञान का अभाव था?'

'अभाव ही कहना चाहिए, केवल बारहवीं शताब्दी ही में पंडितराज जयदेव ने ही 'गीत गोविंद' रचकर विशुत ख्याति उपलब्ध की थी। मानव-धर्मशास्त्र के प्रख्यात टीकाकार मेधातीर्थ

पांच सौ वर्ष पूर्व मिथिला में हुए थे और जीमूतवाहन ने चौदहवीं शताब्दी में ही दीय-भाग की रचना की थी। इसी से पूर्व ग्यारहवीं शताब्दी में "याज्ञवल्क्य स्मृति' पर मिताक्षरा नामक टीका लिखने वाले महापंडित ज्ञानेश्वर भी मिथिला निवासी ही थे।

'तो आपके कथन का क्या यह अभिप्राय है कि बारहवीं शताब्दी में जहां केवल पण्डित जयदेव ही एक विख्यात कवि बंग देश में दीख पड़ते हैं, वहां मुस्लिम काल में बड़े-बड़े विद्वान बंग देश में उत्पन्न हुए और इस प्रकार उत्तर भारत से हिन्दू संस्कृति का केन्द्र उखड़कर बंग देश में स्थापित हुआ?'

'ऐसा ही तो हुआ। विद्यापति ने जो मिथिला में अनुपम काव्य-रचना की उसका अनुकरण बंगवासी कवि चंडीदास ने किया। बाद में जब मुगलों ने बंगाल अधिकृत किया तो उन्होंने हिन्दू विद्या-केन्द्रों को प्रश्रय दिया। हिन्दू-विद्वानों को भी आश्रय दिया। इस समय यद्यपि ब्राह्मणों के हाथ से राजनीति-शिक्षा और न्याय-शासन छिन चुके थे, पर देश की धार्मिक अवस्था अभी उन्हीं के हाथ में थी। तेरहवीं और पंद्रहवीं शताब्दी के बीच मिथिला न्याय और स्मृति का केन्द्र रहा। रघुनंदन ने तेरहवीं शताब्दी में बंगाल में नियमों में सुधार किए। कृत्तिवास मालाधर ने महाभारत, भागवत और रामायण का अनुवाद किया। पदावलियां इसी काल में लिखी गईं जिनमें चंडीदास और विद्यापति ने रसोत्कर्ष प्रकट किया। बंगाल की राजधानी गोड़, जिसके खंडहर इस समय बीस मील में फैले हुए हैं तब समूचे भारत की संस्कृति का मूल केन्द्र थी।'

महाराजा यादवेंद्र बहादुर इस समय अपने राजा-पद-गौरव को भूल गए।

वे मुग्ध भाव से बंगाल की गुणगाथा सुन रहे थे। उनके मुंह से निकला, 'ओह, वे दिन बंगाल के कितने गौरव के थे।'

'परंतु अब वे दिन नहीं रहे, अंग्रेज़ नया युग लेकर आए हैं। पुरानी ज़मींदारियों, सम्पत्तियों और सम्पन्न परिवारों को नष्ट करके अब वे नये सम्पन्न पुरुषों का, परिवारों का सर्जन कर रहे हैं। देखो इन अंग्रेज़ों को, जिनका लोभ और साहस श्लाघनीय है। लोभ और अर्थ-संग्रह ही उनका यहां आने का उद्देश्य है। दूसरी ओर ये कापुरुष बंगाली हैं, जो निर्वीर्य तो हैं ही परस्पर सहानुभूति रहित भी हैं। इन दोनों जातियों के मेल से अब देश की जो व्यवस्था हो रही है उसे तुमने देखा तो होगा महाराज यादवेंद्र।'

महाराज ने लज्जित होकर कहा, 'जी हां, देख रहा हूँ।'

'व्यक्तिगत लाभ-हानि की बात मैं नहीं कहता। परंतु सिद्धांत की बात कहता हूँ। जैसी बलवान और साहसिक यह जाति है अंग्रेज़ों की, वैसी ही साहसिक और बलवान कोई दूसरी जाति यहां होती तो उन दोनों में बंधु-भाव स्थापित हो जाता। दोनों परस्पर गुण-ग्रहण करते। परंतु निष्प्राण नीचाशय, स्वार्थी बंगाली जाति के प्रति तो अंग्रेज़ों के मन में स्वभावत: घृणा और तुच्छता के भाव ही उत्पन्न हो सकते हैं।'

महाराज यादवेंद्र विश्वास पर इस स्पष्ट बात का क्या प्रभाव पड़ा यह जानने को एक बार भट्टाचार्य महाशय ने उनके मुख की ओर देखा, फिर कहा, 'बंगालियों को नीच और स्वार्थी समझकर ही तो उन्होंने गंगागोविंद, देवीसिंह, कांत बाबू जैसे नृशंस पुरुषों को उच्च पद दिए। ये लोग अंग्रेजों के जैसे साहसिक तो थे नहीं, अत: अंग्रेज़ों का आश्रय पा उन्होंने अपने ही देशभाइयों पर घोर अत्याचार किया।'

'मेरी ही बात ले लो। हमें, मुझे और मेरे देवोपम पिता को अंग्रेज़ों का नहीं, इन बंगाली अधमों ही का तो शिकार होना पड़ा। अत्याचार सहकर बारम्बार मैं सोचता था, क्यों नहीं बंगाली लोगों में जातीय अभिमान उदय हुआ। क्यों बंगाली इतने हेय हैं।' कुछ देर के लिए भट्टाचार्य चुप हुए। फिर बोले, 'स्वभावत: जो परम्परा से हम लोगों के बाप-दादों की दासता करते आए, वही अब अंग्रेज़ों की कोठियों के गुमाश्ते और फिर राजा हो गए। वे अब सम्भ्रांत भद्रपुरुष बन भले ही जाएं पर उनके रक्त में सम्भ्रांत प्रभाव कहां है।'

महाराज यादवेंद्र का मुंह स्याह हो गया। पर तेजस्वी ब्राह्मण कहता ही गया, 'मैं फिर अपनी ही बात कहूँगा। जब देश में हमारे ही बंधु नृशंस अत्याचार करके देश को लूट रहे थे, तब मेरे पिता ने लुटने में निरीह जनों का साथ दिया। उन्होंने दूसरों की ज़मींदारी बचाने को अपनी ज़मींदारी ज़ब्त करा ली। दूसरों की मालगुज़ारी अदा की, अपनी न कर सके, अंतत: जेल में कष्ट भोगकर प्राण दिए। सो किसलिए? हमें किसी एक का साथ देना था, या लूटनेवालों का या लुटनेवालों का। हम ब्राह्मण हैं। उच्च खानदान हमारे परम्परा के यजमान हैं। हमारे यजमानों ने हमें श्रद्धापूर्वक भूमि दी। हमारी सम्पत्ति के उत्तराधिकारी स्वभावत: वही हमारे यजमान थे। अत: हमारे पिता ने खुशी से वह सब सम्पत्ति उन्हीं पर विसर्जित कर दी।

'मेरे पिता के द्वार पर हाथी, घोड़े, पालकी, सिपाही, कचहरी, गुमाश्ते, आसामी सभी कुछ था। उनकी आय पचास-साठ हज़ार रुपया वार्षिक थी। अब मेरे द्वार पर तो कोई नौकर-चाकर नहीं है। यह छपरा है, चटाई है। धन सम्पत्ति सब जिनका दिया हुआ था पिताजी ने वह उन्हीं को उनके आड़े समय में दे दिया। केवल ज्ञान हमारा अपना था, न्याय, मीमांसा स्मृति हमारी है। वह सम्पत्ति वे मुझे, अपने पुत्र को दे गए, सो मैं उन्हीं की भाँति वह ज्ञान छात्रों को देता हूँ। अंतर केवल इतना ही है कि तब मेरे पिता छात्रों का अन्न-वस्त्र से भरण-पोषण करते थे, अब छात्र भिक्षा ले आते हैं। मेरी ब्राह्मणी भात रांध देती है। बालक खाते हैं। सो हम कोई घाटे में नहीं हैं। बहुत खुश हैं।'

महाराज की आंखों से झरझर आंसू झरने लगे। भट्टाचार्य के चरणों में गिरकर उन्होंने उनके दोनों पैर पकड़कर उन पर अपना सिर रख दिया। उन्होंने कहा 'आप धन्य हैं। बंगाल को आप पर गर्व है। आपको कौन लूट सकता है। आपकी कौन क्षति कर सकता है। हाय, आपके सामने मेरे जैसे अधम कितने तुच्छ हैं!'

बहुत देर तक भट्टाचार्य महाशय चुप बैठे रहे। फिर कहने लगे, 'परंतु महाराज, अब देर तक हमारा यह ज्ञानदान चलेगा नहीं। अब अंग्रेज़ तुम्हारी नयी पीढ़ी को अपना ज्ञान दान देंगे। हम ब्राह्मणों की अब समाप्ति हैं। हमारे ज्ञान की भी अब समाप्ति है।'

'यह कैसे भट्टाचार्य महाशय?'

'अब तो भाई, अंग्रेज़ अंग्रेज़ी पढ़े-लिखों की एक पृथक जाति बना देंगे, जिन्हें अपने देशवासियों से या तो बिलकुल सहानुभूति न होगी, या बहुत कम होगी। नयी पीढ़ी में सब पुराने नष्ट हो चुकेंगे। नये घराने का कोई प्राचीन गौरव, परम्परा का इतिहास न होगा। वे अपने अतीत को घृणा और तिरस्कार से देखेंगे। अपने नये जीवन के आदर्शों को अंग्रेज़ों की बताई रीति पर देखेंगे।'

'क्या आपका ऐसा विचार है?'

'मेरा नहीं, अंग्रेज़ों का है। मुसलमान यह नहीं भूल सकते कि इन फिरंगियों ने उनके राज्य हड़प किए हैं। और हिन्दू भी यह याद रखते हैं कि ये फिरंगी म्लेच्छ और अपवित्र हैं जिनके साथ मेल-जोल रखना पाप और लज्जाजनक है। ये भाव हिन्दू और मुसलमान अवसर पाते ही अपनी पीढ़ी में भरेंगे कि जिनसे उनके मन अंग्रेजों के विरुद्ध भड़क उठे। पर अंग्रेज़ ऐसा क्यों होने देंगे। बंदूक की लड़ाई तो अब खत्म हो गई। उन्होंने बंदूक से देश पर अधिकार कर लिया, अब कलम की लड़ाई शुरू होगी, इसके द्वारा वे अपने अधिकारों को कायम रखेंगे। वे अपनी भाषा और साहित्य अब तुम्हारे बच्चों को पढ़ाएंगे, उनकी भाषा और साहित्य पढ़कर तुम्हारे बच्चे उन्हें विदेशी समझना बंद कर देंगे। वे अंग्रेज़ वीरों की वीरता के गीत गाएंगे, उन्हीं की-सी उनकी रुचि हो जाएगी और वे अंग्रेज़ों को भारत से निकालने के उपाय सोचना बंद कर देंगे।'

'किंतु फिर हम बंगालियों का क्या होगा?'

'महाराज, अंग्रेज़ों की बदौलत तुम महाराज बन गए, क्या बुरा हुआ? और तुम्हारे बच्चे यदि अंग्रेज़ों की बदौलत अंग्रेज़ बन जाएंगे तो क्या बुरा होगा?'

'परंतु भट्टाचार्य महोदय, हमारे पूर्वज भी तो बड़े कट्टरपंथी थे, जाति-बंधन और अन्य कुरीतियां तो उनमें भी थीं।'

'परंतु उनमें उस अतिप्राचीन जाति और संस्कृति को ढोए चले जाने की सामर्थ्य भी तो थी। अब उनकी वह सामर्थ्य भी खत्म हो जाएगी।'

'तो क्या अंग्रेज़ी पढ़कर हम हिन्दु या हिन्दुस्तानी न रहेंगे?'

'जब तक हिन्दुस्तानियों को अपनी पहली स्वाधीनता के विषय में सोचने का अवसर मिलता रहेगा, तब तक वे अंग्रेज़ों को विदेशी समझेंगे। उन्हें निकाल बाहर करने की बात भी सोचेंगे। पर जब उनके मन में पाश्चात्य विचार पैदा कर दिए जाएंगे और उनके पूर्वजों के स्वेच्छा-शासन

को जंगली प्रमाणित कर दिया जाएगा, तब वे अंग्रेज़ी शिक्षा और अंग्रेज़ों की रक्षा पर सर्वथा निर्भर हो जाएंगे। इसी से अंग्रेज़ अब यह चाहते हैं कि भारतीयों को अंग्रेजी साहित्य और अंग्रेज़ी विज्ञान की शिक्षा दी जाए और उनमें अंग्रेज़ी सभ्यता और अंग्रेज़ी ऐशो-आराम की रुचि पैदा की जाए।

इसके बाद भट्टाचार्य महाशय मौन हो गए। महाराज यादवेंद्र बहादुर ने फिर उनके चरणों में मस्तक टेका और कहा, 'मेरा भाग्य कि आपसे इतनी चर्चा हुई, इतना ज्ञान मिला, परंतु मैं आपकी सेवा में इसलिए आया था कि यदि आप को कोई अभाव हो तो आज्ञा दें, मैं सेवक की भाँति उसकी पूर्ति करूं।'

भट्टाचार्य ने कुछ व्यग्र भाव से कहा, 'न, न, अभाव कुछ नहीं। न्याय की टीका में था, वह कल हमने पूरा कर लिया, अब कोई अभाव नहीं हैं।'

'न्याय की टीका की बात मैं नहीं कहता भट्टाचार्य महाशय, मैं घरगिरस्थी की बात कहता हूँ।'

'इस सम्बन्ध में भला मैं क्या जानूँ महाराज, आप ब्राह्मणी से पूछ सकते हैं।'

महाराज यादवेंद्र भट्टाचार्य को प्रणाम कर भीतर गए और बद्धांजलि हो ब्राह्मणी से पूछा, 'माता, मैं महाराज यादवेंद्र विश्वास, आपको प्रणाम कर यह पूछता हूँ कि किसी वस्तु का अभाव हो तो आप मुझ दास को आज्ञा करें, मैं उसकी पूर्ति करूँ।'

ब्राह्मणी ने हंसकर कहा, 'नाहक कष्ट किया आपने। कल तक हमें एक लोटे का अभाव था, आज यह मिल गया है, अब हमें किसी वस्तु का अभाव नहीं है। हां, महारानी जी प्रसन्न तो हैं?'

'आपके अनुग्रह से माता।'

'तो हम सदैव उनकी शुभकामना करेंगे। वे हमारी यजमान हैं।'

'सो मैं जानता हूँ माता।'

महाराज ब्राह्मणी के चरणों में सिर रखकर लौट चले। बाहर आकर उन्हें उस तपोनिष्ठ ब्राह्मण के द्वार से हाथी पर बैठकर जाने में लज्जा का बोध हुआ। उन्होंने आज्ञा दी, 'हाथी और दूसरे सब लवाजमात ले जाओ। हम अकेले ही पैदल आएंगे।'

और उन्होंने धूल-भरे मार्ग पर कलकत्ता की ओर प्रयाण किया।

6

वर्षा ऋतु थी। भादों का महीना। गंगा के पश्चिमी तट पर तनिक हटकर गौरीपुर गांव था। गंगा-तट से गांव तक वृक्षों की एक लम्बी कतार दूर तक चली गई थी। गंगा परे वेग में बह रही थी। घाट पुराना था। टूटा-फूटा सा, पर अभी दो-चार पक्की सीढ़ियां उसमें बनी थीं। उनमें कुछ पानी में डूब गई थीं। घाट पर इस समय बड़ी भीड़-भाड़ थी। बहुत स्त्री-पुरुष घाट पर जमा थे। घाट से गांव तक आदमियों का तांता लगा था।

गौरीपुर के ज़मींदार राधामोहन मजूमदार के पुत्र की अचानक ही हैज़े से मृत्यु हो गई थी और अब उसकी नवविवाहिता बालपत्नी सती हो रही थी। सारा वातावरण शोक और हाहाकार से भरा हुआ था। घाट पर चिता बनी हुई थी और उस पर मृत तरुण का शव रखा हुआ था। बहुत से ब्राह्मण आवश्यक उपचार कर रहे थे। चिता के निकट घाट की पत्थर की सीढ़ी पर पैर लटकाए वह बिलकुल अबोध बालिका लगभग बेसुध-सी बैठी थी। उसका नखशिख-शृंगार किया गया था। नवीन रंगीन चुनरी पहनाई गई थी। मांग में सिंदूर दिया गया था। हाथों में सुहाग का चूड़ा था। उसकी आयु अभी केवल तेरह वर्ष की होगी। उसके मुख पर अब भी बालभाव था। विवाह हुए अभी एक वर्ष भी नहीं हुआ था और वह अभी पितृगृह में ही थी, जो यहां से दो-तीन कोस पर था। आज भोर ही में उसके वैधव्य का समाचार मिला था और उसे वहां से पति के साथ सहगमन करने को बुलाया गया था। उसकी प्रतीक्षा में कई घंटों तक चिता प्रज्वलित नहीं की गई थी। बालिका को होश नहीं था। उसे भांग और धतूरा अधिक मात्रा में पिलाया हुआ था। वह सीधी नहीं बैठ सकती थी। दो प्रौढ़ा ब्राह्मणियां उसे दोनों ओर से मज़बूती से जकड़े बैठी थीं।

इसी समय चिता की सब तैयारी सम्पूर्ण हो गई। किसी ने उच्च स्वर से कहा, 'सती को गंगा-स्नान कराकर चिता पर लाओ।' ब्राह्मणियों ने उसे उठाकर एक डुबकी दी। एक बार उसने आंखें खोली पर फिर उसकी आंखें बंद हो गईं। एक प्रकार से घसीटते हुए उसे चिता तक ले आया गया। चिता पर उसे मृत पति के चरण गोद में लेकर बिठा दिया गया। गोद में बहुत-सा कपूर घृत में डुबोकर रख दिया गया। जगह-जगह घृत और राल चिता पर छिड़क दी गई। एकाएक सब बाजे, डफ, ढोल, दमामे ज़ोर से बज उठे। चिता में आग लग गई। चिता ज्वलनशील पदार्थों के संयोग से एकबारगी ही जल उठी। बाजों के शब्द से या आग की असह्य ज्वाला से या मृत्यु के प्रत्यक्ष दर्शन से वह बालिका एकाएक चैतन्य हो गई। वह एक ज़ोर की चीत्कार कर लुढ़कती हुई चिता से कूद पड़ी।

यह देख पांच-सात ब्राह्मण अपने जनेऊ संभालते आगे बढ़े। अधर्म, पाप, कलियुग, घोर कलियुग आदि शब्द उनके मुंह से निकले। उनके हाथ में गीले बांसों की बनी एक-एक ठठरी थी, जो कदाचित् ऐसे ही समय के लिए बनी हुई थी। उसी ठठरी से उन्होंने बालिका को दबोच लिया। वह ठठरी के नीचे से छटपटाने और आर्तनाद करने लगी। पर इसी समय उन ब्राह्मणों ने उसे हाथो-हाथ उठाकर चिता में झोंक दिया। चिता की आग अब चैतन्य हो चुकी थी। बालिका का नशा न जाने कहां गायब हो चुका था। वह मृत्यु को प्रत्यक्ष देख रही थी। उसकी दोनों आंखें फटी हुई थी और वह दोनों हाथ ऊपर उठाकर फिर चिता से भागना चाह रही थी कि इतने ही में उन ब्राह्मणों ने वही बासों की ठठरी उसके ऊपर डालकर उसे दबोच दिया। एकाएक बालिका के बालों और वस्त्रों में आग लग गई। बाजे फिर ज़ोर से बज उठे। बालिका की चीत्कार बाजों के तुमुल नाद में खो गई।

इसी समय बंदूक का शब्द हुआ। एक, दो, तीन, चार। लगातार बंदूकों के छूटने और गोलियों से आहत हुए स्त्री-पुरुषों की चीत्कार से उपस्थित भीड़ में हलचल मच गई। जिसका जिधर मुंह

उठा भाग निकला। निरंतर बंदूकों की बाढ़ दागते हुए तीन-चार फिरंगी चिता तक धंसे चले आए। एक ने साहस करके चिता पर चढ़कर बालिका को उठाकर गेंद की तरह बाहर फेंक दिया। दूसरे फिरंगी ने उसे हाथो-हाथ ले लिया। वह साहसी फिरंगी भी चिता से कूद पड़ा। इस समय तक सब लोग वहां से भाग चुके थे। फिरंगी ने उन पर गोलियों की बाढ़ दागी और मूर्च्छित बालिका को लेकर गंगा की ओर रुख किया। गंगा-तट पर एक नाव बंधी थी। उस पर तीन-चार मांझी खड़े थे। उन्होंने सहारा देकर आरोहियों को नौका पर बिठाया। नौका गंगा के बीच धार में तेज़ी से चल दी। गंगा के बीच में एक कोशा खड़ी थी। कोशा में कोई बीस सशस्त्र गोरे थे। बीच में एक छोटा-सा छप्पर का घर था। बालिका को लेकर फिरंगी घर में चले गए। एक ने हुक्म दिया, 'कोशा खोल दो और बहाव में जाने दो।' सिपाहियों को हुक्म दिया, 'कोई नाव-डोंगी पीछा करे तो गोली चला दो।' कोशा तेजी से चल दी।

7

जो साहसिक फिरंगी बालिका को चिता से उठा लाया था उसका नाम मेकडानल्ड था। कलकत्ता की ग्यारह नम्बर गोरी रेजीमेंट में वह लेफ्टिनेंट था। कोशा में उसकी रेज़ीमेंट की टुकड़ी थी। कोशा सरकारी थी और वह गंगा में गश्त के लिए निकली थी। उन दिनों गंगा में जो जल-डकैतियाँ होती थीं उन्हीं की देखभाल तथा व्यापारी नावों की सुरक्षा आदि के लिए यह कोशा गंगासागर तक गश्त लगाया करती थी। लेफ्टिनेंट मेकडानल्ड इसका अफ़सर था। ज्यों ही कोशा गौरीपुर घाट के निकट पहुंची, लेफ्टिनेंट ने सुना कि वहां एक स्त्री को सती किया जा रहा है। वह तुरंत आठ-दस सैनिकों को संग ले किनारे पर उतर आया और ठीक समय पर उसने बालिका की रक्षा उस भयंकर मौत से कर ली। कोशा पर फ़ौजी डॉक्टर भी था। उसने बालिका का समुचित उपचार किया। अभी उसके शरीर को कोई गम्भीर क्षति नहीं पहुंची थी। सिर्फ़ बाल झुलस गए थे और कपड़ों में आग लग गई थी तथा वह इस समय गहरी मूर्छा में थी। डॉक्टर ने उपचार के बाद गर्म पानी में मिलाकर थोड़ी ब्रांडी उसके मुंह में डाली और कहा, 'अब इसे आराम करने दिया जाए।'

कोशा पर कोई स्त्री न थी। इससे लेफ्टिनेंट मेकडानल्ड बहुत व्यग्र भाव से कोठरी से बाहर आए और एक बंगाली खलासी से कहा, 'किनारे पर कोई गांव आने पर कोशा रोक दो, और एक हिन्दू दाई जैसे बने ले आओ।'

गांव आया। फिरंगियों की नाव पर कोई औरत आने को राजी नहीं होती थी। बड़ी कठिनाई से एक बुढ़िया राजी हुई। वह कोशा पर आकर बालिका की सुशृषा डॉक्टर के कहे अनुसार करने लगी। लेफ्टिनेंट मेकडानल्ड बाहर आ संतुष्ट भाव से पाइप पीने लगे।

रात-भर कोशा चलती रही। सूर्योदय होने से कुछ पूर्व ही बालिका की मूर्छा भंग हुई। उसने दाई को देखकर पूछा, 'मैं कहां हूँ?'

'तुम फिरंगियों की नाव पर हो।'

'तुम कौन हो?'

'मैं तुम्हारी दासी हूँ। अब तुम सो जाओ, मैं साहब को खबर करती हूँ।'

वह चली गई। सूचना पाकर लेफ्टिनेंट और डॉक्टर भीतर आए। बालिका होश आने पर भी हतज्ञान थी। सामने दो गोरों को आते देख चीख मारकर फिर बेहोश हो गई।

डॉक्टर ने आवश्यक हिदायतें दाई को दी और बाहर चले गए।

दिन-भर और फिर रात-भर कोशा चलती चली गई। दाई मूर्छित अवस्था में ही ब्रांडी मिला दूध उसके मुंह में डालती रही।

प्रात:काल होने पर उसे होश आया। सूचना पाकर डॉक्टर और लेफ्टिनेंट भीतर आए।

डॉक्टर ने देखकर कहा, 'अब कोई भय नहीं है। आप बातें कीजिए।' इतना कहकर डॉक्टर बाहर चले गए। लेफ्टिनेंट टूटी-फूटी हिन्दुस्तानी में बातें करने लगे। उन्होंने कहा, 'फेअर लेडी, अब डर का बाट नेई। टुम अच्छा होगा तो अम तुमकू टुम जहां बोलेगा भेजने सकेगा।'

'साहब आप कौन हैं?'

'अम लेफ्टिनेंट मेकडानल्ड। कम्पनी सरकार का आदमी।'

'मैं यहां कैसे आई?'

'टूम कुच याड करता हाए?'

'इतना याद आता है-कोई बुरा सपना देखा था। वे मुझे जला रहे थे। बड़ी भारी आग थी। उस आग में सारी दुनिया जल रही थी। किसने मुझे उस आग से बचाया?'

'पनमेसर गाड ने फ़ेयर लेडी। अम भौत ठीक पौचा। अमारा मेहनत कारगर हुआ। टुमारा जान बच गया।'

बेचारी बालिका इतना भी नहीं समझ सकी कि साहब को धन्यवाद देना चाहिए। उसने भीतमुद्रा से कहा, 'लेकिन वे लोग कौन थे?'

'शयतान हाय। बट अबी टुम सो जाव, कमज़ोर है। बाट फिर होगा।'

'वे मुझे फिर तो नहीं जलाएंगे?'

'नो, नो, हियर दे कैननाट काम। टुम इत्मीनान से रहो।'

युवती चुप हो गई। उसने आंखें बंद कर लीं। उसकी आंखों से आंसू ढरक चले।

साहब तेज़ी से बाहर चले गए।

कोशा चलती गई। बालिका फिर होश में आई। थोड़ा दूध और मछली का शोरबा उसे दिया गया। तब साहब ने उससे फिर बात की। भाषा की दिक्कत से बात बड़ी कठिनाई से हुई। बातचीत का सारांश यह था कि मेरा कोई नहीं है। अब मुझे वहां मत भेजिए। साहब ने स्वीकार किया, 'वहां तुम्हें नहीं भेजा जाएगा।'।

अब साहब चिंता में पड़े-कहां इस स्त्री को भेजा जाए। सैनिक सन्निवेश में वे उसे अपने साथ नहीं रख सकते थे। परंतु शीघ्र ही उन्होंने कर्तव्य का निर्णय कर लिया।

कलकत्ता आ गया। अभी डेढ़ पहर दिन शेष था।

8

गौरीपुर में कुलीन ब्राह्मणों की पंचायत जुड़ी। आस-पास के दस-बीस गांव के कुलीन ब्राह्मण आए। सबके नेता थे हरिदास तर्कपंचानन। पंचानन महाशय दस-बीस विद्यार्थियों का झुंड साथ लाए थे। वे अपनी शिष्यमंडली-सहित फ़र्श पर बीच में डटे बैठे गम्भीरतापूर्वक नारियल पी रहे थे। शिष्यवर्ग एक के बाद दूसरी चिलम चढ़ाते जा रहे थे। दूसरे थे रामदास शिरोमणि। आयु इनकी कम थी, पर कुलीनों के शिरोमणि थे। तीसरे थे चंडीचरण विद्यारत्न, उनका भी बड़ा दबदबा था। इधर-उधर के ब्राह्मण बहुत जमा थे। सब अपनी-अपनी हांक रहे थे। मामला बहुत गम्भीर था। राधामोहन मजूमदार गौरीपुर के ज़मींदार तो थे ही, जाति में भी बीस बिस्वे के कुलीन थे। उनकी सती होती हुई पुत्रवधू को म्लेच्छ उठा ले गए थे। महा अनर्थ, घोर अन्याय हो गया था। धर्म का बेड़ा ही गर्क हो गया था। अब प्रश्न यह था कि राधामोहन मजूमदार को बिरादरी से खारिज किया जाए या नहीं। राधामोहन नीचा सिर किए शोकाभिभूत हुए चुपचाप बैठे थे!

तर्कपंचानन ने कहा, 'क्यों रामदास, अब क्या किया जाए? तुम क्या कहते हो?'

रामदास ने कहा, 'आप बड़े हैं, सब शास्त्रों के ज्ञाता हैं, जाति में पूज्य हैं। आपके सामने मैं क्या कह सकता हूँ, आप ही कहिए।'

'मैं अब उसमें क्या कहूँगा। राधामोहन की पुत्रवधू का अपहरण हुआ है। वे जाति में तो नहीं रह सकते?'

'कैसे रह सकते हैं? जिनकी पुत्रवधू म्लेच्छ के हाथ पहुंच गई वे हम कुलीन ब्राह्मणों की जाति में कैसे रह सकते हैं?'

'तो बस, उनका हुक्का-पानी बंद। नाई-धोबी भी बंद। तुम क्या कहते हो चंडीचरण?'

'आपने शास्त्रीय मर्यादा की बात कही है।'

अब राधामोहन ने कहा, 'किंतु तर्कपंचानन महोदय, आप यह तो बताइए कि इसमें मेरा क्या दोष है?'

'दोष बहुत है। आपकी पुत्रवधू भ्रष्ट हो गई। इससे उसका पितृकुल भी भ्रष्ट हो गया और श्वसुर-कुल भी।'

'तर्करत्न महाशय, कुछ तो मेरी दशा पर तरस खाइए। मेरे कष्ट को देखिए।'

'तो भाई, तुम्हारे कष्ट के लिए समाज को तो पतित नहीं किया जा सकता। कहो, कल को वह फिरंगी तुम्हारी बेटी को मेम बनाकर गांव में आ गया तो हम उसे जमाई थोड़े ही मान लेंगे? हां, तुम्हारी बात जुदा है जैसा चाहे करो।'

'तो यही बात ठीक रही, तर्करत्न महाशय, परंतु बहू के पिता के लिए क्या होगा?'

'अरे भाई, ससुर-कुल की भाँति पितृकुल भी तो पतित हो गया। यही व्यवस्था उनके लिए भी है।'

राधामोहन मजूमदार के पांच सौ रुपये तर्कपंचानन महाशय पर पावने थे। उसकी अदालती डिग्री भी हो गई थी। अब उसी बात को याद कर राधामोहन ने थोड़ा क्रोध करके कहा, 'अच्छी बात है तर्कपंचाननजी, आप हुक्का-पानी, नाई-धोबी बंद कर सकते हैं। अदालती प्यादों को तो नहीं रोक सकते। कुर्की-डिग्री तो नहीं रुक सकती।'

तर्कपंचानन डर गए। उनके हाथ का नारियल वहीं रुक गया। हाथ कांपने लगे। डिग्री की बात बहुतों को मालूम थी। जिन्हें मालूम थी वे तर्कपंचानन को चिढ़ाने के लिए बोले, 'नहीं, डिग्री-कुर्की को पंचायत कैसे रोक सकती है।'

'अच्छी बात है। तो मैं अब जाता हूँ,' क्रोध करके राधामोहन उठ खड़े हुए। अब तर्कपंचानन का संकेत पाकर चंडीचरण बोले, 'ठहरो राधामोहन, एक बात है।'

'कौन-सी बात अब रह गई?'

'तुम वृंदावन जाकर शुद्धि कर आओ।'

'और जो मैं न जाऊं तो?'

'तो भाई सपरिवार वैरागी बन जाओ। तीसरी राह नहीं है।'

'क्यों नहीं है। मैं इस जाति-बिरादरी पर लात मारता हूँ। आज से मैं ब्राह्मण हूँ ही नहीं, मैं ब्राह्मोसमाज में दीक्षित होऊंगा।'

'तब तो तुम स्वयं ही पतित हो रहे हो।'

'पतित तुम हो जो कूपमंडूक बने हो। तुम रूढ़िवादी, स्वार्थी हो। पराया दोष देखना तुम्हारा काम है। अपनी आंख का शहतीर तुम्हें नहीं दीखता, पर दूसरे की आंख का तिनका भारी मालूम होता है। मेरी पुत्रवधू दूधपीती बच्ची थी। मैं उसे सती करना नहीं चाहता था। मेरा एक ही पुत्र था। वह मर गया तो मैंने बहू को ही पुत्र के समान प्यार करना चाहा था। मेरे घर में स्त्री नहीं है।

कोई दूसरा भी मेरा आत्मीय नहीं है। पर तुम क्रूर-हिंसक भेड़ियों ने मुझे वह भयानक काम करने को विवश किया। पर ईश्वर ने उसकी रक्षा कर ली। मैं तो खुश हूँ। ईश्वर करे वह जीवित हो और मैं उसका अपनी पुत्री की भाँति पालन करूं तथा अपनी सारी सम्पत्ति उसी के नाम करूं।'

'और यदि वह ख्रिस्तान हो गई हो?'

'तो भी क्या हर्ज है। ख्रिस्तान तुम्हारे जैसे नीच, क्षुद्राशय, क्रूर और अधर्मी नहीं हैं। वह ख्रिस्तान भी हो गई होगी तो मैं अपनी सब सम्पत्ति उसी को दूंगा। यह मेरा ध्रुव निश्चय है। मैं अब इस गांव में, जहां तुम जैसे नर-पिशाचों के अपवित्र चरण पड़ते हों, रहूँगा भी नहीं। मैं कलकत्ता जा बसूंगा, जिससे फिर कभी मुझे तुम्हारा मुंह न देखना पड़े। तर्कपंचानन महाशय, तुम्हारे ऊपर जो मेरी पांच सौ रुपये की डिग्री है वह मैं छोड़ता हूँ। तुम्हारे ऊपर का ऋण माफ़ करता हूँ। और रामदास महाशय गत वर्ष जो कलंक का काम तुम्हारी विधवा बेटी ने किया था और जिसे तुमने जहर देकर मरवा डाला था, तुम्हारी वह कलंक-गाथा भी मैं किसी से नहीं कहूँगा। जिस पर मेरा लेना-पावना बकाया है, वह सब मैं छोड़ता हूँ। किंतु मैं अब न तुम्हारे साथ गांव में रहूँगा, न तुम्हारी इस घृणित बिरादरी में।'

इतना कहकर राधामोहन तेज़ी से वहां से उठ गए। धर्मप्राण ब्राह्मणशिरोमणि जनों का मुंह ठीकरे के समान स्याह हो गया।

9

सन 1833 के चार्टर के पास होने के बाद बहुत से अंग्रेज़ व्यापारियों ने कलकत्ता और बंगाल-बिहार में अपनी-अपनी कोठियां स्थापित कर ली थीं, जहां वे अपना स्वतंत्र कारोबार करते थे। कहने ही को ये कोठियां व्यक्तिगत थीं, उन्हें कम्पनी सरकार की ओर से अनेक सुविधाएं प्राप्त थीं। प्रथम तो यह कि चीन और यूरोप में बेचने के लिए वे जो माल भारत से खरीदते थे, उसका मूल्य वे नकद नहीं देते थे। वे अपनी-अपनी कोठियों में अपने लिए पण्य द्रव्य खरीदकर जमा रखते थे। इन्हीं पण्य-द्रव्यों पर ड्योढ़ा-दूना मुनाफ़ा रखकर मूल्य-स्वरूप विक्रेताओं को देते थे। बंगाली इसे 'गछान प्रथा' कहते थे। इस प्रथा से बंगाल के सब देशी व्यवसायी दाने-दाने को मुहताज हो गए। इस प्रथा का तरीका यह था कि एक कोठी के अंग्रेज़ अध्यक्ष ने हज़ार रुपये का कपड़ा खरीदा। परंतु उसके मूल्य का रुपया उस व्यापारी को न देकर उसी रुपये से हज़ार मन तम्बाकू या चीनी खरीद ली। बाद में उसी एक हज़ार मन तम्बाकू या चीनी पर दो हज़ार मन का मूल्य लगाकर वह तम्बाकू या चीनी उस जुलाहे को दे दी। इसके बदले में जुलाहे को एक हज़ार का कपड़ा तथा एक हज़ार रुपये नकद देने पड़े। कपड़ा देने और तम्बाकू लेने के बाद यदि जुलाहे को नकद रुपया देने में एक-दो महीने का भी विलम्ब हुआ तो उसका घर-बार कुर्क कर लिया जाता था। इतना ही नहीं, उनकी स्त्रियों तक का अपहरण कर लिया जाता था। अंग्रेज़ कहा करते थे कि इस गछान प्रथा द्वारा वे हिन्दुस्तानियों को विविध व्यापार-विनिमय की शिक्षा देते हैं।

ये अंग्रेज़ यह पण्य-द्रव्य खरीदकर भी उसका मूल्य एकदम नहीं देते थे। यदि देशी बनिये उन पदार्थों को अंग्रेज़ों के हाथ उधार बेचने को राजी नहीं होते या दूसरों को बेचते तो भी अंग्रेज़ उनके घर-बार लूट लेते और उनकी स्त्रियों की बेइज़्ज़ती करते थे।

इस प्रकार बहुत से बनियों का सर्वनाश हो गया और वे अपना घरबार, कारोबार बंद कर इधर-उधर भाग-भूग गए, और अनगिनत पुराने व्यवसायी सदा के लिए नष्ट हो गए।

10

दीनाजगंज में ग्रे साहब की कोठी थी। कोठी में साहब खुद कारोबार नहीं करते थे। वे अपनी अन्य कोठियों की देखभाल करते थे। यहां की देखभाल व कारोबार मोहनलाल गुमाश्ता करता था। मोहनलाल को स्याह-सफ़ेद करने का पूरा अधिकार था।

रामचरन विश्वास को कोठी में बैठे दो-तीन घंटे हो गए थे। पर अभी मोहनलाल को उससे बात करने का सुभीता नहीं हुआ था। रामचरन को यह साहस नहीं होता था कि वह गुमाश्ते से तकाज़ा करे। वह खास दीनाजगंज का रहनेवाला कोरी था। एक महीना हो गया तब मोहनलाल ने उससे एक हज़ार रुपये का कपड़ा खरीदा था, पर अभी तक उसे दाम नहीं दिया गया था। दाम के लिए रामचरन को रोज़ दौड़ना और कोठी में घंटों बैठे रहना पड़ता था। रामचरन को दमे का दौरा उठता था। वह दुबला-पतला बूढ़ा आदमी था। उसके काम का भी हर्ज होता था। पर उन सब बातों की ओर मोहनलाल का ध्यान न था। परंतु इस समय ग्रे साहब भी कोठी में उपस्थित थे। अंत में उसके धीरज का बांध टूट गया। उसने साहब से कहा, 'धर्मावतार, मेरा हिसाब साफ़ हो जाता तो अच्छा था। मेरा बहुत हर्ज हो रहा है।'

साहब ने कहा, 'इस आदमी का क्या हिसाब है?'

'हुज़ूर, एक हज़ार का कपड़ा आया था। अभी पंद्रह ही दिन हुए हैं।'

'क्या उन थानों का सौदा हो गया?'

'जी हां, उसके मूल्य के एवज में हमने डेढ़ हज़ार का तम्बाकू खरीद लिया है।'

'टो पांच सौ रुपये का टमाकू इसको डे डो और हज़ार रुपये का टमाकू मुनाफ़े में डाल डो।'

रामचरन ने कहा, 'धर्मावतार, मुझे नकद रुपया मिल जाता तो ठीक था। मैं तम्बाकू कहां बेचूंगा!'

'वैल, टमाकू भोट मुनाफ़ा का माल हाय। सब लोग टमाकू पसंद करता। अबी टुम डो हज़ार का कपरा हमारी कोठी में और डो।'

'हुज़ूर, मैं दो हज़ार का कपड़ा उधार कहां से दे सकता हूँ?'

‘उढार नयी, अम टुमकू नमक डेगा। नमक। नमक सब बंगाली लोग भोट खाता हाय।’

‘हुजूर, मुझे नकद रुपया मिलना चाहिए।’

‘माल बेचकर नकद रुपया बनाओ मैन। अम बी ऐसा ही बिजनेस करता।’

इतनी बात कहकर साहब शिकार को चले गए। मोहनलाल ने कहा, ‘पांच सौ का तम्बाकू लेते हो?’

‘फिर पांच सौ का क्यों? माल तो हज़ार का है।’

‘बाकी पांच सौ फिर मिलेगा।’

‘कब?’

‘क्या साहब बहादुर की कोठी का दिवाला निकल रहा है, जो ऐसा सवाल करते हो?’

‘खैर, लेकिन तम्बाकू के दाम तो बाज़ार-भाव से दूने से भी अधिक हैं?’

‘तो हम क्या करें, हमें महंगा माल मिला है।’

‘माई-बाप, हम कैसे इतना नुकसान उठाएंगे?’

‘तब घूमो कुछ दिन और।’

मोहनलाल दूसरे काम में लग गया। रामचरन ने सूखे मुंह से कहा, ‘खैर, दे दीजिए तम्बाकू पांच सौ का।’

‘तब यह दस्तावेज़ लिख दो। दो हज़ार का माल देना होगा, बोलो कब दोगे?’

‘दो हज़ार का माल उधार मैं नहीं दे सकता।’

‘तो हवा खाओ, तम्बाकू पांच सौ का नहीं मिल सकता।’

‘ऐसा जुल्म मत कीजिए माई-बाप।’

‘अरे भाई, साहब का हुक्म तुमने सुना नहीं?’

‘सब सुना, पर हम कहां से दें?’

‘यह सोचने का काम तुम्हारा है। देखो, इतने दस्तावेज़ हैं। सभी ने दस्तखत किए हैं। तुम्हीं इनकार करते हो।’

‘खैर, लाइए लिख देता हूँ। पर इन थानों का पांच सौ बकाया मिल जाना चाहिए।’

‘वह भी मिल जाएगा। पर दो हज़ार का माल जमा हो जाने के बाद। लो दस्तखत करो और तम्बाकू तोल लो।’

11

पाठक कांत पोद्दार को न भूले होंगे। जिस समय नवाब सिराजुद्दौला के भय से वारेन हेस्टिंग्ज़ मुर्शिदाबाद छोड़कर भागे थे तो कांत बाबू ने उन्हें शरण दी थी। उस समय उन्होंने अपने ऊपर आने वाली विपत्ति की परवाह न करके उन्हें अपने कासिम बाज़ारवाले घर में छिपाया तथा धन से सहायता भी की थी। वह वास्तव में अंग्रेज़ों पर बड़ा ही टेढ़ा समय था। नवाब के सिपाही अंग्रेज़ों को खोजते फिरते थे और जहां कहीं सुराग पाते थे, पकड़कर मार डालते थे। शरणदाता हिन्दुस्तानी को भी यही सज़ा मिलती थी। यह सब जोखिम कांत पोद्दार ने उठाया था और अवसर पाते ही उन्हें अंग्रेज़ी छावनी में पहुंचा दिया था। उन दिनों वारेन हेस्टिंग्ज़ एक नवयुवक थे और कम्पनी के दफ़्तर में साधारण क्लर्क थे। कांत बाबू भी उन्हीं की उम्र के थे। उनके पिता की एक मोदी की छोटी-सी दुकान उन दिनों अंग्रेज़ी कोठी के पास ही थी। वारेन साहब वहीं से सौदा-सुलफ उधार लेते थे और कांत बाबू के साथ गप्पें उड़ाते थे। कांत बाबू बड़े खुशमिज़ाज और फुर्तीले आदमी थे। वारेन की सिफ़ारिश से उन्हें कोठी में छोटी-सी नौकरी भी मिल गई थी। बाद में गुमाश्ते के पद पर बहाल हो गए थे। उसी समय उनकी वारेन हेस्टिंग्ज़ से घनिष्ठ मित्रता हो गई थी। इसी से उन्होंने उस गाढ़े समय में वारेन हेस्टिंग्ज़ की रक्षा की थी। हेस्टिंग्ज़ साहब जब वहां से चलने लगे थे तो एक निदर्शन-पत्र कांत बाबू को देकर कहा था कि यदि कभी मेरा अभ्युदय हुआ, तो आप यह निदर्शन-पत्र मेरे पास लेकर आना, मैं इस उपकार का आपको यथासाध्य बदला दूंगा। इसके बाद जब अंग्रेज़ नवाब पर विजयी हुए और वारेन साहब हिन्दुस्तान के गवर्नर-जनरल बने, तो उन्होंने अपने मित्र और सहायक कांत पोद्दार को दीवान बना दिया और जहां कहीं अच्छी ज़मींदारी उनकी नज़र आती वे कांत बाबू को सौंप देते थे। इस प्रकार देखते-देखते वे बड़ी भारी ज़मींदारी के स्वामी हो गए। परंतु यह सब काम वे केवल परोपकार की दृष्टि से ही नहीं करते थे। उसमें गुप्त रूप से उनका भी हिस्सा रहता था। कांत बाबू अंत तक वारेन साहब के पक्के दोस्त और मददगार बने रहे। उनके जानोमाल के कट्टर शत्रु महाराज नंदकुमार को फांसी दिलाने में भी उनका बड़ा हाथ था।

बहारबंदर का परगना रानी भवानी की ज़मींदारी में एक सम्पन्न परगना था। रानी भवानी बंगाल की बड़ी साध्वी और प्रजावत्सला ज़मींदार थीं। उनकी ज़मींदारी कम्पनी बहादुर ने छीनकर इज़ारेदारों को इज़ारे पर बांट दी थी। बहारबंदर का इलाका कम्पनी के कारिंदे कांत बाबू ने पाया था और इस समय उनके कनिष्ठ पुत्र इस परगने के सर्वेसर्वा थे। इन दिनों ईस्ट इंडिया कम्पनी ने देश के शासन का भार हाथ में लेकर व्यापार बंद कर दिया था एवं अंग्रेज़ों के लिए उसकी खुली छूट दे रखी थी। निरंतर अकाल और महामारी से सारा परगना तबाह हो चुका था और गांव सब उजड़ गए थे, परंतु नये ज़मींदार लगान वसूल करने में अत्यंत कड़ाई करते थे। बिना कड़ाई किए लगान मिलना सम्भव भी न था। वह कड़ाई एक प्रकार के अत्याचार का रूप धारण कर गई थी, परंतु दुर्भाग्य इतना ही नहीं था कि अत्याचार केवल ज़मींदार ही करता था। अब जो अंग्रेज़ स्वयं अपना उद्योग-धंधा करने लगे थे उन्हें ज़मींदार का पूरा सहयोग होता था।

बिना सहयोग उनकी ज़मींदारी कायम नहीं रह सकती थी। इस प्रकार उस समय के ज़मींदार अंग्रेज़-मात्र के आज्ञापालक सेवक थे। उनकी सहायता से अंग्रेज़ व्यवसायी प्रजा पर निश्शंक निर्दय अत्याचार करते थे।

दीनाजगंज बहारबंदर परगने का सदर मुकाम था। वहां नये ज़मींदार ने नयी हवेली-कचहरी बनाई थी। कचहरी में नायब दीवान गद्दी पर मसनद के सहारे बैठे थे। सामने फ़र्शी पर मुश्की तम्बाकू महक रहा था। उनके दायें-बायें और भी मसनदें लगी थीं। उन पर तहसीलदार, खजांची, मुहर्रिर, पेशकार, अमीन, सरिश्तेदार बैठे अपना-अपना काम कर रहे थे। दीवानजी के सामने एक बड़े हॉल में बीस-पच्चीस आसामी ज़मीन पर उदास मुंह, विवर्ण, विवस्त्र, जिनका शरीर अस्थिपंजर-मात्र रह गया था, बैठे निराश आंखों से एक-दूसरे को देख रहे थे। भूख, प्यास और यातना से उनमें अब परस्पर बात तक करने की सामर्थ्य नहीं रह गई थी। उन्हीं को घेरकर तीस-चालीस हथियारबंद सिपाही खड़े थे। कुछ और नौकर-चाकर सिपाही भी अपने-अपने काम कर रहे थे।

दीवान साहब की बगल में एक अंग्रेज़ कुर्सी पर बैठा था। एक बढ़िया पेचवान उसके सामने भी रखा था और वह मज़े से बीच-बीच में उसके कश ले रहा था। इस अंग्रेज़ सौदागर का नाम फ्रेडरिक साहब था। उसकी उम्र कोई चालीस बरस की थी। वह चुस्त पोशाक पहने था और उसके एक हाथ में चमड़े का चाबुक था। उसकी आंखें भूरी और रंग एकदम लाल था। उसकी मूंछे भूरी थीं। उसकी प्रत्येक भाव-भंगिमा में बदमाशी और क्रूरता झलक रही थी।

उसने दीवान को सम्बोधित करके कहा, 'आसामी को हाज़िर करो दीवान!' दीवान साहब ने एक सिपाही को इशारा किया। सिपाही तीन-चार संतरियों से घिरे हुए एक अधेड़-पुरुष को ले आए। यह एक नाटा और मोटा-सा आदमी था। उसके शरीर पर मार-पीट के निशान थे। वह आते ही हाथ बांधकर साहब के सामने खड़ा हो गया।

उसका शरीर कांप रहा था और वह करुण दृष्टि से कभी दीवान की ओर, और कभी साहब की ओर देख रहा था।

दीवान ने कहा, 'दादनी लोगे या नहीं, बोलो।'

'मैं क्या दादनी लेने से इनकार करता हूँ।'

'तो लिख-पढ़कर रुपये लो और अपने घर जाओ।'

साहब ने खुश होकर कहा, 'गुड ओल्ड बाय, दीवान, इसे साठ रुपये देकर कागज़ लिखाओ। इसे हम बड़ा आदमी बनाएगा।'

नायब ने कहा, 'लो, रंगपुर के सब कोरियों के लिए तुम कितनी दादनी लोगे?'

'महाराज, मैं अपने लिए दादनी लेने को राजी हूँ। जितनी चाहे दे दें, पर रंगपुर में तीन सौ घर कोरियों के हैं, उन सबकी हामी मैं कैसे भर सकता हूँ?'

साहब ने क्रुद्ध होकर अपने गुर्गे की तरफ़ देखा और कहा, 'छज्जूखां, तुम इस आदमी को दुरस्त करो।'

छज्ज एक हट्टा-कट्टा मसलमान गंडा था। बड़ी-बड़ी डरावनी मूंछे, लाल-लाल आंखें। साफ़ ज़ाहिर था, गांजा-सुल्फे का दम मारता था। इसकी उम्र चालीस के लगभग होगी। पर ऐयाशी और गांजे के कारण लटक गया था। जिस्म नाटा पर आंखें निहायत खूंखार। चेहरे की हड्डियां बाहर निकली हुईं। पहले यह आदमी किसी साहब के अस्तबल में घोड़ों की सईसी पर नौकर था। वहां से एक कत्ल के जुर्म में जेल की सज़ा पा गया। जेल काटकर अब वह इस साहब की नौकरी में था। नौकरी का काम वह किस खूबी से पूरा करता था यह आप देख लीजिए। साहब का इशारा पाते ही छज्जूखां आगे बढ़ा। उसने निहायत संजीदगी से साढ़े तीन हाथ जगह नापी। उसके दोनों सिरों पर खड़िया से निशान कर दिए। तब उस आदमी से कहा, 'इधर आ बज़्ज़ात और इन निशानों पर पैर रखकर खड़ा हो।'

वह आदमी कद में मुश्किल से पांच फीट था, टांग उसकी छोटी और पेट मोटा था। इस प्रकार पैर फैलाकर खड़ा होना उसके लिए एकदम असम्भव था। उसने भयभीत नेत्रों से छज्जूखां की ओर देखकर कहा, 'आप मुझसे चाहते क्या हैं?'

'तो क्यों नहीं दादनी लेकर इकरारनामा लिख देता?'

'पर सारे गांव की ओर से मैं कैसे इकरारनामा लिख सकता हूँ?'

'अच्छा तो जाने दे, पैर फैला।

छज्जूखां ने उसको दोनों लकीरों पर पैर रखकर खड़ा कर दिया। छज्जूखां के इशारे पर दो बरकंदाज़ बैठकर उसके पैर चीरने लगे। अभी दो मिनट भी नहीं हुए थे कि उस आदमी के सिर से पैर तक पसीना चूने लगा। उसकी टांगें चिरने लगीं और वह बेहोश होकर धरती पर गिर गया। साहब ने सिगरेट का कश लगाकर कहा, 'क्या मर गया?'

'नहीं साहब, मकर करता है। देखिए, मैं अभी उसे ठीक करता हूँ।'

वह थोड़े से गोबर के उपले ले आया। उन्हें एक अंगीठी में डालकर सुलगाया। अब धुआं उठने लगा तो उसे उसके सिर के पास रख टाट के एक बोरे से ढक दिया।

धुआं नाक में जाने पर वह आदमी ज़ोर से उछला, फिर खांसता-खांसता धरती पर छटपटाने लगा।

छज्जूखां ने हंसकर साहब की ओर देखकर कहा, 'देखा आपने, इन साले बंगालियों की मकरबाज़ी मुझसे नहीं छिप सकती। फिर उसने उस आदमी की ओर देखकर कहा, 'इधर आ बे, हमें नाहक तकलीफ़ न दे। दादनी ले। दस्तावेज़ लिख और अपने घर जा।'

उस आदमी का दम फूल रहा था। बोलने की उसमें ताब न थी। उसके पैर काँप रहे थे और वह खड़ा नहीं हो सकता था। उसके मुंह से एक भी शब्द नहीं निकला और वह टुकुर-टुकुर छज्जूखां की ओर देखने लगा।

छज्जू ने उसके पास आकर कहा, 'दादनी लेता है कि नहीं?'

'गांव-भर की नहीं ले सकता माई-बाप।'

'तू एकदम बज़्ज़ात है।' उसने गुस्सा करके एक रस्सा निकाला और उसके दोनों हाथ पीठ पर कसके बांध-दिए। उस व्यक्ति में विरोध की शक्ति न रही थी। उसने चुपचाप हाथ बंध जाने दिए। छज्जूखां ने उसके हाथ बांध रस्सा छत के पास धरन से लटकते हुए रस्से से बांध दिया और एक बरकंदाज़ की मदद से ज़ोर से रस्सा खींचने लगा। उस आदमी ने वेदना से छटपटाकर एक चीत्कार की और उसका शरीर एक बार छत तक उठकर धड़ाम से धरती पर आ रहा।

छज्जूखां ने कहा, 'बड़ा ही ज़िद्दी आदमी है। पर मैं ज़रा एक दम लगा लूं। फिर इसे ठीक करूँगा।' वह एक तरफ़ हटकर गांजे का दम लगाने लगा। दम लगाकर वह फिर उसके पास आ गया। वह बिना हिले-डुले औंधे मुंह पड़ा था। छज्जूखां ने एक ज़ोर की ठोकर उसके मारी, पर वह तब भी नहीं हिला-डुला। उसने झुककर उसे देखा और उसके हाथ खोलते हुए बोला, 'यह तो मर गया साहब।' क्षणभर को सन्नाटा छा गया। इतने आदमी थे, सबके सामने यह निर्दय खून हुआ। पर एक क्षणिक प्रभाव को छोड़ कोई खास असर उस घटना का किसी पर नहीं हुआ। छज्जूखां चारपाई पर बैठकर गांजे की चिलम सुलगाने लगा।

साहब ने लाश को हटाने का हुक्म देकर कहा, 'दूसरा आसामी बुलाओ।'

जो आसामी बैठे थे, डरते-डरते एक-एक करके आने लगे।

वे गांव-गांव के कोरी थे, जो पकड़ बुलाए गए थे। इन सबको दादनी एडवांस मनी के रूप में दी गई थी।

एक ने कहा, 'मेरा आठ सौ रुपयों का भुगतान था। सो मुझे एक रुपये मन की तम्बाकू और तीन रुपये मन की चीनी बारह रुपये मन के हिसाब से दी गई है।'

'सो टुम उसकू बेचकर डूना रुपया कमाओ मैन। यह अडल-बडल का व्यापार से टुम मालामाल होगा।'

'लेकिन माई-बाप, आठ महीने हुए मेरा माल उधार लिया गया था। अब मुझे यह तम्बाकू और चीनी मनमाने आठ गुने भाव पर दी जाती है। दुहाई, मुझे नकद रुपया दिया जाए।'

'अच्छा! अच्छा! छज्जूखां, इस बदमाश को नकद रुपया दो।'

छज्जूखां को देखते ही उस आदमी की घिग्घी बंध गई। वह रसीद पर अंगूठा लगाकर चलता बना।

शेष आसामियों ने भी दादनी लेकर तमस्सुक लिख दिए और अपनी जान बचाई।

12

रंगपुर दीनाजगंज ताल्लुके में बहुत सम्पन्न गांव था। इसमें तीन सौ घर कोरियों के थे। इनके अतिरिक्त कुछ मल्लाह और कैवर्त भी रहते थे। इस समय तक भी बंगाल के कोरियों की अच्छी मान-मर्यादा और प्रतिष्ठा थी। कोरियों की जाति धनवान तो थी ही, प्रतिष्ठित भी थी। आज तो कोरी लोग अछूत बन गए हैं। परम्परा की दरिद्रता ने उन्हें अछूत बना दिया। परंतु उस समय वे बंगाल के प्रतिष्ठित जनों में माने जाते थे। वे सूत और रेशम के कपड़े का व्यवसाय करते थे। गत परिच्छेद में जिस पुरुष के अपघात की बात कही गई है उसका नाम रामचंद्र प्रधान था। वह रंगपुर के कोरियों का चौधरी और बिरादरी का शिरोमणि था। उसका पुश्तैनी रोज़गार अच्छा था और उसने अपनी अच्छी स्थिति बना ली थी। उसके समान वस्त्र बननेवाले कोरी थोड़े ही थे। मुर्शिदाबाद के सब साहूकार और नवाब उसी का बना वस्त्र पहनते थे और विवाह आदि के अवसरों पर हज़ारों रुपया इनाम देते थे।

नवाब की ओर से इनके घराने को पांच सौ बीघा भूमि जागीर मिली थी। अंग्रेज़ों के कान में जब यह बात पड़ी कि रामचंद्र प्रधान बहुत अच्छा कपड़ा बुनता है तो उसे उन्होंने पकड़ बुलाया और उसकी जो दुर्दशा हुई वह प्रकट ही है। परंतु वह रहता सम्पन्न पुरुष की भाँति था। घर भी उसका खूब बड़ा था। कुटुम्ब उसका बहुत बड़ा था उसके पालन-पोषण का भार उसी पर था। उसके घर में बहुत से कोरी ठेके पर काम करते थे। वह निरभिमान, धर्मभीरु, ईमानदार और दृढ़ चरित्र का आदमी था।

रामचंद्र प्रधान के लड़के का नाम अविनाश था। यह भी पिता के समान सरल, विनम्र और अपने काम में चतुर था। उसकी पत्नी का नाम राधा था। वह पतिपरायणा और सरल स्त्री थी। दोनों के बीच तीन बरस का एक बालक था।

पिता को सदर कचहरी गए हुए तीन दिन हो गए थे, इसलिए अविनाश और उसकी पत्नी अत्यंत चिंतातुर और व्यग्र हो रहे थे। ज्यों-ज्यों उनके लौटने में देर लगती थी उनकी चिंता बढ़ती जाती थी। वे दिन ही ऐसे थे, जब किसी की जान-माल की सलामती न थी। खासकर कोरियों पर तो वज्रपात हुआ था। एक प्रकार से वे अंग्रेज़ों के बन्धक थे। उनके सब कारोबार नष्ट हो चुके थे और उन्हें अब भी ज़बर्दस्ती अंग्रेज़ व्यापारियों के हाथ माल देना पड़ता था, जो रुपए के माल का एक आना ही देते थे। वह भी नकद नहीं। या तो तम्बाकू या चीनी देते थे। उनके दाम चौगुने लगाते थे। इस प्रकार यह एक प्रकार की लूट और डाकेजनी थी, जिसकी कहीं दाद-फरियाद न थी।

जब तीन दिन तक भी पिता लौटकर नहीं आए, तब पत्नी को समझा-बुझाकर अविनाश स्वयं ही सदर कचहरी चल दिया। वहां जाकर उसने सुना कि उसके पिता की अकस्मात मृत्यु हो गई। उसे लाश दे दी गई और वह उसकी अंतिम क्रिया करके रोता-कलपता घर लौटा। उसकी पत्नी राधा ने रोते-रोते घर भर दिया।

रामचंद्र प्रधान कोरियों की बिरादरी में मुखिया था। इसलिए उसका धूमधाम से श्राद्ध होना अनिवार्य था। अविनाश यद्यपि अभी बालक और अनुभवहीन था, तथापि जात-बिरादरी के लोगों ने उसे सुझाया कि पिता का श्राद्ध धूमधाम से बिना किए पिता को स्वर्ग नहीं मिलेगा। विवश इस अत्याचारपूर्ण अपमृत्यु के दु:ख को छाती में छिपाकर नवदम्पति श्राद्ध की धूमधाम में जुट गए। पद-मर्यादा, प्रतिष्ठा सभी बातों का उन दिनों बहुत ध्यान रखा जाता था तथा जो श्राद्ध नहीं करता था वह जाति-बहिष्कृत समझा जाता था।

इसलिए श्राद्ध बंगाल के सांस्कृतिक समारोहों में सर्वोच्च श्रेणी में माना जाता था।

अकाल, महामारी, लूट-खसोट सब चल रहा था। साथ ही सामाजिक व्यवहाराचार भी चल रहा था। असल बात यह थी कि मरते-मरते भी अभी भारत की सामाजिकता मरी न थी। रामचंद्र प्रधान के श्राद्ध में अविनाश ने दस हज़ार रुपया खर्च किया। ब्राह्मणों, वैष्णवों और जाति-बंधुओं को निमंत्रण दिया गया। सब कुटुम्बी भी बुलाए गए। अविनाश के चचा रामचरण उत्साह से सब काम सम्पन्न करने लगे। एक प्रकार से सब काम-धाम के वे ही स्वामी बन गए।

परंतु ठीक समय पर श्राद्ध में विघ्न पड़ गया। किसी एक कुटुम्बी को भूल से निमंत्रण नहीं पहुंचा। उसने क्रुद्ध होकर, गांव-गांव फिरकर कहना आरम्भ किया, 'रामचंद्र प्रधान की म्लेच्छों के हाथों अपमृत्यु हुई है। उसका विधिवत् गया-पिंड भी नहीं किया गया तथा प्रायश्चित भी नहीं हुआ, इसलिए मैंने उसके घर भोजन करना स्वीकार नहीं किया। मैं जाति खोना नहीं चाहता। मैं श्राद्ध में नहीं जाऊँगा।'

अंधविश्वास की परम्परा भी खूब प्रौढ़ होती है। श्राद्ध का दिन आते-आते यह चर्चा खूब फैल गई। कुछ लोग कहने लगे, 'नहीं श्राद्ध में भोजन करने में दोष नहीं है।' कुछ कहने लगे, 'दोष है, अपमृत्यु का पातक बहुत भारी है। जो कोई अविनाश प्रधान के घर भोजन करेगा, वह जातिच्युत समझा जाएगा।'

श्राद्ध के दिन दान-पुण्य हुआ। वृषोत्सर्ग हुआ। अन्य उपचार हुए। जब ब्राह्मण-भोजन का समय हुआ, तो रंगपुर के हाराण चक्रवर्ती स्मृतिरत्न ने कहा, 'भोजन करने में मुझे आपत्ति है। मैंने कुछ बात सुनी है।'

स्मृतिरत्न कुलीन ब्राह्मणों में शिरोमणि थे। आस-पास के गांवों में उनका बड़ा नाम था। वे पालकी को छोड़ एक पग भी पैदल नहीं जाते थे। पालकी के साथ विद्यार्थियों का एक दल चलता था। वे स्वर्ण को छोड़कर दूसरा पदार्थ दक्षिणा में लेते नहीं थे। उनकी बात सुनकर दूसरे ब्राह्मणों ने भी भोजन से इनकार कर दिया।

बेचारा अविनाश बड़ी कठिनाई में पड़ा। वह कभी इसकी और कभी उसकी खुशामद करने लगा। तब बिरादरी के दस-बीस भले आदमियों ने कहा, 'भला बिना ब्राह्मण-भोजन हुए, बिरादरी कैसे भोजन करेगी।'

‘बिरादरी भोजन नहीं करेगी तो मेरी जाति कैसे रहेगी!’

‘सच्ची बात है। पिता का श्राद्ध होगा नहीं, पिता की मुक्ति होगी नहीं, ब्राह्मण तुम्हारे यहां भोजन करेंगे नहीं, बिरादरी आएगी नहीं, तो जाति कहां रही भला!’

‘तो मुझे निरपराध ही जातिच्युत किया जा रहा है!’

‘निरपराध कैसे। यह तो धर्म-कर्म, सदाचार की बात है। इसका तत्त्व तो स्मृतिरत्न महाशय बता सकते हैं।’

तब अविनाश जाति-बिरादरी के दस-बीस भले आदमियों को लेकर स्मृतिरत्न महाशय के घर गए। वहां और भी पंडितगण उपस्थित थे।

सब अनुनय-विनय सुनकर नाक में सुंघनी सूंघते हुए हाराण चक्रवर्ती ने कहा, ‘भैया अविनाश अब तुम बालक नहीं हो, सयाने हुए। धर्म-कर्म और मर्यादा की बात तुम्हें समझनी चाहिए। तुम कुलीन के लड़के हो। ब्राह्मण का सम्मान करना तुम जानते हो और हमारे पुरखों की पालकी में तुम्हारे पुरखों ने कंधा दिया था। ब्राह्मण के चरणोदक से ही तुम्हारा कुल पवित्र हुआ है। पर भई इस प्रकार अधर्माचरण नहीं हो सकता है।’

‘क्या मेरे यहां आप या जाति-भाई भोजन नहीं करेंगे?’

‘कैसे कर सकते हैं?’

‘तो सारा सामान जो नष्ट हो जाएगा।’

‘पर धर्म तो नष्ट होने से बचेगा।’

‘तो अब मैं क्या करूं?’

‘यह बात तो तुम्हें पहले ही पूछनी थी।’

‘पर जो होना था वह हो गया। अब क्या किया जाए। प्रायश्चित-उपचार जो भी सम्भव हो आप बताएं, आप धर्म के अवतार, शास्त्रों के ज्ञाता, बृहस्पति साक्षात् भूदेव हैं। आप ही का हमें सहारा है। आप ब्राह्मण हैं, आपकी पदरज से हमारा कुल तिरता है।’

अनंत कातर स्वर में दुखित होकर अविनाश ने यह बात कही। बिरादरी के और भी दो-चार व्यक्तियों ने ज़ोर लगाया। अविनाश के चचा ने कहा, ‘अविनाश एक हज़ार रुपया जाति-भाइयों को दंड देगा।’

‘और ब्राह्मणों को?’

‘उन्हें दक्षिणा भोजन के अतिरिक्त एक-एक रुपया प्रति व्यक्ति।’

‘यह कैसे भला? पांच-पांच रुपया तो हो। दोष बहुत भारी है। दान-पुण्य से ही न पापमोचन होगा।’

बहुत ननुनच करने पर मामला पटा। तर्करत्न महाशय को सौ रुपये और दशाला मिला। सब ब्राह्मणों को भोजन के अतिरिक्त पांच रुपया दक्षिणा मिली। जाति-बिरादरी वालों ने तृप्त हो भोजन किया। मछली, दही, मिष्ठान्न, खांडवराग, तरकारी, कई प्रकार का भात और विविध व्यंजन। अनाथ और असहाय तरुण अविनाश के बीस हज़ार रुपये देखते-देखते स्वाहा हो गए, पर जाति रह गई।

13

कलकत्ता के उत्तरी विभाग में लालबाज़ार एक पुराना स्थान है। नवाबी अमलदारी के समय यहां फ़ौजदारी बालाखाने में हुगली के फ़ौजदार आकर कचहरी किया करते थे। आरमीनियन, पुर्तगीज़ तथा डच व्यापारी इसी पश्चिमी भाग में बसे हुए थे। लालबाज़ार के पश्चिम में लाल दीघी है। इसका अंग्रेज़ी नाम 'टास्क स्क्वायर' है। जिन दिनों की बात हम लिख रहे हैं, उन दिनों टास्क स्क्वायर के एक पार्श्व में एक छोटा-सा सफ़ेदी किया हुआ एकमंजिला मकान था। मकान में रेवरेंड पादरी जानसन रहते थे। जानसन बड़े सज्जन और दयालु थे। ये लंदन की क्रिश्चियन नालेज सोसाइटी की ओर से भारत में ईसाई धर्म का प्रचार करने आए थे। अब उन्हें कलकत्ता में रहते बीस वर्ष हो गए थे। वे एक विद्वान और शान्त प्रकृति के पुरुष थे। कलकत्ता के सभी छोटे-बड़े अंग्रेज़ अफ़सर और हिन्दुस्तानी लोग भी उनका बहुत आदर करते थे। शुरू-शुरू में बंगाली-जन 'फादर' शब्द का शुद्ध उच्चारण नहीं कर सकते थे। इसीलिए उन्होंने इस नाम का भारतीयकरण करके 'पादरी' शब्द बना लिया था और वे सब भारतीय ईसाई फादर जानसन को पादरी साहब कहकर पुकारते थे। आगे ये पादरी शब्द सभी ईसाई मिशनरियों के लिए आम हो गया। पादरी जानसन बड़े सच्चरित्र भी थे। कहना चाहिए कि वे अंग्रेज़ों में अपवाद थे। उनकी पत्नी भी बहुत नेक थी। पहले वे एक धनी व्यापारी की पत्नी थीं। उसके मरने पर उन्होंने पादरी साहब से विवाह किया। यद्यपि उनकी उम्र विवाह के समय पचास वर्ष की थी और पादरी साहब से कुछ अधिक ही थी, परंतु दोनों बहुत मज़े में रह रहे थे। मेम साहब के धन से पादरी साहब ने एक छोटा-सा अनाथालय और अस्पताल खोल रखा था। अनाथालय का प्रबंध खुद उनकी पत्नी करती थी, और अस्पताल पादरी साहब खुद चलाते थे। उन्होंने विलायत ही में थोड़ी डॉक्टरी की शिक्षा पाई थी। उसी का वे वहां सदुपयोग करते थे। इन दोनों कामों से उनका उद्देश्य खूब पूरा हो रहा था। बहुत स्त्री-पुरुषों और अनाथ बालकों को उन्होंने ईसाई बना लिया था।

लेफ्टिनेंट मेकडानल्ड ने चिता से उद्धार की गई बालिका को इन्हीं जानसन साहब की संरक्षता में रख दिया। पादरी जानसन बहुत अच्छी बंगला भाषा जानते थे। बालिका के रूप, शील और बुद्धि को देख वे बहुत प्रभावित हुए। बालिका का जलती चिता से उद्धार किया गया है, यह सुनकर वे द्रवित हो गए। उन दिनों बंगाल में सती-प्रथा का बड़ा प्रचार था। वहां बचपन ही में हिन्दू ब्याह कर देते थे, इसलिए बहुधा दुधमुंही बच्चियों को निर्दयतापूर्वक जला दिया जाता था। इससे सभी अंग्रेज़ हिन्दुओं की इस क्रूर प्रथा के प्रबल विरोधी थे। इसी से उन्होंने यत्नपूर्वक इस

बालिका को अपने यहां आश्रय दिया और उसे अंग्रेज़ी भाषा तथा साहित्य एवं बंगला तथा फारसी की शिक्षा भी लेफ्टिनेंट के अनुरोध से देने लगे।

पादरी साहब के पास कभी-कभी एक हिन्दू युवक आया करता था। अभी इसकी उम्र बाईस बरस की हो थी। यह बंगाल के उच्च धनी ब्राह्मण परिवार का युवक था तथा शिक्षित और मेधावी था। कलकत्ता में केवल यही एक तरुण ऐसा था जो बालविवाह और सतीप्रथा का विरोधी था। बचपन ही से इस तरुण का झुकाव धर्म विवेचन की ओर था। इस समय तक भी बंगाल की राजभाषा उर्दू ही थी और सब प्रतिष्ठित बंगाली उर्दू का विद्वान बनने के लिए फारसी भाषा पढ़ना आवश्यक समझते थे। इनके पिता रामकांतराय बड़े कट्टर हिन्दू थे। माता भी धर्मप्राण साध्वी थीं। परंतु यह तरुण नयी प्रतिभा का था। पिता ने इन्हें फारसी का आलिम बनाने के लिए पटना भेज दिया था। वहां उसने फारसी के साथ अरबी भी पढ़ी और कुरान का पाठ भी किया। इस्लाम और उसकी तसव्वुफ का उस पर प्रभाव पड़ा तथा कुरान को पढ़ने के बाद उसके मन में एकेश्वरवाद का बीज अंकुरित हुआ। यहीं उसकी भेंट प्रसिद्ध दार्शनिक सुरेश्वराचार्य से हुई। उनसे उपनिषद् पढ़ा और ब्रह्मजिज्ञासा पर मनन किया। देवता और मूर्तिपूजा से ये विमुख हो गए तथा अंग्रेज़ों के सम्पर्क और अंग्रेज़ी पढ़ने से सुधारवादी भी हो गए। इसी से इनके पिता इनसे रुष्ट रहने लगे। तो भी इन्होंने अपना मत बदला नहीं। इन्होंने तुहफुतुल मुवाहिदीन नामक एक पुस्तक फारसी भाषा में लिखी और उसकी भूमिका अरबी में लिखी, जिसमें एकेश्वरवाद की प्रशंसा थी। वे रंगपुर के कलक्टर के दीवान थे और अब नौकरी छोड़कर कलकत्ता आ गए थे तथा हिब्रू और ग्रीक भाषा पढ़ रहे थे, जिससे यहूदी और ईसाई बाइबिल का अध्ययन मूल भाषाओं में कर सकें। पादरी जानसन के सौजन्य और सद्विवेक से ये बहुत प्रभावित थे और बहुधा उनके पास आकर धार्मिक और सामाजिक मामलों में वाद-विवाद करते रहते थे। पादरी जानसन को विश्वास था कि एक दिन यह भद्र कुलीन धनी बंगाली ब्राह्मण अवश्य ईसामसीह की शरण आएगा। अत: वे इनकी बहुत आवभगत करते थे तथा प्रेम से वार्तालाप भी करते थे। तरुण का नाम राममोहनराय था। आगे चलकर यही तरुण राजा राममोहनराय के नाम से ब्रह्मसमाज के मूल संस्थापक के रूप में संसार में प्रसिद्ध हुए। हाल ही में ये बौद्ध धर्म का अध्ययन करने को तिब्बत की हज़ारों मील की दुरुह यात्रा पैदल करके चार बरस में लौटे थे। इससे भी इनका नाम भारतीय तथा अंग्रेज़ दोनों ही क्षेत्रों में काफ़ी प्रसिद्ध हो गया था।

राममोहन के आते ही पादरी ने उनका स्वागत करते हुए कहा, 'आज तो मैं बहुत ही हर्षित हूं।'

'यह सुनकर मैं प्रसन्न हुआ। किंतु क्या इस हर्ष का कोई विशेष कारण है?'

पादरी साहब ने बालिका की हृदयविदारक करुण कहानी कह सुनाई। राममोहन ने बालिका से भेंट की। उसी के मुंह से उसकी दुर्भाग्य-कहानी सुनी। सुनकर उनकी आंखों से चौधारा आंसू बहने लगे। फादर जानसन ने कहा, 'यदि लेफ्टिनेंट मेकडानल्ड

जान पर खेलकर उसके प्राण न बचाता तो वह अब तक जलकर राख का ढेर हो गई होती। यह तो तुम जानते ही हो कि आजकल हिन्दू स्त्रियों और खासकर विधवाओं की कितनी दुर्दशा है। तुम्हारे जैसे तरुण को इसके विरुद्ध आवाज़ उठानी चाहिए। हमारी आवाज़ वे नहीं सुनते। हमें वे विदेशी और विधर्मी कहते हैं। पर तुम तो उसी धर्म में पैदा हुए हो, तुम्हारी आवाज़ वे अनसुनी नहीं कर सकते।।'

'मेरी अनुपस्थिति में मेरे बड़े भाई का देहांत हो गया तथा मेरी भावज सती हो गई। मेरे दिल पर इसका दाग है। मैं जानता हूँ कि देश में प्रतिवर्ष सैकड़ों-हज़ारों निरीह स्त्रियां इस प्रकार जीवित जला दी जाती हैं। मैं चाहता हूँ कि इस विषय में मैं ऐसी आवाज़ बुलंद करूं कि बहरे भी उसे सुन लें।'

'हमारे घरों में विधवा स्त्रियों को जो आजीवन कष्ट भोगना पड़ता है, उसे मुझसे अधिक कौन जानता है! वह कष्ट और अपमान इतना असह्य है कि उसकी अपेक्षा इस प्रकार चिता पर जल मरना वे पसंद करती हैं। जन्म-भर दारुण दुःख भोगने की अपेक्षा यह क्षण-भर का कष्ट उन्हें अखरता नहीं। पर इस अबोध बालिका की तो बात ही जुदा है। जिसने पति को देखा तक नहीं; पति के घर गई ही नहीं, पति-पत्नी-सम्बन्ध क्या होते हैं, यह वह जानती ही नहीं।'

'मैंने 1827 की रिपोर्ट में सरकारी आंकड़े देखे हैं। उस साल बंगाल में तीन सौ नौ स्त्रियां जीवित जलाई गई थीं। परंतु यह अधूरी रिपोर्ट थी। इससे पूर्व 1815-1818 तक तीन वर्षों में कम-से-कम साढ़े तीन हज़ार विधवाएं जीवित जलाई गई हैं जिनमें बहुत-सी इसी बालिका की भाँति अबोध थीं। अकेले कलकत्ता के आस-पास के स्थानों में जलाई गई विधवाओं की संख्या डेढ़ हज़ार से कम नहीं है।'

'मैं तो इसे एक जातीय क्षय-रोग समझता हूँ। यह भारत के माथे पर कलंक का टीका है फादर।'

'निस्संदेह राममोहन, यह भारतीयों की ज्ञानशून्यता और गिरावट का चिह्न है।'

'मैं तो इसके निवारण के तीन सूत्रों को महत्त्व देता हूँ, यदि सरकार हमारी सहायता करे तो ही सफलता प्राप्त हो सकती है।'

'तीन सूत्र कौन-से हैं?'

'प्रथम, सती-प्रथा का कानूनन विरोध; दूसरे, पुनर्विवाह का कानूनन वैध माना जाना; तीसरे, स्त्रियों के उत्तराधिकार का जोरदार समर्थन। बिना इन तीन सूत्रों के भारतीय स्त्रियों की दशा नहीं सुधर सकती।'

'तुम ठीक कहते हो अज़ीज़मन। इस काम में मैं तुम्हारे साथ हूँ।'

आपकी बड़ी कृपा है फादर, मैं शीघ्र ही सती-प्रथा के विरोध में एक पुस्तक लिखूंगा और मैंने जो बंगला पत्रिका कौमुदी निकालना आरम्भ किया है, उसमें तो मैंने सती प्रथा पर इसी मास एक लेख लिखा है। आपने उसे अवश्य देखा होगा।'

'कहां, मैंने तो नहीं देखा। लेकिन इस नेक काम के लिए मैं तुम्हारा अभिनंदन करता हूँ, राममोहन।'

'वह पत्रिका मैं आपके पास भेजूंगा।'

'ज़रूर भेजना। पर मेरी राय है कि तुम एक रिलीजियस कमेटी बनाओ और बंगाल भर में उसकी शाखाएं फैला दो। इस कमेटी के सदस्यों का यह कर्त्तव्य होना चाहिए कि वे जहां भी सती होने का समाचार पाएं, वहां पहुंचकर उसे रोकें और सरकार को भी सूचना दें।'

'आपका प्रस्ताव उत्तम है। मैं अवश्य ही ऐसा करूँगा।'

'बहुत-बहुत धन्यवाद राममोहन। तुम्हें कदाचित् मालूम हो कि इस समय कौंसिल में दो विवाद ऐसे उठ खड़े हुए हैं जिनमें हमारे गवर्नर जनरल सर विलियम बैंटिक को बहुत दिलचस्पी है। पर देशवासियों में मतभेद है।'

'कैसा विवाद?'

'एक तो यही सती-प्रथा का, दूसरे भारत में अंग्रेज़ी शिक्षा-प्रचार का।'

'मैं तो कह ही चुका, मैं सती-प्रथा का कट्टर विरोधी हूँ और उसे समाप्त करने में मुझसे जो कुछ बन पड़ेगा, उठा न रखूंगा।'

'और दूसरे विषय में तुम्हारी क्या राय है?'

'स्पष्ट है कि इस समय केवल फारसी या संस्कृत-शिक्षा पर्याप्त नहीं है। मैं चाहता हूँ कि मेरे देशवासी प्राचीन पद्धति की शिक्षा के साथ-साथ अंग्रेज़ी भाषा और नवीन विषयों की भी शिक्षा प्राप्त करें। मैं अंग्रेजी की उपादेयता की ओर भी देशवासियों का ध्यान खींचने का प्रयत्न कर रहा हूँ।'

'शाबाश, मेरे नवयुवक दोस्त। तुम तो एक सच्चे ईसाई की तरह बोल रहे हो, फिर क्या कारण है कि तुमने अभी तक बपतिस्मा नहीं लिया और अभी तक उस नापाक मज़हब के चक्कर में पड़े हो।'

'फादर, मैं पैदा ही वहीं हुआ हूँ। क्या किया जाए! फिर मैं उसे नापाक भी नहीं मानता। कदाचित् आपने उपनिषद् की पवित्र वाणी कभी नहीं पढ़ी, जो ब्रह्म-जिज्ञासा का रहस्य मनुष्य के सामने खोलती है।'

'क्या उनमें ऐसी बातें हैं, जो होली बाइबिल में नहीं?'

'हैं फादर।'

'हो ही नहीं सकता। प्रभु ईसामसीह की नियामत तो होली बाइबिल ही है।'

'पर उपनिषदें तो प्रभु ईसामसीह से बहुत पुरानी हैं।'

'पुरानी होने से क्या हुआ! उनमें होंगे तो वही झूठे किस्से-कहानियां।'

'उनमें किस्से-कहानियां नहीं हैं, उनमें ब्रह्म का भेद बताया गया है, जो अमर हैं, अगोचर हैं और अविनाशी हैं।'

'माई गाड! मेरे प्यारे, तुम इतने अच्छे, नौजवान होकर कैसे ऐसी वाहियात बातें कर रहे हो?'

राममोहनराय हंस पड़े। उन्होंने कहा, 'फादर, मैंने अपने को कुएं का मेढक नहीं रहने दिया। मैं एक बहते दरिया के समान हूँ। जहां से जो ज्ञान मिलता है, ले लेता हूँ। मैंने कुरान पढ़ा, बाइबिल पढ़ा फिर तिब्बत के खौफ़नाक पहाड़ों में जाकर बौद्धधर्म के रहस्य जाने। वेद-वेदांत और उपनिषद् का मनन किया, और भी कर रहा हूँ। आप भी ऐसा ही कीजिए फादर। सब धर्मों का सच्चा ज्ञान प्राप्त कीजिए।'

'शैतान ले जाए सब धर्मों को और उनकी गंदी किताबों को भी। तुम फौरन प्रभु ईसामसीह की शरण आओ, जो हमारी नैया का पार खिवैया है।'

'फादर, मेरे सामने इससे भी महत्त्वपूर्ण काम है। यह हमारे देश का अंधकारपूर्ण और निराशा का काल है। सारा देश भ्रांति, रूढ़ि और कुरीतियों के भंवर में फंसा है। मैं उनके मानसिक धरातल को उन्नत करने के लिए अंग्रेज़ी शिक्षा का समर्थन कर रहा हूँ। परंतु यह नहीं चाहता कि भारतीय उच्छृंखल और नास्तिक हो जाएं, और उन्हें भारतीय वस्तु तथा संस्कृति से घृणा हो जाए। मैंने ब्रह्मसमाज की स्थापना की है जो आस्तिकवाद का धर्म है। इसका मूल सिद्धांत एकेश्वरवाद और आधार उपनिषद् है। इस अंधयुग में मैंने सुधार का यह दीपक जलाया है फादर! रूढ़िवाद और नास्तिकता दोनों ही को उन्मूल करके देशवासियों के मन में अपनी दशा सुधारने की प्रवृत्ति के अंकुर उत्पन्न करना चाहता हूँ।'

14

पांच वर्ष पूर्व चिता से उठाई गई बालिका फादर जानसन के निकट रही। अब उसकी उम्र सत्रह वर्ष की हो चुकी थी। वह असाधारण सुंदरी और प्रतिभाशाली लड़की थी। इस बीच उसने न केवल बहुत अच्छी अंग्रेजी सीख ली थी, वह सब प्रकार के अंग्रेज़ी रहन-सहन व व्यापार सीख गई थी। वह अपने को पादरी जानसन की बेटी समझती तथा उन्हें फादर न कहकर पापा कहती थी। उसके रूप, यौवन और योग्यता को देख बहुत अंग्रेज़ अफ़सर उसके प्रणयाभिलाषी हुए थे। परंतु प्रेम की गांठ लेफ्टिनेंट मेकडानल्ड के साथ उसकी बंध चुकी थी। मेकडानल्ड अब मेजर

हो चुके थे। वे बहुधा उससे मिलने के लिए आते रहते थे। पर उन्होंने अभी उससे प्रणय-निवेदन नहीं किया था। वे अभी केवल उसके संकेत की प्रतीक्षा कर रहे थे।

बालिका ने, जो अब एक आकर्षक युवती बन चुकी थी, अपना रहन-सहन तो बदल दिया था, पर अपना नाम शुभदा नहीं बदला था। न अपना धर्म विश्वास बदला था।

शुभदा के प्रणयाभिलाषी अनेक उच्च अंग्रेज़ अफ़सर थे। उन दिनों वे बहुधा भारतीय स्त्रियों से विवाह कर लेते थे। परंतु दो भारतीय ईसाई भी उम्मीदवार थे, जो वास्तव में उसी के साथ पादरी साहब के घर में रहते थे और उनके घर का काम-काज किया करते थे। शुभदा उनकी दृष्टि भाप गई थी और बहुधा उन्हें बनाया करती थी। इनमें एक था जान रामकृष्ण और दूसरा था टाम काशीनाथ। रामकृष्ण तो जात का डोम था, काशीनाथ मोची। दोनों ने अब से छह-सात वर्ष पहले फादर जानसन से बपतिस्मा लिया था और वे उन्हीं के पास रहते थे। उन्हें बड़ी आशा थी कि ईसाई होने पर उनका ब्याह किसी गोरी-चिट्टी मेम से हो जाएगा, पर छह-सात वर्ष प्रभु ईसामसीह का नाम रटते और पादरी साहब की सेवा करते बीत गए, उनकी अभिलाषा पूरी नहीं हुई।

टाम काशीनाथ मेम साहब के जूते साफ़ कर रहा था कि जान रामकृष्ण उधर से निकला। टाम काशीनाथ ने कहा, 'कहां चले दोस्त ?'

'बाज़ार जा रहा हूँ। बहुत सौदा-सुलफ खरीदना है।'

'अरे यार, यह सौदा-सुलफ खरीदते और जूते साफ़ करते ही क्या हमारी जिंदगी बीतेगी ?'

'तो फिर क्या करें ? पढ़ना-लिखना भी तो हमें नहीं आता कि पादरी साहब की सिफ़ारिश से कहीं नौकरी करें।'

'अरे नौकरी गई भाड़-चूल्हे में। तुम यह कहो-ब्याह का क्या डौल है ? कोई विलायती छोकरी तो नज़र ही नहीं आती। किसी मेम का साहब मरता है और वह खाली होती है तो कोई-न-कोई साहब झपट्टा मारकर उसे ब्याह ले जाता है। हम देखते ही रह जाते हैं।

'अजी, विलायती न सही, मैं तो किसी बंगाली छोकरी से ही ब्याह करने को राजी हूँ। अब विलायती छोकरी की इंतज़ारी क्या बुढ़ापे तक की जाए ?'

'तो बंगाली छोकरी तो यही है। शुभदा, नाम भी मज़ेदार है। गोरी-चिट्टी भी है और तुमसे उस दिन हंस-हंसकर बात भी कर रही थी। मारो हाथ।'

'लेकिन फादर से कैसे कहूँ ? शर्म लगती है।'

'तो मैं कहूँ ?'

'कहो प्यार, ज़रूर कहो।'

'लेकिन मैं तो अपने लिए कहूँगा। तुम्हारे लिए क्यों कहूँ?'

'वाह, छछून्दर लगावे चमेली का तेल। यह मुंह और ये हौसले!'

'अरे वाह रे बंदर-मुंह, ईसूमसीह की कसम, जब तू हंसता है ऐसा लगता है जैसे गोबर के ढेर पर ओले पड़े हों।

'ईसूमसीह तुझे गारत करें। तू जात का मोची है। जो न जानता हो उसे भर्रे पर चढ़ा।'

'और तू कहां का नवाब है। तू भी डोम है।'

'मैं तो प्रभु ईसूमसीह की शरण आकर अंग्रेज़ों की जात में मिल गया हूँ।'

'अंग्रेज़ों की जात में तू कैसे मिल गया?'

'यह बात तू मोटी अक्ल का आदमी नहीं समझ सकता। फादर ने हमें समझा दिया है कि हम अभी काला क्रिस्तान हैं। हमारी औलाद यूरोपियन दोगला होगा और उनका संतान अंग्रेज़ होगा। बस, तीन पीढ़ी में हमारा खानदान अंग्रेज़ होगा।'

'पर पहले अंग्रेज़ बीवी से शादी भी तो हो।'

'हां, यह ज़रा-सी बाधा है, खैर, लड़ो मत दोस्त, आज हम दोनों ही फादर से बात करेंगे।'

'ज़रूर करेंगे।'

'मगर फादर से ही बात करने से काम नहीं चलेगा। उस छोकरी से भी तो बात करनी होगी। उसका मन टटोलना होगा।'

'ज़रूर टटोलना होगा। हम दो हैं और वह एक। हम दोनों से तो वह ब्याह कर नहीं सकती।'

'कैसे कर सकती है! लेकिन तुम कह रहे थे न कि वह मुझे देखकर हंस-हंसकर बातें करती है। बस, साफ़ बात है, मन उसका मुझी पर लट्टू है।

'तो इससे क्या? मुझे भी वह ऐसी नज़रों से देखती है कि जैसे तीर मार रही हो, बस घायल कर देती है।'

'अब पादरी साहब उसे सबको अपनी बेटी बताते हैं। रहती वह मालकिन की ही भाँति है। फटाफट अंग्रेज़ी बोलती है। कपड़े देखो उसके, एकदम विलायती मेम जैसे। मेम साहब भी उसे बराबरी का दर्जा देती हैं। देखते नहीं, मुझे उसका भी जूता साफ़ करना पड़ता है।'

'तो इसमें क्या हर्ज है! जूता तो ब्याह के बाद भी साफ़ किया जा सकता है।'

'खैर, इसमें मैं कोई हर्ज नहीं देखता। लेकिन देखना यह है कि ब्याह वह हम दोनों में से किससे करेगी।'

'मुझी से करेगी, और दोस्त, उसका जूता साफ़ करने पर तुझी को नौकरी पर बहाल रखूंगा।'

'कहीं मैं जूता खींचकर न दे मारूं तेरे मुंह पर। साला, बदज़ात डोम। हमसे तू अपनी जोरू का जूता साफ़ कराएगा?'

'तो बिगड़ता क्यों है, यह तेरे बाप-दादे का पेशा है।'

'मेरे बाप-दादे तो हिन्दू थे, होगा उनका पेशा। मैं तो ईसाई हूँ। हम ख्रिस्तान साहब लोग हैं। देखता नहीं मेरे पतलून।'

'पतलून तो मैं भी पहनता हूँ, तो तू मुझे डोम क्यों कहता है? मैं भी ख्रिस्तान लोग हूँ।'

'बेशक, हम दोनों साहब लोग हैं। लो वह छोकरी आ रही है। हो जाएं दो-दो बातें अभी।'

'अभी लो। पहले मैं ही पूछूं।'

'पूछ ले, तुझे वह क्या पसंद करेगी भला?'

'शुभदा ने निकट आकर बिगड़कर कहा, 'तुम्हें मेम साहब ने बाज़ार भेजा था जान, लेकिन तुम अभी यहीं गप्पें उड़ा रहे हो!'

'हम आपकी शादी की बात कर रहे थे मिस साब, मैं कह रहा था...'

'शुभदा हंस दी। उसने कहा, 'तुम क्या कह रहे थे, टाम?'

'यही कि...कि छछूंदर लगावे चमेली का तेल।'

शुभदा ज़ोर से हंस पड़ी। उसने कहा, 'वह चमेली के तेल की खूब रही!'

'वही तो कहता हूँ, मिस साब, भला यह मोची! कहता, हूँ छोटे मुंह बड़ी बात।'

'यह भी तो डोम है, डोम मिस साब, इसका हौसला तो देखिए।'

'तो लड़ते क्यों हो? अब तो तुम क्रिश्चियन हो। क्रिश्चियन न डोम हैं, न मोची। इंसान हैं, जैसे सब होते हैं। तुम लोग पढ़-लिखकर साहब लोग हो सकते हो।'

'मैं सब कुछ होने को तैयार हूँ, मगर इस गधे को कैसे समझाऊं।'

'तू क्या पढ़ेगा! बूढ़ा तोता कुरान पढ़ सकता है?'

'तो तू कहां का जवांमर्द है। मुंह में दांत न पेट में आंत।'

'इसी से मैं बूढ़ा हो गया! साले बज्जात, ले पटक दूं तुझे उठाकर!'

'नहीं, नहीं, लड़ो मत भले आदमियो! यह सभ्यता की बात नहीं है, जंगलीपन है। याद रखो, तुम लोग सभ्य साहब लोग हो।'

'तो मिस साब, आप साफ़-साफ़ कह दीजिए। बस झगड़ा-टंटा खत्म।'

'क्या कह दूं?'

'क्या मैं हमेशा आपके जूते साफ़ नहीं करता?'

'और क्या मैं हमेशा आपका बिस्तर ठीक-ठाक नहीं लगाता?'

'तुम दोनों बहुत अच्छे आदमी हो। हम तुम दोनों से खुश हैं, जाओ टाम, जल्दी करो। आज शाम कुछ मेहमान डिनर पर आने वाले हैं। झटपट सौदा ले आओ।'

'लेकिन मिस साब, यह तो घपले की बात हुई।'

'कौन बात टाम?'

'आप हम दोनों से खुश हैं। क्या मैं आपकी सबसे ज़्यादा खिदमत नहीं करता?'

'और मैं तो जी-जान से आपकी खिदमत में लगा रहता हूँ।'

'तो हम भी तुम दोनों से बहुत खुश हैं।'

'लेकिन ज़्यादा खुश किससे हैं आप? इसका फ़ैसला अभी कर दीजिए।'

'तुम जूता साफ़ कर रहे हो और तुम्हें सौदा लाना है। बस, आज तुम दोनों में से जो जल्दी काम खत्म करेगा, उसी से मैं ज़्यादा खुश हो जाऊँगी।'

'तो अभी लीजिए। यह मैंने लगाया रगड़ा,' टाम जल्दी-जल्दी जूते पर ब्रुश रगड़ने लगा।

'और मैं भी चला,' जान लपकता हुआ चला।

शुभदा हंसती हुई भीतर को चली गई।

15

जिस दिन टाम काशीनाथ और जान रामकृष्ण अपनी उम्मीदों पर खुशियां मना रहे थे, उसी शाम पादरी जानसन के बंगले पर एक शानदार डिनर का आयोजन था। डिनर वास्तव में मेजर मेकडानल्ड के ऑनर में दिया गया था। डिनर में मेकडानल्ड के अतिरिक्त तीन व्यक्ति और थे। एक थे तरुण बंगाली राममोहनराय, दूसरे थे सर जान, तीसरे स्वयं फादर जानसन और चौथी मिस शुभदा। भोज में अनेक प्रकार की देशी और विलायती शराब, अनेक प्रकार के मांस और फल आदि थे। राममोहनराय केवल फल खा रहे थे। यह देख शुभदा भी केवल फल खाने लगी। यह देखकर मेकडानल्ड ने कहा, 'यह क्या मिस, तुम केवल फल ही ले रही हो? लो, यह सेंडविच तो ज़रा चखो, बहुत अच्छा बना है।'

'धन्यवाद मेजर, पर आज मैं केवल फलाहार ही करूँगी।'

'यह किसलिए?'

'आप देख नहीं रहे! यहां हमारे परमबन्धु रायसाहब उपस्थित हैं और वे केवल फल ही खा रहे हैं।'

मेकडानल्ड ने ज़रा तीखी नज़र से राममोहनराय की ओर देखकर कहा, 'महाशय, क्या आप मांस नहीं खाते?'

'नहीं मेजर, मुझे खेद है। मैं मांस नहीं खाता।'

'इसका कारण?'

'मांस खाने के लिए जीवहत्या करनी पड़ती है। वह मुझे पसंद नहीं।'

'और सब बंगाली ब्राह्मण तो मांस खाते हैं।'

'केवल ब्राह्मण होने के कारण नहीं, प्राणियों पर दया-भाव के कारण मैं मांस नहीं खाता।'

इस पर पादरी जानसन हो-हो करके हंसने लगे। उन्होंने कहा, 'आप प्राणियों पर दया की बात कहते हैं। परंतु सारे बंगाल में कितनी जीवहिंसा होती है। पालतू जानवरों पर कितना निर्दय व्यवहार किया जाता है, यह भी आप देखते हैं?'

'यह भी देखता हूँ और यूरोप के लोग अपने संस्कारों में स्वयं कितने निर्दय और क्रूर हैं, यह भी मैं देखता हूँ। मेरे बहुत से मित्र-बांधव मांस खाते हैं, परंतु मैं व्यक्तिगत रूप से मांसाहार को पाशविक कर्म समझता हूँ।'

'इसी से मैं आपसे सहानुभूति रखती हूँ राय महाशय। अंततः मैं भी आप ही की भाँति एक कुलीन ब्राह्मण की बेटी हूँ,' शुभदा ने कहा।

'सो तुम अभी तक ब्राह्मण की बेटी हो? अब तुम मेरी बेटी बन चुकी हो और शीघ्र ही प्रभु ईसामसीह की शरण में आओगी,' पादरी ने कहा।

'परंतु मेरे संस्कार ब्राह्मण के हैं फादर। प्रभ ईसामसीह की मैं भक्त हूँ, परंतु आपकी शरण में आकर भी मैं उसी प्रकार ब्राह्मण हूँ, जिस प्रकार मेजर अंग्रेज़ हैं।'

'ओह, तब तो यही देखना बाकी रह गया कि यह कुछ अच्छी बात भी है या नहीं।' मेजर ने तीखी नज़र से राममोहन की ओर देखते हुए कहा।

राममोहनराय ने कहा, 'जहां तक संस्कार का प्रश्न है, मैं इसे संसार की बहुत अच्छी बात समझता हूँ मेजर।'

'क्यों? आप तो सदैव ही यह कहा करते हैं कि मैं जन्म से ब्राह्मण अवश्य हूँ, पर सभी को समान समझता हूँ,' पादरी ने कहा।

'बेशक, मेरा अभिप्राय यह है कि मैं अभिजात्य को महत्त्व नहीं देता,' राममोहन ने गम्भीरता से कहा।

'तो मिस शुभदा का अभिप्राय शायद अभिजात्य की श्रेष्ठता से नहीं है।'

'नहीं मेजर, तनिक भी नहीं। मैं तो केवल संस्कार ही तक सीमित हूँ। अभिजात्य की भावना मेरे मन में होती तो मैं आपके साथ बैठकर कैसे खा-पी सकती थी!'

'तुम बहुत अच्छी लड़की हो मेरी प्यारी शुभदा। खैर, अब चूंकि मेजर मुहिम पर बर्मा जा रहे हैं, इसलिए उनके मंगल के लिए एक-एक जाम पीना चाहिए,' पादरी ने प्रसंग बदलते हुए कहा। 'अवश्य, परंतु मैं केवल पानी ही पीऊंगा,' राममोहन ने कहा।

'और मैं भी,' शुभदा ने अपने और राममोहन के गिलासों में पानी भरते हुए कहा।

मेजर मेकडानल्ड को यह अच्छा नहीं लगा। वह स्तब्ध बैठा रहा। पादरी जानसन ने बात का रंग बदलते हुए कहा, 'क्या बर्मा में हमारी स्थिति बहुत नाजुक है मेजर?'

'बहुत, हमारी सेना को वहां बहुत कठिनाई का सामना करना पड़ रहा है। वहां की नम आबोहवा और मलेरिया का सामना करना हमारे लिए कठिन पड़ रहा है। हम दो महीने से रंगून पर कब्जा किए बैठे हैं, परंतु अब वर्षा में वहां हमारी फ़ौज एक प्रकार से कैद हो गई है। हम चारों ओर से पानी से घिर गए हैं। इधर बर्मा का बहादुर सेनापति बुंदेला बंगाल पर आक्रमण की तैयारी कर रहा है।'

'क्या बर्मा की लड़ाई हमारे लिए बहुत आवश्यक थी?'

'आवश्यक नहीं, अनिवार्य थी फादर। इस समय ऊपर से तो हमारा शासन और दबदबा बहुत शानदार दीख रहा है। रामेश्वर से दिल्ली तक सभी मुख्य केन्द्रों में अंग्रेज़ी सेना की छावनियां छाई हुई हैं और ऐसा मालूम होता है कि अब ब्रिटिश हुकूमत को हिलाना आसान नहीं है। बहुत-सी बड़ी-बड़ी रियासतें हमारे साथ सबसीडियरी संधि में बंधी हैं। शेष ने अधीनता स्वीकार कर ली है। राजपूताना के सिर पर हमारा पैर जमा रहे इसलिए अजमेर को अलग प्रांत बनाकर उस पर हमारा सीधा शासन हो रहा है। लार्ड हेस्टिंग्ज़ बड़े भाग्यशाली थे। उन्हें चार ऐसे-ऐसे सहायक मिल गए थे, जिनमें से प्रत्येक सफल शासक होने की योग्यता रखता था। मोंट स्टुअर्ट एलफिस्टन सफल शासक होने के अतिरिक्त इतिहास-लेखक भी हैं। सर चार्ल्स मेटकाफ ने दिल्ली की हुकूमत पर गहरा पदचिह्न छोड़ा है। सर जान मालकम और सर टामस मनरो जैसे शासकों की सहायता के बिना लार्ड हेस्टिंग्ज़ बंगाल और मद्रास की गुत्थी नहीं सुलझा सकते थे। अब बज़ाहिर शान्ति की चोटी पर हमारा झंडा अवश्य फहरा रहा है परंतु भीतरी दृश्य नाजुक है।'

'क्या बहुत नाजुक मेजर?'

'उसे नाजुक ही कहा जा सकता है, फादर। भारत में हमारी संख्या अब भी बहुत कम है। इस कमी को हम अभी तक उस मित्र-भावना से पूरा कर सकते थे, जिसे हम न्याय, बुद्धि और नर्म व्यवहार से प्राप्त करते। वह मित्र-भावना हमें आक्रमणों से बचा सकती थी। परंतु इस समय वह मित्र-भावना हमें कहीं भी दिखाई नहीं पड़ रही है। हमारे चारों ओर नोकझोंक चल रही है।'

तरुण राममोहनराय थोड़े उत्तेजित होकर बोले, 'निस्संदेह यह एक महत्त्वपूर्ण सच्चाई आप प्रकट कर रहे हैं मेजर। अंग्रेज़ों को जब-तब युद्धों में जो छोटी-छोटी सफलताएँ प्राप्त हुई हैं, उन्होंने राजा लोगों के हृदय में उनके प्रति शत्रुता के भाव उत्पन्न कर दिए हैं।

'यही बात है राय महाशय, हमने अपने आस-पास की रियासतों से व्यर्थ की छेड़छाड़ करके जो विरोध और षड्यंत्र का वातावरण पैदा कर लिया है, केवल हमारी शक्ति की डाह से उससे आधा भी पैदा न हो पाता। और अब इस बात की शंका के यथेष्ट कारण हैं कि जब कभी हम किसी शत्रु से उलझे होंगे, जिसको दबाने के लिए हमें अपनी अधिकतर सेनाएं काम में लानी पड़ें तो ये सब रियासतें एक होकर हमारे विरोध में खड़ी हो सकती हैं।'

'यह तो आनेवाले तूफ़ान का एक भयंकर चित्र तुमने खींच दिया मेजर,' पादरी जानसन ने माथे पर बल डालते हुए कहा, 'ईसूमसीह कृपा करें और भारत अनंत काल तक उसकी छत्रछाया में रहे।'

मेजर ने अपने वक्तव्य को जारी रखते हुए कहा, 'अब हमें सबसे प्रथम बंगाल की सीमा को सुदृढ़ बनाना है। बर्मा के राजा अलोम्प्ता के उत्तराधिकारियों ने मणिपुर और आसाम पर कब्जा कर लिया था। इससे बर्मा की सीमा बंगाल की सीमा से मिल गई थी। परंतु हम कैसे आसाम और मणिपुर को दूसरों के हाथों में देख सकते हैं। परंतु वे यहीं तक संतुष्ट नहीं रहे। वे चटगांव, ढाका, मुर्शिदाबाद और कासिम बाज़ार को भी हमसे मांगने लगे।

राममोहनराय ने ज़रा टेढ़ी नज़र से मेजर की ओर देखकर कहा, 'लेकिन इसका कारण तो यही प्रतीत होता है कि बर्मा के सब भगोड़े बंगाल के इन्हीं इलाकों में अधिक हैं। वे समय-समय पर बर्मा में घुसकर छापे मारते हैं और इधर आ छिपते हैं। बर्मा के ये शत्रु भारत की सीमा में सुरक्षित हैं।'

'तो हम क्या करें? शरणागतों को कैसे हम शत्रु के सुपुर्द कर दें। हमें निरुपाय हो बर्मा से युद्ध-घोषणा कर देनी पड़ी और अब वहां हमारी सेना घोर संकट में पड़ गई है। उसे तत्काल ही सहायता की आवश्यकता है।'

'इसी से शायद आप लोगों ने बैरकपुर में वह भयानक कांड कर डाला?'

राममोहनराय ने तनिक दृढ़ स्वर में कहा।

'वह खतरनाक सिपाही विद्रोही था राय महाशय, और उसे दबाना हमारा कर्तव्य था।'

'परंतु मेजर, उसे 'कत्लेआम' भी आसानी से कहा जा सकता है।'

'आप कैसे यह कहने की जुर्रत करते हैं मिस्टर राय?' मेजर ने क्रोध से लाल होकर कहा।

परंतु राममोहनराय ने सहज स्वर में कहा, 'आप ही कैसे उसे सिपाही विद्रोह कह रहे हैं?'

'स्पष्ट है कि सिपाहियों ने अपने अफ़सरों की आज्ञा मानने से इनकार कर दिया था।'

'मेजर, आप अच्छी तरह जानते हैं कि इस रेजीमेंट में ऊंचे दर्जे के हिन्दू थे। अभी तक देश में सुधार की कोई चर्चा ही नहीं है। कुलीन लोग अधिकतर रूढ़िवादी हैं। अधिकतर कुलीन हिन्दू यह विश्वास करते हैं कि समुद्र-यात्रा करने से उनका धर्म भ्रष्ट हो जाएगा। रंगून जाने के लिए उन्हें जहाज़ पर चढ़ना पड़ता। जब सिपाहियों को नौकर रखा गया था, तब यह बात स्पष्ट नहीं की गई थी कि उन्हें समुद्र-यात्रा भी करनी पड़ेगी। इसके अतिरिक्त उनकी भी शिकायतें हैं। उनकी तनख्वाह बहुत कम है। उन्हें चार से साढ़े छह रुपये माहवार में गुजारा करना पड़ता है, क्या आप समझते हैं कि एक आदमी की जान की कीमत चार रुपये काफ़ी है? फिर उनकी वर्दी, बुगचे बहुत खराब हो गये थे। उन्हें जब एक जगह से दूसरी जगह जाना पड़ता है, उन्हें खच्चर और घोड़ों का बंदोबस्त खुद करना पड़ता है। सेना के अफ़सर उन्हें कोई मदद नहीं देते।

'लेकिन उन्होंने बर्मा जाने से कतई इनकार कर दिया था। यह भयंकर, सैनिक अपराध है, राय महाशय।'

इनकार उन्होंने नहीं किया, उन्होंने विनीत प्रार्थनापत्र अपने उच्च अफ़सर की सेवा में भेजा था कि यदि उन्हें बर्मा भेजा ही जा रहा है तो उन्हें अलग भत्ता दिया जाए, जैसे बैलगाड़ीवालों तथा सफरमैना के दूसरे कर्मचारियों को दिया जाता है।'

'तीस अक्तूबर को जब इस रेजीमेंट को परेड पर आने का हुक्म दिया गया तो वे अपने बगचे साथ नहीं लाए, यह उनका अक्षम्य अपराध था और इसकी रिपोर्ट बाकायदा कमांडर-इन-चीफ़ सर गाडवर्ड पैजेट को भेज दी गई और उनसे आदेश मांगा गया।'

'वे बुगचे कैसे ला सकते थे। बे बोसीदा हो गए थे। बाहर ले जाने के योग्य न थे। यह कोई ऐसा गम्भीर आरोप न था। आप अच्छी तरह जानते हैं मेजर कि उन गरीब सिपाहियों के साथ इतनी-सी बात पर क्या सुलूक किया गया?'

'ज़रूर जानता हूँ। वह रेजीमेंट मेरी ही थी और मामले की रिपोर्ट कमांडर-इन-चीफ़ को दी जानी आवश्यक थी। उनके साथ वही सुलूक किया गया जो उचित था।'

'यानी जब वे परेड में आए तो उन्हें दो गोरा रेजीमेंट, एक तोपखाने की कोर और गवर्नर-जनरल के अंगरक्षक घुड़सवारों की ट्रैप ने घेर लिया।'

'बेशक, और उन्हें हुक्म दिया गया कि या तो सीधी तरह बर्मा चलो या हथियार रख दो।'

'और जब उन गरीबों ने अपने आवेदनपत्र की बात कही तो एकदम तोपों के मुंह खोल दिए गए। उन बेचारे बेगुनाह सिपाहियों पर गोलों की बौछार होने लगी, बहुत से वहीं मर गए, बहुत से नदी की ओर भागे; उनमें बहुत से डूबकर मर गए। यह उन लोगों को आपने इनाम दिया, जो केवल चार रुपये माहवार पर आपके लिए जान देने को तैयार थे।'

'जी हां, और अब वह रेजीमेंट तोड़ दी गई है। और जो लोग बचकर भाग गए हैं, उनका कोर्ट मार्शल किया जाएगा।'

'यानी उन्हें ढूंढ-ढूंढ़कर फांसी के तख्ते पर चढ़ा दिया जाएगा। मेजर, आप किस तरह इस तरह की कार्यवाही को उचित कह सकते हैं?'

'राय महाशय, आप कदाचित् दायित्व के सम्बन्ध में नहीं सोचते। जब दायित्व का प्रश्न आता है तो छोटे-छोटे व्यक्तिगत प्रश्नों से ऊपर हमें सोचना पड़ता है।'

'आप मुझे क्षमा करें मेजर, मैं यह कहना चाहता हूँ कि आपको कुछ और बातें भी सोचनी चाहिए।'

'कौन-सी और बातें?'

'कि इन बेचारे सिपाहियों के भी कुछ विचार हो सकते हैं और उन्हें चार रुपये माहवार से अधिक तलब मांगने का अधिकार है। इसके अतिरिक्त उनसे मिलकर उन्हें समझा-बुझाकर शान्त करने की भी आवश्यकता थी। पर अफ़सोस है, सर पैजेट ने ऐसा नहीं किया। वे शायद यह समझते हैं कि अंग्रेज़ हुकूमत करने के लिए और हिन्दुस्तानी हुक्म मानने के लिए ही पैदा हुए हैं।'

'एक हद तक यह बात सच भी है मिस्टर राय।'

'अफ़सोस है कि आप ऐसा समझते हैं। आपको याद रखना चाहिए कि आपने इन्हीं हिन्दुस्तानी सिपाहियों की बदौलत हिन्दुस्तान को जीता है। राशन कम होने पर उन्होंने मांड पीकर दिन काटे और भात अंग्रेज़ सिपाहियों को दिया। आप जानते हैं कि ये सिपाही शराब नहीं पीते, उनसे काम लेना बहुत आसान है। इतने कम वेतन पर आपको कहीं भी ऐसे अच्छे सिपाही नहीं मिल सकते।

'लेकिन उन्होंने विद्रोह किया था।'

'ऐसा आपका कहना सरासर अन्याय है, क्योंकि मुझे ज्ञात हुआ है कि उनको कत्ल करने के बाद जब उनकी बंदूकें देखी गईं तो वे खाली थीं। उनका विद्रोह करने का कतई इरादा न था।'

'हम उन्हें तनख्वाह देते हैं। हमारे प्रति नमकहलाल होना उनका कर्त्तव्य है। फिर, सेना में डिसिप्लिन का मूल्य बहुत है।'

'चार रुपये माहवार कोई तनख्वाह नहीं है मेजर। और नमकहलाली की बात महज़ हिमाकत है। एक दिन वे यह बात समझ लेंगे और तब शायद आप उन्हें इस तरह आसानी से गोलियों और गोलों से न भून सकेंगे?'

राममोहनराय बहुत उत्तेजित हो गए थे। उनके इस वक्तव्य से मेजर मेकडानल्ड क्रोध से लाल हो गया। वह एकदम उठ खड़ा हुआ। उसने कहा, 'आप मेरा अपमान कर रहे हैं मिस्टर राय, आप माफ़ी मांगिए।'

'मैंने एक सच बात कही है मेजर, और अब मैं जाता हूँ।'

वे उठकर चल दिए। पादरी ने मेजर का हाथ पकड़कर कहा, 'बैठो बेटे, बात उसने सच ही कही है।'

'आप भी ऐसा ही समझते हैं फादर?'

'मेजर, क्या तुमने अभी कुछ देर पूर्व नहीं कहा था कि उस तरह की सख्तियाँ किस कदर खतरनाक नतीजे ला सकती हैं? क्या इस तरह हिन्दुस्तान के एक-एक आदमी के दिल में अपने लिए घृणा के भाव पैदा करना हमारे लिए अच्छा होगा?'

मेजर बैठकर चुरुट सुलगाने लगा। इसी बीच शुभदा चुपचाप वहां से उठकर चली गई। उसका मुंह भरे हुए बादलों के समान गम्भीर हो रहा था।

16

शुभदा जो इस प्रकार उठकर चली गई तो मेजर मेकडानल्ड स्थिर नहीं रह सका। वह उठकर उसके पीछे-पीछे चला गया।

दूसरे कमरे में जाकर उसने कोमल स्वर में कहा, 'क्या तुम्हें बुरा लगा शुभदा?'

'बुरा क्यों न लगेगा भला! क्या तुम्हारी बातचीत से यह प्रकट नहीं होता कि तुम हम भारतीयों को तुच्छ समझते हो और हमसे घृणा करते हो!'

'तुम जानती हो शुभदा, मैं तुम्हें प्यार करता हूँ।'

'अजीब बात है, तुम प्यार की बातें भी करते हो। कहीं घृणा और प्यार भी एकसाथ हो सकते हैं?'

'किंतु शुभदा, भारतीय कितने पतित होते हैं। इसका एक जीता-जागता उदाहरण तो वह भयानक व्यवहार है जो उन्होंने तुम जैसी स्त्री के साथ किया। क्या तुम्हारे साथ कुछ कम अत्याचार हुआ?'

'अत्याचार ही क्या जातीय श्रेष्ठता का मापदंड है। अंग्रेज़ यूरोप में और यहां भी क्या कम अत्याचार करते हैं? भारतीय तो रूढ़ि के बंधन में बंधे हैं। परंतु आप लोग तो नयी दुनिया के आदमी हैं। आप तो अपने स्वार्थों के लिए क्रूर अत्याचार करते हैं जो रूढ़िवादियों की अपेक्षा कहीं अधिक खराब है। क्या मैं नहीं देखती कि अंग्रेज़ कितने निर्मम, क्रूर और संगदिल हैं?'

'परंतु हम जातीयता के नाम पर जूझ मरनेवाले आदमी हैं, शुभदा।'

'बस, तो यही समझ लो कि हिन्दू जाति के दोष और गुण मुझे ज्ञात हैं। दोष उसमें ऊपर से लादे हुए हैं, और गुण उसकी परम्परा के संस्कारों से हैं।'

'परंतु वह तरुण बंगाली तो सीधा वार करता है।'

‘इसलिए कि वह सच्चा है। उसे अपनी जातीय हीनता का ज्ञान है और उसे वह सहन नहीं कर सकता। वह उन दोषों को दूर करने पर तुला हुआ है।’

‘ओह, तुम तो उसकी ज़रूरत से ज़्यादा तारीफ़ कर रही हो!’

‘मैं समझती हूँ कि उसकी पूरी योग्यता मुझ पर प्रकट नहीं है। उसकी बातें मैंने सुनी हैं। वह एक अवतारी पुरुष है।’

‘खैर, मैं देखता हूँ कि तुम क्रिश्चियन-सोहबत में रहने और अंग्रेज़ी की उच्च शिक्षा पाने पर भी अंतत: हिन्दू ही हो।’

‘हिन्दू ही क्यों, हिन्दुस्तानी भी हूँ। और यह बात मैंने जितनी अब अंग्रेज़ों के संसर्ग में आकर सीखी है, उतनी हिन्दू संस्कारों में नहीं सीखी।

‘तब तो तुम्हें अंग्रेज़ों का कृतज्ञ होना चाहिए।’

‘कृतज्ञ तो मैं हूँ ही, खासकर तुम्हारे प्रति। तुमने एक वीर पुरुष की भाँति मेरे जीवन की रक्षा ही नहीं की, मेरे जीवन को आलोक से भर दिया। अब मैं अपने जीवन को भली-भाँति देख और समझ सकती हूँ।’

‘लेकिन तुम तो मुझी से नाराज़ हो।’

‘और किससे नाराज़ होऊं भला? तुम्हारा कोई दोष मैं सहन नहीं कर सकती। तुम मुझे प्यार करने की बात कहते हो, प्यार मैं भी तुम्हें करती हूँ, शायद तुमसे अधिक। लेकिन इतना अवश्य है कि तुम्हें मैं वैसा ही देव-पुरुष देखना चाहती हूँ, जैसे तुम मेरी प्राण रक्षा के समय थे।’

‘परंतु शुभदा, कुछ कर्त्तव्य के भार सिर पर आ जाते हैं।’

‘क्या वे ऐसे भी हो सकते हैं जो मनुष्य को नीचे गिरा देते हैं?’

‘यह तो मैं नहीं कह सकता।’

‘तो तुम्हें सोचना होगा। ऐसा कोई काम कर्त्तव्य हो ही नहीं सकता, जो मनुष्य की आत्मा की पुकार से परे हो।’

‘मसलन नौकरी, नौकरी में तो स्वामी का आज्ञा-पालन ही कर्त्तव्य होता है।’

‘यह कर्त्तव्य-पालन की तुम्हारी अंग्रेज़ी व्याख्या मैं नहीं स्वीकार करती। मैं तो उसी काम को कर्त्तव्य समझती हूँ, जो न्यायोचित और मानवोचित हो।’

‘ओह शुभदा, तुम सेना में भरती होने योग्य नहीं हो।’

‘ईश्वर का धन्यवाद है कि मैं उसकी उम्मीदवार नहीं हूँ।’

‘खैर, तो तुम चाहती हो कि मैं बर्मा न जाऊं?’

‘ज़रूर जाओ। जाना तुम्हारा कर्त्तव्य है, और वहां जाकर न्यायोचित और मानवोचित कार्य करना भी तुम्हारा कर्तव्य है।’

‘खैर, मैं तुम्हें धन्यवाद देता हूँ शुभदादेवी। तुम्हारी बातें मैंने धरोहर के रूप में अपने हृदय में धारण कर ली हैं, किंतु अब मैं तुमसे कुछ निवेदन करूं?’

‘कहो।’

‘आगामी वसंत में मैंने छुट्टी ली है। मैं चाहता हूँ कि इस बार बर्मा फ्रण्ट से लौट आते ही हमारा विवाह हो जाए, और फिर हम लोग इंग्लैंड चलें।’

‘मैं इस सम्बन्ध में कुछ नहीं कहना चाहती। तुम जैसा ठीक समझो, करो। मैंने तो अपने-आपको तुम्हें समर्पित कर दिया। अब और मैं क्या कहूँ!’

‘तुम्हारी यह बात कितनी प्यारी है शुभदा, मैं कैसे कहूँ! किसी अंग्रेज़ रमणी के मुंह से मैं ऐसे शब्द नहीं सुन सकता।’

‘तुम्हें शायद ये शब्द नये और अनोखे-से प्रतीत होंगे। पर यह तो हमारा, हम हिन्दू स्त्रियों का कुलाचार है। क्रिश्चियन संसार में पलने पर भी मैं यही नहीं त्याग सकती। हम भारतीय स्त्रियां कर्त्तव्य-पथ पर चुपचाप चलती रहती हैं, कभी थकती नहीं। अधिकारों की लड़ाई हमें सिखाई जाती ही नहीं, जैसा कि मैं यूरोपियन स्त्रियों में देखती हूँ।’

‘मैं समझता हूँ, इससे स्त्री पुरुष के अधिक निकट आती है।’

‘निकट क्या, उनमें अभिन्नता उत्पन्न हो जाती है और वे दोनों एक हो जाते हैं। किंतु तभी जब पुरुष भी स्त्री के प्रति केवल कर्त्तव्य ही का पालन करे, अधिकारों का गर्व और स्वत्व त्याग दे।’

‘ओह, मेरी प्यारी शुभदा, तुमने ये सब बातें कहां सीखी हैं?’

‘सीखी नहीं हैं, ये बातें हमारे रक्त में घुली-मिली हैं। हमारा स्वभाव बन गई हैं।’

‘तो मैं तुमसे सीखूंगा, और कोशिश करूँगा कि तुम्हारा योग्य पति बनूं।’

‘खैर, अभी तो तुम योग्य मेजर, एक सेना का योग्य अफ़सर अपने को प्रमाणित करो। कर्त्तव्य को ठीक समझो, और उसी की राह पर चलो।’

‘मैं तुम्हें शिकायत का मौका न दूंगा शुभदा। तो यह तय रहा कि इसी वसंत में हमारा ब्याह हो और हम इंग्लैंड चलें। हनीमून हम जहाज़ पर मनाएं।’

‘जैसा तुम ठीक समझो।’

‘तो मैं फादर से यह बात कह दूं?’

‘कह दो।’

'तुम मुझसे और कुछ कहना चाहती हो?'

'हां, तुम अपनी तंदुरुस्ती का ध्यान रखना।'

'और, तुम मुझे हर दूसरे दिन पत्र लिखना।'

'मैं लिखूंगी।'

'मैं तुम्हारी आज्ञा का पालन करूँगा।'

मेजर मेकडानल्ड ने शुभदा का हाथ अपने हाथों में लेकर दबाया और कहा, 'विदा, मेरी प्यारी शुभदा।'

'विदा, तुम्हारी यात्रा शुभ हो।'

वह भीतर चली गई। मेजर बाहर आ पादरी से आवश्यक बातें करने लगा।

17

सर हाइड ईस्ट उन दिनों कलकत्ता की सुप्रीम कोर्ट के चीफ़ जस्टिस थे। बड़े सहृदय और उदार व्यक्ति थे। भारत के प्रति इन्हें सहानुभूति थी। राममोहनराय के वे अनन्य मित्र थे। इस समय अंग्रेज़ी सरकार ने राममोहनराय को राजा की उपाधि दी थी। उसी के उपलक्ष्य में उन्होंने एक छोटे से प्रीतिभोज का आयोजन अपने घर पर किया था। उसमें कलकत्ता के कुछ सम्भ्रांत पुरुषों को आमंत्रित किया गया था। आमंत्रित व्यक्तियों में एक डेविड हेयर भी थे। वे कलकत्ता में घड़ियों का व्यापार करते थे और राममोहनराय के घनिष्ठ मित्र थे। दूसरे थे, पंडित शिवप्रसाद शर्मा, जो राममोहनराय के पत्र ब्राह्म क्रॉनिकल के सम्पादक थे। तीसरे थे, राजा द्वारिकानाथ ठाकुर। चौथे थे, प्रसन्नकुमार ठाकुर। पांचवें थे, देवेंद्रकुमार ठाकुर। ये सब राममोहनराय के समर्थक, साथी और सहायक थे। इनके अतिरिक्त कुछ और भी धनीमानी कलकत्ता के प्रतिष्ठित पुरुष थे। समारोह में राममोहनराय की, उनके सुधार-सम्बन्धी कार्यों की भूरि-भूरि प्रशंसा की गई और उन्हें राजा होने के उपलक्ष्य में बधाइयां दी गईं। इसके बाद कुछ आवश्यक बातें प्रारम्भ हुईं। राजा राममोहनराय ने सबको धन्यवाद देते हुए कहा, 'आप सब यदि सचमुच ही मेरे प्रति इतना प्रेम और सम्मान-भाव रखते हैं जो इस समय आपने प्रकट किया है, तो मैं प्रस्ताव करता हूँ कि आप कलकत्ता में एक 'हिन्दू महाविद्यालय' की स्थापना करें, जिसमें हिन्दू युवकों को आधुनिक शिक्षा दी जाए। हमारे देश में शिक्षा-प्रचार की व्यवस्था पहले ही से है। देश-भर में फारसी के मदरसे खुले हुए हैं। धनी-मानी लोग घरों में मौलवी रखकर बच्चों को फारसी पढ़ाते हैं। फिर देश में संस्कृत पाठशालाएं भी हैं। परंतु देश में प्राय: ऐसा प्रचलन है कि इन प्राथमिक पाठशालाओं में पढ़कर युवक व्यावहारिक कामों में लग जाते हैं। कुछ उच्च विद्यालय भी हैं जिनमें न्याय, वेदांत, आयुर्वेद, साहित्य और दर्शन पढ़ाए जाते हैं। परंतु भारत की यह शिक्षा प्रणाली जीर्ण-शीर्ण, गतानुगतिक और निष्प्राण है। जो पुरानी बातें लिखी हुई हैं, उन्हें लोग पढ़ाते

जा रहे हैं। नयी बातें सोचने अथवा नये ज्ञान को संगठित करने की ओर किसी का ध्यान नहीं है। कम्पनी राज्य की जनता को शिक्षित करने का दायित्व उठाना नहीं चाहती, न जनता ही इस विषय में जागरूक है। फिर भी अंग्रेज़ों के भारत में आ जाने से अंग्रेज़ी भाषा का विकास हुआ है और इस काम में सहायक कम्पनी के कर्मचारी हैं, या ईसाई धर्म-प्रचारक। कम्पनी के कर्मचारी तो भारतीयों को इसलिए अंग्रेज़ी सिखाना चाहते हैं कि उनके काम में आसानी हो और ईसाई धर्म-प्रचारक इसलिए कि अंग्रेज़ी पढ़े-लिखे व्यक्ति को आसानी से ख्रिस्तान बनाया जा सकता है। इसके अतिरिक्त भारतीय अमीर यह समझते हैं कि अंग्रेज़ी पढ़े-लिखे बाबुओं का अंग्रेज़ अधिक सम्मान करते हैं।'

इस पर प्रसन्नकुमार ठाकुर ने कहा, 'परंतु कम्पनी का शासन इस प्रवृत्ति को प्रोत्साहन देना नहीं चाहता। इसका कारण मैं तो यह समझता हूँ कि अंग्रेज़ भारत में अपने राज्य की जड़ जमाना चाहते हैं, अपने देश की सभ्यता फैलाना नहीं।'

'आप ठीक कहते हैं, ठाकुर महोदय। वे अभी तक यह समझ रहे हैं कि हिन्दू और मुसलमान प्रजा पर राज्य उन्हीं के कानून के अनुसार चलाया जाना चाहिए।' राजा राममोहनराय ने अपना वक्तव्य जारी रखते हुए कहा, 'सबसे पहला कदम कम्पनी सरकार ने शिक्षा के सम्बन्ध में वारेन हेस्टिंग्ज़ के समय में उठाया, जबकि मौलवी मजीउद्दीन की नियुक्ति में कलकत्ता में एक मदरसा खोला गया था। इसमें चालीस मुस्लिम छात्र धार्मिक शिक्षा पाते थे। यह सन् 1781 की बात है। इसके दस बरस बाद बनारस के रेजीडेंट जानथम डेकन के अनुरोध से लार्ड कार्नवालिस ने बनारस में हिन्दुओं के लिए भी एक संस्कृत कॉलेज की स्थापना की थी। परंतु भारतीयों को अंग्रेज़ी शिक्षा देने की सलाह पहले-पहले सर चार्ल्स ग्रांट ने बोर्ड ऑफ़ डायरेक्टर को दी थी। परंतु उस समय इस पर विचार नहीं किया गया। इधर सिरामपुर मिशन के धर्म-प्रचारक अंग्रेज़ी शिक्षा के पक्ष में रहे हैं।'

इस पर राजा द्वारिकानाथ ठाकुर ने कहा, 'इसका तो हाथो-हाथ उन्हें लाभ मिल रहा है। महामेधावी गणितज्ञ रामचंद्र ख्रिस्तान हो गए, सुप्रसिद्ध कवयित्री तोरु दत्त ख्रिस्तान हो गईं। उनके पिता गोविन्दचन्द्र दत्त भी ख्रिस्तान हो गए थे। बंगाल में अंग्रेज़ी के जो प्रथम विद्वान कहे जाते हैं, वे साहबचंद्र बनर्जी भी ख्रिस्तान हो गए, माइकेल मधुसूदन के ख्रिस्तान होने की बात तो प्रसिद्ध ही है।'

प्रसन्नकुमार ठाकुर ने कहा, 'सिरामपुर के मिशनरी लोग अपना मौखिक उपदेश तो देते ही हैं, लिखित साहित्य भी हिन्दुओं में बिखेर रहे हैं। इसी से वे चाहते हैं कि सर्वसाधारण में शिक्षा का प्रचार हो, इसी से उन्होंने मिशनरी स्कूल खोले हैं, क्योंकि कम्पनी राज्य में धर्म-विश्वास पर सीधा हस्तक्षेप नहीं किया जा सकता, पर स्कूलों में उन्हें बीसियों प्रकार से प्रभावित किया जा सकता है। इसी से सिरामपुर के मिशनरियों ने केवल छापाखाना ही नहीं खोला है, कागज़ का कारखाना भी खोला है, और उन्होंने बाइबिल का अनुवाद भारत की छब्बीस भाषाओं में प्रकाशित

किया है। इन अनुवादों का उपयोग तभी हो सकता है, जब देश-भाषाओं के स्कूल खुलें और खास ढंग की पुस्तकें तैयार की जाएं।'

'बेशक, तो मैं यह कह रहा था कि कलकत्ता के मदरसे और बनारस के संस्कृत कॉलेज के बाद बहुत दिन तक कम्पनी-सरकार ने कोई कदम शिक्षा के सम्बन्ध में नहीं उठाया। सन् 1801 में फोर्ट विलियम कॉलेज की स्थापना अवश्य हुई, पर वह कम्पनी के नये अफ़सरों को देश-भाषा सिखाने के लिए। इस प्रकार आम प्रजा की शिक्षा केवल मिशनरियों ही के हाथों में अभी तक बनी है, अब मिशनरियों ने कलकत्ता में बिशप कॉलेज खोला है। इसका भी उद्देश्य मिशनरियों का प्रसार करना है। आवश्यकता इस बात की है कि जनता में अंग्रेज़ी शिक्षा का विस्तार हो और उसके साथ ही साथ उन्हें हिन्दी, फारसी तथा दूसरे आवश्यक विषय भूगोल, गणित, इतिहास आदि पढ़ाए जाएं। इसलिए धर्म-निरपेक्ष शिक्षा-संस्थाओं की स्थापना की जाए। खेद है कि कम्पनी सरकार इस मामले में उदासीन है। परंतु हम उदासीन रहना नहीं चाहते। हम अगला कदम स्वयं उठाना चाहते हैं। मैं प्रस्ताव करता हूँ कि कलकत्ता में एक हिन्दू महाविद्यालय की स्थापना की जाए।'

देवेंद्रनाथ ने कहा, 'इस शुभ काम के लिए मैं दस हज़ार रुपये समर्पित करता हूँ।' प्रसन्नकुमार ठाकुर ने कहा, 'दो हज़ार रुपये मैं भी देता हूँ।' राजा द्वारिकानाथ ठाकुर ने कहा, 'दस हज़ार रुपये मैं देता हूँ।' राधाकांतदेव ने कहा, 'दस हज़ार रुपये मैं भी देने को तैयार हूँ, परंतु मैं राय महाशय का सहयोग नहीं कर सकता।'

देवेंद्रनाथ ठाकुर ने कहा, 'राय महाशय के विरुद्ध आपको क्या आपत्ति है?'

'आपत्ति बहुत है। वे मुसलमानों और अंग्रेजों के साथ खान-पान करते हैं। वे नैष्ठिक ब्राह्मण हैं, परंतु उन्होंने ब्राह्म-समाज की स्थापना कर सब नीच-ऊंच को एक कर दिया। वे हिन्दू समाज को भ्रष्ट कर रहे हैं। मूर्तिपूजा के विरोधी हैं।' इस पर डेविड हेयर ने कहा, 'महाशय, यह तो बड़ी विचित्र बात है। राय महाशय यदि अंग्रेज़ों तथा मुसलमानों के साथ खान-पान करते हैं और उन्होंने जो ब्राह्म-समाज की स्थापना की है, इससे तो उनकी उदारता ही प्रकट होती है। क्या आप अब भी बंगाल में पुरानी रूढ़ि को प्रचलित करना पसंद करते हैं?'

'मैं तो यही चाहता हूँ कि हिन्दू महाविद्यालय खोला जाए, उसमें ब्राह्म-समाज की शिक्षा नहीं, हिन्दू सिद्धांतों की ही शिक्षा दी जाए। तभी मैं और मेरे दूसरे मित्र इसमें सम्मिलित हैं, नहीं तो नहीं। राजा राममोहनराय ने शान्त स्वर में कहा, 'इस विद्यालय की स्थापना का उद्देश्य हिन्दू तरुणों के हृदयों में नये ज्ञान का दीप जलाना है। अत: उसमें सभी उदारचेता महानुभावों को सम्मिलित होना आवश्यक है। मेरे मित्र राधाकांतदेव को इस शुभ कार्य में योग देने में केवल यही आपत्ति है कि मैं उसमें न रहूँ, तो मैं सहर्ष अपने-आपको इससे पृथक् कर लेता हूँ। आप सब लोग मिलकर यह शुभ कार्य करें। इस कार्य में दस हज़ार रुपये मैं भी आपको अर्पित करता हूँ। ये पचास हज़ार रुपये जो आपने इस समय एकत्र किए हैं, आपके इस शुभ कार्य को आरम्भ करने को यथेष्ट हैं।

आपको यह भी ज्ञात हो कि सन्' 13 में कम्पनी सरकार ने एक लाख रुपया प्रतिवर्ष शिक्षा के काम में खर्च करना तय किया था, परंतु इस अनुदान की रकम कलकत्ता बुक सोसाइटी और कलकत्ता स्कूल सोसाइटी को दे दी जाती रही है। सरकार ने एक कॉलेज कलकत्ता में और एक दिल्ली में स्थापित किया है, जहां भारत की तीन भाषाएँ संस्कृत, अरबी और फारसी पढ़ाई जाती हैं; पर मेरी यह दृढ़ धारणा है कि जब तक अंग्रेज़ी की शिक्षा इन केन्द्रों में नहीं दी जाएगी, कुछ लाभ नहीं होगा। मैंने एक पत्र लार्ड हमहर्स्ट को भी लिखा था कि इंग्लैंड के लोग नहीं चाहते कि भारत में ज्ञान का प्रचार बढ़े। अन्यथा वे अंग्रेज़ी के बदले भारतीय भाषाओं का पृष्ठ-पोषण क्यों करते। परंतु मैं निश्चित रूप से कह सकता हूँ कि भारत की भलाई इसी में है कि उन्हें विज्ञान, शिक्षा, इतिहास, राजनीति और पाश्चात्य शास्त्रों की शिक्षा अंग्रेज़ी भाषा के साथ दी जाए।'

सर हाइड ईस्ट अब तक चुपचाप बैठे सबके वक्तव्य सुन रहे थे। अब उन्होंने उठकर कहा, 'सज्जनो, इस समय आपने जिस शुभ अनुष्ठान का सूत्रपात किया है, उसके लिए मैं आपका अभिनंदन करता हूँ। परंतु मेरा सबसे अधिक अभिनंदन राजा राममोहनराय के लिए है, जिन्होंने राधाकांतदेव और उनके समर्थकों के विरोध से दूरदर्शितापूर्वक अपना नाम उस काम से वापस ले लिया, जो उनका अपना था। राजा राममोहनराय अरबी और फारसी के प्रौढ़ विद्वान हैं, तथा अंग्रेज़ी के भी पंडित हैं। परंतु उनकी सारी श्रेष्ठता उस लगन से सम्बन्धित है जो उनमें भारत की जनता की भलाई और उन्नति के सम्बन्ध में है। श्री राधाकांतदेव मुझे क्षमा करें, यदि मैं यह कहूँ कि वे इस समय भारत के एक देदीप्यमान नक्षत्र हैं तथा भारतीयों और अंग्रेज़ों के बीच मित्रता के सूत्र गूंथनेवाले एकमात्र पुरुष हैं। शिक्षा के सम्बन्ध में इतना आपको बताना चाहता हूँ कि इसका जो प्रयास इस समय बंगाल में हो रहा है, उतना भारत के दूसरे प्रान्तों में नहीं। मद्रास में टूटी-फूटी अंग्रेज़ी का ज्ञान बहुत से लोगों को स्वयं आप ही आप हो गया है, क्योंकि वहां अंग्रेज़ी कितने ही भारतवासियों के बीच स्थानीय बोली के रूप में चलने लगी है। बम्बई में अरबी, फारसी और संस्कृत का स्थान दृढ़ नहीं है। उधर के लोग देश-भाषा के पक्ष में हैं तथा देश-भाषाओं की शिक्षा के क्रम में अंग्रेज़ी आप से आप ही आ गई है। प्राच्य और पाश्चात्य का झगड़ा वास्तव में कलकत्ता ही में उठ खड़ा हुआ है। मेरे आदरणीय बन्धु राजा राममोहनराय सुगठित रूप में अंग्रेज़ी के प्रचार के लिए व्यग्र हैं, जबकि बंगाल में अभी बहुत प्राच्यवादी हैं। मैं तो समझता हूँ कि अब यहां शिक्षा के क्षेत्र में प्राच्यवादी और अंग्रेज़ी के समर्थकों का एक द्वंद्व आरम्भ हो रहा है। परंतु लार्ड विलियम बैंटिक पहले ही यह घोषणा कर चुके हैं कि भारत में शिक्षा का माध्यम अंग्रेज़ी होगा। यह बड़े ही महत्त्व की घोषणा है और इसका प्रभाव भारत की भावी पीढ़ी पर असाधारण पड़ेगा। आप जानते हैं कि भारत के प्रत्येक जिले में स्कूल खुलते जा रहे हैं और मैं आशा करता हूँ कि शीघ्र ही अंग्रेज़ी शिक्षा सहसा इतनी लोकप्रिय हो उठेगी कि सरकार को सरकारी तथा गैर-सरकारी स्कूली किताबों का प्रबंध करना कठिन हो जाएगा। एक शब्द में मैं यह कहना चाहता हूँ कि यह ज्ञान की अपूर्व जाग्रति का समय है। अब आपने जो इस समय यह कार्य आरम्भ किया है, मैं चाहता हूँ कि इसका भार आप हमारे उत्साही मित्र श्री डेविड हेयर के सुपुर्द कीजिए। मैं आशा करता हूँ, वे तन-मन से इस काम में लग जाएंगे।'

डेविड हेयर ने कहा, 'मैं तैयार हूँ।'

और हर्ष-ध्वनि के बीच उन्हें शिक्षालय का अधिष्ठाता चुन लिया गया और यह ऐतिहासिक गोष्ठी समाप्त हुई।

18

राधामोहन मजूमदार गांव छोड़ कलकत्ता में आ बसे। अपनी सब ज़मींदारी बेचकर उन्होंने कलकत्ता में एक आलीशान मकान बनवाया और जूट का कारोबार शुरू किया। यह काम अभी-अभी बंगाल में आरम्भ हुआ था और केवल कुछ अंग्रेज़ी कम्पनियां ही यह धंधा करती थीं। उन्होंने उनसे अपने सम्पर्क स्थापित किए और उनके सहयोग से थोड़े ही समय में उनका व्यवसाय चमक उठा और उन्हें काफ़ी आय होने लगी। तीन साल तक वे एक प्रकार से अज्ञात रूप में रहे। अपनी सारी शक्ति उन्होंने अपने कारोबार में केंद्रित कर दी। यों तो वे बड़े मिलनसार थे, परंतु इस समय उन्होंने मिलना-जुलना या किसी सामाजिक कार्य में आना-जाना कतई छोड़ दिया था। वे जाति-बहिष्कृत कर दिए गए थे-अकारण, केवल पाखंड के कारण। उनका एकमात्र पुत्र अकाल ही में काल-कवलित हुआ था। उनकी बालिका पुत्रवधू को सती होते-होते चिता से हरण कर लिया गया था। इन सब बातों से उनके मस्तिष्क पर गहरा आघात पहुंचा था। वे अपनी जाति के शीर्षस्थानीय थे। उनकी उदारता और सज्जनता अलौकिक थी। कभी किसी का उन्होंने कोई अनिष्ट नहीं किया था। फिर भी न जाने किस पाप की बदौलत उन्हें यह विडम्बना सहन करनी पड़ी थी! परंतु वे एक मेधावी और हिम्मतवाले व्यक्ति थे। उन्होंने अपनी सारी ही चेतना व्यापार में लगा दी और देखते-ही-देखते वे प्रतिष्ठित व्यापारी बन गए।

कलकत्ता में राजा राममोहनराय ने ब्राह्म-समाज की स्थापना की। इस समय राजा राममोहनराय फारसी में धार्मिक लेख लिखा करते थे तथा फारसी में एक अखबार मिरातुल निकालते थे। राधामोहन बड़े चाव से उन लेखों और अखबारों को पढ़ा करते थे। वे ब्राह्म-समाज में प्रविष्ट होने का दृढ़ निश्चय कर चुके थे। इसी समय राममोहनराय ने बंगदूत बंगाली में तथा बंगाल हेरल्ड अंग्रेज़ी में निकाला था। राधामोहन इन पत्रों को भी पढ़ते थे। एक दिन वे ब्राह्म-समाज के अधिवेशन में जाकर चुपचाप बैठ गए। उन्होंने देखा, दो तेलुगू ब्राह्मण पर्दे में बैठे हुए वेदपाठ कर रहे हैं। पर्दे के बाहर लिखा हुआ था, 'यहां अब्राह्मण का निषेध है।' वेदपाठ की समाप्ति पर उत्सवानंद ने उपनिषद्-पाठ किया और फिर रामचंद्र विद्यावागीश ने उसका बंगला में अर्थ समझाया। इसके बाद राजा राममोहनराय का उपदेश फारसी भाषा में हुआ। सभा की समाप्ति पर प्रार्थना-गान हुआ।

सब लोग उठ गए, केवल राजा राममोहनराय बैठे रह गए। ये एक प्रकार से मूक-मौन समाधिस्थ-से बैठे रहे। राधामोहन भी बैठे रहे। जब राजा साहब ने आंखें खोली तो राधामोहन ने उठकर प्रणाम किया और अपना नाम बताकर कहा, 'आपको समय हो तो मैं आपसे कुछ बातें करना चाहता हूँ।'

'अवश्य, आइए, बैठिए।'

'मुझे यह कहने की आप आज्ञा दीजिए कि आप उस महासेतु के समान हैं, जिस पर चढ़कर भारतवर्ष अपने अथाह अतीत से अज्ञात भविष्य में प्रवेश कर रहा है।'

'यह तो अधिक से भी अधिक है। मैं तो केवल यही जानता हूँ कि अंधविश्वास और विज्ञान के बीच जो दूरी है, प्राचीन जाति-प्रथा और नवीन मानवता के बीच में जो खाई है, बहुदेववाद और शुद्ध ईश्वरवाद के बीच जो भेद है, उन सबको दूर कर भारत को प्राचीन से नवीन की ओर ले जाने का प्रयत्न कर रहा हूँ। परंतु आप कृपा कर अपना थोड़ा और भी परिचय दीजिए।

राधामोहन ने अपनी सारी करुण दुर्भाग्य-कथा कह सुनाई। फिर कहा, 'मैं तीन साल से कलकत्ता में हूँ। और ये साल मैंने सब कुछ भूलकर ज़मींदार से व्यापारी बनने में व्यतीत किए हैं। इस प्रयास में मैंने अपनी मर्म-वेदना और आत्मग्लानि को भी छिपा लिया है। किंतु मैं जब गांव से चला था तभी मैंने ब्राह्म-समाज में प्रविष्ट होने का संकल्प कर लिया था, परंतु तब मन में विवशता थी और अब मैं मन से समाज में प्रविष्ट होना चाहता हूँ। गत छह माह से मैं आता रहा हूँ पर आपसे मिला नहीं।'

'मैंने आपको बहुधा देखा। परंतु अपनी ओर से टोकना ठीक नहीं समझा। अब आपसे मिलकर तथा आपकी बात सुनकर मैं प्रभावित हुआ हूँ। वास्तव में रूढ़िवाद और जाति-परम्परा के दोषों का भुक्तभोगी आपसे बढ़कर और कौन हो सकता है!'

राजा राममोहनराय का कंठ भर आया और वाणी अवरुद्ध हो गई। राधामोहन भी न बोल सके। राजा राममोहन ने कहा, 'क्या आपको मालूम है कि आपकी पुत्र-वधू अब कहां है?'

'नहीं, मैं नहीं जानता। जानने की चेष्टा भी मैंने नहीं की।'

'क्या अब भी जानना नहीं चाहते?'

'चाहता हूँ।'

'किसलिए? यदि वह आपको मिल जाए तो क्या आप उसे ग्रहण करेंगे?'

'क्यों नहीं! मेरे पुत्र नहीं है। मैं तो उसी को अपनी सम्पत्ति की उत्तराधिकारिणी बनाऊंगा।'

'और यदि वह विधर्मिणी हो गई हो? उसने उस अंग्रेज़ से विवाह कर लिया हो, जिसने उसका उद्धार किया था। तब?'

'तो भी मैं उसे अपनी सम्पत्ति की उत्तराधिकारिणी बनाऊंगा, किंतु क्या आप उसके सम्बन्ध में कुछ जानते हैं?'

'जानता हूँ।'

'आपने उसे देखा है?'

'देखा है।'

'क्या उसने विवाह किया है?'

'अभी नहीं किंतु शीघ्र ही एक अंग्रेज़ से उसका विवाह होगा।'

'कोई हर्ज नहीं। क्या आप मुझे उसे दिखा सकेंगे?'

'मैं उससे पूछूंगा। यदि उसने स्वीकार किया तो आपको ले चलूंगा।'

'क्या आप भी ईसाई धर्म को अच्छा समझते हैं?'

'सभी धर्मों के समान ईसाई धर्म में भी पौराणिक बातें हैं। रूढ़ियों, चमत्कारों और अंधविश्वासों का ढेर है; परंतु इस समय जो सैनिक लोग उसे भारत में ले आए हैं वे अंधविश्वासी नहीं हैं, न वे रूढ़ियों के दास हैं। इसके अतिरिक्त ईसाई धर्म हिन्दू धर्म की अपेक्षा कई गुना बलवान प्रतीत होता है।'

'क्या आप यह पसंद करते हैं कि भारतीय जनता क्रिश्चियन धर्म को ग्रहण करे।'

'कदापि नहीं। मैं तो उसका डटकर सामना करना चाहता हूँ। मेरी धारणा है कि उसका सामना करने के लिए आवश्यक है कि भारत यूरोप की वैज्ञानिकता को ग्रहण करे और इस वैज्ञानिकता के साथ अपने धर्म को भी संसार के सामने रखे।'

'इसी से वैज्ञानिकता का वेदांत से, उपनिषद् से कांचनमणि संयोग करने में लगा आशीर्वाद दीजिए कि मैं सफल होऊं।'

'आशीर्वाद देता हूँ राजा महोदय, आप सफल हों और मैं आपकी शरण भी आता हूँ।'

'बड़ी ही शुभ वार्ता है मजूमदार महाशय। मैंने हिन्दू धर्म, इस्लाम और ईसाइयत, तीनों धर्मों का अध्ययन किया है। हिन्दुत्व की पवित्रता, इस्लाम की रुचि और विश्वास तथा ईसाइयत की सफ़ाई मुझे पसंद है। ईसाई धर्म से मैंने कुछ प्राप्त नहीं किया है, परंतु ईसाई देशों के सामाजिक जीवन, राजनीतिक संगठन और विज्ञान से मैं प्रभावित हूँ। केवल धर्म से यही प्रमाणित होता है कि सारी मनुष्य-जाति एक परिवार है, अनेक जातियां और राष्ट्र उसकी शाखाएं हैं।'

'मुझे विश्वास है कि आपका यह विश्वास भारतीय उत्थान का एक अंग बन जाएगा।'

'ऐसा ही मैं समझता हूँ, क्योंकि भारत के प्राचीनतम सत्यों का यूरोपीय नवीन सिद्धांतों के साथ सामंजस्य बिठाए बिना भारत का कल्याण नहीं है।'

'मैं देखता हूँ कि यूरोप के सम्पर्क से भारत में नयी मानवता का जन्म हो रहा है। वैसे ही हिन्दू धर्म भी नया रूप धारण कर रहा है। ब्राह्म-समाज हिन्दू धर्म का अभिनव रूप है। हमारा उद्देश्य सभी धर्मों के लोगों के बीच एकता, समीपता तथा सद्भाव को जन्म देना है।'

'आप ठीक कहते हैं। भारत से सती-प्रथा को उठाने के लिए भी अब क्रियात्मक कदम उठाया जाना चाहिए।'

'मैंने लार्ड विलियम बैंटिक की सरकार का इस सम्बन्ध में समर्थन किया था और बड़ी ही कठिनाई से लोग सती-प्रथा की रोकथाम का कानून बनवा सके। अब इस कानून के अनुसार सती होने में सहायक होना कत्ल के बराबर अपराध ठहराया गया है।'

'परंतु कट्टर हिन्दू तो अभी तक इस काम को धर्म पर आघात ही समझते हैं। सुना है, उन्होंने प्रिवी कौंसिल में इस कानून के विरुद्ध अपील की है।'

'वह भी खारिज हो गई। अब कानून देश में लागू हो जाएगा।'

'बड़ी प्रसन्नता की बात है, जब तक बाल-विवाह बंद नहीं हो जाते, हमारे घरों की दुरावस्था नहीं दूर होगी। बाल-विधवाओं से हमारे घर भर जाएंगे। इसलिए पुनर्विवाह और बालिग विवाह की व्यवस्था भी कानूनन होनी चाहिए।'

'इसमें अभी समय लगेगा मजूमदार महाशय।'

'तो तब तक के लिए मेरा यह अनुदान कबूल कीजिए। पचास हजार रुपये मैं बाल-विधवाओं की शिक्षा-दीक्षा तथा उनकी सुव्यवस्था के लिए देता हूँ।'

'आपका यह कार्य श्लाघनीय है। मैं धन्यवादपूर्वक आपका यह अनुदान स्वीकार करता हूँ। इस रकम से कलकत्ता में एक विधवा सहायक संस्था की स्थापना होगी। अभी-अभी हमने इतनी रकम शिक्षा-प्रसार के लिए एकत्र की है।'

'मुझे संकोच बहुत है, परंतु आपसे कुछ कहना चाहता हूँ।'

'कहिए।'

'यदि मेरी पुत्र-वधू मेरे साथ रहना स्वीकार करे तो मैं उसे पुत्र की भाँति रखूंगा।'

'प्रथम तो वह क्रिश्चियन संगति में पांच वर्ष रही है। उन्हीं के संस्कारों में शिक्षा पा रही है। अब वह एक समझदार सुशिक्षित महिला है। इसके अतिरिक्त उसका विवाह होना ही ज़्यादा ठीक है।'

'आप कोई उदार सत्पात्र ढूँढ़ दीजिए, उसी से उसका मैं विवाह कर दूंगा।'

'प्रथम तो अभी हमारा ब्राह्म-समाज भी इतना अग्रसर नहीं है। दूसरे, वह अंग्रेज़ तरुण से ब्याह करना चाहती है।'

राधामोहन कुछ देर तक मौन रहे। फिर बोले, 'तब यही सही। हम विश्व की सभी जातियों में एकता स्थापित कर रहे हैं। मैं अपनी सब सम्पत्ति की उत्तराधिकारिणी उसे ही बनाऊंगा। वह चाहे जिस धर्म में रहे, चाहे जिससे ब्याह करें।'

'खैर, तो आप उससे एक बार मिलना चाहते हैं?'

'अवश्य।'

'तो मैं आपको ले चलूंगा। परंतु पहले मुझे उससे पूछना होगा।'

'क्या वह यहीं कलकत्ता में है?'

'है, यहीं है।'

'कहां?'

'पादरी जानसन के घर में।'

'तो मेरी दीक्षा कब होगी?'

'आगामी इतवार को।'

'धन्यवाद राय महाशय, मैं अपने को इस नये जीवन के सर्वथा उपयोगी प्रमाणित करूँगा।'

'आपकी कामना सफल हो। यही कामना करता हूँ।'

19

उन्नीसवीं शताब्दी का आरम्भ होते ही साहित्य से धर्म का संकुचित बाह्य रूप और रीति-रूढ़ता का रूप पृथक हो गया था और साहित्य का प्रत्येक अंग स्वस्थ रूप में विकसित होने लगा था। इसका प्रभाव प्रत्यक्ष ही जीवन के आदर्शों पर पड़ा था और उसमें क्रांतिकारी परिवर्तन हो रहे थे। साहित्य सामाजिक जीवन के अधिकाधिक निकट होता जाता था। जीवन के आदर्श बदल रहे थे, अज्ञात परलोक की आकांक्षा पर जीवन विसर्जन करने के विचार अब तेज़ी से दूर होते जा रहे थे।

ऐसी ही अवस्था में साहित्य की वाणी में क्रांतिकारी परिवर्तन हुए। हिन्दी से उर्दू पृथक् हुई और अंग्रेज़ी आ सम्मिलित हुई।

जब मुगल बादशाह शाहजहां ने दिल्ली को नये सिरे से आबाद करके शाहजहानाबाद नाम दिया और लालकिला बनाकर उसमें रहने लगे तो लालकिले का नाम 'उर्दू-ए-मुअल्ला' कहकर पुकारा जाने लगा। उन दिनों लश्कर या छावनी को 'उर्दू' कहा करते थे। उस काल में दिल्ली कोई स्थायी शहर न था, मुगलों की छावनी ही था। बादशाह की जब कहीं रणयात्रा होती थी तो सारी दिल्ली ही उनके साथ जाती थी। जिनमें अधिकांश सैनिक और बाकी धोबी, तेली, तम्बोली, मोची, कहार, मछुए, घसेरे, कसाई, बजाज और उनके बाल-बच्चे आदि भी उनके साथ रहते थे। इसलिए जब दिल्ली की शहरपनाह बन गई तो दिल्ली एक सुरक्षित सैनिक छावनी का रूप धारण कर गई। तब दिल्ली को भी उर्दू बाज़ार पुकारा जाने लगा। अकबर के ज़माने से ही पश्चिमोत्तर सीमा पार के प्रदेशों में सब जातियों और नस्लों के लोग मुगलों की फ़ौजरसानी और कद्रदानी सुन-सुनकर आते और वहीं बस जाते थे। इन सबकी पृथक्-पृथक् बोली थी। वे यहां भारतीयों के साथ इकट्ठे रहते, सौदा-सुलफ करते, बातचीत करते। इससे सबकी बोली मिल-जुलकर इस उर्दू

बाज़ार की एक पृथक् बोली हो गई, जो उर्दू कहाई। वही लालकिले में परिष्कार पाकर धीरे-धीरे फारसी से मिलकर परिष्कृत साहित्य की भाषा बनती चली गई। अब वह शाहज़ादगाने तैमूरिया की मुख्य भाषा बन गई थी और उसमें काव्य-चर्चा फारसी ही की भाँति होने लगी थी तथा उसका रूप हिन्दी से पृथक् होता जाता था। इसकी भाषा की कविता को 'रेख्ता' कहते थे। इसी से मिर्जा गालिब अपने दीवान को 'रेख्ता का दीवान' कहते थे। इससे पूर्व कबीर, नानक, तुलसी, सूर आदि प्रमुख कवि अपनी रचनाओं में बहुत से अरबी-फारसी शब्द प्रयोग में ले आते रहे थे। प्रेममार्गी सूफी कवियों ने तो फारसी-अरबी शब्द ही नहीं, व्यंजनाएँ भी विदेशी-मिश्रित रखी थीं।

शमशुलवली अल्ला दक्षिण औरंगाबाद के निवासी थे। वे अहमदाबाद के मौलाना वज़ीहुद्दीन अलवी के मुरीद थे। पहले वे दक्खिनी हिन्दी और फारसी में कविता रचते थे, बाद में वे दिल्ली आए। उन दिनों बादशाह मुहम्मदशाह दिल्ली के तख्त पर थे। दिल्ली में आकर उनका परिचय फारसी के सूफी कवि शाह सादुल्ला से हुआ। उनके कहने से वे सरल हिन्दी को छोड़ फारसी शब्द-मिश्रित कविता कहने लगे। यह वह समय था जब दिल्ली में फारसी का हास हो चला था और फारसी मिश्रित उर्दू-ए-मुअल्ला किले की ज़बान हो चुकी थी, जो वास्तव में बादशाहों और दरबारियों की हिन्दी ज़बान थी, और भारतवर्ष में चिरकाल तक रहने के बाद, तुर्की और फारसी के मिश्रण से बनी थी। दिल्ली के शाह सादुल्ला गुलशन को फारसी का यह ह्रास बहुत खल रहा था। इसी से उन्होंने वली से कहा, 'ईहम: मज़ामीन फारसी कि बेकार उफ्तादह, अंद हर रेख्त: वकार बबर। अज़ तू के मुहासिक ख्वाहिद गिरफ़्त।'

शाहे हातिम को वली ने अपना उस्ताद बनाया और उन्होंने तत्कालीन 'शाही ज़बान', उर्दू-ए-मुअल्ला' कहाती थी, में से पकड़कर हिन्दी भावना और शब्दों को दूर कर उर्दू का एक स्वतंत्र परिष्कृत रूप स्थापित किया, जिससे रेख्ता संवरकर उर्दू बन गई। इसके बाद उर्दू में काट-छांट 'इसलाह ज़बान' की पद्धति प्रचलित हुई। यह पद्धति जारी करने वाले लखनऊ के नासिख थे। बाद में इसलाही ज़बान ही उर्दू बन गई जिसकी फशाहत का एक उदाहरण मीर साहब थे, जो दिल्ली के प्रसिद्ध उर्दू कवि थे। एक बार वे लखनऊ गए। गाड़ी का पूरा किराया पास न था, विवश दूसरा एक आदमी भाड़े में शरीक कर लिया। जब सफ़र आरम्भ हुआ और उस आदमी ने बातचीत करना चाहा तो मीर साहब उसकी ओर से मुंह फेरकर बैठ गए। परंतु उसने कहा, 'अजी कुछ बातचीत कीजिए कि रास्ता मज़े में कटे।' तो मीर साहब नाराज़ होकर बोले, 'साहब किबला, आपने किराया दिया है तो बेशक गाड़ी में बैठिए, मगर बातों से क्या ताल्लुक?'

उसने कहा, 'हज़रत, क्या मुज़ायका है, राह का शुगल है। बातों में जी बहलता है।' तो मीर साहब बिगड़कर बोले, 'आपका शुगल है मगर मेरी जुबान खराब होती है।'

यह उन दिनों उर्दू के प्रारम्भिक महारथियों की मनोवृत्ति थी। उन्हें न तो किसी ऐसे साहित्य के निर्माण का ध्यान था जिससे मनुष्य का कल्याण हो, विचारों की धाराएं उत्पन्न हों, या किसी प्रकार से भी लोकहित हो। वे तो केवल शाब्दिक मल्लयुद्ध करते थे। भाषा से खिलवाड़ करते

थे। भाषा को खिलौना बनाते थे और उनके निठल्ले शागिर्द, निकम्मे नवाब और रईसज़ादे उनकी बात-बात में वाहवाही करते थे। यद्यपि मुसलमानों की भाँति बहुत से हिन्दू भी उर्दू के विद्वान कवि थे, परंतु उर्दू में तब एक-जातीय पक्षपात भी घुस चला था। एक बार जब उर्दू कोष के निर्माण की बात चली तो मौलाना हाली ने कहा, 'कोष लिखने वाले कोई शरीफ़ मुसलमान हों, क्योंकि खुद दिल्ली में भी फ़सीह उर्दू सिर्फ़ मुसलमानों की ज़बान समझी जाती है। हिन्दुओं की सामाजिक स्थिति उर्दू-ए-मुअल्ला की उनकी मादरी ज़बान नहीं होने देती।'

फोर्ट विलियम कॉलेज के प्रतिष्ठाता और प्रिंसिपल डॉक्टर गिलक्राइस्ट फारसी और हिन्दी के अच्छे ज्ञाता थे। फोर्ट विलियम कॉलेज की स्थापना का उद्देश्य अंग्रेज़ों को हिन्दुस्तानी भाषा का ज्ञान प्राप्त कराना था। वे बराबर कहा करते थे कि हमें किताबी, मजलिसी या दरबारी उर्दू की ज़रूरत नहीं है, ठेठ हिन्दुस्तानी, खड़ी बोली यहां तक कि हिन्दी-रेख्ता में किताबें लिखी जाएं। डॉ. गिलक्राइस्ट के सम्मुख भाषा का एक सामान्य ढांचा था, जिसका एक रूप था, केवल लिपि का अंतर था। उसे ही वे सच्ची देश-भाषा मानते थे। परंतु अब उर्दू हिन्दी से पृथक् हो चुकी थी और वह देश-भाषा न थी, केवल बड़े-बड़े मुसलमानों की दरबारों और नगरों में पढ़ी जाने वाली शौकिया भाषा थी। डॉ. गिलक्राइस्ट ने कड़ी चेतावनी दी थी कि बोलचाल की भाषा में लिखो। उनकी सतर्कता के कारण फोर्ट विलियम कॉलेज नासिख के स्कूल का अखाड़ा न बन पाया। परंतु अदालत-कचहरियों में उर्दू ही को स्वीकार किया गया, इसका सर्वसाधारण पर व्यापक प्रभाव पड़ा और वह धीरे-धीरे सर्वसाधारण की पृथक् भाषा बन गई।

मुसलमान बादशाह सदैव पृथक्-पृथक् एक हिन्दीनवीस और एक फारसीनवीस रखा करते थे और उनकी आज्ञाएं दोनों भाषाओं में लिखी जाती थीं। उसी प्रथा पर कम्पनी की सरकार ने यद्यपि सुविधा के विचार से उर्दू को अदालती भाषा बना लिया था, पर

पश्चिमोत्तर प्रदेश में जहां हिन्दी बोलचाल की भाषा थी, नागरी अक्षरों में हिन्दी अनुवाद भी उर्दू कानूनी पुस्तकों के साथ देती थी। परंतु मुसलमान हिन्दी को अदालतों से निकलवा चुके थे, उसी भाँति उन्होंने यह भी चेष्टा की कि हिन्दी को शिक्षाक्रम में भी स्थान न मिले। इसलिए जब सरकारी वर्नाक्यूलर स्कूलों की स्थापना की योजना बनी तो कम्पनी की सरकार ने चाहा कि सब विद्यार्थियों के लिए हिन्दी पढ़ना अनिवार्य बना दिया जाए, पर मुसलमानों ने उसका घोर विरोध किया। इन विरोधियों के नेता सर सैयद अहमद थे, जो हिन्दी को गंवारू बोली कहा करते थे। परंतु इसी समय राजा शिवप्रसाद सितारेहिन्द हिन्दी की रक्षा के लिए उठ खड़े हुए। वे अंग्रेज़ सरकार के उतने ही कृपापात्र थे जितने कि सर सैयद। इन दोनों का हिन्दी-उर्दू का झगड़ा बरसों तक चलता रहा।

फारसी-बहुल उर्दू अदालती भाषा इसलिए बनाई गई थी कि मुगल-परम्परा से शताब्दियों से शब्द-विन्यास और परिभाषा की जो परम्परा चली आती थी, उर्दू उसके निकट थी, उसकी लिपि भी वही थी। इस तरह उर्दू को एक कामचलाऊ अदालती भाषा मान लिया गया था, परंतु वह

धीरे-धीरे साहित्यिक भाषा बनती गई और मुस्लिम लेखकों ने फिर हिन्दी लिखना छोड़कर उर्दू ही में साहित्य लिखना आरम्भ कर दिया। जीविका और प्रतिष्ठा के खयाल से हिन्दू भद्रजन भी अपने लड़कों को उर्दू ही सिखाने-पढ़ाने लगे। उर्दू पढ़े-लिखे ही शिक्षित माने जाने लगे। हिन्दी से नयी पीढ़ी के युवकों का लगाव कम हो गया।

जब हिन्दी की पुत्री उर्दू हिन्दी से पृथक् हो रही थी, तभी सुदूर समुद्र-पार देश की अंग्रेज़ी भाषा एक सम्पन्न नयी दुलहिन की भाँति अपनी सम्पूर्ण विभूति को लेकर हमारे मानस-मंदिर में आई। इस भाषा के साथ साहसिक समुद्री विजयों के अभ्यस्त एक राष्ट्र, एक भाषा, एक देशीयता से सम्बद्ध, एक दृढ़निश्चयी, क्रियाशील, उद्योगी, दुर्धर्ष और मेधावी जाति का इतिहास और संस्कृति थी। उसे हमारे मनमानस में प्रतिष्ठित करने में उसी साहसिक जाति के अग्रणियों का हाथ था। इस भाषा के साथ विगत पांच सौ वर्षों के सर्वोच्च मस्तिष्कों का निष्कर्ष था, जिनमें महामनस्वी गेटे, बाइरन, वर्ड्सवर्थ, टेनीसन, शेली, कॉलरिज, कीट्स जैसे कविश्रेष्ठ और शेक्सपियर, थैकरे, बेकन, उमिंग, मिल्टन, ब्राडले, स्काट, हैज़लैट, चार्ल्स लैम्ब, टामस हार्डी, स्पेंसर जैसे नाटककार, दार्शनिक, वैज्ञानिक और विश्वदर्शियों की अनुभूति मिश्रित थी। इस अंग्रेज़ी भाषा के तेज, दर्प, सौंदर्य और अपरिसीम सामर्थ्य ने हमें एकबारगी ही विमोहित कर लिया। उसने कुलवधू की भाँति चुपचाप हमारे घर के सम्पूर्ण वातावरण को अपने सांचे में ढाल लिया। हमने आश्चर्य-दिग्विमूढ़ होकर अपने को अकस्मात् न केवल नवीन रहन-सहन और वेशभूषा से सुसज्जित, प्रत्युत नये विचारों, नयी आशाओं, नये हौसलों और नयी प्रतिक्रियाओं से ओतप्रोत पाया। हमारा विचार-शैथिल्य, हमारा सामाजिक रूढ़िवाद, हमारा राजनैतिक अज्ञान और दार्शनिक जड़ता जैसे जादू के ज़ोर से सजीव और स्फूर्तिमय हो उठी। हमने तपेदिक के रोगी की भाँति पथ में नपे-तुले चरण रखने और निरर्थक भाव-प्रदर्शन छोड़ दिए और स्वस्थ अल्हड़ युवक की भाँति स्वच्छन्द गद्य के खुले मैदान में दौड़ लगाना आरम्भ कर दिया। देखते-देखते हमारी सहस्रों वर्ष की मरी हुई आकांक्षाएं और सोई हुई जीवन-भावनाएँ जाग उठीं। हमने अनायास ही एक नयी दृष्टि से अपने जीवन को, अपने देश और उससे सम्बन्धित संसार को देखा। हमने एक तिरस्कृत और मरणोन्मुख जाति के स्थान पर जीवन और चेतना के सम्पूर्ण लक्षणों से ओतप्रोत तथा ज्योतिर्मय जनपद के रूप में अपने को पाया।

हम अपनी प्राचीन सभ्यता, जीवन और परिपाटी को भूल चुके थे। हम आर्यों की उन असाधारण विजयों के संस्कार भी खो चुके थे, जिन्होंने अब से हज़ारों वर्ष पहले पंजाब का आविष्कार और संस्थापन किया था। जो दुरुह उत्तर के उत्तुंग हिमालय के अंचलों को विदीर्ण करके इस हरे-भरे भारत में आए थे। यहां की जगत्प्रसिद्ध सभ्यता निर्मित की थी। प्रबल राज्य स्थापित किए थे। प्रशान्त वातावरण में अगम्य-अगाध अध्यात्मतत्त्व, जो अत्यंत प्राचीन होने पर भी आज भी वैसे ही ताज़े और बहुमूल्य हैं, खोज निकाले थे। हम बिलकुल भूल गए थे कि कुरुओं और पांचालों की प्राचीन राजधानियां कहां थीं। हम नहीं जानते थे कि महान युद्ध जब अपने धर्म-विस्तार में लगा हुआ था, तब उस समय मगध की गद्दी से कौन हिन्दू सम्राट समुद्र

की लहरों पर हुकूमत करता था। हम यह भी नहीं जानते थे कि हमारे किन पूर्वजों ने समुद्र को अतिक्रांत करके चीन, अरब, यवद्वीप और पाताल में अपने उपनिवेश कायम किए थे। हम आंध्र, गुप्त, नाग आदि महाराज्यों के नाम भी भूल गए। हमें पता नहीं था कि शकों ने किस प्रकार भारत को आक्रांत किया था और विक्रम ने उन्हें कैसे पदाक्रांत कर दलित किया था। हमें बिलकुल स्मरण नहीं रह गया था कि एलोरा और अजंता की गुफ़ाएं, सांची के स्तूप, भुवनेश्वर और जगन्नाथ के मंदिर कब और किसने बनाए थे।

भारत जैसे प्राचीन देश की प्राचीन सभ्यता का इतिहास नष्ट हो चुका था और उस जाति के बच्चों को इसकी कुछ भी खबर न थी। वे या तो भेड़-बकरियों के झुंड की भाँति मंदिरों में देवता के सम्मुख बैठकर अपने को कायर, कपूत, कुकर्मी और अधम कहकर काल्पनिक स्वर्ग के सुख-स्वप्नों की हास्यास्पद कामनाएं किया करते थे या अपने दीन-दु:खी, अरक्षित, असहाय, निराश जीवन में बैठे-बैठे संसार की अनित्यता का रोना रोया करते थे। साहित्य की मर्यादा और श्रृंगार या तो मार-काट की प्रशंसा करने में या अपनी ही वधूटियों के निर्लज्ज और अत्युक्तिपूर्ण अश्लील वर्णन करने में समाप्त हो जाता था। ऐसा ही वह समय था जब अंग्रेज़ी भाषा नववधू के रूप में अपने मोहक भावों और अनूठे श्रृंगार को लेकर हमारे घर आई।

इस नववधू को आत्मसात् करने की प्रतिक्रिया भी अद्भुत हुई। सन् 1835 में कम्पनी की सरकार ने भारतीयों को अंग्रेज़ी सिखाकर उसके द्वारा भारत के शासन में सहयोग करने के प्रस्ताव को कार्य रूप दिया। अंग्रेजी माध्यम से भारतीय युवकों को शिक्षा देने के लिए अनेक स्कूल और कॉलेज खोले। उनमें जब भारतीय बालक अंग्रेज़ी पढ़कर एक विचित्र भावभंगी प्रकट करने लगे तो भारतीय जनता में कौतूहल बढ़ा। ईसाई मिशनरी इस काम में पहले ही से काफ़ी उद्योग कर रहे थे। इन्हीं सब बातों से राममोहनराय जैसे उद्ग्रीव मनीषीजन चौकन्ने हुए थे। पहले उन्हें ईसाइयों का निरीह, दरिद्र और मूर्ख, दलित स्त्री-पुरुषों को ईसाई बनाकर धर्मभ्रष्ट करना बुरा लगा। परंतु जब उन्होंने उन्हें शिक्षित और उन्नत जीवन व्यतीत करते देखा तो हठात् उनके मन में दलितों के प्रति अपने अन्याय का भान हुआ। इसी प्रकार जब पाश्चात्य उन्मुक्त वायु में पुरुषों के साथ स्पर्द्धा करती हुई महिलाओं को उन्होंने देखा तो उन्हें अपने गंदे घरों की चहारदीवारी में बंद निरीह स्त्रियों की दीन दशा पर क्षोभ हुआ।

वह प्रतिक्रिया सर्वप्रथम बंगाल से ही आरम्भ हुई। बंगाल में ही अंग्रेजों ने अपना प्रथम निवास बनाया था। उस बंगाल की विषम अवस्था थी। सारा बंगाली समाज धार्मिक रूढ़ियों में ग्रसित था। सबसे प्रथम यहीं ईसाइयों ने अपने अड्डे बनाए थे और नवीन पद्धति पर अपने नये धर्म का प्रचार करना आरम्भ किया था। प्रचार की सहायता के लिए जो नयी वस्तु उनके पास थी, वह छापने की प्रेस थी। इसके द्वारा उन्होंने चमत्कारिक रूप में एक ही पुस्तक की अनेक प्रतियां छाप-छापकर सस्ते मूल्य में सर्वसाधारण को सुलभ कर दी थीं। वे मूर्ति-पूजा, छुआछूत आदि हिन्दू धर्म की बाहरी और स्थूल बातों पर अधिक ज़ोर देते और नये तर्क के सहारे उनका खंडन-मंडन

करते थे। इन्हीं बातों से राजा राममोहनराय और उनके साथी प्रभावित हुए थे। ईसाइयों को यह नहीं ज्ञान था कि ईश्वरवाद का ईसाइयों से भी उत्कृष्ट रूप वेदांत और उपनिषदों में वर्णित है। तत्कालीन हिन्दुओं का भी उधर ध्यान न था। राजा राममोहनराय ने इसी 'ब्रह्म' का ब्रह्मास्त्र ले ईसाइयों तथा पाश्चात्य संस्कृति की बहती लहर से टक्कर ली। अंग्रेज़ों के सहवास से उनमें जो एक नवचेतना का उदय हुआ था, उसके आधार पर उन्होंने समाज के बाहरी अंग का नवनिर्माण करने में साहसपूर्ण कदम उठाया था। ईसाइयों की भाँति राजा राममोहनराय भी केवल बंगालियों ही को नहीं, हिन्दू-मात्र को प्रभावित करना चाहते थे। इसी से उन्होंने वेदांत-सूत्रों का भाष्य हिन्दी में छपाया था तथा हिन्दी ही में बंगदूत नामक पत्र निकाला था।

अभी तक भी कम्पनी सरकार ने कलकत्ता में कॉलेज नहीं खोला था, परंतु राजा राममोहनराय और उनके मित्रों ने हिन्दू कॉलेज की स्थापना कर ली, जिसमें अंग्रेज़ी भाषा के माध्यम से शिक्षा दी जाने लगी। इस कॉलेज में अंग्रेज़ी पढ़-पढ़कर युवक सरकारी नौकरियां धड़ाधड़ पाने लगे। इससे लोगों की सामाजिक परिस्थिति पर प्रभाव पड़ा और प्रत्येक संस्कृत और प्रतिष्ठित व्यक्ति के हृदय में अपने बच्चों को अंग्रेज़ी पढ़ाकर अंग्रेज़ों की नौकरी में लगाने की अभिलाषा होने लगी और वह अभिलाषा इतनी प्रबल हुई कि उन लोगों के मन में दूसरी किसी आजीविका का ध्यान ही न रहा। इसका एक कारण यह भी था कि वे देख चुके थे कि कम्पनी सरकार की नौकरी में रहकर कितने छोटे खानदान बंगाल के प्रतिष्ठित खानदान बन चुके थे। इस समय भी सरकार अरबी, फारसी और संस्कृत के मकतबों और पाठशालाओं को थोड़ी-बहुत सहायता दे रही थी, परंतु अंग्रेज़ी के नये शौक के सामने इस पुरानी पद्धति की पुरानी पाठशालाओं और मकतबों की ओर लोगों की बहुत कम रुचि रह गई थी। धीरे-धीरे इन शिक्षा-केन्द्रों की सरकारी सहायता बिलकुल बंद हो गई और सारे देश में अंग्रेज़ी शिक्षा का बोलबाला हो गया।

लार्ड मैकाले, जिन्होंने भारतीयों को अंग्रेज़ी सिखाने की सिफारिश की थी, पूर्वीय साहित्य पर बहुत कम निष्ठा रखते थे। उनकी मान्यता थी कि यूरोप के अच्छे साहित्य की एक आलमारी हिन्दुस्तान और अरब के सारे साहित्य के बराबर मूल्य रखती है। इसी पृष्ठभूमि पर उन्होंने सन् 1833 के चार्टर पर पार्लियामेंट में भाषण देते हुए कहा था, 'मैं चाहता हूँ कि भारत में यूरोप के सब रीति-रिवाजों को जारी किया जाए, जिससे हम अपनी कला और आचारशास्त्र, साहित्य और कानून का साम्राज्य भारत में कायम करें। इसी उद्देश्य की पूर्ति के लिए हम भारतवासियों की एक ऐसी श्रेणी उत्पन्न करें जो हमारे और उन करोड़ों के बीच में, जिन पर हमें शासन करना है, दुभाषिए का काम दें; जिनके खून तो हिन्दुस्तानी हों, पर रुचि अंग्रेज़ी हो। संक्षेप में अंग्रेज़ी पढ़े-लिखे भारतीय तन से भारतीय, पर मन से अंग्रेज़ हो जाएं, जिससे अंग्रेज़ों का विरोध करने की उनकी भावना ही नष्ट हो जाए।'

परंतु लार्ड मैकाले की यह इच्छा पूरी न हुई। इसका कारण यह था कि भारतीय वाङ्मय के सम्बन्ध में उनका अज्ञान बहुत था। इधर अंग्रेज़ी पढ़कर हिन्दू-धर्म में जाग्रति की एक ऐसी लहर

उठी कि हिन्दुत्व का सारा ही दौर्बल्य उसमें बह गया। एक चमत्कार यह भी था कि अंग्रेज़ी भाषा और अंग्रेज़ी शासन में सामंजस्य नहीं उत्पन्न हुआ। अंग्रेज़ी भाषा के द्वारा भारतीय नयी पीढ़ी के खून में बेंथम, कारलाइल और मिल के अनेक विचार प्रविष्ट होते गए और उनमें गौरव, बलिदान और वीरता का समावेश होता गया। अंत में राष्ट्रीयता की एक आधारशिला समाप्त हो गई और अंग्रेज़ी पढ़े-लिखे ऐसे लोगों का एक दल उत्पन्न हो गया जिसका उद्देश्य सामाजिक था और जो केवल अपने को ही नहीं, अपने देश और समाज को भी पहचानने की इच्छा रखता था। उस समय समाज और देश के प्रति जो नवीन चेतना जागी, उसी के भीतर से हमारी सारी राजनीतिक, सामाजिक और धार्मिक क्रांतियों का जन्म हुआ।

परंतु इसी बीच यूरोप की नज़र भारत की सांस्कृतिक सम्पदा पर पड़ी। अब तक यूरोप भारत को धनधान्य से भरापूरा, नवाबों और मुगलों का देश समझता था और उसकी दृष्टि लूट-खसोट पर थी। सभ्यता और संस्कृति के उद्‌गम के सम्बन्ध में यूरोप का विश्वास था कि उसका आरम्भ यूनान और फिलिस्तीन से हुआ है। वे यह भी समझते थे कि वही देश संसार में सबसे प्राचीन सभ्यता वाले हैं। भारत को तब तक यूरोप के लोग एक अर्धसभ्य देश समझते थे। परंतु जब यूरोप के निवासियों ने संस्कृत सीखी तो उनका परिचय उपनिषद् तथा कुछ जैन और बौद्ध-ग्रंथों से हुआ। जिन दिनों प्लासी का युद्ध हो रहा था, उन्हीं दिनों एक फ्रैंच नवयुवक भारत में प्राचीन पांडुलिपियां यत्न से खोजता फिर रहा था। वह भारत से कोई अस्सी पांडुलिपियाँ अपने साथ फ्रांस ले गया। इस युवक का नाम दुपरोन था। इन पांडुलिपियों में एक पांडुलिपि दाराशिकोह द्वारा फारसी-अनूदित उपनिषदों की भी थी। दुपरोन ने लैटिन में इसका अनुवाद करके औपनिखत के नाम से प्रकाशित किया, जिसे पढ़कर जर्मन का प्रसिद्ध दार्शनिक शॉपेनहार आश्चर्यविमूढ़ हो गया और उसके मुंह से ये उद्‌गार निकले कि 'इसने मेरी आत्मा की गहराई को हिलकोर दिया है। इसके प्रत्येक शब्द से मौलिक विचार ऊपर उठते हैं जिससे भारतीय विचारधारा का वातावरण आप ही उठ खड़ा होता है। ऐसा प्रतीत होता है मानो ये विचार हमारे अपने आत्मिक बंधु के विचार हों। हमारे मनों पर जो यहूदी-संस्कारों की रूढ़ियां और अंधविश्वास छाए हुए हैं, वे इन विचारों के स्पर्श-मात्र से एकबारगी ही गायब हो जाते हैं। सारे संसार में इसके जोड़ का कोई और ग्रंथ नहीं हो सकता। जीवन-भर में मुझे यही एक आश्वासन प्राप्त हुआ है और मृत्युपर्यंत यह मेरे साथ रहेगा।'

जर्मनी में उपनिषदों के अध्ययन से विचारों का जागरण उसी प्रकार हुआ जैसे रिनासाँ के समय में प्राचीन यूनानी साहित्य के सम्पर्क से सारे यूरोप में हुआ था। इसके बाद जोहान फिक्टे और पाल दूसान ने वेदांत के सत्य को संसार का सबसे बड़ा सत्य माना और जब नीत्शे ने मनुस्मृति को पढ़ा तो उसे बाइबिल से कई गुना श्रेष्ठ कहा।

इसी समय वारेन हेस्टिंग्ज़ के मन में यह विचार आया कि न्याय के क्षेत्र में हिन्दुओं पर शासन उन्हीं के धर्मशास्त्रों के अनुसार किया जाना चाहिए। इसके लिए उसने पहले-पहल धर्मशास्त्रों का

अनुवाद फारसी भाषा में और अंग्रेज़ी में कराया। इसके अतिरिक्त विलायत से आए हुए जजों और वकीलों को उसने संस्कृत पढ़ने को प्रेरित किया। उन्होंने यद्यपि कचहरी की आवश्यकता के लिए संस्कृत पढ़ी, पर जब उन्होंने वहां का भाव-गाम्भीर्य और विचारों का मार्दव देखा तो वे एकबारगी ही अभिभूत हो उठे। इसके बाद सन 1784 में सर विलियम जोंस ने, जो उन दिनों कलकत्ता के प्रधान न्यायाधीश थे, एशियाटिक सोसाइटी की स्थापना की तथा स्वयं कालिदास की शकुंतला का अनुवाद किया और ऋतुसंहार का एक सम्पादित संस्करण प्रकाशित कराया।

इसके एक बरस बाद सर चार्ल्स विलिकिंस ने भगवद्गीता का अंग्रेज़ी अनुवाद प्रकाशित किया। सर जोंस संस्कृत पर मुग्ध हो गए। उन्होंने सन् 1784 में मानव-धर्मशास्त्र नाम से मनुस्मृति का अंग्रेज़ी अनुवाद प्रकाशित किया और जब सन् 1786 में एशियाटिक सोसाइटी का अधिवेशन हुआ तो यह घोषणा कर दी कि संस्कृत परम अद्भुत भाषा है और वह लैटिन और ग्रीक से अधिक सम्पन्न है। उन्होंने यह भी विचार प्रकट किया कि गोथिक और केल्टिक भाषा-परिवार का उद्‌गम संस्कृत ही है। आगे इसी बुनियाद पर फ्रांजवाय, मैक्समूलर और ग्रिम ने तुलनात्मक भाषा-विज्ञान का महल खड़ा किया। इसके तत्काल बाद यूरोप के पंडितों ने निरुक्त और व्याकरण का मनन किया और फोनेटिक्स लिखना आरम्भ किया।

विलियम जोंस की मृत्यु के बाद उनके कनिष्ठ सहकारी हेनरी टामस कोलबुक एक महान प्राच्यविद्या-विशारद प्रसिद्ध हुए। इन्होंने हिन्दू-धर्मशास्त्र, दर्शन, व्याकरण, ज्योतिष और धर्म का बड़ा ही मार्मिक अध्ययन एशियाटिक रिसर्चेज में प्रकाशित किया। वेदों का भी एक प्रामाणिक विवरण आन द वेदाज़ सबसे प्रथम उन्होंने निकाला। इसी समय एक अद्भुत घटना ने यूरोप में एक नयी सांस्कृतिक लहर उत्पन्न कर दी। यह घटना उस समय घटी जब लार्ड वेलेज़ली भारत में सबसीडियरी सिस्टम के जाल में भारतीय नरेशों को फांस रहा था और पेशवा बसीन की संधि पर हस्ताक्षर कर रहा था। यूरोप में नेपोलियन का डंका बज रहा था और वह भारत की विजय-कामना से मिस्र तक आ पहुंचा था। उन दिनों ईस्ट इंडिया कम्पनी का एक कर्मचारी अलेक्जैंडर हैमिल्टन पेरिस में ठहरा हुआ था, उसे नेपोलियन ने कैद कर लिया। यह आदमी संस्कृत का पंडित था। उसने जेल में लोगों को संस्कृत पढ़ाना आरम्भ कर दिया। उस समय जेल में चेज़ी नामक एक फ्रांसीसी व्यक्ति था, जो थोड़ी संस्कृत जानता था। वह हैमिल्टन से मिला और अपने संस्कृत ज्ञान को उसने बढ़ाया। बाद में श्लीगल बंधुओं ने इन दोनों से संस्कृत पढ़ी। एक और फ्रांसीसी विद्वान यूजीन वर्नाफ भी संस्कृत पढ़ने लगे। इस प्रकार फ्रांस के इस जेलखाने में संस्कृत की एक अच्छी-खासी पाठशाला खुल गई। यूजीन वर्नाफ जेल से बाहर आकर फ्रांस में संस्कृत के अध्यापक बन गए। वर्नाफ ने रुडल्फराथ और मैक्समूलर को अपना शिष्य बनाया। मैक्समूलर जर्मन था। उसने सायण के भाष्य पर महत्त्वपूर्ण अध्ययन किया और उसके बाद उसने वेदों का भाष्य किया, जिसने यूरोप-भर की आंखें खोल दीं। वेदभाष्य से बढ़कर एक काम उसने यह किया कि तुलनात्मक भाषा-विज्ञान और तुलनात्मक अध्ययन की परम्परा स्थापित की। इसका परिणाम यह हुआ कि यूरोप के मोह-अंधकार का परदा फट गया। अब

तक वे जो यह मानते आ रहे थे कि फिलिस्तीन और यूनान सबसे पुराने देश हैं और हिब्रू भाषा सबसे पुरानी भाषा है, तथा बाइबिल का यह कथन भी कि सृष्टि केवल चार हज़ार बरस पुरानी है, ये सब मान्यताएं बिखर गईं। मैक्समूलर ने प्रमाणित कर दिया कि संसार की प्राचीनतम जाति आर्य है और प्राचीनतम साहित्य वेद है। इस प्रकार जर्मन विद्वानों ने भारतीय साहित्य, दर्शन और धर्म का जो बखान किया, उसने ईसाइयों के उस प्रचार को भी मिथ्या कर दिया जो वे भारत से बाहर करते थे कि भारत अर्द्ध-शिक्षित देश है। अब यह ज्ञान-सम्पदा पाकर अंग्रेज़ इस बात पर गौरव अनुभव करने लगे कि सभ्यता का केन्द्र भारत उनके साम्राज्य के अंतर्गत है। श्लीगल बंधुओं ने जर्मन भाषा के द्वारा यूरोप में भारतीय ज्ञान का काफ़ी विस्तार किया। वेद, उपनिषद्, भगवद्गीता, मनुस्मृति, शकुंतला और ऋतुसंहार को देखकर जर्मन कवि और विद्वान विस्मय से मूढ-मुग्ध हो गए। इस साहित्य के भाव और विचार नये क्षितिज के थे। श्लीगल ने गीता की प्रशंसा पागलों की भाँति की और कहा, 'ओ ईश्वरत्व के व्याख्याता, तुम्हारी वाणी के प्रभाव से मनुष्य का हृदय ऐसे अकथनीय आनंद की भूमि में पहुंच जाता है, जो अत्यंत उच्च, सनातन और ईश्वरीय है। मैं तुम्हें प्रणाम करता हूँ और तुम्हारे चरणों में अपना अभिनंदन भेंट करता हूँ।' भारतीय काव्यों की विलक्षणता पर सकर्ट ने प्रकाश डाला। गेटे ने शकुंतला पर प्रशस्ति लिखी। गेटे आदि ने संस्कृत-परम्पराओं को अपनाया और श्लीगल से हाइने तक जर्मन कविता में भारतीय भाव फैलते ही रहे।

इस प्रकार भारत की गौरव-गाथा यूरोप में बढ़ती देख अंग्रेज़ चौकन्ने हो गए। वे नहीं चाहते थे कि यूरोप में भारत की प्रशंसा हो तथा यूरोप के लोग भारतीय भावों को ग्रहण करें। वे भारत में अपना राज्य चलाना चाहते थे। खासकर बोर्ड ऑफ़ डायरेक्टर्स यह नहीं चाहता था कि इंग्लैंडवाले भी यह जान जाएं कि भारत एक महान देश है। उधर कारलाइल पर जर्मनी के माध्यम से वेदांत का प्रभाव पड़ने लगा। शेली और वड्र्सवर्थ भी इसी भाँति भारतीय दर्शन से अभिभूत हो रहे थे। अमेरिका तक भारतीय भाव-सौष्ठव पहुंच चुका था और एमर्सन तथा थोरो की रचनाएं भारतीय भाव से प्रभावित होने लगी थीं। वाणी से 'ब्रह्म' और 'गंगा' का प्रवाह प्रकट हो रहा था। इन्हीं दिनों पूना के डेकन कॉलेज के प्रिंसिपल सर डेविड आर्नाल्ड 'लाइट ऑफ़ एशिया' में बुद्ध-मूर्ति की प्रतिष्ठा कर रहे थे, उधर इंग्लैंड में इसकी प्रतिक्रिया हो रही थी। ऑक्सफोर्ड विश्वविद्यालय के अध्यापक होरेस हेमन विलसन ने एक पुस्तक लिखी, हिन्दुओं की धार्मिक और दार्शनिक पद्धति। इस पुस्तक का उद्देश्य जान मूर का दो सौ पाउंड का पारितोषिक पाना था। इसमें विलसन के कुछ व्याख्यान थे जो छात्रों की सहायता के निमित्त लिखे गए थे। जिस पारितोषिक की प्राप्ति के लिए ये लिखे गए थे उसका उद्देश्य था, हिन्दू धार्मिक पद्धति का अति श्रेष्ठ खंडन। इसी समय राथ ने एक पुस्तक लिखकर निरुक्त का महत्त्व कम करने की चेष्टा की। मैक्समूलर यद्यपि जर्मन था, पर वह ब्रिटिश राज्य का एक स्तम्भ था। जब फ्रैंच न्यायाधीश लुई जैकालिट ने भारत की प्रशंसा की तो मैक्समूलर ने उसका खंडन किया। अपने वेदभाष्य के सम्बन्ध में उसने लिखा था कि, 'मेरा यह भाष्य भारत के भाष्य पर दूर तक प्रभाव

डालेगा। यह उनके धर्म का मूल है और मैं अनुभव करता हूँ कि उन्हें यह दिखाना कि यह मूल कैसा है, गत तीन हज़ार वर्षों में उससे उपजनेवाली सब बातों को उखाड़ फेंकने का एकमात्र उपाय है।' जब हम्बोर्ट ने गीता की प्रशंसा की तो अध्यापक वैवर ने उसके विरोध में लिखा कि गीता और महाभारत पर बाइबिल का प्रभाव है। बाद में जब वैवर और व्हिटलिंग ने संस्कृत कोष बनाया तो गोल्डस्कर ने उनका भंडाफोड़ करते हुए कहा कि राथ, वैवर, व्हिटलिंग, कूहन आदि लेखक किसी खास गूढ़ उद्देश्य से इस बात के लिए कृत-संकल्प हैं कि प्राचीन भारत का गौरव नष्ट किया जाए।

जब भारत में अंग्रेजी विश्वविद्यालय खोले गए तो उनमें नियुक्त होकर अंग्रेज़ और जर्मन अध्यापक और महोपाध्याय भारत में आने लगे। विद्यार्थी उनका मान और आदर करते। उनकी बताई विद्या को वास्तविक समझते। जो कोई भारतीय ढंग की बात करता, उसे तर्क-विरुद्ध, विद्या-विरुद्ध, इतिहास-विरुद्ध, बुद्धि-विरुद्ध, प्रमाणशून्य कहानी अथवा मिथ्या कथा कहकर उनका उपहास किया जाने लगा। ये शब्द विदेशी लेखकों और अध्यापकों ने इतनी अधिकता से प्रयोग किए कि भारतीय अध्यापकों और छात्रों के लिए वे परिभाषा बन गए। अब अंग्रेज़ शासकों ने और एक पग बढ़ाया। विश्वविद्यालयों के अनेक परीक्षौत्तीर्ण श्रेष्ठ विद्यार्थियों को छात्रवृत्तियां दी गईं कि वे विदेश जाकर संस्कृति, इतिहास, समाजशास्त्र, अर्थशास्त्र, दर्शनशास्त्र और धर्मशास्त्र की शिक्षा ग्रहण करें। ये छात्रवृत्ति पानेवाले छात्र जब विदेश से भारत लौटे तो पूरे विदेशी भावों से भरे हुए थे। अंग्रेज़ और जर्मन लोगों की भाँति ये भी कहने लगे कि भारतीय इतिहास-लेखक वाल्मीकि और व्यास, ऐतिहासिक बुद्धि नहीं रखते थे। इस तरह की बात कहनेवालों का ब्रिटिश सरकार बहुत आदर करती थी। इस प्रकार पुरानी विद्याओं के प्रति घृणा के भाव इस शिक्षित वर्ग में जड़ पकड़ गए।

वह बड़ा अद्भुत काल था। हिन्दुत्व चारों ओर से रूढ़िवाद और कुरीतियों से जकड़ गया था और अब अंग्रेज़ी पढ़कर जो नवयुवक तैयार हो रहे थे वे मनुष्य-मनुष्य में कोई भेद नहीं मान रहे थे। तीर्थों और मंदिरों के पीछे कोई आध्यात्मिक भावना है यह वे नहीं समझ पा रहे थे। न वे हिन्दू धर्म-अनुष्ठानों को युक्ति से समझ सकते थे। एक तरफ़ बुद्धिवाद का प्रबल प्रवाह, दूसरे उदारता और क्रांति की भावनाओं का उदय, तीसरे अनवरत ईसाइयों तथा अंग्रेज़ और जर्मन अध्यापकों द्वारा निरंतर हिन्दू धर्म, संस्कृति और विद्या की निन्दा, इन सबने मिलकर चारों ओर से हिन्दू धर्म और समाज पर तीव्र आक्रमण कर दिया था जिसका जवाब देनेवाला कोई न था। हिन्दू धर्म के नेता इस समय वे ब्राह्मण और पुजारी थे जो स्वार्थ, घमंड, रूढ़िवाद और अंधविश्वास के केन्द्र थे।

अब अंग्रेज़ी विद्यालयों से निकला हुआ स्नातक बड़ी ही निर्ममता के साथ उसी तरह हिन्दुत्व की निंदा करने लगा, जैसे ईसाई मिशनरी करते थे। ये युवक मूर्तिपूजा के विरोध से धर्म-क्रांति कर रहे थे। अपने पूर्वजों के धार्मिक और नैतिक मामलों पर उनकी कोई श्रद्धा न रह गई थी। घर-घर यह विवाद छिड़ा रहता था कि ईश्वर साकार है या निराकार। मंदिरों में जाना अंधविश्वास और

मूर्ति-पूजा रूढ़िवाद है। जाति-प्रथा और हिन्दू धर्म दूषित है, पुराण की कथाएं कपोल-कल्पित हैं। यज्ञोपवीत, चंदन, कंठी, माला और चोटी रखना व्यर्थ है। ये तो थीं आम धारणाएं। कुछ अग्रगामी तरुण शराब पीने और मांस खाने लगे। वे हर तरह अपने बंधु-बांधवों को यह दिखाना चाहते थे कि वे उनसे श्रेष्ठ हैं और पृथक हैं। बहुत से तरुण तो अपने बाप-दादों को चिढ़ाने के लिए मंदिरों में गो-मांस या गाय की हड्डी डाल देते थे। ऐसे अग्रगामी पुरुष सप्रमाण यह कहते थे कि हिन्दुत्व, प्राचीन और नवीन, वैदिक और पौराणिक, साकारवादी और निराकारवादी; सभी व्यर्थ है, मिथ्या है। पाठ्यक्रम में हिन्दू धर्म की तो कोई शिक्षा होती ही न थी, मिशनरियों के स्कूल-कॉलेज में ईसाई-पंथ की शिक्षा दी जाती थी। संस्कृत भाषा प्राय: कोई पढ़ता ही न था, पढ़ता भी था तो काव्य-नाटक। इन दिनों यूरोप में भी धर्म की छीछालेदार हो रही थी। धार्मिक यंत्रणा-गृहों और यंत्रणाओं ने लोगों को धर्म-निरपेक्ष कर दिया था। इसका परिणाम भारतीय नवशिक्षित तरुणों पर यह हुआ कि वे धर्मशून्य हो गए। अब वे किसी भी समाज के सदस्य न थे। विचारों में अवश्य अंग्रेज़ थे। जब वे घर में विदेशी और अपने गांव में बहिष्कृत थे। इन्हें देखकर ईसाई कहने लगे थे कि अब भारतवासियों को ख्रिस्तान बनाने में किसी विशेष आयोजन की आवश्यकता नहीं है, वास्तव में वे हिन्दुत्व के ईसाई मिशनरियों से भी अधिक शत्रु थे। ये लोग अब सामाजिक सुविधा के लिए धर्म-परिवर्तन करने में भी न हिचकते थे। ऐसे धर्म-परिवर्तन करनेवालों में माइकेल मधुसूदन प्रमुख थे। खासकर यूरोपियन प्रेम के नाटक-कहानियाँ पढ़कर हिन्दू युवकों से हिन्दुत्व के अवरोध में न रहा गया। वे ईसाई होने लगे। मस्तिष्क में स्वतंत्र विचारों का तूफ़ान, हृदय में यौवन की रंगीन उमंगें, परंतु पर्दे और जाति के बंधन की बाधाएं। उन्होंने बंधन की सब बाधाओं को दूर कर क्रिश्चियन बनकर अपनी एक नयी जाति स्थापित करनी आरम्भ कर दी। इधर यह हो रहा था, उधर समाज में भ्रूण-हत्याएं चल रही थीं, बालिकाओं का वध होता था, सती पर निर्मम अधर्म होता था, छुआछूत का बोलबाला था, विधवा-विवाह नहीं हो सकता था। शूद्र और स्त्रियों को मानवीय अधिकार प्राप्त न थे। लोग छिपकर नीच स्त्रियों से व्यभिचार करते थे। तीर्थ व्यभिचार के अड्डे बने हुए थे। महंतों के घर पापाचार के गढ़ थे, पुजारी-पंडे लालची, स्वार्थी और दुराचारी थे। स्त्रियों का व्यापार होता था। गुलाम खरीदे-बेचे जाते थे। नर-बलि भी होती थी। लोग समझते थे, ये बातें रोकी नहीं जा सकतीं। रोकने से अधर्म होता है। जो लोग यूरोप घूम आते थे, वे लौटने के बाद अपने माता-पिता को प्रणाम करते शरमाते थे। जो मेम को ब्याह लाते थे, वे पृथक् घर बसाकर रहते थे। यही वह समय था, जब राजा राममोहनराय ने ब्राह्म-समाज के घेरे में समग्र नयी पीढ़ी के उदग्र हिन्दुओं को लपेट लिया।

20

राजा राममोहनराय के अनुरोध से शुभदा ने अपने ससुर राधामोहन मजूमदार से मुलाकात की। सम्मुख आने पर उसने परदा-घूंघट नहीं किया, परंतु गले में आंचल डालकर श्वसुर को प्रणाम किया। बातचीत के दौरान उसने फादर जानसन को भी सम्मिलित किया और अब ये चारों आदमी दिल खोलकर बातें करने लगे।

राधामोहन ने कहा, 'बेटी, तुझे यहां प्रसन्न और स्वस्थ देखकर मैं बहुत खुश हूँ। मुझे जातिवालों ने जो प्रताड़ित किया और मेरा अपमान किया, वह अब तुझे देखकर मुझे खल नहीं रहा है। पर मैं चाहता हूँ कि तू मेरे साथ रह और पुत्र की कमी पूरी कर।'

शुभदा ने कहा, 'आप मेरे पिता हैं, पूज्य हैं, मेरे लिए आप ही का घर संसार में था, परंतु मेरे साथ जो घटनाएं घट चुकीं और मैं जहां पहुंच चुकी वहां से लौटकर आपकी चरण-शरण में जाना न आपके लिए श्रेयस्कर होगा, न मेरे लिए।'

'मैं तो तुझे अपनी वही पुत्रवधू समझता हूँ।'

'वही तो हूँ। बदल कैसे जाऊँगी।'

'यह तो मैंने तभी देख लिया जब तूने गले में आंचल डालकर मेरी चरण-रज ली। पर मैंने सुना कि तू एक अंग्रेज़ तरुण से ब्याह कर रही है।'

दूसरी कोई राह नहीं है। परंतु मेरी आत्मा हिन्दू है। संस्कार हिन्दू हैं। फिर मैं भारतीय भी तो हूँ। आचार मेरे हिन्दू हैं। विचार से हिन्दू नहीं हूँ, क्योंकि हिन्दू धर्म में एक दोष है कि वह सदा सोया रहता है और जब उस पर वज्र-प्रहार होता है तब जागता है। इसी से आप उस समय मुझ अबोध को जीवित जला देने में सहमत हो गए थे, परंतु अब आप इतने उदार बन गए हैं।'

'बेटी, यह मेरा नहीं, हिन्दू धर्म का दोष है।'

'वही मैं भी कहती हूँ। जहां शून्य होता है, वहीं अवांछित वस्तुएं अपनी राह बनाती हैं?'

'बेटी, तू मुझे एक बात सच-सच बता।'

'पूछिए।'

'क्या तूने ईसाई धर्म पर विश्वास करके धर्म-परिवर्तन करने का निर्णय किया है?'

'नहीं, तनिक भी नहीं। मेरा धर्म-परिवर्तन तो शुद्ध सामाजिक आवश्यकता पर आधारित है, विश्वास तो मेरा हिन्दुत्व पर ही है।'

'यह कैसी बात है बेटी?'

'स्पष्ट है कि मैं कोई धर्मात्मा स्त्री नहीं हूँ, संसारी स्त्री-मात्र हूँ। संसार में रहने के लिए मुझे ईसाई समाज को ग्रहण करना पड़ा, क्योंकि दूसरा उपाय न था। पर हिन्दू-संस्कार, आत्मत्याग तो मेरे रक्त-बिंदुओं में है।'

'क्या तेरी ये बातें फादर जानते हैं?'

'ये बैठे तो हैं। मैं तो इन्हीं के सामने कह रही हूँ। इस तरह बोलने का साहस और ज्ञान तो फादर ही का दिया हुआ है मुझे।'

पादरी जानसन ने कहा, 'शुभदा ठीक कहती है मजूमदार साहब। मैं तो यह समझता हूँ कि धर्म-विश्वास के लिए आवश्यकता से अधिक आग्रह करना ठीक नहीं है। इसके अतिरिक्त मैं यह भी देखता रहा हूँ कि यहां की जनता का विश्वास हमें प्राप्त नहीं है। सोचने की बात है कि भारत में ईसाइयत का प्रचार लगातार सन् 1500 से होता आया है, परंतु सफलता हमें बहुत कम मिली है। मैं तो यह कह सकता हूँ कि भारत में ईसाइयत को फैलने की राह ही नहीं मिल रही है। साठ साल से हम लोग प्रचार कर रहे हैं, परंतु उच्च हिन्दुओं पर हमारा प्रभाव नहीं के बराबर है। गत तीस वर्षों में हमने कुल तीन सौ लोगों का धर्म-परिवर्तन किया है, जिनमें दो सौ केवल अछूत हैं। भारत में वे ही लोग धर्म-परिवर्तन करने को राजी होते हैं जो समाज में अनादृत और त्रस्त हैं। हकीकत तो यह है कि हिन्दुओं का धर्म-परिवर्तन आसान काम नहीं है। हिन्दुओं में प्रचलित किसी भी रिवाज को छूते ही सारी जनता विरोध में खड़ी हो जाती है। वास्तव में धर्म के क्षेत्र में हिन्दू अब भी अपने को संसार का गुरु मानते हैं।'

राजा राममोहनराय अब तक गम्भीरतापूर्वक सब बातें सुन रहे थे। अब उन्होंने कहा, 'परंतु सन् '13 के बाद, जब से धर्म-प्रचारकों पर से प्रतिबंध उठा है, सारा उत्तरी भारत ईसाइयों के प्रहारों से आहत हो रहा है। केरी डफ और विलसन के नेतृत्व में सारा ईसाई धर्म-प्रचारक संघ हिन्दू समाज पर टूट पड़ा है और अब उनका लक्ष्य उच्चवर्गीय हिन्दू ही हैं। कलकत्ता का बिशप कॉलेज, डफ कॉलेज और त्रिचनापल्ली का विलसन और एस.पी.जी. कॉलेज अब शिक्षा के माध्यम से ईसाई धर्म का प्रचार कर रहे हैं और यदि मैं भूल नहीं कर रहा हूँ तो इस समय समूचे भारत में देशी ईसाइयों की संख्या दो लाख तो अवश्य होगी। अभी उस दिन डॉक्टर डफ ने गर्वपूर्वक कहा था, जिस-जिस दिशा में पाश्चात्य शिक्षा प्रगति करेगी, उस-उस दिशा में हिन्दुत्व के कई अंग टूटते जाएंगे और अंत में आकर ऐसा होगा कि हिन्दुत्व का कोई अंग भी साबुत न रहेगा। उनके भाषण से प्रभावित होकर लार्ड साफ्टसबरी ने यहां तक कह डाला कि जो भी हिन्दू ईसाई परमात्मा का ध्यान करेगा, वह ब्रह्मा, विष्णु को खुद भूल जाएगा।

शुभदा ने कहा, 'यही तो बात है राय महाशय, क्या किया जाए। प्रहार हो रहे हैं, पर हिन्दुत्व की नींद नहीं टूटती, इसी से ईसाई धर्म-प्रचारकों के मंसूबे बढ़ रहे हैं।'

'निस्संदेह शुभदादेवी। अंग्रेज़ी शिक्षा के प्रवाह में हिन्दू युवक सभी दिशाओं से मुड़कर केवल पश्चिम की ओर देखने लगे हैं। उन्होंने जो दृष्टि प्राप्त की है उससे पूरब के संसार में उन्हें केवल दोष ही दोष दिखाई देने लगे हैं।'

'परंतु मैं जानती हूँ कि उनके भीतर धार्मिकता के कोई चिह्न नहीं हैं। जिन्होंने धर्म-परिवर्तन किया है वे सांसारिक कारणों से क्रिश्चियन हुए हैं। परंतु भारत में सदा से धर्म के साथ एक प्रकार का चरित्र-बल रहा है। वह न इन नये विचारों के तरुणों में है, न नव-ईसाइयों में। इसी से भारतीय जनता में उनकी कोई प्रतिष्ठा नहीं है। उलटे वे घृणा के पात्र बन रहे हैं।'

'तो बेटी, तू अपने को क्यों उस श्रेणी में रखती है। तेरे ज्ञान के नेत्र खुले हुए हैं, तू अब अपने घर चलकर रह,' मजूमदार ने कहा।

'रह नहीं सकती पिताजी, कारण बता चुक की हूँ। इनके अतिरिक्त कुछ और भी बातें हैं, इतना कहकर उसने फादर जानसन की ओर देखा, फिर आंखें नीची कर लीं।

पादरी जानसन ने कहा, 'इसी सप्ताह शुभदादेवी का शुभ विवाह मेजर मेकडानल्ड से हो रहा है, मजूमदार महाशय। शुभदादेवी यही कहना चाहती हैं।'

'क्या यह विवाह शुभदा अपनी इच्छा से कर रही है?' मजूमदार ने पूछा।

इस पर शुभदा ने कहा, 'जी हां, परंतु कदाचित् आपको बुरा लगे।'

'नहीं, मैं तो केवल यह कामना करता हूँ कि मेरी बेटी अपने जीवन में सुखी हो। अब तो मेरा-इसका पुराना नाता टूट चूका। अब नये नाते से यह मेरी बेटी है।'

'तो पिताजी, आप यदि ऐसी भावना रखते हैं तो अपने हाथ से ही अपनी पुत्री सत्पात्र को दीजिए।'

'यह तो विडम्बना की बात होगी। क्योंकि मैं तुम्हारे भावी पति को जानता तक नहीं। फिर भी मैं तुम्हारी किसी इच्छा में बाधक नहीं होऊंगा। पर तुम्हें मेरी एक बात रखनी होगी।'

'कहिए।'

'यह स्वीकार करो। मेरा दानपत्र है। मेरी सम्पत्ति की तुम्हीं उत्तराधिकारिणी हो। विवाह तुम्हारा शुभ हो। ये पांच लाख रुपए मैं तुम्हें देता हूँ। अब मैं राय महाशय के साथ ब्रह्म-उपासना में शेष जीवन व्यतीत करूँगा।'

'आपका यह अनुदान ग्रहण करने में मुझे संकोच हो रहा है। मैं गृहत्यागिनी हूँ।'

'तो इससे क्या, हो तो मेरी बेटी। मैं तुम्हारे ब्याह में अवश्य उपस्थित होता, परंतु अभी इतना साहस मुझमें नहीं।'

'क्या आप एक बार मेरे भावी पति से मिलना पसंद करेंगे?'

'न, न उसकी आवश्यकता ही अब नहीं है।'

'तो मैं उनसे पूछकर आपका यह अनुदान ग्रहण करूँगी।'

'नहीं, यह तुम्हें अभी, इसी समय ग्रहण करना होगा। इतना साहस और आत्मनिर्भरता तुममें होनी चाहिए।'

'क्या यह रकम मैं धर्म-प्रचार में खर्च कर सकती हूँ?'

'नहीं। मैंने तुम्हारे मुंह से सुनने के बाद यह निर्णय किया है कि तुम्हारा धर्म से कोई सीधा सरोकार नहीं है।'

'तो फिर इस धन का मैं क्या करूँगी?'

'अपने जीवन को सुखी और मन को संतुष्ट करने के लिए जो चाहो वही करना।'

'और यदि मैं यह धन न लूं?'

'तो मैं इसे राय महोदय को दे दूंगा।'

'वह अधिक अच्छा है। राय महाशय इस धन से देश की मानसिक दरिद्रता दूर कर सकेंगे।'

'बेटी, तुम बड़ी महान हो, बड़ी उदार हो। इस धन की स्वामिनी तुम्हीं हो। अपने हाथ से जिसे चाहे दे सकती हो।'

शुभदा ने वह दानपत्र राय महोदय के हाथ में देकर कहा, 'विवाह से प्रथम ही इसकी लिखा-पढ़ी करा लीजिए राय महाशय और विवाह में आप ही मेरे पिता का स्थान ग्रहण कीजिए तथा मेरा विवाह हिन्दू रीति से ही कीजिए।'

'बड़ी ही खुशी से शुभदादेवी, मैं तुम्हारा यह अनुदान और अनुरोध स्वीकार करूँगा, पर एक कठिनाई है। हिन्दू रीति से तुम्हारा विवाह नहीं हो सकता। क्योंकि तुम कुलीन ब्राह्मण-कन्या हो। परिणीता और विधवा हो, धर्मशास्त्र की रीति से तुम्हारा विवाह नहीं हो सकता।'

'मैंने इस बात पर विचार किया है। मेरा गांधर्व रीति से विवाह हो सकता है। मेरे पास प्रमाण हैं। प्राचीनकाल में ऐसे विवाह सम्पन्न हुए थे, जिनमें न जाति-पांति का विघ्न था, न विधवा की रोक-टोक।'

'शास्त्रीय बंधन और रोक-टोक हो तो भी मैं तो इसकी परवाह नहीं करता। पर तुम यदि ब्राह्म-समाज की रीति अपनाओ तो अधिक उत्तम है। हम लोग भी वेद-मंत्रों का उच्चारण करते हैं। हां, जाति से ब्राह्मण नहीं मानते।'

'तो यही सही। आप मेरे पिता, अभिभावक और पुरोहित सब कुछ बन जाइए।'

'मैं स्वीकार करता हूँ, परंतु क्या फादर और मेजर मेकडानल्ड इसे पसंद करेंगे?'

फादर जानसन ने कहा, 'मुझे कोई आपत्ति नहीं है। शुभदा जैसी बेटी पर मैं कोई विचार बलात् नहीं लादना चाहता। उसमें हिन्दू धर्म और ईसाई धर्म के तत्त्व को समझने की पूरी सामर्थ्य है। वह अपने लिए जैसा ठीक समझे वही कर सकती है।'

'किंतु मेजर मेकडानल्ड।'

'मैंने उनसे बात कर ली है। वे मेरे विचारों की कद्र करते हैं। वे उदार पुरुष हैं। बस हमारे बीच में यह तय हुआ है कि हमारे जो बच्चे होंगे वे क्रिश्चियन होंगे। मैंने यह बात स्वीकार कर ली है।'

'अच्छी बात है। मैं तुम्हारा अभिभावक और पुरोहित बनना स्वीकार करता हूँ, शुभदादेवी।

'तो इसी सप्ताह रविवार को, मेरे ही मकान पर यह शुभ कार्य होगा राय महोदय, मैं आपको आमन्त्रित करता हूँ।'

और यथासमय शुभदादेवी का विवाह अत्यंत सादगी के साथ सम्पन्न हो गया। विवाह-काल में शुभदा ने भारतीय वधू का वेश धारण किया। मेजर अपनी पूरी वर्दी में थे, बहुत से अंग्रेज़ अफ़सर तथा कुछ भारतीय मित्र इस महत्त्वपूर्ण विवाह में सम्मिलित हुए।

21

इसी बीच बहुत-सा पानी बह गया। दिल्ली का बादशाह जो कभी समस्त भारत के खज़ानों का स्वामी समझा जाता था, अब अपने हज़ारों कुटुम्बियों, आश्रितों, पर परिजनों और सेवकों का पालन भी नहीं कर सकता था। लालकिले की चहारदीवारी तक उसकी बादशाहत सीमित थी। अंग्रेज़ों ने वे सब आदाब, अलकाब, नज़रें और दरबारी अदब-कायदे, जो शाही प्रतिष्ठा के चले आते थे, बंद कर दिए थे। वे अब बादशाही पद को तोड़ने की जुगत में थे। बेचारा अकबर शाह बादशाह अपने खर्चे की रकम कम्पनी बहादुर से बढ़वाने के लिए हाथ-पैर मारते-मारते ही मर गया। उसने राजा राममोहनराय को अपना एलची बनाकर लंदन भेजा, पर बेकार। उनकी किसी ने नहीं सुनी। उनका वहीं देहांत हो गया। अंततः बेचारा बादशाह भी अपनी हज़ारों आरज़ुओं को संग लेकर कब्र में जा सोया। उसके बाद उसके उत्तराधिकारी बहादुरशाह ज़फर ने डगमग मुगल-तख्त पर अपने कांपते हुए कदम रखे। कैसा विचित्र संयोग था यह कि जिस समय बहादुरशाह ज़फर दिल्ली में मुगल-तख्त पर चढ़ रहे थे, उसी समय इंग्लैंड की रानी विक्टोरिया इंग्लैंड के सिंहासन पर आ बैठी। दोनों ही की आयु लगभग समान थी, परंतु बादशाह तख्त पर आए थे, अपने बाप-दादों का भारत साम्राज्य खोने के लिए, और रानी विक्टोरिया आई थी उसका उत्तराधिकार सँभालने के लिए।

इसी समय पंजाब के महाराजा रणजीतसिंह का देहांत हो गया। अंग्रेज़ों की एक बड़ी सिरदर्दी खत्म हो गई। रणजीतसिंह एक प्रकृत वीर पुरुष था। उसने अपने भुजबल से जो सिख-साम्राज्य स्थापित किया था, उसके उत्तर और ईशानकोण के छोर तिब्बत और हिन्दुकुश की सीमाओं को छू रहे थे। नैऋत्यकोण की ओर उस्मान खेल, खैबर तथा सुलेमान पर्वत तक उसका अंचल फैल चुका था। मिठनकोट से अमरकोट तक सिख-साम्राज्य की सीमाएं सिंधुनद के तीर पर छा रही थीं। अग्नि कोण की ओर सतलज ने एक रेखा बनाई थी, पर सतलज के इस पार भी पैंतालीस गांव सिख-साम्राज्य के आधिपत्य में थे। आज का काश्मीर और गिलगित प्रदेश भी महाराज रणजीतसिंह के साम्राज्य के अंतर्गत था। आश्चर्य की बात है कि रणजीतसिंह की मृत्यु के पीछे यह साम्राज्य ही पंजाब की स्वाधीनता को मटियामेट करने का कारण बना।

रणजीतसिंह कहा करता था कि मेरे पीछे मेरी जूती भी दस बरस राज करेगी। युद्ध और शासन दोनों में उसकी नैसर्गिक सत्ता थी। वह यद्यपि हैदरअली और शिवाजी के समान ही अपढ़ और रण-पंडित था, परंतु उसमें शिवाजी की दूरदर्शिता और राजनीतिज्ञता न थी, न हैदरअली जैसा प्रचंड साहस ही उसमें था। वह यद्यपि भाग्यशाली योद्धा, चतुर और संगठनकर्ता व्यक्ति था, पर तत्कालीन दुर्गुण जो उन दिनों यूरोप और भारत में सर्वत्र राजवर्गीयों के गुण बने हुए थे, उसमें भी थे। वह बड़ा भारी पियक्कड़ था। इसके अतिरिक्त वह अफ़ीम भी बहुत खाता था।

एक ओर युद्ध का कठोर जीवन और दूसरी ओर ये दुर्व्यसन और इनसे संलग्न अतिशय स्त्री-संसर्ग, इन सबने उसे उसके अंतिम दिनों में ऐसा जर्जर बना दिया था कि सन् 1838 में जब उसे फीरोज़पुर में अंग्रेज़ों ने देखा तो वे यह न समझ सके कि यही पुरुष विशाल सिख-साम्राज्य का प्रतिष्ठाता और अजेय योद्धा है। अगले ही वर्ष वह पक्षाघात से मर गया। दुर्भाग्य से उसके उत्तराधिकारियों में ऐसा कोई दूरदर्शी और चतुर संगठनकर्ता न था, जो इस विशाल साम्राज्य के भार को ढो सकता।

महाराज रणजीतसिंह ने अपने जीवनकाल ही में अपने लड़के खड़गसिंह को राजतिलक कराकर उसे राज्य का उत्तराधिकारी घोषित कर दिया था। साथ ही, राजा ध्यानसिंह को नायबुल सुलतान-ए-उज़मा खैरख्वाही समीमी दौलत सरकार, वज़ीर मुअज़्ज़िम, दस्तूरे मुखरम मुख्तार वा मुदासल महमकुल की उपाधि से विभूषित कर उसे वज़ीरे-आज़म बना दिया था। राजा की बीमारी की खबर चार साल से पंजाब में फैल रही थी। अब उसके मरने से किसी को आश्चर्य नहीं हुआ। ध्यानसिंह ने शवदाह से पूर्व मृत राजा के चरण छूकर प्रतिज्ञा की थी कि वह महाराज खड़गसिंह और उसके लड़के नौनिहालसिंह की सेवा ईमानदारी से करेगा। परंतु खड़गसिंह से उसकी बनी नहीं। खड़गसिंह ने उसे पदच्युत करके चेतसिंह को अपना प्रधानमंत्री बनाया। यह सिख राजा का दुर्भाग्य था।

देखने में रणजीतसिंह का नया राज्य बहुत विशाल था। परंतु उसकी जड़ खोखली थी। रणजीतसिंह न दूरदर्शी था, न उच्चकोटि का राजनीतिज्ञ ही। न उसके कोई महान राष्ट्रीय आदर्श ही थे, जिनके सूत्र में पिरोकर राष्ट्र-निर्माण किया जाता, न उसे विश्व की उस प्रगति का कुछ ज्ञान था जिससे जनक्रांति होकर नयी सभ्यता जन्म ले रही थी। उसकी सारी विजय उसके व्यक्तिगत शौर्य का परिणाम थी। न उसने राज्य-शासन चलाने के लिए शिवाजी के अष्ट प्रधानों की भाँति नयी संस्था बनाई थी, न खालसा जाति में राष्ट्रीय भावना उसने उत्पन्न की। हकीकत तो यह कि राष्ट्रीयता का मूल तत्त्व अभी एशिया में कहीं उदय ही न हुआ था। इसी का यह परिणाम हुआ कि सिख-राज्य का आधार एकदम निर्बल रह गया। दूसरे शब्दों में, महाराज रणजीतसिंह ने सिख-राज्य का जो इस्पाती विशाल लौह-यंत्र तैयार किया था, उसके पुर्जों को जोड़नेवाले पेंच लकड़ी के थे, जो यंत्र के भार ही से टूटते चले गए। उसने मरते समय अपने विशाल साम्राज्य का भार खड़गसिंह और राजा ध्यानसिंह इन दो ही व्यक्तियों पर डाल दिया, जिनमें परस्पर न समता थी, न मेल। पंजाब के रक्त में जो प्रचंड तीव्रता थी, उसका नियंत्रण और उपयोग रणजीतसिंह ने अपूर्व योग्यता से किया था, पर उसकी मृत्यु होते ही शक्तिवान सिख-साम्राज्य अपनी शक्ति के धक्के ही से बिखरकर चूर-चूर हो गया। 1839 में रणजीतसिंह की मृत्यु हुई और 1849 में सिख राज्य समाप्त हो गया। इन दस वर्षों का इतिहास अतिशय लज्जाजनक, अतिशय बर्बरतापूर्ण और अतिशय निंदनीय था।

खड़गसिंह में राजा बनने की कोई योग्यता न थी। वह दिन में दो बार अफीम की गोली चढ़ाता और दिन-भर उसकी पीनक में पड़ा रहता। वह महा आलसी और निर्बुद्धि था। राजनीति में वह कोरा था। साहस उसमें था ही नहीं।

उसने राजा ध्यानसिंह और उसके पुत्र हीरासिंह का दरबार में आना बंद कर दिया, तथा अपने नये वज़ीर चेतसिंह के हाथ की कठपुतली बन गया। चेतसिंह पक्का चलता-पुर्जा, खटपटी और दुश्चरित्र था। वह दुष्ट प्रकृति का आदमी था। परंतु राजा ध्यानसिंह भी बड़ा कूटनीतिज्ञ व्यक्ति था। ध्यानसिंह ने खड़गसिंह के पुत्र नौनिहालसिंह और पत्नी चाँदकौर को तथा उन सरदारों को जो खड़गसिंह के दुर्व्यवहार के शिकार थे, मिलाकर एक ज़बर्दस्त विद्रोह का संगठन किया और एक दिन सुबह जब खड़गसिंह अफ़ीम की पीनक में झूम रहा था, वह दल-बल सहित किले में घुस गया। पहरेदारों को मारकर उसने खड़गसिंह को कैद कर लिया। चेतसिंह डरकर छिप गया। उसे शयनागार से निकालकर ध्यानसिंह ने अपने हाथ से उसके टुकड़े-टुकड़े कर डाले। कैद में खड़गसिंह को बहुत अपमानित किया गया और बहुत कष्ट दिए गए। नौनिहाल ने अपने असहाय पिता पर मनमाने अत्याचार होने दिए। अंतत: एक वर्ष जेल-यंत्रणा भोगकर खड़गसिंह मर गया। उसकी दो रानियाँ तथा दस दासियाँ उसके साथ सती हुईं। अभी उसका शव जल भी न पाया था कि नौनिहाल एक दोस्त के हाथों में हाथ डाल पैदल ही वहां से चल दिया। नाले में उसने स्नान किया। फिर वह ज्यों ही हुजूरी बाग के सिंहद्वार से गुज़रा, दीवार उस पर गिर गई। दोनों को सख्त चोट आई। उसका मित्र तो वहीं मर गया, पर नौनिहाल दो घण्टे बाद मरा। इस प्रकार केवल एक वर्ष ही राज्य करके इस अभागे और क्रूर तरुण राजा का अंत हो गया।

नौनिहाल की मृत्यु के बाद षड्यंत्रों और हत्याओं की बाढ़ आ गई। नौनिहाल के मरने पर खड़गसिंह की विधवा चाँदकौर रानी ने शासन की बागडोर अपने हाथ में ले ली और ज़बर्दस्त समर्थक बना लिये। राजा ध्यानसिंह जम्मू के पहाड़ों में भाग गया और अपने भाई गुलाबसिंह को रानी के पास छोड़ गया। लाहौर दरबार की इस घटनावली को अंग्रेज़ बड़े व्यग्र होकर देख रहे थे। उनकी लोलुप दृष्टि लाहौर पर थी। जिस रणजीतसिंह से वे डरते थे, वह तो अब मर चुका था। अंग्रेज़ सिखों की वीरता से भी बेखबर न थे। परंतु उनकी चरित्रहीनता की दुर्बलता वे जान गए थे। अब वह अवसर आ पहुंचा था जिसकी वे ताक में थे। इस समय लाहौर-दरबार में मिस्टर क्लार्क ईस्ट इंडिया कम्पनी के एजेंट थे, जो राजा ध्यानसिंह के गहरे मित्र थे। राजा ध्यानसिंह भी पूरी तौर पर अंग्रेज़ों के दोस्त थे। अब राजा ध्यानसिंह और मिस्टर क्लार्क ने मिलकर यह शिगूफा छोड़ा कि स्वर्गीय महाराज रणजीतसिंह की विधवा रानी जिंदाँ ने, जो राजा की मृत्यु के समय गर्भवती थी, रणजीतसिंह की मृत्यु के बाद पुत्र-प्रसव किया है जिसका समाचार जान-बूझकर दरबार के लोगों ने छिपा रखा था। उन्होंने इस बात की सूचना अंग्रेज़ सरकार को दी और इस गहरी चाल से रणजीतसिंह के पुत्र के रूप में चाँदकौर का एक ज़बर्दस्त प्रतिद्वंद्वी उठ खड़ा हुआ।

परंतु रानी का एक और प्रतिद्वंद्वी था, रणजीतसिंह का दूसरा बेटा शेरसिंह, जो मुकेरियां में बैठा सुअवसर की प्रतीक्षा कर रहा था। अब वह बाज़ की तरह लाहौर आ पहुंचा। उसने सरदार ज्वालासिंह को अपना सरदार बनाया और लूट में हिस्सा देने का प्रलोभन देकर राज्य की सेना को अपने पक्ष में कर लिया। लाहौर के बाद 'बुद्ध का आवा' नामक टीले पर हज़ारों सिख सैनिक शेरसिंह के झंडे के नीचे आ खड़े हुए। इस सेना ने खुल्लमखुल्ला जिंदाँ रानी के पुत्र दिलीप सिंह को अवैध बताया और शेरसिंह को पंजाब का राजा घोषित कर दिया। सेना ने किले पर गोले बरसाना और शहर को लूटना आरम्भ कर दिया। लाहौर में अंधेरगर्दी मच गई। इसी बीच राजा ध्यानसिंह कश्मीर से सेना लेकर आ पहुंचा। उसने शेरसिंह का पक्ष लिया। शेरसिंह पंजाब का राजा बन गया और राजा ध्यानसिंह सुरक्षा का बहाना कर लाहौर दरबार का सम्पूर्ण खज़ाना घोड़ों और गाड़ियों में लादकर कश्मीर ले गया।

परंतु शेरसिंह खड़गसिंह से भी गया-गुज़रा निकला। वह शराब पीकर शिकार खेलता। राज-काज से उसे कोई सरोकार न था। षड्यंत्र अब और भी बढ़ गए थे। ध्यानसिंह फिर वज़ीर बन गए थे। राज्य का सब भार अब उन्हीं पर था, पर उन्हें राज्य या प्रजा की अपेक्षा अपनी ही चिंता थी। पहली कलम उसने अपने प्रतिद्वंद्वी ज्वालासिंह को जंजीरों से बांधकर जेल में डलवा दिया, जहां वह तड़प-तड़पकर मर गया। अब शेरसिंह का दूसरा शिकार थी चाँदकौर रानी। उसने चाँदकौर पर चद्दर डालकर ब्याह करने की इच्छा प्रकट की, पर उसके इनकार करने पर उसने दासियों को लालच देकर उसे मरवा डाला। बाद में इसी अपराध में दासियों के नाक-कान और हाथ कटवा लिये। उससे यह भूल हुई कि उनकी जीभ नहीं कटवाई, इससे शेरसिंह की वीभत्स पाप-कथा उन्होंने सारे पंजाब में फैली दी।

अब एक विचित्र, कूर और विश्वासघात-भरे षड्यंत्र का सूत्रपात हुआ। इस समय सारे राज्य में फूट पड़ी थी और दरबार में दो दल बन गए थे। एक का नेता राजा ध्यानसिंह था, दूसरे के लहनासिंह और अजीतसिंह थे। इन्होंने राजा को विश्वास दिलाया कि ध्यानसिंह बड़ा खतरनाक आदमी है, वह आपको मार डालने की फिक्र में है। इस पर राजा ने उन्हें लिखित आज्ञा दे दी कि वे लोग चाहे जिस भी ढंग से ध्यानसिंह को मार डालें। उन्हें अपराधी नहीं माना जाएगा। राजा से वे लोग यह आज्ञा-पत्र लेकर ध्यानसिंह के पास पहुंचे और उसे आज्ञा-पत्र दिखाकर कहा कि राजा आपका जानी दुश्मन है। उसे मारे बिना आपका निस्तार नहीं। राजा ध्यानसिंह ने सुना तथा आज्ञा-पत्र देख उन्हें राजा को मार डालने का आज्ञा-पत्र लिख दिया। अंततः उन्होंने राजा शेरसिंह और उसके बारह वर्ष के पुत्र उत्तराधिकारी प्रतापसिंह का निर्दयतापूर्वक वध कर डाला। इस भीषण हत्याकाण्ड से राजधानी में प्रतिहिंसा की ज्वाला भड़क उठी। इस प्रक्रिया का नेता था राजा ध्यानसिंह का लड़का हीरासिंह। खालसा सेना तथा सौ तोपों के साथ सांझ के समय हीरासिंह किले से नगर में दाखिल हुआ। अजीत और लहना लड़ते हुए मारे गए। उनके सब साथी भी कत्ल कर डाले गए। चार दिन की लड़ाई और खून-खराबी के बाद बालक राजा दिलीपसिंह को पंजाब का राजा घोषित कर दिया गया। वज़ीर का पद राजा हीरासिंह ने

संभाला। इस समय दिलीपसिंह की आयु पांच वर्ष की थी। उसकी माता जिंदाँ उसकी अभिभावक बनी थी।

बारम्बार के इस राज्य परिवर्तन ने सिपाहियों की शक्ति को बहुत बेकाबू कर दिया था। प्रत्येक नेता को उन्हीं का सहारा लेना पड़ता था और उन्हें इनाम के तौर पर शहर और कभी-कभी सरकारी खज़ाने और तोशाखाने को लूटने की भी आज्ञा देनी पड़ती थी। वास्तव में इस समय वास्तविक सत्ता खालसा सिपाहियों की थी। सरदार उनके केवल सिख सेना के संसप्तक समझे जाने लगे थे।

राजा हीरासिंह बड़ा चालाक आदमी था। वह कई भाषाओं का पंडित और अंग्रेज़ों का क्रीत दास था। उनका प्रधान सलाहकार जल्ला पंडित था। अभी यह व्यवस्था जम भी न पाई थी कि दिलीपसिंह के मामा जवाहरसिंह ने कई सरदारों को मिलाकर हीरासिंह के विरुद्ध विद्रोह का झंडा ऊँचा कर दिया। उस समय सिख-साम्राज्य का प्रत्येक सरदार राजशक्ति हथियाने के जोड़-तोड़ लगा रहा था। आगे-पीछे की बात कौन सोचता। नित्य नये बखेड़े उठ खड़े हो रहे थे और भाँति-भाँति के अनर्थ रोज़ होते थे। विवेक और दया-माया तो जैसे पंजाब से उठ गए थे। इधर लाहौर षड्यंत्रों का अड्डा बना हुआ था, उधर कश्मीर के राजा गुलाबसिंह अपना उल्लू सीधा करने में लगे थे। लाहौर-दरबार की दुर्व्यवस्था उनके लिए आशीर्वाद बन गई थी। इसी धांधलेबाज़ी में कुंवर पिथौरासिंह और कुंवर कश्मीरासिंह ने अपने को गद्दी का दावेदार घोषित कर विद्रोह का झंडा खड़ा कर दिया। ये दोनों नवयुवक अपने को रणजीतसिंह के पुत्र कहते थे। पर इनका वास्तविक किस्सा यह था कि गुजरात के सरदार साहब सिंह की दो विधवाएं थीं-रत्नकौर और दयाकौर। उन दोनों को रणजीतसिंह ने चादर डालने की रीति से घर में डाल लिया था। रानी दयाकौर ने ये दोनों लड़के मोल खरीदे थे। पिथौरासिंह तो लाहौर के एक दुकानदार के यहां से खरीदा गया था और कश्मीरासिंह जम्मू से खरीदा गया था। दयाकौर ने दोनों को बेटा बनाया हुआ था। इसी नाते से यह इतने बड़े सिख-साम्राज्य के स्वामित्व का दावा करने लगे थे। हीरासिंह और जल्ला पंडित उनके विरोधी थे तथा खालसा सेना उनके पक्ष में थी। गुलाबसिंह ने जम्मू बुलाकर उन दोनों को नज़रबंद कर उनसे एक लाख रुपया तलब किया। उधर मुलतान के दीवान सावनमल के मरने पर उनके लड़के दीवान मूलराज ने लाहौर को खिराज देना ही बंद कर दिया और मुलतान को स्वतंत्र राज्य कहने लगे। खालसा सेना को महीनों से वेतन नहीं मिला था। वह धीरे-धीरे नियंत्रण से बाहर हो रही थी। उसने कश्मीर से राजा सुचेतसिंह को मंत्री-पद देने के लिए बुलाया, जो हीरासिंह का चचा था। परंतु हीरासिंह ने खालसा सेना को घूस देकर उसी के द्वारा उन्हें मरवा डाला, परंतु तुरंत ही एक नया षड्यंत्र उठ खड़ा हुआ जिसका नेतृत्व स्वयं ज़िंदाँ रानी कर रही थी। राजा का खजांची लालसिंह, जो रानी का प्रेमी भी था, रानी का सहायक था। हीरासिंह और उसके साथी जल्ला पंडित ने निकल भागने की चेष्टा की, पर विरोधी सेना ने उन्हें घेर लिया। उससे पिंड छुड़ाने के लिये उन्होंने थैलियों के मुंह खोल दिए और रास्ते में सोना बिखेर दिया।

परंतु उनकी रक्षा न हो सकी और अंत में राजा हीरासिंह और उसके सलाहकार जल्ला पंडित खालसा सेना के हाथों बुरी मौत मरे। उनके शवों की भयानक दुर्दशा की गई। जल्ला का सिर प्रत्येक दुकान के आगे दिखाया गया और सारे शहर में वह सिर दिखाकर कुत्तों को खिला दिया गया। राजा हीरासिंह का सिर तथा राजा गुलाबसिंह के लड़के मियां सोहनसिंह का सिर मोरी दरवाज़े पर लटकाए गए।

हीरासिंह की मृत्यु के बाद जवाहरसिंह वज़ीर हुए। ये रानी जिंदाँ के भाई और दिलीपसिंह के मामू थे। पिथौरासिंह ने इस समय अटक का किला अधिकृत कर लिया था। जवाहरसिंह ने उसे कैद कराकर और गला घोटकर मरवा डाला। यह खबर सुनकर खालसा सेना एकदम जवाहरसिंह के विरुद्ध हो गई। उसने हुक्म भेजा कि जवाहरसिंह हाज़िर हों। जवाहरसिंह हाथी पर सवार हो और बालक राजा दिलीपसिंह को गोद में बिठाकर तथा दूसरे हाथी पर अपनी बहन रानी ज़िंदाँ को बिठाकर सोना बरसाते हुए खालसा सेना के सामने पहुंचा और सेना को बहुत लोभ-लालच दिया। खालसा सेना ने बालक राजा को तो उसकी गोद से छीन लिया और जवाहरसिंह को हाथी से उतरने को कहा। उसने बहुत हाथ-पैर जोड़े पर उसे वहीं मार डाला गया। उसका सारा धन लूट लिया गया और जब उसकी लाश हाथी से नीचे गिरी तो सिपाहियों ने उसे लातों से खूब रौंदा। जब जवाहरसिंह की दो रानियां और तीन दासियां सती होने लगीं तो खालसा सेना के सिपाहियों ने उनके शरीर के गहने नोच लिये। उनकी नाक की नथ नोच ली। यहां तक कि ज़री के लालच से उनके पायजामे तक पर हाथ फेंका। इन स्त्रियों को वास्तव में ज़बर्दस्ती सती किया गया था। बहुत दिन तक भाई के मरने से रानी जिंदाँ शोक से पागल रही। वह प्राय: सिर के बाल खोले लाहौर की गलियों में घूमती हुई सर्वसाधारण के सामने बिना किसी पर्दे के भाई की समाधि पर भाटी दरवाज़े पहुंचती और सिर धुनती रहती।

इधर तो पंजाब में ये सब वीभत्स कांड हो रहे थे उधर अंग्रेज़ सिख-साम्राज्य को हड़पने की तैयारी में थे। प्रबल खालसा सेना से उन्हें टक्कर लेनी होगी, यह वे जानते थे। उन्होंने लुधियाना और फीरोज़पुर में तो अपनी छावनियां डाली हुई थी ही, अब अम्बाला में भी छावनी डाल दी थी और उसकी पीठ पर मेरठ में भी छावनी डालकर भारी सेना का संगठन एकत्र कर लिया था। इस समय सतलुज में अंग्रेज़ी जहाज़ घिरे रहते थे। देशद्रोही सरदार सिख-सेना को अंग्रेज़ों से भिड़ने को भड़का रहे थे, क्योंकि खालसा सेना की बढ़ती हुई शक्ति से सभी भयभीत थे। राजकोष खाली था और रानी जिंदाँ अब जैसे-तैसे बालक राजा दिलीपसिंह की प्रतिपालिका बनकर काम चला रही थी। उसने लालसिंह को अपना सलाहकार मंत्री बनाया हुआ था और उसे राजा का खिताब दे दिया था। अफ़वाह थी कि रानी से उसके अनुचित सम्बन्ध थे। खालसा सेना लालसिंह से भी बिगड़ रही थी और अब किसी भी समय अंग्रेज़ों से भयंकर युद्ध हो सकता था। सारे पंजाब में अफ़वाह फैली थी कि अंग्रेज़ सतलुज पर नावों का पुल बनाने के लिए बम्बई से नावें मंगा रहे हैं और मुलतान पर आक्रमण करने को सिंध पर सेना एकत्र कर रहे हैं।

22

वाटरलू संग्राम ने अंग्रेज़ों के सिर से फ्रांस का भूत तो उतार दिया था, परंतु अब उनके सिर पर रूस का भूत सवार था। साम्राज्यवाद का यही रूप है कि वह सदा शत्रुओं के भय से कांपता रहता है। जिस समय सन् 1836 में लार्ड आकलैंड हिन्दुस्तान के गवर्नर-जनरल बनकर आए तब अंग्रेज़ अफगानिस्तान के रास्ते रूस से भारत पर आक्रमण करने के सपने देख रहे थे। और बारम्बार उनकी नज़र रणजीतसिंह पर जाती थी, जिसकी प्रबल वाहिनी के भरोसे वे उधर से बेफिक्र थे। परंतु अब रूस मध्य एशिया में अपना प्रभाव बढ़ा रहा था। सन् 1837 में ईरान की सेनाओं ने हिरात पर आक्रमण कर दिया। अंग्रेज़ों ने समझा कि इसमें रूस का हाथ है। हिरात पर कब्जा होने से वे भारत में आसानी से प्रविष्ट हो सकते थे। इस समय अफगानिस्तान की स्थिति भी बहुत डावांडोल हो उठी थी। अहमदशाह अब्दाली के वंशधर शाहशुजा को हराकर वरुकज़ाई वंश का दोस्तमुहम्मद अफगानिस्तान का अमीर बन गया था और शाहशुजा भागकर भारत में आ अंग्रेज़ों की संरक्षता में लुधियाना में रह रहा था। जब ईरान ने आक्रमण किया तो इससे अंग्रेज़ और दोस्तमुहम्मद दोनों ही डर गए। दोनों ने संधि की बात की। दोस्तमुहम्मद रूस के विरुद्ध अंग्रेजों के गुट में मिलने को तैयार था, पर उसने यह पख लगाई थी कि अंग्रेज़ रणजीतसिंह से पेशावर छीनकर उसे वापस दिला दें। पर रणजीतसिंह को अंग्रेज़ नाराज़ नहीं कर सकते थे। इससे दोस्तमुहम्मद ने रूस की ओर रुख किया और तुरंत ही रूस का राजदूत काबुल में जा पहुंचा। बस, इसी बात पर आकलैंड ने काबुल पर आक्रमण करने का निर्णय कर लिया। उसने सोचा, इस समय वहां की आंतरिक स्थिति डावांडोल है, अत: यह अच्छा अवसर है। अंग्रेज़ों ने सन'38 में रणजीतसिंह से एक संधि की और यह ठहरा कि शाहशुजा को फिर अफगानिस्तान की गद्दी पर बिठाया जाए। शाहशुजा ने प्रतिज्ञा की कि वह अंग्रेजी सरकार का फर्माबरदार रहेगा। सन्'39 में जब रणजीतसिंह अंतिम सांस ले रहा था, ब्रिटिश सेनाएं सिंध की राह अफगानिस्तान में घुस गईं और गज़नी को फतह करती हुई काबुल जा धमकीं। दोस्तमुहम्मद भाग खड़ा हुआ और शाहशुजा को अंग्रेज़ों ने काबुल का अमीर बना दिया। इस विजय को बहुत महत्त्व मिला। आकलैंड को अर्ल का खिताब मिला। मार्शल कीन को लार्ड बना दिया गया। सेक्रेटरी मैकनोटन को सर की उपाधि दी गई।

पर अभी यह धूमधाम खत्म भी नहीं हुई थी कि रंग बदलने लगा। अफगानिस्तान की स्वतंत्र और लड़ाकू जाति ने अंग्रेज़ों की इस संगीनों की सत्ता को सहन नहीं किया। वे शाहशुजा से भी घृणा करते थे। अफगानिस्तान का बच्चा-बच्चा अंग्रेज़ों का और उनके पिट्ठू शाहशुजा का दुश्मन हो उठा। अंग्रेज़ सिपाहियों के अत्याचारों ने अफगानों को बुरी तरह उत्तेजित कर दिया। अपनी विजय में उन्मत्त गोरे सिपाही काबुल की सुंदर स्त्रियों की खोज में घूमने लगे और उन्होंने कई प्रतिष्ठित अफगान परिवारों की पवित्रता को भंग कर दिया। अफगानिस्तान में जगह-जगह उपद्रव होने लगे। चारों ओर विद्रोह की आग भड़क उठी। उस समय अंग्रेज़ी सेना के सेनापति प्रसिद्ध एलफिंस्टन थे, पर वे बहुत बूढ़े हो गए थे और रोगी भी थे। उन्होंने यह एक भूल की कि

वालाहिसार का साधन-सम्पन्न दुर्ग तो उन्होंने शाहशुजा को दे दिया और अग्रेज़ी सेना को खुले मैदान में कैंप लगाकर रखा।

बस, एक दिन अफगान अंग्रेज़ी सेना पर टूट पड़े। अंग्रेज़ राजदूत अलैक्ज़ेडर को घर से घसीटकर लाया गया और उसके टुकड़े-टुकड़े कर डाले गए। फिर अफगानों ने अंग्रेज़ी सेना का स्टोर लूट लिया। अब घबराकर अंग्रेज़ सेनापति ने अफगानों से संधि की याचना की। पर जब संधि की बातचीत करने सर मैकनोटन गए तो उन्हें भी कत्ल कर दिया गया। आखिर अंग्रेज़ अपना बहुत-सा सामान अफगानों को भेंट कर सोलह सौ सिपाहियों के साथ भारत की सीमा की ओर रवाना हुए। इस लौटती हुई अंग्रेज़ सेना पर पठान कबाइलिये ऐसे टूट पड़े, जैसे लाश पर गीध। अंत में सेनापति एलफिंस्टन और अंग्रेज़ अफ़सरों को स्त्री-बच्चे बंधक के तौर पर दोस्तमुहम्मद के हाथ सौंपने पड़े। शेष सिपाही मरने के लिये बर्फीली सड़कों पर कबाइलियों की दया पर छोड़ दिए गए। 6 जनवरी को काबुल से जो सोलह सौ सिपाही जलालाबाद की ओर चले थे, उनमें से बचकर केवल एक अंग्रेज़ डॉक्टर ब्राइडन एक सप्ताह बाद भूखा और घायल अर्द्धमृत अवस्था में जलालाबाद पहुंचा था। इस भयानक समाचार से अंग्रेज़ों पर मातम छा गया। बेतहाशा रुपया खर्च करके और हज़ारों जानें गंवाकर यह भीषण पराजय उन्हें मिली। बोर्ड ने आकलैंड को वापस बुला लिया और लार्ड एलिनबरा गवर्नर-जनरल बनकर हिन्दुस्तान में आए। इस समय भी अंग्रेज़ी सेना अफगानिस्तान के हर मोर्चे पर हार रही थी। हलकज़ाई में जनरल इंग्लैंड और गज़नी में जनरल पामर मार खा रहे थे। कन्धार की सेनाएं मुसीबत में फंसी थीं। इन सब बातों से घबराकर लार्ड एलिनबरा ने ब्रिटिश सेना को अफगानिस्तान खाली करने की आज्ञा दे दी। परंतु इसी समय पठानों ने शाहशुजा को मार डाला और अफगानिस्तान में अव्यवस्था फैल गई। इस परिस्थिति से लाभ उठाकर लार्ड एलिनबरा ने दूसरा हुक्म भेजा कि यदि जनरल नॉट ठीक समझें तो कन्धार से जलालाबाद सीधे न आकर गज़नी और काबुल होते हुए और पठानों को एक ठोकर लगाते हुए आएं। इस समय जलालाबाद की सेनाओं को लेकर जनरल पोलक भी जनरल नॉट से जा मिला। इन दोनों सेनाओं की सम्मिलित शक्ति ने अफगानों की बिखरी हुई सेनाओं को परास्त करके वालाहिसार के किले पर फिर यूनियन जैक फहरा दिया। एक बार उन्होंने प्रतिहिंसा का फिर नंगा नाच नाचा और अतिशय कूर और नृशंस अत्याचारों से काबुल को रौंद डाला। मस्जिदों तक को मिस्मार कर दिया। सारा काबुल शहर लूटमार कर नष्ट कर दिया गया। जब वे लौटे तो अपने साथ सोमनाथ के तथाकथित फाटक, जिन्हें महमूद गजनी ले गया बताते थे, उठा लाए। दोस्त-महम्मद को कैद से छुड़ाकर अमीर बना दिया। लार्ड एलिनबरा ने इस विजय की बड़ी शानदार जयंती मनाई। उसने इस विजयिनी सेना का स्वागत करने को कलकत्ता से फीरोज़पुर तक दौड़ लगाई और गाजे-बाजे के साथ बड़ी धूमधाम से उस सेना का स्वागत किया, जिसके सेनापति जनरल नॉट और जनरल पोलक थे।

अफगानिस्तान पर आक्रमण करने के लिए जो अंग्रेजी सेनाएं आई थीं, वे सिंध की राह सिंधनद के मार्ग से आई थीं। सन् 1731 ही में अलेक्जेंडर बर्न्स ने काबुल से लौटते हुए सिंधनद

के प्रवाह को सैनिक महत्त्व दे दिया था। अब इस अभियान के बाद उसका ध्यान सिंध के सैनिक महत्त्व की ओर गया और सिंध पर अधिकार करने को वे व्यग्र हो उठे। सिंध में उस समय बलूच अमीरों का राज्य था। उनकी तीन राजधानियां थीं; हैदराबाद, खैरपुर और मीरपुर। अहमदशाह दुर्रानी के शासनकाल में वे अफगानिस्तान के अधीन थे; परंतु अब स्वतंत्र हो गए थे। सिंध पर रणजीतसिंह की भी नज़र थी, पर अंग्रेज़ों ने उसके मंसूबे पूरे नहीं होने दिए। सन् '38 से सिंध में एक अंग्रेज़ रेजीडेंट भी रहने लगा था। तय यह हुआ था कि अंग्रेज़ सिंध में केवल व्यापारी जहाज़ चलाएँगे, लड़ाई के जहाज़ नहीं। परंतु जब उन्होंने अफगानिस्तान पर अभियान किया तो सब सन्धि की शर्तें तथा अंतर्राष्ट्रीय नियम ताक में रखकर लड़ाई के जहाज़

सिंध में ठेल दिए गए। जब अफगानिस्तान में अंग्रेज़ों की पहली हार हुई तो उसका खामियाजा पूरा करने को लार्ड एलिनबरा ने सिंध को अपना शिकार बनाया। सिंध पर आक्रमण का बहाना तो भेड़ और भेड़िये की कहानी थी। लार्ड एलिनबरा ने पहला काम यह किया कि सिंध के रेजीडेंट मेजर जेम्स औटरम को हटाकर सर चार्ल्स नेपियर को रेजीडेंट नियुक्त किया। नेपियर एक योग्य सेनापति था। पर वह उग्र और झगड़ालू था। जेम्स औटरम नरम आदमी था। वह लार्ड एलिनबरा के मतलब का आदमी न था। नेपियर ने आते ही अपना काम शुरू कर दिया और अंग्रेजी फ़ौजों ने बिना ही पूर्व सूचना के सिंध के प्रसिद्ध दुर्ग ईमानगढ़ पर चढ़ाई करके उस पर अधिकार कर लिया। इस सीनाजोरी से बेचारे अमीर घबरा गए। सब प्रजा भड़क गई, भीड़ ने रेजीडेंसी पर आक्रमण कर दिया। अब नेपियर को पूरा बहाना मिल गया और सिंध के विरुद्ध खुली युद्ध-घोषणा कर दी गई। मियनी के मैदान में दोनों सेनाओं की मुठभेड़ हुई। अमीर की सेना में तीस हज़ार सिपाहियों की भीड़ थी, जबकि जनरल नेपियर की कमान में तीन हज़ार व्यवस्थित योद्धा थे। सिंध की सेना पूरी तौर पर परास्त हो गई और भेड़ों पर भेड़ियां जीत गया। अंत में हैदराबाद को जी भरकर लूटा गया, अमीरों के महल और जनानखानों में घुस-घुसकर लूटा गया, कत्लेआम और बलात्कार किया गया। उनके सोने-चांदी और जवाहरात से लबालब खज़ाने लूट लिये गए। लूट का अनुमान इसी से किया जा सकता है कि उसमें से पंद्रह लाख से भी ऊपर की रकम चार्ल्स नेपियर की जेबों में रह गई थी। इस समय नेपियर ने कहा था, हमारा यह काम साहस और बदमाशी से भरा हुआ है। हमारे हाथ अफगानों के खून से भरे हुए हैं। अमीरों को इसलिए सज़ा दी गई क्योंकि हम अफगानों से पिट गए थे, और अब हमने अमीरों को पीट दिया। छुट्टी हुई। इस प्रकार अंग्रेज़ों ने सिंध को चुपचाप अपनी जेब में डाल लिया और अब कलकत्ता में सिंध और अफगानिस्तान के लूटे हुए सोने-चांदी और हीरे-मोतियों के अम्बार लगे पड़े थे।

23

जिस प्रबल अर्थ-क्रांति और उद्योग-क्रांति से परिचालित होकर अंग्रेज़ एशिया में अपना साम्राज्य संगठित करते चले जाते थे, उसके सम्बन्ध में न भारत में और न एशिया में ही कोई कुछ जानता था। जन-जागरण और उद्योग-क्रांति जो समूचे यूरोप को इस समय आंदोलित कर

रही थी, और जिसका केन्द्र-स्थल ब्रिटेन था, एशिया-भर के लिए अपरिचित थी। अंग्रेज़ झूठ बोलते थे, फरेब करते थे, संधियों को भंग करते थे, रिश्वतें देते थे और युद्ध करते थे। वे अपनी अर्थसिद्धि के लिए प्रत्येक सम्भव उपाय काम में लाते थे। इन उपायों को वे निर्दोष समझते थे। युद्ध में हज़ारों आदमियों का खून बहाकर फतह करने की अपेक्षा घूस और रिश्वतों से काम निकालना वे ज़्यादा ठीक समझते थे। यह सरल था। इसमें कम प्राणहानि होती थी। अर्थ-सिद्धि तुरंत होती थी। इसके विपरीत भारतीय राजा, नवाब, बादशाह उनसे सन्धि करके उन्हें सदा के लिए दोस्त बनाना चाहते थे। वे चाहते थे कि सन्धियों द्वारा वे जहां हैं वहीं टिके रहें। पर ये सारी सन्धियां तो अंग्रेज़ों का ध्रुव ध्येय न थीं, उनके बढ़ते हुए कदम थीं। वे जा रहे थे-अपनी बड़ी मंज़िल

पर। वे कदम-कदम पर रुककर खड़े कैसे रह सकते थे। परंतु उनकी इस अविराम गति को भारतीय और एशिया के राजा-नवाब समझते नहीं थे। वे यह विचार ही नहीं करते थे कि वे राजा और नवाब और बादशाह जैसे पीढ़ी दर पीढ़ी के लिए अपने राज्य के स्वेच्छाचारी स्वामी हैं, वैसा कोई भी अंग्रेज़ अफ़सर नहीं है। गवर्नर-जनरल से लेकर साधारण सिपाही तक कर्त्तव्य पर परिमित समय के लिए नियुक्त है। उसके बाद दूसरा आया और उसके बाद तीसरा, फिर चौथा। ये उद्‌ग्रीव और उन्मुख अंग्रेज़ भी उद्योग-क्रांति से जनक्रांति के बीच गुज़रते हुए अपने राजा का भी सिर काट चुके थे। वे नहीं समझ पा रहे थे कि यह उत्तराधिकार और विरासत क्या बला है। एक आदमी यदि अपुत्र मरता है तो वह किसी एक पराये कल्पित अबोध बालक को अपना उत्तराधिकारी क्यों घोषित करता है? वे यह भी न समझ सकते थे कि इस कल्पित उत्तराधिकारी के प्रति क्या वे सब प्रतिज्ञाएं पालन की जाएं जो मृत व्यक्ति के साथ की गई थीं। यह तो जनोत्थान और अर्थशास्त्र दोनों ही दृष्टियों से हीन कार्य था।

यही कारण था कि अंग्रेज़ कदम-कदम बढ़ाते जा रहे थे और अपने देश और घर से दूर साम्राज्य स्थापित कर रहे थे तथा भारतीय और एशियाई देश अपने ही देश में पराजित होते और हारते जा रहे थे।

वे नहीं जानते थे कि जनोत्थान और उद्योग-क्रांति वहां कैसे उत्पन्न हुई, और उसने किस प्रकार यूरोप को प्रभावित किया और कैसे ब्रिटेन सारे संसार के स्वर्ण का स्वामी बनता जा रहा है।

24

भारत में इस्लाम का चरण एक भारी विपत्ति को साथ लाया था, जिसने देश के सामाजिक, धार्मिक, नैतिक तथा राजनैतिक जीवन को छिन्न-भिन्न कर दिया और समस्त देश को दो परस्पर विरोधी दलों में विभक्त कर दिया। सातवीं शताब्दी के आरम्भ ही में इस्लाम के पैगम्बर मुहम्मद ने अरब में इस्लाम की शिक्षा दी और उनके जीवनकाल में ही समूचा अरब मुसलमान हो गया

था। इसके बाद उनकी मृत्यु के बाद सौ वर्षों के भीतर ही मेसोपोटामिया, सीरिया, येरूश्लम, ईरान, तातार, तुर्किस्तान और चीन का कुछ भाग, मिस्र, कारथेज तथा सम्पूर्ण उत्तरी अफ्रीका मुसलमानों ने जीतकर अपना महान साम्राज्य स्थापित कर लिया। विशाल रोमन साम्राज्य भी इनके हमलों से न बच पाया और इसके बाद स्पेन भी उनके अधीन हो गया। यह इस्लाम की शानदार पहली शताब्दी थी। इसके बाद तो रूस, यूनान, बलकान, पोलैंड, दक्षिण इटली, सिसली को लेकर आधे यूरोप पर इस्लाम की हुकूमत कायम हो गई जो शताब्दियों तक रही।

भारत में मुहम्मद की मृत्यु के चार वर्ष बाद ही खलीफा उमर के ज़माने में बम्बई के निकट के ठाना नामक स्थान में मुसलमानों की जल-सेना ने प्रवेश किया था, परंतु खलीफा की आज्ञा से उसे वापस बुला लिया गया था। इसके बाद आठवीं शताब्दी के प्रथम चरण में मुहम्मद बिन कासिम के नेतृत्व में अरबों ने सिंध जय किया और मुलतान पर अधिकार कर लिया। इसके तीन सौ वर्ष बाद महमूद गज़नवी के आक्रमण हुए और इसके दो सौ वर्ष बाद तेरहवीं शताब्दी के प्रथम चरण में पृथ्वीराज की मृत्यु के बाद भारत में इस्लामी राज्य स्थापित हो गया।

मुहम्मद बिन कासिम के आक्रमण के कोई सौ वर्ष पूर्व ही सम्राट हर्षवर्धन की मृत्यु हो चुकी थी और उसके बाद ही राजपूतों की नयी जाति का उदय हुआ था। उन्होंने पश्चिम से चलकर उत्तर-पूर्वीय भारत तथा मध्य-भारत में अनेक छोटी-छोटी रियासतें स्थापित कर ली थीं। मुसलमानों के आने से ठीक पहले पंजाब से दक्षिण तक और बंगाल से अरब सागर तक लगभग समस्त देश राजपूतों के शासन में आ गया था। परंतु कोई बड़ी शक्ति इन छोटी-छोटी रियासतों पर अंकुश रखनेवाली न थी। इससे ये रियासतें निरंतर परस्पर लड़ती रहती थीं। प्राचीन महाराज्यों के अब केवल ध्वंस ही दिखाई देते थे।

इस समय धर्म-क्षेत्र में भी वैसी ही अव्यवस्था हो गई थी। भारत में सम्प्रदायवाद का ज़ोर था। वैष्णव, शाक्त, तांत्रिक, वाममार्गी, कापालिक, शैव और पाशुपत धर्मवाले बड़ी कट्टरता से परस्पर संघर्ष करते रहते थे। कुछ लोग बड़े-बड़े विवादों, दार्शनिक विचारों में फंसे थे, पर सर्वसाधारण घोर अंधकार में था। जाति-भेद पूरे जोरों पर था। स्त्रियों और शूद्रों की दशा दयनीय थी। ब्राह्मणों और पुरोहितों के विशेषाधिकार स्थापित हो चुके थे। अधिकांश जनता जाति-पांति, देवी-देवता, भूत-प्रेत, जप-तप, यज्ञ-हवन, पूजा-पाठ तथा ब्राह्मणों को दान देने में, तीर्थयात्रा करने में, जंतर-मंतर और जादू-टोनों से अंधविश्वास में फंसी थी। संक्षेप में उस काल का भारत अनगिनत छोटी-छोटी अनियन्त्रित रियासतों, सैकड़ों मत-मतांतर और अगणित कुरीतियों और अंधविश्वासों का केन्द्र बना हुआ था।

इसी समय भारत में इस्लाम ने प्रवेश किया। इस्लाम के जन्म से पूर्व ही दक्षिण भारत में अरबों की अनेक बस्तियां बस चुकी थीं। वे सब व्यापारी थे तथा भारतीयों से उनके अच्छे सम्बन्ध थे। इसलिए आक्रमण से पूर्व ही इस्लाम इन व्यापारियों के साथ भारत में सातवीं शताब्दी ही में आ चुका था तथा बहुत से भारतीय मुसलमान हो चुके थे। उस समय इस्लाग के विपरीत कोई घृणा

का भाव न था। भारत के तत्कालीन असंख्य सम्प्रदायों में एक यह भी समझ लिया गया था। नवीं शताब्दी के आरम्भ ही में मलाबार के राजा ने इस्लाम धर्म ग्रहण कर लिया था। इससे इस राज्य की वृद्धि हुई तथा इस राज्य की सहायता से इस्लाम की भी भारत में प्रतिष्ठा हुई। इस बीच बहुत से मुसलमान फ़कीर और विद्वान् अरब तथा ईरान से आ-आकर भारत में बसते गए। उनका खूब आदर-सत्कार होता था और सैकड़ों हिन्दू उनके चेले बनते थे। इनमें कुछ फ़कीर बहुत प्रसिद्ध हो गए। अब इस्लाम का प्रभाव कोंकण, काठियावाड़ और मध्य भारत में भी फैल चुका था। उस समय के ये इस्लाम के प्रचारक अपनी सच्चरित्रता और त्याग के कारण लोगों में अपना प्रभाव जमा चुके थे। इसके अतिरिक्त इस्लाम के सिद्धांत तत्कालीन जटिल हिन्दू सम्प्रदायों की अपेक्षा अधिक प्रभावशाली और आकर्षक थे। इसी से खासकर, छोटी जाति के बहुत से लोग, जो हिन्दू वर्ण-व्यवस्था के शिकार थे, स्वेच्छा से मुसलमान होना पसंद करते जाते थे।

तेरहवीं शताब्दी के अंत से सोलहवीं शताब्दी के प्रारम्भ तक, जब तक कि मुसलमान भारत में अपने साम्राज्य-स्थापन के प्रयत्न करते रहे, यही दशा रही। इस काल में अरब के इस नये मत का प्रभाव केवल उन लाखों भारतीयों पर ही नहीं पड़ा, जिन्होंने इस्लाम ग्रहण कर लिया था। अपितु भारतीयों के आम विचार, धर्म, साहित्य, कला और विज्ञान, कहना चाहिए कि समूची भारतीय सभ्यता ही भारत में मुगल-साम्राज्य की स्थापना से पहले ही इस्लाम से प्रभावित हो चुकी थी।

25

चौदहवीं शताब्दी के अंतिम चरण में तैमूर ने भारत पर आक्रमण किया। उस समय दिल्ली के तख्त पर मुहम्मद तुगलक था। तैमूर केवल पंद्रह दिन भारत में रहा और लूट-खसोट और कत्ले-आम करके लौट गया। इसके कोई सवा सौ वर्ष बाद बाबर ने आक्रमण किया। इस समय तक मुगलों की प्रकृति में अंतर पड़ चुका था। वे अपनी जन्मभूमि मंगोलिया से कहीं अधिक सभ्य देश ईरान में वर्षों रह चुके थे। इससे वे चंगेज़खां और तैमूर की अपेक्षा सभ्यता-प्रेमी बन चुके थे। पानीपत के मैदान में बाबर ने इब्राहीम लोधी को शिकस्त दी और मुगल-तख्त की स्थापना की। उसने भारत ही को अपना घर बना लिया और हुमायूं के अतिरिक्त उसके शेष वंशज भारत ही में पैदा हुए। इधर सम्राट हर्षवर्धन के बाद अर्थात् ईसा की सातवीं शताब्दी के मध्य से सोलहवीं शताब्दी के प्रारम्भ तक लगभग नौ सौ वर्ष के समय में कोई सशक्त राजनीतिक शक्ति ऐसी न उत्पन्न हो पाई थी, जो समस्त भारत को एक सूत्र में बांध सके। इन नौ सौ सालों में भारत छोटी-बड़ी, एक-दूसरे से प्रतिस्पर्धा करनेवाली रियासतों के युद्ध का अखाड़ा बना रहा। राजनीतिक निर्बलता, अनैक्य और अव्यवस्था इस काल के भारत की सच्ची तस्वीर थी। इस अवस्था में एक ऐसी केन्द्रीय शक्ति की भारत में बड़ी आवश्यकता थी, जो सारे देश के ऊपर एक समान शासन कायम कर सके और देश की बिखरी हुई शक्तियों को एक सूत्र में गांठ सके।

यह काम सोलहवीं शताब्दी से लेकर अठारहवीं शताब्दी तक दिल्ली के मुगल-साम्राज्य ने किया। उसने राजनीति, सामाजिक व्यवस्था, उद्योग, कला-कौशल, समृद्धि, शिक्षा और सुशासन की दृष्टि से भारत में एक नये युग का सूत्रपात किया। मुगलों से पहले अशोक और चंद्रगुप्त के साम्राज्य भारत में थे, पर मुगल-साम्राज्य उन सबसे बड़ा था। इसके अतिरिक्त एक बात यह भी थी कि अशोक और चंद्रगुप्त के साम्राज्य का अंत:संगठन ऐसा न था जैसा मुगल-साम्राज्य का था। उस काल में विविध प्रांतों की विविध भाषाएं और अलग-अलग शासन-पद्धतियां थीं तथा अलग-अलग प्रांतीय जीवन थे। परंतु मुगल-साम्राज्य के सौ वर्षों में, अकबर के सिंहासनारूढ़ होने के बाद से मुहम्मद शाह की मृत्यु तक, समस्त उत्तर भारत और अधिकांश दक्षिण भारत की एक सरकारी भाषा, एक शासन-पद्धति, एक समान सिक्का और हिन्दू पुरोहितों तथा ग्रामीणों को छोड़कर सब श्रेणी के नागरिकों की एक सार्वजनिक भाषा थी। जिन प्रांतों पर सम्राट का सीधा शासन न था, वहां के हिन्दू राजा भी लगभग मुगल-प्रणाली को ही काम में लाते थे।

प्राचीनकाल में बौद्ध-युग में भारत का सांस्कृतिक सम्बन्ध भारत से बाहर के देशों से स्थापित हुआ था, जो मुगल अमलदारी में नये सिरे से फिर स्थापित हुआ। मुगल-साम्राज्य की समाप्ति तक अफगानिस्तान दिल्ली के बादशाह के अधीन था तथा अफगानिस्तान के ज़रिये बुखारा, समरकंद, बलख, खुरासान, खारजिम और ईरान से हज़ारों यात्री तथा व्यापारी भारत में आते रहते थे। बादशाह जहांगीर के राज्यकाल में तिजारती माल से लदे चौदह हज़ार ऊंट प्रतिवर्ष बोलान दर्रे से भारत आते थे। इसी प्रकार पश्चिम में भड़ोंच, सूरत, चाल, राजापुर, गोआ और करबार तथा पूर्व में मछलीपट्टम तथा अन्य बंदरगाहों से सहस्रों जहाज़ प्रतिवर्ष अरब, ईरान, टर्की, मिस्र, अफ्रीका, लंका, सुमात्रा, जावा, स्याम और चीन आते-जाते रहते थे।

अकबर ने धार्मिक उदारता की आधारशिला पर ही मुगल-साम्राज्य की स्थापना की थी। अकबर, जहांगीर और शाहजहां तक इस उदारता का व्यवहार रहा। मुगल सम्राटों के दरबार में हिन्दू और मुसलमान दोनों के मुख्य त्योहार समान उत्साह और वैभव से मनाए जाते थे। इसी से मुगल-साम्राज्य का वैभव बढ़ा। शाहजहां का समय भारतीय इतिहास में सबसे अधिक समृद्ध था। उसे हम उसके काल का स्वर्णयुग कह सकते हैं। औरंगज़ेब ने धार्मिक संकीर्णता को अपनी राजनीतिक आवश्यकता बताया और तभी से मुगल-प्रताप अस्त होना आरम्भ हुआ। राजपूत, मराठे, सिख और अन्य हिन्दू राजा उससे असंतुष्ट हो गए। भारत की राजनीतिक सत्ता निर्बल हो गई और इसके साथ ही देश के उद्योग-धंधे, व्यापार, साहित्य और सुख-समृद्धि के नाश के बीज उगने लगे।

औरंगज़ेब के निर्बल उत्तराधिकारियों ने एक बार फिर समन्वय की नीति अपनाने की चेष्टा की। परंतु अभी औरंगज़ेब की गलती के परिणाम ताज़ा ही थे कि एक ऐसी तीसरी शक्ति ने भारत के राजनीतिक मंच पर प्रवेश किया जिसका हित हर प्रकार भारतवासियों के हित के विरुद्ध था। वह भारतीय हित की विरोधिनी शक्ति ब्रिटेन थी।

26

औरंगज़ेब के समय तक भारत के अंदर अंग्रेज़ व्यापारियों की स्थिति लगभग वैसी ही थी, जैसी हींग बेचनेवाले काबुलियों की आपने देखी होगी। औरंगज़ेब की अनुदार नीति ने चारों ओर छोटी-छोटी परस्पर प्रतिस्पर्धा करने वाली रियासतें भारत में पैदा कर दी, जिससे केन्द्रीय शक्ति निर्बल हो गई और हिन्दू-मुस्लिम ऐक्य खंडित हो गया। औरंगज़ेब की मृत्यु के कुछ वर्षो बाद ही मद्रास और बंगाल में ईस्ट इंडिया कम्पनी के षड्यंत्र चलने लगे, जिनके फलस्वरूप औरंगजेब की मृत्यु के पचास वर्ष बाद प्लासी का युद्ध हुआ। उस समय अंग्रेज़ों का हित इस बात में था कि औरंगजेब की अनुदार नीति के कारण जो अव्यवस्था और अनैक्य भारत के हिन्दू-मुसलमानों में स्थापित हो चुका था, वह कायम ही रखा जाए और उन्होंने यही अपनी नीति बना ली।

इस समय भी सभ्यता, शक्ति और व्यवस्था में भारतीय अंग्रेजों से श्रेष्ठ थे। परंतु उनमें एक बात की कमी थी। वह थी राष्ट्रीयता या देश-भक्ति, जो जनोत्थान और उद्योग-क्रांति से प्रभावित थी। अंग्रेज़ों और दूसरी यूरोपियन जातियों ने यह बात जान ली और उन्होंने इससे लाभ उठाकर एक शक्ति को दूसरी से लड़ाने का धंधा आरम्भ कर दिया। दिखाने के लिए उन्होंने अपना रूप निष्पक्ष मध्यस्थ का रखा, परंतु भीतर ही भीतर भाँति-भाँति की साज़िशों और चालों को चलकर उन्होंने बिखरी हुई भारतीय शक्तियों में ऐसा संग्राम खड़ा कर दिया कि वे शक्तियाँ स्वयं ही एक-दूसरे से टकराकर चकनाचूर होने लगीं।

इंग्लैंड के पीछे किसी जातीय सभ्यता का इतिहास न था। किसी प्राचीन संस्कृति की छाप न थी। यद्यपि यह ईसाई धर्म स्वीकार कर चुका था, पर इस समय वह धर्मतंत्र भी साम्प्रदायिक कलह का रूप धारण कर रहा था। पाप-पुण्य, धर्माधर्म, नीति-अनीति के सांस्कृतिक आदर्श जैसे भारत में प्राचीन वैदिक, बौद्ध, जैन और हिन्दू धर्म के वेद, शुति, स्मृति, दर्शन और आचारशास्त्र के आधार पर भारतीय जनता में सहस्रों वर्षो से उनकी पैतृक सांस्कृतिक सम्पत्ति के रूप में चले आते थे, वैसा इंग्लैंड में एक भी सांस्कृतिक सूत्र न था। इंग्लैंड अठारहवीं शताब्दी के आरम्भ तक घोर दरिद्रता, निरक्षरता और अंधविश्वासों का दास बना हुआ था। नैतिक आदर्शों पर सुसभ्य जीवन का इंग्लैंड में जन्म ही हुआ था।

भारत जैसे समृद्ध देश के धन, सम्पदा, वैभव और जाहो-जलाली का हाल जब अंग्रेज़ों के कानों में पहुंचा तो उनकी लोलुप दृष्टि भारत की ओर गई और उनकी आवारा और साहसिक प्रकति सत्रहवीं शताब्दी के आरम्भ में उन्हें भारत तक खींच लाई। सौ वर्ष तक वे भारत की गलियों में कंधे पर बोझे का थैला लादे माल बेचते, व्यापार करते और धन कमाते फिरते रहे। बंदर की भाँति लाल-लाल चेहरेवाले फिरंगी के मुंह से उसकी अटपटी भाषा सुनने को बालक और स्त्रियां आतुर रहतीं, उनके आने पर उनके कांच के सस्ते सामान की हंसी उड़ाती और उन्हें तंग करती थी।

अठारहवीं शताब्दी के आरम्भ ही में औरंगज़ेब की मृत्यु हुई और एकबारगी ही महान मुगल-तख्त डगमगा गया। इन सौ वर्षों में इन फिरंगियों की लालसा बेहद बढ़ चुकी थी। किसी प्रकार के न्याय-अन्याय और धर्माधर्म का उन्हें विचार-संस्कार था ही नहीं। अब उनकी इच्छापूर्ति में बाधक कोई शक्ति भारत में नहीं थी। उन्होंने तिजारती कोठियों के बदले जगह-जगह किलेबंदियां करनी आरम्भ कर दीं। दुर्भाग्य से अपने ही में सीमित भारतीय राजाओं ने इस बात की कुछ भी परवाह नहीं की। उन्हें अनुमतियां और सुविधाएं मिलती ही गईं। उनका बल बढ़ता गया। वे उचित-अनुचित उपायों से धन कमाते गए और सेना रखते गए। इस सेना के बल पर उन्होंने मद्रास और बंगाल के राजाओं के आपसी झगड़ों में पैर फंसाकर कभी इसका और कभी उसका पक्ष लेना आरम्भ कर दिया। कूटनीति और साज़िशों द्वारा इनका बल बढ़ता गया। दिल्ली का दुर्बल साम्राज्य-केन्द्र अब इस योग्य न था कि वह केन्द्रीय शक्ति के रूप में इस स्थिति को समझे और उस पर नियंत्रण करे। अत: उन्होंने भारतीय नरेशों को एक-दूसरे से लड़ाकर इलाके दखल करने आरम्भ कर दिए।

27

एक ही शब्द में यह कहा जा सकता है कि अंग्रेज़ों ने आंखें बंद करके भारत को हाथ में लिया। अंग्रेज़ों ने जो भी आकस्मिक कार्य किए उनमें कोई ऐसा आकस्मिक और बिना इरादे का न था, जैसा भारत-विजय। जब बर्जीनिया और न्यू इंग्लैंड के उपनिवेशों का अंग्रेज़ों ने श्रीगणेश किया था, तब उनकी दृष्टि में एक नया समाज स्थापित करने की भावना तो थी, पर वे नहीं सोच पाए थे कि वे एक प्रबल और विशाल प्रजासत्तात्मक राज्य की नींव डाल रहे हैं। परंतु भारत की बात तो इससे सर्वथा ही विपरीत थी। अंग्रेज़ों का विचार कुछ और था, पर हुआ कुछ और ही। उनका इरादा भारत में केवल अपना व्यापार-विस्तार करना था, पर इस काम में उन्हें कोई खास सफलता नहीं मिली। भारत में आ बसने के बाद सौ सालों तक भी अंग्रेज़ों ने देशी राज्यों से लड़ने की कल्पना भी नहीं की थी। सौ वर्ष बाद भी जो युद्ध हुए, वे व्यापार में सहायता पहुंचाने के विचार से। परंतु जब और आधी शताब्दी बीत गई तब उन्होंने प्रदेशों को हथियाने की बाते सोची। परंतु इस बीच भी अंग्रेज़ देखते एक ओर को थे और चलते दूसरी ओर को। उन्नीसवीं शताब्दी तो इससे प्रथम ही आरम्भ हो गई थी। डलहौज़ी ही ने देशी राज्यों पर प्रभुत्व कायम करने की नीति अपनाई। यद्यपि ईस्ट इंडिया कम्पनी के डायरेक्टरों की यह इच्छा न थी। यह इच्छा उन शक्तियों की थी, जो उन पर प्रभाव रखती थीं और जिनका विरोध भी किया गया था। परंतु विपरीत जलवायु के कारण अंग्रेज़ न तो भारत को अपना उपनिवेश बना सके, न धर्म और जातीयता के महान अंतर के कारण रक्त-सम्बन्ध ही स्थापित कर सके। इंग्लैंड का स्वार्थ यूरोप और नयी दुनिया से था। केवल भारत ही के कारण उसे अफगानिस्तान, फारस और मध्य एशिया की ओर देखना पड़ा तथा एकमात्र भारत ही के कारण रूस से इंग्लैंड का विरोध हुआ। इसके अतिरिक्त अठारहवीं शताब्दी-भर अंग्रेज़ों की भारत में फ्रांस से कूटनीतिक लड़ाई जारी

रही। नयी दुनिया के कम बस्ती वाले देश कनाडा और ऑस्ट्रेलिया की श्रेणी में भारत की गणना नहीं की जा सकती थी, जो भारत ही की भाँति न केवल इंग्लैंड से अत्यंत दूर थे, अपितु उन सभी बड़े राज्यों से दूर थे, जिनसे ब्रिटेन का युद्ध सम्भव था। इसके विपरीत भारत यूरोप ही की भाँति कहीं-कहीं तो यूरोप से भी अधिक घनी बस्ती का देश था, जहां अंग्रेज़ों को भारत और भारत के स्वार्थों से सम्बन्धित देशों से युद्ध करने पड़े तथा पूर्वीय प्रश्नों पर ब्रिटेन का अनुराग हो गया। इसलिए ब्रिटेन की कुछ ऐसी मनोवृत्ति बन गई कि वह भारत की तुलना राजनीतिक दृष्टि से नयी दुनिया के कम बसे हुए देशों की अपेक्षा यूरोप के देशों से करने लगा।

देखते-देखते ही भारतीय साम्राज्य नेपोलियन के अत्युच्च शिखर पर पहुंचे हुए साम्राज्य से भी बहुत बढ़ गया। यह केवल दक्षिण अमेरिका के स्पेन के प्राचीन राज्य की भाँति बहुत दूर तक फैला हुआ खाली देश न था, अपितु बहुत अधिक आदमियों से बसा हुआ देश था, जिसकी सभ्यता प्राचीन थी तथा जिसकी अपनी भाषा में मत, दर्शन और साहित्य था।

जब संयुक्त यूरोप के नक्शे पर नज़र जाती है तो हमें सात भारी राज्य दीख पड़ते हैं, जो स्वतंत्र हैं और परस्पर संघर्ष करते हैं, किंतु उनका संयुक्त नाम यूरोप है। ये यूरोप के सातों राष्ट्र चाहे परस्पर कितने ही संघर्षरत हैं, पर उनके कूटनीतिक और राजनीतिक योग उन्हें एक इकाई में संयुक्त करते हैं और जब बाहरी दुनिया में बात होती है, तो समूचे यूरोप का स्वार्थ देखा जाता है। परंतु भारत, जो रूस को छोड़कर किसी भी यूरोपीय राज्य से बहुत बढ़कर तथा अमेरिका के संयुक्त राज्य से भी बढ़कर था, जब ब्रिटिश साम्राज्य का रूप धारण कर गया तो उसके भार से डाउनिंग स्ट्रीट की राज-अट्टालिकाएं थर्राने लगीं और पार्लियामेंट की कॉमन्स सभा भारतीय प्रश्नों पर प्रतिवर्ष विवाद और चिंताओं में डूबने लगी।

भारत, जहां की जनता ब्रिटेन की जनता से और विचारों से भी दूर थी, वह यद्यपि ब्रिटिश साम्राज्य के अंतर्गत आ गया था, परंतु ब्रिटेन, जहां लोकमत-प्रणाली पर शासन करने की रीति प्रचलित थी, भारत में उस प्रणाली से भिन्न अधिकारीवर्गीय तथा सैनिक शक्ति के द्वारा शासन करने लगा और वह अपना राजस्व यूरोप के ढंग पर नहीं बल्कि नमक और अफ़ीम का इज़ारा लेकर तथा भूमि का अधिपति बनकर वसूल करने लगा, जो इंग्लैंड की राज्य-परम्परा से कोसों दूर था। इसी से भारत में अंग्रेज़ अधिकारी मनमानी लूट, बेईमानी, अंधेरगर्दी करते जा रहे थे, और इंग्लैंड की पार्लियामेंट में उन पर क्रोध और निराशा की फटकार पड़ती जा रही थी। वास्तव में इंग्लैंड के लिए जो वास्तव में एक सैनिक राज्य नहीं था, अंग्रेज़ी सैनिक शक्ति के बल पर बीस करोड़ जनता को वश में रखना ऐसी बात थी, जो प्रत्यक्ष ही राजनीतिक भूल थी। पर उस समय तक कदाचित् राजनीति इतना व्यापक रूप न धारण कर पाई थी। फिर भी ब्रिटेन को इस राजनीतिक मूर्खता का फल भोगना ही पड़ा। उसका यूरोप की लड़ाई का अनुराग जाता रहा और पूर्व में वह अपने नये-नये स्वार्थों की चिंता में मर मिटा। तुर्की की प्रत्येक हलचल से, मिस्र के प्रत्येक कदम से, फारस या ट्रैंसोक्सिनिया या बर्मा की अथवा अफगानिस्तान की प्रत्येक हलचल

से चौकन्ना रहते-रहते उसकी नींद हराम हो गई। साथ ही रूस की प्रतिद्वंद्विता उसके पल्ले बंधी। वह अनेक आशारहित कठिनाइयों के चक्कर में फंसता चला गया, जब तक कि गत दो महायुद्धों ने उसके अंजर-पंजर ढीले न कर दिए। गत डेढ़ सौ वर्षों में एक भी अंग्रेज़ इंग्लैंड में ऐसा न पैदा हुआ, जो ऊंची आवाज़ में यह कहता कि बुरा हो क्लाइव के साहस और बुद्धि का कि जिसने एक व्यापारिक कम्पनी को राजनीतिक शक्ति के रूप में बदलकर उन्हें पूर्व की ढोलक बजाने को लाचार कर दिया। तब न किसी ने उससे यह कहा कि यह साम्राज्य क्षणभंगुर है और एक दिन उन्हें दुम दबाकर भारत से भागना पड़ेगा।

28

सन् 1842 के जून का अंतिम सप्ताह था। अभी बारह की तोप दगी थी। गवर्नर-जनरल लार्ड एलिनबरा अपनी मूंछों और भौंहों में सावधानी से खुशबूदार खिज़ाब लगा रहे थे। खिज़ाब लगाकर उन्होंने सामने के कद्दे-आदम शीशे में अपनी छवि देखी। मन ही मन हंसे और अकड़कर खड़े हो गए। अपनी मूंछों की नोक बनाई और कुछ देर कमरे में इधर से उधर टहलते रहे। फिर उन्होंने घंटी बजाने की रस्सी खींची। उनका खास खिदमतगार चट आ हाज़िर हुआ। खिदमतगार एक दोगला पोर्चुगीज़ था। उसने झुककर सलाम किया और अदब से सिर झुकाकर खड़ा हो गया। गवर्नर-जनरल ने उसे पोशाक पहनाने का हुक्म दिया। खिदमतगार पोशाक पहनाने लगा। उन्होंने अपनी पूरी सैनिक वर्दी पहनी। गवर्नर-जनरली का आसमानी पट्टा नफ़ासत से धारण कर उस पर स्टार लगाया और भारत के सर्वोच्च सेनापति के तमगे लटकाए। खूब सजधज कर और अकड़कर उन्होंने कद्दे आदम आईने में अपनी धज देखी। फिर मूंछों की नोक बनाते हुए खिदमतगार से कहा, 'मेरे पर्सनल अटेची मेजर लेग्फोर्ट को भेज दो। और याद रखो, लंच मैं ठीक एक बजे लूंगा। इसमें एक मिनट भी इधर-उधर न हो।'

'बहुत अच्छा योर एक्सेलैंसी, मगर...'

'यह मगर मुझे पसंद नहीं है। मैंने जो हुक्म दिया है उसका ध्यान रखो। जाओ, मेजर को भेज दो।'

खिदमतगार सिर झुकाकर चला गया और थोड़ी देर बाद मेजर ने आकर फ़ौजी सैल्यूट किया। लार्ड एलिनबरा उसकी ओर घूमे। उन्होंने कहा, 'मेजर, क्या वह डिस्पैच तैयार हो गया?'

'यस, योर एक्सेलेंसी।'

'तो देखो, ठीक तीन बजे मीटिंग होनी चाहिए और इसकी कुल कार्यवाही एकदम पोशीदा रहनी चाहिए।'

'ऐसा ही होगा योर एक्सेलेंसी।'

'जनरल नॉट और जनरल पोलक आ गए हैं न?'

'यस, योर एक्सेलेंसी।'

'ठीक है। देखो, डिस्पैच लेकर तुम्हें खुद ही लंदन जाना होगा। एक खास तेज़ चाल का जहाज़ तुम्हें ले जाएगा। क्या तुम कल रात को रवाना हो जाओगे?'

'निश्चय ही योर एक्सेलेंसी।'

'लेकिन याद रखो गफ़लत न हो। काम जोखिम का है। लंदन में मैं चार बार बोर्ड ऑफ़ डायरेक्टर्स का प्रेसीडेंट रह चुका हूँ। ऐसा न हो कि इस बुढ़ापे में मेरी मिट्टी ख्वार हो।'

'आप इत्मीनान रखिए योर एक्सेलेंसी।'

'खैर, तो तुम कैप्टन मूर को मेरे पास भेज दो और तमाम कागजात तैयार रखो।'

मेजर सिर झुकाकर चला गया। थोड़ी देर बाद कैप्टन मूर ने गवर्नर जनरल के आगे आकर सिर झुकाया।

गवर्नर ने कहा, 'कैप्टन मूर, इस बार तुम्हें ऐसा जोखिम का काम सौंपा जा रहा है, जैसा शायद ही कभी किसी अफ़सर को सौंपा गया हो। मैं आशा करता हूँ तुम इसे बखूबी अंजाम दोगे।'

'विश्वास रखिए योर एक्सेलेंसी, मैंने ग्यारह बार अटलांटिक पार किया है। एक बार भी चूक नहीं हुई। इस बार भी न होगी।'

'तुम्हारे पक्ष में मैंने बोर्ड ऑफ़ डायरेक्टर को बहुत कुछ लिख दिया है और भरोसा रखो कि इस यात्रा के बाद तुम्हारी पैंशन हो जाएगी। इसके अतिरिक्त तुम्हें एक अच्छी रकम इनाम में मिलेगी।'

'मैं आपकी कृपा का सदा आभारी रहूँगा योर एक्सेलेंसी।'

'तुम्हारे जहाज़ में तोपें कितनी हैं?'

'इक्कीस, योर एक्सेलेंसी।'

'सब लम्बी मार की हैं?'

'सब।'

'और सैनिक?'

'तीन सौ। सुरक्षित और हथियारों से चाकचौबंद।'

'मैं चाहता हूँ जहाज़ की रवानगी पोशीदा रहे। तुम तैयारी के लिए कितना समय चाहते हो?'

'केवल छह घंटा, योर एक्सेलेंसी।'

'ठीक है। छह घंटा पूर्व तुम्हें सूचना दे दी जायेगी।'

'लेकिन खज़ाना बारह घंटा पहले जहाज़ पर पहुंच जाना आवश्यक है।'

'ऐसा ही होगा।'

'जनरल नॉट तुम्हारे साथ जा रहे हैं।'

'बहुत अच्छा, योर एक्सेलेंसी।'

'क्या तुम समझते हो कि तुम्हारा जहाज़ सब प्रकार की दुर्घटनाओं का सामना करने में समर्थ है?'

'मैं तो ऐसा ही समझता हूँ, योर एक्सेलेंसी।'

'खैर' तो अब तुम जा सकते हो।'

कैप्टन सलाम करके चला गया। उसी समय खिदमतगार ने लंच की गवर्नर-जनरल महोदय लंच को चले गए।

29

तीसरे पहर कौंसिल की गुप्त बैठक आरम्भ हुई। प्रेसीडेंट की कुर्सी पर गवर्नर-जनरल बैठे थे। बैठक अत्यंत गोपनीय और महत्त्वपूर्ण थी। मीटिंग में गवर्नर-जनरल के अतिरिक्त चार व्यक्ति और थे। दो व्यक्ति जनरल नॉट तथा जनरल पोलक थे, जिन्होंने अफगानिस्तान के युद्ध में जय-लाभ की थी। तीसरे व्यक्ति गवर्नर-जनरल के पर्सनल अटेची मेजर लेग्फोर्ट थे। चौथे व्यक्ति कौंसिल के सीनियर मेम्बर ऑनरेबुल सर मार्स्टडन थे।

गवर्नर-जनरल ने कहा, 'महाशयो, आज हमें अत्यंत महत्त्वपूर्ण मामलों पर विचार-विमर्श करना है। मैं आशा करता हूँ, मामले के गुरुत्व का विचार करके आप उपयुक्त परामर्श देंगे। सबसे पहले मैं पश्चिमोत्तर सीमा के प्रश्न पर विचार करना चाहता हूँ। हमें गत वर्षो की अपनी महत्त्वपूर्ण प्रगति के इतिहास पर एक दृष्टि डालनी है। अब से कोई पंद्रह वर्ष पूर्व जब लार्ड विलियम बैंटिक ने गवर्नर-जनरल का पद ग्रहण किया था, तब हम चारों ओर विपत्ति से घिरे हुए थे। कम्पनी के कोष में एक पाई भी न थी। खज़ाना खाली पड़ा था। उस समय हमें बड़े-बड़े निर्णायक युद्ध करने पड़े थे और नये शतु-मित्रों से हमारे मामले उलझे हुए थे। परंतु लार्ड विलियम बैंटिक के सात वर्षों में कम्पनी-राज्य की हालत बहुत सुधरी। लार्ड बैंटिक ने कोई युद्ध नहीं किया। बहुत-सी बचत की। देश में शान्ति रही। खज़ाने में बहुत धन इकट्ठा हो गया। इसके बाद लार्ड ऑकलेण्ड ने दस वर्षों की शान्ति के बाद ब्रिटिश साम्राज्य की सीमाओं के विस्तार में कदम बढ़ाया। उन्होंने भारत का उल्लंघन करके अफगानिस्तान पर हाथ डाला।'

इस पर सीनियर सदस्य ने चिल्लाकर कहा, 'यह एक मूर्खतापूर्ण कदम था।'

परंतु गवर्नर-जनरल ने अपना वक्तव्य जारी रखा। उसने कहा, 'दोस्तो, हमें यह न भूलना चाहिए कि अफगानिस्तान का भारत से पुराना सम्बन्ध है। मौर्य-काल में वह भारत के साम्राज्य का ही

एक भाग था। जब उत्तर के मुसलमानों ने पहले-पहल हिन्दुस्तान पर हमले किए तो उनका पहला मोर्चा राजा जयपाल से हुआ, जिसका राज्य चिनाब के तट से लेकर अफगानिस्तान की सीमाओं के अंदर फैला हुआ था। इसके बाद मुगलों के समय अफगानिस्तान मुगल-साम्राज्य का एक प्रांत रहा। मुगल-साम्राज्य कमज़ोर होता गया और अफगानिस्तान की स्वतंत्र सत्ता मज़बूत होती गई। यहां तक कि वहां के बादशाह अहमदशाह अब्दाली ने अंतिम बड़ा आक्रमण भारत पर किया।'

'इसके बाद बहुत समय तक अफगानिस्तान का भारत से सम्बन्ध कट-सा गया, इसी बीच पंजाब में नयी शक्ति का उदय हुआ और रणजीतसिंह ने अफगानिस्तान से भारत पर आक्रमण करने का रास्ता ही रोक दिया। जब लार्ड ऑकलेंड गवर्नर-जनरल बने, उस समय ऐसी परिस्थिति उत्पन्न हो गई कि अफगानिस्तान के रास्ते रूस भारत पर हमला कर सकता था। उस समय अफगानिस्तान की स्थिति डावांडोल थी। तब अहमदशाह अब्दाली के वंशज शाहशुजा को हटाकर वरुकजाई वंश का दोस्तमुहम्मद अफगानिस्तान का अमीर बन बैठा और शाहशुजा भागकर हमारी सुरक्षा में लुधियाना चला आया था।'

सीनियर मेम्बर ने कहा, 'उस समय रूस का भूत हमारे सिर पर सवार था।'

गवर्नर-जनरल ने अपना भाषण जारी रखते हुए कहा, 'जब ईरान ने हिरात पर आक्रमण कर दिया और दोस्तमुहम्मद ने रूस की ओर नज़र की और रूस का राजदूत काबुल में जा पहुंचा, तो लार्ड ऑकलैंड निश्चित नहीं रह सके। उन्होंने रणजीतसिंह और शाहशुजा से संधि की और ब्रिटिश सेना सिंध के रास्ते अफगानिस्तान में घुसकर गज़नी को जीतती हुई काबुल जा पहुंची, दोस्तमुहम्मद भाग गया और अंग्रेज़ी सरकार ने शाहशुजा को अमीर की गद्दी पर बिठा दिया। यह एक ऐसी महत्त्वपूर्ण सफलता थी कि जिससे प्रसन्न होकर बोर्ड ऑफ़ डायरेक्टर ने ऑकलेंड को अर्ल बना दिया और मार्शल कीन को लार्ड की उपाधि मिली।'

सीनियर मेम्बर ने फिर बात काटी और तीखे स्वर से कहा, 'हिज एक्सेलैंसी क्या यह भी कहेंगे कि शाहशुजा से पठान घृणा करते थे, और वह अंग्रेजी संगीनों के बल पर ही अमीर बना रह सकता था और इसीलिए उसकी रक्षा के लिए समूची ब्रिटिश सेना काबुल में रखी गई थी, लेकिन अफगानिस्तान का बच्चा-बच्चा अंग्रेज़ों का और शाहशुजा का दुश्मन था, जिसमें एक इज़ाफा यह हुआ था कि गोरे सिपाही काबुल की सुंदर स्त्रियों की खोज में घूमने लगे और उन्होंने बहुत से पठान परिवारों की पवित्रता को नष्ट कर दिया।'

गवर्नर-जनरल ने सीनियर मेम्बर की आलोचना अनसुनी करके अपना वक्तव्य आगे को बढ़ाया।

उन्होंने कहा, 'जो हो, अफगानिस्तान में विद्रोह फूट निकला। अफगान जनता बिगड़ उठी और अंग्रेज़ों पर टूट पड़ी। बर्न्स को उन्होंने घर से घसीटकर काट डाला, लिया और सर मैकनोटन को कत्ल कर दिया। विवश अंग्रेज़ी सेना के सेनापति अपना सब सामान अफगानों को

भेंट करके सोलह सौ सिपाहियों के साथ भारत को लौटे। लौटती हुई इस असहाय अंग्रेज़ी सेना पर कबाइलिये पठान ऐसे टूटे जैसे लाश पर गिद्ध टूटते हैं। सेना के सेनापति वही एलफिंस्टन थे जिन्होंने पेशवा के तख्त को खत्म किया था। परंतु इस समय वे बूढ़े और बीमार थे। उन्हें और अंग्रेज़ अफ़सरों को अपनी स्त्रियां और बाल-बच्चे बंधक के तौर पर दोस्तमुहम्मद के लड़के अकबरखां के हाथ में देने पड़े और बाकी सिपाही बर्फीले दरों में मरने के लिए और कबाइलियों के शिकार होने के लिए काबुल से रवाना हुए।'

सीनियर मेम्बर ने चीखकर कहा, 'छह जनवरी के दिन काबुल से जो ये सोलह सौ सिपाही जलालाबाद को चले थे, उनमें से केवल डॉक्टर ग्राइडन भूखे और घायल लड़खड़ाते हुए जलालाबाद पहुंचे थे। यह था उस बेवकूफ़ी का नतीजा कि जिससे अफगानिस्तान पर चढ़ाई करने में बेतहाशा रुपया खर्च किया गया और जानें गंवाई गईं। मिला केवल अपमान और पराजय।'

गवर्नर-जनरल ने शान्त और स्थिर वाणी से कहा, 'आपने ठीक कहा महाशय। परिस्थितियां सदैव बदलती रहती हैं। आपको ज्ञात हो कि काबुल में शाहशुजा को कत्ल कर दिया गया है और अब हमारे बहादुर जनरल नॉट और जनरल पोलक ने गज़नी और काबुल को फतह कर लिया है और कंधार से जलालाबाद तक बिखरी हुई अफगान-सेना को तहस-नहस करके वालाहिसार के अजेय किले पर ब्रिटिश झंडा गाड़ दिया है। और सज्जनो, हमारी विजयिनी सेना बड़ी धूमधाम से अफगानिस्तान से सोमनाथ के मंदिर का वह द्वार लेकर आई है जिसे महमूद की भग्न कब्र गज़नी के खंडहरों से दु:ख-भरी दृष्टि से देख रही थी। आठ-सौ वर्षों का बदला ले लिया गया है।'

सभा-भवन इस बार तालियों की गड़गड़ाहट और हुर्रे के हर्षनाद से गूंज उठा। गवर्नर-जनरल ने कुछ देर खामोश रहकर फिर कहा, 'सज्जनो, इस विजयिनी सेना की अभ्यर्थना के लिए मैंने कलकत्ता से फिरोज़पुर तक दौड़ लगाई, जहां सजे हुए विजय-द्वारों और बैंड बाजों से हमने उन वीरों का सत्कार किया और यह जानकर आपको खुशी होगी कि इस समय उस विजयिनी सेना के सेनापति जनरल पोलक और जनरल नॉट हमारे बीच यहां उपस्थित हैं। मैं कम्पनी सरकार की ओर से, अपनी ओर से और आपकी ओर से भी उनका अभिनंदन करता हूँ।' एक बार फिर तालियों की गड़गड़ाहट से सभा-भवन गूंज उठा। गवर्नर-जनरल ने कुछ देर खामोश रहकर कहा, 'और अब इस अवसर पर हम एक गुप्त खज़ाना लंदन को रवाना कर रहे हैं, जो ऑनरेबुल कम्पनी को भारत की भेंट है।' इतना कहकर उसने अपने अंडर-सेक्रेटरी मेजर लेग्फोर्ट की ओर देखा, उसने सामने का परदा हटाया तो सामने लोहे के सात बक्स नज़र आए, जिनके ढकने उघाड़े हुए थे। अंडर-सेक्रेटरी ने विवरण सुनाया तो सदस्यों की आंखें आश्चर्य से फैल गईं। तीस मन हीरे, छह करोड़ रुपये नकद, दो सौ मन सोना और आठ सौ मन चांदी के अतिरिक्त दिल्ली के मुगल शहंशाह का जगविख्यात तख्ते-ताऊस भी वहां रखा था, जिसकी कीमत सात करोड़ रुपये थी। बहुत देर तक प्रत्येक सदस्य इस अथाह खज़ाने को देखता रहा।

इसके बाद गवर्नर-जनरल की आज्ञा से बक्सों को बंद करके उन पर सीलमोहर की गई, डिस्पैच पढ़कर सुनाया गया और सब सदस्यों के उस पर हस्ताक्षर लिये गए और कौंसिल का यह गुप्त अधिवेशन समाप्त हुआ।

30

मोशिए फ्रांके फोर्ते जुआखाने से बाहर निकलकर सड़क पर दोनों हाथ पतलून की जेब में डालकर खड़े इधर-उधर देखने लगे। इस समय वे एक कीमती काली सर्ज की पोशाक पहने थे। उनका कोट ठीक फ्रैंचकट था और टोपी ज़रा ऊंची थी। उनका कालर और कफ एकदफ बर्फ जैसा सफ़ेद था। उनकी मूंछे और दाढ़ी करीने से कटी-छंटी थीं, तथा उनके खड़े होने का ढंग अफ़सराना था। शरीर उनका दुबला-पतला और ज़रा लम्बा था। वे एक आंख पर चश्मा लगाए हुए थे। देखने में वे दुबले-पतले दीख रहे थे, पर वास्तव में उनके शरीर में बल बहुत था।

अभी बारह नहीं बजे थे। उन्होंने रास्ते में जलती हुई लालटेन के मद्धम प्रकाश में अपनी घड़ी पर नज़र डाली। इसी समय उन्होंने देखा, टाम हेनरी उनकी बगल से होकर आगे निकल गया। अभी-अभी इन नादान छोकरे से मोशिए ने जुए के फड़ पर तीन सौ रुपये जीते थे। जेबें खाली होने पर टाम खीझकर शराबखाने में घुस गया।

उसे जाते देख मोशिए ने उसे पुकारा, 'टाम, मिस्टर टाम।'

टाम ने घूमकर कहा, 'क्या आपने मुझे पुकारा था?'

'हां दोस्त, तुम्हीं को। अभी तुम बच्चे हो, मुझे हैरत है कि मेरे जैसे मंजे हुए जुआरी के साथ तुमने जुआ खेलने की जुर्रत कैसे की! आखिर कौड़ी-पाई जो जेब में थी, हार बैठे। अब छूंछे हाथों कहां जा रहे हो?'

'लेकिन मोशिए, मुझे आपसे कोई शिकायत नहीं है।'

'ठीक है। अभी बच्चे हो। देखो मैंने तुमसे तीन सौ रुपये जीते थे-ठीक है न?'

'बस इतने ही रुपये मेरे पास थे।'

'अब और कितने रुपये तुम्हारे पास हैं?'

'अफ़सोस, अब एक पाई भी नहीं है।'

'तो अब खाली हाथ यहां कलकत्ता में क्या खाओगे?'

'देखूंगा, किसी दोस्त से उधार लूंगा।'

'क्या तुम अंग्रेज़ हो?'

'नहीं, आइरिश हूँ।

'खैर, तो यह लो अपने रुपये। और मेरी दोस्ताना सलाह गांठ बांध लो कि अब जुआ न खेलना।'

'यह क्या मोशिए, मैंने तो खुले फड़ पर दांव पर रुपया हारा है, उस पर आपका हक है।'

'नहीं दोस्त। मेरा-तुम्हारा कोई जोड़ ही नहीं। तुम शायद नहीं जानते यूरोप-भर में मैं ऐसा जुआरी हूँ कि जिससे जीतना किसी मंजे हुए जुआरी को भी सम्भव नहीं है। तुम तो ठगे गए। लो सँभाल लो रुपये और सीधे डेरे पर चले जाओ। कहीं शराब न पीने लगना। यहां कलकत्ता में बेहद ठग, उठाईगीर और गिरहकट घूमते हैं। दिनदहाड़े यहां आदमी की गांठ कटती है। अब यह तो आधी रात का वक्त है।'

रुपये उन्होंने तरुण की हथेली पर रख दिए। कृतज्ञता से तरुण का हृदय भर गया। उसने कहा, 'मोशिए, आपकी सज्जनता और उदारता याद रखूंगा। और कभी कोई सेवा कर सका तो प्रसन्न होऊंगा। अब मैं चला-गुड बाई।'

'गुड बाई, मेरे नन्हे दोस्त। गुड बाई।'

नौजवान को विदा करके उन्होंने सिगरेट जलाई। फिर अपने चारों ओर देखा।

एक आदमी उनसे दस गज़ के अंतर पर खम्भे से चिपका खड़ा था। उसे देखते ही वे एक तरफ़ चल दिए। वह आदमी भी उनसे कुछ दूर उनके पीछे-पीछे चला। जब बिलकुल एकांत स्थान आ गया तो वे रुक गए। उस व्यक्ति ने आगे बढ़कर उन्हें नमस्कार किया। नमस्कार का उत्तर देकर उन्होंने कहा, 'क्या खबर है?'

'खबर बहुत खराब है मोशिए।'

'खैर कहो।'

'तीन आदमी गिरफ़्तार करके पेड़ों पर फांसी पर लटका दिए गए।'

'और।'

'शेष पांच का वारंट है।'

'मैडम का और मेरा भी वारंट है?'

'जी हां मोशिए, हुक्म यह है कि ये लोग जहां मिलें तुरंत फांसी पर लटका दिए जाएं।'

'मैडम कहां है?'

'उसी स्थान पर। शेष लोग इधर-उधर बिखरे हुए हैं। पर मैं उन्हें आपका आदेश पहुंचा सकता हूँ।'

'हुगली में हमारा शिप आ गया है?'

'जी हां।'

'सर्वथा सुरक्षित है, कोई शक तो नहीं?'

'नहीं, चुंगीवालों ने उसे डच व्यापारी नौका समझा है। माल की चुंगी दे दी गई है।'

'शिप में कितने आदमी हैं?'

'पचास।'

'सब सशस्त्र हैं न?'

'जी हां मोशिए।'

'शिप पर अफ़सर कौन है?'

'कैप्टेन मास्कटन।'

'गवर्नर-जनरल कलकत्ता कब तक लौट रहे हैं?'

'वे लौट आए हैं। और लौटकर आज ही तीसरे पहर उन्होंने कौंसिल की एक गुप्त मीटिंग की है।'

'कुछ कह सकते हो, मीटिंग का क्या उद्देश्य था?'

'जी हां, एक निहायत ज़रूरी खरीता कोर्ट ऑफ़ डायरेक्टर्स को भेजा जा रहा है।'

'किस सम्बन्ध में?'

'उसी गुप्त खज़ाने के सम्बन्ध में, जो इंग्लैंड भेजा जा रहा है।'

'खामोश, खरीते में उस जहाज़ का नाम भी लिखा है?'

'जी हां, और खज़ाने का ब्योरा भी है।'

'खरीते की नकल हासिल हुई?'

'यह है मोशिए।'

उसने एक बंद लिफ़ाफ़ा मोशिए के हाथ में दे दिया। मोशिए ने सावधानी से उसे जेब में रखते हुए कहा, 'वह पहाड़ी तुमने देखी है?'

'अच्छी तरह मोशिए।'

'तो मैडम और सब लोगों को जितना शीघ्र हो, वहीं पहुंचने को कह दो। और तुम इस जहाज़ और उस पर जाने वाले खज़ाने के सम्बन्ध में सारी हकीकत मालूम करो और कोशिश करो कि हमारे कुछ आदमी उस जहाज़ पर नौकर हो जाएं।'

'बहुत अच्छा, और कुछ हुक्म है?'

'कल रात इसी समय यहां मिला।'

'कल रात नहीं मोशिए, तीसरे पहर।'

'तीसरे पहर क्यों?'

'वह खरीता कल रात ही एक विशेष जहाज़ में यहां से रवाना हो जाएगा।'

'ओह, तब तो बात ही जुदा है। वह खरीता तो हमारे कब्जे में आना ही चाहिए। तुम तीसरे पहर इसी मुकाम पर मेरी प्रतीक्षा करना।

'जो आज्ञा।'

'कहां मुझे मेरा घोड़ा मिल जाएगा?'

'अवश्य, पर मोशिए, आपका उधर जाना खतरे से खाली नहीं।'

'क्यों?'

'वहां हमारे आदमियों पर संदेह किया जा रहा है। वह आरमीनियन अभी एक घण्टा हुआ गिरफ्तार हो चुका है। भय है कि उसने कुछ कच्ची बातें न कह दी हों। बेहतर है आप डोंगी से हुगली पार कर लें और वहां से कोई घोड़ा ले लें।'

'खैर, तो हुगली पर कोई डोंगी इस समय मिल जाएगी?'

'बहुत सम्भव है, क्या मैं देखूं?'

'नहीं, तुम अपना काम करो। मैं देख लूंगा।'

'और कोई आदेश है मोशिए?'

'नहीं।'

वह पुरुष धीरे-धीरे मैदान पार करता हुआ हुगली की ओर चला। दूसरा पुरुष तेज़ी से चक्कर काटता हुआ गलियों में घुस गया।

31

इस समय जिस स्थान को आप धर्मतल्ला के नाम से पुकारते, जानते हैं और जो कलकत्ता का सबसे शानदार बाज़ार है, उस समय वह एक साधारण छोटी बस्ती के रूप में था। वहां बहुत-सी छोटी-छोटी कच्ची दीवारों की कोठरियां बनी थीं, जिन पर खपरैल के छप्पर पड़े थे, इन घरों के दरवाज़े भी बहुत छोटे थे तथा मकानों के बीच में तंग गलियां थीं। इन मकानों में प्राय: परदेशी लोग रहते थे। बंगालियों की आबादी से यह बस्ती दूर थी। इनमें आरमीनियन, डच, पोर्चुगीज़ और कुछ अंग्रेज़ रहते थे, जो या तो छोटे-छोटे स्वतंत्र रोज़गार करते थे, या चोरी डकैती या जाल बनाने का काम करते थे। बस्ती में लगा हुआ एक छोटा-सा जिमखाना भी था, जहां साहब लोग आकर शराब

पीते या बैठकर ताश खेलते या गप्पें लड़ाते थे। परंतु सच पूछा जाए तो वह शराबखाना कहने भर को शराबखाना था। उसके एक गुप्त भाग में रात-दिन जुआ होता था, जहां हर वक्त कलकत्ता के विदेशी गुंडे जुटे रहते थे। बहुधा उनकी परस्पर मारपीट और गाली-गलौच भी हो जाया करती थी। पर ये सब बातें इतनी साधारण थीं कि लोग इन बातों पर ध्यान ही नहीं देते थे। इस शराबखाने को चलाने वाला एक अरब था, जो आबनूस के कुंदे की तरह काला और तोप की तरह मोटा था। वह जल्दी-जल्दी अरबी, हिब्रू, आरमीनियम और अंग्रेज़ी भाषा टूटी-फूटी बंगला के साथ बोलता था।

काउण्टर पर जहां यह अरब शैतान बैठता था, उसके पीछे ही एक छोटा-सा दरवाज़ा था, जिस पर एक मोटा काला परदा सदा पड़ रहता था। इस दरवाज़े के बाद एक छोटा-सा अंधकारपूर्ण कमरा था।

एक आरमीनियम शराबखाने में आया, उसने क्षण-भर इधर-उधर देखा, फिर अरब से चुपचाप कुछ संकेत किया और अरब ने उसे काउंटर के भीतर ले लिया। वह वहां न रुककर फुर्ती से दबे पांव उस द्वार की ओर बढ़ा। उसने पर्दा हटाया और पुराने किवाड़ों को धकेलकर भीतर घुस गया। दरवाज़ा उसने पीछे से बंद कर लिया।

एक धीमी आवाज उसके कान में आई।

'शैतान, इतनी आवाज़ क्यों करता है, क्या किसी ने तुझे यहां आते देखा है?'

'जी, नहीं। मैंने दो-तीन जगह रुक-रुककर अच्छी तरह देख लिया था।'

'ब्लॉडक कहां है?'

'अपनी जगह पहरे पर तैनात है।'

'और बाहर के फाटक पर कौन है?'

'करनस है।'

'क्या तु समझता है कि तुझे किसी ने नहीं देखा और किसी ने तेरा पीछा नहीं किया?'

'मैं तो यही समझता हूँ।'

'दरवाज़ा तूने ठीक बंद किया है?'

'जी हां, आप इत्मीनान रखें।'

'तो रोशनी कर।'

उस आदमी ने टटोलकर बगल का लैम्प जला दिया। लैम्प का धीमा प्रकाश उस मनहूस कमरे का जैसे विद्रूप बखानने लगा। कमरे की दीवारें बहुत गंदी और खस्ताहाल थीं। वहां एक टूटी चारपाई पड़ी थी, दो-तीन काठ की तिपाइयां और एक बेडौल मेज़ रखी थी। मेज़ पर शराब की बोतलें और एक गिलास रखा था। तिपाई पर एक औरत बैठी थी।

औरत के बाल लाल और चेहरा दुबला-पतला था। इस समय उसके बाल खुले थे, उनमें कंघा नहीं किया गया था। उसकी आंखें गोल और कुछ फटी-फटी थीं, होंठ पतले थे। औरत के कपड़े मैले और अस्त-व्यस्त थे, लेकिन उसकी आंखें अंगारे की भाँति दहक रही थीं। यह सम्भव ही नहीं हो सकता था कि कोई उन आंखों की ओर देख सके। औरत की आयु पैंतीस या चालीस की होगी। इस समय वह एक प्रकार से अधनंगी हालत में वहां बैठी शराब पी रही थी।

उसने चुरुट निकालकर जलाई। फिर दो-चार कश लगाकर धीरे से बोली, 'क्या हुआ?'

'तीनों फांसी पर लटका दिए गए?'

'हूँ, और दूसरे लोग?'

'बचकर निकल भागे।'

'मोशिए?'

'अपने काम पर हैं।'

'अब कितना बजा है?'

'सवा सात।'

इसी समय द्वार पर किसी के पैरों की आहट सुनाई दी। औरत ने सिगरेट बुझा दी और हाथ में पिस्तौल ले ली। वह आदमी भी लैम्प की रोशनी बुझा, एक लम्बा छुरा वस्त्रों से निकाल अंधेरे में चुपचाप खड़ा हो गया।

एक आदमी कमरे में घुसा। घुसते ही उसने कहा, 'गुड ईवनिंग मैडम?'

'खैर, तो तुम्हीं हो?'

'मैं ही हूँ।'

स्त्री ने पहले आए हुए आदमी से कहा, 'रोशनी कर दो।' उसने स्वयं दियासलाई से सिरगेट जलाई। दियासलाई के क्षणिक प्रकाश में उस आदमी की एक झलक दीख गई। आदमी काफ़ी मोटा-ताज़ा और उम्दा अंग्रेज़ी पोशाक पहने था। दूसरे आदमी ने फिर लैम्प जला दिया।

वह आदमी एक तिहाई खींचकर टेबल के पास बैठ गया और बोतल से शराब उंडेलकर दो गिलास गटागट पी गया। फिर गिलास मेज़ पर रखकर उस स्त्री की ओर देखने लगा। स्त्री ने प्रथम आए आदमी से कहा, 'तुम जाओ और अपना काम पूरा करो।'

वह आदमी स्त्री को सलाम करके चल दिया।

अब नवागंतुक ने अपनी मोटी-भद्दी आवाज़ में कहा, 'ओफ, बेहद गर्मी है। हिन्दुस्तान में रहना दोज़ख में रहना है।'

‘काम की बात कहो।’

‘सब ठीक है मैडम। लेकिन बहुत दौड़ना पड़ा, खयाल कीजिए एक हफ्ते तक।’

‘इन बातों से कोई बहस नहीं। इसके लिए तुम्हें तनख्वाह मिलती है।’

‘धन्यवाद मैडम, तनख्वाह की बाबत मुझे कोई शिकायत नहीं है। लेकिन अब आपका यहां एक मिनट भी ठहरना खतरे से खाली नहीं है।’

‘मैं जानती हूँ, उन्होंने हमारे तीन आदमी फांसी पर लटका दिए हैं और अब वे हमारी तलाश में हैं। खैर जहाज़ इसी सनीचर को छूट रहा है।’

‘हां मैडम, ठीक साढ़े आठ बजे।’

‘मोशिए ठिकाने पर पहुंच गए?’

‘मुझे विश्वास है। उन्होंने तुरंत ही आपको बुलाया है। वह पहाड़ी आप जानती हैं?’

‘हां जानती हूँ। दूसरा काम?’

‘वह भी टंच है।’

‘कैप्टेन कहां है?’

‘बाहर सड़क के उस मोड़ पर आपकी प्रतीक्षा कर रहा है।’

‘क्या किसी ने उसे देखा नहीं।’

‘जी नहीं। वहां काफ़ी अंधेरा और सन्नाटा है।’

‘क्या उसे मालूम है कि उसे क्या करना है?’

‘हां मैडम, मोशिए ने उसे सब समझा दिया है। मेरा खयाल है वह काफी होशियार है।’

‘खबरदार। अपना खयाल अपने पास रखो और जो हुक्म तुम्हें दिए जाएं उसी पर ध्यान दो। याद रखो, ज़रा भी दगा की कि गोली खोपड़ी को चूर-चूर कर देगी।’

‘यस मैडम, मैं आपका आज्ञाकारी सेवक हूँ।’

‘ओफ, साढ़े सात हो गया, अब मुझे चलना चाहिए,’ वह उठ खड़ी हुई। वह व्यक्ति भी उठकर खड़ा हो गया।

वह कमरे के भीतरी भाग में चली गई। वहां उसने अपनी पोशाक बदली। कीमती फ्रैंच फ़ैशन की रेशमी पोशाक पहनी। चेहरे पर काले रेशम की नकाब डाली। उसने एक बार नख-शिख तक अपने श्रृंगार को देखा। बाल भी उसने फ्रैंच महिलाओं जैसे बनाए। अब वह एक अत्यंत भव्य और आकर्षक महिला थी। उसने देर तक आईने में अपनी छवि देखी। उस व्यक्ति ने अदब से सिर झुकाया।

'क्या गाड़ी अपनी जगह पर तैयार है?'

'तैयार है मैडम।'

'तो तुम ब्लॉडक और करनस को कह दो कि ज़रा दूर रहकर मेरे पीछे चलें और आवश्यकता होते ही अपनी तलवार और पिस्तौल काम में लाएं। तुम मेरे दूसरे आदेश की प्रतीक्षा करो।

वह मुड़ी और चोर दरवाज़े से बाहर निकल गई। वह आदमी कुछ देर चुपचाप उस मनहूस कमरे में खड़ा रहा। फिर वह सामने के दरवाज़े से बाहर आया। एक बार उसने उस अरब की ओर देखा, मुस्कुराया और तेज़ी से बाहर हो गया।

32

मोशिए फ्रांके फोर्ते कुछ ही कदम आगे बढ़े थे कि उन्हें प्रतीत हुआ कि कोई आदमी उनका पीछा कर रहा है। उन्होंने तलवार की मूठ पर हाथ डाला। पर रुके नहीं, बढ़े चले गए। पीछा करनेवाला साहस करके आगे बढ़ा। जब मोशिए ने देखा कि पीछा करनेवाला कोई दस हाथ के अंतर पर रह गया है तो झट तलवार निकाल घूमकर खड़े हो गए।

पीछा करनेवाले ने भी तलवार निकाल ली। उसने कहा, 'मोशिए, यदि वह कागज़ मेरे हवाले कर दें तो लड़ाई-टंटे की कोई बात ही नहीं है।'

'ओह, तो तुम कोई साधारण डाकू नहीं हो, हौसले के आदमी हो।'

'बिलकुल तुम्हारी ही भाँति मोशिए, बस अंतर इतना ही है कि आप फ्रैंच हैं। और मैं डच।'

'तुम मशहूर डाकू फर्डिनेंड तो नहीं हो?'

'आपने खूब पहचाना मोशिए फोर्ते। जैसे आप नामी-गिरामी चोर, जालिये और जुआरी हैं, वैसा ही मैं भी समुद्री डाकू हूँ। लाइए, वह कागज़ मुझे इनायत कीजिए।'

'तुम जैसे मशहूर समुद्री कुत्ते के लिए मेरी यह तलवार हाज़िर है।' उन्होंने उछलकर पैंतरा बदला।

दोनों तलवारें गुथ गईं। दूसरे व्यक्ति ने भी पैंतरा बदलकर हंसते हुए कहा, 'आप बड़े बुद्धिमान हैं मोशिए, तलवार की लड़ाई ही ठीक है, इसमें शोर नहीं होता। पिस्तौल चलाने में बहुत झंझट है।'

मोशिए को शीघ्र ही ज्ञात हो गया कि प्रतिद्वंद्वी साधारण व्यक्ति नहीं है।

दोनों डाकू घातक युद्ध में रत हो गए। उनकी तलवारें क्षण-क्षण पर तारों के प्रकाश में बिजली-सी चमकने लगीं।

मोशिए को जल्दी भी थी और वे युद्ध करने की अपेक्षा भागना ज़्यादा ठीक समझ रहे थे। पर प्रतिद्वंद्वी उनके लिए भारी पड़ रहा था। इसी क्षण डंडे का एक भरपूर हाथ प्रतिद्वंद्वी के सिर पर पड़ा और वह मूर्छित होकर भूमि पर गिर गया। मोशिए ने घूमकर देखा तो कहा, 'शाबाश, तुम ठीक मौके पर पहुंचे।'

'मैंने इसे आपका पीछा करते देख लिया था। इसी से मैं इसके पीछे लगा।'

'इसका इनाम तुम्हें कल मिलेगा। अभी इस आदमी को सावधानी से रोक रखो।'

'आप निश्चित रहें मोशिए।' यह कहकर उस आदमी ने एक मज़बूत रस्सी निकाल उस मूर्च्छित डाकू के हाथ-पैर कसकर बांधे, और उसे कंधे पर उठा एक ओर को चल दिया। मोशिए फिर तेज़ी से हुगली की ओर बढ़े। तलवार उन्होंने अपने वस्त्रों में छिपा ली।

हुगली-तट पर अंधेरा हो रहा था। परंतु किनारे पर बहुत-सी डोंगियां, शिप, नावें लगी थीं। एक छोटी-सी डोंगी में एक मछेरा सो रहा था। मोशिए ने कहा, 'उस पार पहुंचाने से पांच रुपया बख्शीश मिलेगा।'

मछेरा उठकर खड़ा हो गया। उसने सलाम करके कहा, 'साहब, ज्वार आ रहा है, पर आप आइए अभी पहुँचाता हूँ।' मोशिए को जल्दी थी। वे नाव में जा बैठे। वहां जाकर देखा, एक और छोकरा वहां सो रहा है। मछेरे ने उसे लक्ष्य करके कहा। 'अबे उठ पाजी, देखता नहीं, ग्राहक है। दौड़कर जा, बड़ी नाव घाट पर ले आ। उस पार जाना है।'

छोकरा कोई पंद्रह-सोलह बरस का था।

'अभी लाता हूँ।' कहकर वह छोकरा दो-तीन नाव लांघता हुआ बंदर की तरह चला गया।

थोड़ी देर में ही एक बड़ी नाव घाट पर आ लगी। मोशिए नाव पर चढ़कर आश्वस्त हुए। बीच में मोशिए बैठे, अगल-बगल मछेरा और वह छोकरा। छोकरे ने नाव को ठेलकर डांड को संभाला।

मांझी ने कहा, 'बदमाश, होशियार रह। ज्वार आ रहा है।'

'फिक्र न करो बाबा, चुटकियों में उस पार पहुंचता हूँ।'

नाव तेज़ी से नदी की धार पर बह चली। नदी पर घोर अंधकार छाया हुआ था। कोहरा भी गहरा था। न चंद्रमा का प्रकाश था, न तारे ही नज़र आते थे। बदली से आकाश ढंका था। नदी-किनारे की झोंपड़ियों में जो प्रकाश हो रहा था, वह धीरे-धीरे दूर होता जा रहा था।

एकाएक मोशिए ने देखा, नाव बीच धार में पहुंचकर किनारे की ओर न जाकर नीचे बहाव की ओर जा रही है।

एक भय की लहर उनके रक्त में दौड़ गई। उन्होंने कहा, 'नाव तो धारा में बह रही है।'

मांझी ने चिल्लाकर कहा, 'अबे गधे, बाएं खे बाएं।' फिर मोशिए की ओर देखकर हंसते हुए कहा, 'साब धारा में बह गई है। ज्वार का वेग बढ़ रहा है।'

अभी मोशिए संदेह से मांझी की बात पर विचार कर ही रहे थे कि उन्होंने देखा, कोई काली-काली वस्तु निकट आ रही है। उन्होंने भीत मुद्रा से कहा, 'वह क्या है?'

'कोई नाव है।'

'वह तो इधर ही आ रही है। ठहरो, उस पर तीन आदमी बैठे हैं।' मोशिए ने झटपट पिस्तौल निकाल ली।

अभी कठिनाई से पिस्तौल उन्होंने हाथ में ली ही थी कि मांझी ने एक ज़ोर का झटका उनके हाथ पर मारा। पिस्तौल उनके हाथ से छूटकर पानी में जा गिरी। मांझी उछलकर मोशिए की गर्दन पर चढ़ गया।

किंतु मोशिए में अपार बल था। उन्होंने मांझी को नाव में पटक दिया। लड़का झट बाप की मदद को आ गया। उसे मोशिए ने एक लात मारी। इसी समय वह नाव भी इस नाव से आ लगी। तीनों आदमी नाव पर चढ़ आए। मोशिए ने उछलकर तलवार निकाल ली।

अब उन्होंने देखा, नवागंतुक तीनों ही विदेशी हैं। उन्होंने भी तलवार निकालकर उन्हें तीन ओर से घेर लिया।

एक ने मोशिए के कंधे पर तलवार रखकर कहा, 'मोशिए वह कागज़ हमें दे दो।'

मोशिए एकदम उछलकर नाव के दूसरे छोर पर आ गए और एक आदमी को उन्होंने घायल कर दिया। वह कराहकर पानी में गिर गया।

इसी समय बहुत से आदमियों की उछल-कूद से नाव डगमगाने लगी थी। मांझी ने डांड संभलाते हुए लड़के से कहा, 'पाजी, नाव को ठीक से रख, नहीं तो उलट जाएगी।'

इस बीच मोशिए ने और एक आदमी को धराशायी कर दिया। अवसर पाकर उन्होंने एक हाथ मांझी पर भी मारा। मांझी आर्तनाद करता हुआ पानी में गिर गया, इसी समय मोशिए शेर की तरह तीसरे आदमी पर टूट पड़े। अब उनके बोझ को नाव न संभाल सकी, नाव उलट गई।

मोशिए ने एक गहरी डुबकी लगाई और बहाव से ऊपर बहुत दूर पानी से सिर निकाला। चारों ओर कहीं कुछ भी नहीं दिखा तो वे जल्दी-जल्दी हाथ मारकर उस पार जा लगे।

उस पार सन्नाटा था। थोड़ी ही दूर पर कुछ मछली मारनेवालों की झोंपड़ियां थीं। मोशिए उधर न जाकर ऊपर ही ऊपर बस्ती की ओर चले। वे चलते चले गए। धीरे-धीरे सुबह की सफ़ेदी आकाश में फैल गई। एक गांव आ गया। वहां एक वृक्ष के नीचे बैठकर वे सुस्ताने लगे। उन्होंने देखा, उस स्थान से कुछ ही अंतर पर कुछ आदमी विश्राम कर रहे हैं। पहले तो उन्हें संदेह हुआ। शंकित चित्त से तलवार की मूठ पर हाथ डाले उनकी ओर बढ़े, पर इसी क्षण मैडम पर उनकी नज़र पड़ी। प्रसन्न होकर उन्होंने पुकारा, 'मैडम, मैडम।'

मैडम ड जीन ने निकट आकर कहा, 'खुदा का शुक्र है मोशिए, मैं तुम्हें सही-सलामत देख रही हूँ। मैं तो समझ बैठी थी, तुम फंस गए, और उन्होंने तुम्हें फांसी पर लटका दिया।'

मोशिए ने फीकी हंसी हंसकर कहा, 'खैर, अब हमें यहां समय नष्ट न कर कूच बोल देना चाहिए।'

'हम तैयार हैं।'

33

हवा से ठंड बढ़ती जा रही थी और छोटी-सी मंडली चुपचाप पहाड़ी की ऊबड़-खाबड़ संकरीली राह पर बड़े कष्ट से बढ़ रही थी। वे दिन-भर चलते रहे थे और अब सूर्य तेज़ी से अस्ताचल की ओर जा रहा था। विश्राम की उन्हें अत्यंत आवश्यकता थी। पर मोशिए फ्रांके बराबर बढ़ते जा रहे थे। उनके पास केवल दो घोड़े और एक देशी टट्टू था। अपना घोड़ा मोशिए ने एक बीमार बूढ़े को दे दिया था। दूसरे पर मैडम सवार थी। टट्टू पर ज़रूरी सामान लदा था। सारी मंडली में छह पुरुष और एक स्त्री थी। आज उन्होंने न भोजन किया था न विश्राम। वे केवल चलते जा रहे थे। बूढ़ा आदमी फ्रेंच भाषा में अंग्रेज़ों को गालियां बकता जा रहा था। वह कलकत्ता के सब अंग्रेज़ों को गोली से उड़ा देना चाह रहा था। एकाएक मैडम ने घोषणा की कि वह अब आगे नहीं जाएगी। उसने अपना घोड़ा रोक दिया। मोशिए ने आगे बढ़कर पूछा तो मैडम ने कहा, 'आज रात हम यहीं काटेंगे। उपयुक्त स्थान है, एकदम बीहड़ और फैला हुआ मैदान। तीन ओर ऊंची-ऊंची नंगी चट्टानें, जैसे दीवार, चौथी ओर दूर तक ढालू पठार।'

मोशिए ने कहा, 'अभी तो हमने आधा रास्ता भी पार नहीं किया। अभी सूरज की रोशनी भी है। इसके अलावा अभी हम खतरे से बाहर भी नहीं हैं।'

'लेकिन अभी हमें कलकत्ता की आखिरी खबर भी लेनी है और हमें ब्लॉडक और करनस की प्रतीक्षा भी करनी चाहिए। वे अवश्य कुछ महत्त्वपूर्ण खबर लेकर आएंगे।'

'लेकिन हमें जल्द से जल्द चटगांव पहुंचना आवश्यक है।'

'कुछ भी आवश्यक नहीं है। सूचना वहां पहुंच चुकी है।'

'तब खैर', मोशिए घोड़े से उतर पड़े। उन्होंने हाथ पकड़कर मैडम को भी उतारा। कपड़ों की धूल झाड़ी। बूढ़े ने जेब से बोतल निकालकर मुंह से लगा ली। फिर मोशिए की ओर बढ़ाते हुए कहा, 'ज़रा-सी ले लीजिए मोशिए, पेट में जाकर फ़ायदा देगी।'

पर मोशिए शराब नहीं पीते। उन्होंने कहा, 'धन्यवाद। लेकिन उनकी बात अधूरी रह गई। उन्होंने देखा, सामने पहाड़ी पर एक घुड़सवार धीरे-धीरे आ रहा है। उन्होंने धीरे से कहा, 'कौन है यह? क्या ब्लॉडक है?' मैडम ने अपनी छोटी-सी दूरबीन वस्त्रों से निकालकर आंख पर लगाई। उन्होंने कहा, 'ब्लॉडक नहीं है, आदमी दो हैं। एक घोड़े पर, दूसरा पैदल।'

मोशिए ने अपनी पिस्तौल की भली-भाँति जांच कर उसे यथास्थान कमर में रख लिया। बूढ़ा तलवार उठाकर ज़ोर-ज़ोर से चिल्लाने लगा। मोशिए ने कहा, 'आप लोगों को परेशान होने की ज़रूरत नहीं है। मैं देख है। इतना कहकर वे आगे बढ़ गए। सवार धीरे-धीरे पहाड़ी से उतर रहा था। पास आने पर देखा, घोड़े पर सवार स्त्री है। पुरुष बंदूक कंधे पर रखकर आगे-आगे चल रहा है।

एकाएक आगंतुक हर्ष से चिल्ला उठा। उसने मोशिए का नाम लेकर पुकारा। आवाज़ सुनकर मोशिए ने भी पहचान लिया, हेनरी था।

तरुण हंसता हुआ बंदूक हाथों में ऊपर उठाए मोशिए की तरफ़ दौड़ा। यहां उसकी उपस्थिति मोशिए को बिलकुल पसंद नहीं आई। परंतु उन्होंने मुस्कुराकर उसका स्वागत करते हुए कहा, 'अरे! तुम हो टाम?'

हेनरी बच्चों की तरह खुश होकर दआ-सलाम करने लगा। रात मोशिए ने जुए में हारे हुए रुपये फेरने में जो उदारता दिखाई थी, उसका कृतज्ञता-ज्ञापन उसकी प्रत्येक चेष्टा से झलक रहा था। मोशिए ने घोड़े पर सवार युवती को देखा, एक दुबली-पतली, पीली-सी लड़की थी। उन्होंने पूछा, 'यह कौन है?'

हेनरी का मुंह शर्म से लाल हो गया। उसने तनिक झेंपते हुए मुस्कुराकर कहा, 'वह पिनी है। मेरे साथ भाग आई है। आपने उसे टेम्परेंस हाउस में देखा होगा। बेचारी कड़ा परिश्रम करती थी। फिर भी वह बदज़ात आरमीनियन उसे बहुत कम तनख्वाह देता था। कलकत्ता में तो कुछ डौल बैठते दीखा नहीं, इसी से चटगांव जा रहा हूँ। वहां सुना है फ्रैंच सरकार है। वे लोग अंग्रेज़ों से अच्छे हैं। वहां फ्रैंच गिरजे में शादी होने में भी झंझट नहीं होता। इसी से हम लोग चटगांव जा रहे थे, आप खूब मिले मोशिए।'

'निस्संदेह।' वह उन दोनों को अपनी मंडली में ले आए। मैडम को देखकर हेनरी खुशी से उछल पड़ा, 'हुर्रा, वाह, मैडम भी हैं। तब तो पिनी की उनसे खूब घुटेगी। पिनी, घोड़े से उतर पड़ो और मैडम से मुलाकात करो। संकोच न करो, ये सब लोग हमारे मित्र हैं। अब तो चटगांव तक मज़ा ही रहेगा।'

मैडम को यह बातूनी छोकरा पसंद नहीं आया। न उसे उस दासी छोकरी की सोहबत पसंद थी। पर मोशिए ने कुछ इशारा कर दिया। समझकर मैडम चुप हो गई। उन्होंने ऊपरी मन से बालिका का स्वागत किया। पिनी इतने आदमियों को देख शर्म से लाल हो गई। वह घोड़े से उतरकर चुपचाप अपने प्रेमी के पास खड़ी हो गई। वह कोई पंद्रह वर्ष की छोकरी थी।

साथ में खाने-पीने का सामान बहुत संक्षिप्त था। डेरा डालने का तो कुछ प्रबंध ही नहीं था। दुर्भाग्य से उन्हें अकस्मात् ही चल देना पड़ा था। ऐसी हालत में दो मेहमानों का बोझ मैडम को असह्य हो रहा था। पर जब उन्हें मालूम हुआ कि हेनरी के साथ खाने-पीने का यथेष्ट सामान है,

एक छोटा-सा तम्बू भी है तो मैडम को संतोष हुआ। ये अत्यंत खतरनाक और गुप्त यात्री थे और रहस्यपूर्ण यात्रा कर रहे थे। वे नहीं चाहते थे कि किसी बाहरी आदमी से इस समय उनका सम्पर्क हो। बूढ़े ने शराब काफ़ी ढाली थी। शराब की झोंक में वह एक-दो गुप्त बात कह गया, इस पर मोशिए ने उसे एक करारी ठोकर दी, तब उसका मुंह बंद हो गया। वह वहां से ज़रा दूर बैठकर अपनी जांघ पीट-पीटकर एक भद्दा-सा गीत गाने लगा। इस समय तक मोशिए के साथियों ने आग जला दी थी और वे उसके इर्द-गिर्द बैठकर गप्पें लड़ा रहे थे। पिनी इतनी ही देर में मैडम के साथ हिल-मिल गई थी। वह छोटी बच्ची की तरह मैडम से चहक-चहककर बातें कर रही थी। उसकी बातों में मैडम को मुस्कुराना पड़ता था। हेनरी के साथ उम्दा चाकलेट और बिस्कुट थे, जिन्हें उसने बड़े तपाक से मैडम को पेश किया था, इसलिए भी मैडम उन्हें खुश करने का खयाल रख रही थी।

घाटी की हवा धीरे-धीरे ठंडी होने लगी और घुप अंधेरा हो गया। हवा के झोंके से ताड़ के वृक्षों के पत्ते अजब तरह से खड़खड़ाने लगे। पहाड़ी पर से हवा सन-सन शब्द करने लगी। हेनरी ने मज़े में आकर दो पेग व्हिस्की चढ़ाई और अपना छोटा-सा तम्बू तानकर हंसते हुए कहा, 'इसमें मैडम और पिनी मज़े में सो रहेंगी और हम सब लोग आग के चारों ओर आराम से सोएंगे।' मोशिए ने मुस्कुराकर समर्थन किया, पर उनके मुंह से एक शब्द भी नहीं निकला। वास्तव में वे भी अपनी गम्भीरता छिपा रहे थे। अवसर पाकर मैडम ने उनके कान में कहा, 'यह तो अच्छा-खासा जैसे पिकनिक हो रहा है।' मोशिए मुस्कुरा दिए।

उन्होंने एक कश सिगरेट में लगाकर कहा, 'है तो ऐसा ही।'

'लेकिन हमारी गिरफ़्तारी के वारंट निकल चुके हैं।'

'नहीं। हमें गिरफ़्तारी करने और हम जहां मिल जाएं वहीं पेड़ से लटकाकर फांसी पर चढ़ा देने का भी ऑर्डर कौंसिल से रात पास हो चुका है।'

'यदि ऐसा प्रसंग इन बच्चों के सामने आ उपस्थित हुआ तो?'

'कुछ आश्चर्य नहीं। लेकिन मैडम, अब आप आराम से सोइए। मैं समझता हूँ वह बच्ची अपनी कहानियों से आपका खूब अच्छी तरह दिल बहला देगी।'

'उसकी ज़बान एक मिनट को बंद नहीं होती।'

'खैर, आपकी पिस्तौल में गोलियां भरी हैं?'

'खातिर जमा रखो। मैं कभी असावधान नहीं रहती।'

'तो गुड नाइट, आप जाकर सोइए।'

'और आप मोशिए।'

'मैं ब्लॉडक और करनस की प्रतीक्षा करूँगा।'

'बस या और कुछ?'

'और भी जो इस राह पर इस रात आए। मेरे पास दो पिस्तौल हैं, एक बंदूक है और मेरी तलवार है।'

'मैं भी मोशिए आपके पास ही हूँ।'

'आप इत्मीनान से सो जाइए। सोने से आपकी तबीयत ताज़ा हो जाएगी। 'खैर, मैं सोती हूँ।'

मैडम चली गई। सब लोग आग के चारों ओर पड़कर सो रहे। दिनभर के थके हुए थे। मोशिए ने अपनी पिस्तौलों को भरा। फिर बारूद के थैले को टटोला और एक मोटे-से दरख्त का ढासना लगाकर पैर फैलाकर बैठ गए।

34

अभी मोशिए को पेड़ के सहारे बैठकर पैर फैलाए कुछ ही क्षण हुए थे कि उनके कान में कुछ आहट आई। उन्होंने चौकन्ने होकर इधर-उधर देखा। फिर वे खड़े हो गए। उनके अभ्यस्त कानों ने अनुभव किया कि पहाड़ी पर घोड़े आ रहे हैं। उन्होंने अपने हथियारों को देखा और सब प्रकार की परिस्थितियों का सामना करने को तैयार बैठ गए। थोड़ी देर में उन्होंने देखा दो घुड़सवार तेज़ी से आ रहे हैं। उन्होंने ध्यान से देखा कि दो ही हैं। तनिक आश्वस्त होकर वे खड़े रहे। आगंतुक ब्लॉडक और करनस थे। मोशिए को पहचानकर उन्होंने कहा, 'मोशिए, सावधान हो जाइए, शत्रु हमारा पीछा कर रहे हैं।'

'क्या वे सरकारी आदमी हैं?'

'जी नहीं, डाकू फर्डिनेंड के दल के आदमी हैं।'

'वे कुल कितने हैं?'

'मेरा खयाल है बारह हैं। लेकिन सब हथियार से लैस और खूंखार हैं।'

'खैर, तो ब्लॉडक, तुम दो सौ कदम आगे बढ़ जाओ और उपयुक्त स्थान पर छिपकर बैठो। ज्यों ही शत्रु तुम्हारी मार में आएं फौरन गोली मार दो।'

'बहुत खूब।'

'लेकिन याद रखो, गोली-बारूद बर्बाद न करना, होशियारी से फ़ायर करना। शत्रु की संख्या कम होने ही में भलाई है।'

'आप इत्मीनान रखिए मोशिए,' वह तेज़ी से उस ओर चल दिया।

'और तुम करनस, दबे पांव, जिससे तनिक भी आहट न हो, मैडम के पास जाओ। वहां उस छोटे-से टैंट में वे सो रही हैं। उन्हें मेरे पास भेज दो और तुम डेरा-डंडा उखाड़कर कूच के लिए

एकदम तैयार ही रहो। याद रखो, शोर कतई न हो, और कुल काम दस मिनट में हो जाए। हां, मेरा घोड़ा भेज दो।'

'बेहतर,' करनस चला गया। मोशिए ने अब एक बार फिर अपने हथियारों को जांचा।'

इस समय बंदूक दागने की आवाज़ हुई और दूसरे ही क्षण घोड़ा लेकर मैडम आ गई। मोशिए ने डिस्पैच का लिफ़ाफ़ा मैडम को देते हुए कहा, 'शीघ्रता करना मैडम, जितनी जल्दी सम्भव हो तुम अपने आदमियों को लेकर शिप पर पहुंच जाना। हरबे-हथियार से एकदम टंच रहना तथा कागज़ हिफ़ाजत से रखना। मैं ब्लॉडक के साथ जहाज़ पर मिलूंगा। सरकारी जहाज़ सनीचर को जुटेगा, परंतु हमें पहले ही चल देना होगा। खूब सावधान रहना मैडम।'

इसी बीच दस-पांच बंदूकों के एक साथ छूटने की आवाज़ आई। मोशिए एकदम उछलकर घोड़े पर सवार हो गए। मैडम ने कहा, 'ये कौन हैं?'

'डाकू फर्डीनेंड के दल के लोग हैं।'

'क्या वे डिस्पैच की बात जानते हैं?'

'बेशक, तभी तो खज़ाने के पीछे पड़े हैं। वे यह भी जानते हैं कि डिस्पैच की नकल हमारे पास है।'

'मोशिए, आप खातिर जमा रखिए, डिस्पैच सुरक्षित रहेगा और हम लोगों का शिप यथास्थान आपकी प्रतीक्षा करेगा।'

'तो गुड बाई मैडम, जितना शीघ्र हो आप आगे बढ़ें।'

'लेकिन वे दोनों शैतान?'

'उन्हें सोने दीजिए।'

'यह कैसे हो सकता है मोशिए? मैं आपकी सेवा में उपस्थित हूँ।' मोशिए ने देखा हेनरी अपनी बंदूक लिये मुस्तैद घोड़े पर सवार है।

'तुम समझते नहीं टाम। बेहतर है तुम अपनी प्रेमिका को लेकर अभी सीधी राह अराकान चले जाओ और वहां हनीमून मनाओ। हमारे साथ झंझट में पड़ जाओगे।'

'मोशिए, आपके लिए अच्छे और बुरे में हम शरीक हैं। चलिये ज़रा दुश्मन से निपटा जाए।'

'तो क्या तुम कसम खाकर कहते हो कि हर राज़ को गुप्त रखोगे?'

'कतई।'

'वादाखिलाफ़ी और विश्वासघात की सज़ा मौत है।'

'मेरी जान आपके अधीन है।'

'तो मैडम, तुम पिनी को साथ ले जाओ। लेकिन हां,' उन्होंने हेनरी की ओर मुड़कर कहा, 'उस पर विश्वास किया जा सकता है?'

'निश्चय मोशिए।'

'खैर, तो आगे बढ़ो। मैं जब कहूं तभी गोली दागना और ध्यान रखना गोली-बारूद व्यर्थ न जाए।

आप चलिये तो मोशिए। जैसा कच्चा मैं जुआ खेलने में हूँ वैसा निशाना लगाने में नहीं हूँ।'

मैडम अपनी राह लगी और मोशिए और हेनरी आगे बढ़े, जहां अकेला ब्लॉडक मोर्चा संभाले था।

अब ये तीन थे और जमकर वार कर रहे थे। उन्होंने थोड़ी ही देर में दुश्मनों के पैर उखाड़ दिए। ब्लॉडक जख्मी हो गया था। उसकी मरहमपट्टी की गई और वे तेज़ी से फिर कलकत्ता की राह पर दौड़ चले।

35

भादों मास समाप्त हो रहा था। हुगली उमड़ी जा रही थी। नदी का पाट काफ़ी बढ़ा हुआ था। एक बड़ा शिप दक्षिण दिशा की ओर तेज़ी से जा रहा था।

शिप के मल्लाह बड़ी सावधानी से इधर-उधर देखते जा रहे थे। चंद्रमा का क्षीण प्रकाश कभी-कभी बादलों से झांक जाता था। इसी समय एक नाविक ने देखा, कोई काली-सी चीज़ तेज़ी से पीछा कर रही है।

नाविक ने ज़ोर से चिल्लाकर कहा-

'सावधान, हमारे शत्रु पीछा कर रहे हैं?'

मैडम बाहर निकल आई। उन्होंने दूरबीन से देखकर कहा, 'यह तो कोशा है।'

मल्लाह ने भी हाथ की ओट आंखों पर करके देखा और कहा, 'जी हां हुजूर, कोशा ही है।'

'तो बिहारी पहरा कड़ा कर दो। सब कोई अपनी-अपनी बंदूकें भर लें। गोली-बारूद की जिसे कमी हो ले ले।'

'जो आज्ञा हुजूर। पल-भर में हम तैयार हो जाते हैं। क्या तोपें भी चढ़ा दी जाएं?'

'हां, दो तोपें भी चढ़ा दो।'

'क्या कोशा सरकारी है?'

'ऐसा ही प्रतीत होता है। क्या तुम्हारे सब मल्लाह लड़ सकते हैं?'

'हां हुजूर।'

'तो उन सबको एक-एक बंदूक और एक-एक तलवार दे दो। लेकिन कुल कितने मल्लाह हैं?'

'कुल पचास।'

'क्या सब एक साथ लड़ सकते हैं।'

'जी नहीं। पच्चीस लड़ेंगे, पच्चीस नाव चलाएंगे।'

'ठीक है, जो नाव खे रहे हैं, तलवार उन्हें भी दे दो।'

'बहुत अच्छा हुजूर।'

बिहारी चला गया।

करनस और दूसरे साथी इस समय तक हथियारों से लैस होकर आ चुके थे। मैडम ने कहा, 'करनस, इन नेटिव नाविकों के अतिरिक्त हम कै हैं?'

'कुल नौ मैडम।'

'सब तंदुरुस्त?'

'हां, मैडम।'

'तो दो हम, मैं और पिनी।'

पिनी आगे बढ़ आई। उसने हाथ की पिस्तौल हवा में ऊंची करके कहा, 'क्या दाग दूं?'

'अभी नहीं, खबरदार रहो, जब जैसा मैं कहूँ, तब।'

'बहुत अच्छा मैडम।'

'अच्छा, अब शिप को बहाव में चलने दो।'

मांझी ने ऐसा ही किया। शिप धीरे-धीरे बहने लगा। इसी समय सहसा एक शिप बगल के गड्ढे से निकलकर तेजी से आगे बढ़ा और जब तक ये सावधान हों, एक धड़ाका हुआ। गोला मैडम के पैरों में आ गिरा। सारा शिप हिल गया। एक मल्लाह पानी में गिर गया। बिहारी ने कहा, 'हुजूर, हुक्म हो तो शिप को मैं उत्तर की ओर घुमा दूं?'

'ऐसा ही करो, और तुम करनस, दोनों तोपों का चार्ज लो। ज्यों ही मार में कोशा आए, इशारा पाते ही गोला दाग दो।'

परंतु इसी समय बहुत-सी नावें नदी के वक्ष में फैली दिखाई दीं। बिहारी ने कहा, 'हुजूर, यह तो सभी गरार और कोशा हैं। एक दस तोप वाली गरारी ठीक नदी के बीच लंगर डाले खड़ी है।

'खैर, धीरे-धीरे गरार के पास चलो।'

शिप जब पचास हाथ रह गया तो गरार के पहरेदार ने पूछा, 'किसका शिप है?'

'हम व्यापारी हैं, कलकत्ता जा रहे हैं।'

'आ कहां से रहे हो?'

'मुंगेर से।'

'ठहरो, हम आते हैं।'

दो सैनिक शिप पर चढ़ आए। शिप पर बहुत-सा व्यापारी माल था। संदेह की कोई वस्तु नहीं थी। मैडम ने स्वयं गूंगी और रोगी बनने का ढोंग किया। पिनी अफ़सर से बात करने लगी। उसने हंसकर कहा, 'हम लोग डर गए।'

'किससे?'

'तुम लोगों से। हमने समझा, पोर्चुगीज़ डाकू हैं; इधर हुगली में उनका बहुत भय है।'

'आप क्या अंग्रेज़ हैं?'

'हां, मेरे पति ने कलकत्ता में नया कारोबार किया है।'

'वे कहां हैं?'

'पीछे आ रहे हैं। हमारे माल से भरे दो शिप और आ रहे हैं। वे कल मुंगेर से चलेंगे।'

अफ़सर ने मैडम की ओर देखकर कहा, 'यह कौन है?'

पिनी ने मोहक मस्कान होंठों पर लाकर कहा, 'मेरी सास है, गंगी और रोगी। इन्हीं के कारण तो हम दो दिन पहले चले हैं।'

'लेकिन देखते हैं, तुम तो लड़ने को बिलकुल तैयार हो। सिपाही-मांझी हर्ब-हथियार से लैस, तोपों पर बत्ती।'

'सचमुच हमारा इरादा तुरंत गोला दाग देने का था और हम मरने-मारने पर तुले हुए थे। हम डाकुओं से नहीं डरते महाशय।'

'तुम बहादुर औरत हो।' अफ़सर ने मुस्कुराते हुए कहा, 'वैल, फ़ेयर लेडी, ज़रा होशियार जाना।'

दोनों अफ़सर चले गए। मैडम ने उठकर पिनी की पीठ थपथपाई और कहा, 'शाबाश, तुम बड़े काम की लड़की हो। इत्मीनान रखो, तुम्हें उपयुक्त इनाम मिलेगा। तुम नहीं जानतीं कि किस भारी जोखिम का काम हमारे सुपुर्द है। लेकिन देखती हूँ, तुम समझदार लड़की हो। इस वक्त तुमने लड़ाई और मुसीबत दोनों ही टाल दी।'

'मैडम, आप मुझे हमेशा हर काम के लिए तैयार पाएंगी।'

‘मैं तुम्हारी जैसी लड़की को पसंद करती हूँ। उसने मल्लाहों को तेज़ी के साथ गंगा-सागर की ओर चलने का हुक्म दिया। तुरंत सब पालें चढ़ा दी गईं और शिप वायु-वेग से गंगा-सागर की ओर बह चला।

36

सन् 1842 के अगस्त का अंतिम सप्ताह था, जब ठीक साढ़े आठ बजे गंगा-सागर के बंदरगाह से वह अथाह गुप्त खज़ाना लेकर अंग्रेज़ी जहाज़, ‘ट्यूटानिया’ रवाना हुआ। समुद्र स्तब्ध था और संध्या के अंधकार में समुद्र का जल काला प्रतीत हो रहा था, आकाश में तारे टिमटिमा रहे थे। यह जहाज़ खासतौर पर ऐसा बनाया गया था कि बाहर से वह एक साधारण व्यापारी जहाज़ प्रतीत होता था, परंतु उसमें एक मज़बूत लड़ाके जहाज़ के सब साधन उपस्थित थे। नीचे के हिस्से में इक्कीस तोपें रखी हुई थीं जो जंजीरों से जकड़ी हुई थीं। वे इस ढंग पर रखी हुई थीं कि एकाएक उन्हें कोई नहीं देख सकता था। जहाज़ में खलासी से कप्तान तक सब अंग्रेज़ थे, और सब जंचे हुए विश्वासी व्यक्ति थे। जहाज़ का कप्तान कैप्टन मूर मजा हुआ नाविक था। उसका सहायक भी अनुभवी नाविक था। कैप्टन मूर की आयु पचास के पार होगी। वह दृढ़, कष्ट-सहिष्णु और धैर्यवान था। परंतु जहाज़ पर जो विशिष्ट व्यक्ति था, वह कद में लम्बा एक वृद्ध पुरुष था। उसके सिर के बाल सफ़ेद थे। पर वह तीर की भाँति सीधा खड़ा होता था। आंखें उसकी बड़ी पैनी थीं। वह साधारण पोशाक पहने था। लबादे के नीचे ढीली-ढाली पैंट और चमड़े की वास्कट। सिर पर बड़े छज्जे की टोपी। उसकी ठोड़ी मोटी थी और उससे उसकी दृढ़चित्तता टपकती थी। यही अफगानिस्तान का प्रसिद्ध विजेता जनरल नॉट था, जिसका यश इस समय घर-घर गाया जा रहा था। जहाज़ पर तीन सौ सैनिक थे। वे सब अंग्रेज़ थे और उनमें से प्रत्येक की व्यक्तिगत जाँच कर ली गई थी।

आधी रात हो गई थी और जहाज़ अब खुले समुद्र में भरपूर गति से जा रहा था। हवा कुछ तेज़ हो गई थी। समुद्र की लहरें ज़ोर से उठ रही थीं। पर जहाज़ पर इसका कुछ भी असर न था। जनरल नॉट शान्ति के साथ डेक पर टहल रहे थे। उनके साथ कैप्टन मूर थे। दोनों आदमी रुककर धीरे-धीरे बातें करते जा रहे थे। कप्तान अत्यंत विनीत भाव से जनरल की प्रत्येक बात का उत्तर दे रहा था। दोनों ही व्यक्तियों के सामने भारत से इंग्लैंड तक का लम्बा सफ़र था और उनके सिर पर बहुत ही ज़बर्दस्त ज़िम्मेदारी थी, क्योंकि वे इस समय इतिहास के एक अत्यंत गुप्त और सबसे बड़े खज़ाने को इंग्लैंड ले जा रहे थे, जिसके इंग्लैंड पहुंचने पर सम्पूर्ण इंग्लैंड के यंत्रोद्योग में भारी क्रांति की सम्भावना थी।

दस बजने पर जनरल ने अपनी घड़ी पर नज़र डाली और कहा, ‘कैप्टन, सावधान रहिए, सब बातें गुप्त और यथावत रहें। इस समय हमारे साथ समूचे इंग्लैंड का भाग्य है।’

‘भले ही प्राण चले जाएं, पर असावधानी न होने पाएगी जनरल।’

'कोई बात हो तो मुझे खबर देना, और याद रखना कि समुद्र में रहना शतु के मुकाबले में रहने के बराबर है। खुले समुद्र में एक जहाज़ उस स्थिति में होता है जिस स्थिति में रणक्षेत्र में सेना।'

'मैं प्रत्येक बात याद रखूंगा जनरल।'

बूढ़ा जनरल अपने केबिन में चला गया। कप्तान बड़ी देर तक फैली जलराशि को देखता रहा।

37

अरब सागर में एक जहाज़ तेज़ से तेज़ चाल पर जा रहा था। इस जहाज़ पर कोई झण्डा न था और यह सदैव इस ढंग पर चल रहा था कि जिससे वह दूसरे जहाज़ों की नज़र में न चढ़ जाए।

सुंदर प्रभात था। प्रकृति की अपूर्व शोभा चारों ओर छाई हुई थी। समुद्र शान्त था। मोशिए अकेले डेक पर टहल रहे थे। उनकी नज़र रह-रहकर सामने समुद्र में उठी चट्टानों की ओर उठ जाती थी, जो कुछ मील के अंतर पर थीं। उनके चेहरे पर गम्भीर रेखाएं उभर रही थीं। अभी सूर्य के उगने में विलम्ब था। जो मांझी काम में लगे थे, उनके अतिरिक्त सब सो रहे थे। परंतु मैडम कुछ ज़रूरी काम में लगी थी। वह जल्दी-जल्दी कुछ लिख रही थी। लिखकर टेबल से सिर उठाकर मैडम ने ब्लॉडक को तलब किया। ब्लॉडक के आने पर उसे मोशिए को बुलाने का हुक्म दिया। मोशिए तत्काल ही केबिन में आ गए। ब्लॉडक केबिन का द्वार बंद करके चला गया।

मैडम ने कहा, 'तो हम उस जहाज़ के निकट पहुंच गए?'

'नहीं, अभी वह हमसे दूर है। लेकिन कार्यवाही हमें अभी तुरंत ही करनी चाहिए। उन चट्टानों के उस पार खुले समुद्र में वह जहाज़ लंगर डाले खड़ा है। उसमें कुछ खराबी आ गई है।'

'तो क्या आप तैयार हैं मोशिए?'

'यस मैडम।'

'क्या आप ब्लॉडक को साथ रखना पसंद करेंगे?'

'नहीं, वह जख्मी है, इसके अतिरिक्त तुम्हें उसकी आवश्यकता होगी। मैं हेनरी को ले जाना चाहता हूँ।' उन्होंने भेद-भरी नज़र से मैडम की ओर देखा। मैडम ने मोशिए का अभिप्राय समझ लिया।

उसने कहा, 'और वह छोकरी?'

'आज ही रात को उसे समुद्र में फेंक देना। मैं समझता हूँ मुठभेड़ कल दोपहर तक होगी।

'कल दोपहर तक?'

'बेशक। अपनी तैयारी के लिए मुझे इतना ही समय चाहिए, तब तक तुम्हारे जहाज़ पर उनकी नज़र नहीं पड़नी चाहिए। तुम अच्छी तरह उन चट्टानों की आड़ में छिप सकती हो।'

'तो एक बार सब बातों पर फिर विचार कर लो मोशिए। उस जहाज़ पर इक्कीस तोपें हैं और तीन सौ सिपाही, सब हथियारबंद। जनरल नॉट की कमान में। जनरल नॉट प्रसिद्ध सेनापति हैं। उन्होंने काबुल को फतह किया है।'

'खैर, तो अब उन्हें मुझसे हाथ मिलाना है, देखूंगा।'

'हमें क्या करना होगा, मोशिए?'

'जब तक मेरा संकेत न मिले, खामोश रहना। जिससे तुम्हारे जहाज़ का कुछ भी गुमान उन्हें न हो। वे पहाड़ियां तुम्हें मदद देंगी। इसके बाद इशारा होते ही जहाज़ पर टूट पड़ना। आगे जो होगा मैं देख लूंगा।'

'उनके पास इक्कीस तोपें और तीन सौ सिपाही हैं। हमारे पास नौ तोपें और डेढ़ सौ आदमी हैं।'

'बस?'

'और कुछ बात है मोशिए?'

'यदि विपरीत परिस्थिति हो तो मैडम, तुम अपना बचाव कर सकती हो। परंतु खरीता और सब कागज़ात नष्ट कर देना।'

'ओह, उसका प्रबंध मैंने कर लिया है मोशिए। मुझे तुम कमज़ोर मत समझना।'

'तो मैडम, अब ज़रा हेनरी को बुलाओ।

हेनरी के आने पर मोशिए ने कहा, 'हेनरी, तुमने कहा था कि तुम साहसिक नाविक हो।'

'आज़माकर देखिए मोशिए।'

'तुम डूब मरना पसंद करते हो या गोली खाना?'

'गोली खाना मोशिए।'

'यह अच्छा है। वे सामने खड़ी चट्टानें देख रहे हो?'

'खूब अच्छी तरह।'

'क्या तुम खुले समुद्र में एक डोंगी लेकर वहां तक जा सकते हो?'

'क्यों नहीं, क्या यह आवश्यक है?'

'मेरे दोस्त, हमें वहां पहुंचना है।'

'आप मोशिए, मेरे साथ चलेंगे?'

'बेशक।'

'वाह, तब तो मैं खुशी से चलने को तैयार हूँ।'

'अच्छा, तो तुम पांच मिनट में पिनी से विदा लेकर तैयार हो लो, डोंगी नीचे तैयार है।'

हेनरी चला गया। मोशिए ने अपना लबादा संभाला, मैडम से हाथ और आंखें मिलाई और चल दिए।

38

कुछ ही क्षणों में हवा और लहरों का रुख पाकर कुहरे और लहरों में छिपती हुई नाव जहाज़ से बहुत दूर निकल गई। नाव पर कोई हथियार न था। कुछ खाने-पीने की चीजें और एक पीपा पानी था।

हेनरी ने कहा, 'यह क्या मोशिए, बिना हर्वे-हथियार?'

मोशिए ने हंसकर कहा, 'बिना हथियार क्यों, हमारी पिस्तौलें तो हैं।' हेनरी हंस दिया।

नाव बह चली। पहाड़ियां निकट आने लगीं। बीच समुद्र में ये पहाड़ियां सीधी खड़ी थीं। इनके बीच एक तंग रास्ता था, जिसमें होकर नाव खुले समुद्र में पहुंच सकती थी। हेनरी बड़ी होशियारी से नाव लिये जा रहा था। धीरे-धीरे नाव चट्टानों के पास पहुंच गई और उस गली में घुसी। इसी समय मोशिए ने पिस्तौल निकालकर गोली दाग दी। हेनरी की खोपड़ी चकनाचूर हो गई। डांड उसके हाथ से छूट गए, वह चक्कर खाकर समुद्र में गिर पड़ा। एक बार मोशिए ने अपने पीछे समुद्र-गर्भ में जाते हुए एक तरुण अंग्रेज़ को देखा। फिर उन्होंने पीने के पानी और खाने का सामान समुद्र में फेंक दिया, पिस्तौल भी फेंक दी।

वे अब दोनों हाथ-पैर फैलाकर नाव पर लेट गए। नाव और खुले समुद्र में बिना दिशासूचक यंत्र और बिना किसी प्रकार के अन्य साधन के इधर-उधर लुढ़कनेवाले घोंघे के समान घूम रही थी।

सामने ही अंग्रेज़ी जहाज़ लंगर डाले पड़ा था। थोड़ी ही देर में जहाज़ के लोगों की नज़र नाव पर पड़ी। नाव असहाय है। उस पर एक आदमी भी पड़ा है। मृत है या जीवित, यह नहीं कहा जा सकता। कप्तान मूर ने तत्काल ही सहायता की नाव भेज दी और मोशिए बहुत आसानी से अंग्रेज़ी जहाज़ पर आ गए। दुर्घटना का एक किस्सा उन्होंने सुना दिया और बीमारी और कमज़ोरी का बहाना करके पड़े रहे।

इस समय अंग्रेज़ों और फ्रैंचों में कहीं भी युद्ध नहीं हो रहे थे। इसलिए मोशिए का अंग्रेज़ी जहाज़ पर अच्छा सत्कार हुआ। अपने सौजन्य, शिष्टाचार तथा व्यक्तिगत विशेषताओं के कारण

वे थोड़ी ही देर में कप्तान मूर और जनरल नॉट के मित्र बन गए। उन्होंने एक बैरन कहकर अपना परिचय दिया।

इसका परिणाम यह हुआ कि डिनर की टेबल पर प्रसिद्ध डाकू मोशिए फ्रांक फोर्ते, जनरल नॉट और कैप्टन मूर के साथ डिनर ले रहे थे। वे प्रत्येक बात का शालीनता से उत्तर देते और सभ्य-शिष्ट-अंग्रेज़ी भाषा बोल रहे थे। बारम्बार अपनी प्राणरक्षा के लिए कैप्टन और जनरल को धन्यवाद दे रहे थे।

अस्वस्थ और कमज़ोर होने का बहाना करके मोशिए जल्द ही अपने केबिन में सोने को चले गए। किसी को उन पर डाकू होने का संदेह नहीं हुआ। जहाज़ का पूरा नक्शा मोशिए के पास था। उसे निकालकर उन्होंने ध्यान से देखा। बड़ी देर तक वे उसे देखते रहे।

समुद्र शान्त था और जहाज़ पर सन्नाटा था। एक सिपाही पहरा दे रहा था। रात-भर इत्मीनान से मोशिए सोए। इससे वे तरोताज़ा हो गए। पिछली रात वे चुपचाप उठे। पहरेदार को देख उसके पास जा खड़े हुए। पहरेदार ने उनकी आवभगत देख ली थी। उसने उन्हें सलाम किया। मोशिए ने उसे एक उम्दा सिगरेट दिया। ज्यों ही वह सिगरेट जलाने को झुका मोशिए का छुरा उसकी पीठ में घुसकर कलेजे को पार कर गया। एक शब्द भी उसके मुंह से नहीं निकला। मोशिए ने लाश समुद्र में धकेल दी। खून के दाग मिटा दिए। अब वे तेज़ी से नीचे उतर गए। वे सीधे वहां पहुंचे जहां तोपें जंजीरों से बंधी हुई थीं। उन्होंने अपने गुप्त औज़ारों की सहायता से एक तोप के बंधन खोल दिए और दबे पांव ऊपर अपने केबिन में घुस गए। किसी ने भी उन्हें देखा नहीं, न किसी का ध्यान पहरेदार के गायब हो जाने पर था।

जहाज़ की आवश्यक मरम्मत हो चुकी थी और सूर्योदय के साथ ही जहाज़ मंथर गति से अपनी राह चल दिया था। कैप्टन के केबिन में जनरल नॉट, कैप्टन मूर और मोशिए नाश्ता कर और इधर-उधर की बातें कर रहे थे।

कैप्टन कह रहे थे, 'आसार अच्छे नज़र नहीं आते। हवा तेज़ हो रही है। आसमान में बादल छा रहे हैं। तूफ़ान आएगा।'

'लेकिन आपके जहाज़ को क्या भय है कैप्टन, जहाज़ काफ़ी मजबूत है। और आप तो बड़े-बड़े तूफ़ानों का मुकाबला कर चुके होंगे,' मोशिए ने हंसते हुए कहा।

'ओह, बहुत।'

'तो एकाध के हालात सुनाइए, मुझे इन बातों से बहुत दिलचस्पी है।'

'तो आप भी समुद्री यात्राओं के शौकीन हैं। अच्छा, सुनिये। एक बार...।'

कैप्टन की बात मुंह में रह गई। एक ज़ोर का धड़ाका हुआ। सारा जहाज़ बुरी तरह हिल गया।

कप्तान और जनरल लपककर बाहर आए। देखा सारे गोलेबाज़ ऊपर की ओर भागे आ रहे हैं।

कप्तान ने सरदार मेट से पूछा, 'माजरा क्या है वाटसन?'

'ओह कैप्टन, गज़ब हो गया। तोपखाने की एक तोप न जाने कैसे खुल गई, वह बुरी तरह लुढ़क रही है। किसी तरह कब्जे में नहीं आ रही।'

कप्तान का मुंह भय से पीला पड़ गया। जनरल के माथे पर भी चिंता की रेखाएं उभर आईं। मोशिए ने चटपट खड़े होकर कहा, 'हमें धैर्य से इस विपत्ति का सामना करना चाहिए।'

'निश्चय मोशिए', जनरल नॉट और कैप्टन नीचे की ओर दौड़ चले। मोशिए भी चले। परंतु उन्होंने जहाज़ के एक ओर जाकर सबकी नज़र बचाकर एक संकेत किया, फिर उन्होंने आकाश की ओर देखकर हाथ मले, और लपकते हुए नीचे को झपटे।

एक भयंकर विनाशक दृश्य सम्मुख था। बंधन से खुली हुई तोप भयानक राक्षसी रूप धारण कर चुकी थी। उसके पहिए चारों ओर तेज़ी से घूम रहे थे और गेंद की तरह लुढ़ककर दूसरी तोपों तथा जहाज़ की दीवारों को आहत कर रही थी। वह इधर से उधर जाती, जहाज़ के एक सिरे से दूसरे सिरे तक लपकती और मस्त हाथी की तरह दीवारों से टक्कर मार रही थी। डेढ़ सौ मन की 'वह भयानक वज़नी चीज़ बच्चों की गेंद की तरह उछलकर धड़ाम से किसी दूसरी तोप से या दीवार से टकराकर उसे चकनाचूर कर रही थी। सबसे पहला वार उसने गोलंदाज़ों पर किया था, जो वहां कार्य कर रहे थे। वे सब पहली ही चपेट में चटनी हो गए थे।

जहाज़ बुरी तरह हिल रहा था। इसी समय तूफ़ान का वेग भी बढ़ चला और समुद्र की लहरें पहाड़ की चट्टानों की भाँति जहाज़ से टकराने लगीं। सारे जहाज़ पर चीख-पुकार मची हुई थी और सब व्यवस्था भंग हो गई थी। जहाज़ बुरी तरह क्षतिग्रस्त हो चुका था तथा सारी ही तोपें नष्ट-भ्रष्ट हो गई थीं। कैप्टन और जनरल सीढ़ी पर हक्का-बक्का मुंह बाए खड़े थे। उन्हें कुछ करते नहीं बन पड़ रहा था। जो लोग मर गए थे, उनके शवों को निरंतर तोप के पहिये पीस रहे थे। बड़ा ही भयंकर दृश्य था। लोग रस्से, पाल, गांठें, लकड़ी, लोहा जो हाथ लगे फेंक रहे थे, जिससे पहिया लुढ़कने से रुके। इन वस्तुओं की चिन्दियां उड़ गई थीं। अब तूफ़ान में ज़ोर भर गया था। भीतर तोप चोट कर रही थी, और बाहर तूफ़ान गज़ब ढा रहा था। सबके सामने प्रलय का दृश्य था, इसी समय बाहर एक धड़ाका हुआ। ऐसा प्रतीत हुआ कि जहाज़ अब अतल में धंसा।

प्रधान मेट ने आकर इत्तला दी, 'कप्तान, समुद्री डाकुओं ने जहाज़ पर हमला किया है,' कप्तान और जनरल ऊपर दौड़ चले।

39

ऊपर जाकर सरदार मेट ने दूरबीन लगाई। उसने कहा, 'कैप्टन, जहाज़ को हमारी ओर घुमाने का क्या अभिप्राय हो सकता है? ये तो समुद्री डाकुओं का जहाज़ प्रतीत होता है।'

कैप्टन ने कहा, 'ऐसा ही मेरा अनुमान है। देखो फुर्ती करो, रस्सों और तारों का ढेर लगा दो, जिससे मस्तूल कमज़ोर न होने पाए। घायलों के लिये अलग जगह बना दो और जो तोपें ठीक हैं, उन्हें तैयार कर लो। बारूदखाना खोल दो और मल्लाहों तथा सिपाहियों को गोली-बारूद और बंदूकें बांट दो।'

इस बीच डाकू जहाज़ और नज़दीक आ गया। कैप्टन ने देखा, उस पर के सब आदमी हरबा-हथियार से लैस थे तथा जहाज़ के सिरे पर एक भयंकर आदमी अंग्रेज़ी जहाज़ को पकड़ने के लिए हाथ में कांटा लिये मुस्तैद खड़ा था।

कैप्टन मर ने कहा, 'जनरल, बड़ी मुसीबत है। हमारे पास सिर्फ़ दो तोपें काम लायक हैं। इस समय भी तोप अपना उपद्रव कर रही थी तथा तूफ़ान जहाज़ को झकझोर रहा था। जहाज़ चाहे जब डूब सकता था। जनरल ने माथे का पसीना पोंछकर कहा, 'खैर तुम पहले उनसे बात करो।'

कैप्टेन ने मुंह में यंत्र लगाकर कहा, 'तुम क्या चाहते हो और कौन हो?'

डाकू जहाज़ से जवाब आया, 'सब झंडों को उतार दो। पालों को खोल डालो, हथियार फेंक दो। और जमानत के तौर पर जनरल नॉट हमारे जहाज़ पर फौरन आ जाएं।'

'लेकिन तुम हो कौन?'

'व्यर्थ बकवाद मत करो। जो कहते हैं वही करो।'

इसी समय जनरल ने फ़ायर का हुक्म दिया। दोनों गोले डाकुओं के जहाज़ के बीचोबीच आ गिरे। इससे डाकू-जहाज़ में आग लग गई। परंतु इसी समय डाकू-जहाज़ अंग्रेज़ी जहाज़ से आ भिड़ा और गोलियां चलाते हुए डाकू दबादब अंग्रेज़ी जहाज़ पर कूदने लगे।

जहाज़ की हालत बहुत ही खतरनाक हो रही थी। तोप की प्रत्येक टक्कर उसे ऐसा धक्का दे रही थी कि वह उलटते-उलटते रह जाता था। जनरल यथा-सम्भव अपने सैनिकों को संभाल रहे थे। पर अब युद्ध की बात छोड़ दोनों पक्ष जहाज़ की रक्षा के लिए चिंतित हो रहे थे। दोनों ही जहाज़ों के डूबने की सम्भावना उठ खड़ी हुई। मोशिए ने ज्यों ही मैडम को कूदकर इस जहाज़ पर आते देखा, उन्होंने पिस्तौल लेकर कैप्टन को गोली मार दी। जनरल ने देखा, और कहा, 'तो मोशिए यह सब आप ही की योजना है?'

'हां जनरल, बेहतर हो कि लड़ाई-झगड़ा बंद कर दीजिए और जहाज़ हमारे हवाले कर दीजिए।'

'इस काम में अभी कुछ क्षणों की देर है मोशिए। लेकिन क्या आप मेरे ताबे होते हैं?'

'नहीं जनरल, मैं आपका सम्मान करता हूँ। परंतु...' इसी समय डाकू-जहाज़ के बारूदखाने में आग लग गई और वह एक धड़ाके के साथ तीन टुकड़े होकर जलमग्न होने लगा।

इसी समय अंग्रेज़ी जहाज़ के पेंदे में तोप ने दो छेद कर दिए और जहाज़ में तेज़ी से पानी भरने लगा। जहाज़ बुरी तरह एक ओर को झुक गया। मोशिए ने कहा, 'जनरल, क्या आप जहाज़ मेरे हवाले कर सकते हैं?'

'नहीं, क्या आप मेरे ताबे होते हैं!'

'नहीं।'

'खैर, तो बेहतर है अब लड़ाई बंद कर दी जाए।'

'जहां आप खड़े हैं, जहाज़ का वह भाग आप ही के कब्जे में रहे और शेष जहाज़ पर आप मेरा अधिकार स्वीकार कर लें। अब हमारे पास केवल पांच मिनट ही का समय है। आप समझते हैं न मोशिए?'

'समझ गया जनरल, आपका प्रस्ताव मैं स्वीकार करता हूँ।' उसने अपने आदमियों को तुरंत युद्ध बंद करने का आदेश दिया और फिर पुकारकर कहा, 'मैडम तुम यहां मेरे पास आओ।'

मैडम ने मोशिए के पास आकर कहा, 'अफ़सोस, यह अलभ्य खज़ाना समुद्र गर्भ में जा रहा है।'

'हम भी वहीं चल रहे हैं मैडम। क्या तुम घबरा रही हो?'

'तनिक भी नहीं मोशिए। देखिए, मेरे दिल पर हाथ रखिए।'

'तो हाथ दो मैडम, अच्छे-बुरे में हम साथ रहें।'

जनरल ने चिल्लाकर कहा, 'महाशय सब कोई नेशनल गीत गाओ,' उन्होंने यूनियन जैक हाथ में लिया और नेशनल गीत गाना आरम्भ किया।

इस समय सब कोई कंठ तक जल में डूब चुके थे। तूफ़ान की गरज, बिजली की कड़क, गीत की लय, मरतों की चीत्कार, सब कुछ एकाकार हो गई और क्षणभर बाद इन सब जीवित-मृत पुरुषों तथा उस अतोल स्वर्ण-रत्न के भंडार को लेकर वह अविस्मृत जहाज़ समुद्र-गर्भ में लीन हो गया।

*****

www.ingramcontent.com/pod-product-compliance
Ingram Content Group UK Ltd.
Pitfield, Milton Keynes, MK11 3LW, UK
UKHW040619041026
15589UKWH00011B/96

9 789358 055214